成語辭典

周 何 教授 審訂

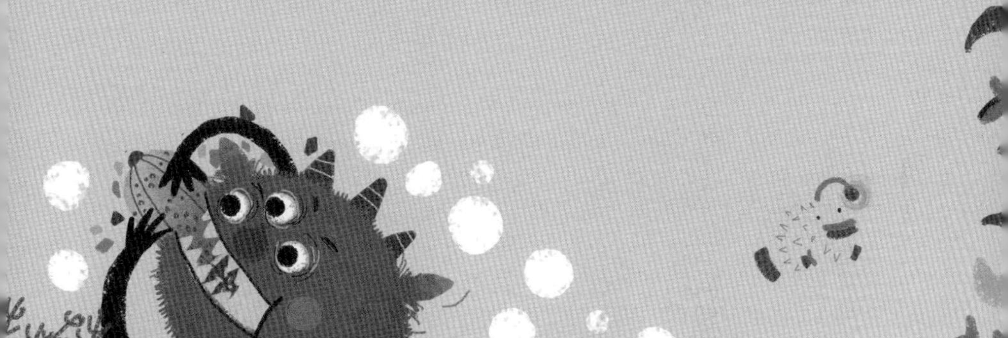

五南圖書出版公司 印行

審訂序

使用成語，是中國語文運用的一項習慣；而且是非常好的習慣。因為成語的使用，至少有三點好處：

第一，所謂成語，是指已經成為大家都很熟悉的句子。既然大家都很熟悉，讀起來自然就會覺得這些句子使用得很流暢，文章也顯得比較老練些。

第二，成語的字不會很多，但是包含的意思卻很豐富。用最少的字，表達豐富的意思，是一種非常經濟的表達方法。而且有些相當複雜的意思，不容易一下子說得很清楚；或是不方便就那麼直接說出來，這時候如果能套上一句現成而又恰當的成語，往往會讓人感受到那種「一語道破」，或「絃外之音」的樂趣。

第三，有些成語是有其來源的，也可能正是一則歷史故事的濃縮。只用幾個字，等於引述了整個故事，來證明我們的意見是正確的。用歷史故事來作證明，作者的意見就顯得很有分量，也顯得作者的見聞很廣。所以前人的文章裏經常可以看到很多使用「典故」的情形，後人評論文章時，就會稱讚說這篇文章很「典重」，就是很有分量的意思。

因為有這些好處，所以大家一向都很習慣使用成語。不過大部分成語都是文言文，現代人未必都能看得懂；還有一些成語，當時應該是大家都很熟悉的，時間隔久了，不常使用，後人或許已經不知道原來的意思；還有一些含蘊豐富的成語，究竟應該偏重在哪一點意義的表達，有時也會弄不清楚，萬一用錯了，就會變成笑話。尤其是具有隱含意義的內容，如果不了解，當然更是不敢用。

成語的使用，有好處、也有困難。為了解決困難，於是就有人編寫《成語典》、

《成語故事》等書以應需要。不過這些書大概都是見到就收，不加選擇；而且解釋都比較簡單，對一些特殊的用法，也往往缺少了交代，常感使用的價值不高。如今「五南圖書出版公司」所編的這部《小學生成語辭典》，編寫的方式，無論是選句、解釋，都有顯著超越前賢的優點，所增加的「同反義」和「辨析」兩項，更是掃除一切疑難障礙的創舉。再加上實際使用的「例句」，具有啟發誘導的作用；尤其目標針對小學生，更是傳統文化從根紮起的慧識。

周何

八十五年五月於御花苑

凡例

這本成語辭典是特別為小學生編寫的，共收錄一般生活中常用的成語約一千六百餘則，在成語詞條下分列解釋、典故、辨析、注意、例句、近義、反義項目。我們希望以循序漸進的方式，兼顧每則成語的語意解釋與實際運用，讓小朋友在閱讀時，不但能對每則成語有全面而正確的了解，更能進一步實際運用在日常說話與寫作上。

◆成語部分

一、解釋

先解釋難字、難詞，再就全句字面上的意思作淺白的說明，最後解釋引申義或比喻義，讓小朋友能由淺入深、循序漸進地理解每則成語的結構內涵與意義。

範例：

裹足不前（ㄍㄨㄛˇ ㄗㄨˊ ㄅㄨˋ ㄑㄧㄢˊ）

【解釋】裹足，包纏住腳。停住不往前走，好像腳被包纏住一樣。後用來形容有所顧慮。

二、典故

成語的來源，往往包含著典故、史事，要了解一則成語的真正含意，往往也必須透過這些史事，我們以說故事的方式敘述成語的來源，希望藉著閱讀這些故事，提高小朋友的學習興趣，幫助小朋友理解與熟記成語。

範例：

【典故】戰國末年，楚國人李斯因勸說秦始皇統一天下，被秦始皇所賞識，因此在秦始皇統一天下後，就被任命為丞相。秦國的宗室建議秦始皇把外來賓客通通趕走，因為李斯是楚國人，所以也要被趕走。當李斯被押到秦國邊疆時，他上書秦始皇，這就是著名的諫逐客書。李斯在文中指出：「泰山不捨棄細小的泥土，才能

那麼高大；河海不捨棄涓涓的細流，才能那麼深長；帝王不排斥廣大的人才，才能使自己的事業獲得成功。所以說，地方不分東西南北，人民不分本國外國，都要一視同仁。如今卻使天下有才能的人，裹住雙腳不敢進入秦國。」秦始皇看了以後，立即撤銷了「逐客令」，恢復了李斯的丞相職務。

三、辨析

對於意思相近，容易混淆，或有特定的習慣用法、適用範圍的成語，我們都在這裡加以說明，希望能使小朋友確實了解每則成語的用法，進而能適當、巧妙地運用在說話、寫作中。

辨析

範例：

「裹足不前」偏重指「有疑慮」而不敢前進；「畏縮不前」偏重指「害怕」而不敢前進；「躑躅不前」偏重指「猶豫」而不敢前進。以上三則成語一般用於「人」。「停滯不前」則偏重指「事物」停頓下來，不再前進，較少用來形容人。

四、注意

對於容易讀錯、寫錯的字，儘量列出，提醒注意。

範例：

注意 「裹」不要誤寫成「裏」。

五、例句

以淺顯的句子說明一則成語的實際使用情況。

範例：

例句 他個性軟弱，一遇到困難就叫苦連天，裹足不前，難怪成不了大器。

六、近義、反義

每則成語我們都儘量列出與其意義相近或相反的成語數則，提供小朋友在學習一則成語的同時也能與其他近義、反義成語做比較，方便寫作時能有更多的材料可以靈活運用。

範例：

近義 畏縮不前、停滯不前、踟躕不前。

反義 勇往直前、乘風破浪。

◆附錄部分

特別針對本書編製實用、獨特的成語相關資料，包括：

1. 常用成語正誤用簡明對照表
2. 趣味成語猜謎一覽表
3. 常用成語接龍一覽表

「常用成語正誤用簡明對照表」可以幫助小學生了解正確的成語用字，不再混淆。而「趣味成語猜謎一覽表」是以猜謎的形式，引領小朋友從猜謎遊戲中，了解成語和靈活運用成語。另外，「常用成語接龍一覽表」則以連環套的方式，玩成語接龍遊戲，既可以提升國語文程度，又可以訓練思考能力。

◆索引部分

本書共有三種索引，包括：

1. 依照正文排序的「總筆畫索引」
2. 好查好用省時的「注音索引」
3. 方便寫作文章參考的「分類索引」

以上三種索引都十分的翔實，方便小學生依需要來使用。

◆評量手冊和光碟

隨書附贈「滿分禮」和「上榜禮」，包括：

1. 「成語故事閱讀測驗」和「成語運用寫作測驗」評量手冊。
2. 「小學生成語我最強」評量光碟。

目錄

總筆畫索引

一畫

二畫

三畫

四畫

五畫

六畫

七畫

八畫

九畫

十畫

十一畫

十二畫

十三畫

十四畫

十五畫

十六畫

十九畫

二十畫

二十一畫

【一畫】

一刀兩斷

解釋　本來是指一刀將原本相連的東西切成兩段。後用來比喻堅決的斷絕關係。

注意　「斷」不要誤寫成「段」。

例句　自從那次吵架後，他們就一刀兩斷，再也不聯絡了。

近義　快刀斬亂麻。

反義　拖泥帶水、藕斷絲連。

一日三秋

解釋　秋，指一年。三秋，指三年。一天沒有見面，就好像過了三年沒有見面。形容離別後思念的心情非常的深切。

注意　「秋」字是「禾」部，不是「火」部。

例句　當想念對方時，即使一天沒見面，卻好像一日三秋這麼久呢！

近義　一日不見，如隔三秋、度日如年。

一日千里

解釋　本來是形容馬跑得很快。現在也比喻進步或發展得很快。

例句　科學技術的發展一日千里，許多從前無法想像的事情，現在都一一實現了。

近義　日新月異、突飛猛進。

反義　一落千丈、江河日下。

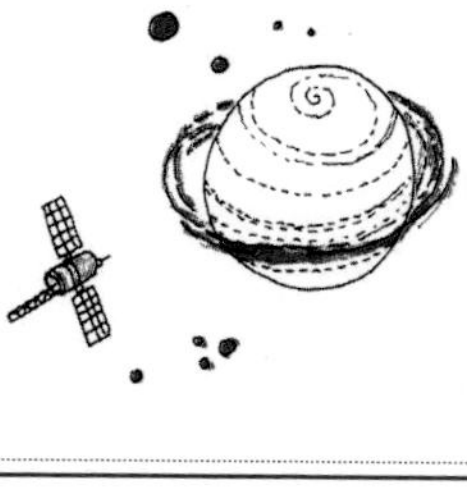

一手遮天（ㄧˋ ㄕㄡˇ ㄓㄜ ㄊㄧㄢ）

解釋 遮，遮擋。用一隻手就把天遮住。比喻倚仗權勢，玩弄手段欺騙別人。

典故 古代印度有一位阿育王，他下令工匠於一夜之間在世界各地建造起一萬座佛塔。阿育王為了能順利完成工程，就用巨手遮住太陽，待佛塔建蓋完成，全世界才重見天日。後來「一手遮天」就被用來借指依仗權勢，欺壓別人，並且遮人耳目的不法行徑。

例句 你犯下這樣的滔天大罪，還妄想一手遮天，隱瞞一切，真是太天真了。

近義 瞞天過海、掩人耳目。

一木難支（ㄧˊ ㄇㄨˋ ㄋㄢˊ ㄓ）

解釋 一根木頭無法支撐快要倒的大廈。比喻困難的任務，不是一個人就可以完成的。

注意 「支」不要誤寫成「隻」或「枝」。

例句 俗話說：「一木難支」，光靠你一個人的力量怎麼夠呢！

近義 獨木難支、獨木難支大廈。

一毛不拔（ㄧˋ ㄇㄠˊ ㄅㄨˋ ㄅㄚˊ）

解釋 本來是指人愛惜糧食，連一點點稻穗也捨不得丟棄。後被用來形容為人吝嗇，連一根毛髮也不願意捐出。

例句 他一向嗜財如命，一毛不拔，這次竟然會捐一大筆錢，真是太不可思議了。

近義 愛財如命。

反義 一擲千金、揮金如土、慷慨解囊。

一孔之見（ㄧˋ ㄎㄨㄥˇ ㄓ ㄐㄧㄢˋ）

解釋 孔，小洞。從一個小洞裡所看到的景象。比喻狹隘片面的見解。

典故 有個農夫看見獵人用網捕捉小鳥，他發現一隻鳥只鑽進一個網，剩餘的網孔豈不是浪費了？於是他自作聰明的製作了只有一個孔的網，結果，一隻鳥也抓不到。後來人們把這種只透過一個小窟窿就下的判斷，引申為主觀、片面的見解。有時也用來當作自謙之詞。

例句 這些想法只是我個人的一孔之見，僅供大家參考。

近義 一隅（ㄩˊ）之見。

反義 真知灼見。

一丘之貉（ㄧˋ ㄑㄧㄡ ㄓ ㄏㄜˊ）

解釋 丘，小土山。貉，一種形狀像狐狸的野獸。同一座山裡的貉。比喻都是同一類的人，沒有什麼差別。含有鄙視的意思。

典故 西漢時，司馬遷的外孫楊惲（ㄩㄣˋ）從小受到良好的教育，也愛好史學。有一次，投降漢朝的匈奴人說，匈奴領袖單（ㄔㄢˊ）于被人殺了，楊惲覺得單于不是一個好君主，就說：「從古到今，君主都信任小人，就像同一座山丘上的貉一樣，毫無差別呀！」

注意 「貉」音ㄏㄜˊ，不要唸成ㄌㄨㄛˋ。

例句 這些貪官汙吏和不道德的生意人互相勾結，謀取暴利，全是一丘之貉。

近義 狐群狗黨。

一石兩鳥（ㄧˋ ㄕˊ ㄌㄧㄤˇ ㄋㄧㄠˇ）

解釋 用一顆石頭打下了兩隻鳥。比喻做一件事可以得到兩種好處。

例句 我們這次的行動，不但捉到了嫌犯，又引出幕後的主謀，真是一石兩鳥。

近義 一箭雙鵰、一舉兩得。

反義 事倍功半、徒勞無功。

一目十行（ㄧˊ ㄇㄨˋ ㄕˊ ㄏㄤˊ）

解釋 目，眼睛。閱讀時，一眼就能看十行文字。形容讀書的速度很快。

例句 他從小就有過人的記憶力，不僅一目十行，而且過目不忘。

一字千金（ㄧˊ ㄗˋ ㄑㄧㄢ ㄐㄧㄣ）

解釋 一個字就價值千金。形容文辭精妙，價值極高。

典故 這句成語的由來有兩種說法：一是源於秦相呂不韋讓門客編著的呂氏春秋，下令誰能更改任何一個字，就可以獲得千金賞賜。賞金雖誘人，但是大家畏懼呂不韋的權勢，誰也不敢亂改呂氏春秋。另一個說法是：唐太宗曾為玄奘和尚撰寫聖教序，而且決定用晉代王羲之的字體來刻碑。在收集字體的過程中，卻遺漏了幾個字，於是朝廷貼出告示，誰能獻出碑文中缺的字，就能一字賞千金。後來人們用「一字千金」來形容文辭精妙無比，價值極高。

注意 「千金」不要誤寫成「千斤」。

例句 他是當紅的名作家，所寫的文章可說是一字千金。

一帆風順（ㄧˋ ㄈㄢ ㄈㄥ ㄕㄨㄣˋ）

解釋 船一路順風，滿帆前進。比喻非常順利，沒有挫折或阻礙。

例句 我們的一生不可能永遠一帆風順，所以遇到挫折時要勇於面對。

近義 一路順風、無往不利、萬事亨通。

反義 一波三折、事與願違、節外生枝。

一步登天（ㄧˊ ㄅㄨˋ ㄉㄥ ㄊㄧㄢ）

解釋 登，上。一步跨上青天。以前常用來諷刺一個人沒有經過努力，突然得志，爬上很高的地位。

例句 做事要腳踏實地，循序漸進，不要妄想一步登天。

近義 平步青雲。

反義 一落千丈。

一見如故（ㄧˊ ㄐㄧㄢˋ ㄖㄨˊ ㄍㄨˋ）

解釋 故，故人，老朋友。初次見面就像老朋友一樣。

辨析 「一見如故」和「一見鍾情」都是形容兩人初次見面就很要好，但有區別，不可誤用。「一見如故」泛指一般朋友之間的投緣；「一見鍾情」專門用來指男女之間的相愛。

例句 他們兩人雖然是初次見面，但是一見如故，談話非常投機。

一言九鼎（ㄧˋ ㄧㄢˊ ㄐㄧㄡˇ ㄉㄧㄥˇ）

解釋 鼎，古代煮東西的器具，兩耳三腳，多用青銅製成，非常重。字面上的意思是，說

一句話有九個鼎的分量。比喻一個人說話很有分量，大家都會聽從，或是說了絕對不輕易改變。

例句 大哥說話向來一言九鼎，只要他答應的事，一定盡力做到。

近義 一諾千金。

反義 言而無信、輕諾寡信。

一事無成（ㄧˊ ㄕˋ ㄨˊ ㄔㄥˊ）

解釋 指人白白地浪費光陰而沒有成就。

注意 「事」不要誤寫成「試」。

例句 你成天晃來晃去，幾年過去了，也還是一事無成呀！

近義 一無所成、白首空歸、老大無成。

反義 一舉成功、大功告成、功成名就。

一刻千金（ㄧˊ ㄎㄜˋ ㄑㄧㄢ ㄐㄧㄣ）

解釋 一刻，指短暫的時間。一刻時光，價值千金。比喻時間非常寶貴。

注意 「刻」不要誤寫成「克」。

例句 再過三天就要考試了，對我來說，現在真是一刻千金，哪有時間陪你逛街呀！

一往情深（ㄧˋ ㄨㄤˇ ㄑㄧㄥˊ ㄕㄣ）

解釋 一往，一向。對人或事物有著深厚的感情，而且絕不改變。

典故 東晉大將桓伊很喜愛音樂，每次聽到動人的歌曲，都會打拍子相應和，所以人們說桓伊是「一往有深情」，指的是他對音樂的著迷。現在我們說的「一往情深」卻是指對人、事、物的情感深厚。

【例句】哥哥對她一往情深，但是一直不敢說出口。

【反義】薄情寡義。

一波三折（ㄧˋ ㄅㄛ ㄙㄢ ㄓㄜˊ）

【解釋】波，指書法中的捺（ㄋㄚˋ）。折，指寫字轉變筆鋒。本來是形容寫字筆法曲折頓挫。後來引申為文章的起伏變化，引人入勝。也比喻事情進行中的曲折變化。

【例句】沒想到這件事一波三折，使完成的日期一再延後。

【反義】一帆風順、一氣呵成。

一面之雅（ㄧˊ ㄇㄧㄢˋ ㄓ ㄧㄚˇ）

【解釋】一面，見過一面。雅，故舊。只見過一次面的交情。形容交情不深。

【例句】我跟他只有一面之雅，談不上什麼交情。

【近義】一面之交、一面之緣。

一氣呵成（ㄧˊ ㄑㄧˋ ㄏㄜ ㄔㄥˊ）

【解釋】呵，呼氣。一口氣完成。形容文章結構完整、流暢。也比喻工作嚴密緊湊，或一口氣做完一件事，中間不停頓。

【例句】這篇文章從頭到尾一氣呵成，非常流暢，真是上等佳作。

【近義】一鼓作氣。

【反義】一波三折。

一針見血（ㄧˋ ㄓㄣ ㄐㄧㄢˋ ㄒㄧㄝˇ）

【解釋】比喻說話簡短明確，切中要害。

【例句】他一針見血的指出問題的癥結，令在場

的人大為佩服。

近義 一語中的（ㄓㄨㄥˋ ㄉㄧˋ）、一語道破。

反義 天馬行空、言不及義、詞不達義。

一馬當先（ㄧˋ ㄇㄚˇ ㄉㄤ ㄒㄧㄢ）

解釋 比喻走在最前面，帶頭去做。

例句 說到愛心捐款，他毫不遲疑，一馬當先的捐了十萬元。

近義 身先士卒。

反義 步入後塵。

一貧如洗（ㄧˋ ㄆㄧㄣˊ ㄖㄨˊ ㄒㄧˇ）

解釋 形容窮得像洗過一樣，什麼也沒有了。

例句 他已經一貧如洗了，卻仍不放棄追求理想。

近義 身無長（ㄓㄤˇ）物、家徒四壁。

反義 萬貫家財、腰纏萬貫。

一敗塗地（ㄧˊ ㄅㄞˋ ㄊㄨˊ ㄉㄧˋ）

解釋 一，一旦。塗地，指肝腦塗滿地上。指一旦失敗就肝腦塗地。現在多用來形容徹底失敗，不可收拾。

例句 這次亞洲盃棒球賽，我們倉促成軍，練習不夠，結果一敗塗地。

近義 一潰千里、一蹶（ㄐㄩㄝˊ）不振。

反義 一帆風順、直上青雲。

一視同仁（ㄧˊ ㄕˋ ㄊㄨㄥˊ ㄖㄣˊ）

解釋 視，看待。仁，仁愛。原指「聖人」對人民一律同等看待，後來指對人同等看待，

沒有分別。

注意 「仁」不要誤寫成「人」。

例句 老師對我們一向一視同仁，從不偏袒任何人。

反義 厚此薄彼。

一場春夢（ㄧˋ ㄔㄤˇ ㄔㄨㄣ ㄇㄥˋ）

解釋 比喻人生變化無常，就好像做了一場夢。

注意 「場」音ㄔㄤˇ，不要唸成ㄔㄤˊ。

例句 他自從賠光所有的錢後，深深覺得以前的富裕生活，就像是一場春夢。

一筆勾銷（ㄧˋ ㄅㄧˇ ㄍㄡ ㄒㄧㄠ）

解釋 本來是指用筆在紙上勾畫一下，表示事情已經作罷或取消。比喻把一切完全取消。

辨析 「一筆勾銷」和「一筆抹煞」都有「一下子全部抹去」的意思。但「一筆勾銷」多半指事情或問題完全作罷或取消；「一筆抹煞」則大多指把所有的成績、優點都否定。

例句 過去的不愉快，我們就一筆勾銷吧！

近義 全盤否定。

一絲不苟（ㄧˋ ㄙ ㄅㄨˋ ㄍㄡˇ）

解釋 一絲，指像一根蠶絲般的細微。苟，隨便、馬虎。形容做事非常認真仔細，一點也不馬虎。

注意 「苟」不要誤寫成「狗」；也不要錯寫成「荀」（ㄒㄩㄣˊ）。

例句 他做事總是一絲不苟、認真負責，所以大家都很信賴他。

反義 粗枝大葉、敷衍了（ㄌㄧㄠˇ）事。

一飯千金

解釋 比喻厚重地報答別人對自己的恩澤。

典故 漢朝大將軍韓信少年時很困苦，常常在淮陰城下釣魚，好用來填飽肚子。那時，有位在河邊漂絮（指將蠶絲搗爛後鋪在席子上，再放入水中漂洗，就叫「漂絮」）的老婦人，瞧韓信可憐，就連續給他吃了幾十天飯。後來韓信封了楚王後，一直念念不忘那段恩情，就拿千金報答老婦人。這就是「一飯千金」的由來。

例句 您對我有一飯千金的恩惠，我一輩子都忘不了呀！

近義 一飯之恩、一飯之德。

一葉知秋

解釋 從一片樹葉的凋落，便知道秋天已經到來。比喻從細微的現象可以看出整個形勢的變化，或從個別現象推知全局。

例句 從他愛惜物品的細微動作就可以一葉知秋，知道他是個惜福的人。

近義 見微知著（ㄓㄨˋ）。

一勞永逸

解釋 辛苦一次就得到永久的安逸，再也不用費事了。

例句 想要成功就必須不斷的努力，世界上沒有一勞永逸的捷徑。

反義 勞而無功。

一塌糊塗（ㄧˋ ㄊㄚ ㄏㄨˊ ㄊㄨˊ）

解釋 比喻情況非常糟糕，或亂得不可收拾。

注意 「塌」音ㄊㄚ，不要唸成ㄊㄚˋ。

例句 當媽媽不在家，弟弟就把家裡搞得一塌糊塗。

近義 亂七八糟。

反義 一絲不苟、井然有序、有條不紊。

一意孤行（ㄧˊ ㄧˋ ㄍㄨ ㄒㄧㄥˊ）

解釋 堅持按照自己的意見去處理，不接受別人的意見，獨斷獨行。

例句 你這樣一意孤行，不接納別人的意見，還有誰願意與你合作呢？

近義 獨斷獨行。

反義 言聽計從、集思廣益。

一落千丈（ㄧˊ ㄌㄨㄛˋ ㄑㄧㄢ ㄓㄤˋ）

解釋 形容下降得很厲害。原來是指琴聲突然由高向低降落。後來指聲望、地位、情緒、成績等急遽下降。

辨析 「一落千丈」和「一瀉千里」都有「急遽往下」的意思。但「一落千丈」的「落」指往下跌，「千丈」強調深度，多用來形容數量、地位、聲望、勢力等急遽下降；「一瀉千里」的「瀉」指往下流，「千里」強調速度，多用來形容水流急速，文筆奔放等。

例句 自從他交上壞朋友，功課便開始一落千丈。

近義 一潰千里、急轉直下。

反義 直上青雲、突飛猛進。

一鼓作氣（一ˋ ㄍㄨˇ ㄗㄨㄛˋ ㄑㄧˋ）

解釋 鼓，指敲戰鼓。作，振作。氣，指勇氣。本來是指作戰時第一次敲戰鼓可以鼓起戰士的勇氣和銳氣。現在多形容趁氣勢強盛時全力去做。

典故 春秋時期，齊國派兵攻打魯國，魯莊公和曹劌（ㄍㄨㄟˋ）率領軍隊抵抗。由於曹劌指揮正確，齊軍大敗。後來，魯莊公問曹劌這次勝利的原因是什麼?曹劌回答道：「打仗全靠勇氣。齊軍擂第一遍鼓時，士兵的勇氣大大振作，等到擂第二遍鼓時，勇氣已經衰退，第三次擂鼓時，勇氣就沒有了。這時，我們才擂鼓進擊，以勇氣旺盛的部隊攻擊已經喪失勇氣的軍隊，自然會打勝仗的。」

例句 為了趕在中午之前到達目的地，我們一鼓作氣走了十公里。

近義 一氣呵成、打鐵趁熱、乘勝追擊。

一鳴驚人（一ˋ ㄇㄧㄥˊ ㄐㄧㄥ ㄖㄣˊ）

解釋 鳴，叫。一叫就使人震驚。比喻平時默默無聞，突然一下子做出驚人的事情或成績。

典故 戰國時代，齊威王沉迷酒色，不理朝政。諸侯率兵攻打，國家危在旦夕，但是沒有人敢進諫。大臣淳于髡（ㄎㄨㄣ）對齊威王說：「齊國有一隻大鳥，歇在王宮裡三年了，牠不飛，也不叫，大王知道這是什麼鳥

嗎？」齊威王明白淳于髡是在暗示他，就說：「這隻鳥不飛便罷，一飛就沖上天；不叫便罷，一叫就會非常驚人。」從此以後，齊威王積極改革朝政，訓練軍隊，諸侯大為震驚，紛紛將侵奪的土地歸還齊國。

注意 「鳴」不要誤寫成「名」。

例句 他成績一向中等，這次考試卻突然考了第一名，真是不鳴則已，一鳴驚人。

近義 一飛沖天、一舉成名。

一網打盡（ㄧˋ ㄨㄤˇ ㄉㄚˇ ㄐㄧㄣˋ）

解釋 盡，全部。下一次網就捕獲全部的魚。比喻全部捉住，一個也不漏掉。

注意 「打盡」不要誤寫成「打進」。

例句 警方在此地部署多日，等待時機成熟就可以把歹徒一網打盡。

一語中的（ㄧˋ ㄩˇ ㄓㄨㄥˋ ㄉㄧˋ）

解釋 的，箭靶的中心。比喻要害。一句話就說中了事情的癥結，找到解決的方法。

注意 「的」音ㄉㄧˋ，不要唸成˙ㄉㄜ。

例句 老師不愧是經驗豐富，他一語中的指出我們運算錯誤的地方。

近義 一針見血、一語道破。

反義 言不及義、詞不達意、隔靴搔癢。

一暴十寒（ㄧˊ ㄆㄨˋ ㄕˊ ㄏㄢˊ）

解釋 暴，晒。晒一天，凍十天。比喻學習、做事沒有恆心。

典故 戰國時代，孟子遊歷到齊國，看到齊宣王做事虎頭蛇尾，不能持久，而且輕信讒言，就對他說：「天下雖然有一些生命力很

強的東西，可是你把它放在陽光下晒上一天，又放在陰冷的地方冷凍十天，它仍然是不能生長的。」

注意 「暴」音ㄆㄨˋ，不要唸成ㄅㄠˋ。

例句 學習任何技藝都需要恆心和毅力，像你這樣一暴十寒的練習，怎麼會有成效呢！

近義 三天打魚，兩天晒網。

反義 持之以恆、滴水穿石、鍥而不捨。

一盤散沙（ㄧˋ ㄆㄢˊ ㄙㄢˇ ㄕㄚ）

解釋 散沙，散開不凝聚的沙子。比喻人心和力量分散，不團結。

注意 「散」音ㄙㄢˇ，不要唸成ㄙㄢˋ。

例句 大家應該分工合作完成任務，不能再像一盤散沙了。

反義 眾志成城、萬眾一心。

一箭雙鵰（ㄧˊ ㄐㄧㄢˋ ㄕㄨㄤ ㄉㄧㄠ）

解釋 鵰，一種兇猛的大鳥。一箭就射中兩隻鵰。本來是指射箭技術高超。後來也比喻做一件事同時達到兩個目的。

典故 南北朝的周朝時期，有個長孫晟（ㄕㄥˋ）善於射箭。有一次他出使到西北的突厥，突厥國王攝圖曾經邀請他一起打獵。攝圖看見天空中飛著兩隻鵰，糾纏在一起，立即交給長孫晟兩支箭，要他把兩隻鵰都射下來。長孫晟騎馬快跑，拉開弓，發出一箭，就把兩隻鵰同時射了下來。

注意 「箭」不要誤寫成「劍」。

例句 你的創意不但使公司業績上升，更建立

公司的良好形象，真是一箭雙鵰。

近義 一石二鳥、一舉兩得。

反義 賠了夫人又折兵。

一諾千金（一ˊ ㄋㄨㄛˋ ㄑㄧㄢ ㄐㄧㄣ）

解釋 諾，答應別人請求的事。千金，形容非常貴重。一句諾言可比得上一千斤黃金的貴重。比喻一個人很有信用，說出來的話絕對不更改。

注意 「諾」不要唸成「ㄌㄨㄛˋ」。

例句 他說話向來一諾千金，既然已經答應我們，就肯定不會反悔。

近義 一言九鼎。

反義 言而無信、輕諾寡信。

一擲千金（一ˋ ㄓˊ ㄑㄧㄢ ㄐㄧㄣ）

解釋 千金，形容很多錢。本來是指賭博時一注就扔下千金。後用來形容任意揮霍金錢。

注意 「擲」不要誤寫成「直」。

例句 他平常生活相當儉樸，但是買起骨董常常是一擲千金，面不改色。

近義 揮金如土、揮霍無度。

反義 量入為出、開源節流。

一竅不通（一ˊ ㄑㄧㄠˋ ㄅㄨˋ ㄊㄨㄥ）

解釋 竅，通氣的孔竅。古人把兩眼、兩耳、兩個鼻孔和嘴稱為七竅。沒有一個竅是通的。比喻一個人什麼都不懂。現在多比喻一個人完全不會技藝，或比喻人不通情理，非常頑固。

典故 人共有眼睛、耳朵、鼻子、嘴巴七竅，只要任何一竅不通，身體就會不舒服。據說

古代有個愚笨的富翁，聘請了一位老秀才來教他的呆兒子。不到半年，老師就表示小主人對經、史、子、集已經通了六竅。富翁高興之下，大宴賓客，向人炫耀。誰知有人告訴富翁，所謂通了六竅，其實就是「一竅不通」，什麼也不懂呀！

例句 我對象棋是一竅不通，你還是找別人陪你下吧！

反義 無所不知。

一蹴而就（一ˊ ㄘㄨˋ ㄦˊ ㄐㄧㄡˋ）

解釋 蹴，踏。就，成功。踏一步就可成功。形容事情輕而易舉。

辨析 「一蹴而就」和「一揮而就」都有「輕而易舉，容易成功」的意思。但「一蹴而就」多用於否定句中，指難以一做就成功的巨大工程、艱難任務、偉大事業，形容求之過急；「一揮而就」多用於肯定句中，形容一動筆就能完成的書寫、繪畫等，形容熟練敏捷，運筆神速。

注意 「蹴」音ㄘㄨˋ，不要唸成ㄐㄧㄡˋ。

例句 成功必須靠不斷的努力才能達成，並非一蹴而就。

近義 一揮而就、一舉成功。

一籌莫展（一ˋ ㄔㄡˊ ㄇㄛˋ ㄓㄢˇ）

解釋 籌，竹籌，古代用來計數的算籌，引申為謀畫、計畫。展，施展。比喻一點計策也施展不出，一點辦法也想不出來。

例句 他在文學方面有很高的造詣，但一遇到數理的問題便

一籌莫展了。

近義 束手無策、無計可施。

反義 神機妙算。

一蹶不振

解釋 蹶，跌跤。振，振作、奮起。一跌倒就再也爬不起來了。比喻受到挫折就再也振作不起來。

注意 ①「蹶」不要誤寫成「厥」。②「振」不要誤寫成「震」。

例句 雖然這次考試不理想，但是你也不要一蹶不振，只要努力，相信下次一定會有好成績的。

近義 一敗塗地、一潰千里。

反義 東山再起、重整旗鼓、捲土重來。

【二畫】

七上八下

解釋 形容心中慌亂、不安。有時也用來形容雜亂、不整齊。

辨析 「七上八下」和「忐忑（ㄊㄢˇ ㄊㄜˋ）不安」都有心神不寧的意思。但「七上八下」往往和「心中」、「心裡」連用，比較少單獨使用，多用在口語；「忐忑不安」一般在文章中用得較多。

例句 他覺得這件事有點奇怪，心中不免七上八下。

近義 心神不寧、忐忑不安。

七手八腳（ㄑㄧ ㄕㄡˇ ㄅㄚ ㄐㄧㄠˇ）

解釋 形容許多人一起動手，人多手雜的樣子。

例句 大家七手八腳的將他扛起來，送到醫院急救。

近義 手忙腳亂。

反義 井然有序、有條不紊（ㄨㄣˋ）。

七拼八湊（ㄑㄧ ㄆㄧㄣ ㄅㄚ ㄘㄡˋ）

解釋 把零碎的東西勉強湊合起來，或隨便拼湊，雜亂不整齊。

注意 「湊」是「氵」（ㄕㄨㄟˇ）部，不要錯寫成「冫」（ㄅㄧㄥ）部。

例句 他的讀書報告毫無創意，都是從報章雜誌或網路上東抄幾句，西摘一段，七拼八湊起來的。

七零八落（ㄑㄧ ㄌㄧㄥˊ ㄅㄚ ㄌㄨㄛˋ）

解釋 形容零散不齊，不集中的樣子。

例句 花園裡的花被一陣狂風吹得七零八落。

反義 井井有條、井然有序。

七嘴八舌（ㄑㄧ ㄗㄨㄟˇ ㄅㄚ ㄕㄜˊ）

解釋 形容你一句我一句，人多嘴雜，也形容群眾議論紛紛。

辨析 ①在古代也用來形容充分發表意見。②「七嘴八舌」和「眾說紛紜」都有「議論紛紛」的意思。但「七嘴八舌」重在形容人多嘴雜，多用在口語；「眾說紛紜」重在形容意見多種多樣，多用在文

章中。

例句 每次開班會，大家都是七嘴八舌，爭論不休，總是討論不出個結果。

近義 人多嘴雜、議論紛紛。

反義 異口同聲、噤若寒蟬。

七擒七縱（ㄑㄧ ㄑㄧㄣˊ ㄑㄧ ㄗㄨㄥˋ）

解釋 擒，捉拿。縱，釋放。比喻擅長運用謀略，使別人打從心底誠服。

典故 傳說三國時諸葛亮為了鞏固蜀漢後方，曾經七度擒拿南蠻酋長孟獲，但是每次都釋放他回去。後來，孟獲在感動之下，終於誠服漢室，不再背叛。

注意 「縱」是多音字，「縱放」時音ㄗㄨㄥˋ；「縱橫」時音ㄗㄨㄥ。

例句 你想讓對方心服口服，不如也來個「七擒七縱」吧！

八面玲瓏（ㄅㄚ ㄇㄧㄢˋ ㄌㄧㄥˊ ㄌㄨㄥˊ）

解釋 八面，本來是指窗戶多，現在指多方面。玲瓏，明亮清澈的樣子，也形容人靈活敏捷的樣子。原義是指窗戶寬敞明亮，後來形容為人處世手段圓滑，面面俱到，不得罪任何一方。

例句 他的個性剛正不阿（ㄜ），和長官八面玲瓏的個性正好形成對比。

近義 面面俱到。

八字沒見一撇（ㄅㄚ ㄗˋ ㄇㄟˊ ㄐㄧㄢˋ ㄧˋ ㄆㄧㄝ）

解釋 「八」字有一撇和一捺兩筆，連一撇都沒有寫，怎麼能成個八字。比喻事情還沒有著落。

例句 我都還沒有報名比賽，根本八字沒見一撇，你們怎麼先來道喜了？

八竿子打不著（ㄅㄚ ㄍㄢ ㄗ˙ ㄉㄚˇ ㄅㄨˋ ㄓㄠˊ）

解釋 竿子，指竹竿。形容毫無關係或關係很疏遠。

例句 我和他是八竿子打不著，對他的事情一無所知。

近義 毫不相干。

八仙過海，各顯神通（ㄅㄚ ㄒㄧㄢ ㄍㄨㄛˋ ㄏㄞˇ，ㄍㄜˋ ㄒㄧㄢˇ ㄕㄣˊ ㄊㄨㄥ）

解釋 八仙，指漢鍾離、張果老、韓湘子、鐵拐李、曹國舅、呂洞賓、藍采和、何仙姑八人。神話傳說中的八位仙人渡海時，各自施展本領。比喻各人都有自己的一套本事。

典故 本義是指反抗暴政，追求自由的行為。當年宋朝的罪犯都被發配到島上，但是朝廷僅撥給三百人的口糧，若人數太多，看守的獄卒就乾脆把犯人丟進海裡。有一次，在逃難的過程中，僅餘八位囚犯生存，躲在仙人洞中。當時的人們因佩服這八位犯人的勇氣，就美稱為八仙〈在仙人洞中，如神仙般厲害的八人〉。到了明朝，才有八仙過海，各顯神通的傳說故事。

例句 咱們八位各有專長，可說是八仙過海，各顯神通呢！

近義 各有千秋、各有所長。

九牛一毛（ㄐㄧㄡˇ ㄋㄧㄡˊ ㄧ ㄇㄠˊ）

解釋 九頭牛身上的一根毫毛。比喻非常渺小輕微。

例句 這點小錢對你來說不過九牛一毛，對災

民卻有莫大的幫助呢！

近義 滄海一粟（ㄙㄨˋ）、微乎其微。

反義 舉足輕重。

九牛二虎（ㄐㄧㄡˇ ㄋㄧㄡˊ ㄦˋ ㄏㄨˇ）

解釋 九頭牛加上兩隻虎的力量。比喻非常大的力量。

例句 我們費了九牛二虎之力才說服他參加比賽。

反義 輕而易舉、不費吹灰之力。

九死一生（ㄐㄧㄡˇ ㄙˇ ㄧˋ ㄕㄥ）

解釋 死亡的可能性極大，活著的可能性極小。形容情況極端危險，或是經歷過多次死亡的危險而倖存下來。

辨析 「九死一生」和「死裡逃生」都是形容從很危險的境遇中僥倖脫身，有時可通用。但「九死一生」著重於經歷過多次死亡的危險；「死裡逃生」著重於從瀕臨死亡的危險境地中逃脫出來。

例句 他憑著堅強的意志，經歷了九死一生，才從歹徒手中逃出。

近義 死裡逃生、虎口餘生。

人心惶惶（ㄖㄣˊ ㄒㄧㄣ ㄏㄨㄤˊ ㄏㄨㄤˊ）

解釋 惶惶，恐懼的樣子。形容每個人都惶恐不安。

例句 軍隊逼近這座城市時，居民個個人心惶惶，不知如何是好。

近義 人人自危、惶恐不安。

反義 無所畏懼。

人仰馬翻（ㄖㄣˊ ㄧㄤˇ ㄇㄚˇ ㄈㄢ）

解釋 人和馬都翻倒在地上。形容被殺得狼狽不堪，人馬傷亡的景象。也比喻亂得一塌糊塗，不可收拾。

注意 「仰」不要誤寫成「抑」；也不可以寫成「癢」。

例句 這一仗打得真痛快，直殺得敵人人仰馬翻，片甲不留。

近義 丟盔卸（ㄒㄧㄝˋ）甲。

反義 大獲全勝。

人多嘴雜（ㄖㄣˊ ㄉㄨㄛ ㄗㄨㄟˇ ㄗㄚˊ）

解釋 雜，雜亂。形容許多人聚在一起，意見紛歧，主張不一致，各人說各人的。

辨析 「人多嘴雜」和「七嘴八舌」都有「各種意見紛紛」的意思，但「人多嘴雜」除「議論紛紛，有各種各樣意見」外，還有一層「人多」的意思；「七嘴八舌」重在「意見不一，十分雜亂」。「七嘴八舌」的前面往往可以加上「許多人」、「人們」等詞語，「人多嘴雜」則不能。

例句 此處人多嘴雜，說話不便，我們還是另找地方吧！

近義 七嘴八舌、人多口雜。

人定勝天（ㄖㄣˊ ㄉㄧㄥˋ ㄕㄥˋ ㄊㄧㄢ）

解釋 人定，指人不斷地努力。天，大自然。人不斷的努力一定能夠戰勝自然。

例句 東西橫貫公路的建成，就是人定勝天的

最好證明。

近義 事在人為。

反義 聽（ㄊㄧㄥˋ）天由命。

人面桃花（ㄖㄣˊ ㄇㄧㄢˋ ㄊㄠˊ ㄏㄨㄚ）

解釋 比喻男子因見不到意中人，而感到失望和想念的心情。也可以形容女子的容貌美麗。

典故 有一年的清明節，唐人崔護到城南遊玩，因為路上口渴，就到一戶人家去要點水喝，這家的女子端來水後，就倚在桃樹下，含情脈脈地看著他。第二年清明節，崔護又舊地重遊，只見那家的房屋還在，卻見不到當時那位女子。失望的他就在門上題了首詩：「去年今日此門中，人面桃花相映紅。人面不知何處去，桃花依舊笑春風。」這首詩深切地表達崔護的愛慕之情。

注意 「人面桃花」是形容貌美的女子，英俊的男子要用「潘安再世」或「白面書生」。

例句 她不但聰明，而且外型亮麗，就像人面桃花呢！

近義 面如桃花、杏臉桃腮、豔如桃李。

反義 奇醜無比。

人浮於事（ㄖㄣˊ ㄈㄨˊ ㄩˊ ㄕˋ）

解釋 浮，超過。本來作「人浮於食」，後來演變成「人浮於事」，表示人員超過所需要的，也就是人多事少的意思。

注意 「事」不要誤寫成「世」。

例句 現今的社會人浮於事，想找一份滿意的工作，相當不容易。

近義 人浮於食。

人情世故（ㄖㄣˊ ㄑㄧㄥˊ ㄕˋ ㄍㄨˋ）

解釋 為人處世的道理。

注意 「世故」不要誤寫成「事故」。

例句 難道你連這點人情世故也不懂嗎？

近義 人情冷暖、世態炎涼。

人傑地靈（ㄖㄣˊ ㄐㄧㄝˊ ㄉㄧˋ ㄌㄧㄥˊ）

解釋 傑，傑出。靈，好、靈秀。本來是指山川秀麗的地方有靈秀之氣，所以毓育傑出的人才。現在多指因傑出的人物出生或到過那裡，而成為名勝地區。

例句 這裡山明水秀，人傑地靈，我很樂意在此服務。

近義 鍾靈毓（ㄩˋ）秀。

人微言輕（ㄖㄣˊ ㄨㄟˊ ㄧㄢˊ ㄑㄧㄥ）

解釋 微，職位低下。輕，不被重視。指人的社會地位低下，說話不被重視。

例句 我不過是個小職員，人微言輕，恐怕幫不上你的忙。

近義 身輕言微。

反義 言重九鼎。

人聲鼎沸（ㄖㄣˊ ㄕㄥ ㄉㄧㄥˇ ㄈㄟˋ）

解釋 鼎，古代煮食物的器具。沸，沸騰。比喻人聲十分嘈雜，就像鼎裡的水沸騰起來。

注意 「沸」音ㄈㄟˋ，不要唸成ㄈㄛˊ；也不可以寫成「佛」。

例句　夜市裡人聲鼎沸，叫賣聲、吆喝聲、爭吵聲，響成一片，非常熱鬧。

反義　鴉雀無聲。

人為刀俎，我為魚肉（ㄖㄣˊ ㄨㄟˊ ㄉㄠ ㄗㄨˇ，ㄨㄛˇ ㄨㄟˊ ㄩˊ ㄖㄡˋ）

解釋　人，他人。為，是。刀俎，剁肉的刀和砧板，指切魚肉的器具。別人是刀和砧板，我是放在砧板上被宰割的魚和肉。比喻別人掌握著生殺大權，自己完全處於被宰割的地位，毫無招架能力。

注意　「俎」音ㄗㄨˇ，不要唸成ㄘㄨˊ；也不可以寫成「祖」。

例句　人為刀俎，我為魚肉的滋味真不好受啊！除了奮起抵抗，沒有別的方法。

人無遠慮，必有近憂（ㄖㄣˊ ㄨˊ ㄩㄢˇ ㄌㄩˋ，ㄅㄧˋ ㄧㄡˇ ㄐㄧㄣˋ ㄧㄡ）

解釋　遠慮，長遠的考量計畫。近憂，隨時會發生的憂患。沒有長遠的考慮，一定會有不順心的事情發生。用來勸勉人凡事應作長遠打算，否則禍患隨時會發生。

例句　父親一再提醒我人無遠慮，必有近憂，要我把握年輕時光，好好努力。

入不敷出（ㄖㄨˋ ㄅㄨˋ ㄈㄨ ㄔㄨ）

解釋　敷，足夠。收入不夠支出。形容經濟困難。

注意　「敷」字左上部是「甫」，不要誤寫成「車」。

例句　媽媽持家有方，不僅改變了入不敷出的窘境，而且還有儲蓄呢！

近義　左支右絀（ㄔㄨˋ）、收不抵出、寅（ㄧㄣˊ）吃卯（ㄇㄠˇ）糧。

反義 腰纏萬貫、綽綽（ㄔㄨㄛˋ）有餘。

入木三分（ㄖㄨˋ ㄇㄨˋ ㄙㄢ ㄈㄣ）

解釋 本來是指書法的筆力雄健。後用來比喻一個人的見解、議論非常深刻，或表演、繪畫十分傳神。

典故 東晉大書法家王羲之的書法既秀麗又蒼勁，享有很高的聲譽。傳說有一次他把字寫在木板上，拿給雕刻工照著刻下來，刻工發現墨痕透入木板有三分厚。

例句 他的表演真是入木三分，叫人不得不佩服。

近義 力透紙背。

入室操戈（ㄖㄨˋ ㄕˋ ㄘㄠ ㄍㄜ）

解釋 操，拿。戈，古代的一種兵器。進入他的屋子，拿起他的武器攻擊他。比喻就對方的論點來反駁對方。

典故 東漢的鄭玄，曾入太學讀書，並向當時的知名人士馬融學習，回鄉以後專心研究學問，後來和一個研究經學的何休成了朋友。何休著有公羊墨守、左氏膏肓、穀梁廢疾三篇文章，鄭玄讀後，便作了發墨守、針膏肓、起廢疾三篇文章來駁斥何休的見解。何休讀了鄭玄的文章後，感慨的說：「鄭康成（鄭玄的字）真是進我的屋子，拿我的武器，向我進攻呀！」

辨析 「入室操戈」和「同室操戈」意義不同。「入室操戈」是比喻就對方的論點來反

駁對方；「同室操戈」是形容同一民族國家或家庭的人互相攻打。

例句 他擅長辯論，常用入室操戈的方法，抓住對方的論點，進行深入的駁斥。

入境隨俗（ㄖㄨˋ ㄐㄧㄥˋ ㄙㄨㄟˊ ㄙㄨˊ）

解釋 到一個新的地方，要問清楚當地的禁忌、習俗，順應當地的風俗習慣。

例句 出門在外最好入境隨俗，順應當地的民情，才能有新的生活體驗。

近義 入國問俗、入境問俗。

刀光劍影（ㄉㄠ ㄍㄨㄤ ㄐㄧㄢˋ ㄧㄥˇ）

解釋 表示拿刀持劍，殺氣騰騰的樣子，現在用來形容打鬥非常激烈的場面。

例句 這部武俠電影中刀光劍影的場面，拍攝的很精彩。

注意 「劍」不要誤寫成「箭」。

近義 刀光血影、劍拔弩張。

反義 偃旗息鼓、鳴金收兵。

力挽狂瀾（ㄌㄧˋ ㄨㄢˇ ㄎㄨㄤˊ ㄌㄢˊ）

解釋 力，盡力。挽，挽回、挽救。狂瀾，猛烈的大波浪。比喻用極大的力量挽回險惡的局勢。

注意 「瀾」音ㄌㄢˊ，不要唸成ㄌㄢˋ；也不可以寫成「爛」。

例句 在生死存亡的危急關頭，他力挽狂瀾，才解除了這次危機。

近義 扭轉乾（ㄑㄧㄢˊ）坤。

反義 一敗塗地、大勢已去。

力能勝貧，謹能勝禍
ㄌㄧˋ ㄋㄥˊ ㄕㄥˋ ㄆㄧㄣˊ，ㄐㄧㄣˇ ㄋㄥˊ ㄕㄥˋ ㄏㄨㄛˋ

解釋 辛勤工作可以戰勝貧困，謹慎行事就能避免災禍。

注意 「謹」不要誤寫成「僅」。

例句 「力能勝貧，謹能勝禍」這句諺語，是爺爺常常告誡我們的話。

十全十美
ㄕˊ ㄑㄩㄢˊ ㄕˊ ㄇㄟˇ

解釋 「十全」本來是古代的醫界用語，指醫治十個病人有十個痊癒，為上等醫術。至於「十美」是指唐伯虎畫的十美圖〈十美人像〉。後人把「十全」和「十美」合而為一，表示一切完美，毫無缺陷。

辨析 「十全十美」和「完美無缺」都有完滿、美好、沒有缺點的意思。但「十全十美」重在條件、設備等齊全美好；「完美無缺」重在完善、美好、零缺點。

例句 世界上沒有十全十美的人，只要知錯能改，就會不斷進步。

近義 完美無缺、盡善盡美。

反義 白璧微瑕、美中不足。

十生九死
ㄕˊ ㄕㄥ ㄐㄧㄡˇ ㄙˇ

解釋 形容經歷非常多的危難。

注意 「生」不要誤寫成「身」。

例句 這位登山專家曾歷經十生九死，卻不減對登山的熱愛。

十面埋伏
ㄕˊ ㄇㄧㄢˋ ㄇㄞˊ ㄈㄨˊ

解釋 形容被敵軍層層包圍。

注意 「埋」是多音字，「埋伏」時音ㄇㄞˊ，

「埋怨」時音ㄇㄢˊ。

例句 就算你有通天本領，也敵不過十面埋伏的包圍。

近義 八方受敵。

十拿九穩（ㄕˊ ㄋㄚˊ ㄐㄧㄡˇ ㄨㄣˇ）

解釋 形容辦事十分有把握。

辨析 「十拿九穩」和「萬無一失」都有「很有把握」的意思。但「十拿九穩」著重於「有所得」；而「萬無一失」則著重於「無所失」。

注意 「穩」不要誤寫成「隱」。

例句 這次的考試，他看來是自信滿滿，十拿九穩。

近義 萬無一失、穩操勝券。

反義 模稜（ㄌㄥˊ）兩可。

十惡不赦（ㄕˊ ㄜˋ ㄅㄨˋ ㄕㄜˋ）

解釋 十惡，指古代法律上規定的十種重罪，即謀反、謀大逆、謀叛、惡逆、不道、大不敬、不孝、不睦、不義、內亂。赦，免罪。形容罪大惡極、不可赦免。

注意 「惡」音ㄜˋ，不要唸成ㄨˋ。

例句 這批十惡不赦的殺人犯，終於受到法律的嚴厲制裁。

近義 罪大惡（ㄜˋ）極、罪該萬死。

反義 放下屠刀，立地成佛。

十年樹木，百年樹人（ㄕˊ ㄋㄧㄢˊ ㄕㄨˋ ㄇㄨˋ，ㄅㄞˇ ㄋㄧㄢˊ ㄕㄨˋ ㄖㄣˊ）

解釋 樹，種植。種植樹木要十年，培育人才

則需要更長的時間。形容培養人才是長久之計，也指培育人才是很不容易的。

例句 俗話說：「十年樹木，百年樹人。」培育人才是一件很不容易的事，所以我們學成後都應該回饋社會、報效國家。

反義 權宜之計。

【三畫】

三人成虎（ㄙㄢ ㄖㄣˊ ㄔㄥˊ ㄏㄨˇ）

解釋 比喻謠言說的人多，就會使人信以為真。

注意 「虎」是虍（ㄏㄨ）部，不是儿（ㄖㄣˊ）部。

例句 俗話說：「三人成虎」，謠言真是可怕呀！

近義 以訛傳訛。

三心二意（ㄙㄢ ㄒㄧㄣ ㄦˋ ㄧˋ）

解釋 形容意志不堅定，拿不定主意。

注意 「意」不要誤寫成「義」。

例句 如果你再三心二意，恐怕什麼機會都沒有了。

反義 一心一意、全心全意、專心一致。

三令五申（ㄙㄢ ㄌㄧㄥˋ ㄨˇ ㄕㄣ）

解釋 三、五，表示次數多。令，命令。申，申明、說明。再三的命令告誡。形容反覆的強調和告誡。

典故 春秋時代，齊國的軍事家孫武拿著自己

寫的孫子兵法去見吳王闔閭，吳王看過後非常欽佩，問道：「可以試試練兵的方法嗎？」孫武說：「可以。」吳王又問：「用宮女來試驗行嗎？」孫武說：「可以。」於是吳王挑出宮中一百八十位宮女，請孫武訓練。孫武將這些宮女分為兩隊，叫吳王的兩名寵姬做為隊長。孫武教她們如何做向前、向後、向左、向右的動作，接著，孫武便命令搬出鈇鉞（ㄈㄨ ㄩㄝˋ，古軍法用來殺人的大斧），又三番兩次向她們申誡。然後便擊鼓發出向左轉的號令，可是宮女們不但沒有按令行動，反而嘻嘻哈哈的笑起來。孫武說：「解釋不明，交代不清，應該是將官們的錯誤。」於是，又將剛才的一番話詳盡的向她們作了解釋，然後再次擊鼓發號，可是宮女們又是一陣哄笑。孫武說：「命令已經非常明確，仍不照辦，那就是隊長和士兵的過錯。」命令左右把兩個隊長推出斬首。吳王見要斬他的愛姬，急忙派人前去講情，可是孫武說：「將領在外，君命可以不服從。」當即把兩個隊長斬了。這時，再發鼓號，不論向左、向右、前進、後退，甚至連跪下來的複雜動作，宮女們都服從命令認真操練，再也不敢當兒戲了。

例句 媽媽三令五申的告誡我不可以一個人去河裡游泳。

近義 耳提面命、諄諄（ㄓㄨㄣ）告誡。

三生有幸（ㄙㄢ ㄕㄥ ㄧㄡˇ ㄒㄧㄥˋ）

解釋 三生，佛教指前生、此生、來生。經歷三生積修而來的福分，比喻非常難得的好運

氣。多用來稱頌交到良友。

注意 「幸」是干部，不是土部。

例句 我能夠和你做朋友，真是三生有幸呢！

近義 福星高照、鴻運高照。

反義 生不逢時、在劫難逃、禍不單行。

三折其肱

ㄙㄢ ㄓㄜˊ ㄑㄧˊ ㄍㄨㄥ

解釋 三，表示多次。肱，手臂。多次折斷手臂後，體會到有效的治療方法，自然而然就成為這方面的好醫生。比喻人遭遇一次又一次的挫折，累積的經驗豐富，造詣就愈來愈精深。也可以寫成「三折肱而成良醫」。

注意 「折」不要誤寫成「拆」。

例如 俗話說：「三折其肱」，挫折反而是成功之母呢！

近義 久病成醫。

三姑六婆

ㄙㄢ ㄍㄨ ㄌㄧㄡˋ ㄆㄛˊ

解釋 三姑，指尼姑、道姑、卦姑（卜卦算命的女人）。六婆，指牙婆（掮客，替人買賣物品，從中抽取佣金的女人）、媒婆、師婆（巫婆、耍邪術的女人）、虔婆（女流氓）、藥婆（賣藥品的女人）、穩婆（接生婆）。指舊時職業不高尚的婦女，常藉著進出別人家裡的機會，說長道短，造謠生事。現指喜歡搬弄是非、揭人隱私的人。

例句 那些成天在背後說人是非的人，真是標準的三姑六婆。

三長兩短

ㄙㄢ ㄔㄤˊ ㄌㄧㄤˇ ㄉㄨㄢˇ

解釋 指意外的災禍事故。可以用來形容生病、災禍等意外事故，但多指人的死亡。

例句 你一個人出門在外一定要多加小心，萬一有個三長兩短，父母會很傷心的。

反義 相安無事。

三思而行（ㄙㄢ ㄙ ㄦˊ ㄒㄧㄥˊ）

解釋 三，表示反覆多次。指反覆考慮之後再去做。

典故 春秋時代，魯國大夫季文子為人謹慎，凡事「三思而行」，也就是要經過多次考慮以後才決定怎樣做。

辨析 「三思而行」和「深思熟慮」都有反覆、深入地考慮的意思。但「三思而行」重在考慮成熟後再去做；而「深思熟慮」重在思慮的深入與成熟。

例句 這件事關係到許多同學的福利，必須三思而行，不能草率做決定。

近義 謹言慎行。

反義 輕舉妄動。

三教九流（ㄙㄢ ㄐㄧㄠˋ ㄐㄧㄡˇ ㄌㄧㄡˊ）

解釋 三教，指儒教、道教、佛教。九流，指儒家、道家、陰陽家、法家、名家、墨家、縱橫家、雜家、農家。後來指宗教、學術中的各種流派。也指社會上的各種人物和各種行業。

例句 這個地方出沒份子複雜，三教九流的人都有，你要多加小心。

三緘其口（ㄙㄢ ㄐㄧㄢ ㄑㄧˊ ㄎㄡˇ）

解釋 緘，封閉。用繩子把嘴巴封了三道。比喻人說話謹慎，不肯或不敢說話。

注意 「緘」音ㄐㄧㄢ，不要唸成ㄒㄧㄢˊ。

例句 他為人十分謹慎，與自己無關的事向來是三緘其口，從不插嘴。

近義 守口如瓶。

反義 道聽塗說。

三頭六臂 ㄙㄢ ㄊㄡˊ ㄌㄧㄡˋ ㄅㄧˋ

解釋 本來是佛教用語，指佛家守護神金剛夜叉具有三頭六臂。後用來比喻人的本領高強，神通廣大。

例句 這麼艱鉅的任務，即使我有三頭六臂也完成不了呀！

近義 神通廣大。

三顧茅廬 ㄙㄢ ㄍㄨˋ ㄇㄠˊ ㄌㄨˊ

解釋 顧，拜訪。茅，茅草。茅廬，草房。比喻誠心誠意地邀請別人。

典故 東漢末年，諸葛亮隱居在隆中（今湖北襄陽附近）的茅廬裡，劉備為了請他出來幫助自己打天下，曾經三次去拜訪他。前兩次，諸葛亮避而不見，第三次才見到面。經劉備再三懇求，諸葛亮終於答應出面相助。從此，諸葛亮協助劉備打了無數次勝仗，為劉備奠定了蜀漢的國基。因劉備當時訪求賢才非常虔誠，所以後人比喻多次專程拜訪叫「三顧茅廬」。

注意 ①「茅」不要誤寫成「矛」或「毛」。
②「廬」不要誤寫成「盧」。

例句 藝術總監是我三顧茅廬專程到國外請來的，大家務必要與他配合。

三天三夜說不完 ㄙㄢ ㄊㄧㄢ ㄙㄢ ㄧㄝˋ ㄕㄨㄛ ㄅㄨˋ ㄨㄢˊ

解釋 指事情繁雜，即使是三天三夜也說不完。

典故 戰國時齊國有一位學者叫淳于髡（ㄎㄨㄣ），他的口才一流，又博學多聞，所以齊威王派他去魏國，想辦法說服梁惠王依附齊國，合力對付秦國。淳于髡晉見梁惠王後，就滔滔不絕地講了起來，他分析利害得失，又列舉許許多多依附齊國的好處，就這樣，連續講了三天三夜，梁惠王也聽得津津有味，終於點頭答應。

辨析 「三天三夜說不完」和「滔滔不絕」意義不同，「滔滔不絕」是形容說話連續而不間斷，有口才好的意思，也就是口若懸河，例如：他滔滔不絕地向客戶介紹產品。這裡就不能改成「三天三夜說不完」。

例句 唉！提起他在異鄉生活的辛酸，真是三天三夜說不完呀！

近義 一言難盡。

上下其手（ㄕㄤˋ ㄒㄧㄚˋ ㄑㄧˊ ㄕㄡˇ）

解釋 把手擡高表示尊貴，把手放低表示低賤。比喻玩法作弊，故意顛倒是非黑白的人。

典故 左傳中記載著，有一次楚國和鄭國打仗，楚國的穿封戌和公子圍共同俘虜了鄭國的將領皇頡（ㄐㄧㄝˊ），請伯州犁判定功勞屬誰，伯州犁為了討好公子圍，就擡高了手指著公子圍說：「這位是公子圍，是國君尊貴的弟弟。」又把手放低指著穿封戌說：「這人是穿封戌，是方城山外的縣長。你說，到底是誰俘虜了你。」皇頡看見伯州犁的手勢，知道了他的暗示，便說是被公子圍捉住

的。

例句 他一向操守不良，一旦當選民意代表，難保不會上下其手、顛倒黑白。

近義 指鹿為馬。

上天入地（ㄕㄤˋ ㄊㄧㄢ ㄖㄨˋ ㄉㄧˋ）

解釋 既能升上天空，也能鑽入地底。比喻神通廣大。

注意 「天」和「入」不要誤寫成「夫」和「人」。

例句 你說這模型飛機有上天入地的本領，真的嗎？

上行下效（ㄕㄤˋ ㄒㄧㄥˊ ㄒㄧㄚˋ ㄒㄧㄠˋ）

解釋 領導的人怎麼做，下面的人就跟著怎麼做。比喻在團體中，有影響力的人所作所為常常會被模仿、效法。

例句 我們的班長是個品學兼優的好學生，上行下效，帶動了全班同學，建立良好的風氣。

近義 風行草偃。

上梁不正下梁歪（ㄕㄤˋ ㄌㄧㄤˊ ㄅㄨˋ ㄓㄥˋ ㄒㄧㄚˋ ㄌㄧㄤˊ ㄨㄞ）

解釋 上梁，比喻在上面的人，指上級或長輩。下梁，比喻在下面的人，指下級或晚輩。比喻在上面的人品行不好，下面的人也就會跟著學壞。

例句 俗話說：「上梁不正下梁歪」，所以做長輩的一定要以身作則，做個好榜樣。

下逐客令（ㄒㄧㄚˋ ㄓㄨˊ ㄎㄜˋ ㄌㄧㄥˋ）

解釋 客，本是指客卿，後來也泛指客人。主

人以暗示或明示的方法，催促客人離去。

典故 戰國時代，秦國境內有許多從別國來的客卿，他們都很有才學，所以秦始皇也非常重用他們。可是日子一久，秦始皇開始懷疑這些人的忠誠度，加上又發生他國的客卿接二連三地犯罪，秦始皇就打算把他們趕回去。後來，大臣李斯勸服秦始皇，這些客卿雖然不是秦人，卻對秦國貢獻良多，千萬不可以趕走他們。秦始王聽了李斯的話，才打消念頭。

注意 「逐」不要誤寫成「遂」。

例如 我看他頻頻打哈欠，難不成是在對我們下逐客令？

久旱逢甘雨，他鄉遇故知

ㄐㄧㄡˇ ㄏㄢˋ ㄈㄥˊ ㄍㄢ ㄩˇ ㄊㄚ ㄒㄧㄤ ㄩˋ ㄍㄨˋ ㄓ

解釋 天乾旱很久了，突然下了一場大雨，那雨水就像泉水般甘甜；一個人孤獨地在異鄉，竟然意外地遇見老朋友。比喻殷切希望的事，終於實現時的喜悅心情。這句話後面是接「洞房花燭夜，金榜題名時」。後來有人在每句的前面加上幾個字，成為「十年久旱逢甘雨，千里他鄉遇故知；和尚洞房花燭夜，六十金榜題名時」，更加強調驚喜的心情。

注意 「甘」不要誤寫成「乾」。

例句 哈哈！想不到我正愁沒錢用，竟然中了第一特獎，真是久旱逢甘雨，他鄉遇故知，好樂呀！

亡羊補牢

ㄨㄤˊ ㄧㄤˊ ㄅㄨˇ ㄌㄠˊ

解釋 亡，丟失，走失。補，修補。牢，牲口欄。羊跑掉了，趕緊修補羊欄。比喻事情出

了差錯，馬上想法子補救，還不算太遲。

典故 戰國時代，楚國的大臣莊辛看到朝政腐敗，便對楚襄王說：「你在宮裡的時候，左邊是州侯，右邊是夏侯；出去的時候，鄢陵君和壽陵君又跟隨著你。你和這四個人吃喝玩樂，卻不管國家大事。」襄王聽了很不高興，說：「你是老糊塗了吧！竟然說這種話來擾惑人心。」莊辛回答說：「如果你一定要寵信這四個人，楚國一定要滅亡的。你既然不信我的話，請允許我到趙國躲一躲，看事情到底會怎樣。」莊辛到了趙國才五個月，秦國果然派兵侵略楚國，襄王被迫流亡。這時，他才發覺莊辛的話是對的，於是趕緊派人把莊辛請來，問他還有什麼辦法。莊辛誠懇的說：「我聽說過，看見兔子才想起獵犬，這還不晚；羊跑掉了才來修補羊圈（ㄐㄩㄢˋ），也還不算遲。」後來，人們從中引申出「亡羊補牢」作為成語。

辨析 「亡羊補牢」常常和「猶未晚矣」連用。

注意 「補」不要誤寫成「捕」。

例句 工作上出了差錯，要能夠及時改正，正所謂「亡羊補牢，猶未晚矣」。

反義 未雨綢繆（ㄇㄡˊ）、防患未然。

千里鵝毛（ㄑㄧㄢ ㄌㄧˇ ㄜˊ ㄇㄠˊ）

解釋 比喻禮物雖然輕微，情意卻是深厚的。

典故 傳說，南方土官緬氏派緬伯高向唐朝皇帝進貢天鵝。經過沔陽時，因為給天鵝洗澡，不小心讓天鵝飛走了，只剩下一根鵝

毛。他只得把鵝毛獻給皇帝，並且作了一首詩，寫道：「禮輕人意重，千里送鵝毛。」

辨析 這個成語也可以寫成「禮輕人情重，千里送鵝毛」。

例句 這些東西雖然不值錢，卻是他大老遠帶來的，千里鵝毛，情意感人。

近義 物薄情厚。

千鈞一髮（ㄑㄧㄢ ㄐㄩㄣ ㄧˋ ㄈㄚˇ）

解釋 鈞，古代的重量單位，一鈞為三十斤。一根頭髮上吊了千鈞重物。比喻非常危險。

例句 騎機車卻不戴安全帽，那情況就像千鈞一髮，非常危險。

近義 危在旦夕、岌岌可危。

反義 安然無恙（ㄧㄤˋ）。

千瘡百孔（ㄑㄧㄢ ㄔㄨㄤ ㄅㄞˇ ㄎㄨㄥˇ）

解釋 千、百，形容多。孔，指小洞、窟窿。形容某種事物被破壞的程度非常嚴重，或弊病很多。

辨析 「千瘡百孔」和「滿目瘡痍」都是形容受到了嚴重的破壞。但「千瘡百孔」不僅有破壞嚴重的意思，而且還有毛病很多的意思，適用面較廣；「滿目瘡痍」著重在形容被破壞景象的嚴重性。

注意 「瘡」音ㄔㄨㄤ，不要唸成ㄘㄤ。

例句 這個城市在戰爭中被破壞得很厲害，真可說是千瘡百孔，街道上簡直看不到完整的房屋。

近義 百孔千瘡、滿目瘡痍、斷垣（ㄩㄢˊ）殘

壁。

千頭萬緒（ㄑㄧㄢ ㄊㄡˊ ㄨㄢˋ ㄒㄩˋ）

解釋　頭緒很多。形容事情很複雜紛亂。也可以寫成「萬緒千頭」。

注意　「緒」不要誤寫成「序」。

例句　近來他被千頭萬緒的公事纏身，心情很低落。

近義　千絲萬縷、心亂如麻、錯綜複雜。

反義　井井有條、有條不紊、提綱挈領。

千里之行，始於足下（ㄑㄧㄢ ㄌㄧˇ ㄓ ㄒㄧㄥˊ，ㄕˇ ㄩˊ ㄗㄨˊ ㄒㄧㄚˋ）

解釋　比喻要達到遠大的目標，必須從頭做起，逐步累積而成。

例句　俗諺說：「千里之行，始於足下。」所有的知識、經驗，都必須一點一滴的累積，不可能一步登天。

近義　登高必自卑，行遠必自邇。

反義　一步登天、一蹴可幾。

口若懸河（ㄎㄡˇ ㄖㄨㄛˋ ㄒㄩㄢˊ ㄏㄜˊ）

解釋　若，好像。懸河，指瀑布。說話滔滔不絕，像河水傾瀉下來一樣。比喻口才好，能說善道。

典故　晉朝時，有一個很有學問的人名叫郭象。他對於日常生活中發生的現象，非常喜歡下功夫研究。因為他學識淵博，能夠把道理講得清清楚楚讓人心領神會，所以王衍稱讚他說：「郭象講話，好比是山上的瀑布滔滔不絕，傾瀉而下，從來沒有枯竭的時候呢！」

辨析　「口若懸河」和「滔滔不絕」都可以用

來形容說話又多又流暢，連續不斷。但「口若懸河」著重於形容口才好；「滔滔不絕」著重於形容話多又流暢。

例句 他這個人能言善道，不說便罷，一說起話來總是口若懸河，滔滔不絕。

近義 侃侃而談、滔滔不絕。

反義 笨口拙舌、張口結舌、噤若寒蟬。

口碑載道（ㄎㄡˇ ㄅㄟ ㄗㄞˋ ㄉㄠˋ）

解釋 碑，豎立的石塊，表面刻有文字，用來紀念某人或某事。載，充滿。滿路都是稱頌的聲音，形容人人稱頌，美名遠揚。

注意 ①「載」音ㄗㄞˋ，「千載難逢」時才唸ㄗㄞˇ。②「載」不可以誤寫成「戴」；「道」不要誤寫成「到」。

例句 他經常造橋鋪路，為地方貢獻心力，在鎮上是口碑載道。

近義 有口皆碑。

反義 口誅筆伐、怨聲載道。

口誅筆伐（ㄎㄡˇ ㄓㄨ ㄅㄧˇ ㄈㄚˊ）

解釋 誅，斥責。伐，征討。用言語或文字批評、譴責別人，或揭露某事。

注意 「伐」字右邊是「戈」，不要誤寫成「代」。

例句 對那些製造汙染，不重視環保的廠商，我們應該口誅筆伐。

近義 大張撻（ㄊㄚˋ）伐。

反義 交口稱譽。

口蜜腹劍（ㄎㄡˇ ㄇㄧˋ ㄈㄨˋ ㄐㄧㄢˋ）

解釋 指嘴上說得很甜，肚子裡卻懷著害人的壞主意。形容人狡詐陰險。

典故 唐玄宗時，有個宰相叫李林甫，他有一套逢迎拍馬的手段，又用金錢收買皇上身邊的人，這樣，他就可以了解皇上的動靜，迎合皇上的旨意，以取得信任。他依靠這套本領，專權了十九年。李林甫對名望、才華和功勞比自己高的人，總是千方百計的排擠打擊。與人接觸時，表面上刻意裝出一副平易近人的樣子，暗地裡卻加以誣陷。日子久了，他這種兩面的手法被人們看穿了，大家背地裡都說他「口有蜜，腹有劍」。

辨析 「口蜜腹劍」和「笑裡藏刀」都是比喻人狡詐。但「口蜜腹劍」著重在「嘴甜」；「笑裡藏刀」著重在「臉笑」。

注意 ①「蜜」字下面是「虫」，不要誤寫成「密」。②「劍」也不要誤寫成「箭」。

例句 他看起來很和善，話說得很動聽，其實是個口蜜腹劍的人。

近義 笑裡藏刀。

反義 表裡如一。

土崩瓦解（ㄊㄨˇ ㄅㄥ ㄨㄚˇ ㄐㄧㄝˇ）

解釋 崩，倒塌。解，破裂。如土的崩塌、瓦的分解一樣。比喻完全潰敗、垮臺，不可收拾。

例句 龍頭老大突然去世，使得整個組織陷入土崩瓦解的困境。

近義 四分五裂、分崩離析。

反義 牢不可破。

土豪劣紳（ㄊㄨˇ ㄏㄠˊ ㄌㄧㄝˋ ㄕㄣ）

解釋 土豪，鄉里間的惡霸。劣紳，行為惡劣的知識分子。指在鄉里間作威作福，欺壓善良百姓的惡霸。

注意 「豪」字下面是「豕」，不要誤寫成「毫」。

例句 民主社會中，強調人人平等，不容許有土豪劣紳的存在。

士別三日（ㄕˋ ㄅㄧㄝˊ ㄙㄢ ㄖˋ）

解釋 別，離別。比喻進步神速，使人另眼相看。

注意 「士別三日」常和「刮目相待」連用。

例句 哇！士別三日，想不到你的投籃技巧變得如此厲害。

大刀闊斧（ㄉㄚˋ ㄉㄠ ㄎㄨㄛˋ ㄈㄨˇ）

解釋 大刀和闊斧都是古代的武器。比喻辦事果斷而有魄力。也指人凡事能從大處謀求解決之道。

辨析 「大刀闊斧」和「雷厲風行」都可以形容工作有氣魄。但前者主要在表示果斷、有魄力；後者則偏重在表示迅速、嚴格，而且大多用在政令的貫徹執行上。

例句 經過一番大刀闊斧的改革，公司內部顯得欣欣向榮。

近義 雷厲風行。

反義 畏首畏尾。

大公無私（ㄉㄚˋ ㄍㄨㄥ ㄨˊ ㄙ）

解釋 形容人非常公正，沒有私心。

注意 「大公無私」的「公」不可以誤寫成「工」或「功」。

例如　執法人員秉著大公無私的精神來辦案。

近義　大公至正、公正無私。

反義　自私自利、假公濟私、損公肥私。

大快朵頤（ㄉㄚˋ ㄎㄨㄞˋ ㄉㄨㄛˇ ㄧˊ）

解釋　頤，下巴。朵頤，指吃東西時腮幫子活動的樣子。形容享受美食時吃得十分愉快的樣子。

注意　「頤」字左邊是「𦣝」，不要錯寫成「臣」。

例句　今天同學會，我們選了一家遠近馳名的餐廳，準備大快朵頤一番。

反義　食不知味。

大放厥辭（ㄉㄚˋ ㄈㄤˋ ㄐㄩㄝˊ ㄘˊ）

解釋　厥，他的。辭，文辭、言辭。本是指極力鋪張辭藻，暢所欲言。現多用來譏諷人的言辭誇張，不合實情。有時也用來指人胡說八道。

注意　「辭」不要誤寫成「遲」。

例句　會場上十分混亂，有人大放厥辭，有人大發牢騷，讓主持人不知如何是好。

大相逕庭（ㄉㄚˋ ㄒㄧㄤ ㄐㄧㄥˋ ㄊㄧㄥˊ）

解釋　逕，門外小路。庭，內院。形容彼此相差很大，或事物有明顯的不同。

辨析　「大相逕庭」和「天壤之別」都有「相差很遠」的意思。但前者還有彼此矛盾的意思；而後者則只強調差別很大。

注意　①「逕」不要誤寫成「徑」。②「庭」也不要誤寫成「廷」。

例句 在教育子女的問題上，他們夫妻的觀點是大相逕庭。

近義 天壤之別。

反義 大同小異、不相上下。

大逆不道（ㄉㄚˋ ㄋㄧˋ ㄅㄨˋ ㄉㄠˋ）

解釋 逆，叛逆，背叛。不道，違背道德標準。形容罪大惡極，做出違反情理的事。

注意 「道」不要誤寫成「到」。

例句 為人子女竟然毆打父母，簡直是大逆不道。

反義 赤膽忠心。

大惑不解（ㄉㄚˋ ㄏㄨㄛˋ ㄅㄨˋ ㄐㄧㄝˇ）

解釋 惑，疑惑。解，明白。原義是說愚笨的人一輩子都不明白事理。後來表示非常迷惑，無法了解真相。含有不滿或質問的意思。

例句 這件事情非常曲折離奇，當中有許多疑點一直無法釐清，真令人大惑不解。

近義 百思不解。

反義 迎刃而解、恍然大悟。

大智若愚（ㄉㄚˋ ㄓˋ ㄖㄨㄛˋ ㄩˊ）

解釋 智，智慧。若，像。愚，愚笨。形容真正聰明有才智的人，表面上反而顯得愚笨、糊塗。

辨析 「大智若愚」和「大巧若拙」都是指聰明的人表面上看起來好像很笨。但前者重在「智」，適用於有學識才幹的人；後者則重在「巧」，適用於有技藝的人。

例句 你以為他真的糊裡糊塗嗎？其實他是大

智若愚呀！

大發雷霆（ㄉㄚˋ ㄈㄚ ㄌㄟˊ ㄊㄧㄥˊ）

解釋 霆，指又大又響的雷聲。形容大發脾氣，怒聲斥責。

辨析 「大發雷霆」和「怒不可遏」都是形容非常憤怒。但是「大發雷霆」重「聲」不重「形」，多形容發怒時高聲斥責；「怒不可遏」重「形」不重「聲」，多形容憤怒的情緒從表情上不可遏止的流露出來。

例句 請不要為了一點小事就大發雷霆。

近義 勃然大怒、怒不可遏、暴跳如雷。

反義 心平氣和、平心靜氣。

大雅之堂（ㄉㄚˋ ㄧㄚˇ ㄓ ㄊㄤˊ）

解釋 本是指風雅人物聚會的廳堂，後借指高雅的境界。

注意 「堂」不要誤寫成「棠」。

例句 我寫的毛筆字其實難登大雅之堂，怎麼能開書法展呢！

大義滅親（ㄉㄚˋ ㄧˋ ㄇㄧㄝˋ ㄑㄧㄣ）

解釋 親，親屬。本來是指為了維護君臣之義而不顧親屬之情。現在則是指為了維護國家、人民的利益，對犯罪的親屬不徇私情，使他們受到國法制裁。

典故 春秋時期，衛國的州吁（ㄒㄩ）殺了他同父異母的哥哥衛桓公，自立為國君，又逼迫老百姓去打仗，引起人民的不滿。州吁和他

的心腹石厚商量，怎樣才能鞏固自己的統治地位。石厚的父親石碏認為：「諸侯即位應得到周天子的許可，現在陳桓公很受周天子的寵信，假如你和州吁親自去請陳桓公代向周天子請命討封，就能鞏固統治地位。」州吁、石厚就帶了禮物親自到陳國去。同時，石碏已派人祕密送信給陳桓公，請他幫助衛國殺掉州吁和石厚。後來，陳桓公果然把他們扣留下來，並且處死了州吁。對於石厚，大家認為他是石碏的兒子，應該從寬處理。石碏堅決不同意，就派自己的家臣去殺了石厚。當時史官評論這件事，都認為石碏是大義滅親。

例句 他執勤時抓到正在賭博的父親，但職責所在，也只能大義滅親了。

近義 以義割恩。

反義 公報私仇。

大器晚成 ㄉㄚˋ ㄑㄧˋ ㄨㄢˇ ㄔㄥˊ

解釋 大器，比喻大才。大器需要長時間才能完成。指能擔當大事的人，要經過長期鍛鍊，成名往往較晚。也可以用作對長期不得意的人的安慰話語。

注意 「器」不要誤寫成「氣」。

例句 俗話說「大器晚成」，你一定要對孩子有信心。

孑然一身 ㄐㄧㄝˊ ㄖㄢˊ ㄧ ㄕㄣ

解釋 孑然，孤孤單單的樣子。指孤孤單單的一個人。

注意 「孑」不要誤寫成「孓」或「子」。

例句 他在異鄉孑然一身，沒有任何親戚朋友，過著孤單的日子。

近義 形單影隻、孤苦伶仃。

小心翼翼（ㄒㄧㄠˇ ㄒㄧㄣ ㄧˋ ㄧˋ）

解釋 翼翼，恭敬慎重的樣子。形容舉動十分謹慎，一點也不敢疏忽。

辨析 「小心翼翼」和「戰戰兢兢」一樣有謹慎的意思。但「戰戰兢兢」含有害怕的意思；「小心翼翼」則有崇敬的意思。

例句 她拿了根棉花棒，沾著紅藥水，在病人的傷口上，小心翼翼的擦著。

近義 小心謹慎。

反義 粗枝大葉。

小手小腳（ㄒㄧㄠˇ ㄕㄡˇ ㄒㄧㄠˇ ㄐㄧㄠˇ）

解釋 形容人小器、不大方。

注意 「腳」不要誤寫成「角」。

例句 為人如果太小手小腳，就不受歡迎了！

近義 一毛不拔、大手大腳。

反義 慷慨解囊。

小巧玲瓏（ㄒㄧㄠˇ ㄑㄧㄠˇ ㄌㄧㄥˊ ㄌㄨㄥˊ）

解釋 小巧，細小靈巧。玲瓏，精巧細緻。形容東西又細小又精緻。

例句 這對耳環小巧玲瓏，我很喜歡。

近義 嬌小玲瓏。

反義 碩大無朋。

小家碧玉（ㄒㄧㄠˇ ㄐㄧㄚ ㄅㄧˋ ㄩˋ）

解釋 小家，小戶人家，指一般普通的家庭。碧玉，本來是

小戶人家女子劉碧玉的名字。舊指小戶人家的女兒，年輕貌美，品格又好。

例句 多少大家閨秀他都看不上，仍舊執意要娶鄰居的小家碧玉為妻。

反義 大家閨秀。

小時了了（ㄒㄧㄠˇ ㄕˊ ㄌㄧㄠˇ ㄌㄧㄠˇ）

解釋 指在小時候很聰明，表現優良。

典故 據說東漢時有個聰明過人的小孩子，叫孔融。他在十歲那年，跟隨父親去拜訪當時的校尉李膺（ㄧㄥ）。當孔融和父親來到李府，他告訴守門人，自己是李校尉的親戚，才順利地進去。李膺見到他們，滿臉疑惑地問：「我和你們有親戚關係嗎？」孔融鎮定地回答：「當然有嘍！從前我的祖先孔子和你的祖先老子是師生關係，所以我和你也算得上是世交呢！」李膺和其他賓客一聽，都很佩服孔融，覺得小小年紀就才華洋溢，將來一定是個大人物。這時，大夫陳韙（ㄨㄟˇ）卻不以為然地批評說：「小時候聰明，長大後就不見得了。」孔融聽了，不慌不忙地回了一句：「想必陳大人小時候一定很聰明嘍！」在場的人，除了陳韙，都忍不住笑了出來，陳韙也覺得很尷尬。後來「小時了了」這句話，就被用來指人在幼年時很聰明。

注意 「小時了了」常和「大未必佳」連用。「小時了了」含有批評和否定的意思，不可以用來稱讚別人。

例句 你說我是「小時了了」，聽起來不像是誇獎喔！

小巫見大巫 ㄒㄧㄠˇ ㄨ ㄐㄧㄢˋ ㄉㄚˋ ㄨ

解釋 巫，舊時替人求鬼神賜福或治病的人。本指小巫遇見大巫，本領相差很遠，比不上。現比喻相形之下，程度差得太多，顯出高下懸殊。

例句 阿里山與喜瑪拉雅山比起來，簡直是小巫見大巫。

近義 相形失色、相形見絀（ㄔㄨˋ）。

反義 不相上下、相去無幾。

尸位素餐 ㄕ ㄨㄟˋ ㄙㄨˋ ㄘㄢ

解釋 尸位，占有職位而不做事。素餐，吃閒飯。原來形容空占職位，不做事情。後來也用作自謙詞，表示沒做什麼事情。

注意 「尸」不要誤寫成「施」。

例句 您過獎了，我其實是尸位素餐，什麼事也沒有做呀！

近義 尸祿素餐、竊位素餐。

反義 克盡厥職、忠於職守。

山崩地裂 ㄕㄢ ㄅㄥ ㄉㄧˋ ㄌㄧㄝˋ

解釋 山岳倒塌，大地裂開。形容聲勢浩大。

注意 「裂」不要誤寫成「烈」或「列」。

例句 導演為了要拍出山崩地裂的氣勢，運用了很多電腦動畫技術。

山窮水盡 ㄕㄢ ㄑㄩㄥˊ ㄕㄨㄟˇ ㄐㄧㄣˋ

解釋 山和水都到了盡頭，再也沒有路可走了。比喻陷入絕境。

注意 「盡」不要誤寫成「進」。

例句 他經商失敗，已到了山窮水盡的地步，

連吃飯的錢都沒有了。

近義　走投無路、日暮途遠、窮途末路。

反義　柳暗花明、絕處逢生。

山雨欲來風滿樓

解釋　欲，將要。山雨要來了，樓臺上的風勢很大。原是描寫山雨快要到來時，風颳得很大的樣子。後用來比喻重大事件發生前的緊張氣氛和跡象。

例句　他一進入會場就覺得氣氛凝重，有種山雨欲來風滿樓的感覺。

近義　山雨欲來，黑雲壓城城欲摧。

川流不息

解釋　川，河流。流，流動。息，停止。像河水那樣流個不停。比喻人群或車輛船隻來往很多。

例句　熱鬧的臺北街頭經常人來人往，車輛川流不息。

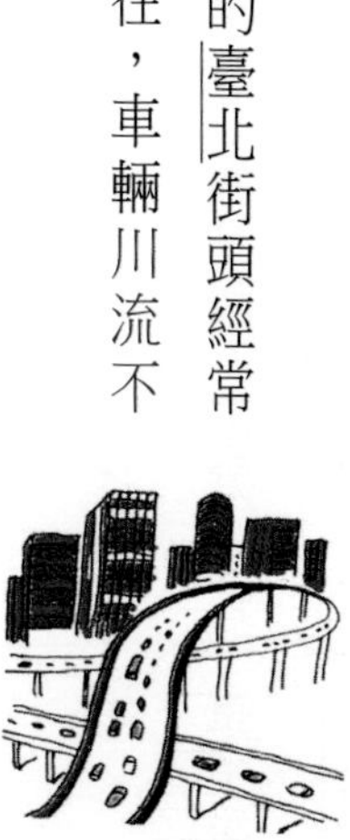

近義　車水馬龍、絡繹不絕、熙來攘往。

工力悉敵

解釋　工力，功夫和力量。悉，完全。敵，相當。指雙方的本事相當，很難分出上下。

例句　這兩隊的實力是工力悉敵，我難以猜出誰會獲得冠軍。

近義　棋逢敵手、旗鼓相當、勢均力敵。

反義　卵石不敵、高下懸殊。

工欲善其事，必先利其器

解釋　要使工作完善，必須先有精良的工具。

例句　工欲善其事，必先利其器，做事前先把工具準備好，如此才能得心應手。

才高八斗（ㄘㄞˊ ㄍㄠ ㄅㄚ ㄉㄡˇ）

解釋　斗，量器的單位，一斗等於十升。形容一個人才華洋溢，才氣過人。

典故　南史・謝靈運傳中曾提到：「天下的才氣如果加起來有一石（ㄉㄢˋ），曹子建（曹植）一個人就占了八斗，我謝靈運占一斗，從古到今的其他人不過占一斗。」後人就稱才氣很高的人叫「才高八斗」。

例句　他文思敏捷，才華洋溢，難怪大家都說他才高八斗。

反義　才疏學淺、腹笥（ㄙˋ）甚窘。

才疏學淺（ㄘㄞˊ ㄕㄨ ㄒㄩㄝˊ ㄑㄧㄢˇ）

解釋　才，才能。疏，空虛，稀少。學，學問。淺，不深厚。指才識不廣，學問不深。

例句　林老師飽讀詩書，卻常常說自己才疏學淺，真是謙虛。

近義　不學無術。

反義　才高八斗、博學多聞、學富五車（ㄐㄩ）。

【四畫】

不分軒輊（ㄅㄨˋ ㄈㄣ ㄒㄩㄢ ㄓˋ）

解釋　軒，車子前面高起的部分。輊，車子後面低下的部分。無法分出上下、好壞。比喻

雙方的能力或地位相等，不分上下。

例句 他們兩人的品德和成績不分軒輊，這次同時出來競選小市長，必定會有一番激烈的競爭。

近義 伯仲之間、並駕齊驅、旗鼓相當。

反義 天差地別、天淵之別、天壤之別。

不毛之地（ㄅㄨˋ ㄇㄠˊ ㄓ ㄉㄧˋ）

解釋 不毛，不長草木五穀的地方。指荒涼、貧瘠，或未被開發的地區。

例句 這裡原本是不毛之地，經過農業專家的研究改良，才成為一片美麗的花圃。

近義 寸草不生。

反義 魚米之鄉。

不可一世（ㄅㄨˋ ㄎㄜˇ ㄧˊ ㄕˋ）

解釋 形容狂妄自大到了極點，自以為當代沒有一個人能比得上。

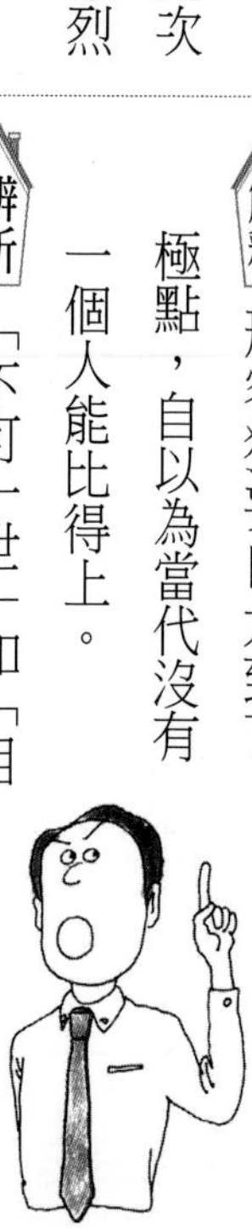

辨析 「不可一世」和「目空一切」都是形容狂妄自大，看不起別人。但「不可一世」在語意上比「目空一切」更加高傲。

注意 「世」不要誤寫成「事」。

例句 他首次奪下冠軍寶座，就一副不可一世的樣子。

近義 妄自尊大、夜郎自大、唯我獨尊。

反義 妄自菲（ㄈㄟˇ）薄、虛懷若谷。

不可名狀（ㄅㄨˋ ㄎㄜˇ ㄇㄧㄥˊ ㄓㄨㄤˋ）

解釋 名，說。狀，形容、描述。不能用言語來形容。

注意 ①「名」不要誤寫成「明」。②「狀」也不要誤寫成「壯」。

例句 當他知道自己考上第一志願時，心裡高興得不可名狀。

近義 不可言狀、不可言喻、不可言傳。

不可救藥（ㄅㄨˋ ㄎㄜˇ ㄐㄧㄡˋ ㄧㄠˋ）

解釋 藥，治療。病重得無法醫治。比喻已經到了無法挽救的地步。

典故 周厲王是個暴君，老百姓和朝廷大臣都對他不滿意。當時有一個叫凡伯的人，鄭重的勸告厲王，可是那些幫厲王做壞事的官吏反而譏笑他，於是凡伯做了一首叫板的詩，諷刺厲王，警告那些壞官。詩中提到「多將熇（ㄏㄜˋ）熇，不可救藥」，意思是說，錯誤愈來愈多，就會像火燃燒般不可收拾，像得了重病般沒有藥救。

例句 他不僅說謊，還偷竊、打人，簡直是不可救藥。

近義 無藥可救。

不平之鳴（ㄅㄨˋ ㄆㄧㄥˊ ㄓ ㄇㄧㄥˊ）

解釋 不平，不公平的事。鳴，發出聲音，指有所抒發或有所表示。形容遇到不公平的事，就會發出不滿的呼聲。

注意 「鳴」不要誤寫成「名」。

例句 他工作如此賣力，卻得到不公平的待遇，當然會發出不平之鳴了。

不共戴天（ㄅㄨˋ ㄍㄨㄥˋ ㄉㄞˋ ㄊㄧㄢ）

解釋 共，共同。戴，頂著。不跟仇人在一個

天底下生活，表示對敵人的深仇大恨。泛指仇恨非常深，不能共存。

注意 「戴」不要誤寫成「載」。

例句 他們之間有著不共戴天的深仇大恨，彼此敵視，不互相往來。

近義 勢不兩立。

反義 相依為命。

不同凡響（ㄅㄨˋ ㄊㄨㄥˊ ㄈㄢˊ ㄒㄧㄤˇ）

解釋 凡響，平凡的音樂。形容事物非常出色，也比喻本領出眾。

注意 「響」不要誤寫成「想」。

例句 她學過聲樂，唱起歌果然婉轉動聽，不同凡響。

近義 與眾不同。

反義 平淡無奇。

不自量力（ㄅㄨˋ ㄗˋ ㄌㄧㄤˋ ㄌㄧˋ）

解釋 量，估量。不能正確估計自己的力量。指高估自己的能力。

注意 「量」音ㄌㄧㄤˋ，不要唸成ㄌㄧㄤˊ。

例句 他的歌唱技巧不好，卻不自量力的要參加歌唱比賽。

近義 自不量力、蚍蜉（ㄆㄧˊ ㄈㄨˊ）撼樹、螳臂當車（ㄐㄩ）。

反義 量力而行。

不見經傳（ㄅㄨˋ ㄐㄧㄢˋ ㄐㄧㄥ ㄓㄨㄢˋ）

解釋 經傳，原指經典和解釋經文的傳，在這裡泛指被古人尊崇的經典著作。指經典著作中沒有記載。比喻沒有來歷，缺乏根據。

注意 「傳」音ㄓㄨㄢˋ，不要唸成ㄔㄨㄢˊ。

例句 這個不見經傳的小鎮，卻是歷史上許多大人物的故鄉。

不足為訓（ㄅㄨˋ ㄗㄨˊ ㄨㄟˊ ㄒㄩㄣˋ）

解釋 不足，不值得。訓，準則。不值得當作效法的準則。

例句 他的方法雖然收效很快，但是背離了道德與誠信的原則，不足為訓。

反義 奉為圭臬（ㄍㄨㄟ ㄋㄧㄝˋ）。

不足掛齒（ㄅㄨˋ ㄗㄨˊ ㄍㄨㄚˋ ㄔˇ）

解釋 不足，不值得。掛齒，提起，放在口頭上。形容事情很小，不值得一提。

例句 這點小事不足掛齒，我只花幾分鐘就處理好了。

近義 不在話下、何足掛齒、微不足道。

不卑不亢（ㄅㄨˋ ㄅㄟ ㄅㄨˋ ㄎㄤˋ）

解釋 卑，自卑。亢，高傲。既不自卑也不高傲。指對人的態度或言語很有分寸。

注意 「亢」音ㄎㄤˋ，不要唸成ㄎㄥ。

例句 他溫文儒雅、不卑不亢的態度，令人印象深刻。

近義 不亢不卑。

不拘小節（ㄅㄨˋ ㄐㄩ ㄒㄧㄠˇ ㄐㄧㄝˊ）

解釋 不拘，不拘泥。小節，瑣碎的小事。指不為小事情所限制。不注意生活小事。

注意 「節」不要誤寫成「結」。

例句 在生活上，他是個不拘小節的人；在工作上，卻是追求完美，十分認真的人。

近義 不拘一格。

反義 一本正經、謹言慎行。

不約而同（ㄅㄨˋ ㄩㄝ ㄦˊ ㄊㄨㄥˊ）

解釋 約，約定。同，相同。事先沒有經過商量或約定，而彼此的行動或看法卻完全一致。

辨析 「不約而同」和「異口同聲」都有「看法一致」的意思。但「異口同聲」重在人們說同樣的話，而「並不含有事先沒有經過商量」這一層意思，也不能用來形容行動或做法；「不約而同」則重在「事先沒有商量」，既可以用來形容說話，也可以用來形容行動與做法等。

例句 教師節當天，他們不約而同的來拜訪老師。

近義 不謀而合、英雄所見略同。

不苟言笑（ㄅㄨˋ ㄍㄡˇ ㄧㄢˊ ㄒㄧㄠˋ）

解釋 苟，苟且、隨便。不隨便說話、談笑。形容人的態度莊重、嚴肅。

注意 「苟」不要誤寫成「荀」（ㄒㄩㄣˊ）；也不可以寫成「狗」。

例句 他總是一副不苟言笑的樣子，令人難以親近。

近義 一本正經、正言厲色。

反義 嘻皮笑臉、談笑風生。

不倫不類（ㄅㄨˋ ㄌㄨㄣˊ ㄅㄨˋ ㄌㄟˋ）

解釋 倫，類。不倫，不同類。既不像這一類，又不像那一類。形容事物的外表或人的行為不合乎常態。

例句 他穿上那一套不倫不類、奇形怪狀的衣服，看起來十分滑稽。

近義 不三不四。

不屑一顧（ㄅㄨˋ ㄒㄧㄝˋ ㄧ ㄍㄨˋ）

解釋 不屑，不值得。顧，看。不值得一看，表示瞧不起的意味。

例句 他吃慣了山珍海味，對我們準備的粗茶淡飯根本不屑一顧。

近義 嗤（ㄔ）之以鼻。

反義 另眼相看、刮目相看。

不恥下問（ㄅㄨˋ ㄔˇ ㄒㄧㄚˋ ㄨㄣˋ）

解釋 不恥，不認為羞恥。指不以向學問比自己差，或地位比自己低的人請教為可恥。形容肯虛心向別人學習。

典故 春秋時代，衛國大夫孔圉（ㄩˇ）好學謙虛，死後的諡號叫「文」，後來人們就稱他為孔文子。孔子的學生子貢問孔子：「孔圉為什麼叫做『文』呢？」孔子回答：「他天資聰明，又喜愛學習，不以向比自己能力差的人請教感到可恥，所以他的諡號叫做『文』。」

例句 他一向不恥下問、虛懷若谷，所以贏得許多人的尊敬。

反義 目空一切、妄自尊大。

不偏不倚（ㄅㄨˋ ㄆㄧㄢ ㄅㄨˋ ㄧˇ）

解釋 倚，偏。不偏向任何一方，非常公正。形容一點也不偏斜，

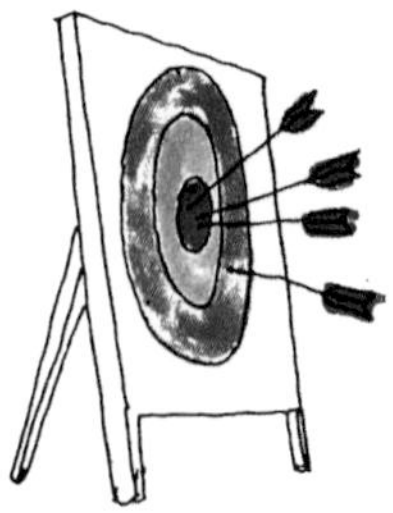

正中目標。

注意 「倚」不要誤寫成「椅」。

例句 颱風那天，路上的招牌不偏不倚的打在他頭上，害他後腦勺腫了一大塊。

反義 厚此薄彼。

不脛而走（ㄅㄨˋ ㄐㄧㄥˋ ㄦˊ ㄗㄡˇ）

解釋 脛，小腿。走，快跑。沒有腿而跑得很快。比喻事物用不著推行，就飛快的傳播、流行開來。

注意 「脛」不要誤寫成「徑」或「逕」。

例句 他當選模範生的消息早就不脛而走，在社區裡傳開了。

不速之客（ㄅㄨˋ ㄙㄨˋ ㄓ ㄎㄜˋ）

解釋 速，邀請。未經邀請而自己來的客人。指意想不到的客人。

注意 「速」音ㄙㄨˋ，不要唸成ㄕㄨˋ。

例句 大家正在慶祝時，忽然來了一位不速之客大鬧會場，破壞了現場的氣氛。

不勞而獲（ㄅㄨˋ ㄌㄠˊ ㄦˊ ㄏㄨㄛˋ）

解釋 比喻不費心力或勞力而得到成果。

注意 「獲」不要誤寫成「穫」。

例句 天下沒有不勞而獲的事，只有腳踏實地才能夠成功。

近義 坐收漁利、坐享其成、漁翁得利。

反義 自力更生、自食其力。

不勝枚舉（ㄅㄨˋ ㄕㄥ ㄇㄟˊ ㄐㄩˇ）

解釋 勝，盡。枚，個。指無法一個個的列舉出來，形容數量很多。

注意 ①「勝」音ㄕㄥ，不要唸成ㄕㄥˋ。②「枚」不要誤寫成「玫」。

例句 老師在史學方面的著作多得不勝枚舉。

近義 不可勝（ㄕㄥ）數、不計其數。

反義 屈指可數、寥寥無幾。

不寒而慄（ㄅㄨˋ ㄏㄢˊ ㄦˊ ㄌㄧˋ）

解釋 慄，打顫、發抖。形容非常的害怕。

典故 漢武帝時的義縱是個很殘暴的官吏，他到定襄任太守時，把在押的二百名犯人和曾私自探監的二百多人，一起判處死罪。消息傳出後，人人心驚膽寒。從此定襄城裡的人，一提起義縱的暴行就不寒而慄。

辨析 「不寒而慄」和「毛骨悚然」都是形容非常害怕。但「毛骨悚然」的語意上比「不寒而慄」更重。

注意 「慄」字右邊是「栗」（ㄌㄧˋ），不要誤寫成「粟」（ㄙㄨˋ）。

例句 那些歹徒殘暴和冷血的手段，令人不寒而慄。

近義 心驚肉跳、心驚膽戰。

不著邊際（ㄅㄨˋ ㄓㄨㄛˊ ㄅㄧㄢ ㄐㄧˋ）

解釋 著，接觸。邊際，邊緣、界限。挨不著邊兒。形容說話空洞，不切實際。

注意 「著」音ㄓㄨㄛˊ，不要唸成˙ㄓㄜ或ㄓㄨˋ。

例句 開會時，大家儘說些不著邊際的話，討論了很久都沒有結果。

近義 天馬行空、漫無邊際。

反義 一針見血、一語道破、切中（ㄓㄨㄥˋ）要

害。

不蔓不枝（ㄅㄨˋ ㄇㄢˋ ㄅㄨˋ ㄓ）

解釋 本來是說蓮莖不蔓生也不分枝。後用來稱讚文章簡潔流暢。

注意 「蔓」不要誤寫成「曼」或「慢」、「漫」。

例句 這篇論說文一語中的，遣詞用字不蔓不枝，令人讚賞。

近義 言簡意賅、要言不煩。

反義 生拉硬扯、拖泥帶水。

不學無術（ㄅㄨˋ ㄒㄩㄝˊ ㄨˊ ㄕㄨˋ）

解釋 沒有學問，沒有本領。現在用來譏諷一個人不用心求學問。

注意 「無術」不要誤寫成「無數」。

例句 他整天遊手好閒，不學無術，縱使家財萬貫，也會坐吃山空。

近義 胸無點墨。

反義 滿腹經綸、學富五車（ㄐㄩ）。

不謀而合（ㄅㄨˋ ㄇㄡˊ ㄦˊ ㄏㄜˊ）

解釋 謀，計畫、商量。合，符合。指事前沒有經過商量，而意見或行動卻完全一致。

注意 「合」不要誤寫成「和」。

例句 你的建議正是我想提出來的，我們的意見真可說是不謀而合了。

近義 不約而同。

反義 各行其是。

不遺餘力（ㄅㄨˋ ㄧˊ ㄩˊ ㄌㄧˋ）

解釋 遺，留下。餘力，剩下的力量。把所有

的力量全部使出來，一點也不保留。

注意 不要誤寫成「不餘遺力」。

例句 他一向熱心助人，只要有人需要幫助，他一定不遺餘力，全力以赴。

近義 全力以赴、竭盡全力。

不翼而飛（ㄅㄨˋ ㄧˋ ㄦˊ ㄈㄟ）

解釋 翼，翅膀。沒有翅膀卻能飛。比喻東西無故丟失。

注意 「翼」不要誤寫成「異」。

例句 他所珍藏的古董字畫竟然不翼而飛，令他十分著急。

近義 不脛而走。

反義 失而復得。

不識一丁（ㄅㄨˋ ㄕˋ ㄧ ㄉㄧㄥ）

解釋 形容人一個字也不認識。也可以寫成「目不識丁」。

例句 你並非不識一丁的人，怎麼連一個字也寫不出來呢？

近義 不識之無。

反義 滿腹經綸、學富五車。

不識時務（ㄅㄨˋ ㄕˋ ㄕˊ ㄨˋ）

解釋 不識，不懂得。時務，當前的客觀形勢。指不認識當前的形勢和時代的潮流。有時也指不知趣。

典故 東漢安帝時，鄧太后的哥哥鄧騭（ㄓˋ）專斷朝政，聽說張霸很有名望，就想和他結交，張霸卻疑惑不答。當時許多人都取笑張

霸「不識時務」。

注意 「時務」不要誤寫成「食物」。

例句 總經理如此賞識你，處處提拔你，你卻不領情，真是太不識時務了。

不吃回頭草（ㄅㄨˋ ㄔ ㄏㄨㄟˊ ㄊㄡˊ ㄘㄠˇ）

解釋 比喻不反悔。

注意 「不吃回頭草」這句諺語常說成「兔子不吃窩邊草，好馬不吃回頭草」。

例句 你別再說了，我絕不吃回頭草。

近義 九死不悔。

反義 悔不當初。

不分青紅皂白（ㄅㄨˋ ㄈㄣ ㄑㄧㄥ ㄏㄨㄥˊ ㄗㄠˋ ㄅㄞˊ）

解釋 皂，黑色。比喻不問事情的是非、對錯，就隨便採取行動。

注意 「皂」音ㄗㄠˋ，不要唸成ㄓㄠˋ。

例句 在真相未明前，你不能不分青紅皂白的前去理論。

近義 不分皂白。

反義 明辨是非、是非分明、涇渭分明。

不知天高地厚（ㄅㄨˋ ㄓ ㄊㄧㄢ ㄍㄠ ㄉㄧˋ ㄏㄡˋ）

解釋 天高地厚，形容天地廣大遼闊，引申指事情的複雜艱鉅。這句話是形容人狂妄無知。

例句 你如此草率下決定，都沒有考慮後果，簡直不知天高地厚。

不登大雅之堂（ㄅㄨˋ ㄉㄥ ㄉㄚˋ ㄧㄚˇ ㄓ ㄊㄤˊ）

解釋 大雅，高貴風雅。堂，廳堂。指粗俗的文藝作品或粗俗的事物，有時也指沒有見過

大場面或不適合參與大場面的人。

例句　這種不登大雅之堂的作品，還是不要發表比較好。

不費吹灰之力（ㄅㄨˋ ㄈㄟˋ ㄔㄨㄟ ㄏㄨㄟ ㄓ ㄌㄧˋ）

解釋　形容事情做起來不費絲毫力氣，非常容易。

例句　他是個釣魚高手，一到海邊，不費吹灰之力就釣了好多魚。

近義　反掌折枝、易如反掌、探囊取物。

反義　千辛萬苦、舉步維艱。

不到長城非好漢（ㄅㄨˋ ㄉㄠˋ ㄔㄤˊ ㄔㄥˊ ㄈㄟ ㄏㄠˇ ㄏㄢˋ）

解釋　長城，指萬里長城。好漢，指有勇氣和志節的男子。比喻不達目的絕對不停止。

例句　俗話說：「不到長城非好漢」，這件事我非辦成才行。

不看僧面看佛面（ㄅㄨˋ ㄎㄢˋ ㄙㄥ ㄇㄧㄢˋ ㄎㄢˋ ㄈㄛˊ ㄇㄧㄢˋ）

解釋　僧，出家修行的和尚。比喻求人照顧，給某人一點面子。

例句　俗話說：「不看僧面看佛面」，你就看在我倆的交情上，原諒他吧！

不得越雷池一步（ㄅㄨˋ ㄉㄜˊ ㄩㄝˋ ㄌㄟˊ ㄔˊ ㄧˊ ㄅㄨˋ）

解釋　越，跨過。雷池，古雷水自今湖北黃梅縣東流到安徽望江縣東南，積水而成池，稱作「雷池」。比喻做事不可以超越範圍或界限。

例句　請你們自尊自重，遵守規定，不得越雷池一步。

不管三七二十一（ㄅㄨˋ ㄍㄨㄢˇ ㄙㄢ ㄑㄧ ㄦˋ ㄕˊ ㄧ）

解釋 不顧一切，不計後果。

典故 戰國時的大說客蘇秦，曾經對齊宣王表示，齊國的都城臨淄有七萬戶，每戶規令要有三個男子服役，這樣就有二十一萬名士兵，根本不需要懼怕秦國。其實蘇秦的算法是大錯特錯，因為怎麼可能每戶人家都有男子呢！即使有，也僅是小孩子或老人家，甚至有的還臥病在床，更別說去當兵打仗了。後來人們就把「三七二十一」當作含有諷刺意味的語詞流傳開來。

例句 老天！你做事向來都不管三七二十一嗎？

不到黃河心不死（ㄅㄨˋ ㄉㄠˋ ㄏㄨㄤˊ ㄏㄜˊ ㄒㄧㄣ ㄅㄨˋ ㄙˇ）

解釋 比喻不達到目的絕不罷休。現在多用來比喻勉強做一些做不到的事，不到最後失敗絕望時絕不罷休。

例句 他是不到黃河心不死，在沒看到結果以前，他是不會罷手的。

不入虎穴，焉得虎子（ㄅㄨˋ ㄖㄨˋ ㄏㄨˇ ㄒㄩㄝˋ，ㄧㄢ ㄉㄜˊ ㄏㄨˇ ㄗˇ）

解釋 本來是指不親歷危險的境地，就不能獲得成功。比喻不冒險就無法成功。

典故 東漢明帝時，班超率領三十六個人出使西域（今甘肅、新疆一帶），到達鄯善（ㄕㄢˋ，在今新疆鄯善縣）時，一開始，國王對他很恭敬，待為上賓，幾天後忽然冷淡下來。班超召集同行人員說：「國王可能是受到匈奴的籠絡，使他拿不定主意，不知歸順哪一方才好。所以現在我們的處境很危險，

但是『不入虎穴，焉得虎子』，眼前唯一的辦法就是今天夜裡火攻匈奴營地，把他們殺了，鄯善國王才會誠心歸順漢朝。」當夜班超率領部下將匈奴使者及其隨從三十多人殺死，其餘一百多人也都被燒死。第二天，班超又好言勸告鄯善王，這才使他心悅誠服。由於班超的努力，後來西域五十多國都與漢朝建立了友好關係。

注意 「焉」不要誤寫成「馬」。

例句 他為了研究臺灣黑熊的生態，抱定了不入虎穴，焉得虎子的決心，上山下海的蒐集資料。

不經一事，不長一智（ㄅㄨˋ ㄐㄧㄥ ㄧˊ ㄕˋ，ㄅㄨˋ ㄓㄤˇ ㄧˊ ㄓˋ）

解釋 經，經歷。智，見識。不經歷過一件事，就不能增長和這件事有關的知識。常指從挫折、失敗的教訓中取得經驗。

例句 你別再勸他了，反正不經一事，不長一智，他如果上當了，下次就不容易被騙。

中流砥柱（ㄓㄨㄥ ㄌㄧㄡˊ ㄉㄧˇ ㄓㄨˋ）

解釋 中流，河的中游。砥柱，山名，在黃河中央，像石柱一般。砥柱山雖然被河水沖擊，但是仍然屹立不動。比喻英勇堅強，能擔當重任的人。

注意 「砥」字右邊下面有一橫，不要錯寫成「𥐘」。也不可以寫成「底」或「柢」。

例句 他畢業後一直自勉，希望能成為社會的中流砥柱。

反義 隨波逐流。

中飽私囊（ㄓㄨㄥ ㄅㄠˇ ㄙ ㄋㄤˊ）

解釋 中飽，指貪官汙吏對上欺瞞政府，對下蒙騙百姓，從中取得私利。比喻經手辦事的人從中貪汙，獲取不正當的利益。

例句 這次旅行的費用和品質差距甚遠，不免令人懷疑有人中飽私囊。

反義 兩袖清風。

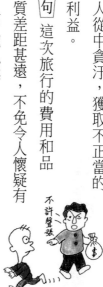

井井有條（ㄐㄧㄥˇ ㄐㄧㄥˇ ㄧㄡˇ ㄊㄧㄠˊ）

解釋 井井，整齊不亂的樣子。條，條理、秩序。形容有條有理，絲毫不亂。

例句 他是個謹慎認真的人，無論做什麼事都井井有條。

近義 井然有序、有條不紊（ㄨㄣˋ）。

反義 亂七八糟、雜亂無章。

井底之蛙（ㄐㄧㄥˇ ㄉㄧˇ ㄓ ㄨㄚ）

解釋 井底的青蛙只能看見井口大小的天。比喻眼界狹隘、見識短淺的人。

典故 有個寓言說，一隻青蛙住在一口廢井裡，牠只知道井底那小小的一塊地方，只能看到井口那麼大的一塊天，根本不知道井外的世界有多大。一天，牠在井邊碰到了一隻從東海來的大甲魚，青蛙得意的對牠說：「你看，我多快樂呀！高興時就在井欄邊上蹦蹦跳跳，累了就在井壁的洞裡休息；要游泳，水也不少，要散步，也可以在軟軟的爛泥地上走來走去。那些螃蟹和小蝌蚪，沒有一個比得上我的。我是多麼逍遙自在呀！你為什麼不進

來觀賞觀賞呢？」大甲魚聽了，很想下去看看，可是牠左腿還沒跨進去，右腳的膝蓋卻已經被井欄絆住了。於是，大甲魚就說了些海水怎麼深，怎麼廣大無邊的事情。青蛙這才知道井外還有這麼大的天地，又是驚訝又是慚愧，感到自己的見識太渺小了。

例句 凡事要多聽聽別人的意見，不要像井底之蛙一樣，見識淺薄還自鳴得意。

近義 坐井觀天、孤陋寡聞。

反義 見多識廣。

五日京兆（ㄨˇ ㄖˋ ㄐㄧㄥ ㄓㄠˋ）

解釋 京兆，古代官名，也就是京兆尹。比喻任職時間短暫或凡事不作長遠打算。

典故 漢代的張敞是位一絲不苟的人，當他任職京兆尹時，因為受別人的牽連而遭受處分。這時他吩咐手下的小官吏暫時幫忙辦理案件，但是這名小官吏竟然私自跑回家，家人勸他不可以怠忽職守，他卻滿不在乎地說：「我只不過是暫時代理職務罷了，哪能辦什麼案件呢！」消息傳到張敞耳裡，他很生氣，立刻派人逮捕那名小官吏，並且說：「五日京兆又怎麼樣呢？」後來，張敞依法處死了這名怠職的小官吏。

注意 「兆」不要誤寫成「照」。

例句 他是個做事認真的人，即使是五日京兆，也盡心盡力。

五花八門（ㄨˇ ㄏㄨㄚ ㄅㄚ ㄇㄣˊ）

解釋 五花，五行陣。八門，八門陣。本來是指五行陣、八門陣的變化多端、種類繁雜。後用來比喻變化多端，花樣繁多。

例句 科學博物館裡陳列著五花八門的新奇物品，令人讚嘆連連。

近義 五光十色、形形色色。

五體投地 ㄨˇ ㄊㄧˇ ㄊㄡˊ ㄉㄧˋ

解釋 五體，指手足四肢和頭。投地，著地、頂地。本來是古印度及佛教最隆重的行禮儀式。後用來比喻敬佩到了極點。

注意 「投」不要誤寫成「頭」。

例句 你這場表演確實太精彩了，我簡直是佩服得五體投地。

近義 心悅誠服、頂禮膜拜。

反義 不甘示弱。

五十步笑百步 ㄨˇ ㄕˊ ㄅㄨˋ ㄒㄧㄠˋ ㄅㄞˇ ㄅㄨˋ

解釋 本來是指作戰時打了敗仗的兩個士兵，一個向後逃跑了五十步，卻去譏笑另一個逃跑了一百步的。比喻程度雖然不同，但本質是一樣的。

典故 戰國時代，梁惠王非常好戰，有一次他問孟子說，他對國家大事都能盡心盡力，也能愛護百姓，即使發生災荒，也不會讓百姓挨餓受凍，鄰近各國的國君都不及他。可是，鄰國的百姓不見得減少，梁國的百姓也不見得增多，這是什麼原因呢？孟子回答說：「我拿打仗來做個比喻吧！雙方軍隊到了戰場，戰鼓一響，刀槍相接，一場廝殺，打敗了的，免不了要丟盔棄甲拚命逃跑。假如一個士兵跑得慢，只跑了五十步，看見前

面一個士兵已經跑了一百步，因此就嘲笑那人『貪生怕死』，說自己膽量大，這樣對不對呢？」梁惠王說：「當然不對，那士兵只不過是因為自己跑得慢而落後五十步罷了。」孟子說：「大王既然明白了這個道理，那麼你的問題又有什麼不明白的呢？你雖然在小的地方多照顧了老百姓一些，可是你喜歡打仗，一打起仗來，老百姓成千上萬的死亡，這和鄰國比起來，不也像『五十步笑百步』嗎？」

注意 「步」字右邊沒有一點，不要錯寫成「步」。

例句 你別五十步笑百步了，看看你自己寫的字，也不見得比別人端正啊！

仁至義盡（ㄖㄣˊ ㄓˋ ㄧˋ ㄐㄧㄣˋ）

解釋 仁義，指古代儒家的仁義之道，現在比喻對人的仁愛和正義。至，極、最。盡，全部用出。形容對人的善意和幫助已經盡了最大限度的努力。

注意 「義」不要誤寫成「意」。

例句 他為你耗費了這麼多的時間和金錢，可說是仁至義盡了。

近義 情至義盡。

反義 以怨報德、袖手旁觀。

內憂外患（ㄋㄟˋ ㄧㄡ ㄨㄞˋ ㄏㄨㄢˋ）

解釋 內憂，國家內部的動亂。外患，外來的侵略或禍患。指國家內部的動亂和外來的侵略。

例句 滿清末年，中國在內憂外患的情況下，處境十分危險。

【反義】四海開平、國泰民安。

六神無主（ㄌㄡˋ ㄕㄣˊ ㄨˊ ㄓㄨˇ）

【解釋】六神，道教認為人的心、肺、肝、腎、脾、膽各有神靈主宰，稱為六神；後用來指人的精神。形容心慌意亂，不知怎麼辦才好。

【例句】這突如其來的變故，嚇得他臉色蒼白，六神無主。

【近義】心慌意亂、不知所措、手足失措。

【反義】從（ㄘㄨㄥ）容不迫。

分庭抗禮（ㄈㄣ ㄊㄧㄥˊ ㄎㄤˋ ㄌㄧˇ）

【解釋】庭，庭院。抗，對等，相當。古時候，賓客和主人相見，分別站在庭院的兩邊相對行禮，表示地位平等。後用來比喻雙方平起平坐，不相上下。也指雙方以平等的地位互相競爭。

【注意】「庭」不要誤寫成「廷」。

【例句】今天這兩支球隊的實力相當，足以分庭抗禮，必定是一場精彩的比賽。

【近義】平分秋色、勢均力敵。

【反義】甘拜下風。

分崩離析（ㄈㄣ ㄅㄥ ㄌㄧˊ ㄒㄧ）

【解釋】分崩，破裂。離析，散開。形容國家、團體等分裂瓦解，不可收拾。

【辨析】①「分崩離析」強調組織內部之間的分裂、不團結；「土崩瓦解」則強調整個組織徹底潰敗、垮臺，語意較前者為重。②「四分五裂」可以用來形容一般性的事物；「分

崩離析」則很少這樣用。

注意 「析」不要誤寫成「折」。

例句 這支當年三連霸的球隊，如今跳槽、挖角風波不斷，已經是分崩離析了。

近義 土崩瓦解、四分五裂。

反義 同舟共濟、精誠團結。

分道揚鑣（ㄈㄣ ㄉㄠˋ ㄧㄤˊ ㄅㄧㄠ）

解釋 鑣，馬口中所銜的鐵環，用來繫韁繩，外面綁著小鈴。揚鑣，指驅馬前進。形容各走各的路，互不相干。後多用來比喻志趣、目的不同，各自向不同的目標前進。

例句 他們兩人原是社團中的正、副會長，後來卻因理念不合而分道揚鑣。

近義 各奔東西。

反義 志同道合、並行不悖（ㄅㄟˋ）。

勾心鬥角（ㄍㄡ ㄒㄧㄣ ㄉㄡˋ ㄐㄧㄠˇ）

解釋 本義是指屋宇的簷角相互勾連，接合主體建築，形成精緻繁複、錯落參差的結構。後來因「勾」有彎曲義，「鬥」有爭執義，「角」有較量義，所以就用來比喻各用心機，明爭暗鬥，互相排擠、算計對方。

注意 「角」不要誤寫成「腳」。

例句 這兩個人表面上看來感情很好，私底下卻常常勾心鬥角，互相排擠對方。

近義 明爭暗鬥、明槍暗劍、爾虞（ㄩˊ）我詐。

反義 肝膽相照、開誠布公。

化險為夷（ㄏㄨㄚˋ ㄒㄧㄢˇ ㄨㄟˊ ㄧˊ）

解釋 險，危險。夷，平坦。把危險的情況轉

變為平安。

注意「夷」不要誤寫成「姨」。

例句這一路上，多虧他的沉著穩定，我們才能化險為夷。

近義轉危為安。

匹夫之勇（ㄆㄧˇ ㄈㄨ ㄓ ㄩㄥˇ）

解釋匹夫，指個人。形容一個人做事衝動，不用腦筋，全憑血氣之勇。

注意「匹」音ㄆㄧˇ，不要唸成ㄆㄧ。

例句小弟做事莽撞，常不顧後果，逞匹夫之勇，惹來一堆麻煩。

近義血氣之勇。

匹夫有責（ㄆㄧˇ ㄈㄨ ㄧㄡˇ ㄗㄜˊ）

解釋匹夫，平民、一般人。國家大事，每個人都有責任。

辨析「匹夫有責」前面常和「天下興亡」、「民族興亡」、「國家興亡」連用。

注意「匹」音ㄆㄧˇ，不要唸成ㄆㄧ。

例句天下興亡，匹夫有責，尤其在這個非常時期，人人都應該貢獻自己的心力。

近義責無旁貸。

反脣相稽（ㄈㄢˇ ㄔㄨㄣˊ ㄒㄧㄤ ㄐㄧ）

解釋反脣，回嘴、頂嘴。稽，計較、爭辯。受到指責不服氣，反過來責問對方。

辨析①現在多寫成「反脣相譏」。②「反脣相稽」偏重於反過來和對方爭辯問題的真假是非；「反脣相譏」偏重於諷刺、責罵對方，語意較前者為重。

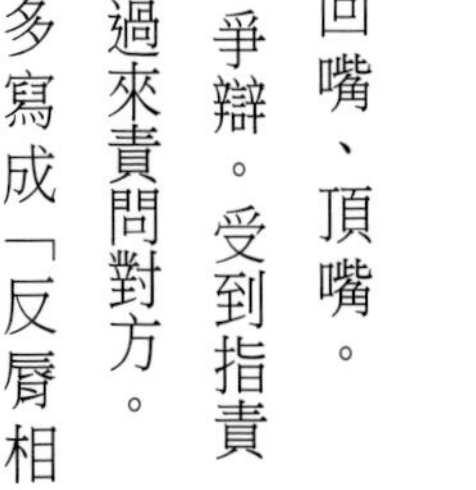

例句 他對別人善意的批評，非但不接受，還處處反脣相稽。

近義 反咬一口、反脣相譏。

反掌折枝（ㄈㄢˇ ㄓㄤˇ ㄓㄜˊ ㄓ）

解釋 反掌，把手掌反過來。折枝，「枝」通「肢」，指身體，折枝即彎腰鞠躬；「枝」或指樹枝，即折取樹枝。反掌、折枝，都是非常容易的事，比喻事情非常簡單。

例句 處理這些事情對他來說有如反掌折枝，一下子就解決了。

近義 易如反掌、輕而易舉、唾手可得。

反義 難如登天。

天生麗質（ㄊㄧㄢ ㄕㄥ ㄌㄧˋ ㄓˋ）

解釋 形容天生容貌就姣好美麗。

例句 姊姊是天生麗質的大美人。

近義 花容月貌、傾城傾國、沉魚落雁。

天狗食月（ㄊㄧㄢ ㄍㄡˇ ㄕˊ ㄩㄝˋ）

解釋 古代民間對月蝕的看法。也可以寫成「天狗吞月」。

典故 傳說古時候的天狗神咬了月亮一口，但是天狗神有嘴巴沒有喉嚨，始終無法把月亮吞下去。天狗雖然吞不下去，但是也不願意鬆口，月神覺得這樣僵持下去也不是辦法，所以祂乾脆指示人們，每逢月蝕之夜，就點燃爆竹，用力敲鐵鍋、鐵盆，製造鏗鏗鏘鏘的聲響來趕走天狗。這是古人對月蝕的看法，其實以天文學的觀點來看，月蝕是因為地球運行到太陽和月球之間，三者恰巧成一直線時，地球陰影遮住月球，使月亮表面出

現黑影的現象。「月蝕」也可以寫成「月食」。

例句 你聽過「天狗食月」的故事嗎？

天衣無縫（ㄊㄧㄢ ㄧ ㄨˊ ㄈㄥˋ）

解釋 本來是說神仙穿的衣服因為不是用針線縫製的，所以沒有衣縫。後用來比喻某些人的文章完美無缺，渾成自然；或某件事周密完備，沒有破綻。

注意 「縫」音ㄈㄥˋ，不要唸成ㄈㄥˊ；也不可以寫成「逢」。

例句 他以為自己把事情掩飾得天衣無縫，沒想到百密一疏，最後還是被揭發出來了。

近義 十全十美、無懈可擊。

反義 破綻（ㄓㄢˋ）百出。

天花亂墜（ㄊㄧㄢ ㄏㄨㄚ ㄌㄨㄢˋ ㄓㄨㄟˋ）

解釋 墜，掉落。佛經中記載，佛祖說法感動天神，上天降下許多花朵。比喻說話十分動聽吸引人。

注意 「墜」字上面是「隊」，不要誤寫成「墮」。

例句 任憑你說得天花亂墜，大家也不會相信的。

天怒人怨（ㄊㄧㄢ ㄋㄨˋ ㄖㄣˊ ㄩㄢˋ）

解釋 上天憤怒，人民怨恨。形容危害非常嚴重，引起全天下人民的憤怒。

例句 你這樣一意孤行，不考慮大家的感受，只會弄得天怒人怨，不可收拾。

近義 人神共憤、怨聲載道。

反義 頌聲載道。

天涯海角 ㄊㄧㄢ ㄧㄚˊ ㄏㄞˇ ㄐㄧㄠˇ

解釋 偏僻或相距遙遠的地方。

注意 「涯」音ㄧㄚˊ，不要唸成ㄧㄞˊ；也不可以寫成「崖」。

例句 我願意跟隨你到天涯海角。

近義 天南地北。

反義 近在咫尺。

天經地義 ㄊㄧㄢ ㄐㄧㄥ ㄉㄧˋ ㄧˋ

解釋 經，規則。義，正理。天地間歷久不變的規則、道理。指不可改變的真理。也比喻理所當然，不容置疑。

例句 父母疼愛子女，子女孝順父母，都是天經地義的。

近義 毋庸置疑、理所當然。

反義 豈有此理。

天誅地滅 ㄊㄧㄢ ㄓㄨ ㄉㄧˋ ㄇㄧㄝˋ

解釋 誅，殺死。形容罪大惡極，為天地所不容，不能存在於世上。

例句 這夥歹徒罪大惡極，到頭來一定會天誅地滅，遭到報應的。

近義 天理難容。

天羅地網 ㄊㄧㄢ ㄌㄨㄛˊ ㄉㄧˋ ㄨㄤˇ

解釋 羅，捕鳥的網。天當作羅，地當作網。比喻四周包圍得十分嚴密，難以逃脫。

例句 雖然對方撒下天羅地網，他仍然突破層層關卡，順利脫逃。

近義 天網恢恢。

天壤之別（ㄊㄧㄢ ㄖㄤˇ ㄓ ㄅㄧㄝˊ）

解釋 天壤，天上和地下。天上和地下的差別。比喻差別很大。

例句 同樣在臺灣，南部和北部的風俗、民情卻有天壤之別。

近義 天差地遠、天淵之別。

反義 大同小異、半斤八兩、毫無二致。

天有不測風雲（ㄊㄧㄢ ㄧㄡˇ ㄅㄨˋ ㄘㄜˋ ㄈㄥ ㄩㄣˊ）

解釋 不測，不能預測。天的風雲氣候變化難以預測。比喻有些事很難預料，或比喻人有難以預料的災禍。

辨析 常與「人有旦夕禍福」連用。

例句 真是天有不測風雲，早上他還好好的，沒想到突然心臟病發，昏倒路旁。

近義 禍從天降。

天網恢恢，疏而不漏（ㄊㄧㄢ ㄨㄤˇ ㄏㄨㄟ ㄏㄨㄟ ㄕㄨ ㄦˊ ㄅㄨˋ ㄌㄡˋ）

解釋 天網，本來是指天道的網，後用來比喻國法。恢恢，寬廣的樣子。疏，稀疏。原義是指天道像廣闊的大網，看起來稀稀疏疏，但絕不會放掉任何一個壞人。現比喻作惡犯罪的人逃脫不了法律的制裁。

例句 逃亡多年的兇手，終於被逮捕了，真是天網恢恢，疏而不漏。

近義 天羅地網，法網恢恢，疏而不漏。

反義 逍遙法外、漏網之魚。

引人入勝（ㄧㄣˇ ㄖㄣˊ ㄖㄨˋ ㄕㄥˋ）

解釋 勝，指勝境，美妙的境界。吸引人進入美妙的境界。往往指風景很美，或文章寫得非常好，很有吸引力。

注意 「勝」不要誤寫成「盛」。

例句 這本小說寫得曲折離奇，引人入勝，令人愛不釋手。

反義 味如嚼（ㄐㄩㄝˊ）蠟、興（ㄒㄧㄥˋ）味索然。

引狼入室（ㄧㄣˇ ㄌㄤˊ ㄖㄨˋ ㄕˋ）

解釋 引，招引。把狼招引到家裡。把敵人或壞人引到家裡，比喻招致禍患。

例句 交了壞朋友，就好像引狼入室一樣危險。

近義 開門揖（ㄧ）盜。

引經據典（ㄧㄣˇ ㄐㄧㄥ ㄐㄩˋ ㄉㄧㄢˇ）

解釋 引用經書典籍中的話來作為文章、談話的依據。

例句 他寫文章總喜歡引經據典，炫耀才學。

近義 引古援今、旁徵博引。

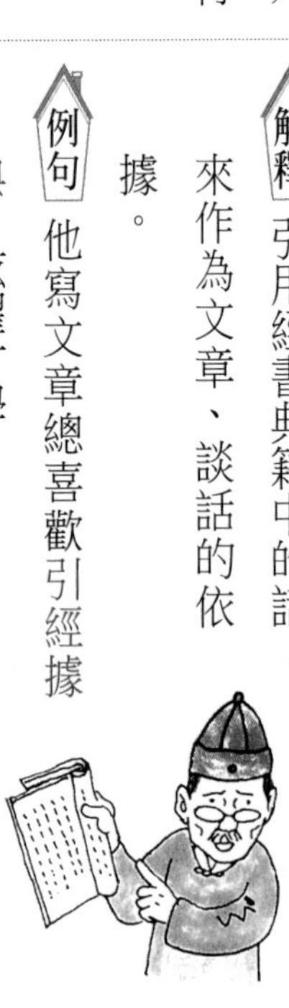

心不在焉（ㄒㄧㄣ ㄅㄨˋ ㄗㄞˋ ㄧㄢ）

解釋 心，心思。焉，即「在這裡」。指心思不在這裡。形容思想不集中。

辨析 「心不在焉」可形容聽講、讀書等，也可用來形容某種動作、神態。

注意 不要誤寫成「心不在馬」。

例句 他上課總是心不在焉，常常被老師叫起來罰站。

近義 心猿意馬。

反義 全神貫注。

心心相印（ㄒㄧㄣ ㄒㄧㄣ ㄒㄧㄤ ㄧㄣˋ）

解釋 心，心意。相印，相合。本來是指彼此心意不用說明就能互相了解。現多形容彼此的情意相通，心靈契合。

例句 他們兩人雖然交往沒多久，但早已心心相印，互許終生了。

近義 情投意合。

反義 貌合神離。

心血來潮（ㄒㄧㄣ ㄒㄧㄝˇ ㄌㄞˊ ㄔㄠˊ）

解釋 來潮，潮水上漲。比喻心裡突然浮起了一個念頭。

注意 「潮」不要誤寫成「朝」。

例句 我一時心血來潮，跟同學去看了一場電影。

心花怒放（ㄒㄧㄣ ㄏㄨㄚ ㄋㄨˋ ㄈㄤˋ）

解釋 怒放，盛開。形容非常高興、快樂。

例句 她一聽說媳婦生了個白白胖胖的兒子，不由得心花怒放。

近義 欣喜若狂、喜出望外、興（ㄒㄧㄥˋ）高采烈。

反義 愁腸寸斷、痛不欲生、痛哭流涕。

心急如焚（ㄒㄧㄣ ㄐㄧˊ ㄖㄨˊ ㄈㄣˊ）

解釋 焚，火燒。心裡急得像火燒一樣。形容十分著急。

例句 小弟弟走失了，媽媽心急如焚的到處尋找。

近義 急如星火。

反義　不慌不忙、從（ㄘㄨㄥ）容不迫。

心悅誠服（ㄒㄧㄣ ㄩㄝˋ ㄔㄥˊ ㄈㄨˊ）

解釋　悅，高興、愉快。誠，真心、誠意。服，信服。真心誠意的服從或信服。

例句　總經理敬業的工作態度，使所有員工都能心悅誠服，盡心的為公司效力。

近義　五體投地、心服口服。

心亂如麻（ㄒㄧㄣ ㄌㄨㄢˋ ㄖㄨˊ ㄇㄚˊ）

解釋　心裡亂得像一團麻線，形容心情非常煩躁，沒有了主意。

例句　他接到奶奶生病住院的消息，一時心亂如麻，久久不能平靜。

心照不宣（ㄒㄧㄣ ㄓㄠˋ ㄅㄨˋ ㄒㄩㄢ）

解釋　照，知道、明白。宣，公布。彼此心裡明白，不用說出來。

例句　他的理由聽起來很正當，但大家都心照不宣，知道那只是推託之辭。

近義　心領神會。

反義　百思不解。

心猿意馬（ㄒㄧㄣ ㄩㄢˊ ㄧˋ ㄇㄚˇ）

解釋　形容心思不定，精神不集中，如同猿猴蹦跳、馬兒奔跑一樣，無法控制。

例句　他根本就沒有專心聽課，心猿意馬，不知道在想些什麼。

近義　心不在焉、意馬心猿。

反義　全神貫注。

心腹之患（ㄒㄧㄣ ㄈㄨˋ ㄓ ㄏㄨㄢˋ）

解釋 心腹，這裡指內部，比喻要害部位。患，禍害。比喻隱藏在內部或要害部位的禍害。

例句 千百年來，黃河水災一直是兩岸居民的心腹之患。

注意 「患」不要誤寫成「犯」。

心馳神往（ㄒㄧㄣ ㄔˊ ㄕㄣˊ ㄨㄤˇ）

解釋 馳，快跑。往，去。形容整個心神飛快的被吸引過去，一心嚮往的意思。

例句 他在國外居住多年，最近才回到心馳神往的故鄉，了卻多年的心願。

心領神會（ㄒㄧㄣ ㄌㄧㄥˇ ㄕㄣˊ ㄏㄨㄟˋ）

解釋 領、會，領悟，理解。用不著對方明說，心裡已經領會、理解了。可用於詩文、語言、動作、神情等方面。

例句 他們兩人之間的默契已到了心領神會，不用言語的境界。

反義 百思不解。

心廣體胖（ㄒㄧㄣ ㄍㄨㄤˇ ㄊㄧˇ ㄆㄢˊ）

解釋 廣，寬廣。胖，安詳舒適的樣子。心胸寬闊，身體自然就安詳舒適。後用來比喻一個人心中快樂，沒有憂慮，身體自然會肥胖起來。

注意 「胖」音ㄆㄢˊ，不要唸成ㄆㄤˋ。

例句 家中的債務還清以後，父親心廣體胖，

身材日漸發福。

心曠神怡（ㄒㄧㄣ ㄎㄨㄤˋ ㄕㄣˊ ㄧˊ）

解釋　心，心情。曠，開朗。神，精神。怡，愉快。心境開闊，精神愉快。

注意　「怡」不要誤寫成「宜」。

例句　站在海邊，眺望遠處的大海，使人心曠神怡，神采飛揚。

近義　心開色喜。

反義　心煩意亂。

心驚膽戰（ㄒㄧㄣ ㄐㄧㄥ ㄉㄢˇ ㄓㄢˋ）

解釋　戰，發抖、打哆嗦。形容害怕到了極點。

例句　山洞裡黑漆漆的，我們手拉著手，心驚膽戰的往前走。

近義　膽戰心寒。

反義　勇者不懼、無所畏懼。

手不輟筆（ㄕㄡˇ ㄅㄨˋ ㄔㄨㄛˋ ㄅㄧˇ）

解釋　形容不停的動筆書寫。

注意　「輟」不要誤寫成「綴」。

例句　瞧你手不輟筆的，到底在寫些什麼呢？

手不釋卷（ㄕㄡˇ ㄅㄨˋ ㄕˋ ㄐㄩㄢˋ）

解釋　釋，放下、放開。卷，指書籍。手裡捨不得放下書。形容用功勤學或看書入迷。

典故　三國時代，吳國有位名將叫呂蒙，由於他小時候家境貧困，除了一身武藝之外，識字不多，而被其他大官瞧不起。孫權見他年輕有為，又擔任要職，勸他多讀點書，增加

些學問。呂蒙推託說：「部隊裡事情太忙，沒有時間讀書。」孫權聽了，很嚴肅的對他說：「我又不要你當學問家，但一些普通知識你總得具備啊！再說我的事情更多，可是我還在讀書呢！」孫權又告訴呂蒙，自己在少年時期讀過一些書，後來掌軍權，又陸續讀了一些歷史和兵法的書，對工作很有幫助。孫權還舉了兩個好學的軍人為例，說：「漢光武帝在打仗時，仍手不釋卷；曹操老而好學，你為什麼不能自求上進呢？」呂蒙很受感動，從此勤奮讀書，進步神速。

辨析 「手不釋卷」和「愛不釋手」都有「不肯放手」的意思。但「愛不釋手」泛指喜愛的東西；「手不釋卷」專指愛讀書，手不肯離開書本。

注意 「卷」字下面是「㔾」，不要誤寫成「劵」或「券」。古時候的書，不是裝訂成冊，而是貼成一長篇，兩端有軸，可以捲起來，所以叫做「卷」。

例句 他對漫畫的喜愛，已經到了手不釋卷，不吃不睡的程度。

近義 孜孜（ㄗ）不倦、學而不厭。

反義 一暴（ㄆㄨˋ）十寒。

手足之情（ㄕㄡˇ ㄗㄨˊ ㄓ ㄑㄧㄥˊ）

解釋 手足，比喻兄弟。情，感情。比喻兄弟之間的親密情感。

例句 他們兄弟為了爭奪遺產而大打出手，連手足之情都不顧。

近義 情同手足、親如手足。

反義 煮豆燃萁（ㄑㄧˊ）。

手足無措（ㄕㄡˇ ㄗㄨˊ ㄨˊ ㄘㄨㄛˋ）

解釋 措，安放。手和腳不知放在那裡。形容慌亂之間，不知道該怎麼辦才好。

辨析 「手足無措」和「束手無策」都有「不知道該怎麼辦才好」的意思。但「手足無措」偏重於慌亂，多指短暫的情況；「束手無策」偏重於想不出對付的辦法，語意較「手足無措」重。

注意 「無措」不要誤寫成「無錯」。

例句 上課時，老師臨時起意要考試，使得大家手足無措，不知道該怎麼辦。

近義 不知所措、手足失措。

反義 泰然自若。

手忙腳亂（ㄕㄡˇ ㄇㄤˊ ㄐㄧㄠˇ ㄌㄨㄢˋ）

解釋 形容驚慌失措，也形容做事慌張、忙亂。

例句 家裡來了許多客人，媽媽手忙腳亂的招呼著。

近義 七手八腳、手足無措。

反義 有條不紊（ㄨㄣˋ）。

手到擒來（ㄕㄡˇ ㄉㄠˋ ㄑㄧㄣˊ ㄌㄞˊ）

解釋 擒，捉拿。比喻事情能隨心所欲，毫不費力就成功了。也可以寫成「手到拿來」。

注意 「手」不要誤寫成「首」。

例句 憑你百發百中的灌籃神技，冠軍寶座是手到擒來呢！

近義 反掌折枝、易如反掌、唾手可得。

反義 大海撈針。

手無寸鐵 ㄕㄡˇ ㄨˊ ㄘㄨㄣˋ ㄊㄧㄝˇ

【解釋】寸，形容短小。鐵，指武器。手裡沒有一點武器可以護衛。

【例句】那個警察手無寸鐵的與歹徒對抗，令人替他捏一把冷汗。

【近義】赤手空拳。

【反義】荷（ㄏㄜˋ）槍實彈。

手舞足蹈 ㄕㄡˇ ㄨˇ ㄗㄨˊ ㄉㄠˇ

【解釋】舞，揮動、舞動。蹈，踏地、跳動。手揮舞，腳跳動。形容非常高興的樣子。

【辨析】「手舞足蹈」和「興高采烈」都有「非常高興」的意思。但「手舞足蹈」重在動作表現；「興高采烈」重在形容心情。

【注意】「蹈」音ㄉㄠˇ，不要唸成ㄉㄠˋ。

【例句】妹妹很有舞蹈細胞，每次一聽到音樂，便手舞足蹈的跳起舞來。

【近義】歡欣鼓舞。

【反義】悶悶不樂。

手無縛雞之力 ㄕㄡˇ ㄨˊ ㄈㄨˊ ㄐㄧ ㄓ ㄌㄧˋ

【解釋】縛，捆。虛弱得連捆綁雞的力氣都沒有。形容一個人體弱力小。

【注意】「縛」字右上部是「甫」，不要錯寫成「重」。

【例句】他大病初癒，虛弱得手無縛雞之力，很需要別人的照顧。

文過飾非 ㄨㄣˊ ㄍㄨㄛˋ ㄕˋ ㄈㄟ

【解釋】文，掩飾。飾，遮掩。用各種理由、藉口來掩飾自己的缺點和錯誤。

注意 ①「文」音ㄨㄣˊ，不要唸成ㄨㄣˋ。②「飾非」不要誤寫成「是非」。

例句 他是一個慣於文過飾非，推卸責任的人。

反義 聞過則喜。

文質彬彬 ㄨㄣˊ ㄓˋ ㄅㄧㄣ ㄅㄧㄣ

解釋 文，文采。質，實質。彬彬，文質兼備的樣子。形容舉止文雅，態度從容有禮的樣子。

注意 「彬彬」不要誤寫成「斌斌」。

例句 他有良好的氣質，是個文質彬彬、很有禮貌的少年。

近義 彬彬有禮、溫文爾雅。

反義 俗不可耐。

方興未艾 ㄈㄤ ㄒㄧㄥ ㄨㄟˋ ㄞˋ

解釋 方，正在。興，興起。艾，停止。指事情正在發展，一時不會終止。多用來形容流行的事物、現象，或思想觀念正在蓬勃發展，不可阻擋。

辨析 「方興未艾」偏重指發展勢力還未停止；「蒸蒸日上」偏重指發展速度很快。

注意 ①「興」音ㄒㄧㄥ，不要唸成ㄒㄧㄥˋ。②「艾」不要誤寫成「愛」。

例句 現代社會，人們愈來愈注重健康，所以有機飲食的觀念正方興未艾呢！

近義 如日中天、蒸蒸日上。

反義 日暮窮途。

日上三竿 ㄖˋ ㄕㄤˋ ㄙㄢ ㄍㄢ

解釋 三竿，三枝竹竿的高度。指太陽已升得很高，大約是上午八、九點的時候。比喻時間已經不早了。

注意 「竿」不要誤寫成「杆」。

例句 他每天都工作到深夜，經常睡眠不足，因此每到假日總要睡到日上三竿才肯起床。

日理萬機（ㄖˋ ㄌㄧˇ ㄨㄢˋ ㄐㄧ）

解釋 萬機，種種事務，形容繁多的事務。每天要處理數以萬計的事情。形容事務繁忙，工作辛勞。

例句 市長日理萬機，卻依然精神奕奕，常和民眾打成一片。

反義 尸位素餐、無所事事。

日新月異（ㄖˋ ㄒㄧㄣ ㄩㄝˋ ㄧˋ）

解釋 日新，每天都更新。月異，月月都有變化。指面貌日日更新，月月變化。形容發展迅速，不斷出現新事物、新氣象。

例句 科學發展日新月異，許多以前不可能做到的事，現在都一一實現了。

近義 一日千里、與日俱進。

反義 一落千丈、江河日下、依然如故。

日暮途遠（ㄖˋ ㄇㄨˋ ㄊㄨˊ ㄩㄢˇ）

解釋 太陽下山了，要走的路途卻還非常遙遠。比喻力窮計盡，走投無路。現多用來比喻已到了走投無路或沒落滅亡的階段。

典故 戰國時期，楚平王的太子建有兩個老師，一個叫伍奢，一個叫費無忌。費無忌替

太子到秦國接秦女結婚，因為秦女長得很美，費無忌便慫恿楚平王自己收做妃子。費無忌雖然因此取得了平王的信任，但怕將來太子建繼位後對他不利，就常在平王面前說太子的壞話，於是太子就被調往邊境，後來又派人殺害太子，監禁伍奢，並且想要殺害他的兩個兒子伍尚和伍員（伍子胥）。伍子胥逃到吳國，幫助吳王闔閭攻打楚國。這時楚平王已死，伍子胥就掘墳開棺，對平王的屍體狠狠的用鞭子打了三百下。伍子胥的老朋友申包胥知道了這件事，叫人送信給伍子胥，責備他太過分。伍子胥對送信的人說：「你替我告訴申包胥，就說我彷彿是一個行路的人，天色已晚，而路途還很遙遠，不得不顛顛倒倒的走路，違背常情做事。」

辨析 「日暮途遠」和「山窮水盡」都有「走投無路」的意思。但「日暮途遠」重在到了沒落滅亡的階段；而「山窮水盡」重在陷入絕境。

注意 「暮」下面是「日」，不要誤寫成「幕」或「慕」。

例句 這名歹徒自知已到了日暮途遠的時候，便主動向警方投案。

近義 走投無路、窮途末路。

反義 絕處逢生、柳暗花明。

日薄西山（ㄖˋ ㄅㄛˊ ㄒㄧ ㄕㄢ）

解釋 薄，迫近。比喻人年老力衰，離死不遠。也比喻事物衰敗腐朽，臨近滅亡。

典故 李密從小由祖母撫養長大，他學問廣博，才華出眾，做過尚書郎。蜀國滅亡後，晉武帝司馬炎要他擔任「太子洗馬」的官

職。李密因祖母年邁多病，不願離開故鄉，於是上表給晉武帝，陳述他不能出來做官的苦衷。表中最後一節說：「我以一個亡國俘虜的身分，受到這麼隆重的提拔，難道我還敢猶豫嗎？只因我的祖母年紀太大，就像太陽快要沒入西山，她現在連呼吸也感到困難了，壽命能有多長很難預料，即使度過了早晨也過不了晚上。我們祖孫二人是相依為命的，所以我目前不能離開她而遠去。」

注意 「薄」不要誤寫成「簿」。

例句 老爺爺感慨的說：「我已經是日薄西山的人了，所有的希望都寄託在你們年輕人的身上。」

近義 日暮途窮、途窮末路。

反義 方興未艾、旭日東升、欣欣向榮。

木已成舟（ㄇㄨˋ ㄧˇ ㄔㄥˊ ㄓㄡ）

解釋 木頭已經做成了船。比喻事情已成定局，沒有辦法再挽回了。

例句 今年落榜是木已成舟的事實，你就不要太傷心了，明年再捲土重來吧！

近義 生米煮成熟飯。

木牛流馬（ㄇㄨˋ ㄋㄧㄡˊ ㄌㄧㄡˊ ㄇㄚˇ）

解釋 據說是三國時代諸葛亮發明的，當初是用來運輸兵糧的工具。

注意 「流」不要誤寫成「留」。

例句 你看過「木牛流馬」的圖畫嗎？

毛骨悚然（ㄇㄠˊ ㄍㄨˇ ㄙㄨㄥˇ ㄖㄢˊ）

解釋 毛，毛髮。骨，脊梁骨。悚然，恐懼的

樣子。毛髮豎起，脊梁骨發冷。形容非常害怕。

注意 「悚」音ㄙㄨㄥˇ，不要唸成ㄕㄨˋ或ㄙㄨˋ。

例句 你看那條眼鏡蛇，豎起前半身，頸部膨大，不時向人撲過來，真是令人毛骨悚然。

近義 不寒而慄。

反義 泰然自若。

毛遂自荐 ㄇㄠˊ ㄙㄨㄟˋ ㄗˋ ㄐㄧㄢˋ

解釋 毛遂，人名。荐，介紹、推荐。指自己推荐自己。比喻自告奮勇，自我推荐。

典故 戰國時期，秦國的軍隊包圍了趙國國都邯鄲，趙王派平原君趙勝到楚國去求救。平原君要挑選二十個能文能武的門客作為隨員，可是只選出了十九個人，還差一個人。這時，門客中有一個叫毛遂的，就向平原君自我推荐，要求同去。經過考核，平原君認為毛遂很有口才，就同意了。他們到了楚國，平原君和楚王談了一上午沒有結果。毛遂就提了寶劍上殿，對楚王陳述利害，楚王才同意出兵聯合抗秦。這件外交大事，就靠著毛遂的口才而成功。

例句 在眾多應徵者中，毛遂自荐的他憑著過人的膽識，獲得了這份工作。

近義 自告奮勇、挺身而出。

反義 推三阻四。

水乳交融 ㄕㄨㄟˇ ㄖㄨˇ ㄐㄧㄠ ㄖㄨㄥˊ

解釋 交融，融合在一起。水和奶汁融合在一起。比喻關係非常融洽密切。

注意 「融」不要誤寫成「溶」。

例句 他們兩人從小一起長大，是無話不談，水乳交融的好朋友。

近義 如膠似漆、形影相隨。

反義 水火不容、格格不入。

水到渠成（ㄕㄨㄟˇ ㄉㄠˋ ㄑㄩˊ ㄔㄥˊ）

解釋 渠，水道，特指人工開鑿的水道。水流到的地方自然就會形成一條渠道。比喻條件一旦成熟，事情就會成功。

辨析 「瓜熟蒂落」多指自然形成的事物；而「水到渠成」是指經過一番努力而獲得成功。

注意 「到」不要誤寫成「道」。

例句 你們兩位不必著急，只要時機一到，水到渠成，一定成功。

近義 瓜熟蒂落。

水泄不通（ㄕㄨㄟˇ ㄒㄧㄝˋ ㄅㄨˋ ㄊㄨㄥ）

解釋 泄，流出去。連水都流不出去。形容非常擁擠或包圍得很嚴密。

例句 決賽那天，球場內外一片人山人海，擠得水泄不通。

反義 暢通無阻。

水漲船高（ㄕㄨㄟˇ ㄓㄤˇ ㄔㄨㄢˊ ㄍㄠ）

解釋 水漲，水漲高。水漲起來，船在水面上，自然也會隨著升高。比喻事情因為環境改變，價值就跟著不同。

例句 自從這裡新闢了一條公路，附近的地價

就跟著水漲船高。

近義 泥多佛大。

水深火熱

ㄕㄨㄟˇ ㄕㄣ ㄏㄨㄛˇ ㄖㄜˋ

解釋 本來是指老百姓所受的災難，像沉在越來越深的水中，越來越熱的火裡。比喻人民生活非常痛苦，難以生活下去。

典故 戰國時期，有一次燕國國內大亂，齊宣王派匡章乘機攻打燕國，在燕國人民的歡迎擁護之下取得勝利。戰後，齊宣王很得意，認為只用了五十天就能攻下燕國，是天意，想趁此併吞燕國。孟子對他說：「這不是什麼天意，而是民心！燕國人民為了擺脫苦難，所以才提酒送菜來歡迎您。如果您併吞燕國，而不把燕國人民從水火似的暴政下救出來，那就『如水益深，如火益熱』（好比水更深、火更熱），人民的苦難更重了，他們也會轉而對抗齊國的。」根據這個故事，後人將「如水益深，如火益熱」這句話概括為成語「水深火熱」。

例句 衣索比亞的難民正陷於水深火熱之中，我們應該幫助他們。

近義 生靈塗炭。

反義 安居樂業。

水落石出

ㄕㄨㄟˇ ㄌㄨㄛˋ ㄕˊ ㄔㄨ

解釋 水位退下去，水中的石頭就露出來了。比喻事情的真相完全暴露出來。

例句 你先別擔心，給我幾天時間，我一定會把事情查個水落石出。

近義 真相大白。

火樹銀花（ㄏㄨㄛˇ ㄕㄨˋ ㄧㄣˊ ㄏㄨㄚ）

解釋 形容節日（特指元宵）放燈，煙火燦爛、繁盛的景象。

例如 你還記得去年元宵節夜晚，火樹銀花般的美景嗎？

近義 燈火輝煌、懸燈結彩。

反義 暗淡無光、漆黑一團。

片甲不留（ㄆㄧㄢˋ ㄐㄧㄚˇ ㄅㄨˋ ㄌㄧㄡˊ）

解釋 甲，盔甲，士兵打仗時所穿的鐵衣。打仗時輸得連一件盔甲都不剩。形容傷亡慘重，打了大敗仗。

例句 由於戰略運用得當，我軍趁勝把敵方打得片甲不留。

近義 片甲不存、片甲不回、全軍覆沒（ㄇㄛˋ）。

反義 大獲全勝。

牛衣對泣（ㄋㄧㄡˊ ㄧ ㄉㄨㄟˋ ㄑㄧˋ）

解釋 牛衣，用草麻編製，給牛禦寒遮雨的東西。睡在牛衣中，相對哭泣。形容貧賤夫妻同處困境，相對悲泣的情景。

例句 唉！早知會落到牛衣對泣的地步，當初就不該揮霍無度呀！

牛鬼蛇神（ㄋㄧㄡˊ ㄍㄨㄟˇ ㄕㄜˊ ㄕㄣˊ）

解釋 牛鬼，牛頭的鬼。蛇神，蛇身的神。泛指妖魔鬼怪。比喻形形色色的壞人。

例句 這群牛鬼蛇神在地方上橫行已久，終於被警方逮捕，真是大快人心。

牛頭不對馬嘴 ㄋㄧㄡˊ ㄊㄡˊ ㄅㄨˋ ㄉㄨㄟˋ ㄇㄚˇ ㄗㄨㄟˇ

解釋 比喻毫不相干，或答非所問。

例句 他的發言和我們討論的問題毫無關係，簡直是牛頭不對馬嘴。

近義 驢脣不對馬嘴。

犬牙交錯 ㄑㄩㄢˇ ㄧㄚˊ ㄐㄧㄠ ㄘㄨㄛˋ

解釋 交錯，交叉、錯雜。本來是比喻界線曲折不齊。後來也比喻錯綜複雜的情況。

典故 漢高祖劉邦建立漢朝之後，封了許多同姓王。傳到第三代漢景帝時，七個王侯聯合起來作亂。叛亂平息後，景帝沒有接受教訓，又封自己的許多兒子為王。到了漢武帝時，這些王侯的勢力又強大起來。許多大臣擔心以前七王叛亂的歷史重演，就向漢武帝建議削弱他們的勢力。這些王侯知道以後，非常生氣，揚言說：「我們都是皇帝的親骨肉，景帝之所以封給我們大片土地，並且使這些封地像狗牙一樣交錯在一起，就是為了讓我們互相支持，護衛京都，好使劉家的天下堅如磐石啊！」

例句 大洋和陸地相接的地方，水面呈現犬牙交錯的形狀。

近義 參差（ㄘㄣ ㄘ）不齊、縱橫交錯。

反義 整齊劃一。

犬馬之勞 ㄑㄩㄢˇ ㄇㄚˇ ㄓ ㄌㄠˊ

解釋 犬馬，古時臣子對君主的自稱，把自己比作犬馬。願意像犬馬那樣為主人奔走效力。表示甘心情願為別人效勞。

例句 過去常受您的照顧，您有什麼困難只管

說，我當為您效犬馬之勞。

近義 犬馬之報。

【五 畫】

世外桃源（ㄕˋ ㄨㄞˋ ㄊㄠˊ ㄩㄢˊ）

解釋 桃源，桃花源，指與世隔絕的安樂土。形容一個清靜美好、與世隔絕的地方。

注意 「桃源」不要誤寫成「桃園」。

例句 這個地方山明水秀，與世隔絕，是個人人嚮往的世外桃源。

近義 福地洞天。

世態炎涼（ㄕˋ ㄊㄞˋ ㄧㄢˊ ㄌㄧㄤˊ）

解釋 世態，人世的情態。炎涼，也就是冷熱。指社會上人情的冷暖。用來感嘆、批評社會上人與人之間態度的冷暖、人情的反覆。

注意 「世態」不要誤寫成「事態」。

例句 現代的社會人情淡薄，世態炎涼，不免讓人懷念從前濃厚的人情味。

近義 世風日下。

代人捉刀（ㄉㄞˋ ㄖㄣˊ ㄓㄨㄛ ㄉㄠ）

解釋 捉刀，稱替人寫文章或做事。比喻代替人做事，現在多指幫人寫文章。

典故 據說三國時的魏武帝曹操，對於自己的相貌很沒有信心。有一天，匈奴的使者來訪，曹操想到自己長得太醜陋了，不夠氣派，恐怕會被匈奴使者嘲笑，所以他靈機一動，找來美男子崔琰（ㄧㄢˇ）當替身，自己則握著刀站在一旁。事後，他聽匈奴使者說：「魏王氣質出眾，但是那位握刀人才是真正的英雄呢！」後來，人們把代人寫文章叫「捉刀」，就是從這個典故衍生出來的。

注意 「代」不要誤寫成「帶」。

例如 你為什麼要代人捉刀寫作業呢？

以牙還牙（ㄧˇ ㄧㄚˊ ㄏㄨㄢˊ ㄧㄚˊ）

解釋 以，用。還，還擊。別人用牙齒咬我一口，我就用牙齒咬他一口。比喻用對方使用的手段回擊對方。

注意 「還」音ㄏㄨㄢˊ，不要唸成ㄏㄞˊ。

例句 你們這樣以牙還牙，互不相讓，要吵到什麼時候呢？

近義 以眼還眼。

反義 以德報怨、逆來順受、退避三舍。

以卵擊石（ㄧˇ ㄌㄨㄢˇ ㄐㄧˊ ㄕˊ）

解釋 拿蛋去碰撞石頭。比喻自不量力，以弱攻強，必定會失敗。

例句 你想憑一個人的力量對抗惡勢力，無異是以卵擊石，必定會失敗的。

近義 螳臂當車（ㄐㄩ）。

反義 泰山壓卵。

以毒攻毒（ㄧˇ ㄉㄨˊ ㄍㄨㄥ ㄉㄨˊ）

解釋 攻，治。本來是指用有毒的藥來醫治某

些惡性病症。比喻用對方使用的手段來對付對方，或利用壞人來對付壞人。

例句 我們就以毒攻毒，用他對付我們的方法來對付他。

近義 以牙還牙、以眼還眼、以其人之道還治其人之身。

以訛傳訛 ㄧˇ ㄜˊ ㄔㄨㄢˊ ㄜˊ

解釋 訛，錯誤的語言、文字。把錯誤的消息再傳出去，導致越傳錯誤越多。比喻謠言越傳，離事實越遠。

注意 「訛」音ㄜˊ，不要唸成ㄒㄩㄝ；也不可以寫成「靴」。

例句 他在美國出了小車禍，結果以訛傳訛，大家都以為他去世了。

以逸待勞 ㄧˇ ㄧˋ ㄉㄞˋ ㄌㄠˊ

解釋 以，用。逸，安閒。待，抵禦。勞，疲勞。指自己安逸的養精蓄銳，等敵人疲勞之後，乘機出擊取勝。

注意 「待勞」不要誤寫成「代勞」。

例句 這場比賽，我方以逸待勞，獲勝的機率很大。

近義 守株待兔。

反義 疲於奔命。

以管窺天 ㄧˇ ㄍㄨㄢˇ ㄎㄨㄟ ㄊㄧㄢ

解釋 窺，偷看。用小管子來看天，能夠看到的部分很小。比喻一個人知道的很少，見識淺薄。

例句 老師在天文學方面是學有專精，卻常常

自謙不過是以管窺天，懂得一點皮毛而已。

【近義】以蠡（ㄌㄧˊ）測海、管中窺豹、管窺蠡測。

以德報怨（ㄧˇ ㄉㄜˊ ㄅㄠˋ ㄩㄢˋ）

【解釋】德，恩惠。怨，仇恨。以恩惠來報答仇恨，以仁慈對待和我有仇的人。

【例句】因為他以德報怨，才化解了兩家多年來的仇恨。

【反義】恩將仇報。

以鄰為壑（ㄧˇ ㄌㄧㄣˊ ㄨㄟˊ ㄏㄨㄛˋ）

【解釋】壑，深谷。把鄰國當成溝壑，把本國的洪水排到那裡去。比喻只顧自己，把困難或災難轉給別人。

【典故】戰國時期，白圭修築堤防，把本國的洪水排洩到鄰國去。孟軻批評白圭的做法：「夏禹治水是因勢利導，把四海當作溝壑，而白圭卻以鄰國為溝壑。」

【注意】「鄰」不要誤寫成「憐」。

【例句】這家化學工廠以鄰為壑，把有毒的廢水流入附近的河流，真是不道德。

付之一炬（ㄈㄨˋ ㄓ ㄧˋ ㄐㄩˋ）

【解釋】付，交給。之，它。炬，火把。可以表示物品被火燒盡，或某些事物的成果被全數毀壞。

【注意】「炬」不要誤寫成「矩」。

【例句】這場大火燒光了房子，他一生收藏的藝術品都付之一炬了。

【近義】化為烏有、付之丙丁。

付諸東流（ㄈㄨˋ ㄓㄨ ㄉㄨㄥ ㄌㄧㄡˊ）

解釋 付，交付。諸，之於。東流，指向東流的江河。投入向東流的江河裡，隨水沖去不再回來。比喻希望落空或前功盡棄。

例句 一場突如其來的大火，把我的書稿全部焚毀，十多年來的心血都付諸東流了。

近義 前功盡棄、毀於一旦。

反義 大功告成、功德圓滿。

令人髮指（ㄌㄧㄥˋ ㄖㄣˊ ㄈㄚˇ ㄓˇ）

解釋 令，使得。指，直立起來。髮指，頭髮直豎起來。形容憤怒到了極點。

典故 戰國末期，在秦國作人質的燕國太子丹逃回故國，決心報仇雪恨。後來太子丹請勇士荊軻以燕國使者的名義到秦國去謀刺秦王。荊軻臨走前，大家都穿戴起白衣白帽，一直送到易水（燕國南部的邊境，在今河北易縣附近）。將分手時，高漸離擊筑，荊軻高唱：「風蕭蕭兮易水寒，壯士一去兮不復還！」悲壯的歌聲，使全體送行的人激憤的頭髮豎立起來，幾乎刺破帽子。荊軻唱著唱著，頭也不回的走了。

例句 歹徒以殘暴的手法來對付一個無辜的小孩，真是令人髮指。

近義 勃然大怒、怒不可遏、怒髮衝冠（ㄍㄨㄢ）。

反義 一笑置之、興（ㄒㄧㄥˋ）高采烈。

兄弟鬩牆（ㄒㄩㄥ ㄉㄧˋ ㄒㄧˋ ㄑㄧㄤˊ）

解釋 鬩，爭鬥。兄弟在自家內爭鬥。指兄弟失和，或團體的內部不和，彼此有爭執。

注意 「鬩」字外面是「鬥」，不要錯寫成「門」。

例句 他們家族為了爭奪家產，鬧得兄弟鬩牆，全家雞犬不寧。

近義 同室操戈、骨肉相殘、煮豆燃萁（ㄑㄧˊ）。

反義 兄友弟恭。

出人意表（ㄔㄨ ㄖㄣˊ ㄧˋ ㄅㄧㄠˇ）

解釋 意表，事先對情況、結果等的估計。指事物的好壞、變化，出乎意料之外。

例句 這篇小說的故事情節生動曲折，出人意表，自始至終深深的吸引著讀者。

近義 出人意外、出人意料、出其不意。

反義 不出所料、意料之中。

出人頭地（ㄔㄨ ㄖㄣˊ ㄊㄡˊ ㄉㄧˋ）

解釋 原意是說讓這個人高出一個頭。後用來形容超出一般人或高人一等。

典故 北宋歐陽修是當時的文壇領袖，經常提攜後輩，他讀了蘇軾送給他的文章後，十分讚賞，在寫給著名詩人梅堯臣的信中說：「讀了蘇軾的文章，我覺得確是精采，這太叫人高興了。我應當讓路，使他能夠出人頭地（吾當避此人出一頭地）。」

例句 我始終相信，只要把握機會、努力不懈，終會有出人頭地的一天。

近義 出類拔萃（ㄘㄨㄟˋ）、高人一等、頭角崢嶸（ㄓㄥ ㄖㄨㄥˊ）。

反義 庸庸碌碌。

出生入死（ㄔㄨ ㄕㄥ ㄖㄨˋ ㄙˇ）

解釋 指冒著生命的危險，不顧個人的安危。

辨析 「出生入死」和「赴湯蹈火」都有不避艱險，不顧生命危險的意思。但「出生入死」著重在不顧生命危險，程度比「赴湯蹈火」深。「赴湯蹈火」常跟「在所不辭」、「心甘情願」等連用，也經常使用在「不惜」、「不辭」、「不怕」、「敢於」、「勇於」這些詞語的後面；而「出生入死」一般不能這樣用。

例句 他冒著生命危險，出生入死，才把自己的兒子從歹徒手中救出來。

近義 赴湯蹈（ㄉㄠˋ）火。

出其不意（ㄔㄨ ㄑㄧˊ ㄅㄨˋ ㄧˋ）

解釋 其，他、他們。不意，沒有意料到。指出乎別人的意料之外。

注意 ①「其」不要誤寫成「奇」。②「意」也不要誤寫成「義」。

例句 目前的情勢是敵眾我寡，只有出其不意，攻其不備，才能一舉擊敗敵人。

近義 出乎意料、出其不備。

反義 不出所料。

出奇制勝（ㄔㄨ ㄑㄧˊ ㄓˋ ㄕㄥˋ）

解釋 奇，指奇兵或奇計。制勝，取勝。原義是說派出奇兵或施用奇計戰勝敵人，取得勝利。現在也指用別人料想不到的計策來取勝。

注意 ①「奇」不要誤寫成「其」。②「制勝」也不要誤寫成「致勝」。

例句 在這場競爭激烈的比賽中，他們靠著出奇制勝的計謀，而大獲全勝。

出神入化（ㄔㄨ ㄕㄣˊ ㄖㄨˋ ㄏㄨㄚˋ）

解釋 神，神妙。化，化境，非常高超的境界。指達到十分高超神妙的境界。多用來形容文學藝術或技藝。

注意 「化」不要誤寫成「畫」。

例句 他出神入化的表演，看得全場觀眾如痴如醉。

近義 神乎其技、超凡入聖。

出爾反爾（ㄔㄨ ㄦˇ ㄈㄢˇ ㄦˇ）

解釋 爾，你。原義是你怎樣對待人家，人家也就怎樣對待你。現在多指自己說了或做了之後，又立刻反悔。比喻言行前後互相矛盾，反覆無常。

例句 答應別人的事，就該盡力去做，不可出爾反爾。

近義 反覆無常、言而無信。

反義 一言為定、言而有信。

出類拔萃（ㄔㄨ ㄌㄟˋ ㄅㄚˊ ㄘㄨㄟˋ）

解釋 出，超過。類，同類。拔，超出。萃，草叢生的樣子，比喻聚集在一起的人或物。用來形容品德、才能超出一般人。

辨析 「出類拔萃」和「鶴立雞群」都形容超出一般人之上。但「出類拔萃」只重在形容一個人的品德、才能超越尋常；「鶴立雞

群」可指儀表也可指品德、才能的突出。

注意 「萃」音ㄘㄨㄟˋ，不要唸成ㄗㄨˊ；也不可以寫成「卒」或「粹」。

例句 他這輩子最驕傲的事，就是教導出許多出類拔萃的學生。

反義 濫竽（ㄌㄢˋ ㄩˊ）充數。

功敗垂成 ㄍㄨㄥ ㄅㄞˋ ㄔㄨㄟˊ ㄔㄥˊ

解釋 功，工作、事情。垂，將近。事情快要成功的時候，卻因某種原因而失敗了。

辨析 「功敗垂成」就時間上說，指幾近成功卻失敗了；「功虧一簣」就功力上說，指僅差一點功力而未能成功。

例句 大家都為他努力多年，卻功敗垂成的事業感到惋惜。

近義 功虧一簣、前功盡棄。

反義 大功告成。

功虧一簣 ㄍㄨㄥ ㄎㄨㄟ ㄧˊ ㄎㄨㄟˋ

解釋 虧，欠缺。簣，盛土的筐。原義是堆一座九仞（古時一仞為八尺）高的山，只差一簣土就完成了，卻停下來不做。比喻一件事情只差最後一點就能夠完成，卻終究沒有完成。

注意 「簣」音ㄎㄨㄟˋ，不要唸成ㄍㄨㄟˋ；也不可以寫成「貴」。

例句 這個實驗眼看就要成功了，我們一定要堅持到底，否則功虧一簣，那就太可惜了。

近義 功敗垂成、前功盡棄、毀於一旦。

反義 大功告成、功成名就。

包藏禍心 ㄅㄠ ㄘㄤˊ ㄏㄨㄛˋ ㄒㄧㄣ

解釋 包藏，隱藏、包含。禍心，害人之心。內心藏著陰謀詭計想要害人。

例句 這個人吞吞吐吐的，恐怕包藏禍心，你還是不要跟他合作吧！

近義 居心叵（ㄆㄛˇ）測。

反義 胸無城府、襟懷坦白。

包羅萬象 ㄅㄠ ㄌㄨㄛˊ ㄨㄢˋ ㄒㄧㄤˋ

解釋 包，容納、總括。羅，網羅、蒐集。萬象，宇宙間的一切景象，指各種的事物。形容內容豐富，沒有一樣不包括在裡面。

注意 「象」不要誤寫成「相」。

例句 這間量販店的商品包羅萬象，令人目不暇給。

近義 無所不包、應有盡有。

反義 空空如也、掛一漏萬。

半途而廢 ㄅㄢˋ ㄊㄨˊ ㄦˊ ㄈㄟˋ

解釋 廢，停止。比喻沒有恆心，事情沒做完就停止了。

注意 「廢」不要誤寫成「費」。

例句 做事半途而廢的人，永遠沒有成功的一天。

近義 功虧一簣、有始無終、前功盡棄。

反義 持之以恆、鍥而不捨。

半路出家 ㄅㄢˋ ㄌㄨˋ ㄔㄨ ㄐㄧㄚ

解釋 出家，指脫離家庭去當和尚或尼姑。「半路出家」指不是從小就當和尚或尼姑。比喻不是本行出身，中途改行，根基淺。

例句 打棒球，他雖然是半路出家，但比起其他選手，他一點也不遜色呢！

可歌可泣（ㄎㄜˇ ㄍㄜ ㄎㄜˇ ㄑㄧˋ）

解釋 歌，歌頌。泣，不出聲的哭。值得人民歌頌，使人感動而流淚。形容英勇悲壯的事跡，使人非常感動。

例句 革命先烈用他們的鮮血，為中華民國的歷史寫下可歌可泣的一頁。

司空見慣（ㄙ ㄎㄨㄥ ㄐㄧㄢˋ ㄍㄨㄢˋ）

解釋 司空，古代官名，是中央掌管營建工程的長官。慣，習以為常。形容經常看到，不足為奇的事物。

典故 劉禹錫是唐朝的著名詩人。在他當蘇州刺史時，有一個名叫李紳的司空（官名），因為敬慕他的才名，邀請他前去赴宴飲酒。席間還有歌舞助興，劉禹錫喝得大醉，當場寫了一首詩贈給李紳。詩有四句：「高髻雲鬟宮樣裝，春風一曲杜韋娘，司空見慣渾閒事，斷盡江南刺史腸。」杜韋娘是唐代的一種曲調。詩的前兩句是描寫美麗的舞姿和動人的歌聲，後兩句的大意是：你這位「司空」看慣了這種奢華綺靡的場面，可是我這清廉的「蘇州刺史」卻難得見到這種場面，所以覺得很激動。

例句 他當法醫多年，對這種血肉模糊的畫面早就司空見慣了。

近義 屢見不鮮（ㄒㄧㄢˇ）、習以為常。

反義 少見多怪。

司馬昭之心，路人皆知（ㄙ ㄇㄚˇ ㄓㄠ ㄓ ㄒㄧㄣ ㄌㄨˋ ㄖㄣˊ ㄐㄧㄝ ㄓ）

解釋 路人，路上的人，指所有的人。皆，

都。原本是三國時代魏帝曹髦對司馬昭蓄意篡權的激憤之詞。後用來比喻壞人的陰謀野心大家都知道了。

典故 三國時代，魏國的司馬氏專權，大將軍司馬師立曹髦代充名義上的皇帝。司馬師死後，他的弟弟司馬昭接替了大將軍的職位，更加專橫跋扈，不把年輕的皇帝曹髦放在眼裡。曹髦氣憤不過，對幾個大臣和左右待從們說：「司馬昭之心，路人皆知也！我與其坐受廢辱，不如跟他拼一拼。」但是，軍事大權都掌握在司馬昭手裡，曹髦只有少數侍衛隨從，怎能取勝，不久就被司馬昭的部下殺了。後來司馬昭的兒子司馬炎取得魏國曹氏政權，改稱晉朝。

辨析 「司馬昭之心」也可單獨使用。

例句 司馬昭之心，路人皆知，他們想併吞公司的野心是掩蓋不了的。

反義 知人知面不知心。

另起爐灶（ㄌㄧㄥˋ ㄑㄧˇ ㄌㄨˊ ㄗㄠˋ）

解釋 另，另外。比喻重新再來一次。也比喻雙方分裂，一方脫離，開始一個新局面。

例句 他與人合作一年後便另起爐灶，自己創業去了。

反義 抱殘守缺、重彈（ㄊㄢˊ）舊調。

只許州官放火，不許百姓點燈（ㄓˇ ㄒㄩˇ ㄓㄡ ㄍㄨㄢ ㄈㄤˋ ㄏㄨㄛˇ，ㄅㄨˋ ㄒㄩˇ ㄅㄞˇ ㄒㄧㄥˋ ㄉㄧㄢˇ ㄉㄥ）

解釋 指統治者專橫霸道，為所欲為，卻不許人民有一點兒自由。

典故 宋朝有個州官叫田登，忌諱百姓直說他的姓名，就連跟田登同音的字也不許說，誰說了就要抓來治罪。為了避諱，百姓晚上

「點燈」，只好說「點火」。元宵節，百姓放花燈，官吏因避「田登」諱，布告這樣寫道：「本州依例放火三日。」

例句 執政者如果只許州官放火，不許百姓點燈，一定會遭到百姓的反抗。

近義 順我者昌，逆我者亡。

反義 己所不欲，勿施於人。

叱吒風雲（ㄔˋ ㄓㄚˋ ㄈㄥ ㄩㄣˊ）

解釋 叱吒，發怒時的吼叫聲。怒喝一聲就能使風雲變色。形容聲勢威力巨大，可以左右局勢。

注意 「叱吒」音ㄔˋ ㄓㄚˋ，不要唸成ㄔˋ ㄔㄚˋ或ㄓˋ ㄓㄚˋ。

例句 這些民族英雄在當時都是左右世局，叱吒風雲的人物。

近義 氣吞山河、氣壯山河。

四面楚歌（ㄙˋ ㄇㄧㄢˋ ㄔㄨˇ ㄍㄜ）

解釋 比喻處在孤立無援、四面受敵的困境中。

典故 楚漢相爭時，楚霸王項羽和漢王劉邦原本約定以鴻溝為界，鴻溝以東歸楚，鴻溝以西歸漢，互不侵犯。後來劉邦採納了張良和陳平的計謀，趁項羽兵疲糧絕的時候一舉消滅，於是和韓信、彭越、劉賈會合兵力，追擊項羽的部隊。由於漢軍勢眾，直逼垓（ㄍㄞ）下，把項羽團團圍住。這時項羽只剩下八千子弟兵，糧食也快吃完了。夜裡，項羽聽到四面傳來楚國的山

歌，不禁吃驚的說：「難道劉邦已經得到楚地了嗎？為什麼他的部隊裡面楚人這麼多呢？」其實，這是張良的計謀，故意教唱楚歌來動搖楚軍的軍心。最後項羽帶著僅有的八百名騎兵，逃至烏江江畔，自殺而死。

注意 「歌」不要誤寫成「戈」。

例句 他一言不慎，得罪了在場的群眾，結果落入四面楚歌的困境中。

近義 腹背受敵。

四海為家（ㄙˋ ㄏㄞˇ ㄨㄟˊ ㄐㄧㄚ）

解釋 四海，古人認為中國四面都有海環繞，所以用「四海」喻指全國各地。原意指帝王誇耀帝業宏大，認為整個天下都是他一個人的私有財產。即占有和統治全國的意思。現指四處飄泊，到處都可以當作自己的家。

例句 他生性豪放，四海為家，從來沒有固定的住所。

外弛內張（ㄨㄞˋ ㄔˊ ㄋㄟˋ ㄓㄤ）

解釋 弛，鬆懈。張，緊張。外在鬆弛，內部緊張。形容一件事情，外表看似平靜，其實已經相當急迫緊張。

注意 「弛」音ㄔˊ，不要唸成ㄕˊ。

例句 最近經濟不景氣，公司業務一落千丈，情勢是外弛內張，人心惶惶。

外強中乾（ㄨㄞˋ ㄑㄧㄤˊ ㄓㄨㄥ ㄍㄢ）

解釋 中，內、實質。乾，枯竭、虛弱。原義指馬在作戰時，由於緊張，雖然外貌強

壯，內部卻氣虛力竭。現在用來形容外表看來強大，實質上卻十分脆弱的人或集團。

例句 別看他氣勢洶洶，其實是外強中乾，不堪一擊的。

近義 色厲內荏（ㄖㄣˇ）。

外圓內方（ㄨㄞˋ ㄩㄢˊ ㄋㄟˋ ㄈㄤ）

解釋 外表圓滑，內心方正。形容一個人表面溫和周到，內心嚴正剛直。

例句 他看起來非常平易近人，其實是個外圓內方，做事很有原則的人。

失之交臂（ㄕ ㄓ ㄐㄧㄠ ㄅㄧˋ）

解釋 交臂，因彼此靠近，手臂碰到手臂。兩個人雖然很接近，卻仍錯失了認識的機會。比喻原本有很好的機會去接近某人或某物，卻因為其他原因錯過了。

例句 因為一個小疏失，讓我們和冠軍寶座失之交臂，大家都懊悔不已。

近義 交臂失之、坐失良機。

失魂落魄（ㄕ ㄏㄨㄣˊ ㄌㄨㄛˋ ㄆㄛˋ）

解釋 形容心神紊亂不寧，精神恍惚不定。

例句 他今天一副失魂落魄的樣子，到底發生了什麼事？

近義 喪魂失魄、魂不附體、魂飛魄散。

反義 安之若素、神色不驚、泰然處之。

失之東隅，收之桑榆（ㄕ ㄓ ㄉㄨㄥ ㄩˊ，ㄕㄡ ㄓ ㄙㄤ ㄩˊ）

解釋 東隅，東方日出處，也用來指早晨。桑、榆，日落時，餘光照射在桑樹、榆樹上，用來指日落處，也用來指黃昏。比喻雖

然在這邊失敗了，卻在別處得到勝利。

注意 「隅」音ㄩˊ，不要唸成ㄡˇ；也不可以寫成「偶」。

例句 他雖然經商失敗，卻因此不再日夜顛倒地生活，真是失之東隅，收之桑榆。

失之毫釐，謬以千里
（ㄕ ㄓ ㄏㄠˊ ㄌㄧˊ，ㄇㄡˋ ㄧˇ ㄑㄧㄢ ㄌㄧˇ）

解釋 失，錯誤。毫、釐，計算重量和長度的單位，十絲為一毫，十毫為一釐，形容非常小或少。謬，差錯。開始時稍微有一點誤差，結果就會造成很大的錯誤。多用來強調不能有一點差錯。

注意 ①「毫」字下面是「毛」，不要誤寫成「豪」。②「謬」音ㄇㄡˋ，不要唸成ㄇㄧㄠˋ；也不可以寫成「繆」。

例句 做實驗要非常精確，失之毫釐，謬以千里，一個小錯誤，就可能導致完全相反的結果。

近義 失之毫釐，差以千里、差之毫釐，失之千里、差之毫釐，謬以千里。

奴顏婢膝
（ㄋㄨˊ ㄧㄢˊ ㄅㄧˋ ㄒㄧ）

解釋 奴，奴隸。顏，面容。婢，女僕。形容一個人卑躬屈膝，討好巴結的醜態。

例句 他在屬下面前總是趾高氣揚的樣子，但是一遇到上司，馬上就變成奴顏婢膝的模樣。

近義 奴顏媚骨、卑躬屈膝。

反義 高風亮節、趾高氣揚。

巧立名目
（ㄑㄧㄠˇ ㄌㄧˋ ㄇㄧㄥˊ ㄇㄨˋ）

解釋　名目，事物的名稱。故意定出許多名稱，以達到某種不正當的目的。

注意　「巧立名目」這句成語含有批評的意味，不是讚美的話，不能亂用。

例句　這種巧立名目的事，我無法配合。

巧言令色（ㄑㄧㄠˇ ㄧㄢˊ ㄌㄧㄥˋ ㄙㄜˋ）

解釋　巧言，把話說得很好聽。令色，把臉色裝得很和善。說好聽的話，裝出和善的臉色。形容刻意討好別人，虛偽的言詞和表情。

例句　你剛入社會，對那些巧言令色的人要格外小心。

反義　聲色俱厲。

巧取豪奪（ㄑㄧㄠˇ ㄑㄩˇ ㄏㄠˊ ㄉㄨㄛˊ）

解釋　巧取，騙取。豪奪，用強力奪取。指用欺騙和強力等手段來奪取他人的財物。

典故　宋代畫家米友仁經常向朋友索取古董畫來描摹，完成後，總是拿摹本和真本一起送還給主人，請主人自己認選。由於他模仿技術很高，主人往往把摹本當真本收回，米友仁也因此獲得了許多名貴的真本古畫。有人把他這種行為稱為「巧取豪奪」。

注意　「豪」字下面是「豕」，不要誤寫成「毫」。

例句　博物館裡面的古物和美術品，都是他們過去從殖民地巧取豪奪來的。

反義　仗義疏財、樂善好施。

巧奪天工（ㄑㄧㄠˇ ㄉㄨㄛˊ ㄊㄧㄢ ㄍㄨㄥ）

解釋　巧，精巧。奪，勝過。天，天然。人工

的精巧勝過天然。形容技藝巧妙。

例句 室內陳列著一件件栩栩如生，巧奪天工的藝術品。

近義 鬼斧神工。

反義 平淡無奇、粗製濫（ㄌㄢˋ）造。

左支右絀 ㄗㄨㄛˇ ㄓ ㄧㄡˋ ㄔㄨˋ

解釋 支，支出。絀，不足。左邊支出，右邊不足。形容金錢或能力不足，窮於應付。

例句 由於他的父親長年臥病在床，加上最近生意失敗，經濟上更顯得左支右絀。

近義 捉衿肘見（ㄒㄧㄢˋ）、顧此失彼。

反義 左右逢源、得心應手。

左右逢源 ㄗㄨㄛˇ ㄧㄡˋ ㄈㄥˊ ㄩㄢˊ

解釋 逢，遇到。源，水源。向左向右都可以遇到水源。原意指若能用心研究學問，修養品德，就可以思路暢通，做事得心應手，處處受益。也比喻辦事圓滑，處處得到幫助。

例句 因為他知識廣博，所以寫起文章來左右逢源，得心應手。

近義 得心應手。

反義 左右為難。

左右開弓 ㄗㄨㄛˇ ㄧㄡˋ ㄎㄞ ㄍㄨㄥ

解釋 原義是指雙手都能射箭，後用來比喻雙手都能操作，或能同時做幾項工作。

例句 他身佩雙槍，能左右開弓，百步穿楊，人稱神槍手。

近義 雙管齊下。

平分秋色（ㄆㄧㄥˊ ㄈㄣ ㄑㄧㄡ ㄙㄜˋ）

解釋 比喻雙方勢均力敵，各得一半。

例句 這兩個球隊到目前為止，成績平分秋色，不相上下。

近義 不分軒輊（ㄒㄩㄢ ㄓˋ）、不相上下。

反義 得天獨厚。

平步青雲（ㄆㄧㄥˊ ㄅㄨˋ ㄑㄧㄥ ㄩㄣˊ）

解釋 平步，平穩順利。青雲，高空，比喻崇高的地位。比喻不費力氣，一下子就到達很高的地位。

例句 他的學歷高，能力強，一畢業就平步青雲，在社會上占有一席之地。

近義 一步登天、青雲直上、飛黃騰達。

打草驚蛇（ㄉㄚˇ ㄘㄠˇ ㄐㄧㄥ ㄕㄜˊ）

解釋 比喻因為不謹慎，透露了風聲，使對方有了防備。

典故 南唐王魯做當塗（今安徽省當塗縣）縣官時，貪贓枉法，搜刮民財。一次，有人控告他手下的主簿（小官）營私舞弊，收人賄賂。王魯判決時說：「汝雖打草，吾已驚蛇。」意思是說，人民雖是控告主簿貪汙，卻已使王魯受驚。

例句 你這樣輕舉妄動，只會打草驚蛇，給大家帶來麻煩。

打鐵趁熱（ㄉㄚˇ ㄊㄧㄝˇ ㄔㄣˋ ㄖㄜˋ）

解釋　趁著鐵燒紅的時候趕緊錘打。比喻趁著有利的時機或條件，趕緊去做。

例句　打鐵趁熱，我們現在馬上去把事情辦好吧！

近義　趁風使帆。

反義　失之交臂、坐失良機。

打如意算盤（ㄉㄚˇ ㄖㄨˊ ㄧˋ ㄙㄨㄢˋ ㄆㄢˊ）

解釋　比喻只從好的或有利的方面設想。

辨析　「打如意算盤」和「精打細算」意思不同，「精打細算」是指精細的謀劃打算。這句話有讚美的意味，例如：媽媽對於開銷一向是精打細算。至於「打如意算盤」則語帶諷刺，不能用來稱讚別人。

例句　成天只想打如意算盤的人，又怎麼會努力工作呢！

打開話匣子（ㄉㄚˇ ㄎㄞ ㄏㄨㄚˋ ㄒㄧㄚˊ ˙ㄗ）

解釋　話匣子，本是指留聲機或收音機，後用來比喻話題。比喻開始說話。

注意　「匣」音ㄒㄧㄚˊ，不要唸成ㄐㄧㄚˊ；也不可以寫成「夾」。

例句　他每次一打開話匣子，就說個沒完沒了。

打開窗戶說亮話（ㄉㄚˇ ㄎㄞ ㄔㄨㄤ ㄏㄨˋ ㄕㄨㄛ ㄌㄧㄤˋ ㄏㄨㄚˋ）

解釋　比喻將事實坦白地說出來。

例句　咱們就打開窗戶說亮話，誰也別吞吞吐吐。

近義　直言不諱、實話實說。

打落牙齒和血吞（ㄉㄚˇ ㄌㄨㄛˋ ㄧㄚˊ ㄔˇ ㄏㄨㄛˋ ㄒㄧㄝˇ ㄊㄨㄣ）

解釋 比喻吃了虧還要委屈求全或忍氣吞聲。

注意 「和」是多音字，音ㄏㄢˋ、ㄏㄜˊ、ㄏㄨㄛˋ、ㄏㄨˊ，「你和我」的「和」音ㄏㄢˋ，「和氣」的「和」音「ㄏㄜˊ」，「和血吞」的「和」音ㄏㄨㄛˋ，「和牌」的「和」音ㄏㄨˊ，也可以寫成「胡牌」。

例句 對於這件事，我是抱著打落牙齒和血吞的態度，絕對忍耐到底。

打好了江山殺韓信（ㄉㄚˇ ㄏㄠˇ ˙ㄌㄜ ㄐㄧㄤ ㄕㄢ ㄕㄚ ㄏㄢˊ ㄒㄧㄣˋ）

解釋 比喻事情成功後，把有功勞的人一腳踢開。

典故 韓信當年為劉邦打下江山後，因為功勞太大，威脅到皇帝，成為漢高祖和呂后的眼中釘。後來有人密告韓信造反，呂后就藉機殺掉韓信，以免他日後真的造反。

例句 他很重情義，不是那種打好了江山殺韓信的人。

近義 忘恩負義、過河拆橋、兔死狗烹、鳥盡弓藏。

反義 沒齒難忘、結草銜環、感恩圖報。

本末倒置（ㄅㄣˇ ㄇㄛˋ ㄉㄠˋ ㄓˋ）

解釋 本，樹根，比喻事物的根本。末，樹梢，比喻事物的枝節。置，放、擱。形容把主要的和次要的顛倒了。

辨析 「本末倒置」和「捨本逐末」都是講次序處理不當。但「本末倒置」是把主次的位置顛倒了；「捨本逐末」是捨棄主要的，追求次要的。

注意 ①「末」不要誤寫成「未」。

例句 他花一整天的時間準備週末郊遊的用

具，卻不準備明天的考試，真是本末倒置。

近義　捨本逐末。

未雨綢繆（ㄨㄟˋ ㄩˇ ㄔㄡˊ ㄇㄡˊ）

解釋　綢繆，修繕。原意是在沒有下雨的時候，就要修繕房屋門窗。現在多用來比喻事先做好準備工作。

注意　「繆」音ㄇㄡˊ，不要唸成ㄇㄠˋ或ㄇㄡˋ；也不可以寫成「謬」。

例句　在颱風還沒來臨前，我們就該未雨綢繆，做好防颱準備。

近義　有備無患、曲突徙（ㄒㄧˇ）薪。

反義　亡羊補牢、臨陣磨槍、臨渴掘井。

正中下懷（ㄓㄥˋ ㄓㄨㄥˋ ㄒㄧㄚˋ ㄏㄨㄞˊ）

解釋　正中，正好符合。下，指自己，是謙詞。下懷，自己的心意。指正好符合自己的心意。

注意　「中」音ㄓㄨㄥˋ，不要唸成ㄓㄨㄥ。

例句　我對歐洲嚮往已久，這次能夠去當交換學生，真是正中下懷。

反義　大失所望。

正本清源（ㄓㄥˋ ㄅㄣˇ ㄑㄧㄥ ㄩㄢˊ）

解釋　正本，從根本上整頓。清源，從起源上清理。指從根本上整頓清理，徹底解決問題。

注意　「源」不要誤寫成「原」。

例句　要改善社會風氣，養成守法的習慣，必須正本清源，從教育著手。

正襟危坐（ㄓㄥˋ ㄐㄧㄣ ㄨㄟˊ ㄗㄨㄛˋ）

解釋 正襟，把衣服拉正。危坐，端正的坐著。整一整衣服，端端正正的坐著。形容恭敬嚴肅的樣子。

注意 ①「襟」音ㄐㄧㄣ，不要唸成ㄐㄧㄣˋ。②「危」不要誤寫成「為」。

例句 他雖然已經七十歲了，主持會議時仍是正襟危坐，講起話來聲音洪亮。

民不聊生 ㄇㄧㄣˊ ㄅㄨˋ ㄌㄧㄠˊ ㄕㄥ

解釋 聊，依賴，憑藉。指人民生活不安寧，活不下去。

典故 秦朝末年，陳勝、吳廣揭竿起義，聲勢浩大。當起義軍打下陳地（今河南省淮陽）以後，陳勝派善於用兵的武臣，帶領三千人馬，渡過黃河向河北進攻。武臣過河後，就把當地有名望的人召來，並說：「秦朝統治多年，派差出役，連連不斷，苛捐雜稅多如牛毛，殘酷壓搾，弄得民不聊生！」武臣的宣傳起了作用，當地百姓紛紛加入起義軍，部隊得到擴充，又接連占領了十幾座城市，大獲全勝。

注意 「聊」不要誤寫成「寥」。

例句 滿清末年，列強欺壓中國，戰事頻傳，造成民不聊生的現象。

近義 生靈塗炭、民生凋敝。

反義 國泰民安、國富民強。

民胞物與 ㄇㄧㄣˊ ㄅㄠ ㄨˋ ㄩˇ

解釋 與，同類。把人民都當作我的同胞，萬物都當成我的同類。形容人的胸懷廣大，有博愛精神。

例句 一個成功的政治家必須有民胞物與的精神，才能真心誠意的為百姓造福。

反義 自私自利。

玉石俱焚（ㄩˋ ㄕˊ ㄐㄩˋ ㄈㄣˊ）

解釋 俱，一起、一同。玉和石頭一起燒毀。比喻好人、壞人都一起遭到禍害。

辨析 「玉石俱焚」與「同歸於盡」都有一起毀滅的意思。但「玉石俱焚」僅用在好的和壞的一起毀滅；「同歸於盡」則沒有好壞的分別。「同歸於盡」可表示和敵人力拚的決心勇氣；「玉石俱焚」則沒有這種意思。

注意 「俱」不要誤寫成「具」。

例句 他為了復仇，就算玉石俱焚也不在乎。

近義 同歸於盡。

玉樹臨風（ㄩˋ ㄕㄨˋ ㄌㄧㄣˊ ㄈㄥ）

解釋 玉樹，美好的樹。形容人的風度高雅，就像玉樹迎風搖曳的美好姿態。比喻年輕男子優雅的儀態。

例句 影片中的男主角風度翩翩，有如玉樹臨風，受到許多影迷的喜愛。

近義 風度翩翩、風流倜儻（ㄊㄧˋ ㄊㄤˇ）。

反義 衣冠（ㄍㄨㄢ）禽獸。

瓜田李下（ㄍㄨㄚ ㄊㄧㄢˊ ㄌㄧˇ ㄒㄧㄚˋ）

解釋 經過瓜田，不彎腰穿鞋；走過李樹下，不舉手整理帽子，這都是為了避免偷瓜和偷摘李子的嫌疑。比喻容易發生嫌疑的處境。

注意 「瓜」不要誤寫成「爪」。

例句 現在主人不在，我們還是離開的好，以免有瓜田李下之嫌。

瓦釜雷鳴 ㄨㄚˇ ㄈㄨˇ ㄌㄟˊ ㄇㄧㄥˊ

解釋 瓦釜，用瓦做的粗劣的鍋子，因為它發出的聲音非常難聽，所以用來比喻惡劣無恥的小人。雷鳴，這裡指敲瓦釜的聲音像打雷一樣大。比喻沒有才德的人占據高位，受到重用，或低俗的文章、音樂，受到大眾的歡迎，非常流行。

注意 「釜」不要誤寫成「斧」。

例句 當年作惡多端的流氓，如今搖身一變，當了大官，真是瓦釜雷鳴。

甘拜下風 ㄍㄢ ㄅㄞˋ ㄒㄧㄚˋ ㄈㄥ

解釋 甘，自願、樂意。下風，風向的下方。指心甘情願的居於別人之下。表示真心佩服別人，自認不如。

辨析 「甘拜下風」偏重在比較之後自認為不如對方，真心佩服；「心悅誠服」指從心眼裡真心信服，含有欽佩尊重的意思；「五體投地」指非常崇拜、敬服；「甘居人後」可以指真心佩服別人，也可以指甘願在人之後，不求進步。

注意 「拜」不要誤寫成「敗」。

例句 看到對手的灌籃神技，我們只能望球興嘆，甘拜下風。

近義 心悅誠服、五體投地。

反義 不甘示弱。

生不逢辰 ㄕㄥ ㄅㄨˋ ㄈㄥˊ ㄔㄣˊ

解釋 逢，遇上、遇到。辰，時辰。生下時沒有遇到好時辰。古時候認為人出生時辰的吉凶，會影響一生運氣的好壞。這裡用來感嘆出生時辰不好，因此常遇到挫折。

例句 他常感嘆自己生不逢辰，空有一身抱負，卻無處施展。

近義 生不逢時、命途多舛（ㄔㄨㄢˇ）。

反義 三生有幸。

生吞活剝（ㄕㄥ ㄊㄨㄣ ㄏㄨㄛˊ ㄅㄛ）

解釋 吞，整個嚥下肚子。比喻生搬硬套，或抄襲別人的詞句、理論、經驗等等，不知融會變通。

典故 唐代初年，河北棗強縣（今河北冀縣）有個縣尉叫張懷慶，此人不學無術，專愛抄襲名人詩句，冒充風雅。有一次，朝中大臣李義府寫了一首詩：「鏤月為歌扇，裁雲作舞衣；自憐回雪態，好取洛川歸。」張懷慶竟把這首詩整篇照抄，只在每句前面硬添上兩個字，就算是他的創作了。詩作：「生情鏤月為歌扇，出性裁雲作舞衣；照鏡自憐回雪態，來時好取洛川歸。」當時的人譏笑張懷慶這種抄襲手段為：「活剝張昌齡，生吞郭正一！」因為張、郭兩人都是當時以文詞聞名的朝中要人。後來就演變成「生吞活剝」這個成語。

辨析 「生吞活剝」和「食古不化」都有「生硬的搬用」的意思。但「食古不化」專指生硬的搬用古人的東西；「生吞活剝」是泛指生硬的搬用古今中外各方面的東西。

注意 「剝」不要誤寫成「撥」。

例句 這部拍製粗糙的電影，處處可見模仿痕跡，根本是生吞活剝以前的經典名片。

近義 生搬硬套、囫圇（ㄏㄨˊ ㄌㄨㄣˊ）吞棗。

反義 見機行事、融會貫通、隨機應（ㄧㄥˋ）變。

生花妙筆 ㄕㄥ ㄏㄨㄚ ㄇㄧㄠˋ ㄅㄧˇ

解釋 筆頭上開出花朵。用來讚美別人的文章寫得好。

典故 五代時所編的開元天寶遺事中曾提到：李白年輕時曾做一夢，夢到他所用的筆上開出花來，從此他的文筆大為精進，聞名天下。所以人們就用「生花妙筆」來稱讚別人的文章寫得好。

例句 他不但對運動在行，還有一枝生花妙筆，寫得一手好文章。

生龍活虎 ㄕㄥ ㄌㄨㄥˊ ㄏㄨㄛˊ ㄏㄨˇ

解釋 生，具有生命力的。像龍虎般的活潑矯健。比喻活潑矯健，充滿生氣。

例句 他的腳傷才剛痊癒，又見他在球場上生龍活虎的展現精湛的球技。

近義 生氣勃勃、龍騰虎躍。

反義 半死不活、死氣沉沉。

生靈塗炭 ㄕㄥ ㄌㄧㄥˊ ㄊㄨˊ ㄊㄢˋ

解釋 生靈，指百姓、人民。塗炭，爛泥和炭火，比喻處境困苦。形容人民像陷在泥裡、掉在火裡那樣痛苦。

例句 這地方連年天災，生靈塗炭，苦不堪言，居民不得不向外界求救。

近義 生民塗炭。

反義 安居樂業、國泰民安。

白面書生（ㄅㄞˊ ㄇㄧㄢˋ ㄕㄨ ㄕㄥ）

解釋 白面，形容臉孔潔白乾淨。年輕俊秀，而缺乏經驗的讀書人。

注意 「白面書生」這句成語含有諷刺的意味，不能亂用。

例句 這年輕人雖會唸書，卻是個白面書生，還需要多加磨練呢！

白雲蒼狗（ㄅㄞˊ ㄩㄣˊ ㄘㄤ ㄍㄡˇ）

解釋 蒼狗，指雲的形狀像狗一樣。天上的白雲變幻莫測。比喻世事變化無常，就像白雲的變化一樣。

典故 唐代詩人杜甫的可嘆詩：「天上浮雲如白衣，斯須變化成蒼狗。」意思是說：「天上的浮雲看起來像白衣一樣，一會兒又變成狗的形狀。」

注意 「蒼」不要誤寫成「倉」。

例句 十年來，這裡的人物、景色都不同了，不免令人感嘆白雲蒼狗，變化莫測。

近義 滄海桑田。

反義 一成不變。

白駒過隙（ㄅㄞˊ ㄐㄩ ㄍㄨㄛˋ ㄒㄧˋ）

解釋 白駒，駿馬，也有人解釋為日影。隙，小洞。白色的駿馬穿過狹小的洞，或指日影穿過狹小的洞隙。形容時間過得很快，也指人生的短暫。

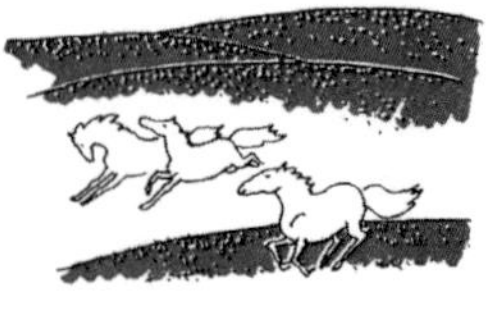

例句　人生如白駒過隙，稍縱即逝，我們應該好好把握。

近義　光陰似箭、歲月如梭。

反義　度日如年。

白紙上寫著黑字（ㄅㄞˊ ㄓˇ ㄕㄤˋ ㄒㄧㄝˇ ˙ㄓㄜ ㄏㄟ ㄗˋ）

解釋　比喻證據確鑿，不容抵賴。

例句　你們看！合約在這裡，白紙上寫著黑字，對方可不能抵賴。

目不見睫（ㄇㄨˋ ㄅㄨˋ ㄐㄧㄢˋ ㄐㄧㄝˊ）

解釋　睫，在上下眼瞼邊緣的細毛。眼睛看不見自己的睫毛。比喻沒有自知之明，看不見自己的過失。

辨析　「目不交捷」是指沒有睡覺，形容人十分辛勞或憂慮，和「目不見睫」意思不同。

注意　「睫」不要誤寫成「捷」。

例句　人難免會犯目不見睫的毛病，所以需要良師益友來規勸我們。

目不暇接（ㄇㄨˋ ㄅㄨˋ ㄒㄧㄚˊ ㄐㄧㄝ）

解釋　目，眼睛。暇，空閒。形容東西太多，眼睛來不及看。

注意　「暇」不要誤寫成「瑕」。

例句　這次展覽的規模之大，商品之豐富，真是令人目不暇接。

近義　目不暇給（ㄐㄧˇ）、應接不暇。

反義　一目了（ㄌㄧㄠˇ）然、一覽無遺、盡收眼底。

目不識丁（ㄇㄨˋ ㄅㄨˋ ㄕˋ ㄉㄧㄥ）

解釋　丁，指簡單易認的字。形容一個字也不

認識。

例句 他雖然目不識丁，子女們卻個個都有了不起的成就。

近義 不識一丁。

反義 知書達理。

目光如豆 ㄇㄨˋ ㄍㄨㄤ ㄖㄨˊ ㄉㄡˋ

解釋 目光，眼光。眼光像豆子那麼小。形容目光短淺，眼界狹小。

例句 那些只重眼前利益，目光如豆的人，是成不了什麼大事的。

近義 目光短淺。

反義 高瞻遠矚（ㄓㄨˇ）。

目空一切 ㄇㄨˋ ㄎㄨㄥ ㄧˊ ㄑㄧㄝˋ

解釋 一切都不放在眼裡。形容非常驕傲自大，什麼都看不起。

辨析 「目空一切」和「旁若無人」、「不可一世」都是形容狂妄自大，看不起別人。但「旁若無人」除了可以形容自高自大外，還可以形容態度大方、自然。三者比較，則以「不可一世」在語意上最重，能用在人或事物上。

例句 他從小表現優異，拿下多次全國語文競賽的冠軍，卻養成目空一切的個性。

近義 不可一世、目中無人、妄自尊大。

反義 虛懷若谷。

目瞪口呆 ㄇㄨˋ ㄉㄥˋ ㄎㄡˇ ㄉㄞ

解釋 眼睛發直，說不出話來。形容因為吃驚或害怕而發愣的樣子。

例句 喂！你怎麼目瞪口呆地一直看著前面？

近義　呆若木雞、張口結舌、瞠目結舌。

反義　神色自若。

石沉大海（ㄕˊ ㄔㄣˊ ㄉㄚˋ ㄏㄞˇ）

解釋　像石頭掉到大海裡一樣。比喻從此不見蹤影，沒有消息。

例句　他接連寫了幾封信回家，都像石沉大海，不見回音，讓他非常擔心。

近義　杳（ㄧㄠˇ）無音信、泥牛入海。

石破天驚（ㄕˊ ㄆㄛˋ ㄊㄧㄢ ㄐㄧㄥ）

解釋　本來是指箜篌（ㄎㄨㄥ ㄏㄡˊ，古代的一種樂器）發出非常具有震撼力的聲音，能讓巨石破裂，上天震驚。現在多用來指使人震驚的言論、文章、事件等。

例句　他這項石破天驚的發現，不但洗刷了許多人的冤屈，也改寫了人類的歷史。

近義　驚天動地。

立竿見影（ㄌㄧˋ ㄍㄢ ㄐㄧㄢˋ ㄧㄥˇ）

解釋　把竹竿立在陽光下，馬上就可以看到影子。比喻收效非常快。

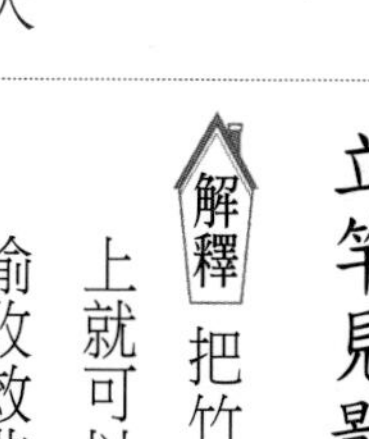

例句　新開發出來的藥，對失眠有立竿見影的效果，一上市就被搶購一空。

近義　手到擒來。

反義　徒勞無功。

立錐之地（ㄌㄧˋ ㄓㄨㄟ ㄓ ㄉㄧˋ）

解釋　立錐，插錐子。指插錐尖的一點地方。形容極小的地方，也指極小的安身之處。

例句 他當年窮得無立錐之地，如今卻擁有好幾棟大廈。

近義 立足之地、容身之地。

【六畫】

亦步亦趨（ㄧˋ ㄅㄨˋ ㄧˋ ㄑㄩ）

解釋 亦，也、同樣。步，緩行、慢走。趨，小步快走。別人慢走也跟著慢走，別人快走也跟著快走。比喻事事模仿別人，追隨別人。

典故 春秋時代，魯國的顏淵是孔子最得意的學生之一，一舉一動都以孔子為榜樣。有一次，他對孔子說：「老師慢慢的走，我也慢慢的走；老師快步的走，我也快步的走；老師飛快的奔跑，我也飛快的奔跑……」後人便概括出「亦步亦趨」這句成語。

例句 做事要有自己的主見，不能亦步亦趨的跟從他人。

近義 人云亦云。

反義 別出心裁、標新立異。

休戚相關（ㄒㄧㄡ ㄑㄧ ㄒㄧㄤ ㄍㄨㄢ）

解釋 休，歡樂。戚，憂愁。彼此之間的喜和憂、福和禍都相互關聯。形容彼此之間的關係非常密切，利害完全一致。

典故 春秋時代，晉悼公（名周，或稱周子）是晉襄公的曾孫，他少年時期受到晉厲公的排擠，只好離鄉來到單襄公的家裡當一名家臣。他雖然不在京城，但是非常關心自己國

家的事情，當他聽到晉國有不好的消息，沒有一次不感到悲傷的；聽到晉國有可喜的事情，沒有一次不感到高興的。為此，單襄公對他很敬重。當單襄公病重時，特別囑咐他的兒子單頃公要好好對待周子，並說：「周子能夠和他的祖國共享歡樂與憂愁，真是不忘本呀！將來很有可能回國去接任國君。」

辨析 「休戚相關」和「休戚與共」都有「利害一致」的意思。但「休戚相關」重在憂喜、禍福的相互關聯；而「休戚與共」重在憂喜、禍福必須共同承受。

例句 這些休戚相關、生死與共的戰友們即將分手了，不免依依不捨。

近義 休戚與共、脣齒相依、息息相關。

任重道遠（ㄖㄣˋ ㄓㄨㄥˋ ㄉㄠˋ ㄩㄢˇ）

解釋 任，任務。道，路程。挑著重擔走很遠的路。比喻擔負的責任重大，並且需要長期奮鬥。

典故 這句話出自論語的泰伯篇：「士不可不弘毅，任重而道遠；仁以為己任，不亦重乎，死而後已，不亦遠乎？」意思是說，讀書人要有寬大的胸襟，堅定的意志，因為他身負重任而路程長遠，他要把行仁義當成自己的責任，而且一直到死才能放下，這個責任不是又重又遠嗎？

注意 「道」不要誤寫成「到」。

例句 老師的任務在教育國家未來的主人翁，為社會培育人才，可說是任重道遠。

近義 任重致遠、負重致遠。

反義 一蹴（ㄘㄨˋ）可幾（ㄐㄧ）、輕而易舉。

任勞任怨 ㄖㄣˋ ㄌㄠˊ ㄖㄣˋ ㄩㄢˋ

解釋 任，擔當。勞，勞苦。怨，別人對自己的埋怨、責備。承擔勞苦，不計較別人對自己的埋怨。形容不辭辛勞，不怕他人的埋怨。

辨析 「任」在這裡是擔當的意思，不解釋成「任用」或「聽任」。

例句 他一向任勞任怨，努力工作，只求對得起自己，不求任何的回報。

近義 埋頭苦幹。

反義 怨天尤人。

仰人鼻息 ㄧㄤˇ ㄖㄣˊ ㄅㄧˊ ㄒㄧ

解釋 仰，依靠。鼻息，呼吸時吐出的空氣。依賴別人所呼出的空氣過活。比喻完全依賴別人的庇護，自己沒有獨立的能力。

注意 「仰」不要誤寫成「抑」。

例句 他既沒有學歷，又沒有能力，只好仰人鼻息，看人臉色過日子。

光明磊落 ㄍㄨㄤ ㄇㄧㄥˊ ㄌㄟˇ ㄌㄨㄛˋ

解釋 磊落，胸襟坦白，沒有私心。形容胸懷坦蕩，言行光明正大。

注意 「落」是多音字，音ㄌㄨㄛˋ、ㄌㄚˋ、ㄌㄠˋ，「磊落」的「落」音ㄌㄨㄛˋ，「丟三落四」的「落」音ㄌㄚˋ，「蓮花落」的「落」音ㄌㄠˋ。

例句 他平日熱心公益，行為光明磊落，是個不可多得的好朋友。

近義 光明正大、光風霽（ㄐㄧˋ）月、襟懷坦白。

光怪陸離 ㄍㄨㄤ ㄍㄨㄞˋ ㄌㄨˋ ㄌㄧˊ

解釋 光怪，奇異的光彩。陸離，色彩繁雜。形容奇形怪狀、五顏六色。

辨析 「光怪陸離」既形容色彩，也形容狀態；既形容具體事物，亦可形容繁雜的社會現象。「斑駁陸離」則只可形容具體的東西和色彩。

例句 世界之大，無奇不有，各種光怪陸離的事情都會發生。

近義 斑駁陸離。

先斬後奏 ㄒㄧㄢ ㄓㄢˇ ㄏㄡˋ ㄗㄡˋ

解釋 斬，斬首。奏，古代臣子對皇帝報告。原義是指古代臣子殺了人以後，再向皇上報告。現用來比喻事先不請示，等事情處理了，造成既成事實後，再向上級報告。

注意 「奏」不要誤寫成「揍」。

例句 他辦事常擅作主張，先斬後奏，因此被開除了。

先發制人 ㄒㄧㄢ ㄈㄚ ㄓˋ ㄖㄣˊ

解釋 發，發動。制，制服、控制。原義指交戰的雙方，先發動進攻的就能爭取主動，控制對方。後來則指先下手來制服對方。

典故 秦朝末年，陳勝、吳廣在大澤鄉起義。當時，項梁正和他的侄子項羽在吳中避難。會稽太守殷通請項梁去商討當時的政治形勢和自己的出路。項梁說：「現在江西一帶都反秦，這是上天要消滅秦朝。先發動的可以

制服別人，後發動的就要被人制服。」後來，項梁叫項羽殺了殷通，自己繼任會稽太守，並且當眾宣布起兵反秦。

例句 比賽一開始，雙方選手都積極進攻，希望能先發制人，取得勝利。

近義 先聲奪人、先下手為強。

先禮後兵 ㄒㄧㄢ ㄌㄧˇ ㄏㄡˋ ㄅㄧㄥ

解釋 兵，動用武力，採取強硬手段。指雙方敵對時，先和對方講道理，以禮貌相待，如果道理講不通，再動用武力或使用其他強硬手段。

例句 先禮後兵是一個泱泱大國所應具有的氣度。

先聲奪人 ㄒㄧㄢ ㄕㄥ ㄉㄨㄛˊ ㄖㄣˊ

解釋 作戰時，先以強大的聲勢來打擊敵人的士氣。後來也比喻做事搶先別人一步。

注意 「聲」不要誤寫成「生」或「身」。

例句 別怕！我們就來個先聲奪人，讓對方措手不及。

近義 先發制人、先聲後實。

反義 後發制人。

全軍覆沒 ㄑㄩㄢˊ ㄐㄩㄣ ㄈㄨˋ ㄇㄛˋ

解釋 覆沒，船翻沉。①比喻軍隊全部敗亡。②比喻事情徹底失敗。

注意 「覆」不要誤寫成「復」或「複」。

例句 在這次戰爭中，我軍發揮團隊精神，打得敵軍全軍覆沒，逃之夭夭。

近義 片甲不存。

反義 大獲全勝、凱旋而歸、旗開得勝。

再接再厲 ㄗㄞˋ ㄐㄧㄝ ㄗㄞˋ ㄌㄧˋ

解釋 再，繼續。接，接觸、交鋒。厲，即「礪」，磨刀。形容做事勇猛奮進，毫不鬆懈。

注意 「厲」不要誤寫成「勵」或「力」。

例句 老師鼓勵我們要再接再厲，爭取好的成績。

近義 乘勝逐北、奮起直追。

反義 一蹶不振、節節敗退。

冰消瓦解 ㄅㄧㄥ ㄒㄧㄠ ㄨㄚˇ ㄐㄧㄝˇ

解釋 冰消，像冰一樣融化。瓦解，像瓦一般破碎。比喻某種勢力的消除或誤會的消解。

例句 他們之間的誤會，經過老師的勸解，已經冰消瓦解，和好如初了。

近義 瓦解冰消。

冰清玉潔 ㄅㄧㄥ ㄑㄧㄥ ㄩˋ ㄐㄧㄝˊ

解釋 像冰那樣晶瑩，像玉那樣潔白。比喻人的品行高尚、純潔。

例句 她為了扶養年幼的弟妹，獨自在社會上與人競爭，卻仍保持冰清玉潔的情操，真令人敬佩。

近義 玉潔冰清。

反義 寡廉鮮（ㄒㄧㄢˇ）恥。

刎頸之交 ㄨㄣˇ ㄐㄧㄥˇ ㄓ ㄐㄧㄠ

解釋 刎，割脖子。頸，脖子。交，交情、友誼。指以性命相許，生死與共的交情。

注意「刎」不要誤寫成「吻」。

例句 我們僅是萍水相逢，哪裡稱得上是刎頸之交呢？

近義 患難之交；莫逆之交。

反義 狐朋狗友；酒肉朋友。

匠心獨運 ㄐㄧㄤˋ ㄒㄧㄣ ㄉㄨˊ ㄩㄣˋ

解釋 匠心，靈巧的心思。獨，獨到的。指具有獨到的靈巧心思。多指在技術或藝術方面別具巧思。

例句 這座園林非常的典雅，處處可見到設計者匠心獨運的巧思。

近義 別具匠心、別開生面。

反義 千篇一律、老生常談。

危在旦夕 ㄨㄟˊ ㄗㄞˋ ㄉㄢˋ ㄒㄧ

解釋 危，危險。旦夕，指在很短的時間裡。形容危險就在眼前。可用於生命，也可以用於地方的防守等。

例句 他原來就患有哮喘病，近年來更急遽惡化，生命危在旦夕。

近義 危如朝（ㄓㄠ）露。

反義 安如泰山、穩若泰山。

危如累卵 ㄨㄟˊ ㄖㄨˊ ㄌㄟˇ ㄌㄨㄢˇ

解釋 危，危險。累，堆積。卵，蛋。危險得像堆積起來的蛋一樣，非常容易倒塌破碎。比喻情況十分危險。

辨析 ①「危如累卵」和「危在旦夕」都有「十分危險」的意思。但「危如累卵」著重

在指危險的程度；「危在旦夕」則著重於指危險很快就要發生。②「危如累卵」多用於防守、房屋的傾塌等，不用於生命。

注意 「累」音ㄌㄟˇ，不要唸成ㄌㄟˋ。

例句 禮堂的屋頂已經搖搖欲墜，危如累卵，再不修理，恐怕會發生意外。

近義 千鈞一髮、危在旦夕、岌岌可危。

反義 安如磐石、穩如泰山。

危言聳聽 ㄨㄟˊ ㄧㄢˊ ㄙㄨㄥˇ ㄊㄧㄥ

解釋 危言，荒誕誇大的話。聳，驚動。聳聽，使聽話的人吃驚。說出驚人的話，讓人聽了感到震驚、害怕。

辨析 「危言聳聽」和「駭人聽聞」都有「使人聽了感到吃驚」的意思。但「危言聳聽」指的是歪曲、捏造、無中生有的「事情」；「駭人聽聞」指的是驚人的殘暴事實。

例句 新聞報導如果言過其實，危言聳聽，是很不道德的。

近義 駭人聽聞、聳人聽聞。

危機四伏 ㄨㄟˊ ㄐㄧ ㄙˋ ㄈㄨˊ

解釋 伏，隱藏。處處都隱藏著危機。

例句 你現在的處境是危機四伏，還是小心一點的好。

同仇敵愾 ㄊㄨㄥˊ ㄔㄡˊ ㄉㄧˊ ㄎㄞˋ

解釋 敵，對抗、抵抗。愾，怨恨、憤怒。敵愾，對敵人的憤恨。形容懷著共同的仇恨，抵禦共同的敵人。

注意 「愾」音ㄎㄞˋ，不要唸成ㄑㄧˋ。

例句 七七事變後，全國人民同仇敵愾，抵抗日本的侵略。

反義 同室操戈、自相殘殺。

同甘共苦（ㄊㄨㄥˊ ㄍㄢ ㄍㄨㄥˋ ㄎㄨˇ）

解釋 甘，甜，喻幸福。共，共同、一起。一起吃甜的，一起吃苦的。比喻幸福一起享受，困難一起承擔。

辨析 「同甘共苦」指共同享受，共患難；「同舟共濟」指同心協力，一起克服困難。

例句 經過那一段同甘共苦的日子，他們的友情更加堅定了。

近義 風雨同舟、患難與共。

反義 勾心鬥角、爾虞（ㄩˊ）我詐。

同舟共濟（ㄊㄨㄥˊ ㄓㄡ ㄍㄨㄥˋ ㄐㄧˋ）

解釋 舟，船。濟，渡河。一起坐同一條船過河。比喻利害相關，患難與共。

注意 「濟」不要誤寫成「劑」。

例句 我們要上下一心，同舟共濟，才能克服困難。

近義 和衷共濟、風雨同舟。

反義 同室操戈。

同室操戈（ㄊㄨㄥˊ ㄕˋ ㄘㄠ ㄍㄜ）

解釋 操，拿。戈，古代的一種兵器。一家人動刀槍。比喻兄弟爭吵或內部爭鬥。

例句 在這危急的時刻，我們更應團結一致，不可同室操戈，落人笑柄。

近義 兄弟鬩（ㄒㄧˋ）牆、自相殘殺、煮豆燃萁（ㄑㄧˊ）。

反義　兄友弟恭、同舟共濟、相親相愛。

同流合汙

解釋　流，流俗，通行一時的社會風氣。汙，汙濁。指跟壞人一起做壞事。

例句　他們同流合汙，狼狽為奸，陷害了許多好人。

近義　狼狽為奸、清濁同流。

反義　潔身自愛、明哲保身。

同病相憐

解釋　憐，同情。比喻有共同的遭遇而互相同情。

注意　「憐」不要誤寫成「鄰」。

例句　他們兩人挑戰失敗，在同病相憐的心情下，彼此特別投緣。

近義　物傷其類。

各有千秋

解釋　千秋，長遠的年代。這裡指各自都有可以流傳久遠的專長。比喻各有所長，各有優點，不分上下。

例句　這兩位參賽者的作品都十分優秀，各有千秋，讓評審委員難以抉擇。

近義　各有所長（ㄔㄤˊ）。

各行其是

解釋　每個人都依照自己的想法去做。形容思想、行動不一致。

注意　「是」不要誤寫成「事」。

例句　你們再這樣各行其是的練習，不肯互相溝通，鐵定拿最後一名。

近義　各自為政、各執一詞。

反義　同心協力、團結一致。

各人自掃門前雪，莫管他人瓦上霜

解釋　比喻只管自己的事，不肯幫助別人。有指責的意思。

例句　社區裡最近發生了多起竊案，都是因為各人自掃門前雪，莫管他人瓦上霜的心態。

名不虛傳

解釋　名，名聲、名譽。虛，虛假。指名聲流傳開來，與事實相符，確實很好，不是空有虛名。

辨析　「名不虛傳」和「名副其實」意義有近似之處。但「名不虛傳」指事實與流傳的盛名相符；「名副其實」指名稱與事實相符。

例句　這位大師果然名不虛傳，信筆揮灑都是佳作。

近義　名副其實。

反義　名過其實。

名正言順

解釋　指做事前要先確定身分地位，才能理直氣壯，站得住腳。

例句　他做事一向強調名正言順，所以做起事來總能理直氣壯。

近義　理所當然、理直氣壯。

名列前茅

解釋 前茅，古代行軍的時候，在前面的偵察部隊中，會有人手拿茅草作旗，遇到敵人或敵情有變化，就舉起茅草作為信號，告訴後面的部隊。比喻名次列在前面。

注意 「茅」不要誤寫成「矛」。

例句 他天資優異，又肯努力用功，所以一向名列前茅。

近義 首屈一指、獨占鰲（ㄠˊ）頭。

反義 名落孫山、榜上無名。

名副其實（ㄇㄧㄥˊ ㄈㄨˋ ㄑㄧˊ ㄕˊ）

解釋 副，相稱、符合。實，實際、事實。比喻事物表裡如一，毫無虛假。

例句 班長不但功課好，又熱心幫助別人，真是個名副其實的模範生。

近義 名不虛傳、名實相副。

反義 徒具虛名。

名落孫山（ㄇㄧㄥˊ ㄌㄨㄛˋ ㄙㄨㄣ ㄕㄢ）

解釋 孫山，人名。名字排在孫山的後面。比喻沒考上或沒有錄取。

典故 孫山是宋朝時蘇州的一個書生，有一年，他和幾個同鄉一起去參加鄉試，結果，孫山考取了最後一名舉人。他先回到家鄉，有人問他自己的兒子考中了沒有，孫山隨口寫了兩句詩：「解名盡處是孫山，賢郎更在孫山外。」意思是：榜上最後一名是我孫山，您的兒子落在我孫山的後面，當然沒有被錄取了。

例句 他去年一時大意而名落孫山，今年捲土

重來，終於金榜題名。

近義 榜上無名。

反義 金榜題名、獨占鰲（ㄠˊ）頭。

名師出高徒（ㄇㄧㄥˊ ㄕ ㄔㄨ ㄍㄠ ㄊㄨˊ）

解釋 在有名的師傅教導下的徒弟，技藝也一樣很精湛。

例句 你煮的菜色香味俱全，「名師出高徒」這句話一點也不假。

吃裡扒外（ㄔ ㄌㄧˇ ㄆㄚˊ ㄨㄞˋ）

解釋 不忠於自己所屬的團體，反而暗地裡幫助別人。

注意 「扒」不要誤寫成「爬」。

例句 你幫別人欺負自己的同學，就是吃裡扒外的行為。

吃閉門羹（ㄔ ㄅㄧˋ ㄇㄣˊ ㄍㄥ）

解釋 羹，用肉和菜烹調成的濃液食品。比喻被拒絕的意思。

典故 源於唐代有個名妓叫史鳳，她把客人分成上、中、下三個等級。凡是下等的寒酸客人，她就叫僕人端碗羹給對方吃，快快打發走，自己並不出面。事情傳開後，人們就謔稱不受歡迎的客人叫吃閉門羹。

例句 他自從當業務員後，吃閉門羹是常有的事。

因地制宜（ㄧㄣ ㄉㄧˋ ㄓˋ ㄧˊ）

解釋 因，依照、根據。地，指各地的具體情況。制，制定、規定。宜，適當。指按照不同地方的不同情況，採取不同措施。

典故 春秋末年，楚國的伍子胥逃到吳國後，受到吳王闔閭的器重。當時，各路諸侯都想當霸主，闔閭也有這樣的野心，因此向伍子胥問計。伍子胥一口氣說了好幾條，闔閭聽了非常高興，認為伍子胥的建議很好，要根據實際情況因地制宜的去做。

注意 「制」不要誤寫成「製」。

例句 各地方的風俗民情不同，所以政府制定法律要因地制宜，不能一成不變。

近義 隨機應（ㄧㄥˋ）變。

反義 刻舟求劍。

因材施教（ㄧㄣ ㄘㄞˊ ㄕ ㄐㄧㄠˋ）

解釋 因，依照、根據。材，指一個人的性情、才能。施，實施。教，教育。根據學生的資質、才能，給予不同的教育。

例句 老師教學向來因材施教，循序漸進，所以同學們的功課都進步神速。

因陋就簡（ㄧㄣ ㄌㄡˋ ㄐㄧㄡˋ ㄐㄧㄢˇ）

解釋 因，憑藉、依著。陋，簡陋、不完備。就，將就、湊合。簡，簡單。遷就簡單粗陋的條件辦事。指利用舊的事物或制度，勉強遷就完成，或指因循保守，不努力進取。

例句 因為缺少經費，我們只好因陋就簡，不擴大慶祝了。

因循苟且（ㄧㄣ ㄒㄩㄣˊ ㄍㄡˇ ㄑㄧㄝˇ）

解釋 因循，沿襲、照著做。苟且，草率隨便、得過且過。形容人做事草率，不求改進，敷衍了事。

例句 他做事一向馬馬虎虎，因循苟且，所以

常出差錯。

近義 敷衍了（ㄌㄧㄠˇ）事。

因勢利導（ㄧㄣ ㄕˋ ㄌㄧˋ ㄉㄠˇ）

解釋 因，順著、沿著。勢，趨勢。利導，引導。順著事物的發展趨勢加以引導。

典故 戰國時代，魏國進攻韓國，韓國向齊國求援，齊國以田忌為將，孫臏為帥，起兵攻魏，這就是歷史上著名的「馬陵之戰」。在這次戰役中，齊軍採用了孫臏的計策，以逐日減灶的方法，製造齊軍大量逃亡的假象，誘惑魏軍。等魏軍追到馬陵的險要地區，齊軍立即加以包圍，一時萬箭齊發，魏軍全部被殲滅。當時，孫臏曾對田忌說：「善於打仗的人要順著事情的發展趨勢，加以引導。」

例句 我們老師一向善於發掘同學們的優點，改正同學的缺點，因勢利導，讓每個同學都能不斷成長。

近義 順水推舟。

因噎廢食（ㄧㄣ ㄧㄝ ㄈㄟˋ ㄕˊ）

解釋 因，因為。噎，指食物阻塞喉嚨。廢，停止。因為怕吃飯噎住，就連飯也不吃了。比喻受到一些小挫折，或發生一點小差錯，就放棄重要的事情。

注意 「噎」音ㄧㄝ，不要唸成ㄧ；也不可以寫成「咽」。

例句 我們絕不能因為受到一點小挫折就因噎廢食，放棄追求美好的目標。

反義 百折不撓（ㄋㄠˊ）。

回天乏術（ㄏㄨㄟˊ ㄊㄧㄢ ㄈㄚˊ ㄕㄨˋ）

解釋 回天，移轉不易挽回的趨勢。術，方法。①形容事情已成定局，無法挽回。②形容人病得很重，沒有痊癒的希望。

例句 他的爺爺得了重病，恐怕已經回天乏術了。

近義 積重難返。

回光返照（ㄏㄨㄟˊ ㄍㄨㄤ ㄈㄢˇ ㄓㄠˋ）

解釋 太陽剛下山時，由於光線的反射，使天空出現暫時發亮的現象。常用來比喻病人臨死前神志暫時清醒的現象。

注意 「返」不要誤寫成「反」。

例句 長期臥病的奶奶，一天清晨突然氣色紅潤，精神百倍，大家都十分擔心是回光返照的現象。

多多益善（ㄉㄨㄛ ㄉㄨㄛ ㄧˋ ㄕㄢˋ）

解釋 益：更加。愈多愈好。

典故 漢高祖劉邦經常找韓信談論用兵的方法。這天，君臣兩人又聊了起來。劉邦問他：「依你看，寡人可以帶多少兵作戰呢？」韓信想也沒想就回答：「十萬人而已。」劉邦皺了皺眉頭，又問他：「那愛卿呢？」韓信自信地回答：「哈哈！我是多多益善呀！軍隊愈盛大愈能發揮我的實力。」劉邦勉強擠出一絲笑容，不太高興地說：「既然你比寡人厲害，為什麼你不是皇帝呢？」韓信回答：「皇上雖然不擅長帶兵作戰，卻能統御將領，這不是一般人可以做到

的呀！」劉邦聽後，終於高興地笑了，不禁得意揚揚地說：「愛卿說得對極了！愛卿說得對極了！」

例句 你問我想要多少禮物？哈哈，當然是多多益善嘍！

近義 貪多務得。

反義 寧缺毋濫。

夙夜匪懈（ㄙㄨˋ ㄧㄝˋ ㄈㄟˇ ㄒㄧㄝˋ）

解釋 夙，早。匪，不能。懈，鬆懈。從早到晚都不鬆懈。形容一個人非常勤奮努力。

例句 他自從升上高三後，每天夙夜匪懈的讀書，希望能考上一流大學。

近義 焚膏繼晷（ㄍㄨㄟˇ）。

反義 遊手好閒、飽食終日。

妄自尊大（ㄨㄤˋ ㄗˋ ㄗㄨㄣ ㄉㄚˋ）

解釋 自高自大。形容自以為了不起，看不起別人。

典故 東漢初年，漢光武帝劉秀建立了中央政權後，全國各地仍然有一些割據勢力，公孫述是其中勢力最大的。當時，名將馬援，因為和公孫述是同鄉，想去投靠公孫述。他想，自己到了成都一定能得到公孫述的熱情接待。可是到了那裡，公孫述卻高高的坐在大殿上，大擺皇帝架子。馬援十分失望，就離開了成都。後來，有人向他問起公孫述的情況，馬援說：「公孫述不過是隻井裡的蝦蟆，卻妄自尊大，自以為不了起，必然成不了什麼大事。」

注意 「妄」不要誤寫成「忘」。

例句 你有這一點小成就就妄自尊大，不可一世，將來很難再進步了。

近義 自命不凡、狂妄自大、夜郎自大。

反義 妄自菲（ㄈㄟˇ）薄、自輕自賤。

妄自菲薄（ㄨㄤˋ ㄗˋ ㄈㄟˇ ㄅㄛˊ）

解釋 妄，胡亂、不合理。菲，微薄。隨便而輕率的看輕自己。

辨析 「妄自菲薄」和「自暴自棄」都有「過分看輕自己」的意思。但「自暴自棄」重在不知自愛，甘於墮落，除了指心理狀態，還指行動表現，語意比較重；「妄自菲薄」重在不切實際的輕視自己，多指心理狀態，語意比較輕。

注意 「菲」音ㄈㄟˇ，不要唸成ㄈㄟ。

例句 我們不應妄自菲薄，應該要有雄心壯志，充滿信心的去超越前人。

近義 自慚形穢、自輕自賤、自暴自棄。

反義 妄自尊大、自命不凡、夜郎自大。

好事多磨（ㄏㄠˇ ㄕˋ ㄉㄨㄛ ㄇㄛˊ）

解釋 磨，阻礙。一件好事往往會受到許多阻礙。表示美好的事物往往不易成就。

注意 「磨」字下面是「石」，不要誤寫成「手」部的「摩」。

例句 他們的婚事受到許多阻礙，婚期一延再延，真是好事多磨。

反義 一帆風順。

好高騖遠（ㄏㄠˋ ㄍㄠ ㄨˋ ㄩㄢˇ）

解釋 好，喜歡、愛好。騖，馬快跑，引申為

追求。指不切實際的追求過高或過遠的目標。

注意 「好」音ㄏㄠˋ，不要唸成ㄏㄠˇ。

例句 做人要腳踏實地，按部就班，不要好高騖遠，妄想一步登天。

近義 好（ㄏㄠˋ）大喜功。

反義 量（ㄌㄧㄤˋ）力而為、腳踏實地、穩紮穩打。

好逸惡勞（ㄏㄠˋ ㄧˋ ㄨˋ ㄌㄠˊ）

解釋 逸，安逸、舒適。惡，討厭、憎恨。喜歡安逸，厭惡勞動。

注意 ①「好」音ㄏㄠˋ，不要唸成ㄏㄠˇ。②「惡」音ㄨˋ，不要唸成ㄜˋ。

例句 他平常嬌生慣養，好逸惡勞，遇到挫折就灰心喪志，自暴自棄。

近義 四體不勤、好（ㄏㄠˋ）吃懶做、遊手好（ㄏㄠˋ）閒。

反義 刻苦耐勞。

好漢做事好漢當（ㄏㄠˇ ㄏㄢˋ ㄗㄨㄛˋ ㄕˋ ㄏㄠˇ ㄏㄢˋ ㄉㄤ）

解釋 比喻勇敢地承擔責任，不推卸責任。

例句 咱們好漢做事好漢當，千萬別連累別人。

好景不常在，好花不常開（ㄏㄠˇ ㄐㄧㄥˇ ㄅㄨˋ ㄔㄤˊ ㄗㄞˋ，ㄏㄠˇ ㄏㄨㄚ ㄅㄨˋ ㄔㄤˊ ㄎㄞ）

解釋 比喻令人滿意的時間往往很短暫。

例句 俗話說：「好景不常在，好花不常開」，你就別再自怨自艾了。

近義 人無千日好，花無百日紅。

好學近乎智，知恥近乎勇（ㄏㄠˋ ㄒㄩㄝˊ ㄐㄧㄣˋ ㄏㄨ ㄓˋ，ㄓ ㄔˇ ㄐㄧㄣˋ ㄏㄨ ㄩㄥˇ）

解釋 指只要做到好學和知恥，就會有勇氣和謀略。

例句 你了解「好學近乎智，知恥近乎勇」這句話的含義嗎？

姹紫嫣紅（ㄔㄚˋ ㄗˇ ㄧㄢ ㄏㄨㄥˊ）

解釋 姹，嬌豔。嫣，美好。形容各種嬌豔的花。

辨析 「姹紫嫣紅」和「萬紫千紅」都有多彩多姿的意思。但「姹紫嫣紅」的意思偏重在嬌豔，只用來形容花卉；「萬紫千紅」偏重在繁榮，不僅可以形容美麗的春色，也可以比喻事物的豐富多采，或景象的興旺繁盛。

注意 「姹」音ㄔㄚˋ，不要唸成ㄓㄚˋ。

例句 春天到了，花園裡一片姹紫嫣紅，非常美麗。

近義 五彩繽紛、花團錦簇、萬紫千紅。

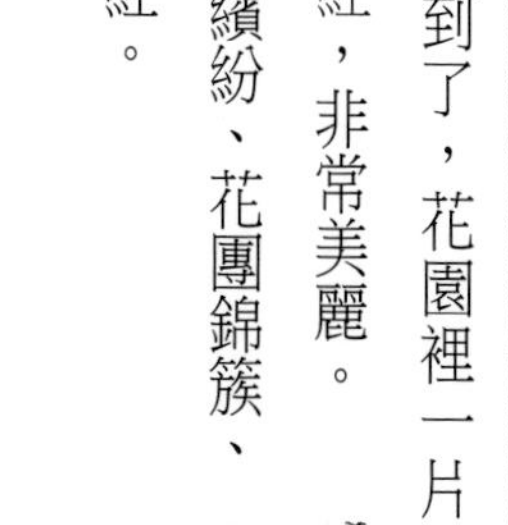

如火如荼（ㄖㄨˊ ㄏㄨㄛˇ ㄖㄨˊ ㄊㄨˊ）

解釋 荼，植物名，一種開白花的茅草。像一團大火一片火紅，像荼花開得繁茂一片雪白。原義指軍容盛大。後用來比喻氣勢旺盛，氣氛熱烈。

典故 春秋末年，吳王夫差和晉定公爭做諸侯盟主。吳王夫差為了顯示自己的威風，一天夜裡，把吳軍三萬人，擺成三個正方形的陣容，中軍全部白衣白甲，白色旗幟，和纏有白色羽毛的短箭，遠遠望去，就像盛開的荼花；左軍，紅衣紅旗和纏有紅色羽毛的短

箭，望去猶如燃燒的火焰；右軍，黑衣黑旗，恰似濃雲密布。第二天一早，吳王親自鳴鼓，三萬士軍一齊呼應，高昂的聲音，震得像山崩地裂一般。晉定公見此聲勢，只好讓吳王做了盟主。

注意 「荼」音ㄊㄨˊ，不要唸成ㄔㄚˊ；也不可以寫成「茶」。

例句 距離運動會只剩下半個月了，所有的籌備活動正如火如荼的展開。

近義 風起雲湧、洶湧澎湃（ㄆㄥ ㄆㄞˋ）。

如出一轍（ㄖㄨˊ ㄔㄨ ㄧ ㄔㄜˋ）

解釋 轍，車輪碾過的痕跡。如同出自同一個車轍。比喻兩件事物非常相似。

注意 「轍」不要誤寫成「撤」或「澈」。

例句 他們兩人的說法如出一轍，不免令人懷疑是否事前商量過。

近義 千篇一律、毫無二致。

反義 大相逕庭、截然不同。

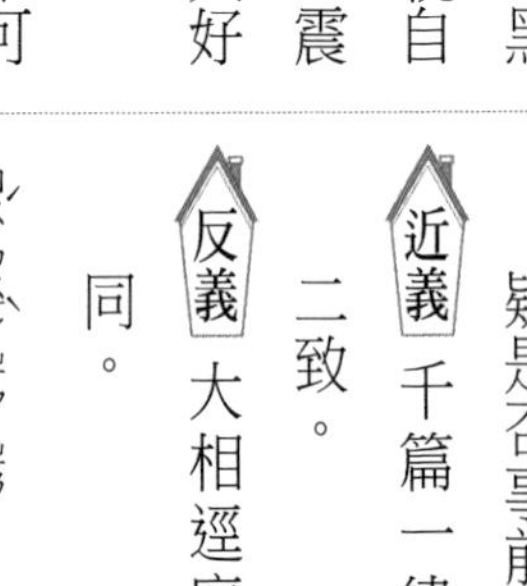

如坐針氈（ㄖㄨˊ ㄗㄨㄛˋ ㄓㄣ ㄓㄢ）

解釋 好像坐在插著針的氈子上一樣。比喻心中非常不安。

典故 杜錫學識淵博，曾被長沙王請去做文學侍從，最後被調去做太子中舍人。當時，愍懷太子不求長進，杜錫很不滿意，便常常勸告他，希望他能加以改正。杜錫的言詞雖然懇切，愍懷太子卻常常嫌他多事，很不高興。有一次他派人悄悄的在杜錫平日坐的氈子中插了許多針，杜錫不知此事，坐下時被

刺得鮮血直流。

注意 「氈」音ㄓㄢ，不要唸成ㄊㄢˇ；也不可以寫成「毯」。

例句 時間快要來不及了，主人還興致勃勃的大談當年勇，害他如坐針氈，頻頻看錶。

近義 芒刺在背、坐立不安。

反義 安之若素。

如虎添翼（ㄖㄨˊ ㄏㄨˇ ㄊㄧㄢ ㄧˋ）

解釋 翼，翅膀。好像老虎長出了翅膀。比喻威力本來就很大，增加了助力，威力更大了。

注意 「添」字右下部是「㣺」，不要錯寫成「小」。

例句 自從他加入後，我們的球隊如虎添翼，連打勝仗。

近義 如虎生翼。

如法炮製（ㄖㄨˊ ㄈㄚˇ ㄆㄠˊ ㄓˋ）

解釋 炮製，這裡指煎煮藥物。原義是依照醫生所說的方法來煎煮藥物。現用來指依照已有的方法來處理事物。

注意 「炮」音ㄆㄠˊ，不要唸成ㄆㄠˋ；也不可以寫成「泡」。

例句 你只要依照他所說的方式如法炮製，一定很快就能完成。

近義 依樣畫葫蘆。

反義 匠心獨運、別出心裁、獨樹一格。

如魚得水（ㄖㄨˊ ㄩˊ ㄉㄜˊ ㄕㄨㄟˇ）

解釋 像魚兒得到水一樣。比喻遇到與自己相契合的人，或對自己非常適合的環境。

典故 東漢末年，劉備為了請諸葛亮出來輔助他創立基業，曾「三顧茅廬」向他求教。諸葛亮分析了當時的軍事、政治形勢，建議劉備與曹操、孫權鼎足而立，占據荊州，奪取益州，對外結交孫權，對內安撫百姓。劉備非常贊成諸葛亮的主張，和諸葛亮同吃同睡，感情很好。關羽和張飛看了，心裡很不自在，劉備便對他們說：「我得了孔明（諸葛亮的號），就像魚兒得了水一樣快樂。希望你們不要再說他的閒話了。」

例句 小弟自從參加排球校隊後，簡直是如魚得水，每天快樂的不得了。

近義 志同道合、水乳交融。

反義 如魚失水、格格不入。

如雷貫耳（ㄖㄨˊ ㄌㄟˊ ㄍㄨㄢˋ ㄦˇ）

解釋 貫，貫穿、進入。像雷聲傳入耳朵那樣響亮。比喻人的名聲很大，大家都知道。

例句 這位醫師的醫術高明，在醫界是如雷貫耳，遠近馳名。

近義 大名鼎鼎、赫赫有名。

反義 默默無聞。

如影隨形（ㄖㄨˊ ㄧㄥˇ ㄙㄨㄟˊ ㄒㄧㄥˊ）

解釋 像影子老是跟著形體一樣。比喻兩件事物或兩個人關係密切。

辨析 ①也做「如影從形」。②「如影隨形」和「形影不離」都有常在一起，不分離的意思，但是「形影不離」多用於人。

注意 「形」不要誤寫成「行」。

例句 她們兩人情同姊妹，總是如影隨形的膩在一起。

近義 如膠似漆、形影相隨。

反義 格格不入、貌合神離。

如數家珍 ㄖㄨˊ ㄕㄨˇ ㄐㄧㄚ ㄓㄣ

解釋 數，計算。家珍，家裡的珍寶。像數自己家裡的珍寶一樣。形容非常熟悉、明白。

注意 「數」音ㄕㄨˇ，不要唸成ㄕㄨˋ。

例句 他對這裡的一草一木如數家珍般，一一向我們介紹。

近義 瞭如指掌、一清二楚。

反義 一無所知。

如臨大敵 ㄖㄨˊ ㄌㄧㄣˊ ㄉㄚˋ ㄉㄧˊ

解釋 臨，面臨、碰到。好像碰到了強大的敵人一樣。形容把情況看得十分嚴重、緊張，可以用於形容氣氛，也可以形容心情。

例句 她生性容易緊張，一點小事就如臨大敵，手忙腳亂。

反義 不屑一顧、付之一笑。

如獲至寶 ㄖㄨˊ ㄏㄨㄛˋ ㄓˋ ㄅㄠˇ

解釋 至，最。至寶，最珍貴的寶物。好像得到最珍貴的東西。多用來形容對所得到的東西非常珍視和喜愛。

注意 「獲」不要誤寫成「穫」。

例句 小弟弟捧著新玩具，如獲至寶，一個勁兒的又跳又叫！

近義 如獲至珍。

反義　如棄敝屣（ㄒㄧˇ）。

如蟻附羶（ㄖㄨˊ ㄧˇ ㄈㄨˋ ㄕㄢ）

解釋　羶，羊身上的臊氣。像螞蟻依附在腥臊的羊肉上一樣。比喻依附、前往的人很多。

注意　「羶」音ㄕㄢ，不要唸成ㄓㄢ；也不可以寫成「氈」。

例句　近來股市大漲，前景看好，吸引許多人如蟻附羶的投入股市。

近義　趨之若鶩（ㄨˋ）。

如釋重負（ㄖㄨˊ ㄕˋ ㄓㄨㄥˋ ㄈㄨˋ）

解釋　釋，放下。負，負擔。好像放下了沉重的負擔那樣輕鬆。形容緊張之後感到輕鬆愉快。

例句　期末考結束後，大家都如釋重負，相約到郊外踏青，放鬆心情。

字斟句酌（ㄗˋ ㄓㄣ ㄐㄩˋ ㄓㄨㄛˊ）

解釋　對文章中的每字、每句都仔細地斟酌、推敲。形容說話或寫作時的態度非常慎重小心。

注意　「斟」不要誤寫成「堪」。

例句　大作家對文章中的字句，都秉持著字斟句酌的態度。

近義　咬文嚼字、雕章琢句。

反義　率爾操觚。

守口如瓶（ㄕㄡˇ ㄎㄡˇ ㄖㄨˊ ㄆㄧㄥˊ）

解釋　守口，緊閉住嘴巴不說話。形容人言語謹慎，不輕易洩漏祕密，像塞緊的瓶口

一樣。

例句 這件事尚未獲得證實以前，他對外一直守口如瓶，不肯透露一點風聲。

守株待兔（ㄕㄡˇ ㄓㄨ ㄉㄞˋ ㄊㄨˋ）

解釋 株，樹幹。守在樹旁等待兔子。比喻固執成見，不知變通。也比喻妄想不勞而獲，坐享其成。

典故 古時候，宋國有個農夫，他在耕田時，忽然有一隻兔子奔過來，一頭撞在樹幹上，撞斷了頸骨死了。這個農夫毫不費力得了一隻兔子，心裡很高興，於是他扔掉鋤頭，守在樹下，等著其牠兔子前來撞死。結果，日子一天一天的過去，他不但沒有等到第二隻兔子，他的田地也因此荒蕪了。

注意 「株」不要誤寫成「珠」。

例句 你這種守株待兔的作法，要等到什麼時候才看得到成效。

近義 坐享其成。

反義 隨機應（ㄧㄥˋ）變。

安分守己（ㄢ ㄈㄣˋ ㄕㄡˇ ㄐㄧˇ）

解釋 分，本分。安分，指安心於所處的地位和環境。己，指自己活動的範圍。指守本分，守規矩，不做不應該做的事。

辨析 「安分守己」和「循規蹈矩」都有「守本分，不越軌」的意思。但「安分守己」偏重在守本分，不為非作歹；「循規蹈矩」則偏重在守規矩。

注意 ①「分」音ㄈㄣˋ，不要唸成ㄈㄣ；也不可以寫成「份」。②「己」不要誤寫成「已」或「巳」。

例句 老伯伯一家人向來安分守己，從不做違法的事。

近義 奉公守法、循規蹈矩。

反義 胡作非為、違法亂紀。

安步當車 ㄢ ㄅㄨˋ ㄉㄤ ㄐㄩ

解釋 安步，慢慢的走路。慢慢的走路，當作在坐車一樣。用來形容人安於貧困，非常節儉。

注意 ①「當」音ㄉㄤ，不要唸成ㄉㄤˋ。②「車」音ㄐㄩ，不要唸成ㄔㄜ。

例句 時間還早，不如我們就安步當車，慢慢的散步回家吧！

安居樂業 ㄢ ㄐㄩ ㄌㄜˋ ㄧㄝˋ

解釋 安，穩定、平穩。居，住的地方。樂，喜歡、樂意。業，職業、工作。居住的地方安定，喜愛自己的職業。形容人們生活安定，工作愉快。

例句 只有在民主法治的社會裡，我們才能真正的安居樂業。

反義 民不聊生、流離失所。

扣槃捫燭 ㄎㄡˋ ㄆㄢˊ ㄇㄣˊ ㄓㄨˊ

解釋 扣，敲擊。捫，撫摸。比喻因為認識不深、不正確而導致錯誤。

典故 古時候有個瞎子從來都沒有見過太陽的形狀，有一天，他好奇地問別人，對方回答說：「太陽就像一個銅盤呀！」這個瞎子就敲了敲銅盤，聽到聲音，後來，他聽到鐘聲，就以為是太陽。也有人告訴他，「太陽的光芒就像燭光呢！」瞎子一聽，好奇地摸

了摸蠟燭，知道形狀，結果改天他摸到龠這種長形的管樂器，就興奮地以為是太陽呢！

注意 「槃」不要誤寫成「盤」。

例句 凡事如果一知半解，就容易鬧出扣槃捫燭的笑話。

成竹在胸（ㄔㄥˊ ㄓㄨˊ ㄗㄞˋ ㄒㄩㄥ）

解釋 原義是指畫竹子之前，心裡必須先有竹子的形狀，畫起來才能得心應手。後用來比喻處理事情前心裡已經有了準備。

典故 宋朝的文同和蘇東坡是好朋友，兩人都愛畫竹。文同種了很多青竹，經常認真的進行觀察，日子久了，他畫的竹子非常逼真有生氣。所以蘇東坡說他在動筆之前，已經有了竹子的形象在心裡了。

例句 因為他平常很用功，所以考試時總是成竹在胸。

曲突徙薪（ㄑㄩ ㄊㄨ ㄒㄧˇ ㄒㄧㄣ）

解釋 突，煙囪。曲突，把煙囪弄彎。徙，遷移。把煙囪弄彎，把木柴移開。比喻在事情發生前能預作防範。

典故 漢書的霍光傳中提到：有一個客人看到主人家中的煙囪很直，柴火又堆在旁邊，就勸主人把煙囪弄彎，把木柴移開，否則容易失火。主人不聽，後來果然發生了火災，鄰居們都幫忙救火，許多人都因此受了傷。後來主人設宴謝謝大家，並視受傷的人為上賓，而忘記那個事前勸他的人，有人就說：「難道那個事前建議曲突徙薪的人沒有功勞，而受傷的人才是上賓嗎？」

注意 ①「曲」音ㄑㄩ，不要唸成ㄑㄩˇ；也不可

以寫成「屈」。②「徙」音ㄒㄧˇ，不要唸成ㄊㄨˊ；也不可以寫成「徒」。③「薪」不要誤寫成「新」。

例句 這棟危樓快倒塌了，曲突徙薪，住在裡面的人應趕緊搬家才是。

近義 未雨綢繆（ㄔㄡˊ ㄇㄡˊ）。

反義 亡羊補牢。

曲高和寡（ㄑㄩˇ ㄍㄠ ㄏㄜˋ ㄍㄨㄚˇ）

解釋 和，這裡指跟著一起唱。曲調越高深，一起唱和的人就越少。比喻一個人因文章、歌藝，或才識水準太高，沒有得到一般人的賞識，知音難尋。

典故 戰國時期，宋玉的一篇文章答楚王問裡提到：有個客人在都城裡唱歌，起初他唱「下里」、「巴人」，跟著他唱的有幾千人。後來唱「陽阿」、「薤（ㄒㄧㄝˋ）露」，跟著唱的有幾百人。等到唱「陽春」、「白雪」時，跟著唱的不過幾十人。是因為曲調越難，唱和的人越少。後來「曲高和寡」就變成一則成語。

注意 ①「曲」音ㄑㄩˇ，不要唸成ㄑㄩ。②「和」音ㄏㄜˋ，不要唸成ㄏㄜˊ。

例句 最近舉辦的幾場音樂會，參加的人都寥寥無幾，印證了曲高和寡這句話。

有口皆碑（ㄧㄡˇ ㄎㄡˇ ㄐㄧㄝ ㄅㄟ）

解釋 碑，石碑，古時候用來記載人的功德。所有的人都稱頌、讚美他。比喻到處受人們稱頌。

例句 這家餐廳不但經濟實

惠，而且美味可口，有口皆碑。

近義 口碑載道、交口稱譽、讚不絕口。

反義 怨聲載道。

有志竟成

ㄧㄡˇ ㄓˋ ㄐㄧㄥˋ ㄔㄥˊ

解釋 竟，終於。只要意志堅定，最後一定成功。

注意 「竟」不要誤寫成「盡」。

例句 世間無難事，有志竟成，你千萬不要氣餒。

近義 愚公移山、磨杵成針。

有條不紊

ㄧㄡˇ ㄊㄧㄠˊ ㄅㄨˋ ㄨㄣˇ

解釋 條，秩序。紊，混亂。形容事物處理得有條有理，一點也不混亂。

注意 「紊」音ㄨㄣˇ，不要唸成ㄨㄣˊ。

例句 我的書房整理得有條不紊，非常的清爽。

近義 井井有條、井然有序、有條有理、秩序井然。

反義 狼藉不堪、亂七八糟、雜亂無章。

有教無類

ㄧㄡˇ ㄐㄧㄠˋ ㄨˊ ㄌㄟˋ

解釋 類，類別。這裡指各種類別的人。指教育學生是不論他們的身分、貧富，都一樣的教導。

注意 「教」音ㄐㄧㄠˋ，不要唸成ㄐㄧㄠ。

例句 他一向秉持著有教無類的精神教學，所以獲得學生的尊敬。

有備無患

ㄧㄡˇ ㄅㄟˋ ㄨˊ ㄏㄨㄢˋ

解釋 患，禍患、災難。事先有了準備，就可

以避免禍患。

例句 我們平時就要養成儲蓄的習慣，有備無患，急用時才不致四處向人借貸。

近義 未雨綢繆（ㄔㄡˊ ㄇㄡˊ）、防患未然。

反義 臨陣磨槍、臨渴掘井。

有機可乘（ㄧㄡˇ ㄐㄧ ㄎㄜˇ ㄔㄥˊ）

解釋 乘，利用。有機會可以利用。

例句 我們一定要團結一致，做好嚴密的戒備，不要讓敵人有機可乘。

反義 無懈可擊。

有聲有色（ㄧㄡˇ ㄕㄥ ㄧㄡˇ ㄙㄜˋ）

解釋 形容說話、寫文章、表演等，非常精彩動人。

例句 這次的園遊會，主辦單位非常用心，辦得有聲有色，熱鬧非凡。

近義 繪聲繪影。

反義 死氣沉沉。

有眼不識泰山（ㄧㄡˇ ㄧㄢˇ ㄅㄨˋ ㄕˋ ㄊㄞˋ ㄕㄢ）

解釋 比喻不知道禮敬或認不出有權有勢的人。

典故 所謂「泰山」並非是山名，據古書記載應是工匠魯班的弟子。泰山因對魯班的作品有意見，被趕出門後，就自己設計竹製家具，在市集販售。有一天，魯班見到這些巧奪天工的家具，竟然是出自於被自己開除的泰山，不禁慚愧地說：「我真是有眼不識泰山」。後來，人們就用來比喻認不出地位高

或本領大的人。

例句 對不起！我是有眼不識泰山，沒有認出您是大師。

此地無銀三百兩（ㄘˇ ㄉㄧˋ ㄨˊ ㄧㄣˊ ㄙㄢ ㄅㄞˇ ㄌㄧㄤˇ）

解釋 比喻想要隱瞞真相，但是辦法笨拙，反而暴露了真相。或者指事情是明擺著，卻還妄想隱瞞。

典故 有一則民間故事說：有一個人得了三百兩銀子，害怕被別人偷走，於是把銀子埋在地底下，卻在上面插了個牌子，寫了：「此地無銀三百兩」幾個字，結果銀子被鄰居王二偷走了。王二也插了個牌子，上寫：「隔壁王二不曾偷」。

例句 那個貪官一再表明自己的清白，真是此地無銀三百兩。

近義 不打自招、欲蓋彌彰。

死灰復燃（ㄙˇ ㄏㄨㄟ ㄈㄨˋ ㄖㄢˊ）

解釋 死灰，灰燼。原義指失去權勢者又重新得勢。現在常用來比喻消失的事物又再度出現。

典故 西漢時的韓安國曾做過中大夫，後來因犯了國法，被關在監獄裡。在獄中，有一個名叫田甲的獄吏侮辱他，他十分氣憤的說：「死灰難道就不能再燃燒起來嗎？」意思是，你以為我再也不會有重新出頭的日子嗎？田甲斬釘截鐵的回答說：「如果死灰復燃，我就尿一泡尿澆滅它。」不料，過了一段時間，韓安國果然出獄，而且當了不小的

官，田甲嚇得偷偷的逃走了。韓安國知道後，嚴厲的表示：田甲如果不趕快回來，就殺他全家。田甲無可奈何，就跑去向韓安國請罪。出乎意料，韓安國並沒有懲罰他，只是笑著對他說：「現在你可以撒尿了。」就這樣，了結了兩人之間的前嫌。

例句 颱風過後，登革熱又死灰復燃，大家務必要注意住家附近的清潔。

近義 東山再起、起死回生、捲土重來。

反義 一蹶不振。

死於非命（ㄙˇ ㄩˊ ㄈㄟ ㄇㄧㄥˋ）

解釋 非命，意外死亡。遭遇意外的災禍而死亡。指不是自然的死亡。

例句 他正當壯年，有滿腔的抱負，卻死於非命，真是令人惋惜。

反義 死得其所、壽終正寢。

死裡求生（ㄙˇ ㄌㄧˇ ㄑㄧㄡˊ ㄕㄥ）

解釋 形容從很危險的境遇中逃脫出來。

注意 「生」不要誤寫成「身」。

例句 上次的山難事件，大夥都死裡求生，揀回一條命，真是幸運呀！

近義 死地求生、虎口餘生。

反義 自投羅網、坐以待斃、束手就擒。

汗牛充棟（ㄏㄢˋ ㄋㄧㄡˊ ㄔㄨㄥ ㄉㄨㄥˋ）

解釋 汗，當動詞用，指流汗。汗牛，東西很多，讓牛馬載得都流汗了。充棟，東西多得充滿了整個屋子。形容書籍很多，放在屋裡會塞滿整個屋子。要搬動則會讓牛馬都流汗。

注意 「充棟」不要誤寫成「衝動」。

例句 教授家中的藏書真是汗牛充棟，活像一個小圖書館。

近義 浩若煙海。

汗流浹背（ㄏㄢˋ ㄌㄧㄡˊ ㄐㄧㄚˊ ㄅㄟˋ）

解釋 浹，溼透。流很多汗，溼透了背上的衣服。形容因恐懼或天氣炎熱而滿身大汗。

注意 「浹」不要誤寫成「夾」。

例句 攀登這麼高的石階，真夠累人的，一會兒，我就腰酸腿軟，汗流浹背了。

近義 汗如雨下、揮汗如雨。

汗馬功勞（ㄏㄢˋ ㄇㄚˇ ㄍㄨㄥ ㄌㄠˊ）

解釋 汗馬，將士騎馬作戰時，馬累得都跑出汗來了。比喻征戰的勞苦。原來指在戰爭中立下的功勞，現在也指在工作中有所貢獻。

辨析 「汗馬功勞」和「犬馬之勞」有明顯的區別。「犬馬之勞」重在效勞，指像狗像馬那樣的為主人效勞；「汗馬功勞」重在功勞，指勞苦的立下了功勛。兩者不可誤用。

例句 他在公司服務了二十多年，為公司立下了不少汗馬功勞。

近義 勞苦功高。

江河日下（ㄐㄧㄤ ㄏㄜˊ ㄖˋ ㄒㄧㄚˋ）

解釋 江河的水天天往下流。比喻情況一天天的壞下去。

例句 自從二十四小時的便利商店四處林立，傳統雜貨店的生意就江河日下了。

近義 急轉直下。

反義 方興未艾、欣欣向榮、蒸蒸日上。

江郎才盡（ㄐㄧㄤ ㄌㄤˊ ㄘㄞˊ ㄐㄧㄣˋ）

解釋 江郎，指南北朝時著名的文學家江淹。才，文才、才華。本來很有文才的作家，後來卻寫不出好作品。比喻本領已經使盡。

典故 江淹年輕時家裡很窮，但非常好學，他寫的詩文在當時文壇上非常受重視，大家稱他為「江郎」。可是到了晚年，江淹的才思卻大大減退，寫出的詩文大不如前，人們都說「江郎才盡」了。當時還有一個傳說：有一天晚上，江淹夢見一個人，自稱是郭璞（晉代著名的文學家）。這個人對江淹說：「我有一枝筆，留在你那裡已經好多年了，可以還給我了。」江淹向懷裡一摸，果然有一枝五彩色筆，就還給了郭璞。從此，江淹就寫不出精采的文句了。

例句 平時要多方面吸收知識，才不致有江郎才盡的一天。

近義 才竭智疲、黔（ㄑㄧㄢˊ）驢技窮。

反義 文思泉湧、生花妙筆。

牝牡驪黃（ㄆㄧㄣˋ ㄇㄨˇ ㄌㄧˊ ㄏㄨㄤˊ）

解釋 牝牡，也就是雌雄。驪，黑色的馬。比喻認識事物不應該只計較外表，也要注重內在的實質。

注意 「驪」音ㄌㄧˊ，不要唸成ㄌㄧˋ。

例句 觀察事物要小心，千萬別犯了牝牡驪黃的錯誤。

近義 黑白不分。

百折不撓 ㄅㄞˇ ㄓㄜˊ ㄅㄨˋ ㄋㄠˊ

解釋 折，挫折。撓，彎曲，比喻屈服。形容意志堅強，無論受到多大的挫折，都不退縮。

注意 「撓」音ㄋㄠˊ，不要唸成ㄖㄠˊ；也不可以寫成「饒」。

例句 登山隊憑著百折不撓的決心，終於克服所有艱險，登上了世界第一高峰。

近義 不屈不撓（ㄋㄠˊ）。

反義 一蹶不振。

百步穿楊 ㄅㄞˇ ㄅㄨˋ ㄔㄨㄢ ㄧㄤˊ

解釋 百步，距離約一百步遠。楊，楊柳的葉子。能射穿一百步遠的楊柳葉子。形容射箭或射擊的技術非常高超。

注意 「楊」不要誤寫成「揚」。

例句 他的射箭技術已經到了百步穿楊，出神入化的境界。

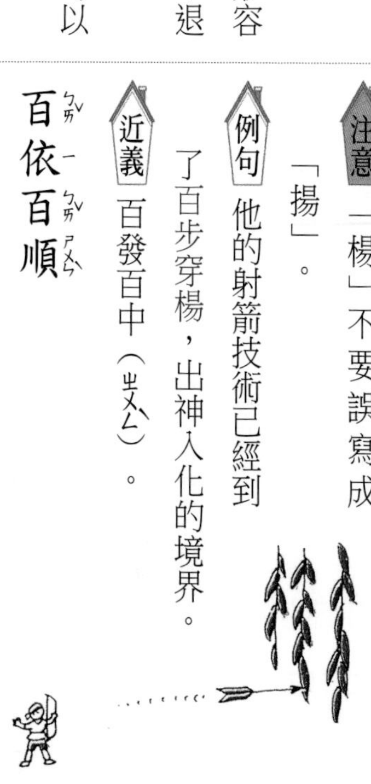

近義 百發百中（ㄓㄨㄥˋ）。

百依百順 ㄅㄞˇ ㄧ ㄅㄞˇ ㄕㄨㄣˋ

解釋 凡事都能順從。

例句 小狗依偎在主人身旁，一副百依百順的模樣。

近義 百依百隨、千依百順。

百發百中 ㄅㄞˇ ㄈㄚ ㄅㄞˇ ㄓㄨㄥˋ

解釋 形容射箭或射擊都非常的準確，每次都能夠命中目標。

辨析 「百發百中」除指射箭外，對象比較廣

泛；「百步穿楊」則多形容射箭技術精巧嫻熟。

例句 他的投籃技術真的是百發百中嗎？

近義 百步穿楊、彈無虛發。

反義 無的放矢。

百感交集（ㄅㄞˇ ㄍㄢˇ ㄐㄧㄠ ㄐㄧˊ）

解釋 百，比喻很多。感，感想、情感。集，聚集。形容種種感觸都交織在一起。

例句 畢業多年後，再回到母校，不禁百感交集，慨嘆歲月如梭。

反義 百端交集。

百廢待舉（ㄅㄞˇ ㄈㄟˋ ㄉㄞˋ ㄐㄩˇ）

解釋 廢，荒廢的事。待，等待。舉，興辦、做。形容要興辦的事情很多。

注意 「待」不要誤寫成「代」。

例句 地震過後，百廢待舉，還好大家都能同心協力，努力重建家園。

近義 百端待舉、百廢待興。

反義 百廢俱興。

百聞不如一見（ㄅㄞˇ ㄨㄣˊ ㄅㄨˋ ㄖㄨˊ ㄧˊ ㄐㄧㄢˋ）

解釋 聞，聽見、聽到。聽到一百次也不如親眼看到一次。指多聽不如親眼見來得可靠。

典故 漢宣帝時，西北邊的羌（ㄑㄧㄤ）族人（當時的少數民族之一）與漢人發生糾紛，大臣們都主張派軍隊征剿。老將趙充國自告奮勇，願意前去看一看究竟。漢宣帝問他要帶多少兵馬，有什麼要求。趙充國說：「情況還不清楚，無法提出要求。百聞不如一見，我希望親自去弄清楚之後，訂出辦法，再向

皇上詳細稟報。」

例句 真是百聞不如一見，過去常聽說萬里長城是天下奇景，這次身臨其境，才真正體會到它的壯觀。

近義 眼見為實，耳聽為虛、聞名不如見面。

百尺高樓平地起

解釋 比喻任何事業上的成就都是從小打好基礎，逐步累積而成的。

例句 不要怕！所謂「百尺高樓平地起」，只要我們有毅力，一定能闖出名堂。

百尺竿頭，更進一步

解釋 百尺竿頭，百尺高的竿子，比喻極高的境界。用來勉勵人們不要滿足於已經取得的成就，要在原有的基礎上繼續努力，不斷前進。

辨析 「百尺竿頭，更進一步」和「再接再厲」都比喻要在原有的基礎上繼續努力。但「百尺竿頭，更進一步」著重在不要滿足於現有成就；「再接再厲」著重在一次又一次的繼續努力。

注意 「竿」不要誤寫成「杆」。

例句 老師希望我們畢業之後，在學業上都能夠「百尺竿頭，更進一步」。

近義 再接再厲。

羊入虎口

解釋 羊到了老虎口裡，絕對沒有辦法活著出來。比喻非常的危險，沒有逃出來的可能。

例句　你在馬路上和同學踢足球，這簡直是羊入虎口，非常危險呀！

羽毛未豐（ㄩˇ ㄇㄠˊ ㄨㄟˋ ㄈㄥ）

解釋　豐，豐滿、多。小鳥身上的羽毛還長得不多。比喻年輕人閱歷少。也比喻勢力還小，力量薄弱。

例句　趁他現在羽毛未豐，我們應該要做好萬全的準備，一舉打敗他。

近義　少（ㄕㄠˋ）不更（ㄍㄥ）事。

老生常談（ㄌㄠˇ ㄕㄥ ㄔㄤˊ ㄊㄢˊ）

解釋　老生，老年的書生。老書生常講的話，沒有新意思。比喻平凡陳舊的言論。

例句　他的演講內容全是些老生常談，毫無新意，不一會兒，觀眾就紛紛離席了。

近義　老調重彈（ㄊㄢˊ）、陳腔濫調。

老蚌生珠（ㄌㄠˇ ㄅㄤˋ ㄕㄥ ㄓㄨ）

解釋　比喻年老的婦女生孩子。

例句　張家夫婦結婚多年，一直沒有生育，直到張太太四十好幾了才老蚌生珠，讓兩人興奮不已。

近義　老來得子。

老馬識途（ㄌㄠˇ ㄇㄚˇ ㄕˋ ㄊㄨˊ）

解釋　識，認得。途，道路。比喻有經驗的人熟悉情形，能引導別人。

典故　春秋時代，齊國的管仲跟隨齊桓公帶兵打敗了山戎國，卻在回來時被敵軍誘進了迷谷。那裡一片沙漠，荒無人煙，齊軍迷了路。管仲想起，馬離開原來住的地方不管多

遠，都能夠從原路返回，於是派人挑選了幾匹老馬，讓牠們在前面走，終於把齊軍領出了迷谷。

例句 這條山路你走了不下十次，是老馬識途了，就由你來帶隊吧！

反義 少（ㄕㄠˋ）不更（ㄍㄥ）事、涉事未深。

老當益壯（ㄌㄠˇ ㄉㄤ ㄧˋ ㄓㄨㄤˋ）

解釋 當，應該。益，更加。壯，雄壯。原義指年紀雖然大了，但志氣卻更強壯。現在多用來形容人雖老，志氣精神卻很旺盛。

典故 東漢名將馬援，曾在甘肅從事農牧，由於他苦心經營，對養馬這一行非常精通，再加上生活儉樸，幾年以後，牛馬成群，生活富裕。但馬援認為，一味追求生活享受的人是庸俗的，因此他把財物分贈給親戚朋友，自己仍然過著艱苦樸素的生活。他還常對朋友們說，「有抱負、有作為的人立下志向，越是在窮困的時候，意志越要堅定；年紀越老，氣概越要強壯。」

注意 「當」音ㄉㄤ，不要唸成ㄉㄤˋ。

例句 爺爺已是七十高齡，走起路來仍健步如飛，真是老當益壯啊！

近義 老驥（ㄐㄧˋ）伏櫪（ㄌㄧˋ）。

反義 未老先衰。

老驥伏櫪（ㄌㄠˇ ㄐㄧˋ ㄈㄨˊ ㄌㄧˋ）

解釋 驥，良馬、千里馬。櫪，馬槽，養馬的地方。伏櫪，指就著馬槽吃食。年老的千里馬，雖然關在馬房裡，卻還想奔馳千里。比

喻有志向的人，雖然年老體衰，仍然有雄心壯志。

典故 這則成語出自曹操的步出夏門行一詩中的「老驥伏櫪，志在千里；烈士暮年，壯心不已」，所以使用時，在「老驥伏櫪」的後面，常加上「志在千里」。

例句 爺爺年紀這麼大了，仍老驥伏櫪，有滿腔的雄心壯志，真令人佩服。

近義 老當益壯。

反義 未老先衰。

耳提面命（ㄦˇ ㄊㄧˊ ㄇㄧㄢˋ ㄇㄧㄥˋ）

解釋 提著對方的耳朵，當面告誡、教誨。形容對人懇切的叮嚀、教誨。

例句 每次考試前，老師都不忘為我們再複習一次，耳提面命一番。

反義 諄諄（ㄓㄨㄣ）教誨。

耳濡目染（ㄦˇ ㄖㄨˊ ㄇㄨˋ ㄖㄢˇ）

解釋 濡，沾溼。染，感染。指耳朵經常聽到，眼睛經常看到。形容見得多、聽得多之後，不知不覺的受到了影響。

注意 「濡」不要誤寫成「儒」。

例句 他爸爸是樂團的指揮，媽媽是一位音樂老師，平日耳濡目染，所以他也特別愛好音樂。

近義 潛移默化。

自投羅網（ㄗˋ ㄊㄡˊ ㄌㄨㄛˊ ㄨㄤˇ）

解釋 羅網，捕捉鳥獸的器具。自己投到羅網

中去。比喻自己進入別人設下的圈套。

例句 警察已在歹徒家中埋伏，只等他回來自投羅網。

近義 飛蛾撲火。

反義 全身遠害。

自怨自艾 ㄗˋ ㄩㄢˋ ㄗˋ ㄧˋ

解釋 怨，怨恨、悔恨。艾，治理，這裡是改正錯誤的意思。原本是指悔恨自己的錯誤，自己改正。現在則多指自己做錯事，在那裡自怨自嘆。

注意 「艾」音ㄧˋ，不要唸成ㄞˋ。

例句 犯了錯，就應該認真改正，只是消極的自怨自艾是沒有意義的。

自相矛盾 ㄗˋ ㄒㄧㄤ ㄇㄠˊ ㄉㄨㄣˋ

解釋 矛，古代一種進攻用的兵器。盾，盾牌。比喻自己的言行前後抵觸。

典故 韓非子裡有一則寓言：古代楚國有一個賣長矛和盾牌的人，為了推銷產品，先誇說自己的盾牌很堅固，不管甚麼利器都不能刺穿，接著又吹噓自己的長矛非常鋒利，不管甚麼東西都能刺穿。旁邊有人問他：「拿你的長矛刺你的盾牌，會怎麼樣？」這個人便無話可答了。

例句 你剛才說昨天不在家，現在又說昨天在家做功課，這不是自相矛盾嗎？

近義 以子之矛，攻子之盾、自相抵觸。

反義 言行一致、表裡如一。

自食其果 ㄗˋ ㄕˊ ㄑㄧˊ ㄍㄨㄛˇ

解釋 果，後果。比喻自己做了壞事，自己承受不好的後果。

辨析 「自食其果」和「自作自受」都有「自己做了壞事自己承受後果」的意思。但「自食其果」多指「犯了罪」，有「罪有應得」的含義，往往用於表示說話人拍手稱快的情緒，有「活該」的意思；「自作自受」多指「做錯了事」，有「咎由自取」的含義，往往用於表示說話人的埋怨情緒，有「怪你自己不好」的意思。

例句 誰敢發動核武戰爭，就必將自食其果，加速滅亡。

近義 自作自受、咎由自取、玩火自焚。

反義 嫁禍於人。

自慚形穢（ㄗˋ ㄘㄢˊ ㄒㄧㄥˊ ㄏㄨㄟˋ）

解釋 慚，慚愧。形穢，形態不體面、醜陋，引申為缺點。形容自覺不如別人而慚愧。

注意 ①「慚」不要誤寫成「漸」。②「穢」音ㄏㄨㄟˋ，不要唸成ㄙㄨㄟˋ。

例句 他的學識淵博，談吐不俗，與他相比，常令我自慚形穢。

近義 汗顏無地、自愧不如、自輕自賤。

反義 妄自尊大、自命不凡、孤芳自賞。

自暴自棄（ㄗˋ ㄅㄠˋ ㄗˋ ㄑㄧˋ）

解釋 暴，糟蹋。棄，鄙棄。指自己甘心墮落，不求上進。

例句 年輕人不可一遭受挫折，就自暴自棄，不求上進。

近義 自輕自賤、妄自菲（ㄈㄟˇ）薄。

反義　自命不凡、妄自尊大。

自顧不暇（ㄗˋ ㄍㄨˋ ㄅㄨˋ ㄒㄧㄚˊ）

解釋　暇，空閒。不暇，沒有時間，忙不過來。形容自己已經自身難保，更幫不了別人。

注意　「暇」不要誤寫成「瑕」。

例句　我這幾天忙著搬家，已自顧不暇，實在沒有時間陪你。

近義　自身難保。

反義　捨己救人。

舌敝脣焦（ㄕㄜˊ ㄅㄧˋ ㄔㄨㄣˊ ㄐㄧㄠ）

解釋　敝，破。焦，乾。形容費盡口舌，苦苦的勸說。

注意　「敝」不要誤寫成「弊」或「蔽」。

例句　我已經說得舌敝脣焦，可是他仍然不為所動，執意不肯參加比賽。

近義　苦口婆心。

色厲內荏（ㄙㄜˋ ㄌㄧˋ ㄋㄟˋ ㄖㄣˇ）

解釋　色，臉上的表情。厲，凶狠。內，指內心。荏，軟弱。形容外表強硬、凶狠，而內心怯弱。

注意　「荏」音ㄖㄣˇ，不要唸成ㄖㄣˋ。

例句　別看他一副凶狠殘暴的樣子，其實是色厲內荏，沒什麼好怕的。

近義　外強中乾、虛有其表。

反義　表裡如一。

血氣方剛（ㄒㄧㄝˇ ㄑㄧˋ ㄈㄤ ㄍㄤ）

解釋　血氣，指精力。方，正。剛，剛強、旺

盛。形容年輕人精力旺盛，容易衝動。

例句 年輕人正值血氣方剛的年紀，要多修養性情，培養正當嗜好。

反義 老態龍鍾。

行尸走肉（ㄒㄧㄥˊ ㄕ ㄗㄡˇ ㄖㄡˋ）

解釋 尸，屍體。行尸，可以走動的屍體。走肉，能行走而沒有靈魂的肉體。比喻活死人。指不求進步，無所作為的人。

例句 請你振作精神，別自暴自棄，過著行尸走肉般的生活。

行步如飛（ㄒㄧㄥˊ ㄅㄨˋ ㄖㄨˊ ㄈㄟ）

解釋 走路的步伐輕快如飛。

例句 爺爺氣色紅潤，行步如飛，看不出已經八十多歲了。

行將就木（ㄒㄧㄥˊ ㄐㄧㄤ ㄐㄧㄡˋ ㄇㄨˋ）

解釋 行將，就要。木，棺材。就木，躺進棺材的意思，代稱死亡。就要進棺材了。比喻一個人將近死亡。

典故 春秋時代，晉國的公子重耳（即晉文公），在狄國住了十二年，娶了季隗（ㄨㄟˇ）為妻。後來重耳因弟弟晉惠公派人來謀刺他，又逃往齊國。臨行前，他向季隗說：「等我二十五年，那時我如果還不回來，你就改嫁吧。」季隗回答說：「我已二十五歲了，再過二十五年，還嫁什麼人，該進棺材了。」

例句 爺爺晚年多病，前天來信說，他已行將就木，讓我很擔心。

近義 風燭殘年。

反義 老當益壯。

行雲流水（ㄒㄧㄥˊ ㄩㄣˊ ㄌㄧㄡˊ ㄕㄨㄟˇ）

解釋 像飄動著的雲，流動著的水。比喻很自然，一點也不拘束。多用來形容文章寫得灑脫、流暢。

例句 這位作家的文章如行雲流水般，流暢自然，受到許多讀者的喜愛。

反義 詰（ㄐㄧㄝˊ）屈聱（ㄠˊ）牙。

行百里者半九十（ㄒㄧㄥˊ ㄅㄞˇ ㄌㄧˇ ㄓㄜˇ ㄅㄢˋ ㄐㄧㄡˇ ㄕˊ）

解釋 一百里的路程，走了九十里，仍只能算走了一半，必須走完全程，才能算完整。比喻事情愈到成功的階段愈困難。

例句 你在最後階段放棄，等於只做了一半，所謂行百里者半九十，困難的都在後面，你要繼續加油呀！

衣冠楚楚（ㄧ ㄍㄨㄢ ㄔㄨˇ ㄔㄨˇ）

解釋 冠，帽子。楚楚，鮮明整潔的樣子。形容穿戴整齊漂亮。

注意 「冠」音ㄍㄨㄢ，不要唸成ㄍㄨㄢˋ。

例句 這個人衣冠楚楚，看起來很有氣質的樣子，沒想到一開口卻是滿口髒話。

近義 儀表堂堂。

反義 不修邊幅、衣衫襤褸（ㄌㄢˊ ㄌㄩˇ）。

衣冠禽獸（ㄧ ㄍㄨㄢ ㄑㄧㄣˊ ㄕㄡˋ）

解釋 禽，鳥類。獸，獸類。本義是指平民百

姓出將入仕。從明朝開始，所有的官員服飾都依階級繡上飛禽走獸，是一種尊貴的象徵。後來做官的人生活腐敗，魚肉百姓，人們就開始把那些為非作歹的官員稱作「衣冠禽獸」，也就是穿戴著衣帽的禽獸。現在多用來諷刺外表服飾亮麗，行為卻卑劣得如同禽獸的人。現在則是借指行為卑劣，如同禽獸的人。

注意 「冠」音ㄍㄨㄢ，不要唸成ㄍㄨㄢˋ。

例句 電視劇中的惡棍企圖殺害父親，真是衣冠禽獸，令人唾棄。

近義 人面獸心。

反義 仁人君子、正人君子。

【七畫】

作威作福（ㄗㄨㄛˋ ㄨㄟ ㄗㄨㄛˋ ㄈㄨˊ）

解釋 濫用權勢，橫行霸道，全憑自己的好惡賞罰他人。

辨析 「作威作福」和「橫行霸道」都有仗著權勢，胡作非為的意思。但「作威作福」偏重於倚仗權勢，妄自尊大；而「橫行霸道」偏重於胡作非為，蠻不講理。

注意 「作」不要誤寫成「做」。

例句 現在是民主法治的社會，你不要以為有權有勢就可以作威作福。

近義 飛揚跋扈、橫行霸道。

作壁上觀（ㄗㄨㄛˋ ㄅㄧˋ ㄕㄤˋ ㄍㄨㄢ）

解釋 壁，壁壘，古代營寨周圍的高牆，也叫營壘。雙方交戰，自己站在壁壘上旁觀。比喻不予幫助，坐觀成敗的旁觀態度。

典故 秦朝末年，各地紛紛起義反秦。項羽率領楚軍渡河北上，與秦軍決戰。渡過漳河以後，他命令把渡船全部鑿沉，飯鍋都砸破，甚至連岸邊的房屋也全部燒光，每人只發三天糧食，表示只有拚命戰鬥，絕不後退。楚軍包圍秦軍以後，便開始大戰，打得秦軍大敗。那時其他各路軍隊躲在自己的營壘裡，不敢出來與秦軍交戰，看到楚軍驍勇善戰，以一當十，都

嚇呆了，只在營壘上遠遠的觀戰。

注意 「作」不要誤寫成「坐」。

例句 歹徒在光天化日之下行搶，路人卻只是作壁上觀。

近義 冷眼旁觀、坐觀成敗、袖手旁觀。

反義 拔刀相助。

作繭自縛（ㄗㄨㄛˋ ㄐㄧㄢˇ ㄗˋ ㄈㄨˋ）

解釋 蠶吐絲作成繭，把自己纏繞在裡面。比喻自己束縛自己。

注意 「縛」不要誤寫成「傅」。

例句 當初你立下這麼多繁瑣的規則，想不到現在是作繭自縛，自食惡果。

近義 自作自受、自食其果、作法自斃。

佛爭一爐香，人爭一口氣（ㄈㄛˊ ㄓㄥ ㄧˋ ㄌㄨˊ ㄒㄧㄤ，ㄖㄣˊ ㄓㄥ ㄧˋ ㄎㄡˇ ㄑㄧˋ）

解釋 比喻人好勝，重視面子。

例句 古人說：「佛爭一爐香，人爭一口氣」，這個面子我一定要討回來。

克紹箕裘 ㄎㄜˋ ㄕㄠˋ ㄐㄧ ㄑㄧㄡˊ

解釋 克，能。紹，繼承。箕，畚箕。裘，皮裘。箕裘，比喻上一代的事業。比喻能繼承上一代的事業。

注意 「箕」音ㄐㄧ，不要唸成ㄑㄧˊ；也不可以寫成「其」。

例句 他的父親當年經營一間小書店，他克紹箕裘後，擴大成出版公司。

兵多將廣 ㄅㄧㄥ ㄉㄨㄛ ㄐㄧㄤˋ ㄍㄨㄤˇ

解釋 兵將皆多。形容兵力強大。

注意 「將」是多音字，音ㄐㄧㄤˋ和ㄐㄧㄤ，「將廣」的「將」音ㄐㄧㄤˋ，「將來」的「將」音ㄐㄧㄤ。

例句 歷史告訴我們，並非兵多將廣就能百戰百勝，以德服人才是真正的勝利。

近義 兵強馬壯、軍多將廣。

反義 兵微將寡。

兵荒馬亂 ㄅㄧㄥ ㄏㄨㄤ ㄇㄚˇ ㄌㄨㄢˋ

解釋 形容戰時社會動蕩不安、一片混亂的情景。

注意 「荒」不要誤寫成「慌」或「謊」。

例句 在那個兵荒馬亂的年代，多少人流離失所，妻離子散。

近義 兵禍連結、烽火連天。

反義 太平盛世、國泰民安。

兵敗如山倒（ㄅㄧㄥ ㄅㄞˋ ㄖㄨˊ ㄕㄢ ㄉㄠˇ）

解釋 形容失敗的速度既快速又慘重，一發不可收拾。

注意 「倒」是多音字，音ㄉㄠˋ和ㄉㄠˇ，「倒掉」的「倒」音ㄉㄠˋ，「跌倒」的「倒」音ㄉㄠˇ。

例句 想當年他是個大富翁，想不到沒幾年竟然兵敗如山倒，現在是一貧如洗。

兵來將擋，水來土掩（ㄅㄧㄥ ㄌㄞˊ ㄐㄧㄤˋ ㄉㄤˇ，ㄕㄨㄟˇ ㄌㄞˊ ㄊㄨˇ ㄧㄢˇ）

解釋 擋，抵擋、阻擋。掩，掩蓋。發生了戰爭，有將領帶兵抵擋；發生水災，用土把它堵住。比喻不論發生什麼惡劣情況，都有辦法應付。

注意 ①「將」音ㄐㄧㄤˋ，不要唸成ㄐㄧㄤ。②「掩」音ㄧㄢˇ，不要唸成ㄧㄢ；也不可以寫成「淹」。

例句 兵來將擋，水來土掩，只要大家同心協力，相信一定可以渡過難關。

冷嘲熱諷（ㄌㄥˇ ㄔㄠˊ ㄖㄜˋ ㄈㄥˋ）

解釋 冷，不熱情，引申為尖刻。嘲，譏笑。熱，溫度高，引申為辛辣。指用尖刻辛辣的語言嘲笑諷刺。

注意 「嘲」不要誤寫成「潮」。

例句 當初他不理會眾人的冷嘲熱諷，毅然決然自行創業，才獲得今天的成就。

近義 冷言冷語、冷譏熱嘲。

別出心裁（ㄅㄧㄝˊ ㄔㄨ ㄒㄧㄣ ㄘㄞˊ）

解釋　別，另外。裁，剪裁、判斷。心裁，出於個人內心的創造、判斷。指另外想出一種與眾不同的新主意。

注意　「裁」字左下部是「衣」，不要誤寫成「栽」。

例句　他很有藝術天分，設計的卡片總是別出心裁，與眾不同。

近義　匠心獨運、獨樹一幟。

反義　人云亦云、千篇一律、步人後塵。

別來無恙（ㄅㄧㄝˊ ㄌㄞˊ ㄨˊ ㄧㄤˋ）

解釋　從離開到現在一切都平安順利，是常見的問候語。

典故　遠古時代的老祖先除了害怕洪水猛獸，也要提防一種叫「恙」的小蟲，只要被恙咬到，就有生命的危險。所以遇上久未見面的朋友，都會關心的問：「有恙無恙？」後來又傳成「別來無恙」。

注意　「恙」音ㄧㄤˋ，不要唸成ㄧㄤˊ。

別開生面（ㄅㄧㄝˊ ㄎㄞ ㄕㄥ ㄇㄧㄢˋ）

解釋　開，開闢、開創。生面，新的局面。指另外開闢一種新局面，或創造新的風格。

例句　這一場別開生面的表演，吸引了上千上萬的觀眾。

近義　別具一格、面目一新。

反義　千篇一律。

利欲薰心（ㄌㄧˋ ㄩˋ ㄒㄩㄣ ㄒㄧㄣ）

解釋　利欲，名利的欲望。薰心，迷住了心。貪圖名利的欲望蒙蔽了心竅。

例句　他們是一群利欲薰心的商人，經常為了

賺錢不擇手段。

近義 財迷心竅。

反義 一介不取、見利思義、淡薄名利。

助桀為虐 ㄓㄨˋ ㄐㄧㄝˊ ㄨㄟˋ ㄋㄩㄝˋ

解釋 桀，夏朝的暴君。虐，殘暴、暴行。幫助夏桀做暴虐的事。比喻幫助壞人做壞事。

例句 你可不要助桀為虐，出些餿主意，幫他脫罪。

近義 助紂為虐、為虎作倀（ㄔㄤ）、為虎添翼。

反義 樂善好（ㄏㄠˋ）施、勸善規過。

否極泰來 ㄆㄧˇ ㄐㄧˊ ㄊㄞˋ ㄌㄞˊ

解釋 否、泰，都是易經的卦名，否代表失利、不順；泰指順利、通達。指事情或命運發展到最壞的狀況後就會好轉。比喻惡運已到終極，好運將要來到。

注意 「否」音ㄆㄧˇ，不要唸成ㄈㄡˇ。

例句 他辛苦了一輩子，現在兒女都事業有成，總算是否極泰來。

近義 否（ㄆㄧˇ）極反泰、苦盡甘來、時來運轉。

反義 江河日下、每下愈況。

呆若木雞 ㄉㄞ ㄖㄨㄛˋ ㄇㄨˋ ㄐㄧ

解釋 呆，傻、發楞的樣子。若，好像。指呆得像木雞一樣。形容人因為恐懼或驚訝而發楞的樣子。

典故 莊子・達生裡有這樣一則故事：紀渻

（ㄕㄥˇ）子是有名的鬥雞專家，齊王請他去馴養鬥雞。齊王心急，只過了十天就去催問，紀渻子說鬥雞還不夠沉著。又過了十天，齊王再問，紀渻子說鬥雞還有火氣，不行。直到四十天後，紀渻子才說：「現在差不多了。雖然別的雞在叫，牠好像沒有聽到似的，一點兒反應都沒有；不論遇見什麼突然的情況，牠都不動也不驚，看起來像隻木雞一樣。別的鬥雞看見這樣的對手，一定會轉身逃跑，鬥都不敢鬥！」後來這隻雞果然每鬥必勝。

辨析 「呆若木雞」和「目瞪口呆」都形容發愣的樣子。它們雖然都是從形體上來描繪吃驚發愣的樣子，但形體的部位不同，吃驚的程度也有差別。「呆若木雞」形容全身都像木雞似的呆著，程度較重；「目瞪口呆」從眼睛不動、嘴不能說等面部表情來形容發愣的樣子。

例句 車子突然打滑，衝出路旁，嚇得他呆若木雞。

近義 目瞪口呆、瞠（ㄔㄥ）目結舌。

反義 見機行事、隨機應（ㄧㄥˋ）變。

吳下阿蒙（ㄨˊ ㄒㄧㄚˋ ㄚ ㄇㄥˊ）

解釋 吳下，指蘇州一帶。阿蒙，三國時吳國大將呂蒙。原本是指只有膽識、武力而沒有學識的人。後來引申用來譏諷人沒有才學、技能。

典故 三國時代的孫權有一次向呂蒙和蔣欽說：「你們現在擔任國家要職，應該要多讀書，修養品性。」呂蒙便發憤念書，學問也越來越好，後來魯肅去拜訪他，發覺他的學

問淵博，論事幾乎說不過他，就拍著呂蒙的背說：「我從前以為你是只有武略的人，現在看來你的學識淵博，再也不是以前吳下的阿蒙了。」

例句 才幾年不見，他的學問見識都大有精進，已經不是當年的吳下阿蒙了。

吳牛喘月（ㄨˊ ㄋㄧㄡˊ ㄔㄨㄢˇ ㄩㄝˋ）

解釋 吳，古時候的地名，是現在的蘇州。據說大陸江淮一帶氣候炎熱，怕熱的水牛一見到月亮，懷疑是太陽，就不知不覺地喘起氣來。比喻因為疑心而害怕。

注意 「喘」不要誤寫成「踹」。

例句 老天！你別整天像吳牛喘月似地疑神疑鬼，害我也很緊張。

近義 杯弓蛇影、風聲鶴唳、草木皆兵。

吹毛求疵（ㄔㄨㄟ ㄇㄠˊ ㄑㄧㄡˊ ㄘ）

解釋 求，尋找。疵，缺點，小毛病。本意為吹開皮上的毛，尋找裡面的小毛病。原來古人以觀察毛色和毛的形狀來辨別馬的健康情況，而有「吹毛求疵」的說法。現在則是用來形容對人或事過度地苛責，喜歡挑毛病，或故意挑剔別人的缺點和錯誤。

注意 「疵」不要誤寫成「庛」。

例句 與人相處要有寬闊的胸襟，不應處處吹毛求疵。

含血噴人（ㄏㄢˊ ㄒㄧㄝˇ ㄆㄣ ㄖㄣˊ）

解釋 比喻捏造事實去誣蔑或辱罵別人。

例句 這家雜誌社為了刺激銷售量，不惜含血噴人，誹謗公眾人物。

近義 血口噴人、含沙射影。

反義 口角春風。

含沙射影（ㄏㄢˊ ㄕㄚ ㄕㄜˋ ㄧㄥˇ）

解釋 傳說有一種叫「蜮」（ㄩˋ）的動物，看見人的影子就會從水中噴出沙子，被噴著的人就會生病、死亡。後用來比喻暗中毀謗、攻擊別人。

辨析 「含沙射影」和「指桑罵槐」都有毀謗、中傷他人的意思。不同的是，「含沙射影」是指暗中進行誹謗；而「指桑罵槐」則是在言語上對別人攻擊。

注意 ①「沙」不要誤寫成「砂」。②「射影」不要誤寫成「攝影」。

例句 某些八卦雜誌常以含沙射影的手法誹謗他人，引起讀者的反感。

近義 指桑罵槐（ㄏㄨㄞˊ）、暗箭傷人。

困獸猶鬥（ㄎㄨㄣˋ ㄕㄡˋ ㄧㄡˊ ㄉㄡˋ）

解釋 困獸，被圍困的野獸。猶，還要。被圍困的野獸還奮力掙扎，企圖突圍。比喻陷於絕境的人，還在極力奮鬥，以求脫困。

典故 春秋時代，晉、楚兩國為了鄭國的事情發生戰爭，結果晉軍大敗。當時的晉軍主將荀林父向晉景公請罪，自願處死，晉景公同意他的請求。可是士貞子勸阻說：「當年在城濮大敗楚國時，大家都很高興，可是文公卻十分憂慮。他說：『楚國雖然吃了敗仗，楚國宰相成得臣還活著。要知道，被圍困的野獸尚且會作最後的掙扎，何況他是一國的

宰相，怎肯甘心失敗！我的心又怎能放得下呢！』後來聽說成得臣在回國途中，楚成王命令他自殺了。這時先王才露出笑臉說：『沒有人能加害我了！這等於晉國又勝了一次，楚國又敗了一次。』從此以後，楚國的國勢連年衰弱不振。如果我們殺了荀林父，那就等於讓楚國又勝一次，我們又敗一次。況且，荀林父一心忠誠愛國，雖然打了一次敗仗，也罪不該死呀！」晉景公聽了，覺得有道理，就免了荀林父的死罪。

注意 「猶」不要誤寫成「尤」。

例句 敵人現在被我軍團團包圍，已成甕中之鱉，但是困獸猶鬥，不可掉以輕心。

近義 狗急跳牆、垂死掙扎。

反義 坐以待斃、拱手而降（ㄒㄧㄤˊ）。

囤積居奇（ㄊㄨㄣˊ ㄐㄧ ㄐㄩ ㄑㄧˊ）

解釋 囤積，聚集貯藏某種物資。居奇，視為奇貨。表示商人積存貨物，待高價時賣出，以獲得更高的利潤。

注意 ①「囤」不要誤寫成「屯」。②「積」不要誤寫成「績」。

例句 許多商人買下大量貨物囤積居奇，一旦市面上缺貨，就高價賣出，獲取暴利，真不應該。

近義 奇貨可居。

囫圇吞棗（ㄏㄨˊ ㄌㄨㄣˊ ㄊㄨㄣ ㄗㄠˇ）

解釋 囫圇，整個。把棗子整個吞下去，不加

咀嚼。比喻學習事物時不求深刻理解。

典故 從前有個醫生向人介紹生梨和紅棗的功能，他說：「生梨對人的牙齒有好處，可是對脾有害，紅棗正好相反。」一個傻子聽了，忙說：「我吃生梨時只用牙嚼，不往肚裡吞，吃棗時只往肚裡吞，不用牙嚼，這樣不就吸收了好處，防止害處了嗎？」旁邊的人聽了笑他說：「照你這樣吃，不是要把一個一個的棗子囫圇吞下去嗎？」

辨析 在學習上，「囫圇吞棗」和「生吞活剝」都有不求深刻了解的意思。但「囫圇吞棗」偏重不求甚解；而「生吞活剝」則是指生硬的套用別人的言論、經驗。

例句 學習任何一個學科都不能囫圇吞棗，要認真的分析、思考，才會有深刻的了解。

近義 不求甚解、生吞活剝。

反義 融會貫通。

坐井觀天（ㄗㄨㄛˋ ㄐㄧㄥˇ ㄍㄨㄢ ㄊㄧㄢ）

解釋 坐在井底看天。因為受了井的限制，所以天看起來好像很小。比喻眼界狹小，所見有限。

注意 「坐」不要誤寫成「做」。

例句 你每天坐在家裡，不知外面世界的變化，這樣坐井觀天，怎麼會成功呢！

近義 以管窺天、管中窺豹、管窺蠡（ㄌㄧˊ）測。

反義 見多識廣、高瞻遠矚。

坐失良機（ㄗㄨㄛˋ ㄕ ㄌㄧㄤˊ ㄐㄧ）

解釋 良機，好機會。白白失掉好機會。

注意 ①「坐」不要誤寫成「座」。②「良」

也不要寫成「凉」。

例句　凡事怨天尤命的人，常是坐失良機的失敗者。

近義　過後行兵。

反義　及鋒而試、捷足先登。

坐吃山空（ㄗㄨㄛˋ ㄔ ㄕㄢ ㄎㄨㄥ）

解釋　形容只知花錢而不工作，即使財物像山一樣多，也會變得貧窮。

例句　你仗著家裡有錢就不努力工作，早晚會坐吃山空的。

反義　開源節流。

坐地分贓（ㄗㄨㄛˋ ㄉㄧˋ ㄈㄣ ㄗㄤ）

解釋　贓，非法得來的財物。指盜賊搶奪或官員貪汙後共同分取得來的財物。

注意　「贓」字左邊是「貝」，不要誤寫成「月」。

例句　這些搶匪正在坐地分贓時，警察剛好趕到，將他們一網打盡。

坐山觀虎鬥（ㄗㄨㄛˋ ㄕㄢ ㄍㄨㄢ ㄏㄨˇ ㄉㄡˋ）

解釋　比喻別人在爭鬥時，採取旁觀態度，等到兩敗俱傷之後再從中取利。

例句　當他們爭得兩敗俱傷時，第三位候選人正坐山觀虎鬥，等著收漁翁之利。

近義　冷眼旁觀、作壁上觀、袖手旁觀。

反義　拔刀相助。

壯士斷腕（ㄓㄨㄤˋ ㄕˋ ㄉㄨㄢˋ ㄨㄢˋ）

解釋　壯士毫不猶豫的切斷自己的手腕。比喻下定決心，毫不猶豫。

注意「腕」音ㄨㄢˋ，不要唸成ㄨㄢˇ。

例句 為了讓計畫順利進行，他不得不壯士斷腕，開除不適任的人。

壯志凌雲 ㄓㄨㄤˋ ㄓˋ ㄌㄧㄥˊ ㄩㄣˊ

解釋 壯志，宏偉的志向。凌雲，直上雲霄。形容志向宏偉遠大。

注意「凌」不要誤寫成「零」。

例句 他是個有抱負的人，在學生時代就壯志凌雲，希望將來能獲得諾貝爾獎。

近義 志在四方、雄心壯志。

反義 胸無大志。

妙手回春 ㄇㄧㄠˋ ㄕㄡˇ ㄏㄨㄟˊ ㄔㄨㄣ

解釋 妙手，技術高超的人。回春，使春天又重新回來，比喻救活快要死的人。稱讚醫生醫術高明，能夠治好垂危的病人。

辨析「妙手回春」和「起死回生」都形容醫術高明，把將要死的人醫活。但「妙手回春」著重於稱讚醫生的醫術高明；「起死回生」則具有雙重含義，既可形容醫術高明，也可比喻手段高超。

例句 王醫師救活不少病危的人，所以大家都說他是妙手回春的好醫師。

近義 起死回生、著（ㄓㄨㄛˊ）手成春。

反義 回天乏術、藥石無功。

妙語如珠 ㄇㄧㄠˋ ㄩˇ ㄖㄨˊ ㄓㄨ

解釋 巧妙風趣的言論，接連的說出來。用來形容人的言語靈活巧妙，風趣恰當。

例句 原本嚴肅凝重的氣氛，經過主持人一番妙語如珠的談話，頓時輕鬆不少。

反義 陳腔濫（ㄌㄢˋ）調。

妖言惑眾（ㄧㄠ ㄧㄢˊ ㄏㄨㄛˋ ㄓㄨㄥˋ）

解釋 妖言，荒唐不正經的邪說。惑眾，迷惑大眾。用錯誤不正確的言論來迷惑眾人。

例句 一些江湖術士利用人性弱點，妖言惑眾，騙取金錢，非常不應該。

孜孜不倦（ㄗ ㄗ ㄅㄨˋ ㄐㄩㄢˋ）

解釋 孜孜，勤勉的樣子。形容勤奮努力，不知疲倦。

例句 用功的他，每天孜孜不倦的學習，難怪年年都拿第一名！

近義 好（ㄏㄠˋ）學不倦。

反義 一暴（ㄆㄨˋ）十寒、好逸惡（ㄨˋ）勞。

牢不可破（ㄌㄠˊ ㄅㄨˋ ㄎㄜˇ ㄆㄛˋ）

解釋 堅固得無法摧毀。常用來形容觀念、制度、習俗等形成後就難以改變。

注意 「牢」不要誤寫成「勞」。

例句 這件防彈衣真的牢不可破嗎？

近義 固若金湯、堅不可摧、顛撲不破。

反義 一盤散沙、不堪一擊。

完璧歸趙（ㄨㄢˊ ㄅㄧˋ ㄍㄨㄟ ㄓㄠˋ）

解釋 完，完整無損。璧，古代的一種玉，平圓形，中間有孔。趙，指戰國時代的趙國。比喻把東西完整的歸還原主。

典故 戰國時期，秦昭王派人去趙國，願意以

十五座城池換取趙國的「和氏璧」。當時秦強趙弱，趙王不敢拒絕，又怕上當受騙。後來藺相如自願帶著「和氏璧」到秦國去完成換城池的任務。他說：「城池送給趙，璧玉才能留在秦，城池不給趙，臣希望能完璧歸趙。」他到秦國，見秦王沒有誠意，就將「和氏璧」完好的送回趙國。

注意 「璧」字下面是「玉」，不要誤寫成「壁」。

例句 請放心，再過兩天，我向你借的耳環一定會完璧歸趙。

近義 物歸原主。

尾大不掉（ㄨㄟˇ ㄉㄚˋ ㄅㄨˋ ㄉㄧㄠˋ）

解釋 掉，搖動。尾巴太大想搖也搖不動。比喻部下的勢力強大，不受上司的指揮控制。

注意 「掉」不要誤寫成「吊」或「弔」。

例句 他一向不敢給部屬過多的權力，生怕發生尾大不掉的情況。

近義 尾大難掉。

岌岌可危（ㄐㄧˊ ㄐㄧˊ ㄎㄜˇ ㄨㄟˊ）

解釋 岌岌，十分危險的樣子。形容所處的環境十分危險。

注意 ①「岌」不要誤寫成「及」。②「危」不要誤寫成「為」。

例句 這棟老房子破舊不堪，住在裡面不是岌岌可危嗎？

近義 危在旦夕、危如累（ㄌㄟˇ）卵。

反義 安如泰山、固若金湯、堅如磐石。

弄巧成拙（ㄋㄨㄥˋ ㄑㄧㄠˇ ㄔㄥˊ ㄓㄨㄛˊ）

解釋 弄，賣弄、耍弄。巧，聰明、伶俐。拙，愚笨。本想賣弄聰明，結果反而把事情弄糟。

典故 楚懷王派昭陽為將，攻打魏國，連破八城，取得很大的勝利。接著，昭陽又要進攻齊國，齊王十分著急。恰巧秦國的使者陳軫這時正在訪問齊國，陳軫替齊國去見昭陽，對昭陽講了「畫蛇添足」的故事，勸他攻打魏國取得勝利後，應當知道大功已經告成，如果再攻打齊國，跟「畫蛇添足」就沒有什麼兩樣；萬一輸了，反而前功盡棄。昭陽聽了這話，便打消念頭。在已經完成的工作上，做多餘的加工，反而造成失敗，這是「畫蛇添足」，也是「弄巧成拙」。宋朝黃庭堅在他的一篇文章中寫道：「弄巧成拙，為蛇添足。」

例句 他本想在大家面前顯示自己的本領，結果弄巧成拙，鬧了大笑話。

近義 畫蛇添足、畫虎類犬。

反義 恰如其分（ㄈㄣˋ）、恰到好處。

形單影隻 ㄒㄧㄥˊ ㄉㄢ ㄧㄥˇ ㄓ

解釋 形，身體，指人。隻，單獨。孤零零的一個人和一個影子。形容孤獨，沒有人作伴。

辨析 「形單影隻」和「形影相弔」都是形容孤獨的。但「形單影隻」重在孤獨，無伴侶；「形影相弔」重在孤苦，無依靠。

注意 「隻」不要誤寫成「枝」。

例句 自從你去留學後，我一個人形單影隻，非常的寂寞。

近義 孤苦伶仃。

形影不離

解釋 形，形體，指身體。影，影子。像身體和影子那樣分不開。多用來形容兩人關係非常親密，經常互相伴隨。

辨析 ①「形影不離」和「形影相弔」都是講身體和影子的關係，但有區別。「形影不離」以「形」和「影」的不可分離來形容兩人的關係十分親密，常常在一起；「形影相弔」只有「形」和「影」的互相慰問，用來形容既無同伴又無同情者的孤單。②可用於人與人，有時也可用於人和物。

例句 幾年來，他們天天形影不離，如今要分開了，彼此都依依不捨。

近義 如影隨形、形影相隨。

忘恩負義

解釋 負，背棄、辜負。忘記別人給自己的恩惠，又背棄道義做出對不起別人的事。

注意 ①「恩」不要誤寫成「思」。②「義」不要誤寫成「意」。

例句 他氣憤的說：「這個忘恩負義的衣冠禽獸，一定會遭到報應的。」

近義 以怨報德、見利忘義、恩將仇報。

反義 結草銜環、飲水思源、感恩圖報。

忍氣吞聲

解釋 吞聲，不敢出聲。形容受了氣勉強忍著，壓在心中不敢說出來。

辨析 「忍氣吞聲」和「逆來順受」都有「忍受不合理的對待」的意思，但有區別。「忍

氣吞聲」重在受了氣勉強忍耐著；「逆來順受」則完全是採取情願的順從態度，而且指的範圍更廣。

例句 你凡事都忍氣吞聲，不敢表示意見，未免太軟弱了。

近義 忍辱含垢、飲恨吞聲。

反義 忍無可忍。

忍辱負重（ㄖㄣˇ ㄖㄨˋ ㄈㄨˋ ㄓㄨㄥˋ）

解釋 忍辱，忍受屈辱。負重，承擔重任。能忍受屈辱，承擔重大的責任和任務。

例句 句踐忍辱負重，發憤圖強，終於打敗了吳王夫差。

近義 臥薪嘗膽。

反義 忍無可忍。

忐忑不安（ㄊㄢˇ ㄊㄜˋ ㄅㄨˋ ㄢ）

解釋 忐忑，心神不定。形容心神非常不安。

例句 他數學不及格，心裡忐忑不安，可是硬要裝出若無其事的樣子。

近義 七上八下、惴惴（ㄓㄨㄟˋ）不安。

反義 泰然自若。

快馬加鞭（ㄎㄨㄞˋ ㄇㄚˇ ㄐㄧㄚ ㄅㄧㄢ）

解釋 對跑得很快的馬，再加以鞭策，使牠跑的更快。形容快上加快。

例句 大家提起勁來，我們得快馬加鞭地趕路。

近義 馬不停蹄。

反義 老牛破車、蝸行牛步。

快刀斬亂麻 ㄎㄨㄞˋ ㄉㄠ ㄓㄢˇ ㄌㄨㄢˋ ㄇㄚˊ

解釋 比喻做事乾脆直接，能抓住重點，很快的解決複雜的問題。

例句 任何複雜的事情，只要交給他處理，就會像快刀斬亂麻，進行得非常順利。

扶搖直上 ㄈㄨˊ ㄧㄠˊ ㄓˊ ㄕㄤˋ

解釋 扶搖，急遽盤旋而上的旋風。形容急遽、迅速的上升。也可以形容一個人地位一天天往上升。

辨析 「扶搖直上」和「青雲直上」都有一直上升的意思。但「青雲直上」一般只指職務、地位的上升；「扶搖直上」還可指數字、數量，或其他事物的直線上升，範圍較「青雲直上」廣。

例句 他進公司以來一直十分順利，職位扶搖直上。

近義 平步青雲、青雲直上。

反義 一落千丈。

扶不起的阿斗 ㄈㄨˊ ㄅㄨˋ ㄑㄧˇ ˙ㄉㄜ ㄚ ㄉㄡˇ

解釋 阿斗，三國蜀漢後主劉禪的小名，為人庸碌，雖然有諸葛亮的輔佐，還是無法守住劉備開創的基業。比喻庸碌無能的人。

注意 「阿」音ㄚ，不要唸成ㄚˋ。

例句 請你好好振作起來，別作個扶不起的阿斗。

投桃報李 ㄊㄡˊ ㄊㄠˊ ㄅㄠˋ ㄌㄧˇ

解釋 投，送。報，回報。別人送我桃子，我就用李子回報他。比喻朋友之間互相餽贈，

禮尚往來。

注意 「報」不要誤寫成「抱」。

例句 人與人之間投桃報李，禮尚往來，不僅是一種禮貌，更能增進彼此的感情。

近義 投桃之報、禮尚往來。

投筆從戎（ㄊㄡˊ ㄅㄧˇ ㄘㄨㄥˊ ㄖㄨㄥˊ）

解釋 從戎，從軍。拋下筆去從軍報國。比喻放棄文字工作，加入武裝隊伍。

典故 東漢時的班超，原來是靠為官府抄寫文字維持生活的。有一次，他把筆扔在地上，嘆氣說：「大丈夫應該到邊疆去建立功業，怎麼能老是這樣埋頭於筆墨生涯呢！」

注意 「戎」不要誤寫成「戒」。

例句 為了保家衛國，許多青年學子紛紛投筆從戎，報考軍校。

近義 棄文就武。

反義 偃（ㄧㄢˇ）武修文。

投鼠忌器（ㄊㄡˊ ㄕㄨˇ ㄐㄧˋ ㄑㄧˋ）

解釋 投，丟。忌，怕，有所顧忌。要打老鼠，又怕打壞老鼠旁邊的器皿。比喻心懷顧慮，不敢大膽去做。

注意 「忌」上面是「己」，不要錯寫成「已」或「巳」。

例句 你真的要這樣做嗎?俗語說：「投鼠忌器」，不能不顧慮呀！

近義 打狗看主人。

反義 大刀闊斧、肆無忌憚（ㄉㄢˋ）。

投機取巧（ㄊㄡˊ ㄐㄧ ㄑㄩˇ ㄑㄧㄠˇ）

解釋　投機，利用時機取得好處。取巧，用狡猾的辦法來取得好處。指用不正當的手段謀取個人私利。

例句　做任何事都應該腳踏實地，按部就班，不可投機取巧、心存僥倖。

投鞭斷流（ㄊㄡˊ ㄅㄧㄢ ㄉㄨㄢˋ ㄌㄧㄡˊ）

解釋　把所有的馬鞭丟入江河，就能夠截斷水流。形容軍隊人多勢眾或兵力強大。

注意　「斷」不要誤寫成「段」。

例句　怕什麼？我們只要團結起來，就能投鞭斷流呢！

改邪歸正（ㄍㄞˇ ㄒㄧㄝˊ ㄍㄨㄟ ㄓㄥˋ）

解釋　邪，不正當，不正派。歸，回到，返回。指從邪路回到正途上。比喻不再做壞事。

辨析　「改邪歸正」和「棄暗投明」都指從壞的轉到好的方面。但是「改邪歸正」偏重於不再做壞事；「棄暗投明」著重在立場上的改變。

注意　「邪」不要誤寫成「歪斜」的「斜」。

例句　對於有勇氣改邪歸正的人，我們應該寬恕他，並且給他自新的機會。

近義　改惡從善、洗心革面、棄暗投明。

反義　怙惡（ㄜˋ）不悛（ㄑㄩㄢ）、執迷不悟。

改弦易轍（ㄍㄞˇ ㄒㄧㄢˊ ㄧˋ ㄔㄜˋ）

解釋　弦，琴弦。易，更換。轍，車輪輾過的

痕跡，這裡指道路。樂器調換了弦，車子改換了路線。比喻變更原來的辦法，採用新的方法。

辨析 「改弦更張」重在去舊更新，改變作法；「改弦易轍」則除了改變作法之外，還用於改變方向、道路等。

注意 「轍」不要誤寫成「撤」或「澈」。

例句 對於曾經犯錯的人，我們有責任幫助他改弦易轍，走上正途。

近義 改轅易轍。

反義 老調重彈（ㄊㄢˊ）、重蹈覆轍。

束之高閣 ㄕㄨˋ ㄓ ㄍㄠ ㄍㄜˊ

解釋 束，捆紮。之，代名詞，指所捆綁的東西。高閣，高架。把東西捆起來放在高架上。比喻放著不用，或丟在一邊不管。

典故 東晉的庾翼，是一個很有軍事才能的將領，他是東晉三朝元老庾亮的弟弟。庾亮死後，庾翼代替他鎮守武昌。當時，朝中大臣杜義和殷浩等人，都是些徒有虛名、華而不實的人物，只會誇誇其談，說空話。庾翼非常討厭他們，常對人說：「此輩宜束之高閣。」意思是說，對待這種人只能置之不理，等天下太平了再來考慮任用他們。

注意 「閣」字裡面是「各」，不要誤寫成「闔」或「閤」。

例句 你把這麼多的中外名著束之高閣，不讀不用，那你花錢買書又是為了什麼呢？

近義 置之不理。

反義 愛不釋手。

束手無策 ㄕㄨˋ ㄕㄡˇ ㄨˊ ㄘㄜˋ

解釋 束手，捆住了手。無，沒有。策，辦法。就像手被捆住一樣，一點辦法也沒有。比喻毫無辦法。

注意 「策」字下面是「朿」，不要錯寫成「束」。

例句 讀書如果只會死背課文，當考題改變問法時，往往就束手無策。

近義 一籌莫展。

反義 足智多謀、急中生智。

杞人憂天 ㄑㄧˇ ㄖㄣˊ ㄧㄡ ㄊㄧㄢ

解釋 杞，指古代杞國。一個杞國人擔心天要塌下來。現在多用來比喻不必要或沒有根據的憂慮。

典故 古時候，有個杞國人，老是擔心天會塌下來，憂慮得吃不下飯，睡不好覺。唐朝詩人李白梁甫吟一詩中用了這個典故，有「杞國無事憂天傾」的詩句。

注意 「杞」字右邊是「己」，不要錯寫成「已」或「巳」。

例句 任何困難都有解決的辦法，你又何必杞人憂天。

近義 庸人自擾。

反義 高枕無憂、無憂無慮。

步步為營 ㄅㄨˋ ㄅㄨˋ ㄨㄟˊ ㄧㄥˊ

解釋 步，古時以五尺為一步。步步，形容相

隔很近。營，軍隊駐紮的地方。指軍隊前進時，相隔不遠就設下一道營壘。現在用來比喻做事謹慎，穩紮穩打。

注意 「營」不要誤寫成「贏」。

例句 上次失敗的教訓，使得他面對這次任務時更步步為營，謹慎小心。

近義 穩紮穩打。

反義 輕舉妄動。

每下愈況（ㄇㄟˇ ㄒㄧㄚˋ ㄩˋ ㄎㄨㄤˋ）

解釋 每，指反覆動作中的任何一次。況，明顯。愈，越發，更加。原義是指用腳踏豬來估量牲的胖瘦。愈踏在豬的下部（即腳脛），就愈能看出豬的肥瘦，因為腳脛是最不容易長肥肉的部分，如果腳脛長得肥胖，表示是真正的肥。後用來比喻凡事從愈細微的地方去觀察，就愈能知道事情的真相。現在我們說「每下愈況」卻是形容情況越來越不妙的意思。

例句 自從他父親住院以後，他們的生活就每下愈況。

近義 江河日下。

反義 漸入佳境、蒸蒸日上。

每飯不忘（ㄇㄟˇ ㄈㄢˋ ㄅㄨˋ ㄨㄤˋ）

解釋 每次吃飯時就會想起來，無法忘記。比喻時時刻刻掛念在心。

注意 「忘」不要誤寫成「望」。

例句 我對於媽媽的叮嚀，是每飯不忘，牢記在心呢！

沉魚落雁（ㄔㄣˊ ㄩˊ ㄌㄨㄛˋ ㄧㄢˋ）

解釋 魚兒見了沉入水底，雁子見了降落沙洲。形容女子容貌的絕頂美麗。所謂「沉魚」、「落雁」、「閉月」、「羞花」，其實是我國四大美女西施、王昭君、貂蟬、楊貴妃的代稱。因為她們的美貌，連魚兒、雁子、月亮、含羞草看了都失神落魄、自慚形穢。因此人們用「沉魚落雁」、「閉月羞花」來形容女子的美麗。

注意 「雁」不要誤寫成「燕」。

例句 他一再誇說自己的女朋友貌美如花，今日一見，果真有沉魚落雁之貌。

近義 花容月貌、閉月羞花、傾城傾國。

沐猴而冠 ㄇㄨˋ ㄏㄡˊ ㄦˊ ㄍㄨㄢˋ

解釋 沐猴，也就是獼猴。冠，戴帽子。獼猴戴帽子。比喻裝成人，實際行為卻不像，常用來諷刺人依附惡勢力，只有人形而無人性。

注意 「冠」是多音字，音ㄍㄨㄢ和ㄍㄨㄢˋ，「桂冠」的「冠」音ㄍㄨㄢ，「冠軍」的「冠」音ㄍㄨㄢˋ。

例句 那些面善心惡的人，個個就像沐猴而冠，令人唾棄。

近義 人模人樣、徒有其表、虛有其表。

反義 秀外慧中。

汲汲營營 ㄐㄧˊ ㄐㄧˊ ㄧㄥˊ ㄧㄥˊ

解釋 汲汲，努力不懈的樣子。營營，追逐求取的樣子。形容人急切的追逐功名利祿的樣子。

例句 老師常告誡我們，進入社會後仍然要充實自己，不要整天汲汲營營，追求名利。

反義 淡泊名利。

沆瀣一氣（ㄏㄤˋ ㄒㄧㄝˋ ㄧˊ ㄑㄧˋ）

解釋 沆瀣，人名，指崔沆、崔瀣。比喻氣味相投的人聯合在一起。

典故 唐朝乾符年間，僖宗皇帝派崔沆擔任主考官，有個名叫崔瀣的考生被主考官取中。因為他們兩個人都姓崔，兩個人的單名連起來是「沆瀣」兩個字，所以人們說他倆是「座主門生，沆瀣一氣」。

注意 「沆」音ㄏㄤˋ，不要唸成ㄏㄤˊ。

例句 這些歹徒沆瀣一氣，狼狽為奸，做了不少壞事。

近義 臭（ㄒㄧㄡˋ）味相投、氣味相投、狼狽為奸。

反義 格格不入。

牡丹雖好，全憑綠葉扶持（ㄇㄡˇ ㄉㄢ ㄙㄨㄟ ㄏㄠˇ，ㄑㄩㄢˊ ㄆㄧㄥˊ ㄌㄩˋ ㄧㄝˋ ㄈㄨˊ ㄔˊ）

解釋 比喻再有能力的人，也少不了他人的協助。

例句 你沒聽過「牡丹雖好，全憑綠葉扶持」這句話嗎？你再優秀，也需要別人的幫忙呀！

秀外慧中（ㄒㄧㄡˋ ㄨㄞˋ ㄏㄨㄟˋ ㄓㄨㄥ）

解釋 秀，秀麗。外，外表。慧，聰慧。中，內心。形容人的外貌秀美，內心聰明。

注意 「慧」不要誤寫成「惠」或「蕙」。

例句 嫂嫂秀外慧中，深得我們全家人的喜歡。

秀色可餐

解釋 秀色，美女的姿態容貌，或美麗的自然景色。可餐，可以吃飽。女子的外貌美麗，讓人看了都忘了飢餓。原來是形容女子姿色娟秀可愛，後來也用來形容山林景物的秀麗。

例句 那個女明星身材姣好，秀色可餐，難怪有那麼多影迷喜歡她。

近義 花容月貌、閉月羞花。

肝膽相照

解釋 肝膽，比喻真誠的心。相照，互相照見。形容朋友之間，以真心相見。

例句 經過幾十年的交往，他們已變成肝膽相照，生死與共的好朋友。

反義 勾心鬥角、虛情假義、爾虞（ㄩˊ）我詐。

肝腦塗地

解釋 塗地，塗抹在地上，或流了一地。原來是形容慘死的景象。後多用來比喻為人效勞，不惜犧牲自己的生命。

注意 「腦」不要誤寫成「惱」。

例句 為了國家的安全、人民的幸福，即使肝腦塗地也義無反顧。

近義 赴湯蹈火、粉身碎骨。

反義 苟且偷生。

良莠不齊

解釋 良，善良，指好人。莠，又名狗尾草，樣子很像穀子，常混在禾苗當中，這裡用來

比喻壞人。指好人、壞人混雜在一起。

注意 「莠」音ㄧㄡˇ，不要唸成ㄒㄧㄡˋ；也不可以寫成「秀」。

例句 這個團體，每個人的素質良莠不齊，老師要特別費心思。

近義 牛驥（ㄐㄧˋ）同皂、清濁同流。

良藥苦口（ㄌㄧㄤˊ ㄧㄠˋ ㄎㄨˇ ㄎㄡˇ）

解釋 能治病的好藥，多半味苦難吃。比喻真心直言的勸告或批評，雖然不中聽，但非常有益。

例句 他的話雖然刺耳，但良藥苦口，句句都指出你的缺點。

近義 忠言逆耳。

芒刺在背（ㄇㄤˊ ㄘˋ ㄗㄞˋ ㄅㄟˋ）

解釋 芒刺，尖刺。背，背脊。形容心裡驚慌害怕，坐立不安，像芒刺扎在背上一樣。

典故 漢宣帝劉詢是由大將軍霍光立為皇帝的。在漢宣帝剛剛登位時，照例要去祭拜祖廟，大將軍霍光就坐在宣帝的一邊陪著前去。因為霍光權勢很大，宣帝心裡非常害怕，感到好像有芒刺扎在背上似的，坐立不安。

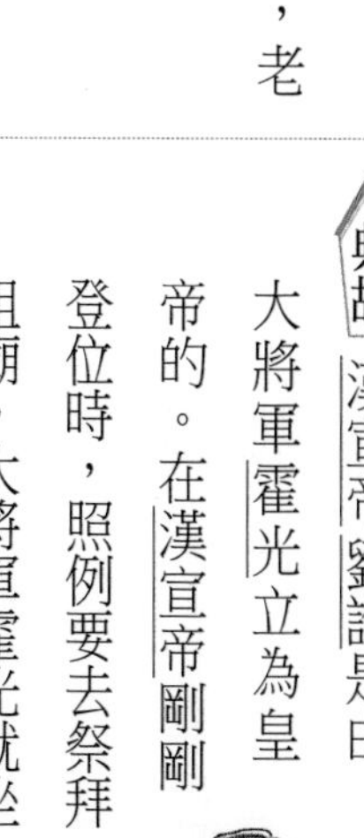

注意 ①「刺」不要誤寫成「次」。②「背」音ㄅㄟˋ，不要唸成ㄅㄟ。

例句 他本來滿不在乎，但是看到老師嚴厲的眼光，一時感到有些侷促不安，猶如芒刺在

背。

近義 如坐針氈、坐立不安、惴惴不安。

反義 安之若素、泰然自若、從（ㄘㄨㄥ）容不迫。

初發芙蓉 ㄔㄨ ㄈㄚ ㄈㄨˊ ㄖㄨㄥˊ

解釋 初發，初次綻放。芙蓉，荷花。本指詩文十分的清新，討人喜愛。後也用來比喻女子的嬌柔豔麗。

注意 ①「初」不要誤寫成「出」。②「初」是衣部，總筆畫是七畫或八畫皆對。

例句 這位模特兒長得有如初發芙蓉，是當紅的名模。

近義 出水芙蓉

初試啼聲 ㄔㄨ ㄕˋ ㄊㄧˊ ㄕㄥ

解釋 啼聲，本是指動物的鳴叫聲或幼兒的哭聲，後來比喻展露的才華或本領。比喻第一次展現才華或本領。

例句 這名歌手初試啼聲，想不到就大受歡迎。

見仁見智 ㄐㄧㄢˋ ㄖㄣˊ ㄐㄧㄢˋ ㄓˋ

解釋 對同一問題，仁者認為是仁，智者認為是智。表示對事物的看法，各人見解不同。

例句 這是個見仁見智的問題，不必去爭執究竟誰對誰錯。

近義 各執己見。

見風轉舵 ㄐㄧㄢˋ ㄈㄥ ㄓㄨㄢˇ ㄉㄨㄛˋ

解釋 舵，裝在船尾，控制船行方向的裝備。順著風向轉舵。比喻觀察情況、局勢來決定

做事的方向。

注意 「舵」音ㄉㄨㄛˋ，不要唸成ㄊㄨㄛˊ。

例句 老師常告誡我們，做人要有原則，不可見風轉舵。

近義 見風使舵、見機行事、看風使帆。

反義 擇善固執。

見異思遷（ㄐㄧㄢˋ ㄧˋ ㄙ ㄑㄧㄢ）

解釋 異，別的。遷，改變、變動。看到別的事情就想改變原來的主意。形容意志不堅定或不專一。

注意 「異」不要誤寫成「義」。

例句 這個人做事情沒有恆心，見異思遷，所以不容易成功。

近義 心猿意馬、朝（ㄓㄠ）三暮四。

反義 忠貞不渝。

見機行事（ㄐㄧㄢˋ ㄐㄧ ㄒㄧㄥˊ ㄕˋ）

解釋 機：時機。依客觀的形勢變化而採取適當的措施。

例句 懂得見機行事的人，才是真正有智慧的人。

近義 見機而作、看風使舵、隨機應變。

反義 因循守舊、墨守成規。

言之鑿鑿（ㄧㄢˊ ㄓ ㄗㄠˊ ㄗㄠˊ）

解釋 鑿，確實。用來形容一個人說的話非常確實，有證據、事實可以做為依據。

例句 雖然凶手不肯承認涉案，但是許多路人都言之鑿鑿的指認他。

言不由衷（ㄧㄢˊ ㄅㄨˋ ㄧㄡˊ ㄓㄨㄥ）

解釋 言，說話。由，自，從。衷，內心。說話不是出自內心。形容說的不是真心話，缺乏誠意。

注意 「衷」不要誤寫成「中」。

例句 做人要誠實，何必講些言不由衷的話來欺騙別人呢？

近義 口是心非、心口不一。

反義 肺腑之言。

言過其實（ㄧㄢˊ ㄍㄨㄛˋ ㄑㄧˊ ㄕˊ）

解釋 言，說話。過，超過。實，實際。原來是指言語浮誇，超過他的實際能力。現也指說話誇張，超過了實際情況。

例句 我覺得他說的話有些言過其實，非常令人懷疑。

近義 誇大其詞。

言歸正傳（ㄧㄢˊ ㄍㄨㄟ ㄓㄥˋ ㄓㄨㄢˋ）

解釋 歸，回到。正傳，本題。把話題轉回到正題討論。

注意 「傳」音ㄓㄨㄢˋ，不要唸成ㄔㄨㄢˊ。

例句 會議已經拖延很久了，我們趕快言歸正傳吧！

言簡意賅（ㄧㄢˊ ㄐㄧㄢˇ ㄧˋ ㄍㄞ）

解釋 簡，簡潔。賅，完備。語言簡潔，意思完備而透徹。形容說話、寫文章簡明扼要。

辨析 「言簡意賅」和「一針見血」都有語言簡短明確的意思。但「言簡意賅」比較偏重

在意思完備；「一針見血」則偏重在切中要害。

注意 ①「意」不要誤寫成「義」。②「賅」不要誤寫成「該」。

例句 不管是說話或寫文章都應該言簡意賅，不要拖泥帶水。

反義 拖泥帶水。

言聽計從（ㄧㄢˊ ㄊㄧㄥ ㄐㄧˋ ㄘㄨㄥˊ）

解釋 言，說的話。聽，聽從。計，計謀、主意。從，服從、接受。每句話都被聽從，每個主意都被接受。形容對某人十分信任。

例句 他辦事能力很強，因此同學都對他言聽計從。

近義 百依百順、唯命是從。

反義 一意孤行、我行我素。

赤子之心（ㄔˋ ㄗˇ ㄓ ㄒㄧㄣ）

解釋 赤子，初生的嬰兒。形容人的心地善良、純潔。

例句 他總是保有一顆赤子之心，所以非常受歡迎。

反義 居心叵（ㄆㄛˇ）測。

走馬看花（ㄗㄡˇ ㄇㄚˇ ㄎㄢˋ ㄏㄨㄚ）

解釋 走馬，騎著馬跑。騎在奔走的馬上看花。原來是形容得意和愉快的心情，現多用來形容粗略的瀏覽。

典故 孟效是唐代詩人，將近五十歲才考中進士。他寫了一首叫登科後的詩，來抒發他高興的心情，其中兩句：「春風得意馬蹄疾，一日看盡長安花。」意思是說，心舒暢了，

連騎馬都覺得跑得更快，一天就把長安城的花看完了。

例句 一般的旅行團，都只讓遊客走馬看花，很少能深入了解當的風俗民情。

身敗名裂（ㄕㄣ ㄅㄞˋ ㄇㄧㄥˊ ㄌㄧㄝˋ）

解釋 身，地位。敗，敗壞。名，名聲。裂，破壞。地位喪失，名聲敗壞。形容做了壞事，遭到徹底失敗。

辨析 「身敗名裂」和「聲名狼藉」都有名聲敗壞的意思。但「身敗名裂」還有喪失地位的意思，只能用於個人；「聲名狼藉」則指名譽很壞，既可以用於個人，也可以用於團體。

例句 他嗜賭成性，因此身敗名裂，家破人亡。

近義 名譽掃地。

反義 名滿天下、功成名就。

車水馬龍（ㄔㄜ ㄕㄨㄟˇ ㄇㄚˇ ㄌㄨㄥˊ）

解釋 車子像水流一樣，馬很多連接得像一條龍。形容來往的車輛很多，連續不斷。

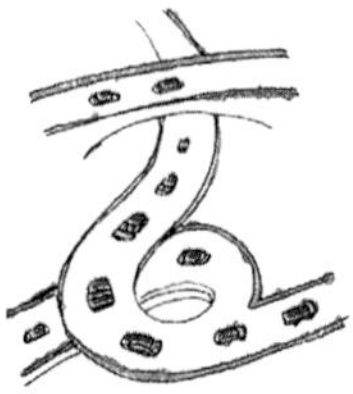

例句 這條路上車水馬龍，行人絡繹不絕，每天都很熱鬧。

近義 川流不息、絡繹不絕、熙來攘往。

車載斗量（ㄔㄜ ㄗㄞˋ ㄉㄡˇ ㄌㄧㄤˊ）

解釋 載，裝運。斗，古時候計算容量的單位。用車裝，用斗量。形容數量很多。

辨析 「車載斗量」和「汗牛充棟」的用法容

易被混淆，「汗牛充棟」是形容書籍很多，有特定的形容對象，而「車載斗量」適用的對象比較廣泛，可以是食物、珠寶、收藏品等等。

注意 ①「載」是多音字，音ㄗㄞˋ和ㄗㄞˇ，「載歌載舞」的「載」音ㄗㄞˋ，「一年半載」的「載」音ㄗㄞˇ。②「載」不要誤寫成「戴」。

例句 大畫家的收藏品真是琳瑯滿目，車載斗量呀！

近義 滿坑滿谷、恆河沙數。

反義 鳳毛麟角、寥寥無幾。

迅雷不及掩耳（ㄒㄩㄣˋ ㄌㄟˊ ㄅㄨˋ ㄐㄧˊ ㄧㄢˇ ㄦˇ）

解釋 迅，疾、快。不及，來不及。雷聲來得太快，使人來不及摀住耳朵。比喻攻擊非常的迅速，使對方來不及防備。

典故 東漢末年，曹操和韓遂、馬超在潼關附近作戰。交戰初期，韓遂、馬超處於優勢，向曹操提出了割地講和的要求，曹操表面上假裝答應，然後出其不意用奇兵擊敗了他們。戰後，軍中將領問起戰勝的原因，曹操說：「我答應韓、馬割地講和的要求，是要他們自行鬆懈而不防備，而我軍則藉機養精蓄銳，一旦出擊，他們毫無防備，這就是所謂的『迅雷不及掩耳』。打仗用兵，貴在變化，本來就沒有一成不變的東西。」

例句 真是迅雷不及掩耳，這事解決得如此乾脆俐落，令人痛快！

防患未然（ㄈㄤˊ ㄏㄨㄢˋ ㄨㄟˋ ㄖㄢˊ）

解釋 防，防備。患，災禍。在事故或災害未發生之前就加以防備。

注意 「防」不要誤寫成「妨」。

例句 人如果沒有防患未然的觀念，往往會後悔莫及。

近義 未雨綢繆、曲突徙薪、防微杜漸。

反義 亡羊補牢。

防微杜漸（ㄈㄤˊ ㄨㄟˊ ㄉㄨˋ ㄐㄧㄢˋ）

解釋 防，預防。微，細小、不明顯。杜，杜絕。漸，逐漸擴大。指在事情剛剛開始的時候就加以制止。

辨析 「防患未然」是指問題未出現前先防止問題的發生；「防微杜漸」則是指對已經出現的問題徵兆加以制止，使不能擴大。

例句 教育孩子要防微杜漸，壞習慣養成後再來糾正就麻煩了。

近義 防患未然、未雨綢繆（ㄔㄡˊ ㄇㄡˊ）。

反義 養虎遺患。

【八畫】

並駕齊驅（ㄅㄧㄥˋ ㄐㄧㄚˋ ㄑㄧˊ ㄑㄩ）

解釋 並，平行排列著。駕，使牲口拉車或拉農具。齊，一起、同時。驅，快跑。指並排套著的幾匹馬一齊快跑。比喻齊頭並進，不分高下。

注意 ①「駕」不要誤寫成「架」。②「驅」不要誤寫成「軀」。

例句 這兩人在傳播界的成就可說是並駕齊驅，不相上下。

近義 不相上下、勢均力敵、齊頭並進。

反義 天差地別、南轅北轍。

乳臭未乾（ㄖㄨˇ ㄒㄧㄡˋ ㄨㄟˋ ㄍㄢ）

解釋 乳臭，奶腥味。身上的奶腥味還沒有褪掉。形容人年幼無知、經驗不足。

注意 「臭」音ㄒㄧㄡˋ，不要唸成ㄔㄡˋ。

例句 這些乳臭未乾的國中生，竟然抽起煙來了。

近義 少（ㄕㄠˋ）不更（ㄍㄥ）事、羽毛未豐。

反義 少（ㄕㄠˋ）年老成、老成持重。

事半功倍（ㄕˋ ㄅㄢˋ ㄍㄨㄥ ㄅㄟˋ）

解釋 只出一半的力，卻取得雙倍的效果。形容費力小，效果大。

典故 孟子曾對他的學生說：老百姓受暴政的折磨，從來沒有像現在這樣嚴重。飢餓的人只要有吃的就行，口渴的人只要有喝的就好，不會有過高的要求。在這個時候，如果實行仁政，那麼老百姓就會像被倒著吊起的人遇到了解救一般。「故事半古之人，功必倍之，……」意思是，事情只要做古人所做的一半，而所得的功效卻可以比古人高出一倍。

注意 「倍」不要誤寫成「背」。

例句 讀書要能掌握重點，才能收到事半功倍的效果。

反義 事倍功半。

事倍功半（ㄕˋ ㄅㄟˋ ㄍㄨㄥ ㄅㄢˋ）

解釋 付出的心力很多，效果卻只有一半。形容費力大，功效小。

例句 這些工具都十分老舊，做起事來自然是

費時費力，事倍功半。

近義 勞而無功。

反義 事半功倍。

來龍去脈（ㄌㄞˊ ㄌㄨㄥˊ ㄑㄩˋ ㄇㄞˋ）

解釋 龍、脈，古時風水相士的術語，指山脈的主峰及支脈。比喻一件事情的由來和變化。

辨析 「來龍去脈」和「前因後果」都有指事情的起因和結果的意思。但「來龍去脈」重在指事情前後有關聯的線索；「前因後果」重在指事情的全部過程。

例句 只要能釐清整件事的來龍去脈，就不難查明真相了。

近義 始末緣由、前因後果。

反義 來歷不明。

依山傍水（ㄧ ㄕㄢ ㄅㄤˋ ㄕㄨㄟˇ）

解釋 靠山臨水。形容風景清幽如畫。

注意 「傍」是多音字，音ㄅㄤ和ㄅㄤˋ，「傍晚」的「傍」音ㄅㄤ，「依傍」的「傍」音ㄅㄤˋ。

例句 徜徉在依山傍水的美景中，人不禁醉了。

侃侃而談（ㄎㄢˇ ㄎㄢˇ ㄦˊ ㄊㄢˊ）

解釋 侃侃，說話從容不迫的樣子。形容說話理直氣壯，不慌不忙的樣子。

辨析 「侃侃而談」和「誇誇其談」雖然都是形容說話的樣子，但有區別。「侃侃而談」是形容說

話從容不迫的態度；「誇誇其談」則是指說話浮誇，不切實際。

例句 他在講臺上侃侃而談，大家都聽得入神。

近義 高談闊論、滔滔不絕、口若懸河。

反義 噤若寒蟬。

兔死狐悲 ㄊㄨˋ ㄙˇ ㄏㄨˊ ㄅㄟ

解釋 比喻哀傷同類的死亡。

注意 「狐」不要誤寫成「孤」。

辨析 「兔死狗烹」有忘恩負義的意思，和「兔死狐悲」完全不同。

例句 他們一起在警界服務數十年，如今好友不幸因公殉職，兔死狐悲，令他很傷感。

近義 物傷其類。

反義 幸災樂禍。

兩袖清風 ㄌㄧㄤˇ ㄒㄧㄡˋ ㄑㄧㄥ ㄈㄥ

解釋 兩隻袖子裡除了清風以外，其他什麼也沒有。古時候是比喻做官廉潔。現在也用來比喻貧窮沒有積蓄。

例句 年輕時，他曾是商場上的鉅子，卻因為揮霍無度，落得兩袖清風的下場。

反義 中飽私囊、貪贓枉法、營私舞弊。

兩敗俱傷 ㄌㄧㄤˇ ㄅㄞˋ ㄐㄩˋ ㄕㄤ

解釋 俱，都、全。雙方爭鬥，結果都受到損傷。

典故 春秋時代，魯國有個勇士名叫卞莊子。有一天，山上出現了兩隻老虎，卞莊子要去刺殺牠們。旁人勸他說：「慢著，那兩隻老虎正在爭吃一頭牛，牠們相爭的結果，一定

是力氣較小的老虎被咬死，而力氣較大的老虎也會受傷。那時，你再上山去，只要殺死那隻受傷的老虎，就容易取勝。而且，刺死一隻老虎，就可以獲得刺死兩隻老虎的美名。」卞莊子認為這話很有道理，就採納了他的意見。後來果然輕而易舉的刺死了那隻受傷的老虎，一舉解決了兩隻老虎的禍害。

注意 「俱」不要誤寫成「具」。

例句 你們兩人如果一直互不相讓，一定會兩敗俱傷，對誰都沒有好處。

近義 鷸（ㄩˋ）蚌相爭。

反義 兩全其美。

刻舟求劍
ㄎㄜˋ ㄓㄡ ㄑㄧㄡˊ ㄐㄧㄢˋ

解釋 刻，雕刻、刻字。求，尋找。比喻辦事固執刻板，不能變通。

典故 有一個楚國人乘著木船過江。當船行駛到江中時，他一不小心，把劍掉到江裡去了。他馬上用刀在船舷上刻了個記號，又自己囑咐自己道：「記住，我的劍是從這兒掉下去的！」等船靠岸後，他就從刻上記號的地方下水去找劍，但船已走了老遠，結果自然是找不到。

注意 「劍」不要誤寫成「箭」。

例句 在非常時期必須使出非常手段，你這樣刻舟求劍是行不通的。

近義 守株待兔、按圖索驥（ㄐㄧˋ）。

反義 因事制宜、見機行事、隨機應（ㄧㄥˋ）變。

刻骨銘心（ㄎㄜˋ ㄍㄨˇ ㄇㄧㄥˊ ㄒㄧㄣ）

解釋 比喻記在心裡，永遠不忘。

辨析 「刻骨銘心」和「刻肌刻骨」乍看之下好像意思一模一樣，其實完全不同。「刻肌刻骨」是形容感觸非常的深切，例如：我對於九二一大地震後，慈濟團隊熱心救災的事，一直是「刻肌刻骨」，畢竟人間處處有溫情呀！這句話如果改用「刻骨銘心」就應該寫成：九二一大地震時，慈濟團隊幫助我們重建家園，這份恩情我是「刻骨銘心」，永生難忘。文字表達的重點不同，所使用的成語也會不一樣，如果混淆使用，就會讓人看不懂了。

注意 ①「刻」不要誤寫成「克」。②「骨」不要誤寫成「古」。③「銘」不要誤寫成「名」或「明」。

例句 在我最無助時，他對我無微不至的關懷和幫助，讓我刻骨銘心，永難忘懷。

近義 永誌不忘、鏤（ㄌㄡˋ）骨銘心。

反義 浮光掠影。

刮目相看（ㄍㄨㄚ ㄇㄨˋ ㄒㄧㄤ ㄎㄢˋ）

解釋 刮目，擦亮眼睛，指丟掉過去的看法。意思是別人已有顯著的進步，所以要用全新的眼光去看待他。

典故 三國時期，東吳名將呂蒙聽了孫權的勸告，認真讀書，進步很快。後來魯肅路過呂蒙營寨，出於禮貌去拜訪他。魯肅本來也看不起呂蒙，哪知一談軍法，呂蒙講得頭頭是道，並且獻出五條妙計，當場親筆寫出。魯肅頓時改變態度，拍著他的背說：「我一直

以為你能武不能文，現在學識這麼淵博，已經不是從前在吳下的呂蒙了。」呂蒙笑著說：「一個人分別了三天，就應該對他另眼看待了。」（原文：「士別三日，即更刮目相待。」）

辨析 「刮目相看」和「拭目以待」都有「擦眼睛看」的意思。但「拭目以待」重在盼望某種事情的出現，等著瞧；「刮目相看」則重在去掉舊印象，重新看待。

注意 「目」不要誤寫成「木」。

例句 這一年來他的成績突飛猛進，令人刮目相看。

近義 另眼相看、刮目相待。

反義 不屑一顧。

卑躬屈膝 ㄅㄟ ㄍㄨㄥ ㄑㄩ ㄒㄧ

解釋 卑躬，低頭彎腰。屈膝，下跪。形容諂媚、奉承別人的樣子。

注意 「屈」不要誤寫成「曲」。

例句 有些人為了升遷，在老闆面前卑躬屈膝，巴結、諂媚，真是無恥。

近義 卑躬屈己、卑躬屈節。

反義 矢志不移、堅貞不屈、寧死不屈。

受寵若驚 ㄕㄡˋ ㄔㄨㄥˇ ㄖㄨㄛˋ ㄐㄧㄥ

解釋 寵，寵愛。形容受到過分的寵愛或賞識而感到意外的驚喜。

例句 承蒙您如此熱情招待，我真是受寵若驚啊！

味如嚼蠟 ㄨㄟˋ ㄖㄨˊ ㄐㄩㄝˊ ㄌㄚˋ

解釋 像吃蠟一樣沒有味道。形容文章或說話

枯燥無味。

注意 「蠟」不要誤寫成「臘」。

例句 如果一篇小說完全平鋪直敘，沒有高潮起伏，就會讓讀者感到味如嚼蠟。

近義 索然無味。

反義 津津有味。

咄咄怪事（ㄉㄨㄛˋ ㄉㄨㄛˋ ㄍㄨㄞˋ ㄕˋ）

解釋 咄咄，表示驚奇的聲音。形容不合常理，叫人難以理解的怪事。

典故 東晉時期，殷浩曾任揚州刺史，後任「中軍將軍」，統管揚州、豫州、徐州、兗（ㄧㄢˇ）州、青州的軍事。由於當時內部不團結，將領之間互相猜忌，加上連吃敗仗，結果殷浩被撤職，流放到信安（今浙江衢縣）。殷浩罷官後很苦悶，整天伸出一個指頭對空寫字，別人暗地裡偷偷察看，發現他一直寫的是「咄咄怪事」四個字。他給朋友寫信，也老是寫這四個字，以表示他對自己被罷官感到驚奇和費解。

注意 「咄」音ㄉㄨㄛˋ，不要唸成ㄔㄨˋ。

例句 他要我談談對飛碟的看法，我只能拿咄咄怪事四個字來作答。

近義 殷浩書空、書空咄咄。

反義 不足為奇、見怪不怪。

咄咄逼人（ㄉㄨㄛˋ ㄉㄨㄛˋ ㄅㄧ ㄖㄣˊ）

解釋 咄咄，使人驚懼的聲音。原來是形容說話氣勢洶洶，盛氣凌人。現在用來形容氣勢洶洶，使人難堪。

辨析 「咄咄逼人」和「盛氣凌人」都有「氣

勢洶洶」的意思。但「咄咄逼人」既能形容「聲」又可形容「勢」；「盛氣凌人」只能形容「勢」，不能形容「聲」。

注意 「咄」音ㄉㄨㄛˋ，不要唸成ㄔㄨˋ。

例句 他強勢而咄咄逼人的態度，讓大家都不願與他合作。

近義 盛氣凌人。

反義 平易近人。

呼風喚雨（ㄏㄨ ㄈㄥ ㄏㄨㄢˋ ㄩˇ）

解釋 本來是指傳說中神仙、道士有隨意呼喚風雨的法術。現在多用來形容人的權力、本事很大，無所不能。

注意 「喚」不要誤寫成「換」。

例句 他的勢力龐大，在地方上有呼風喚雨的本事，這件事交給他處理，一定能圓滿解決。

和盤托出（ㄏㄜˊ ㄆㄢˊ ㄊㄨㄛ ㄔㄨ）

解釋 端東西時連盤子一起捧了出來。比喻毫無保留的把真實情況全部說出來。

注意 ①「和」音ㄏㄜˊ，不要唸成ㄏㄢˋ或ㄏㄜˋ；也不可以寫成「合」。②「托」不要誤寫成「拖」。

例句 雖然歹徒十分狡猾，但他的同夥已將做案過程和盤托出，他再也無法狡賴了。

近義 全盤托出、罄其所有。

反義 守口如瓶。

周而復始（ㄓㄡ ㄦˊ ㄈㄨˋ ㄕˇ）

解釋 周，轉一圈。復，再。轉一圈，再從頭開始，形容一次又一次的循環。可用來形容

自然、季節的交替循環。

注意 ①「周」不要誤寫成「週」。②「復」不要誤寫成「複」或「覆」。

例句 春、夏、秋、冬四個季節，總是周而復始，不斷的交替循環。

反義 一去不返。

咎由自取（ㄐㄧㄡˋ ㄧㄡˊ ㄗˋ ㄑㄩˇ）

解釋 咎，過失、罪過。指罪過或災禍是由自己招來的，有自作自受的意思。

注意 「咎」不要誤寫成「究」。

例句 你平常辦事太過草率隨便，會發生這樣的結果，也是咎由自取。

近義 自作自受、自食惡果、作繭自縛。

反義 飛來橫禍、無妄之災。

固若金湯（ㄍㄨˋ ㄖㄨㄛˋ ㄐㄧㄣ ㄊㄤ）

解釋 固，堅固。若，似、好像。金，指「金城」，金屬造的城牆。湯，指「湯池」，滾燙的護城河。形容所守的城池或陣地非常堅固。

辨析 「固若金湯」和「堅如磐石」都形容事物的穩固牢靠。但「固若金湯」大多跟「防守」有關聯，多形容城鎮、陣地、防線等的牢固，只用於「物」，而不用於「人」；「堅如磐石」大多用來形容建築物的堅固，也比喻集團、組織、國家的堅強。

例句 這支球隊的外野守備固若金湯，很少發生失誤。

近義 堅不可摧、堅如磐石。

反義 不堪一擊、危如累（ㄌㄟˇ）卵。

坦腹東床
ㄊㄢˇ ㄈㄨˋ ㄉㄨㄥ ㄔㄨㄤˊ

解釋 坦腹，坦露腹部。指女婿的意思。

典故 東晉時代，有一天宰相王導派家僕到親戚的家裡挑選女婿。結果，王家子弟每個人都刻意表現得很有禮貌，只有王羲之毫不在意地躺在東邊的床上，露出肚子，從容地吃著東西。聰明的家僕回去後，一五一十地把實際情形向王導報告，王導一聽，反而中意那個露出肚皮的王羲之，決定把女兒嫁給他。

注意 「坦」不要誤寫成「躺」。

例句 他急著替女兒尋找坦腹東床的好夫婿。

近義 東床快婿。

夜不閉戶
ㄧㄝˋ ㄅㄨˋ ㄅㄧˋ ㄏㄨˋ

解釋 夜裡睡覺不用關門。形容社會治安良好。

例句 這個地區治安良好，民風淳樸，人人都能夜不閉戶，路不拾遺。

夜長夢多
ㄧㄝˋ ㄔㄤˊ ㄇㄥˋ ㄉㄨㄛ

解釋 比喻時間拖久了，情況會發生不利的變化。

例句 為了避免夜長夢多，今天我們就為這件事做個決定吧！

夜郎自大
ㄧㄝˋ ㄌㄤˊ ㄗˋ ㄉㄚˋ

解釋 夜郎，漢朝時期西南方的一個小國。比喻不自量力，自以為了不起。

典故 夜郎，漢朝時西南方的一個小國，和漢朝的一個縣差不多大。但夜郎國的國王很驕

傲，自以為普天之下他的國家最大。當漢朝派使臣去訪問他的時候，夜郎國王竟不知天高地厚的問：「漢朝和我的國家哪個大？」

例句 一個人如果夜郎自大，不懂得謙虛，反而難以進步。

近義 妄自尊大。

反義 妄自菲（ㄈㄟˇ）薄。

奇貨可居（ㄑㄧˊ ㄏㄨㄛˋ ㄎㄜˇ ㄐㄩ）

解釋 奇貨，比喻罕見、珍貴的物品。居，囤積。把珍貴、有用的貨物囤積起來，希望能謀取更高的利益。

典故 戰國時代，秦國的公子子楚在趙國當人質，處境相當艱苦，呂不韋當時正在邯鄲做生意，知道了這件事，非常同情他，並認為這人是「奇貨可居」，於是花錢培養他，替他送厚禮給秦王寵妃，終於把子楚召回秦國，後來做了秦國國君，呂不韋也做了丞相。

例句 自從老畫家傳出病危的消息後，他的作品突然變得奇貨可居。

近義 囤積居奇。

委曲求全（ㄨㄟˇ ㄑㄩ ㄑㄧㄡˊ ㄑㄩㄢˊ）

解釋 勉強遷就，成全事情。也用來指為了顧全大局而暫時忍讓。

辨析 可用於個人之間，也可用於國家、團體之間。

注意 「曲」不要誤寫成「屈」。

例句 為了兩家的和諧，他只好委曲求全，居中調解。

近義　逆來順受。

反義　寧為玉碎，不為瓦全。

姑息養奸（ㄍㄨ ㄒㄧˊ ㄧㄤˇ ㄐㄧㄢ）

解釋　姑息，苟且容忍。養奸，助長壞事。表示縱容壞人，不加以處置，使得壞人更放肆，做出更多壞事。

例句　你一再縱容他們的行為，只怕會姑息養奸，讓他們走上歧路。

近義　養虎貽（ㄧˊ）患、養癰（ㄩㄥ）遺患。

反義　嚴懲不貸。

始亂終棄（ㄕˇ ㄌㄨㄢˋ ㄓㄨㄥ ㄑㄧˋ）

解釋　亂，淫亂、玩弄。先加以玩弄，後來又遺棄不顧。多指男性玩弄女性的行徑。

注意　「終」不要誤寫成「中」。

例句　雜誌報導這名男演員對女子始亂終棄，引起影迷的反彈。

孤注一擲（ㄍㄨ ㄓㄨˋ ㄧˋ ㄓˋ）

解釋　注，賭注，賭博時所押上的錢。孤注，把所有的錢都作為賭注。擲，這裡指賭錢時擲骰子。賭錢的人在輸急了的時候，把所有的錢都一起押上去，以決定輸贏。比喻在危急時用盡所有力量，做最後的一次冒險。

典故　宋真宗時，北方的契丹發兵入侵，真宗想採納奸臣王欽若的意見遷都避敵。宰相寇準主張堅決抵抗，並請宋真宗親自帶兵出戰，到了澶（ㄔㄢˊ）州，宋兵士氣大振，終於獲得勝利。事後，宋真宗稱讚寇準獻策有功，而王欽若卻說：「陛下聽說過賭博嗎？賭錢的人在他輸急的時候，會把身上所有的

錢都押上，這就叫做『孤注』。寇準請陛下親自去督戰，陛下就成了寇準的『孤注』，輸贏就在這最後的一擲，實在是太危險了。」

辨析 「孤注一擲」和「破釜沉舟」都有「做最後一次搏擊」的意思。但「孤注一擲」重在盡所有力量做最後的一次冒險；「破釜沉舟」重在下決心決一勝負。

注意 「擲」不要誤寫成「執」。

例句 這是我們最後的機會，我們不得不孤注一擲，放手一搏。

近義 破釜沉舟。

反義 穩操勝算。

孤芳自賞（ㄍㄨ ㄈㄤ ㄗˋ ㄕㄤˇ）

解釋 孤芳，孤獨的一支香花。比喻把自己（比做一枝香花）看得很清高，自我欣賞。也形容人品格高潔，懷才不遇。

辨析 「孤芳自賞」以花喻人，偏重於表現清高的「心態」；「自我陶醉」則指沉浸在某種情境之中，偏重在表現自我欣賞的「情緒」；「自命不凡」是說自認為不同凡響，偏重於表現驕傲自滿的心態。

注意 「孤」不要誤寫成「狐」。

例句 他的作品風格獨特，卻無法引起共鳴，只好孤芳自賞了。

近義 自命不凡、自命清高。

反義 自愧弗如、自慚形穢。

孤苦伶仃（ㄍㄨ ㄎㄨˇ ㄌㄧㄥˊ ㄉㄧㄥ）

解釋 孤苦，沒有依靠，生活困苦。伶仃，無依無靠的樣子。指孤獨困苦，沒有人照顧。

辨析 「孤苦伶仃」偏重指生活困苦，無依無靠，不限於一人；「形單影隻」是指孤孤單單一個人，不一定生活困苦。

例句 妻子去世後，他孑然一身，孤苦伶仃，還好有鄰居、朋友的照料，才使他堅強的活下來。

近義 形單影隻、孤苦無依。

孤陋寡聞（ㄍㄨ ㄌㄡˋ ㄍㄨㄚˇ ㄨㄣˊ）

解釋 陋，見聞不廣。寡，少。聞，聽。形容學識淺薄，見聞不廣。

例句 有些人見識淺薄，孤陋寡聞，卻常常自以為是，處處賣弄。

反義 見多識廣、博學多聞。

孤掌難鳴（ㄍㄨ ㄓㄤˇ ㄋㄢˊ ㄇㄧㄥˊ）

解釋 孤，單獨。鳴，比喻發出聲音。一個巴掌拍不響。比喻一個人力量單薄，辦不成事。

注意 ①「孤」不要誤寫成「狐」。②「鳴」右邊是「鳥」，不要誤寫成「烏」。

例句 他們人多勢眾，我是孤掌難鳴，如何與他們抗辯呢！

反義 眾志成城。

官官相護（ㄍㄨㄢ ㄍㄨㄢ ㄒㄧㄤ ㄏㄨˋ）

解釋 相，互相。護，包庇、庇護。指官吏之間互相包庇。

辨析 「官官相護」偏重指做官的互相包庇、袒護；「貓鼠同眠」偏重指上司縱容、袒護

下屬做壞事。

例句 過去官場上徇私舞弊、貪贓枉法、官官相護，都是常見的現象。

近義 貓鼠同眠。

居心叵測（ㄐㄩ ㄒㄧㄣ ㄆㄛˇ ㄘㄜˋ）

解釋 居心，存心。叵，不可。測，推測。存心險惡，令人難以猜測。

注意 「叵」字裡面是「口」，不要誤寫成「巨」。

例句 這個人詭計多端，居心叵測，你要提高警覺，不要上當。

近義 居心莫測。

反義 光明磊落、胸懷坦白。

居安思危（ㄐㄩ ㄢ ㄙ ㄨㄟˊ）

解釋 即使處在安全的環境裡，也要想到可能發生的危險。

辨析 杞人憂天。

例句 一旦歡樂過頭，不懂得居安思危，就容易樂極生悲。

近義 未雨綢繆、有備無患。

反義 高枕無憂。

幸災樂禍（ㄒㄧㄥˋ ㄗㄞ ㄌㄜˋ ㄏㄨㄛˋ）

解釋 幸，慶幸、高興。樂，歡樂、愉快。看見別人受到災禍，不予同情，不加援助，反而感到高興。

注意 「幸」不要誤寫成「辛」。

例句 他看見同學跌倒了，不但不幫忙，還一副幸災樂禍的樣子，真是太不應該了。

弦歌不輟（ㄒㄧㄢˊ ㄍㄜ ㄅㄨˋ ㄔㄨㄛˋ）

解釋 弦，弦樂器上能震動發聲的絲線。弦歌，依和著琴瑟的聲音來詠詩，比喻教育的實施。輟，停止。原本指讀書的聲音不停歇。比喻文教的風氣非常興盛。

注意 「輟」音ㄔㄨㄛˋ，不要唸成ㄓㄨㄟˋ；也不可以寫成「綴」。

例句 自從校長就任以來，致力推行各類學術活動，使學校經年弦歌不輟。

忠言逆耳（ㄓㄨㄥ ㄧㄢˊ ㄋㄧˋ ㄦˇ）

解釋 忠，忠誠正直。言，話、勸告。逆耳，聽不進、不想聽。忠誠正直的勸告常常不被人接受。

例句 俗話說：「忠言逆耳、良藥苦口」，姊姊這番語重心長的話，你一定要聽。

近義 良藥苦口。

怙惡不悛（ㄏㄨˋ ㄜˋ ㄅㄨˋ ㄑㄩㄢ）

解釋 怙，依仗、憑恃。悛，改過、悔改。表示一個人只知作惡，不肯悔改。

注意 ①「怙」音ㄏㄨˋ，不要唸成ㄍㄨˇ或ㄎㄨ；也不可以寫作「枯」。②「悛」音ㄑㄩㄢ，不要唸成ㄐㄩㄣˋ；也不可以寫成「俊」或「峻」。

例句 這個壞人平時作惡多端，死到臨頭還怙惡不悛，不肯悔改。

近義 死不悔改、至死不悟、執迷不悟。

反義 改邪歸正、洗心革面。

承先啟後（ㄔㄥˊ ㄒㄧㄢ ㄑㄧˇ ㄏㄡˋ）

解釋 承，承接。啟，開、引起。指承接前人的遺教，開創未來的事業。多用來指事業、學問等方面。

辨析 「承先啟後」和「承上啟下」的意義相近。但「承先啟後」多指繼承過去，開展未來的事業；而「承上啟下」多指文章中前後文意的銜接關係。

注意 ①「承」不要誤寫成「成」。②「啟」不要誤寫成「起」。

例句 這項工作雖然不能帶來財富、權勢，卻有著承先啟後的神聖意義。

近義 承上啟下、承前啟後、繼往開來。

招搖撞騙（ㄓㄠ ㄧㄠˊ ㄓㄨㄤˋ ㄆㄧㄢˋ）

解釋 招搖，故意炫耀自己，引起別人的注意。撞騙，到處找機會行騙。假借虛有的名義在社會上到處行騙。

例句 他四處招搖撞騙，終於被逮捕入獄，真是大快人心。

披星戴月（ㄆㄧ ㄒㄧㄥ ㄉㄞˋ ㄩㄝˋ）

解釋 披，覆蓋。戴，頭上頂著。形容早出晚歸，非常辛苦。

注意 ①「披」不要誤寫成「被」。②「戴」不要誤寫成「載」。

例句 登山隊人員為了早日到達目的地，每天披星戴月，餐風露宿的趕路。

近義 餐風露宿、櫛風沐雨。

反義 好（ㄏㄠˋ）吃懶做、好（ㄏㄠˋ）逸惡勞。

披荊斬棘（ㄆㄧ ㄐㄧㄥ ㄓㄢˇ ㄐㄧˊ）

解釋 披，撥開、分開。荊、棘，多刺的植物。斬，割斷、砍斷。比喻克服許多困難，勇敢前進。

注意 「棘」字左右都是「朿」，不要錯寫成「束」。

例句 在荒山野林中，他們披荊斬棘，清除了碎石和雜草，開出一條山路。

拔刀相助（ㄅㄚˊ ㄉㄠ ㄒㄧㄤ ㄓㄨˋ）

解釋 原來是指俠客見到不公平的事，會拔出刀來援助。後用來形容人很有正義感，見到他人危急時，不管是否認識，都會伸出援手。

例句 這次還好有你拔刀相助，我們才能在規定時間內完成成品，真是太感謝你了。

近義 見義勇為。

反義 見死不救、袖手旁觀。

拋磚引玉（ㄆㄠ ㄓㄨㄢ ㄧㄣˇ ㄩˋ）

解釋 拋出磚頭，引回玉來。比喻自己先發表粗淺的意見或文字，目的在於引出別人高明的見解或佳作。

典故 傳說，唐朝有個詩人常建，一向仰慕當時趙嘏的詩才。趙嘏有一次到吳地遊覽，常建想他一定會去靈巖寺，為了想得到趙嘏的詩句，就先在寺的牆上題了兩句詩。後來趙嘏果然到了靈巖寺，看見牆上只有兩句詩，就順手續了兩句，成了一首完整的詩。常建的詩沒有趙嘏寫得好，而常建以自己較差的

詩句引出了趙嘏的好詩句。當時有人就把常建的作法稱為「拋磚引玉」。

例句 我的這幾篇文章只是為了拋磚引玉，希望能引起更多人來參與。

拋到九霄雲外 ㄆㄠ ㄉㄠˋ ㄐㄧㄡˇ ㄒㄧㄠ ㄩㄣˊ ㄨㄞˋ

解釋 拋，棄而不顧。九霄雲外，形容既高又遠的地方。比喻忘得一乾二淨。

例句 他一放假，就把功課拋到九霄雲外，到處去玩了。

拈花惹草 ㄋㄧㄢˊ ㄏㄨㄚ ㄖㄜˇ ㄘㄠˇ

解釋 拈，用手指拿東西。花、草，這裡用來比喻女子。惹，沾染、引起。比喻男子到處勾引女性。

注意 「拈」音ㄋㄧㄢˊ，不要唸成ㄓㄢ。

例句 他一天到晚在外拈花惹草，惹來不少麻煩呀！

抱殘守缺 ㄅㄠˋ ㄘㄢˊ ㄕㄡˇ ㄑㄩㄝ

解釋 抱，本作「保」，守住不放。死守著殘缺不全的東西，不肯放棄。比喻思想保守，不肯接受新事物。

例句 為了趕上時代的潮流，我們應該不斷求進步，不可抱殘守缺，故步自封。

近義 因循守舊、故步自封、墨守成規。

反義 推陳出新。

抱頭鼠竄 ㄅㄠˋ ㄊㄡˊ ㄕㄨˇ ㄘㄨㄢˋ

解釋 竄，逃走、亂跑。抱著頭像老鼠亂竄一樣的倉皇逃跑。多用來形容逃跑時倉皇狼狽

的樣子。

例句 一看到警察來了，那些賭徒紛紛抱頭鼠竄，落荒而逃。

近義 逃之夭夭、落荒而逃。

反義 得勝回朝、凱旋而歸。

抱薪救火（ㄅㄠˋ ㄒㄧㄣ ㄐㄧㄡˋ ㄏㄨㄛˇ）

解釋 薪，柴木。抱著柴木去救火。比喻用錯誤的方法去解決問題，反而愈弄愈糟。

辨析 「抱薪救火」與「火上加油」都有「使火更加擴大」的意思。但「抱薪救火」重在「方法錯誤」，往往用於「不自覺」，使用的範圍較廣；「火上加油」重在「增加」與「助長」，往往指「故意的」，多用來形容「增加別人憤怒」和「促使事態擴大」。

例句 你這種作法是抱薪救火，恐怕會使事情更嚴重，應該要從根本上尋求解決的方法才對呀！

反義 釜底抽薪。

拖泥帶水（ㄊㄨㄛ ㄋㄧˊ ㄉㄞˋ ㄕㄨㄟˇ）

解釋 比喻做事情不爽快、不簡潔。

例句 他辦事乾淨俐落，從不拖泥帶水。

反義 言簡意賅。

放浪形骸（ㄈㄤˋ ㄌㄤˋ ㄒㄧㄥˊ ㄏㄞˊ）

解釋 放浪，放縱不受拘束。形骸，形體。比喻一個人對自己的行為不加約束，隨心所欲，毫無節制。

例句 自從他的公司倒閉之後，他便自甘墮落，過著放浪形骸、醉生夢死的生活。

近義 放蕩不羈、為所欲為。

反義 安分守己、循規蹈矩。

放下屠刀，立地成佛
ㄈㄤˋ ㄒㄧㄚˋ ㄊㄨˊ ㄉㄠ ㄌㄧˋ ㄉㄧˋ ㄔㄥˊ ㄈㄛˊ

解釋 立地，立刻、馬上。只要放下手中的屠刀，立刻就能修成正果。是佛教勸人改惡從善的話。比喻作惡的人，只要決心改過自新，就能很快成為好人。

例句 「放下屠刀，立地成佛」這句話，常被用來勸人棄惡從善。

斧快不怕木柴硬
ㄈㄨˇ ㄎㄨㄞˋ ㄅㄨˋ ㄆㄚˋ ㄇㄨˋ ㄔㄞˊ ㄧㄥˋ

解釋 比喻只要有決心有辦法，就容易解決問題。

例句 雖然我們現在陷入困境，但是斧快不怕木柴硬，黑夜一定會過去的。

明日黃花
ㄇㄧㄥˊ ㄖˋ ㄏㄨㄤˊ ㄏㄨㄚ

解釋 黃花，即菊花。原本指重陽日一過，菊花就要凋謝。比喻過時的事物。

例句 雖然這段感情已成為明日黃花，但回想起來仍有一絲甜蜜。

明哲保身
ㄇㄧㄥˊ ㄓㄜˊ ㄅㄠˇ ㄕㄣ

解釋 明哲，明智。原來是指明智的人不會去參與那些可能危害到自己生命的事。現在用來指一個人能明白自己的處境，作最適當的決定，以保全自己的生命或名譽。

典故 春秋時代，周朝大臣仲山甫奉周宣王命令到齊地去築城，以防禦外族的侵略。另一位名將尹吉甫就寫了一首詩送給他，詩裡讚美仲山甫的道德和才能，其中有幾句的意思

是：賢明的仲山甫，很懂得事情的道理，又有智慧，善於保住自己的生命，同時日夜操勞，不敢偷懶，兢兢業業效忠於宣王。

例句 現在的政局動盪不安，人心惶惶，他明哲保身，立刻辭官回鄉。

近義 全身遠害、潔身自好、獨善其身。

反義 同流合汙。

明察秋毫 ㄇㄧㄥˊ ㄔㄚˊ ㄑㄧㄡ ㄏㄠˊ

解釋 明，眼明。察，看。明察，指眼力好，看得很細緻，很清楚。秋毫，秋天時鳥獸新生出的細毛，形容極細小的東西。原來是形容目光敏銳，連極小的事物都能看得清清楚楚。後多用來形容人能洞察事理。

注意 ①「察」不要誤寫成「查」。②「毫」不要誤寫成「豪」。

例句 因為警官的明察秋毫，終於使得這件棘手的案子水落石出。

近義 洞若觀火。

反義 視而不見、霧裡看花。

明鏡高懸 ㄇㄧㄥˊ ㄐㄧㄥˋ ㄍㄠ ㄒㄩㄢˊ

解釋 懸，掛起來。比喻執法公正，或辨事能明察秋毫。

注意 「鏡」不要誤寫成「境」。

例句 這名長者是位明鏡高懸的大法官。

近義 洞燭奸邪、秦鏡高懸。

易如反掌 ㄧˋ ㄖㄨˊ ㄈㄢˇ ㄓㄤˇ

解釋 易，容易。反掌，將手掌反過來。形容像翻一下手掌那麼容易。

例句 拿獎學金，對他而言是易如反掌，毫無問題。

近義 唾手可得、探囊取物、輕而易舉。

東山再起（ㄉㄨㄥ ㄕㄢ ㄗㄞˋ ㄑㄧˇ）

解釋 原來是指退隱後再度任職。現多用來比喻失勢或失敗後再重新振作起來。

典故 東晉時，謝安退職後隱居在東山，後來又出來擔任要職。所以稱為「東山再起」。

辨析 「東山再起」和「死灰復燃」都有「重新活動起來」的意思。但「東山再起」只用於人的方面，包括某種勢力、組織等；「死灰復燃」除用於人外，還可用於抽象或具體的「事物」，例如：舊思想、病害等。

例句 他對失敗並不感到灰心失望，認為總有東山再起的一天。

近義 死灰復燃、重整旗鼓、捲土重來。

反義 一蹶不振。

東食西宿（ㄉㄨㄥ ㄕˊ ㄒㄧ ㄙㄨˋ）

解釋 比喻貪得無厭的人，企圖兼有兩利。

典故 戰國時有個貪心的女子，那時有兩家男子在追求她，東家的男子很有錢卻長得其醜無比。相反的，西家的男子雖貧苦卻長得英俊瀟灑。她的父母尋問女兒的意見，告訴她：想嫁給東家男子，就舉右手；想嫁給西家男子就舉左手。想不到這個貪心的女子竟然兩隻手都舉了，她理直氣壯地回答：「東家有錢，我嫁過去可以吃好穿好；西家長得英俊，我去那裡過夜，談情說愛，多浪漫呀！」後來「東食西宿」這句成語就從這個典故衍生出來，比喻貪心不足的人。

例句 東食西宿的人雖然占了便宜，卻也失去了朋友。

近義 狼貪鼠竊、貪得無厭。

東施效顰（ㄉㄨㄥ ㄕ ㄒㄧㄠˋ ㄆㄧㄣˊ）

解釋 效，仿效。顰，皺眉。比喻胡亂模仿別人，反而得到反效果。現在泛指模仿者的愚蠢可笑。

典故 西施是春秋時代越國美女。據說她有心疼的毛病，病發了就按著胸口，皺著眉頭。同村有個醜女見了，覺得這樣很美，也學西施按胸皺眉的樣子，結果更加醜了。後來人們就稱那個醜女為「東施」。

注意 「顰」音ㄆㄧㄣˊ，不要唸成ㄅㄧㄣˋ。

例句 每個人都有自己的長處，如果只是一味的東施效顰，只會得到反效果。

近義 弄巧成拙、邯鄲（ㄏㄢˊ ㄉㄢ）學步。

反義 別開生面。

東窗事發（ㄉㄨㄥ ㄔㄨㄤ ㄕˋ ㄈㄚ）

解釋 比喻祕密商議的事已經被別人知道了，通常是指不好的事。

典故 宋朝的秦檜和他的妻子王氏，有一次在東窗下祕密商量謀害岳飛的事，秦檜死後在陰間受到許多刑罰，就託夢告訴王氏：「東窗事發了。」

例句 他們兩人從事非法勾當多年，終於在今年東窗事發，雙雙入獄。

東躲西藏（ㄉㄨㄥ ㄉㄨㄛˇ ㄒㄧ ㄘㄤˊ）

解釋 比喻四處躲避藏匿。

注意 「藏」是多音字，音ㄘㄤˊ和ㄗㄤˋ，「躲

藏」的「藏」音ㄘㄤˊ，「寶藏」的「藏」音ㄗㄤˋ。

例句 歹徒東躲西藏地逃亡，最後被警察逮捕歸案。

東不成，西不就
ㄉㄨㄥ ㄅㄨˋ ㄔㄥˊ，ㄒㄧ ㄅㄨˋ ㄐㄧㄡˋ

解釋 這個攀不上，那個又不肯俯就。常用來指婚事或事業沒有著落。

例句 你愛嫌來嫌去，結果現在是東不成，西不就，依然是孤家寡人。

杳如黃鶴
ㄧㄠˇ ㄖㄨˊ ㄏㄨㄤˊ ㄏㄜˋ

解釋 杳，遠得不見蹤影。像黃鶴飛走了沒有消息。形容某人或某事一去無蹤，沒有一點消息。

注意 「杳」音ㄧㄠˇ，不要唸成ㄇㄧㄠˇ；也不可以寫成「渺」。

例句 他們一家移民美國後，便杳如黃鶴，一點消息都沒有。

近義 杳無音信、泥牛入海。

枕戈待旦
ㄓㄣˇ ㄍㄜ ㄉㄞˋ ㄉㄢˋ

解釋 戈，古代的一種兵器，和「矛」相似。旦，天亮。枕著武器躺著，等待天明。形容殺敵心情急切，毫不鬆懈。

典故 晉朝軍事將領劉琨自幼聰明，智勇超群，與另一位名將祖逖是好朋友。當他聽說祖逖因抵禦外族入侵，收復失地而被重用時，曾寫信給他的親戚朋友說：「我枕戈待旦，立志殺滅逆虜，但是唯恐祖逖搶我的頭

啊！」

注意 ①「枕」音ㄓㄣˇ，不要唸成ㄓㄣˋ。②「旦」不要誤寫成「蛋」。

例句 激戰前夜，士兵們枕戈待旦，敵愾同仇，準備殺敵立功。

反義 高枕無憂、高枕而臥。

杯弓蛇影（ㄅㄟ ㄍㄨㄥ ㄕㄜˊ ㄧㄥˇ）

解釋 把映在酒杯裡的弓影誤認為是蛇，就疑心恐懼。比喻疑神疑鬼，自己嚇自己。

典故 晉朝的樂（ㄩㄝˋ）廣有一次請人吃飯，掛在牆上的弓正好照在客人的酒杯裡。有個客人正想喝酒，看見杯裡彷彿有條小蛇在游動，心裡很不自在，又不好意思不喝，回家後就得了病。樂廣知道後，又請他來喝酒，仍坐在原處，問他：「你看到酒杯裡有什麼東西嗎？」客人說：「跟上次見到的一樣。」樂廣把牆上掛著的那張弓取了下來，再問他：「現在還有蛇影嗎？」客人這才恍然大悟，患了長久的病一下子就好了。

例句 自從他聽了鬼故事以後，總是杯弓蛇影，疑神疑鬼的。

近義 風聲鶴唳（ㄌㄧˋ）。

杯水車薪（ㄅㄟ ㄕㄨㄟˇ ㄐㄩ ㄒㄧㄣ）

解釋 杯水，一杯水。車薪，一車子的柴草。一杯水救不了一車著了火的柴草。比喻力量太小，對於解決困難起不

了多大作用。

例句 很久沒有下雨了，田裡一片乾涸，今天這場小雨只是杯水車薪，起不了多大作用。

近義 於事無補、無濟於事。

杯盤狼藉 ㄅㄟ ㄆㄢˊ ㄌㄤˊ ㄐㄧˊ

解釋 狼藉，像狼窩裡的草那樣雜亂不堪。形容吃飯後，桌上的杯子、盤子、碗筷等，亂七八糟的放著。

注意 「藉」音ㄐㄧˊ，不要唸成ㄐㄧㄝˋ；也不可以寫成「急」。

例句 每次宴會後總是杯盤狼藉，一片混亂。

枉費心機 ㄨㄤˇ ㄈㄟˋ ㄒㄧㄣ ㄐㄧ

解釋 枉，白白的、徒然。心機，也作「心計」。白白的費了一番心思。

例句 他的挑撥離間和惡意攻擊，不過是枉費心機，我們不會上當的。

近義 徒勞無功。

欣欣向榮 ㄒㄧㄣ ㄒㄧㄣ ㄒㄧㄤˋ ㄖㄨㄥˊ

解釋 欣欣，草木生長茂盛的樣子。榮，茂盛。現多用來比喻事業的蓬勃發展，繁榮昌盛。

例句 近年來，文壇新人輩出，呈現出一片欣欣向榮的景象。

反義 日薄西山、江河日下、奄奄一息。

欣喜若狂 ㄒㄧㄣ ㄒㄧˇ ㄖㄨㄛˋ ㄎㄨㄤˊ

解釋 形容非常地快樂、高興。

注意 「若」不要誤寫成「苦」。

例句 他欣喜若狂地打電話告訴父母，自己榮

獲全國作文比賽第一名。

近義 歡天喜地、興高采烈。

反義 愁眉苦臉。

歧路亡羊（ㄑㄧˊ ㄌㄨˋ ㄨㄤˊ ㄧㄤˊ）

解釋 歧，分岔。亡，迷失。比喻大道上有很多的岔路，一不小心就會迷失。

典故 列子・說符篇曾提到楊子的鄰居丟了羊，到處都找不到，楊子問他為什麼找不到，他回答說：「歧路太多，不知道羊跑到哪裡去了，只好空手而返。」

例句 年輕人最易犯歧路亡羊的毛病，所以應趁早確立自己的方向。

泥牛入海（ㄋㄧˊ ㄋㄧㄡˊ ㄖㄨˋ ㄏㄞˇ）

解釋 泥巴做的牛一掉入海中就會溶化不見。比喻一去不返，沒有蹤影。

例句 自從他去了英國，便像泥牛入海般音信全無，讓我們好擔心。

近義 杳（ㄧㄠˇ）如黃鶴、杳無音信。

河東獅吼（ㄏㄜˊ ㄉㄨㄥ ㄕ ㄏㄡˇ）

解釋 比喻很會吃醋，很凶悍的妻子。

典故 宋朝陳季常的妻子柳氏非常凶悍善妒，每次請客，只要有歌妓，柳氏就一邊拿木杖敲打牆壁，一邊大叫，客人都因此紛紛散去。蘇軾就寫了一首詩笑陳季常：「忽聞河東獅子吼，拄杖落手心茫然。」「河東」是借用杜甫的詩：「河東女兒身姓柳」，暗指

柳氏。「獅子吼」是佛家語，比喻威嚴。整句的意思是：突然聽到柳氏像獅子般的吼叫，嚇得拐杖掉落在地上，心中一片茫然。

例句 大哥娶了個凶悍的妻子，每次只要她一聲河東獅吼，大哥便不敢再與她爭辯。

沽名釣譽（ㄍㄨ ㄇㄧㄥˊ ㄉㄧㄠˋ ㄩˋ）

解釋 沽，買。釣，比喻用手段騙取名利。用欺騙的手段謀取好的名譽。

注意 「沽」不要誤寫成「估」。

例句 那個暴發戶常對窮人略施小惠，藉以沽名釣譽，樹立自己慈善家的形象。

近義 沽名干譽、欺世盜名。

沾沾自喜（ㄓㄢ ㄓㄢ ㄗˋ ㄒㄧˇ）

解釋 沾沾，暗自歡喜的樣子。自以為很好而高興、得意的樣子。

注意 「沾沾自喜」含有嘲諷的意味，不是讚美詞，不能亂用。

例句 你別因為買到便宜貨就沾沾自喜，小心被騙了！

近義 自鳴得意、洋洋自得、得意洋洋。

反義 心灰意懶、灰心喪氣、垂頭喪氣。

波瀾壯闊（ㄅㄛ ㄌㄢˊ ㄓㄨㄤˋ ㄎㄨㄛˋ）

解釋 瀾，大波浪。壯闊，雄壯又寬廣。波濤浩蕩廣闊。比喻聲勢雄偉，規模宏大。

例句 波瀾壯闊的海面上，一望無際，只見成群的鷗鳥飛翔。

近義 洶湧澎湃、萬馬奔騰。

炙手可熱（ㄓˋ ㄕㄡˇ ㄎㄜˇ ㄖㄜˋ）

解釋 炙，燒烤。比喻大權在握，氣焰高漲的人。

例句 他現在聲勢如日中天，是政壇上炙手可熱的人物。

近義 舉足輕重。

物以類聚（ㄨˋ ㄧˇ ㄌㄟˋ ㄐㄩˋ）

解釋 類，同類。聚，會集。同類的事物常聚在一起。

典故 戰國時代，齊宣王喜歡招賢納士。有一次，齊國大夫淳于髡（ㄎㄨㄣ）在一天裡就推荐了七名賢士給齊宣王。宣王感到很奇怪，便問他道：「我聽說，千里周圍能選一個賢士，那就好像賢士並肩而立；百年內出現一個聖人，那就好像聖人多到相隨而來的程度。現在，你在一日之內就推荐了七個賢士，賢士不是太多了嗎？」淳于髡答道：「不是這樣的。你看，同類的鳥總是聚集在一起，同類的野獸往往行走在一起。要找尋柴胡和桔梗這類藥材，如果到窪地去，那就一輩子也找不出一根，因為它們都生長在山裡。要是到睪（ㄍㄠ）黍山、梁父山的背面去找，就可以裝上幾大車了。世上各種東西都有它的同類，我淳于髡算是賢士這一類吧，所以大王向我要賢士，就好比到河裡去汲水、用燧石取火一樣的方便。我今後還將繼續推荐賢士，又豈止這七個呢！」

例句 他們兩人，一個好吃懶做，一個遊手好閒，真可說是物以類聚。

物換星移（ㄨˋ ㄏㄨㄢˋ ㄒㄧㄥ ㄧˊ）

解釋 物換，景物改變。星移，星座的位置運轉移動。表示歲月變遷，現象也隨著改變。

例句 離鄉多年，如今舊地重遊，只覺物換星移，景物截然不同。

物極必反（ㄨˋ ㄐㄧˊ ㄅㄧˋ ㄈㄢˇ）

解釋 極，頂點。事物發展到極限，一定會產生相反的現象。

注意 「反」不要誤寫成「返」。

例句 你不要得意忘形，當心物極必反，得到反效果。

近義 物極則衰。

狗仗人勢（ㄍㄡˇ ㄓㄤˋ ㄖㄣˊ ㄕˋ）

解釋 比喻壞人倚仗著有權有勢者做靠山，為非作歹，欺壓別人。

辨析 「狗仗人勢」是比喻走狗、奴才仗著主子的勢力欺壓他人；「狐假虎威」則是比喻藉別人的勢力來嚇唬人、欺負人。

例句 主人升了官，這些爪牙也跟著狗仗人勢，無惡不作。

近義 仗勢欺人、狐假虎威。

狗尾續貂（ㄍㄡˇ ㄨㄟˇ ㄒㄩˋ ㄉㄧㄠ）

解釋 貂，一種哺乳動物，貂皮的質料很好很珍貴。古時候的官員常以貂尾作為帽子上的

裝飾品，因濫授官位，貂尾不足，就用狗尾來代替。比喻不管才能的優劣濫設官位。也可用來謙稱自己為他人高明的文章寫續文。

注意「貂」不可以誤寫成「昭」。

例句 他想替暢銷小說寫續集？這恐怕是狗尾續貂吧！

狐假虎威

解釋 假，依靠、利用。威，威風。狐狸藉著老虎的威風把百獸都嚇跑了。比喻藉著別人的威勢來欺壓人。

典故 有個寓言說：從前有隻老虎捉住了一隻狐狸，正準備吃牠時，狐狸欺騙老虎說：「你不能吃我！我是天帝派來管理百獸的，你吃了我，就是違抗了天帝的命令。要是你不信，我可以帶著你到百獸面前走一趟，你跟在後面，看看牠們見了我是不是都很害怕的逃跑。」老虎半信半疑，就跟狐狸一前一後的走著。百獸看見牠們，果然都急忙的逃開了。老虎不知道百獸害怕的是自己，還以為大家真的怕狐狸呢！

例句 他仗著有人在背後撐腰，常常狐假虎威，到處欺負人。

近義 仗勢欺人、狗仗人勢。

狐狸看雞，愈看愈稀

解釋 比喻讓不可靠的人辦事，只會愈來愈糟糕。

例句 這件事如果交給他處理，恐怕是狐狸看雞，愈看愈稀。

玩火自焚 ㄨㄢˊ ㄏㄨㄛˇ ㄗˋ ㄈㄣˊ

解釋 玩，玩弄。焚，燒。玩弄火的人最後反把自己燒死。比喻從事害人的勾當，最後受害的還是自己。

典故 春秋時代，衛國的州吁是衛莊公寵妾所生的兒子，喜歡濫用武力。莊公死後，桓公繼位。後來州吁殺死桓公，自立為君，並聯合宋、陳、蔡等國攻打鄭國。魯隱公問大夫眾仲，州吁前途如何，眾仲回答說：「他逞強好戰，就好比玩火，如果不及時收斂，必然會把自己燒死。」後來，州吁果然被衛國大夫石碏引誘到陳國殺死了。

例句 他們目無法紀，做盡壞事，總有一天會玩火自焚，死於非命。

玩世不恭 ㄨㄢˊ ㄕˋ ㄅㄨˋ ㄍㄨㄥ

解釋 玩世，用玩弄的態度生活。不恭，不嚴肅。指不把現實社會放在眼裡，用不嚴肅的態度對待世事。

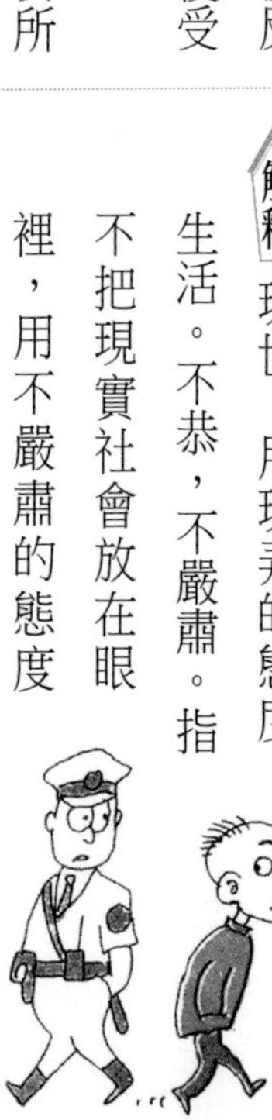

例句 在這部電影裡，他扮演一個喜歡吹牛、撒謊、玩世不恭的角色。

近義 遊戲人間。

玩物喪志 ㄨㄢˋ ㄨˋ ㄙㄤˋ ㄓˋ

解釋 玩，玩賞。喪，喪失。志，志向。指迷戀喜愛的東西，消磨了進取向上的志氣。

例句 你一直沉迷於電動遊戲，玩物喪志，難道不怕自毀前程嗎？

孟母三遷

解釋　形容家長為教育子女，選擇良好的學習環境所花費的苦心。

典故　據說亞聖孟子小時候曾搬過三次家，因為孟母是個非常重視教育的人，她和孟子曾住在市集和墳墓附近，結果孟子不是成天學人喊價作生意，就是學人哭哭啼啼地辦喪事。孟母很擔憂這樣長久下去，會影響孟子的學習教育，所以她決定再搬家。這次她搬到學校附近，果然，孟子興致勃勃地跟人學習古文，成為一個好學不倦的小孩子。而「孟母三遷」的故事也流傳開來，成為人們傳誦的美談。

例句　媽媽為了我們的讀書環境，也學習孟母三遷，搬到文教區居住。

近義　孟母擇鄰。

盲人摸象

解釋　比喻看問題只知片面，沒有對事物作全面的了解。

典故　傳說有幾個瞎子共同摸一隻大象，摸到象腿的說大象如同一根柱子；摸到身體的說大象似一堵牆；摸到尾巴的說大象根本就像一條蛇。結果，誰也不服誰，吵個不停。卻沒有人知道，他們摸到的只是大象的一部分呀！

注意　「象」不要誤寫成「相」或「像」。

例句　唉！這種盲人摸象的解決方法，根本沒有用嘛！

近義　扣槃捫燭。

盲人瞎馬 ㄇㄤˊ ㄖㄣˊ ㄒㄧㄚ ㄇㄚˇ

解釋 盲、瞎，眼睛不明。瞎子騎著瞎馬。比喻毫無方向亂闖瞎撞，十分危險。

典故 東晉時，著名畫家顧愷之和當時的高官桓玄、殷仲堪等人都很熟，常在一起閒談說笑。有一次，他們在殷仲堪家聊天，有人提議，每人只講一句話來形容一件非常危險的事情。桓玄先說：「矛頭淅米劍頭炊。」意思是說，用長矛尖頭淘米，用寶劍的劍頭撥火煮飯，這樣非把淘籮、鍋底戳破不可。殷仲堪接著說：「百歲老翁攀枯枝。」意思是說，年紀非常大的老頭兒爬到一根枯萎的乾樹枝上。這句很明顯的比上一句危險多了。顧愷之最後說：「井上轆轤（ㄌㄨˋ ㄌㄨˊ）臥嬰兒。」意思是說，水井的轆轤上面爬著一個嬰兒。嬰兒懂得什麼，只要那靈活的轆轤一動，馬上會掉落井底，又比前兩句危險多了。他們正說得高興，忽然殷仲堪的一個謀士在旁邊湊了一句：「盲人騎瞎馬，夜半臨深池。」意思是說，一個瞎子騎著一匹瞎馬，深更半夜的走到一個很深的水池旁邊。說到這裡，殷仲堪坐不住了，原來他是瞎了一隻眼睛的，於是他一語雙關的說：「你這話真是咄咄逼人啊！」

例句 你這樣毫無準備就行動，無異於盲人瞎馬，非出問題不可。

反義 萬無一失。

空口無憑 ㄎㄨㄥ ㄎㄡˇ ㄨˊ ㄆㄧㄥˊ

解釋 只是用嘴巴來對人解釋，而沒有真憑實據。

例句 這件事必須立下字據，否則空口無憑，我怎能相信你一定會做到。

近義 口說無憑、空頭支票。

反義 真憑實據。

空中樓閣 ㄎㄨㄥ ㄓㄨㄥ ㄌㄡˊ ㄍㄜˊ

解釋 指建築在半空中的亭臺樓閣。比喻脫離實際的理論、計畫，或虛構的事物。

例句 你的這些計畫，就眼前來看，全是空中樓閣，根本沒法子實現。

近義 海市蜃（ㄕㄣˋ）樓、鏡花水月。

空穴來風 ㄎㄨㄥ ㄒㄩㄝˊ ㄌㄞˊ ㄈㄥ

解釋 空穴，指門窗的空隙，比喻行為上的缺失。門窗上的空隙會讓風灌進來。比喻一個人行為上有了缺失便會引起外在的謠言。現多用來比喻不實在的事情憑空發生。

例句 許多謠言其實都是空穴來風，我們不能隨便相信。

肺腑之言 ㄈㄟˋ ㄈㄨˇ ㄓ ㄧㄢˊ

解釋 肺腑，內心。指發自內心的真誠話。

注意 「肺」字右邊豎筆上下直通，不要錯寫成「市」。

例句 他這一番肺腑之言，使臺下的觀眾都深受感動。

反義 言不由衷、花言巧語。

肥水不落外人田 ㄈㄟˊ ㄕㄨㄟˇ ㄅㄨˋ ㄌㄨㄛˋ ㄨㄞˋ ㄖㄣˊ ㄊㄧㄢˊ

解釋 肥水，指好處、利益。比喻不讓外人占便宜。

例句 你老是抱著肥水不落外人田的心態，實

在太小心眼了！

臥薪嘗膽 ㄨㄛˋ ㄒㄧㄣ ㄔㄤˊ ㄉㄢˇ

解釋 薪，柴草。膽，膽囊。睡在柴草上，嘗著有苦味的膽。比喻刻苦自勵，發憤圖強。

典故 春秋時代，越國被吳國打敗，越王句踐被俘，在吳國受盡了折磨和凌辱，他立志要報仇雪恨。為了激勵自己的鬥志，他夜裡睡在柴草上，還在睡覺的地方掛了一個苦膽，吃飯和睡覺前，都要嘗一嘗膽的苦味。經過長期準備，終於打敗了吳國，越國便成了當時強盛的國家。後來人們就用「臥薪嘗膽」來形容不忘恥辱，刻苦自勵，發憤圖強的精神。

注意 「薪」不要誤寫成「新」。

例句 句踐忍辱負重，臥薪嘗膽，最後終於打敗了吳國。

近義 自強不息、發憤圖強、勵精圖治。

反義 苟且偷安。

花枝招展 ㄏㄨㄚ ㄓ ㄓㄠ ㄓㄢˇ

解釋 招展，迎風擺動的樣子。花枝迎風擺動。比喻婦女打扮得非常豔麗動人。

辨析 「花枝招展」重在婦女打扮豔麗，多指個人；「花團錦簇」重在服裝華美，多指眾人聚在一起。

例句 服裝發表會上，模特兒個個打扮得花枝招展，婀娜多姿。

近義 珠圍翠繞、濃妝豔抹。

反義 荊釵布裙。

花團錦簇 ㄏㄨㄚ ㄊㄨㄢˊ ㄐㄧㄣˇ ㄘㄨˋ

解釋 錦，有彩色花紋的絲織品。簇，一叢叢的聚在一起。形容五彩繽紛，繁盛華麗的景象。

注意 「簇」音ㄘㄨˋ，不要唸成ㄗㄨˊ，也不可以寫成「族」。

例句 春天到了，花園裡一片花團錦簇，萬紫千紅，非常美麗。

近義 五彩繽紛、姹紫嫣紅、萬紫千紅。

虎口餘生（ㄏㄨˇ ㄎㄡˇ ㄩˊ ㄕㄥ）

解釋 比喻經歷了很大的危險，而幸運的保全了性命。

例句 他遭到綁票，還好他相當機智，才能虎口餘生，逃過一劫。

近義 虎口逃生。

虎視眈眈（ㄏㄨˇ ㄕˋ ㄉㄢ ㄉㄢ）

解釋 眈眈，眼睛向下看的樣子。像老虎一樣注視著獵物。形容惡狠狠的盯著，等待時機下手。

注意 「眈」左邊是「目」，不要誤寫成「耽」。

例句 清朝末年時，全世界都對中國虎視眈眈，想瓜分中國的土地。

虎頭蛇尾（ㄏㄨˇ ㄊㄡˊ ㄕㄜˊ ㄨㄟˇ）

解釋 老虎的頭大，而蛇的尾巴細。比喻人做事開始時很努力，後來就鬆懈下來，有始無終。

例句 你做事總是虎頭蛇尾，不能堅持到底，所以不會成功。

近義 有始無終。

反義 始終如一、持之以恆、貫徹始終。

虎落平陽被犬欺
ㄏㄨˇ ㄌㄨㄛˋ ㄆㄧㄥˊ ㄧㄤˊ ㄅㄟˋ ㄑㄩㄢˇ ㄑㄧ

解釋 平陽，平原。老虎離開山林，淪落到平原，連狗都要欺負牠。比喻有勢力的人，一旦失去依靠，連最低賤的人都會欺負他。

例句 想當年，他也是政壇上的風雲人物，沒想到一旦失勢，連以前的手下都看不起他，真是虎落平陽被犬欺。

初出茅廬
ㄔㄨ ㄔㄨ ㄇㄠˊ ㄌㄨˊ

解釋 茅廬，草房。比喻剛進入社會，缺乏實際工作經驗。

典故 東漢末年，諸葛亮隱居南陽，住在草屋裡。劉備三次親自拜訪，他才答應幫助劉備打天下。當時正逢曹操派夏侯惇（ㄉㄨㄣ）領十萬人馬攻打劉備，情勢十分危急。諸葛亮利用夏侯惇驕傲、輕敵的弱點，調兵遣將，靠著關羽、張飛、趙雲和幾千人馬，運用誘敵深入、火攻、伏兵的戰術，把曹軍打得落花流水。後人讚揚諸葛亮的這次戰役是「初出茅廬第一功」。

注意 ①「茅」不要誤寫成「毛」。②「廬」不要誤寫成「盧」。③「初」是衣部，總筆畫是七畫或八畫皆對。

例句 初出茅廬的年輕人難免容易出錯。

近義 初露頭角、初露鋒芒。

反義 識途老馬、身經百戰。

初生之犢不畏虎
ㄔㄨ ㄕㄥ ㄓ ㄉㄨˊ ㄅㄨˋ ㄨㄟˋ ㄏㄨˇ

解釋 犢，小牛。畏，怕、畏懼。剛生下的小

牛犢，因為不知道老虎的凶惡，所以不怕老虎。比喻年輕人做事衝動，沒有顧慮。

注意 「犢」不要誤寫成「讀」。

例句 所謂初生之犢不畏虎，年輕人的優點就在於有勇氣，有衝勁。

迎刃而解（ㄧㄥˊ ㄖㄣˋ ㄦˊ ㄐㄧㄝˇ）

解釋 迎，碰上。刃，刀口。解，分開。碰著刀口一下子就分割開了。比喻事情容易解決。

典故 司馬昭滅了蜀國，他的兒子司馬炎自立為帝，史稱晉朝。司馬炎派杜預領兵攻打吳國，戰事進展得很順利，出兵十幾天，就占領了長江下游各城鎮，沅、湘二水以南一帶州郡，也相繼表示降服。這時，有人說，吳國立國已久，又是大國，一下子恐怕難以打垮，又正值夏天炎熱，出師不利，且待冬天再說。杜預說：「現在士氣很高，形勢很好，就像破竹子一樣，劈開數節之後，皆迎刃而解（碰到刀鋒，整個竹子就都裂開了）。」

注意 「刃」不要誤寫成「刀」。

例句 他有過人的能力，任何問題到了他手上，都能迎刃而解。

近水樓臺（ㄐㄧㄣˋ ㄕㄨㄟˇ ㄌㄡˊ ㄊㄞˊ）

解釋 靠近水邊的樓臺可以先看到月光。比喻由於接近某些人或事物，因此最容易得到某些好處。

典故 范仲淹在做杭州知府時，城中文武官員

大都得到他的推荐提拔，只有一個名叫蘇麟的，因為在外縣當巡檢，不在杭州城裡，所以沒有得到推荐。有一次，蘇麟因事到杭州來見范仲淹，順便獻了一首詩，其中有兩句是：「近水樓臺先得月，向陽花木易為春。」范仲淹看了之後，明白了蘇麟的用意，便徵詢他的意見和希望，滿足了他的要求。

例句 他和新娘子既是鄰居又是同事，占了近水樓臺之便，贏得佳人芳心。

近在咫尺

解釋 咫，漢代長度名，周制八寸，合現在市尺是六寸二分二厘。形容距離很近。

注意 「咫」不要誤寫成「只」。

例句 眼看山頂就近在咫尺，大夥卻累得一步也走不動。

近義 一衣帶水、一箭之地、近在眉睫。

反義 千里迢迢、山南海北、天各一方、天涯海角。

近悅遠來

解釋 讓近處的人滿意，遠處的人也願意來歸順。比喻施行德政使遠近的人都非常滿意而願意歸順，現在多用來形容某家商店遠近馳名。

例句 這家餐廳不但菜色豐富味美，而且十分衛生，所以客人近悅遠來，每天都客滿。

近朱者赤，近墨者黑

解釋 朱，紅色的顏料，比喻好的德行。墨，黑色的顏料，比喻不好的德行。接近紅色就

容易變紅，接近黑色就容易變黑。比喻人常會受到環境的感染而改變原來的習性。

例句 近朱者赤，近墨者黑，他最近交了壞朋友，所以功課一落千丈。

返老還童（ㄈㄢˇ ㄌㄠˇ ㄏㄨㄢˊ ㄊㄨㄥˊ）

解釋 比喻年老卻如年輕人般的健壯有精力。

例句 爺爺的身體硬朗，氣色紅潤，像返老還童般年輕有活力。

邯鄲學步（ㄏㄢˊ ㄉㄢ ㄒㄩㄝˊ ㄅㄨˋ）

解釋 邯鄲，戰國時代趙國的國都。學步，學習走路。比喻沒學會別人的本領，反而把自己原來會的東西也忘掉了。

典故 傳說古時候趙國人走路的步伐和姿勢特別優美大方，威武好看。燕國有幾個年輕人就結伴到趙國去學習走路。他們在邯鄲專心觀察人們走路的樣子，努力模仿他們的動作。結果不但沒學會趙國人的走路姿勢，反而把自己原來的走法也忘記了，後來只好爬著回去。

例句 我們學習別人的長處時，不可邯鄲學步，忘了自己本身所具備的優點。

近義 東施效顰、畫虎不成反類犬。

金玉良言（ㄐㄧㄣ ㄩˋ ㄌㄧㄤˊ ㄧㄢˊ）

解釋 金玉，黃金和美玉，比喻寶貴。比喻寶貴的意見或忠言。

例句 你的話句句是金玉良言，我一定虛心接受。

近義 金石之言、藥石之言。

反義 花言巧語、無稽之談。

金枝玉葉（ㄐㄧㄣ ㄓ ㄩˋ ㄧㄝˋ）

解釋 以前用來指皇族子孫，現在多指身分尊貴，出身名門、望族的人家。

例句 像她這種金枝玉葉，怎麼受得了長途跋涉的辛苦。

近義 名門望族。

金屋藏嬌（ㄐㄧㄣ ㄨ ㄘㄤˊ ㄐㄧㄠ）

解釋 本來是指建造華美的屋子給自己喜愛的女子住。現多用來指已婚男子瞞著自己的妻子在外購屋與人同居。

典故 相傳漢武帝小時候，他的姑姑曾經詢問他長大要不要娶太太，又指著她的女兒阿嬌問：「娶她好不好？」武帝很高興的說：「如果能娶到阿嬌，我一定要用黃金建造一幢屋子，把阿嬌藏在裡面。」

注意 「嬌」不要誤寫成「驕」。

例句 他在外金屋藏嬌，導致婚姻破裂，走上離婚之路。

金科玉律（ㄐㄧㄣ ㄎㄜ ㄩˋ ㄌㄩˋ）

解釋 金、玉，比喻貴重。科、律，指法律條文。原來是指法律、條文的盡善盡美，後用來指不能變更的原則。

辨析 「金科玉律」和「清規戒律」都含有「規矩限制」的意思。但「清規戒律」多指束縛人們思想的條文戒規；「金科玉律」多指必須遵守的，不可改變的規則、原理、條例等。

例句 他把老師的話當作金科玉律去實行。

近義　玉律金科。

金碧輝煌（ㄐㄧㄣ ㄅㄧˋ ㄏㄨㄟ ㄏㄨㄤˊ）

解釋　金碧，指國畫顏料中的泥金、石青和石綠。形容宮殿等建築物裝飾炫爛耀眼。

注意　「碧」不要誤寫成「壁」或「璧」。

例句　義大利處處可見到金碧輝煌的古教堂，令遊客連連讚嘆。

近義　金碧輝映、富麗堂皇、雕欄玉砌。

反義　家徒四壁。

金蟬脫殼（ㄐㄧㄣ ㄔㄢˊ ㄊㄨㄛ ㄎㄜˊ）

解釋　金蟬，昆蟲名，又叫「知了」。蟬變為成蟲時要脫去幼蟲的殼。比喻用計逃脫，但又不使對方及時發覺。

例句　他使出金蟬脫殼之計，逃出那些壞人的控制。

金蘭之交（ㄐㄧㄣ ㄌㄢˊ ㄓ ㄐㄧㄠ）

解釋　金，金子，代表堅固。蘭，蘭花，代表芬芳。指友情像金子般堅固，像蘭花般芬芳。比喻十分投合而堅定的友情。

例句　他們兩人是無話不說的金蘭之交，感情比親兄弟還要好。

近義　金蘭之好。

反義　貌合神離。

金玉其外，敗絮其中（ㄐㄧㄣ ㄩˋ ㄑㄧˊ ㄨㄞˋ，ㄅㄞˋ ㄒㄩˋ ㄑㄧˊ ㄓㄨㄥ）

解釋　金玉，比喻華美。敗絮，破棉花。指外表像金玉，內裡卻是破棉花。比喻虛有其

表，或是外表好看而實質很壞的人或事。

典故 明代劉基賣柑者言裡說：有個賣水果的小販，他所保存的柑子，即使經過冬天和夏天，看上去顏色和色彩仍舊很鮮豔，像金玉似的。可是剝開來以後，裡面卻乾得像一團破棉花。劉基質問小販時，他說：「看那些位置高、騎大馬、飲美酒的人，哪個不是裝得一本正經，神氣活現？可是，這些人全都是虛有其表。」

例句 這本八卦雜誌的包裝、印刷雖然十分精美，內容卻不堪入目，根本是金玉其外，敗絮其中。

反義 表裡一致、秀外慧中。

長袖善舞（ㄔㄤˊ ㄒㄧㄡˋ ㄕㄢˋ ㄨˇ）

解釋 袖子長，跳起舞來，舞姿自然美妙動人。現多用來比喻做事時有所憑藉，事情會更容易成功。也比喻善於交際逢迎，有高明的外交手腕。

例句 他雖然沒什麼學識、才幹，但因長袖善舞，一路升遷，當上了經理。

門戶之見（ㄇㄣˊ ㄏㄨˋ ㄓ ㄐㄧㄢˋ）

解釋 門戶，指派別、宗派。見，成見。由於派別不同而產生的成見。

例句 希望你們兩家人能放棄門戶之見，彼此切磋研究，讓中國功夫發揚光大。

近義 一家之見。

門可羅雀（ㄇㄣˊ ㄎㄜˇ ㄌㄨㄛˊ ㄑㄩㄝˋ）

解釋 羅，捕鳥的網，指張網捕捉。門前可以張網捕捉麻雀。形容門庭冷落，賓客稀少，

很少有人來往。

例句 自從他退休以後，家裡總是門可羅雀，沒有以前那麼熱鬧了。

近義 門庭冷落。

反義 車馬盈門、門庭若市。

門庭若市（ㄇㄣˊ ㄊㄧㄥˊ ㄖㄨㄛˋ ㄕˋ）

解釋 庭，院子。若，好像。市，市集、市場。門前和院子裡好像市集一樣。原來是形容進諫的人很多。現在形容來往的人很多，非常熱鬧。

典故 戰國時代，齊國的相國鄒忌因為齊威王受到臣子的蒙蔽，聽不到正確的意見，就借用自身遭遇的一件事去向齊威王進行規勸。他對齊威王說：「我明知自己沒有徐公漂亮，但是我的妻子偏護我，我的妾怕我，客人有事求我，都說我比徐公漂亮。現在齊國有千里土地，一百二十多座城池，宮中上下，誰不偏護您；滿朝文武，誰不懼怕您；全國百姓，誰不希望得到您的關懷。這樣，人家對您總不肯說真心話，因而您受的蒙蔽也就越發嚴重了。」齊威王聽了覺得很有道理，於是下令說：「不論何人，能當面舉出我的過失的，賞上等獎；上書規勸我的，賞中等獎；能在朝廷和街頭巷尾議論我的缺點，傳到我耳朵裡的，賞下等獎。」命令剛下，大臣們紛紛進宮提意見，宮門前、庭院裡，來來往往的人很多，像熱鬧的街市一樣。幾個月後，也還隨時有人進諫。一年以後，雖然仍有願意進言的人，可是都提不出什麼意見了。

【注意】「庭」不要誤寫成「廷」或「亭」。

【例句】這條路上有兩家飯店，一家門庭若市，一家卻門可羅雀。

【近義】車水馬龍、車馬盈門。

【反義】門可羅雀。

門當戶對（ㄇㄣˊ ㄉㄤ ㄏㄨˋ ㄉㄨㄟˋ）

【解釋】門戶，指家庭門戶等級。當、對，相當、合適。指男女雙方家庭的社會地位和經濟狀況相當，可以互相匹配。

【注意】「當」音ㄉㄤ，不要唸成ㄉㄤˋ。

【例句】古時候的男女婚配講求的是門當戶對。

附庸風雅（ㄈㄨˋ ㄩㄥ ㄈㄥ ㄧㄚˇ）

【解釋】附庸，依附。風雅，文雅的事。譏笑庸俗的人，刻意攀附風雅的行為。

【例句】他一向喜歡附庸風雅，常花大筆的錢購買骨董字畫。

雨後春筍（ㄩˇ ㄏㄡˋ ㄔㄨㄣ ㄙㄨㄣˇ）

【解釋】春雨過後，許多剛發芽的新筍都會從土裡冒出來。比喻新的事物大量湧現，蓬勃發展。

【例句】近年來，資訊業蓬勃發展，資訊產品如雨後春筍般紛紛上市。

青出於藍（ㄑㄧㄥ ㄔㄨ ㄩˊ ㄌㄢˊ）

【解釋】青，靛（ㄉㄧㄢˋ）青。藍，蓼（ㄌㄧㄠˇ）藍，一種可以提煉顏料的草。靛青是從蓼藍草裡提煉出來的，但是顏色比蓼藍更深。比喻學生勝過老師，或後人勝過前人。

【典故】荀子•勸學篇中提到，青色是用藍色調

成的，但比藍色悅目；冰是由水凝成的，但比水要冷。比喻學生如果用功研究學問，經過若干時候的努力，會比教導他的老師更有成就。

辨析 也可寫成「青出於藍而勝於藍」。

注意 「藍」不要誤寫成「籃」。

例句 他的文學造詣比他的老師更深，真是青出於藍。

近義 後生可畏、後來居上。

反義 每下愈況。

青梅竹馬（ㄑㄧㄥ ㄇㄟˊ ㄓㄨˊ ㄇㄚˇ）

解釋 青梅，青的梅子。竹馬，指小孩用竹竿當馬騎。形容男女孩童天真無邪的在一起玩耍。

例句 他們兩人是從小一起長大的青梅竹馬，現在卻因為搬家而必須分隔兩地，心中都不免依依不捨。

近義 竹馬之好、兩小無猜。

青黃不接（ㄑㄧㄥ ㄏㄨㄤˊ ㄅㄨˋ ㄐㄧㄝ）

解釋 青，指田裡的青苗。黃，指成熟了的黃色稻穀。指舊糧已經吃完，新糧還沒成熟。比喻新舊接續不上。

例句 今年南部發生了多次水災，造成農田淹水，蔬果青黃不接的現象。

近義 後繼無人。

反義 大有人在、後繼有人。

非驢非馬 ㄈㄟ ㄌㄩˊ ㄈㄟ ㄇㄚˇ

解釋 不是驢也不是馬。形容不倫不類，什麼都不像。

例句 大家看了這篇文章以後，都覺得有點非驢非馬，因為它既不像科幻小說，又不像科學論文。

近義 不三不四、不倫不類。

【九畫】

亭亭玉立 ㄊㄧㄥˊ ㄊㄧㄥˊ ㄩˋ ㄌㄧˋ

解釋 亭亭，高聳直立的樣子。形容女子身材修長秀美，或花木等形體挺拔。

例句 哇！多年不見，她已經是個亭亭玉立的少女了。

信口開河 ㄒㄧㄣˋ ㄎㄡˇ ㄎㄞ ㄏㄜˊ

解釋 信口，隨便說話。河，這裡同「合」字。指沒有根據，隨口亂說。

例句 他常常信口開河，道聽塗說，所以他說的話你最好再仔細查證。

近義 信口雌黃。

信口雌黃 ㄒㄧㄣˋ ㄎㄡˇ ㄘ ㄏㄨㄤˊ

解釋 信，隨意。雌黃，一種礦物，黃赤色，可作顏料。比喻不問事實或不顧後果，隨口胡說八道。

典故 王衍喜歡清談，推崇老子和莊子。他在

講老、莊的玄理時，手裡總是拿著一把玉柄拂塵，表現出十分寧靜從容的風度。有時他把義理講錯了就隨口改正，於是，人們說他是「口中雌黃」。雌黃，本來是一種黃赤色的礦石。古時人們寫字用黃紙，寫錯了，就用雌黃塗抹後重寫。「口中雌黃」，便是用嘴隨時改正說錯的話。

注意 「雌」音ㄘ，不要唸成ㄘˊ。

例句 他常常信口雌黃，不負責任的胡說八道，大家都不喜歡和他交朋友。

近義 胡說八道、信口開河。

信手拈來 ㄒㄧㄣˋ ㄕㄡˇ ㄋㄧㄢˊ ㄌㄞˊ

解釋 信手，隨手。拈，用兩、三個手指夾、捏。指隨手拿來。形容寫文章敏捷熟練，下筆非常順暢。

注意 「拈」音ㄋㄧㄢˊ，不要唸成ㄓㄢ；也不可以寫成「沾」。

例句 他寫作時將各種題材信手拈來，運用得自然貼切。

近義 意到筆隨。

信誓旦旦 ㄒㄧㄣˋ ㄕˋ ㄉㄢˋ ㄉㄢˋ

解釋 旦旦，誠懇的樣子。誓言說得非常誠懇。

注意 ①「誓」不要誤寫成「是」。②「旦旦」不要誤寫成「但但」。

例句 不誠懇的人即使講得天花亂墜，信誓旦旦，也得不到別人的信任。

近義 指天誓日、海誓山盟。

反義 出爾反爾、食言而肥。

冠冕堂皇（ㄍㄨㄢ ㄇㄧㄢˇ ㄊㄤˊ ㄏㄨㄤˊ）

解釋 冠冕，古代帝王、官員戴的禮帽。堂皇，莊嚴正大的樣子。比喻言行正大光明的樣子。

注意 ①「冠」音ㄍㄨㄢ，不要唸成ㄍㄨㄢˋ；也不可以誤寫成「寇」。②「冕」字上面是「冃」，不要錯寫成「曰」或「日」。

例句 有些人常在表面上說些冠冕堂皇的話，私底下卻對自己的言行毫不負責。

近義 堂而皇之。

反義 鬼鬼祟祟。

削足適履（ㄒㄩㄝ ㄗㄨˊ ㄕˋ ㄌㄩˇ）

解釋 足，腳。適，適應、遷就。履，鞋子。把腳削去一塊好適應鞋子的大小。比喻勉強湊合、遷就，不知變通。

注意 「履」不要誤寫成「屨」（ㄐㄩˋ）。

例句 她為了穿上那件衣服而拚命減肥，結果造成營養不良，真是削足適履呀！

反義 隨機應（ㄧㄥˋ）變、因事制宜。

前仆後繼（ㄑㄧㄢˊ ㄆㄨ ㄏㄡˋ ㄐㄧˋ）

解釋 前面的人倒下，後面的人繼續前進。形容勇往直前，英勇戰鬥。

注意 「仆」不要誤寫成「撲」。

例句 為了完成這項艱鉅的工程，許多人前仆後繼，不眠不休地趕工。

近義 奮不顧身。

反義 後繼無人、臨陣脫逃。

前車之鑑 ㄑㄧㄢˊ ㄔㄜ ㄓ ㄐㄧㄢˋ

解釋 鑑，鏡子，引申為教訓。前面的車子翻了，可以作為後車的警戒。比喻把前人的失敗作為自己的教訓。

典故 賈誼上書給漢文帝，陳述國家政事，引用夏、商、周三代都統治了幾百年，而秦王朝只傳二世就滅亡的歷史事實，勸導文帝要改進政治措施，勵精圖治，記取秦朝滅亡的教訓。他說：「既見前車已覆，後車就應當戒備了。」後來人們將「前車覆，後車戒」這句話概括為「前車之鑑」。

注意 「鑑」不要誤寫成「見」。

例句 我們要以他人失敗的經驗作為前車之鑑，隨時警惕自己。

近義 以往鑑來、覆車之鑑。

反義 重蹈覆轍。

前倨後恭 ㄑㄧㄢˊ ㄐㄩˋ ㄏㄡˋ ㄍㄨㄥ

解釋 倨，傲慢無禮。形容一個人先前傲慢無禮，後來又變得謙卑恭敬，通常用來譏笑勢利的人。

注意 「恭」不要誤寫成「躬」。

例句 他一發現眼前這個不起眼的人竟是億萬富翁，態度馬上轉變，真是前倨後恭。

南柯一夢 ㄋㄢˊ ㄎㄜ ㄧˊ ㄇㄥˋ

解釋 柯，樹枝。南柯太守淳于棼（ㄈㄣˊ）因為一場夢而悟出人生無常的道理。比喻人世的繁華富貴無常，猶如一場夢一般。

典故 唐朝李公佐寫的南柯太守傳中有個叫淳于棼的人，有一天在老槐樹下睡覺，夢到自己成為大槐安國的駙馬，當了二十年的南柯郡太守，享盡了榮華富貴，後來因為戰敗，不但公主死了，所有的名利權位也隨之成空。突然他就嚇醒了，發現身旁的蟻穴竟和夢中的南柯郡一樣。

例句 他想起從前奢侈的生活，和今日的窮困潦倒，不禁感嘆世事無常，有如南柯一夢。

近義 黃粱一夢。

南腔北調（ㄋㄢˊ ㄑㄧㄤ ㄅㄟˇ ㄉㄧㄠˋ）

解釋 形容說話口音不純，夾雜著各地方言。也泛指各地方言。

例句 不知道他是什麼地方的人，說起話來南腔北調的，夾雜著各地的口音。

南橘北枳（ㄋㄢˊ ㄐㄩˊ ㄅㄟˇ ㄓˇ）

解釋 枳，植物名。春天開五瓣的白色花，果實小，味道酸，不能食用，但是可以製成藥。比喻事物會因為環境條件不同而產生優或劣的變異。

例句 他那一套南橘北枳的理論，我一點也不認同。

南轅北轍（ㄋㄢˊ ㄩㄢˊ ㄅㄟˇ ㄔㄜˋ）

解釋 轅，夾在車前馬旁的兩根長木。轍，車輪輾過的痕跡。打算往南方去，車子卻往北方行駛。比喻目的和行動相反。

典故 戰國時代，魏王想去攻打趙國的國都邯

鄲。季梁知道後，不贊成魏王的做法，立即去見魏王，並講了一個故事：「我在太行山看見一個人乘著車子說要前往楚國，我問他，楚國在南邊，你為什麼朝北方前進呢？那人說，我的馬很能跑呀！我說，馬雖然很能跑，但是這並非去楚國的路呀！但那個人又說，我的旅費很多，我的車夫駕車技術很高超，什麼地方我都能到達。你想想看，他方向錯了，越走不是距離楚國越遠嗎？你常說要成為一個霸主，讓天下人都信服你，可是現在你想去侵犯趙國的邯鄲，以擴大你的領土和威名，這樣會適得其反，離你想達到的目的更遠，就像那個想往南卻駕著車子往北走的人一樣。」

辨析 ①也作「南其轅而北其轍」。②「南轅北轍」和「適得其反」都有「恰恰相反」的意思。但「南轅北轍」重在行動和目的相反；「適得其反」重在結果和願望相反。

注意 「轅」與「轍」都是車部，不要寫錯了。

例句 他們兩人的想法根本是南轅北轍，要取得共識，恐怕還得再多多溝通。

近義 背道而馳。

反義 不謀而合、如出一轍、殊途同歸。

厚此薄彼 ㄏㄡˋ ㄘˇ ㄅㄛˊ ㄅㄧˇ

解釋 厚，重視。薄，輕視。重視一方而輕視另一方。比喻對兩方面的待遇不一樣。

例句 老師對待同學一向是一視同仁，從來不會厚此薄彼。

反義 一視同仁、等量齊觀。

咬文嚼字（ㄧㄠˇ ㄨㄣˊ ㄐㄧㄠˊ ㄗˋ）

解釋 指斟酌字句。現在多用來形容寫作文章時太過推敲字句。

例句 講話、寫作應力求清晰流暢，不必太過咬文嚼字。

近義 字斟句酌。

哀鴻遍野（ㄞ ㄏㄨㄥˊ ㄅㄧㄢˋ ㄧㄝˇ）

解釋 哀鴻，淒慘鳴叫的大雁。後用來比喻流離失所的災民。遍，全面、到處。野，野外。比喻到處都是呻吟呼號的災民。

注意 ①「哀」不要誤寫成「衰」。②「鴻」不要誤寫成「紅」。

例句 看到電視上哀鴻遍野的戰爭畫面，真是令人慘不忍睹。

近義 民生塗炭。

反義 安和樂利、國泰民安。

咫尺天涯（ㄓˇ ㄔˇ ㄊㄧㄢ ㄧㄚˊ）

解釋 咫，周代以八寸為一咫，十寸為一尺。咫尺，比喻很短的距離。天涯，比喻很遙遠。比喻兩人雖然住得很近，但是因為不能相聚，感覺好像隔得很遙遠。

注意 「咫」音ㄓˇ，不要唸成ㄔˇ。

例句 這些年來，大家各忙各的，雖住在同一個社區，卻彷彿是咫尺天涯，難得相見。

近義 咫尺千里。

反義 天涯比鄰。

垂涎三尺（ㄔㄨㄟˊ ㄒㄧㄢˊ ㄙㄢ ㄔˇ）

解釋 涎，口水。口水流得很多，形容非常嘴

饞，想吃的樣子。也用來比喻非常渴望得到某種東西。

辨析 「垂涎三尺」和「垂涎欲滴」意義相近，但「垂涎三尺」的語意比「垂涎欲滴」強。

注意 「涎」音ㄒㄧㄢˊ，不要唸成ㄧㄢˊ。

例句 香噴噴的烤雞大餐一出爐，在場的人個個垂涎三尺。

近義 垂涎欲滴。

垂頭喪氣 ㄔㄨㄟˊ ㄊㄡˊ ㄙㄤˋ ㄑㄧˋ

解釋 指低著頭，無精打采。形容因失敗或不順利而情緒低落，打不起精神的樣子。

辨析 「垂頭喪氣」和「無精打采」都形容情緒低落，打不起精神的樣子，有時為了加強語氣，還可連用。但在形容精神狀態上，「垂頭喪氣」比「無精打采」更失意、沮喪。

注意 ①「喪」音ㄙㄤˋ，不要唸成ㄙㄤ。②「氣」不要誤寫成「汽」。

例句 他這次月考考得不理想，整天垂頭喪氣，無精打采的。

近義 灰頭土臉、沒精打采。

反義 眉飛色舞、趾高氣昂、興（ㄒㄧㄥˋ）高采烈。

度日如年 ㄉㄨˋ ㄖˋ ㄖㄨˊ ㄋㄧㄢˊ

解釋 過一天像過一年那樣長。形容心中焦急憂慮或境遇艱難，覺得時間漫長。

辨析 「一日三秋」是形容對某人思念殷切；

而「度日如年」適用面較廣，可以形容的情況較多。

注意 「度」不要誤寫成「渡」。

例句 自從他爸爸去世後，他們一家人的生活陷入困境，度日如年。

近義 一日三秋。

反義 日月如梭、白駒過隙、光陰似箭。

徇私舞弊（ㄒㄩㄣˋ ㄙ ㄨˇ ㄅㄧˋ）

解釋 徇，曲從。私，私情。徇私，為了私情而做不合法的事情。舞弊，用欺騙的方式做違法亂紀的事。指為了私人交情而做違法亂紀的事。

注意 ①「徇」不要誤寫成「循」。②「弊」不要誤寫成「幣」或「蔽」。

例句 法紀人員竟然徇私舞弊，包庇不法商人，真是太不應該了。

近義 徇私枉法、營私舞弊。

反義 大公無私、奉公守法。

後生可畏（ㄏㄡˋ ㄕㄥ ㄎㄜˇ ㄨㄟˋ）

解釋 後生，指年輕人、晚輩。表示年輕人的未來不可限量，成就可能超越前人。

例句 俗話說：「後生可畏」，你可別小看這些年輕人的能力呀！

後來居上（ㄏㄡˋ ㄌㄞˊ ㄐㄩ ㄕㄤˋ）

解釋 指後來的人或事物反而超越先前的。

典故 西漢時有位常常向漢武帝直諫的大臣，叫汲黯，但是皇帝不太喜歡他，後來乾脆把他外調到東海做官，免得每天囉哩囉唆。過了一段時間，政績良好的汲黯又被調回宮

中，但是個性剛強急躁的他，依然得不到漢武帝的重用，反而本來位階比他低的人，竟然都平步青雲地當上大官。有一天，汲黯見到漢武帝，忍不住地抱怨，他說：「皇上用人就像堆柴薪，後面運送來的木柴，反而堆到上面，都沒有考量到先後次序呀！」

例句 俗話說：「後來居上」，我們得好好努力，否則就被淘汰了。

近義 後生可畏、青出於藍、長江後浪推前浪。

怒髮衝冠（ㄋㄨˋ ㄈㄚˇ ㄔㄨㄥ ㄍㄨㄢ）

解釋 冠，帽子。氣得頭髮豎起，把帽子頂了起來。形容氣憤到了極點。

典故 戰國時代，秦國非常強大，經常欺侮其他諸侯國。有一次，秦王聽說趙國有一塊寶玉叫「和氏璧」，他想奪過來，便寫信給趙王，說：「我願拿十五個城池換你那塊和氏璧。」趙王見信，和群臣商量後，便派藺相如送璧到秦國。藺相如到了秦國，當面把璧交給秦王。他見秦王得到璧後，沒有交付十五個城池的意思，就對秦王說：「和氏璧中有點小毛病，我指給大王看。」這樣璧又到了藺相如手裡。他手捧和氏璧，緊緊靠在柱子上，「怒髮衝冠」，大聲斥責秦王沒有交付十五個城池的誠意，並說：「如果你想強奪，我願和『和氏璧』一起撞在柱子上。」秦王怕璧真的撞碎，假裝同意五日後舉行接璧交城池的儀式。藺相如知道秦王不會交付趙國十五個城池，就偷偷的把和氏璧送回趙國。

注意 「冠」音ㄍㄨㄢ，不要唸成ㄍㄨㄢˋ。

例句 他知道自己一生的積蓄被兒子賭光了，不禁氣得怒髮衝冠。

近義 怒不可遏、怒火中燒、怒氣衝天。

反義 心平氣和、平心靜氣、歡天喜地。

思前想後 ㄙ ㄑㄧㄢˊ ㄒㄧㄤˇ ㄏㄡˋ

解釋 思，想、考慮。前，前因。後，後果。對事情發生的原因及後果作反覆的考慮。

例句 他花了一整個晚上思前想後才擬好的計畫，沒想到一下子就被爸爸否決了。

近義 瞻前顧後。

反義 當機立斷。

急如星火 ㄐㄧˊ ㄖㄨˊ ㄒㄧㄥ ㄏㄨㄛˇ

解釋 星火，流星。急得像一閃而過的流星。形容情勢急迫，或事情急速要辦。

例句 他一接到電話就急如星火的趕回去了。

近義 十萬火急、刻不容緩、迫在眉睫。

反義 從（ㄘㄨㄥ）容不迫、慢條斯理。

急流勇退 ㄐㄧˊ ㄌㄧㄡˊ ㄩㄥˇ ㄊㄨㄟˋ

解釋 急流，湍急的水流。在急流中勇敢的退下來。比喻做官的人在得意或順利時，不留戀眼前的名位，及時引退。

辨析 「急流勇退」和「知難而退」都有「主動退卻」的意思。但「急流勇退」是指在順遂時引退下來；「知難而退」則偏重在遭逢困難時不敢前進。

注意 「勇」不要誤寫成「湧」。

例句 雖然他的演藝事業正達顛峰，他卻急流勇退，改行經營農場。

反義 功成身退。

怨天尤人（ㄩㄢˋ ㄊㄧㄢ ㄧㄡˊ ㄖㄣˊ）

解釋 尤，責怪、歸咎。怨恨上天，責怪別人。形容遇到不順心的事，或出了問題，總是埋怨上天不公平，或別人不幫忙。

例句 如果這次失敗了，也不需要怨天尤人，要靠自己爬起來，再接再厲。

反義 自怨自艾（ㄧˋ）。

怨聲載道（ㄩㄢˋ ㄕㄥ ㄗㄞˋ ㄉㄠˋ）

解釋 怨，怨恨。載，充滿。怨恨的聲音充滿道路。形容強烈的不滿。

注意 ①「載」不要誤寫成「戴」。②「道」不要誤寫成「到」。

例句 臺北正逢交通黑暗期，處處塞車，人們莫不怨聲載道。

近義 天怒人怨、民怨沸騰。

反義 口碑載道、有口皆碑。

恍然大悟（ㄏㄨㄤˇ ㄖㄢˊ ㄉㄚˋ ㄨˋ）

解釋 恍然，突然一下子清醒的樣子。悟，理解、明白。形容一下子明白過來。

注意 「悟」不要誤寫成「誤」。

例句 經過老師的一番講解，我們才恍然大悟，對大自然有了更進一步的認識。

近義 茅塞（ㄙㄜˋ）頓開、豁然貫通。

反義 百思不解。

按部就班（ㄢˋ ㄅㄨˋ ㄐㄧㄡˋ ㄅㄢ）

解釋 按，依照。部、班，門類，引申為次序。就，歸於。原本指寫文章要安排好層次，後用來形容做事要按照一定的條理、順序。

注意 「部」不要誤寫成「步」。

例句 他做事總是按部就班，有條不紊。

近義 按圖索驥、循序漸進。

反義 一步登天。

按圖索驥 ㄢˋ ㄊㄨˊ ㄙㄨㄛˇ ㄐㄧˋ

解釋 索，尋找、搜尋。驥，好馬。照著圖上畫的線索去尋找好馬。比喻做事方法呆板，不知變通。也比喻依照線索去尋找事物，比較容易得到。

典故 明朝楊慎曾經說過這樣一個故事：春秋時代，秦國孫陽（即伯樂）善於識別好馬，他根據自己的經驗寫了一部相馬經，書上畫了各種好馬的圖象，供人們參考。書中曾說千里馬的主要特徵是高腦門、大眼睛，伯樂的兒子拿著相馬經去尋找千里馬，看見一隻癩蛤蟆就捉回來，對父親說：「我找到了一匹好馬，和你書上說的差不多。」伯樂又好氣又好笑，就對兒子說：「這匹馬很會跳，可是不能騎啊！」

注意 「驥」音ㄐㄧˋ，不要唸成ㄧˋ。

例句 別擔心！只要我們按圖索驥，一定可以到達目的地。

近義 刻舟求劍、按部就班。

拭目以待 ㄕˋ ㄇㄨˋ ㄧˇ ㄉㄞˋ

解釋 拭目，擦眼睛，表示仔細看。待，等待。指擦亮了眼睛等著瞧。形容對某件事情充滿期待。

注意 「拭」不要誤寫成「試」。

例句 聽說那家出版社即將發行的百科全書，內容相當豐富，讀者們早就拭目以待了。

近義 翹（ㄑㄧㄠˊ）足引領。

指桑罵槐 ㄓˇ ㄙㄤ ㄇㄚˋ ㄏㄨㄞˊ

解釋 指著桑樹罵槐樹。比喻表面上罵這個人，實際上是罵另一個人。

注意 「槐」音ㄏㄨㄞˊ，不要唸成ㄎㄨㄞˋ；也不可以寫成「塊」。

例句 你若有什麼不滿，不妨直說，不需要指桑罵槐，拐彎抹角。

反義 直言不諱（ㄏㄨㄟˋ）、開門見山。

指鹿為馬 ㄓˇ ㄌㄨˋ ㄨㄟˊ ㄇㄚˇ

解釋 指著鹿說是馬。比喻有意顛倒黑白，混淆是非。

典故 秦二世時，丞相趙高陰謀篡奪王位，但又怕群臣不服，所以先來個試驗。他把一隻鹿獻給秦二世，並說這是馬。秦二世笑著說：「丞相弄錯了，把鹿說成了馬。」趙高就問左右大臣，有的不說話；有的為了討好趙高，便說是馬；有的說是鹿。事後，趙高就在暗中把說是鹿的人殺了。

例句 你指鹿為馬，顛倒黑白，到底有什麼居心呢？

近義 混淆是非、顛倒黑白。

反義 循名責實。

指揮若定 ㄓˇ ㄏㄨㄟ ㄖㄨㄛˋ ㄉㄧㄥˋ

解釋 若，如。定，定局。指揮調度從容不迫。形容胸有成竹，穩操勝算。

例句 大火中，消防隊長指揮若定，使得傷亡程度降到最低。

拾人牙慧 ㄕˊ ㄖㄣˊ ㄧㄚˊ ㄏㄨㄟˋ

解釋 牙慧，別人說過的話。比喻抄襲別人說過的話或文章。

典故 東晉的殷浩很有學問，又善於說話，曾被封為建武將軍，統率五州兵馬。後因作戰失敗，被罷官流放到信安（今浙江省境內）。殷浩的外甥韓康伯也隨同前往，韓康伯既聰敏又有學問，對人發表議論常顯露出得意的神情，有一天被殷浩看見了，事後殷浩說：「康伯看起來很聰明，講話也很有學問，其實只是拾人牙慧呀！」後來人們就把「拾人牙慧」作為成語。

注意 「慧」不要誤寫成「惠」。

例句 他的論點大半是拾人牙慧，毫無創見。

近義 拾人涕唾、鸚鵡學舌。

反義 別出心裁。

挑撥離間 ㄊㄧㄠˇ ㄅㄛ ㄌㄧˊ ㄐㄧㄢˋ

解釋 挑撥，搬弄是非。離間，拆散。指搬弄是非，使人互相有意見，不團結。

注意 ①「挑」音ㄊㄧㄠˇ，不要唸成ㄊㄧㄠ。②「間」音ㄐㄧㄢˋ，不要唸成ㄐㄧㄢ。

例句 這些人存心不良，故意挑撥離間，製造

團體間的不和。

近義 搬弄是非。

反義 息事寧人。

故弄玄虛 ㄍㄨˋ ㄋㄨㄥˋ ㄒㄩㄢˊ ㄒㄩ

解釋 故，故意。弄，玩弄。玄虛，讓人不可捉摸的東西。指故意玩弄花招，迷惑別人。

例句 這篇文章寫得真切、質樸，沒有華麗不實、故弄玄虛的弊病。

反義 實事求是。

故步自封 ㄍㄨˋ ㄅㄨˋ ㄗˋ ㄈㄥ

解釋 故步，原來的步伐。封，限制在一定的範圍內。指自己停留在老路上。比喻安於現狀，不求上進。

辨析 「故步自封」偏重在停頓，不想改革，不求進步；「抱殘守缺」偏重在守舊，不學習新知識，不接受新事物。

注意 ①「故」不要誤寫成「固」。②「步」不要誤寫成「部」。

例句 我們不能因為有一點小成就，便沾沾自喜，故步自封。

近義 抱殘守缺、墨守成規。

反義 標新立異。

故態復萌 ㄍㄨˋ ㄊㄞˋ ㄈㄨˋ ㄇㄥˊ

解釋 故態，老脾氣、老樣子。復萌，重新開始。老樣子又逐漸恢復。形容舊習氣、老毛病又重犯了。

注意 「萌」音ㄇㄥˊ，不要唸成ㄇㄥˇ；也不可以寫成「盟」。

例句 他每次戒酒都只有三分鐘的熱度，不到

一天就故態復萌，又喝起來了。

近義　重蹈覆轍。

既往不咎（ㄐㄧˋ ㄨㄤˇ ㄅㄨˋ ㄐㄧㄡˋ）

解釋　既，已經。往，過去。咎，追究、責備。對過去已犯過的錯誤不再追究或責備。

注意　「咎」不要誤寫成「究」。

例句　既然他有心悔改，過去的事我們就既往不咎吧！

反義　嚴懲不貸。

春風化雨（ㄔㄨㄣ ㄈㄥ ㄏㄨㄚˋ ㄩˇ）

解釋　指能生養、滋潤萬物的風和雨。比喻良好教育的普遍深入，就像春風、時雨般化育萬物。也用來稱頌師長的教誨。

例句　老師給我們的教誨有如春風化雨，讓我們成長茁壯。

反義　誤人子弟。

春風得意（ㄔㄨㄣ ㄈㄥ ㄉㄜˊ ㄧˋ）

解釋　形容人官場、考試順利或做事一帆風順。

例句　您近來一臉春風得意，是不是有喜事呢？

近義　洋洋得意、揚揚自得。

反義　悵然若失。

昭然若揭（ㄓㄠ ㄖㄢˊ ㄖㄨㄛˋ ㄐㄧㄝ）

解釋　昭然，很明顯的樣子。若，好像。揭，原意為高舉，現也指揭開。形容真相完全暴

露，非常清楚明白。

例句 他不擇手段爭奪權位的醜態是昭然若揭，眾人皆知的。

近義 真相（ㄒㄧㄤˋ）大白。

星羅棋布（ㄒㄧㄥ ㄌㄨㄛˊ ㄑㄧˊ ㄅㄨˋ）

解釋 羅，羅列。布，分布。像天上的星星那樣羅列，像棋盤上的棋子那樣分布。形容數量很多，分布很廣。

例句 海面上到處是漁船，入夜後，漁火點點，星羅棋布。

反義 寥若晨星。

枯木逢春（ㄎㄨ ㄇㄨˋ ㄈㄥˊ ㄔㄨㄣ）

解釋 枯木，乾枯的樹木。逢，遇。枯樹遇上春天，又恢復了生命力。比喻重新獲得生機，恢復了活力。

例句 難民得到國際的救助後，生活有如枯木逢春般獲得新生。

近義 久旱逢雨、絕處逢生。

殃及池魚（ㄧㄤ ㄐㄧˊ ㄔˊ ㄩˊ）

解釋 殃，危害。池，護城河。城門著了火，人們為了救火，到護城河裡去打水來滅火，河水乾了，使魚遭了殃。比喻無故受到連累。

注意 「殃」不要誤寫成「央」。

例句 每次立法院前的群眾活動總是殃及池魚，使周邊的交通陷於癱瘓。

近義 池魚之殃、城門失火、殃及池魚、無妄之災。

洋洋大觀（ㄧㄤˊ ㄧㄤˊ ㄉㄚˋ ㄍㄨㄢ）

解釋　洋洋，盛大、繁多的樣子。大觀，豐富多采，氣象宏大。形容事物的數量和種類繁多，豐富多采，使人大開眼界。

例句　圖書館的藏書豐富，洋洋大觀，令人目不暇給。

近義　琳琅滿目、蔚為大觀。

洋洋灑灑（ㄧㄤˊ ㄧㄤˊ ㄙㄚˇ ㄙㄚˇ）

解釋　洋洋，盛大、眾多的樣子。灑灑，明白流暢的樣子。形容文章、講話長而流暢。

例句　這封信洋洋灑灑，不外是說些他的近況。

近義　長篇大論。

反義　三言兩語、言簡意賅（ㄍㄞ）。

洪水猛獸（ㄏㄨㄥˊ ㄕㄨㄟˇ ㄇㄥˇ ㄕㄡˋ）

解釋　洪水，河流因大雨或融雪而引起暴漲的水流，常常造成災害。猛獸，凶猛的野獸。比喻大的禍害。

例句　他平時作惡多端，所以大家看見他就像見了洪水猛獸一樣，逃得遠遠的。

流言蜚語（ㄌㄧㄡˊ ㄧㄢˊ ㄈㄟ ㄩˇ）

解釋　流言，毫無根據的話。蜚，同「飛」。蜚語，即飛語，沒有根據的話。指背後散布挑撥離間、無中生有的謠言。

辨析　「流言蜚語」和「無稽之談」都可指沒有根據的話。但「流言蜚語」多用來指那種

出於險惡的用心，躲在背後散布的壞話；「無稽之談」則只是指出這是沒有根據的話語，並不是蓄意在背後造謠。

注意 「蜚」音ㄈㄟ，不要唸成ㄈㄟˇ；也不可以寫成「非」。

例句 對於流言蜚語，我們不但不要相信，更不能讓它隨意散布，傷害好人。

近義 蜚短流長。

流芳百世 ㄌㄧㄡˊ ㄈㄤ ㄅㄞˇ ㄕˋ

解釋 流，流傳。芳，香，比喻好名聲。百世，古代以三十年為一世，「百世」比喻時間長久。比喻好名聲永遠留傳於後世。

注意 「流」不要誤寫成「留」。

例句 古往今來有多少英雄豪傑為國為民犧牲生命，他們的美名將流芳百世，永垂不朽。

近義 名垂青史、流芳千古、萬古流芳。

反義 遺臭萬年。

流離失所 ㄌㄧㄡˊ ㄌㄧˊ ㄕ ㄙㄨㄛˇ

解釋 流離，由於災荒戰亂而流轉離散。失所，失去安身的地方。指到處流浪，沒有安身的地方。

例句 這次的颱風不但造成許多道路交通中斷，房屋傾倒，更使得許多居民流離失所。

近義 顛沛流離。

反義 安居樂業。

津津樂道 ㄐㄧㄣ ㄐㄧㄣ ㄌㄜˋ ㄉㄠˋ

解釋 津津，有滋味或興趣濃厚的樣子。樂

道，喜歡談論。形容很有興趣的談論不休。

辨析 「津津樂道」和「津津有味」都形容講話時興致勃勃。但「津津樂道」著重在談論上，而不涉及其他；「津津有味」所指的範圍比較廣泛，不僅指談論，也可以形容看到、聽到、感到。

例句 他樂善好施的善行，一直是街坊鄰居所津津樂道的事。

反義 守口如瓶。

洞若觀火（ㄉㄨㄥˋ ㄖㄨㄛˋ ㄍㄨㄢ ㄏㄨㄛˇ）

解釋 洞，清楚、透徹。指看事物非常清楚，好像看火一樣。比喻觀察事物明白透徹。

辨析 「洞若觀火」和「瞭如指掌」都有「看得很清楚、明白」的意思。但「洞若觀火」多指對事理的觀察，偏重在觀察徹底；「瞭如指掌」多指對情況的了解（包括事物和人的情況），偏重在了解清楚。

例句 他豐富的生活經驗使他能洞若觀火，知道這件事的後果不妙。

近義 明察秋毫。

洗心革面（ㄒㄧˇ ㄒㄧㄣ ㄍㄜˊ ㄇㄧㄢˋ）

解釋 比喻徹底悔改，重新做人。

例句 經過這次的教訓，他決定洗心革面，再也不賭博了。

近義 脫胎換骨。

反義 怙（ㄏㄨˋ）惡不悛（ㄑㄩㄢ）。

洛陽紙貴（ㄌㄨㄛˋ ㄧㄤˊ ㄓˇ ㄍㄨㄟˋ）

解釋 形容某人的文章非常受歡迎，風行一時，使紙價都上漲了。

典故 晉朝左思花了十年的時間寫成三都賦，大受歡迎，大家爭相傳抄，使得洛陽的紙供不應求，紙價因而上漲。

例句 他的書一上市就造成風潮，一時之間洛陽紙貴，供不應求。

為虎作倀（ㄨㄟˋ ㄏㄨˇ ㄗㄨㄛˋ ㄔㄤ）

解釋 虎，比喻壞人。倀，古時候傳說被老虎咬死的人，死後會變成「倀鬼」，引誘人給老虎吃。比喻當壞人的幫兇，幫助別人做壞事。

注意 「倀」音ㄔㄤ，不要唸成ㄓㄤ。

例句 他為虎作倀，幫助別人欺負自己同胞，因此處處遭人唾棄。

近義 助紂為虐。

反義 為民除害、除暴安良。

狡兔三窟（ㄐㄧㄠˇ ㄊㄨˋ ㄙㄢ ㄎㄨ）

解釋 窟，洞穴。狡猾的兔子有三個洞穴。原義是用來比喻藏身的地方多，方便躲避災禍。現在也用來比喻掩蔽的方法多，藏身的計畫周密。

典故 戰國時代，齊國的宰相孟嘗君家裡經常養著大批門客，其中有一個名叫馮諼（ㄒㄩㄢ）的，有一次替孟嘗君到薛地去討債。臨走時，馮諼問孟嘗君，收完債以後要買些什麼回來，孟嘗君叫他自己看著辦。馮諼到了薛地，把債戶召集來，對他們宣布：「孟嘗君不要大家還債了。」而且當場把債據全燒了。薛地的人們以為是孟嘗君叫他這樣做的，都非常感激孟嘗君。馮諼從

薛地回來，對孟嘗君說：「您家裡什麼都不缺，就缺一個『義』字，所以我給您買了個『義』回來了。」接著就把經過情形講了一遍，孟嘗君聽了非常生氣。過了一年，孟嘗君被齊王解除了宰相的職務，回到薛地去，薛地的老百姓聽到這個消息，就到百里以外的地方來迎接他。孟嘗君大為感動，對馮諼說：「你給我買的『義』，今天我總算看見了！」馮諼說：「狡兔有三窟，才能免去一死。您現在只有一個藏身之處，還不能高枕而臥，我願意再為您安排兩個地方。」

注意 「窟」音ㄎㄨ，不要唸成ㄑㄩ。

例句 那名通緝犯是老奸巨猾，懂得狡兔三窟，令警方十分頭疼。

玲瓏剔透（ㄌㄧㄥˊ ㄌㄨㄥˊ ㄊㄧ ㄊㄡˋ）

解釋 玲瓏，精巧細緻。剔透，通澈清明的樣子。多用來形容器物靈巧可愛。有時也用來形容人的機靈聰明。

注意 「剔」音ㄊㄧ，不要唸成ㄊㄧˋ；也不可以寫成「剃」。

例句 這個琉璃擺飾玲瓏剔透，五彩繽紛，真是美觀大方。

反義 粗製濫造。

甚囂塵上（ㄕㄣˋ ㄒㄧㄠ ㄔㄣˊ ㄕㄤˋ）

解釋 甚，很、非常。囂，吵鬧、喧嚷。塵上，塵土飛揚。原意指人聲喧嚷，塵土飛揚，形容軍中準備戰鬥時忙碌的狀態。後用來形容消息普遍流傳，議論紛紛。

典故 春秋時代，晉、楚交戰，楚王和「太宰」伯州犁登車瞭望晉軍。楚王邊看邊問：

「晉軍中那幾個人騎著馬奔來跑去在做什麼啊？」伯州犁答：「那是在召集各軍將領。」楚王又問：「那裡有很多人聚集在一起，又是在做什麼呢？」伯州犁答：「那是在商量作戰計畫。」觀察了一會兒，楚王發現晉軍陣地上人聲喧嘩，塵土飛揚，又問：「甚囂（大聲喧鬧），且塵上矣（塵土飛揚），這又是在做什麼？」伯州犁答：「那是他們在填井平灶，準備擺開陣勢了。」根據這些記載，後人將「甚囂，且塵上矣」概括為「甚囂塵上」這句成語。

例句 想不到這一件無關緊要的傳聞，竟引起人們議論紛紛，流言甚囂塵上。

近義 滿城風雨。

反義 銷聲匿跡。

畏首畏尾（ㄨㄟˋ ㄕㄡˇ ㄨㄟˋ ㄨㄟˇ）

解釋 畏，害怕。首，前。尾，後。形容顧慮重重，不敢放手去做。

辨析 「畏首畏尾」和「瞻前顧後」都有「顧慮重重」的意思。但「畏首畏尾」重在膽小怕事；「瞻前顧後」重在猶豫不決，此外還可形容考慮周密。

注意 「首」不要誤寫成「手」。

例句 像你這樣畏首畏尾，事事瞻前顧後，如何能成就大事。

眉飛色舞（ㄇㄟˊ ㄈㄟ ㄙㄜˋ ㄨˇ）

解釋 色，臉色。形容人非常高興、得意的神態。

辨析 「眉飛色舞」和「眉開眼笑」都是形容高興的樣子。但「眉飛色舞」大多形容人們得意、興奮的情態，因此偏重在「得意」方面；「眉開眼笑」大多形容人歡樂、嘻笑的情態，因此偏重在「快樂」方面。

例句 看他眉飛色舞的模樣，想必困擾多時的難題已經解決了。

近義 眉開眼笑、神色飛舞。

反義 愁眉不展、愁眉苦臉、愁眉鎖眼。

看風使舵（ㄎㄢˋ ㄈㄥ ㄕˇ ㄉㄨㄛˋ）

解釋 看風向掌舵。比喻看情況行事。

辨析 「看風使舵」和「見機行事」、「隨機應變」在意義上有相近之處，都有「看情況行事」的意思，但有區別。「看風使舵」偏重在投機取巧；「見機行事」偏重於抓住時機；「隨機應變」著重在能靈活應付變化中的情況。

注意 「舵」音ㄉㄨㄛˋ，不要唸成ㄊㄨㄛˊ。

例句 他哪稱得上是精明能幹！只不過是懂得看風使舵罷了。

近義 見風轉舵、看風使帆。

反義 刻舟求劍。

相形見絀（ㄒㄧㄤ ㄒㄧㄥˊ ㄐㄧㄢˋ ㄔㄨˋ）

解釋 相形，相互對照、比較。絀，不夠、不足。互相比較之下，就顯出某一方的不足。

注意 「絀」音ㄔㄨˋ，不要唸成ㄓㄨㄛˊ；也不可以寫成「拙」。

例句 他無論是學識、能力，樣樣都比我強，

令我有相形見絀的感覺。

近義 相形失色。

反義 略勝一籌。

相依為命 ㄒㄧㄤ ㄧ ㄨㄟˊ ㄇㄧㄥˋ

解釋 互相依靠著過日子，誰也離不開誰。

例句 他們父子相依為命的走過那段艱難的路程。

近義 休戚相關、休戚與共、脣齒相依。

反義 誓不兩立。

相得益彰 ㄒㄧㄤ ㄉㄜˊ ㄧˋ ㄓㄤ

解釋 相得，互相幫助、配合。益，更加。彰，明顯、顯著。原指君臣之間互相配合，更能發揮各自的長處。後用來指兩者相互配合，使雙方的能力和作用更明顯的表現出來。

注意 「彰」不要誤寫成「章」或「張」。

例句 典雅的氣氛與美味的食物相得益彰，使這家餐廳遠近馳名，賓客絡繹不絕。

近義 相輔相成。

相敬如賓 ㄒㄧㄤ ㄐㄧㄥˋ ㄖㄨˊ ㄅㄧㄣ

解釋 相，互相。敬，尊敬。如，如同、像。賓，賓客。指互相尊敬，就像對待賓客一樣。多用來形容夫妻之間互相尊敬，關係和諧。

例句 他們夫妻一直是相敬如賓，共處二十年，依然親密和諧。

近義 琴瑟和鳴、舉案齊眉。

相提並論（ㄒㄧㄤ ㄊㄧˊ ㄅㄧㄥˋ ㄌㄨㄣˋ）

解釋　相提，相比、相對照。並，齊、不分高下的放在一起。論，談論。指把不同的人和事不加區別，放在一起來談論和看待。

注意　「提」不要誤寫成「題」。

例句　這兩部電影的風格、類型都不同，怎麼能夠相提並論。

近義　混為一談、等量齊觀。

反義　就事論事。

相輔相成（ㄒㄧㄤ ㄈㄨˇ ㄒㄧㄤ ㄔㄥˊ）

解釋　輔，幫助、輔助。互相補充，互相配合。指兩件事物互相依賴對方而存在，缺一不可。

例句　利用投影片配合教學，能使教師在課堂上的講解達到相輔相成的效果。

近義　相得益彰。

反義　水火不容。

相濡以沫（ㄒㄧㄤ ㄖㄨˊ ㄧˇ ㄇㄛˋ）

解釋　濡，沾溼、使溼潤。沫，唾沫。原來是指水乾涸了，魚為了維持生存，互相吐出唾沫來沾溼對方。比喻人們在困難的處境中，用自己微薄的力量相互救助。

注意　①「濡」不要誤寫成「儒」。②「沫」不要誤寫成「沒」。

例句　他們兩人曾在生死關頭相濡以沫，從此便成為肝膽相照的好朋友。

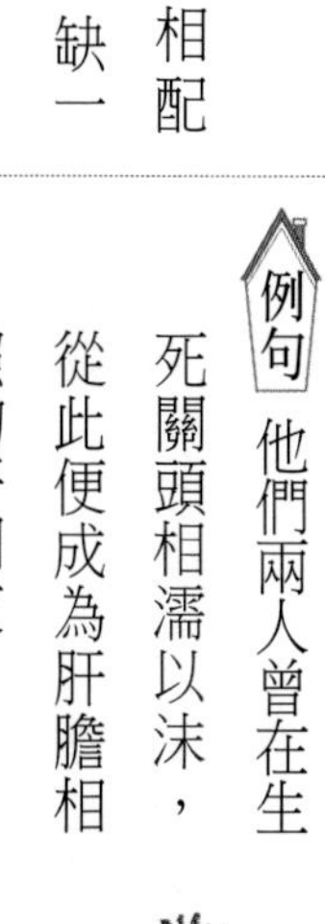

神乎其技（ㄕㄣˊ ㄏㄨ ㄑㄧˊ ㄐㄧˋ）

解釋 神，神祕、神妙。形容技藝超群，沒有人能比得上。

例句 這個雜技團的表演從不失誤，真是神乎其技。

近義 出神入化、鬼斧神工。

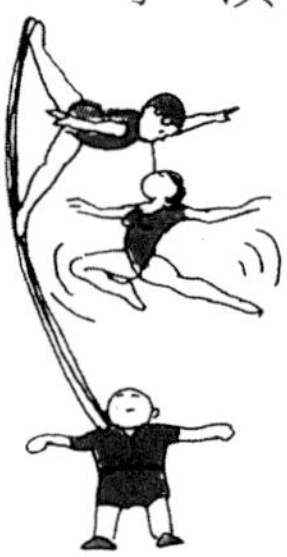

神出鬼沒（ㄕㄣˊ ㄔㄨ ㄍㄨㄟˇ ㄇㄛˋ）

解釋 出，出現。沒，消失。原本指用兵神奇迅速。比喻某些人、物的行動出沒無常，不可捉摸。

典故 淮南子・兵略上說，善於指揮作戰的人，能使軍隊的活動出沒無常，變化莫測，讓敵人看起來，像神出鬼行一樣的不可捉摸。在歷史上，這是一種機動、靈活的戰術。後人們把「神出鬼沒」作為成語。

注意 「沒」音ㄇㄛˋ，不要唸成ㄇㄟˊ。

例句 游擊隊的行動神出鬼沒，讓敵人傷透腦筋！

近義 出沒（ㄇㄛˋ）無常。

神來之筆（ㄕㄣˊ ㄌㄞˊ ㄓ ㄅㄧˇ）

解釋 ①比喻人創造出非常生動、出色的作品，猶如神功一般。②指處理事情時，臨時加上巧妙的做法。

例句 小說的結局既有趣又深具哲理，令人拍案叫絕，簡直是神來之筆。

神機妙算（ㄕㄣˊ ㄐㄧ ㄇㄧㄠˋ ㄙㄨㄢˋ）

解釋 神機，靈巧的心思，達到神奇的程度。

形容對事情的預測非常準確，毫無失誤。

例句　教練向來是神機妙算，對方的策略早被他摸得一清二楚。

近義　料事如神。

反義　一籌莫展、束手無策。

穿針引線 ㄔㄨㄢ ㄓㄣ ㄧㄣˇ ㄒㄧㄢˋ

解釋　比喻在中間擔任聯絡、拉攏的工作。

例句　這筆生意如果能夠談成，都得感謝他從中穿針引線，幫了大忙。

反義　挑撥離間（ㄐㄧㄢˋ）。

穿鑿附會 ㄔㄨㄢ ㄗㄠˊ ㄈㄨˋ ㄏㄨㄟˋ

解釋　穿鑿，牽強的解釋。附會，把不相關的事勉強湊合說成有關係，把沒有某種意義的事物說成有某種意義。指把不相干的事加以曲解，強作解釋。

例句　這個說法根本是穿鑿附會，怎麼能令人相信。

近義　郢（ㄧㄥˇ）書燕（ㄧㄢ）說、牽強附會。

反義　理所當然、順理成章。

約定俗成 ㄩㄝ ㄉㄧㄥˋ ㄙㄨˊ ㄔㄥˊ

解釋　約定，共同制定或共同議定。俗成，由習俗形成，被社會一般人所接受，並成為習慣而一直沿用。指事物的名稱或某種社會習慣，是人們共同認定而形成的。

例句　很多事物的名稱和習慣用語，都是沿襲已久，約定俗成的。

約法三章 ㄩㄝ ㄈㄚˇ ㄙㄢ ㄓㄤ

解釋　法，法律。約定法律三條。現在泛指事

先講定規則，大家共同遵守。

典故 楚漢相爭時，漢軍攻破秦朝的都城咸陽，漢王劉邦看到由於連年戰爭，社會秩序混亂，於是和父老百姓們約定了三條法令：殺人的判處死刑、傷人的和偷盜的按罪判刑。

注意 「章」不要誤寫成「張」。

例句 他們在婚前就已約法三章，共同分擔家務。

美不勝收 ㄇㄟˇ ㄅㄨˋ ㄕㄥ ㄕㄡ

解釋 不勝，不能盡、不能完。收，接受。形容美好的東西多到沒有辦法欣賞完。

注意 「勝」音ㄕㄥ，不要唸成ㄕㄥˋ。

例句 暮春三月，正是西湖風光宜人的日子，景色如畫，美不勝收。

美輪美奐 ㄇㄟˇ ㄌㄨㄣˊ ㄇㄟˇ ㄏㄨㄢˋ

解釋 輪，高大的樣子。奐，眾多的樣子。形容建築物宏偉華麗的樣子。多用來祝賀別人新居落成。

注意 ①「輪」不要誤寫成「侖」或「倫」。②「奐」不要誤寫成「換」。

例句 這幢建築物前的噴水池設計的美輪美奐，吸引了路人駐足觀賞。

背水一戰 ㄅㄟˋ ㄕㄨㄟˇ ㄧˊ ㄓㄢˋ

解釋 背水，背向水，表示沒有退路。比喻決一死戰。

典故 漢初韓信帶兵進攻趙軍，出了井陘口，

部署了一萬人背水列陣，與趙軍作戰。漢軍前臨大敵，後無退路，因此都拚死作戰，結果大敗趙軍。

例句 為了贏得這次比賽，我們在緊要關頭必須咬緊牙關，背水一戰。

近義 背城一戰。

背道而馳（ㄅㄟˋ ㄉㄠˋ ㄦˊ ㄔˊ）

解釋 背，背向。道，道路。馳，奔馳。朝著相反的方向奔跑。比喻彼此的方向或目的完全相反，或指行動與目的相反。

注意 「背」不要誤寫成「被」。

例句 理念不合的人，最後背道而馳是遲早的事。

近義 分道揚鑣、各奔東西、南轅北轍。

反義 並駕齊驅、並行不悖、殊途同歸。

茅塞頓開（ㄇㄠˊ ㄙㄜˋ ㄉㄨㄣˋ ㄎㄞ）

解釋 茅塞，比喻人的知識不足，或思想無法貫通，像是心裡被茅草堵塞住一樣。頓，立刻、一下子。形容受到啟發，一下子打開了思路，理解了某個道理。

辨析 「茅塞頓開」偏重於思想開竅；「恍然大悟」偏重於有所醒悟。

注意 ①「茅」不要誤寫成「矛」或「毛」。②「塞」音ㄙㄜˋ，不要唸成ㄙㄞˋ。

例句 老師的話使我茅塞頓開，忽然明白了好多事情。

近義 恍然大悟、豁然開朗。

反義 一竅不通、百思不解。

苦口婆心 ㄎㄨˇ ㄎㄡˇ ㄆㄛˊ ㄒㄧㄣ

解釋 苦口，誠懇的言語。婆心，老婆婆一樣的心腸。比喻仁慈、耐心。形容好心好意的反覆勸說。

辨析 「苦口婆心」和「語重心長」都有懇切勸說的意思。但「苦口婆心」偏重在「勸」，因此經常跟勸告、勸說、勸導、勸誡、勸阻等詞配合運用；「語重心長」則著重在說話者的情深意長。

例句 老師這樣苦口婆心的勸導，你應該迷途知返，不要再自暴自棄了。

近義 苦口相勸、語重心長。

反義 口蜜腹劍、冷嘲熱諷。

苦心孤詣 ㄎㄨˇ ㄒㄧㄣ ㄍㄨ ㄧˋ

解釋 苦心，費心思，指刻苦用心。詣，到。孤詣，獨到的境地。指費盡心思鑽研或經營，達到別人所達不到的地步。也指為了尋求解決問題的辦法而煞費苦心。

注意 「詣」音ㄧˋ，不要唸成ㄓˇ；也不要誤寫成「旨」。

例句 她苦心孤詣的教育子女，就是希望他們將來都能出人頭地。

反義 無所用心。

苦海無邊 ㄎㄨˇ ㄏㄞˇ ㄨˊ ㄅㄧㄢ

解釋 原本是佛教用語，形容深重的苦難猶如無邊的大海。佛經上有「苦海無邊，回頭是岸」的話，意思是：有罪過的人好像進入了

無邊無際的苦海一樣，但是只要回過頭來，決心悔改，陸地就在面前。

例句 我要奉勸這些罪犯，不要執迷不悟了，要知道苦海無邊，唯有改過向善才能脫離苦難。

苦盡甘來（ㄎㄨˇ ㄐㄧㄣˋ ㄍㄢ ㄌㄞˊ）

解釋 盡，完。甘，甜、美好。比喻苦日子過完了，美好的日子到來了。

例句 年輕時多吃些苦，年老時才有苦盡甘來的一天。

近義 否（ㄆㄧˇ）極泰來、時來運轉。

反義 樂極生悲。

苟且偷安（ㄍㄡˇ ㄑㄧㄝˇ ㄊㄡ ㄢ）

解釋 苟且，只顧眼前，得過且過。偷安，貪圖眼前的安逸，不顧將來。指不求上進，不顧將來，只貪圖眼前的安逸。

辨析 「苟且偷安」偏重在貪圖「安逸」；「苟且偷生」偏重在貪圖「生存」；「得過且過」偏重在「過一天算一天，不做長遠打算」；「因循苟安」偏重在「死守老套，貪圖安逸，不求改進」。

注意 「苟」不要誤寫成「狗」。

例句 你如果一直苟且偷安，不求上進，很快就會被社會淘汰的。

近義 因循苟且、苟且偷生、得過且過。

反義 自強不息、發憤圖強。

苟延殘喘（ㄍㄡˇ ㄧㄢˊ ㄘㄢˊ ㄔㄨㄢˇ）

解釋 苟，暫且、勉強。延，拖延。苟延，勉強拖延。殘，剩餘的、將盡的。喘，喘息。

臨死前的喘息。勉強維持著臨死前的喘息。比喻暫時勉強維持生存。

注意 ①「苟」不要誤寫成「狗」。②「延」左邊是「廴」，不是「辶」，不要寫錯了。

例句 這家百貨公司營運困難，現在只是苟延殘喘罷了。

近義 垂死掙扎。

負荊請罪（ㄈㄨˋ ㄐㄧㄥ ㄑㄧㄥˇ ㄗㄨㄟˋ）

解釋 負，背著。荊，荊條，性柔韌，古時候用來鞭打犯人的刑具。背著荊條向對方請罪，表示願受責罰。現在用來表示完全承認自己的錯誤，向對方賠禮道歉。

典故 戰國時代，趙國的藺相如因和氏璧出使秦國，立了功勞，趙惠文王任他為上卿（相當於丞相），比大將廉頗的官銜還要高。廉頗很不服氣，對人說：「我這個大將是出生入死得來的，不像人家光憑一張嘴，居然爬到我上頭了。今後我要是遇見他，非給他難堪不可。」這話傳到藺相如耳裡，就處處避開廉頗。別人以為藺相如怕廉頗，廉頗知道了也很得意。藺相如手下的人很不服氣，對他說：「同是上卿，何必怕廉將軍？」藺相如說：「秦王的威勢比廉將軍大得多，我尚且不怕，又怎麼會怕廉將軍？但是，今天秦國不敢侵略我們趙國，就是因為有我和廉將軍。如果我們兩人不團結，互相攻擊，就會給敵人機會，我們趙國就會受到侵略。我是以國家大事為重，把私人的恩怨和面子問題一概都拋開了。」這些

話傳到廉頗耳裡，心裡非常感動，也非常慚愧，就袒露著背，背上了荊條，親自到藺相如家中去請罪，說：「我真糊塗，差點兒誤了國家大事。」從此兩人成了好朋友。

例句 藺相如和廉頗這一段負荊請罪的故事，給後代立下一個勇於認錯的模範。

近義 肉袒負荊、肉袒牽羊。

反義 興師問罪。

赴湯蹈火 ㄈㄨˋ ㄊㄤ ㄉㄠˇ ㄏㄨㄛˇ

解釋 赴，前往。湯，熱水。蹈，踐踏。赴湯、蹈火，都是很危險的事。比喻冒險犯難，奮不顧身。

注意 「蹈」字不要誤寫成「踏」。

例句 這件事包在我身上，即使赴湯蹈火，我也不害怕。

近義 出生入死、肝腦塗地、粉身碎骨。

反義 貪生怕死。

迫在眉睫 ㄆㄛˋ ㄗㄞˋ ㄇㄟˊ ㄐㄧㄝˊ

解釋 迫，逼近。睫，眼睫毛。比喻事情已到眼前，十分急迫，逼近得就像眉毛和睫毛之間的距離一樣。

辨析 「迫在眉睫」和「燃眉之急」都有「非常急迫」的意思。但「迫在眉睫」重在「逼近」；「燃眉之急」重在「緊急」。

注意 ①「迫」不要誤寫成「破」。②「睫」不要誤寫成「捷」。

例句 看這情況，事情已迫在眉睫，必須採取緊急措施了。

近義 急如星火、燃眉之急。

重作馮婦（ㄔㄨㄥˊ ㄗㄨㄛˋ ㄈㄥˊ ㄈㄨˋ）

解釋 重，再。馮婦，人名。獵人馮婦成為善士後，又再重做以前打獵的工作。比喻重操舊業。

典故 孟子・盡心篇中有一個故事，提到晉國的一個獵人馮婦有赤手空拳打老虎的本事，後來一心念書，成了一個品性端正的讀書人。有一次，他見到許多人在野外追趕老虎，但沒人敢上前捉捕牠，大家看見馮婦後都很高興的迎接他，馮婦便又上前和老虎搏鬥。

注意 「重」音ㄔㄨㄥˊ，不要唸成ㄓㄨㄥˋ。

例句 他因為經商失敗，只得重作馮婦，又回到夜市賣小吃了。

重見天日（ㄔㄨㄥˊ ㄐㄧㄢˋ ㄊㄧㄢ ㄖˋ）

解釋 比喻脫離黑暗的環境，又見到光明。

注意 「重」不要誤寫成「從」。

例句 唉！不知道要等到哪一天，才能脫離這種熬夜苦讀的生活，重見天日？

近義 撥雲見日。

重整旗鼓（ㄔㄨㄥˊ ㄓㄥˇ ㄑㄧˊ ㄍㄨˇ）

解釋 重，重新。旗，旗幟。鼓，戰鼓。古代作戰時用旗和鼓來發號施令。比喻失敗或受挫折以後，整頓力量，重新再來。

注意 「旗」不要誤寫成「齊」。

例句 雖然上次輸了球賽，但是這次我們重整旗鼓，誓必拿下冠軍。

近義 東山再起、捲土重來。

反義 一蹶不振、偃旗息鼓。

重蹈覆轍（ㄔㄨㄥˊ ㄉㄠˋ ㄈㄨˋ ㄔㄜˋ）

解釋 蹈，踏、踩。轍，車輪輾過的印子。比喻沒有吸取教訓，重犯過去的錯誤。

辨析 也可以把「重蹈」和「覆轍」拆開，以「重蹈××覆轍」的形式出現。

注意 ①「蹈」不要誤寫成「踏」。②「覆」不要誤寫成「復」或「複」。

例句 他的父親曾因一時貪快而出了車禍，想不到如今他又重蹈覆轍。

面如土色（ㄇㄧㄢˋ ㄖㄨˊ ㄊㄨˇ ㄙㄜˋ）

解釋 土色，灰黃色。臉上的顏色跟泥土一樣。形容驚慌恐懼到了極點，以致臉上沒有血色。

辨析 「面如土色」和「面無人色」都是形容「驚嚇得很厲害」，有時可以通用，但略有區別。「面如土色」著重在由於「恐懼」使臉色像土似的；「面無人色」則著重在顯示「臉上沒有血色」，除了形容極端恐懼外，還可形容「人的身體非常虛弱」。

例句 看到歹徒凶狠的樣子，小女孩已經嚇得面如土色，哇哇大哭。

近義 面如死灰、面如槁（ㄍㄠˇ）木。

反義 面不改色、神色不驚。

面面相覷（ㄇㄧㄢˋ ㄇㄧㄢˋ ㄒㄧㄤ ㄑㄩˋ）

解釋 面面，臉對著臉。相，互相。覷，看、偷看。你看我，我看你，互相對看。形容大家因驚懼或無可奈何而互相望著，都不說話。

例句　他們兄弟聽到母親去世的消息後，面面相覷，久久說不出話來。

近義　面面相視。

面面俱到（ㄇㄧㄢˋ ㄇㄧㄢˋ ㄐㄩˋ ㄉㄠˋ）

解釋　面面，各個方面。俱，全都。指各個方面都注意或照顧到了，沒有遺漏。

注意　「俱」不要誤寫成「具」。

例句　他這個人辦事一向面面俱到，你們就別操心了。

近義　八面玲瓏。

反義　顧此失彼。

面授機宜（ㄇㄧㄢˋ ㄕㄡˋ ㄐㄧ ㄧˊ）

解釋　面授，當面傳授。機宜，處理事情的關鍵。表示當面傳授要訣，指點關鍵。

例句　上臺演講前，老師把我叫去面授機宜一番。

音容宛在（ㄧㄣ ㄖㄨㄥˊ ㄨㄢˇ ㄗㄞˋ）

解釋　宛，好像、彷彿。人的聲音和容貌彷彿出現在眼前，是對死者的弔唁詞。

辨析　「音容宛在」和「音容笑貌」的意義和用法完全不同，「音容笑貌」是指懷念別人的聲音和笑容，對方仍活著，只是分開多年，沒有聯絡，例如：我和昔日的好友雖然已經多年沒有聯絡，但是她的音容笑貌仍深映我腦海。而「音容宛在」懷念的對象已經去世，不可以混淆使用。

注意　「宛」不要誤寫成「苑」。

例句　在大家心中，這位因公殉職的警察依然音容宛在，令人懷念。

近義 聲容宛在。

風捲殘雲（ㄈㄥ ㄐㄩㄢˇ ㄘㄢˊ ㄩㄣˊ）

解釋 大風颳走了殘餘的雲朵。比喻把殘存的人或物一掃而空。

注意 「捲」字右下部是「㔾」，不要錯寫成「己」或「已」。

例句 我軍以風捲殘雲之勢，殲滅了殘存的敵軍。

近義 秋風掃落葉、橫掃千軍。

風花雪月（ㄈㄥ ㄏㄨㄚ ㄒㄩㄝˇ ㄩㄝˋ）

解釋 原來是指自然界的美景，後用來比喻與國計民生無關的事。

例句 一部好的文學作品，應當要有豐富的內容，深刻的含義，不能只寫風花雪月，無病呻吟。

風雨飄搖（ㄈㄥ ㄩˇ ㄆㄧㄠ ㄧㄠˊ）

解釋 原本指樹上的鳥窩在風雨中飄盪不定。後用來比喻動盪不安，局勢不穩定。

辨析 「風雨飄搖」和「搖搖欲墜」都有比喻不穩固、動蕩不安的意思。但「風雨飄搖」著重在形容動蕩不安，經常以「在……中」的形式出現；「搖搖欲墜」則著重在形容地位不穩固，有即將崩塌的趨勢。

例句 老爺爺大半生都在風雨飄搖中度過，現在終於可以好好享清福了。

近義 動盪不安、搖搖欲墜。

反義 安如磐石、穩如泰山。

風流雲散 ㄈㄥ ㄌㄧㄡˊ ㄩㄣˊ ㄙㄢˋ

解釋 像風一樣流動，像雲一樣散開。多用來比喻原本常在一起的人，後來都分散離開了。

辨析 「風流雲散」和「煙消雲散」都有「四散消失」的意思。但「風流雲散」指的是「流動，分散」，多指人，一般不指事物；「煙消雲散」指的是「消失，散去」，一般不指人，多指事物或人的情緒，但在特定情況下，也可以指人。

例句 眼看他越來越拮据，那些經常跟他在一起的酒肉朋友就風流雲散了。

近義 煙消雲散。

風馳電掣 ㄈㄥ ㄔˊ ㄉㄧㄢˋ ㄔㄜˋ

解釋 馳，快跑。掣，閃過。像疾風和閃電一樣，形容非常迅速，一閃而過。

注意 ①「馳」音ㄔˊ，不要唸成ㄕˇ；也不可以寫成「弛」。②「掣」音ㄔㄜˋ，不要唸成ㄓˋ；也不可以寫成「摯」。

例句 那輛摩托車突然衝出巷道，風馳電掣，迎面而來，嚇得我們不知所措。

近義 流星趕月。

風塵僕僕 ㄈㄥ ㄔㄣˊ ㄆㄨˊ ㄆㄨˊ

解釋 風塵，指旅途辛苦。僕僕，忙碌辛苦的樣子。形容旅途中奔波勞累的樣子。

辨析 「風塵僕僕」重在旅途辛苦勞累；「餐風露宿」重在野外生活艱苦。

注意 「僕」不要誤寫成「樸」。

例句 郵差先生不畏風雨寒暑，一年到頭風塵僕僕的奔馳在大街小巷，為民眾傳遞信件。

近義 鞍馬勞頓。

風調雨順（ㄈㄥ ㄊㄧㄠˊ ㄩˇ ㄕㄨㄣˋ）

解釋 調，調和，配合得均勻合適，適合需要。形容風雨適時，有利於農作物的生長。現在也用來比喻各方面都順利，天下太平。

注意 「調」音ㄊㄧㄠˊ，不要唸成ㄉㄧㄠˋ。

例句 靠天吃飯的農民，無不希望年年風調雨順，國泰民安。

近義 風雨調順。

風燭殘年（ㄈㄥ ㄓㄨˊ ㄘㄢˊ ㄋㄧㄢˊ）

解釋 風燭，在風中燃燒的蠟燭。燃燒在風中的蠟燭很快就會熄滅。比喻老年人的生命已不長久。

注意 「燭」不要誤寫成「蠋」。

例句 老爺爺辛苦奔波了一輩子，到了風燭殘年，還飽受疾病的折磨，真是可憐。

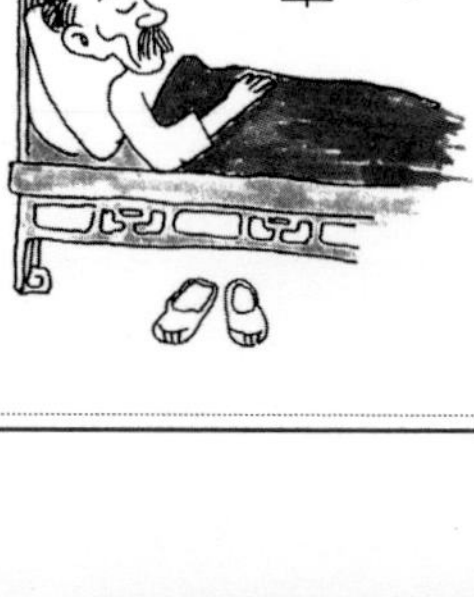

風聲鶴唳（ㄈㄥ ㄕㄥ ㄏㄜˋ ㄌㄧˋ）

解釋 唳，鶴叫。聽到風聲或鶴叫，就以為是敵人追上來了。形容非常驚慌害怕。

辨析 「風聲鶴唳」和「草木皆兵」可通用。但在表示由聽覺引起的驚恐時，宜用「風聲鶴唳」；而表示由視覺引起的驚恐時，宜用「草木皆兵」。

注意 「唳」音ㄌㄧˋ，不要唸成ㄌㄟˋ；也不可以寫成「淚」。

例句　自從政府大力掃黃以來，不法業者是風聲鶴唳，人人自危。

近義　草木皆兵、杯弓蛇影。

風靡一時（ㄈㄥ ㄇㄧˇ ㄧ ㄕˊ）

解釋　風靡，形容事物很流行，像草木順風而倒。形容事物在一個時期裡非常流行。

注意　「靡」下面是「非」，不要誤寫成「糜」。

例句　這首歌曲曾經風靡一時，深受大家的喜愛。

近義　風行一時。

風馬牛不相及（ㄈㄥ ㄇㄚˇ ㄋㄧㄡˊ ㄅㄨˋ ㄒㄧㄤ ㄐㄧˊ）

解釋　風，雌雄動物彼此引誘。及，到達、靠近。馬、牛不同類，彼此不會相誘而靠近。比喻事物之間毫不相干。

典故　春秋時代，齊國攻打蔡國。蔡國戰敗之後，齊桓公又率軍繼續南進，攻打楚國。楚成王派代表對齊桓公說：「你們住在北方，我們住在南方，中間相隔很遠，根本是『風馬牛不相及』，不知道你們為什麼要攻打我們？」

例句　幽默詼諧並不是低級下流，兩者完全是風馬牛不相及的。

近義　井水不犯河水。

反義　休戚相關、息息相關。

風吹不動，浪打不翻（ㄈㄥ ㄔㄨㄟ ㄅㄨˋ ㄉㄨㄥˋ，ㄌㄤˋ ㄉㄚˇ ㄅㄨˋ ㄈㄢ）

解釋　比喻不會發生變化。

例句　你放心！這筆獎金是風吹不動，浪打不

翻，絕對非你莫屬。

飛來橫禍（ㄈㄟ ㄌㄞˊ ㄏㄥˋ ㄏㄨㄛˋ）

解釋 指來不及防備，突然遭遇到的災難或禍害。

辨析 「飛來橫禍」和「無妄之災」都形容遭到意外的災禍。但是「飛來橫禍」著重於災禍的突然、快速；「無妄之災」著重於災禍的到來是意想不到的。

注意 「橫」音ㄏㄥˋ，不要唸成ㄏㄥˊ。

例句 他走在人行道上，卻被疾駛而來的車子撞成重傷，真是飛來橫禍。

近義 無妄之災、禍從天降。

反義 喜從天降。

飛揚跋扈（ㄈㄟ ㄧㄤˊ ㄅㄚˊ ㄏㄨˋ）

解釋 飛揚，放縱。跋扈，蠻橫。原本指意氣狂豪，不受約束。現用來形容氣焰囂張，驕橫放肆，目中無人。

辨析 「飛揚跋扈」和「專橫跋扈」都有「蠻橫不講理」的意思。但「飛揚跋扈」重在恣意放縱，目中無人；「專橫跋扈」重在專權獨斷。

注意 「跋」不要誤寫成「拔」。

例句 他在受挫折前，曾經是個飛揚跋扈，不可一世的人物。

近義 專橫跋扈、橫行霸道。

反義 安分守己、循規蹈矩。

飛黃騰達（ㄈㄟ ㄏㄨㄤˊ ㄊㄥˊ ㄉㄚˊ）

解釋 飛黃，傳說中的神馬，跑得很快。騰達，上升，引申為升官順利。原來是指神馬奔騰，後用來比喻一個人的官職、地位上升得很快。

辨析 「飛黃騰達」是指官職、地位一路上升得很快；「平步青雲」和「青雲直上」則偏重在指官職、地位輕而易舉一下子上升得很高，程度比「飛黃騰達」更輕鬆快速。

例句 許多讀書人追求的是飛黃騰達、升官發財，而不是經世濟民、造福百姓。

近義 平步青雲、扶搖直上、青雲直上。

反義 一落千丈、窮途潦倒。

飛（ㄈㄟ）蛾（ㄜˊ）撲（ㄆㄨ）火（ㄏㄨㄛˇ）

解釋 飛蛾撲到火上。比喻自取滅亡。

注意 「蛾」不要誤寫成「鵝」。

例句 我軍防守嚴密，敵軍如果妄想進攻，無異是飛蛾撲火呀！

近義 自投羅網。

飛（ㄈㄟ）鳥（ㄋㄧㄠˇ）各（ㄍㄜˋ）投（ㄊㄡˊ）林（ㄌㄧㄣˊ）

解釋 投，奔靠。比喻危難時，各自找出路。

辨析 「飛鳥各投林」和「各自為政」意思並不相同，「各自為政」是比喻每個人依自己的想法做事，不顧全整體。這句成語強調的是「各自行事」，例如：球員如果都各自為政，不聽教練的指揮，那比賽結果一定是大敗。而「飛鳥各投林」偏重在無奈的情況下，彼此無法互相扶持。

例句 事情既然發生了，我們只好飛鳥各投林，各自想辦法。

食古不化（ㄕˊ ㄍㄨˇ ㄅㄨˋ ㄏㄨㄚˋ）

解釋 食古，指讀古書，學習古代的知識。不化，沒有深入理解。原本指學習古代的知識，卻不會運用，就像把食物吃下去，卻不能消化一樣。現在多用來譏笑人只會死讀古書，不善於根據現實的情況靈活運用。

例句 他的學識豐富，但是思想陳舊、食古不化，是個老古板。

近義 生吞活剝、囫圇（ㄏㄨˊ ㄌㄨㄣˊ）吞棗。

反義 推陳出新、融會貫通。

食言而肥（ㄕˊ ㄧㄢˊ ㄦˊ ㄈㄟˊ）

解釋 食言，指說話不算數。指責人說話不算數，不守信用。

典故 春秋時代，魯國大夫孟武伯常常言而無信，魯哀公對他很不滿。有一次魯哀公設宴，在宴會上孟武伯見哀公的寵臣郭重也在座，就諷刺郭重說：「你吃了什麼東西，這樣肥胖啊！」魯哀公聽了，便接過話，代替郭重答道：「他把話吃得太多了，怎麼能不肥呢？」孟武伯聽了，知道國君在諷刺自己而感到萬分難堪。

例句 你才答應我的事，怎麼又反悔了，如此食言而肥，以後還有誰會相信你。

近義 言而無信、輕諾寡信。

反義 一言九鼎、一諾千金、言而有信。

食指浩繁（ㄕˊ ㄓˇ ㄏㄠˋ ㄈㄢˊ）

解釋 浩繁，浩大而繁多。家中賴以撫養的人口眾多。

注意 「繁」不要誤寫成「煩」。

例句 他家裡因為子女多，食指浩繁，所以還得兼差賺錢。

首屈一指（ㄕㄡˇ ㄑㄩ ㄧˋ ㄓˇ）

解釋 屈，彎曲。扳著手指頭計數時，首先彎下的是大拇指，表示位於第一位。形容居於首位。

注意 ①「首」不要誤寫成「手」。②「屈」不要誤寫成「曲」。

例句 這種電漿電視，目前在國內是首屈一指的產品。

近義 名列前茅、無出其右。

反義 等而下之。

首當其衝（ㄕㄡˇ ㄉㄤ ㄑㄧˊ ㄔㄨㄥ）

解釋 首，最先。當，承受。衝，交通要道。比喻處於重要的位置，首先受到對方的攻擊，或最先遭到災難。

注意 「衝」不要誤寫成「沖」。

例句 每次暴風雨來襲，這個濱海的城市總是首當其衝。

反義 瞠（ㄔㄥ）乎其後。

香消玉殞（ㄒㄧㄤ ㄒㄧㄠ ㄩˋ ㄩㄣˇ）

解釋 香、玉，都用來比喻女子。殞，這裡指死亡。指女子死亡。

注意 「殞」是「歹」部，不要誤寫成「損」。

例句 那位紅極一時的女明星，可惜很年輕就香消玉殞了，留給影迷無限的懷念。

近義 玉碎香消、玉碎珠沉。

【十畫】

乘風破浪（ㄔㄥˊ ㄈㄥ ㄆㄛˋ ㄌㄤˋ）

解釋 乘，駕。破，劈開。形容船隻在風浪中航行的狀態。後用來比喻志向遠大，不怕困難。現在多指乘著好時機前進，毫無阻礙。

典故 南朝宋國的宗慤（ㄑㄩㄝˋ），從小就有膽量，練得一身武藝。他哥哥宗泌（ㄅㄧˋ）結婚那天，有十多個強盜突然來搶劫，宗慤非常勇敢，一個人奮力抵抗，打跑了強盜。叔叔宗炳高興的問他長大後的志向，宗慤回答說：「願乘長風，破萬里浪！」意思是要開創出一番大事業。後來宗慤成為英勇大將，建立無數戰功。

注意 「乘」音ㄔㄥˊ，不要唸成ㄔㄥ。

例句 他年輕時就立下志願，要當一名乘風破浪的水手。

乘龍快婿（ㄔㄥˊ ㄌㄨㄥˊ ㄎㄨㄞˋ ㄒㄩˋ）

解釋 比喻令人滿意的好女婿。

典故 春秋時，有一位叫蕭史的青年很會吹洞簫，而秦穆公的女兒弄玉也愛吹洞簫，所以秦穆公就把女兒嫁給他。兩人結婚後，十分恩愛，過了沒幾年，人們傳說看見弄玉乘鳳，蕭史乘龍，雙雙飛上天了。後來人們就把乘龍的蕭史稱為「乘龍快婿」，比喻令人讚美的好女婿。

例句 這青年既上進又孝順，是您不二人選的乘龍快婿呢！

近義 如意佳婿、東床快婿。

俯拾即是（ㄈㄨˇ ㄕˊ ㄐㄧˊ ㄕˋ）

解釋 只要彎下腰去揀，到處都有。形容為數很多，而且容易得到。

辨析 「俯拾即是」和「比比皆是」、「觸目皆是」都可形容數目很多。但「俯拾即是」有非常容易得到的意思；「比比皆是」和「觸目皆是」則沒有。但後兩個成語可用來形容建築物、某種場所、某種人等；「俯拾即是」則不能。

例句 樹林裡，滿地都是被風吹落的楓葉，密密麻麻的，俯拾即是。

近義 比比皆是、觸目皆是。

反義 屈指可數、鳳毛麟角。

俯首帖耳（ㄈㄨˇ ㄕㄡˇ ㄊㄧㄝ ㄦˇ）

解釋 俯首，低頭。帖耳，非常順從的樣子。像狗見了主人那樣低著頭，貼著耳朵。形容卑躬屈膝、馴服順從的樣子。

注意 「帖」音ㄊㄧㄝ，不要唸成ㄊㄧㄝˇ。

例句 他對上司向來俯首帖耳，很會阿諛奉承。

近義 卑躬屈膝。

反義 桀驁（ㄠˊ）不馴。

倦鳥知還（ㄐㄩㄢˋ ㄋㄧㄠˇ ㄓ ㄏㄨㄢˊ）

解釋 飛倦的鳥也知道要飛回巢裡休息。比喻人在外奔波、浮沉，心起倦意，想要回家休

息。

例句 他一個人獨自在國外奮鬥多年，現在終於倦鳥知還，回到故鄉定居。

借刀殺人 ㄐㄧㄝˋ ㄉㄠ ㄕㄚ ㄖㄣˊ

解釋 比喻自己不出面，利用別人去害人。

例句 兇手企圖用借刀殺人的手法，為自己脫罪。

借花獻佛 ㄐㄧㄝˋ ㄏㄨㄚ ㄒㄧㄢˋ ㄈㄛˊ

解釋 比喻用別人的東西來做人情。

例句 你不必謝我，這件事我只是借花獻佛罷了。

近義 順水人情。

反義 借刀殺人。

借屍還魂 ㄐㄧㄝˋ ㄕ ㄏㄨㄢˊ ㄏㄨㄣˊ

解釋 世俗迷信人死了之後魂魄不散，雖然屍體已經腐敗，但是仍可借用別人的屍體復活。現在多用來比喻利用舊的事物，以新的姿態或形式出現。

例句 這批有問題的商品被廠商借屍還魂，以新的包裝重新上市。

倚門倚閭 ㄧˇ ㄇㄣˊ ㄧˇ ㄌㄩˊ

解釋 閭，里巷的門。形容殷切盼望子女歸來的心情。

例句 晚歸的子女可知父母倚門倚閭的焦慮心情？

近義 引領而望、倚門佇望、望穿秋水、望眼欲穿。

倒行逆施（ㄉㄠˋ ㄒㄧㄥˊ ㄋㄧˋ ㄕ）

解釋 行，走路。逆，相反。施，實行。原來是指做事違反常理。現多用來指所作所為違背常理。

注意 「倒」音ㄉㄠˋ，不要唸成ㄉㄠˇ。

例句 歷史一再的告誡我們，施行仁政才能長治久安，倒行逆施只會加速滅亡。

反義 因勢利導、順天應人。

倒屣相迎（ㄉㄠˋ ㄒㄧˇ ㄒㄧㄤ ㄧㄥˊ）

解釋 比喻熱情款待賓客。

典故 東漢獻帝時，有一位叫蔡邕的臣子很有學問，常常有慕名而來的訪客。有一天，王粲來訪，蔡邕一聽，高興地跑出來迎接，急忙中，竟然把鞋子穿倒了。當時的賓客驚訝地問：「你為什麼急成那樣呢？王粲是大人物嗎？」蔡邕回答：「王粲非常的聰明，又擅長寫辭賦，連我都比不上呢！」

例句 我聽到老同學來訪，立刻倒屣相迎，好不興奮。

反義 吃閉門羹、閉門不納。

倒繃孩兒（ㄉㄠˋ ㄅㄥ ㄏㄞˊ ㄦˊ）

解釋 繃，包紮。指將小嬰兒包反了。比喻原本熟悉的事竟然發生錯誤的情形。

注意 「繃」不要誤寫成「蹦」。

例句 驕傲自滿的人，小心有一天會發生倒繃孩兒的糗事。

修飾邊幅（ㄒㄧㄡ ㄕˋ ㄅㄧㄢ ㄈㄨˊ）

解釋 把布帛的邊緣修整齊。比喻講究儀容或

拘於小節。

注意 「幅」不要誤寫成「福」。

例句 拜託你修飾邊幅再出門，好嗎？

近義 整飾儀表。

兼容並蓄（ㄐㄧㄢ ㄖㄨㄥˊ ㄅㄧㄥˋ ㄒㄩˋ）

解釋 兼，同時涉及或具有幾種事物。容，包容。蓄，儲藏、容納。能廣泛容納多方面的事物。

注意 「蓄」音ㄒㄩˋ，不要唸成ㄔㄨˋ；也不要誤寫成「畜」。

例句 我們應該要兼容並蓄，接納各方面的意見，才能使這個計畫達到盡善盡美的地步。

近義 包羅萬象、鉅細靡遺。

剜肉醫瘡（ㄨㄢ ㄖㄡˋ ㄧ ㄔㄨㄤ）

解釋 剜，用刀挖取。用刀挖肉來補爛瘡，比喻只顧目前的急切需求，不管後果。

注意 ①「剜」音ㄨㄢ，不要唸成ㄨㄢˇ；也不可以寫成「腕」。②「瘡」音ㄔㄨㄤ，不要唸成ㄘㄤ；也不可以寫成「倉」。

例句 有些學生為了提振精神而吸食安非他命，無異於剜肉醫瘡。

近義 飲鴆（ㄓㄣˋ）止渴。

剛愎自用（ㄍㄤ ㄅㄧˋ ㄗˋ ㄩㄥˋ）

解釋 剛，剛強、強硬。愎，固執、任性。自用，自以為是。指為人倔強固執，不肯採納別人的意見。

辨析 「剛愎自用」偏重在固執任性而專斷；「師心自用」

偏重在以老師自居而自以為是。

注意 「愎」音ㄅㄧˋ，不要唸成ㄈㄨˋ；也不要誤寫成「腹」。

例句 他一向剛愎自用，從不聽取別人的意見。

近義 一意孤行、師心自用、獨斷專行。

反義 從善如流、虛懷若谷。

匪夷所思 ㄈㄟˇ ㄧˊ ㄙㄨㄛˇ ㄙ

解釋 匪，同「非」，不是。夷，平常。不是平常人所能夠想像的。指事情太離奇，出人意料。

注意 「夷」不要誤寫成「宜」。

例句 他一向忠厚善良，沒想到竟是十大通緝犯之一，真是匪夷所思。

近義 不可思議、出人意表。

反義 平淡無奇。

害群之馬 ㄏㄞˋ ㄑㄩㄣˊ ㄓ ㄇㄚˇ

解釋 原來是指危害馬群的壞馬。後用來比喻危害團體的人。

例句 他上課不守秩序，又常常在同學背後造謠生事，是班上的害群之馬。

家徒四壁 ㄐㄧㄚ ㄊㄨˊ ㄙˋ ㄅㄧˋ

解釋 徒，只有。家中只有四面牆壁，除了牆壁之外什麼也沒有。形容家境非常窮困。

注意 「徒」不要誤寫成「徙」。

例句 他雖然出身清寒，家徒四壁，但是靠著半工半讀完成學業。

近義 一貧如洗、家徒壁立。

反義 金玉滿堂、腰纏萬貫。

容光煥發 ㄖㄨㄥˊ ㄍㄨㄤ ㄏㄨㄢˋ ㄈㄚ

解釋 容光，臉上的光彩。煥發，光彩四射的樣子。形容精神振奮。也形容朝氣蓬勃。

辨析 「容光煥發」強調面貌上的光彩和身體健康；「神采奕奕」則偏重於精神興奮和情緒高昂。

注意 「煥」不要誤寫成「換」。

例句 她近來容光煥發，似乎有喜事臨門。

近義 神采奕奕、精神抖擻。

反義 無精打采、萎靡不振。

差強人意 ㄔㄚ ㄑㄧㄤˇ ㄖㄣˊ ㄧˋ

解釋 差，稍微、大致。強，振奮。原本是指還算能振奮人心。現在用來形容某人或某事還不錯，還能使人滿意。

典故 東漢光武帝劉秀拜大將吳漢為大司馬，每次出征，吳漢都在劉秀左右，忠心耿耿。有時打了敗仗，吳漢總是鼓勵大家要振作精神，準備再戰。有一次又戰敗，將士們心灰意冷，劉秀見吳漢不在身邊，就叫人去看看他在做什麼。去的人回報說：「大司馬正在檢查刀槍，準備進攻的武器。」劉秀聽了，又感動又讚嘆的說：「吳公差強人意」。

注意 「意」不要誤寫成「義」。

例句 這樣的結局雖然不是十全十美，卻也算差強人意了。

反義 大失所望。

師心自用 ㄕ ㄒㄧㄣ ㄗˋ ㄩㄥˋ

解釋 師，尊奉。師心，以心為師。自用，自以為是。形容一個人固執己見，自以為是，不肯接受別人的意見。

例句 你如果師心自用，不聽勸告，別人是不會跟你合作的。

近義 剛愎（ㄅㄧˋ）自用。

弱不勝衣（ㄖㄨㄛˋ ㄅㄨˋ ㄕㄥ ㄧ）

解釋 弱，身體瘦弱。勝，承受、經得住。身體瘦弱得好像連衣服的重量也承受不了。形容身體瘦弱到極點。

注意 「勝」音ㄕㄥ，不要唸成ㄕㄥˋ。

例句 這位小姐弱不勝衣，臉色蒼白，一眼就看得出她病得不輕。

近義 弱不禁風。

反義 身強體壯。

弱不禁風（ㄖㄨㄛˋ ㄅㄨˋ ㄐㄧㄣ ㄈㄥ）

解釋 弱，瘦弱。禁，承受。身體瘦弱得連風吹也承受不住。

注意 「禁」音ㄐㄧㄣ，不要唸成ㄐㄧㄣˋ；也不要誤寫成「經」。

例句 她才剛出院，弱不禁風，身體需要好好地調養。

近義 蒲柳之姿。

弱肉強食（ㄖㄨㄛˋ ㄖㄡˋ ㄑㄧㄤˊ ㄕˊ）

解釋 原本指動物中弱者是強者的食物。後用來比喻力量弱小者被力量強大者欺壓併吞。

例句 他常感嘆身處在弱肉強食的社

會，時時充滿著生存的壓力。

徒勞無功 ㄊㄨˊ ㄌㄠˊ ㄨˊ ㄍㄨㄥ

解釋 徒，白白的。指白費力氣，沒有一點成效。

典故 春秋末期，有一次孔子從魯國來到衛國。他的學生顏回問魯國的太師金說：「我的老師這次到衛國去宣揚仁義之道，你想衛侯肯接受嗎？」太師金搖搖頭說：「不行。現在各國都忙著打仗，誰聽他那一套。打個比方吧！船是水上最好的交通工具，車是陸地上最好的交通工具，但是如果把船推到陸地上用，一定也走不了多遠。如今他到衛國去遊說，就好比把船推到陸地上行走一樣，只是徒勞無功，白白的耗費力氣。」

注意 「徒」不要誤寫成「徙」。

例句 我們苦口婆心的勸他要振作，結果還是徒勞無功。

反義 事半功倍。

息事寧人 ㄒㄧ ㄕˋ ㄋㄧㄥˊ ㄖㄣˊ

解釋 息，平息。調解糾紛，平息事端，使人們和睦相處。

例句 為了息事寧人，大家只好不理會他蠻橫無理的態度。

近義 排難解紛。

反義 火上加油、惹是生非。

息息相關 ㄒㄧ ㄒㄧ ㄒㄧㄤ ㄍㄨㄢ

解釋 息，呼吸。呼吸是一呼一吸，接連不斷的，形容關係非常密切。

辨析 「息息相關」和「休戚相關」都有「彼此關係非常密切」的意思。「息息相關」的適用面較廣，可以指人，也可以指事物，但「息息相關」沒有「休戚相關」那樣含有「同甘共苦」、「利害一致」的意思；而「休戚相關」只能用於人、團體、國家之間的關係，不能用於事物。

例句 任何一個人都不是孤立的，而是和整個社會息息相關的。

近義 休戚相關、脣齒相依。

反義 無關痛癢。

捕風捉影（ㄅㄨˇ ㄈㄥ ㄓㄨㄛ ㄧㄥˇ）

解釋 像捕捉風和影子一樣，是辨不到的。用來比喻說話、做事毫無根據。

注意 「捕」不要誤寫成「補」。

例句 做人如果光明磊落，根本不必在乎那些捕風捉影的謠言。

近義 無中生有、無是生非、疑神疑鬼。

反義 鐵證如山。

捉衿肘見（ㄓㄨㄛ ㄐㄧㄣ ㄓㄡˇ ㄒㄧㄢˋ）

解釋 捉衿，整頓衣襟。見，同「現」，露出來。原來是指衣服破爛，生活窮困。後用來比喻顧此失彼，難以應付。

注意 ①「肘」字左邊是「月」，不要錯寫成「月」。②「見」音ㄒㄧㄢˋ，不要唸成ㄐㄧㄢˋ。

例句 沒想到平日出手大方的他，竟也有捉衿肘見的一天。

近義 左支右絀（ㄔㄨˋ）、顧此失彼。

反義 應付自如。

振臂一呼

解釋 揮起手臂，大聲喊叫，積極地號召群眾。

注意 「振」不要誤寫成「震」。

例句 好！就讓我振臂一呼，號召大家響應義賣活動。

近義 登高一呼。

拿了雞毛當令箭

解釋 令箭，古時主將用來發布命令的旗子。比喻以假代真，以小充大來發號施令，嚇唬他人。

例句 愛拿了雞毛當令箭的人，最不受歡迎。

旁門左道

解釋 旁門，不正經的門路。左道，邪魔歪道。引申指一切不正當的做事方法。

例句 古時候的士大夫一向認為醫學、科學等都是旁門左道，不值得研究。

近義 邪魔歪道、異端邪說。

旁敲側擊

解釋 側，旁邊。擊，敲打。從旁邊敲擊。比喻不直接從正面詢問，而以間接的方法去探知真相。

注意 「側」不要誤寫成「測」。

例句 你有意見，儘管痛痛快快的說出來，何必這樣拐彎抹角，旁敲側擊。

近義 拐彎抹角。

反義 直截了當（ㄉㄤˇ ㄉㄤˋ）、單刀直入、開門見山。

旁徵博引（ㄆㄤˊ ㄓㄥ ㄅㄛˊ ㄧㄣˇ）

解釋 旁徵，廣泛收集。博引，大量引證。形容說話、寫文章廣泛的從多方面引用材料作為依據、證明。

辨析 「旁徵博引」和「引經據典」都有「引用別的材料作為依據、例證」的意思。但「旁徵博引」重在作為證據的資料很多；「引經據典」重在引用經典著作作為依據。

例句 寫文章要能旁徵博引，才能提升文章的內涵。

根深蒂固（ㄍㄣ ㄕㄣ ㄉㄧˋ ㄍㄨˋ）

解釋 蒂，花或瓜果與莖枝相連的部分。固，結實、牢固。比喻基礎牢固，不可動搖。

例句 「萬般皆下品，唯有讀書高」是多數人根深蒂固的傳統觀念。

近義 堅如磐石。

反義 搖搖欲墜。

栩栩如生（ㄒㄩˇ ㄒㄩˇ ㄖㄨˊ ㄕㄥ）

解釋 栩栩，生動活潑的樣子。生，活的。形容非常生動逼真，好像活的一樣。

辨析 「栩栩如生」和「躍然紙上」都能形容繪畫或描寫的生動、逼真，但「栩栩如生」既能形容文字的描寫或繪畫的生動、逼真，也能形容說話或雕塑的生動、逼真；而「躍然紙上」則限於「紙上」，不能形容說話或

雕塑。

例句 這幅畫中的人物、山水，都描繪得栩栩如生，鮮明而精緻。

近義 活靈活現、惟妙惟肖、躍然紙上。

格格不入（ㄍㄜˊ ㄍㄜˊ ㄅㄨˋ ㄖㄨˋ）

解釋 格格，抵觸、阻礙。相互抵觸，無法融合在一起。多用來形容思想感情、風俗習慣等方面。

辨析 「格格不入」偏重在互相抵觸；「方枘圓鑿」偏重在不能相合，並沒有互相抵觸的意思。

注意 「格」不要誤寫成「隔」。

例句 他一向嚴以律己，跟這些放浪形骸的人在一起，顯得格格不入。

近義 方枘（ㄖㄨㄟˋ）圓鑿、水火不容。

反義 水乳交融、絲絲入扣、融為一體。

桃李滿門（ㄊㄠˊ ㄌㄧˇ ㄇㄢˇ ㄇㄣˊ）

解釋 桃、李，指桃樹、李樹，比喻栽培的學生或人才。比喻老師教出的學生，培育的人才，遍布天下。

例句 當一個老師滿頭銀髮時，最大的安慰就是桃李滿門了。

桀驁不馴（ㄐㄧㄝˊ ㄠˋ ㄅㄨˋ ㄒㄩㄣˊ）

解釋 桀，兇暴。驁，驕傲。馴，溫順。形容一個人個性兇暴乖戾，毫不溫順。

例句 你如果想獲得更多友誼，就必須改一改那桀驁不馴的脾氣。

殊途同歸（ㄕㄨ ㄊㄨˊ ㄊㄨㄥˊ ㄍㄨㄟ）

解釋 殊，不同的。途，道路。歸，結果。所走的道路不同，目的地卻一樣。比喻採取不同的方法，可以得到相同的結果。

例句 這些數學題目有好幾種解題方法，但是殊途同歸，答案完全一樣。

近義 異曲（ㄑㄩˇ）同工。

殷鑒不遠（ㄧㄣ ㄐㄧㄢˋ ㄅㄨˋ ㄩㄢˇ）

解釋 殷，商朝。鑒，鏡子。殷鑒，借鏡。殷人滅夏，這件事才發生不久，殷的子孫應以夏的滅亡作為借鏡。指過去發生的錯誤可以作為警戒，不要再犯同樣的錯誤。

例句 你上次因為飆車而摔斷腿，殷鑒不遠，這次出門可要小心了。

氣壯山河（ㄑㄧˋ ㄓㄨㄤˋ ㄕㄢ ㄏㄜˊ）

解釋 形容正氣凜然的樣子。

例句 革命先烈為國家拋頭顱、灑熱血的情操，真是氣壯山河，令人敬佩。

近義 氣貫長虹。

氣象萬千（ㄑㄧˋ ㄒㄧㄤˋ ㄨㄢˋ ㄑㄧㄢ）

解釋 氣象，景象。形容景象變化多端，氣勢雄偉。

例句 阿里山上的雲海氣象萬千，變化多端，讓人看了心曠神怡。

反義 千篇一律。

泰山壓卵（ㄊㄞˋ ㄕㄢ ㄧㄚ ㄌㄨㄢˇ）

解釋 泰山壓在蛋上。以強大的力量壓在脆弱

的東西上。比喻力量懸殊，強大的一方必然摧毀弱小的一方。

辨析 「泰山壓卵」和「泰山至頂」雖然義近，但是強調的重點不同。「泰山至頂」是說泰山壓在頭頂上面，用來比喻困難重重，壓力沉重。

例句 原本以為這場拳擊賽是泰山壓卵，想不到打了好幾回依然分不出勝負。

近義 泰山壓頂。

反義 以卵擊石。

涇渭分明（ㄐㄧㄥ ㄨㄟˋ ㄈㄣ ㄇㄧㄥˊ）

解釋 涇，涇河，發源於甘肅，流入陝西。渭，渭河，發源於甘肅，經陝西流入黃河。涇河水很清，渭河水很濁，兩條河在陝西境內合流，涇河的水流入渭河時，清濁分得很清楚。比喻人或事物的好壞分得清清楚楚。

注意 「涇」音ㄐㄧㄥ，不要唸成ㄐㄧㄥˋ；也不要誤寫成「徑」。

例句 他們兩個人的能力涇渭分明，是大家都認同的呀！

近義 是非分明、黑白分明。

反義 是非不辨、黑白不分。

海市蜃樓（ㄏㄞˇ ㄕˋ ㄕㄣˋ ㄌㄡˊ）

解釋 蜃，海中的大蛤。古代傳說蜃能吐氣形成樓臺、城市等景物。實際上那是由於光線的折射作用而產生的一種奇異幻景。這種幻景多在夏天的海邊或沙漠地區出現。現在用來比喻虛幻的、不存在的事物。

辨析 「海市蜃樓」和「空中樓閣」都用來比喻脫離實際的虛幻事物。但「海市蜃樓」多指幻景，比喻容易幻滅的「希望」、虛幻的「前景」等；而「空中樓閣」則著重在比喻沒有基礎的空想、空談等。

注意 「蜃」音ㄕㄣˋ，不要唸成ㄔㄣˊ。

例句 聽了老師的一席話才知道自己的想法是海市蜃樓，不切實際的。

近義 空中樓閣、鏡花水月。

海底撈月 ㄏㄞˇ ㄉㄧˇ ㄌㄠ ㄩㄝˋ

解釋 比喻白費力氣，去做不可能做到的事。

辨析 「海底撈月」和「大海撈針」都比喻目標難以實現。但「海底撈月」是指尋找虛幻不實之物，不可能獲得；而「大海撈針」則是指雖然很難達到，卻仍有達到的可能。

例句 想在茫茫人海中尋找只見過一次面的朋友，無異於海底撈月呀！

近義 水中撈月、海中撈月。

反義 手到擒來、探囊取物、唾手可得。

海底撈針 ㄏㄞˇ ㄉㄧˇ ㄌㄠ ㄓㄣ

解釋 在大海裡面撈一根針。比喻很難找到。

辨析 ①也作「大海撈針」。②「海底撈針」和「海底撈月」都比喻很難找到，但是前者可能實現，後者卻不可能達成。

例句 在茫茫人海中尋找失蹤多年的弟弟，就像是海底撈針，難如登天。

近義 難如登天。

反義 探囊取物、輕而易舉。

海枯石爛 ㄏㄞˇ ㄎㄨ ㄕˊ ㄌㄢˋ

解釋　海枯，海水乾枯。石爛，岩石經風化後成為灰土。形容經歷的時間非常長。也用來表示意志堅定，永不改變。常作為男女之間表示感情永恆的誓言。

例句　我心意已決，你要說服我改變，除非海枯石爛。

近義　地老天荒。

海誓山盟（ㄏㄞˇ ㄕˋ ㄕㄢ ㄇㄥˊ）

解釋　誓，誓言。盟，盟約。指著山和海發誓，並訂立盟約。表示是真心發誓，堅守承諾，要像山和海一樣永恆不變。

例句　儘管音信不通，他們心中仍惦記著當年的海誓山盟。

近義　山盟海誓、信誓旦旦。

反義　背信忘義。

海闊天空（ㄏㄞˇ ㄎㄨㄛˋ ㄊㄧㄢ ㄎㄨㄥ）

解釋　像大海一樣的遼闊，像天空一樣的無邊無際。原來是形容大自然的廣闊，後也用來比喻心胸開闊，無拘無束。現在常用來比喻文章、談話的範圍廣大，漫無邊際。

例句　如果你遇到挫折都能退一步想，心中自然會海闊天空，坦然面對。

浮光掠影（ㄈㄨˊ ㄍㄨㄤ ㄌㄩㄝˋ ㄧㄥˇ）

解釋　浮光，指水面上的反光。掠影，一掠而過的影子。比喻觀察不細緻，印象不深刻，好像水面的反光和掠過的影子一樣。也指文章或言論膚淺，不切實際。

辨析　「浮光掠影」和「走馬看花」都有「觀察事物不深入細緻，印象不深」的意思。但

「浮光掠影」往往偏重在印象不深，人和事物都是它的適用對象；「走馬看花」則著重於觀察事物上的不深入細緻，適用對象只限於人。

注意 「掠」不要誤寫成「略」。

例句 這篇論文不過是浮光掠影，對問題的癥結、重點，並沒有深入地研究。

近義 走馬看花、蜻蜓點水。

反義 入木三分。

浩如煙海（ㄏㄠˋ ㄖㄨˊ ㄧㄢ ㄏㄞˇ）

解釋 浩，廣大、繁多。煙海，煙霧瀰漫的大海。形容書籍、資料等非常豐富，多得無法計量。

例句 這座圖書館的藏書浩如煙海，收集了大量的古代典籍。

近義 汗牛充棟。

反義 屈指可數、寥寥無幾。

烏合之眾（ㄨ ㄏㄜˊ ㄓ ㄓㄨㄥˋ）

解釋 烏合，像烏鴉那樣臨時聚合在一起。眾，許多人。像烏鴉那樣暫時聚合在一起的一夥人。比喻臨時聚集，毫無組織紀律的群眾。

注意 「烏」不要誤寫成「鳥」。

例句 這支雜牌軍盡是些烏合之眾，根本就不堪一擊。

近義 一盤散沙。

烏煙瘴氣（ㄨ ㄧㄢ ㄓㄤˋ ㄑㄧˋ）

解釋 烏，黑。瘴氣，熱帶深山密林中的一種

溼熱毒氣。比喻環境嘈雜、秩序混亂、社會黑暗。

注意 ①「瘴」音ㄓㄤˋ，不要唸成ㄓㄤ；也不要誤寫成「障」。②「氣」不要誤寫成「汽」。

例句 他才剛到，就把宴會的氣氛弄得烏煙瘴氣。

近義 昏天黑地。

狼心狗肺（ㄌㄤˊ ㄒㄧㄣ ㄍㄡˇ ㄈㄟˋ）

解釋 比喻心腸像野狼和惡狗那樣兇殘、狠毒的人。

注意 「狼」不要誤寫成「狠」。

例句 他居然殺死當年的救命恩人，真是狼心狗肺，忘恩負義。

近義 心狠手辣、蛇蠍心腸。

反義 慈悲為懷。

狼吞虎嚥（ㄌㄤˊ ㄊㄨㄣ ㄏㄨˇ ㄧㄢˋ）

解釋 像狼和虎那樣吞嚥食物。形容吃東西又猛又急的樣子。

注意 「嚥」不要誤寫成「燕」。

例句 看他們狼吞虎嚥的樣子，好像餓了好幾天似的。

反義 細嚼慢嚥。

狼狽不堪（ㄌㄤˊ ㄅㄟˋ ㄅㄨˋ ㄎㄢ）

解釋 狼狽，形容疲乏、困苦，或受窘的樣子。傳說狽是一種獸，前腳特別短，走動時必須趴在狼的身上，沒有狼，牠就不能行動。堪，忍受。形容非常窘迫，處境十分困

難的樣子。

例句 看他那副狼狽不堪的樣子，必定是出事了。

近義 焦頭爛額。

狼狽為奸（ㄌㄤˊ ㄅㄟˋ ㄨㄟˊ ㄐㄧㄢ）

解釋 狽，長得像狼的一種動物，前腳短，後腳長。比喻壞人互相勾結起來做壞事。

例句 他們兩人狼狽為奸，做了不少壞事。

近義 朋比（ㄅㄧˋ）為奸。

班門弄斧（ㄅㄢ ㄇㄣˊ ㄋㄨㄥˋ ㄈㄨˇ）

解釋 班，魯班，即公輸班，春秋時魯國人，古代著名的木匠。在魯班門前舞弄斧頭。比喻在行家面前賣弄本事。有時也用作自謙之詞，表示自己學識、能力不如人家。

注意 「班」不要誤寫成「斑」或「搬」。

例句 在繪畫方面我不是專家，可不敢在藝術大師面前班門弄斧。

留連忘返（ㄌㄧㄡˊ ㄌㄧㄢˊ ㄨㄤˋ ㄈㄢˇ）

解釋 留連，留戀不止，捨不得離去。形容留戀某些景物而捨不得離去。

注意 「留」不要誤寫成「流」。

例句 這裡山明水秀，風景優美，常使遊客留連忘返。

近義 樂不思蜀、樂而忘返。

病入膏肓（ㄅㄧㄥˋ ㄖㄨˋ ㄍㄠ ㄏㄨㄤ）

解釋 膏肓，我國古代醫學名稱，心尖脂肪叫「膏」，心臟和膈膜之間叫「肓」。古人認為「膏肓」是藥力達不到的地方。用來形容

病情嚴重到無法治療的程度，也比喻事情嚴重到無法挽救的地步。

典故 春秋時代晉景公病重，向秦國求醫，秦桓公派一位名叫緩的醫生去幫他治病。醫生檢查病情後認為病已無法治癒，因為疾病發生在「肓」的上面，「膏」的下面，藥力達不到。

注意 「肓」音ㄏㄨㄤ，不要唸成ㄇㄤˊ；也不要誤寫成「盲」。

例句 我知道自己已經病入膏肓了，即使華佗再世也無能為力了。

病急亂投醫（ㄅㄧㄥˋ ㄐㄧˊ ㄌㄨㄢˋ ㄊㄡˊ ㄧ）

解釋 病重時胡亂求醫治病，而不問醫術是否高明。比喻事情危急時，盲目求人想辦法。

注意 「急」不要誤寫成「疾」。

例句 這件事情雖然棘手，但是也不可以病急亂投醫，還是需要從長計議。

病從口入，禍從口出（ㄅㄧㄥˋ ㄘㄨㄥˊ ㄎㄡˇ ㄖㄨˋ，ㄏㄨㄛˋ ㄘㄨㄥˊ ㄎㄡˇ ㄔㄨ）

解釋 強調說話應該小心謹慎，不能胡亂講話。

例句 俗話說：「病從口入，禍從口出」，我們平日應該注意自己的言行，以免招來禍患。

疲於奔命（ㄆㄧˊ ㄩˊ ㄅㄣ ㄇㄧㄥˋ）

解釋 疲，勞累、疲乏。奔命，為執行命令奔走，忙於應付。原來是指被

迫奔走忙碌，十分疲勞。現在常用來形容往來奔走，疲憊不堪。或形容事情繁多，忙不過來。

典故 春秋時代，楚國貴族子重、子反與巫臣有仇，這兩個人掌權之後，殺了巫臣家裡的人，迫使巫臣逃亡。巫臣逃到晉國後，給子重、子反寫了一封信說：你們專門陷害好人，貪得無厭，殺害無辜，我勢必把你們搞得疲於奔命，直到死去。後來，巫臣從晉國出使吳國，勸說吳國反對楚國，並派了一些人教吳國人射箭、乘車、兵法、打仗等，還留下自己的兒子做吳國的外交官。吳國強盛起來以後，興兵攻打楚國，一年之內就進攻了七次，果然把子重、子反弄得十分狼狽，奔波不安。

例句 他是個熱心公益的人，從早到晚為了公事疲於奔命。

近義 徒勞往返、筋疲力盡。

反義 以逸待勞。

疾風迅雷 ㄐㄧˊ ㄈㄥ ㄒㄩㄣˋ ㄌㄟˊ

解釋 疾風，猛烈的風。急雷，突發而快的雷聲。比喻事情發生得很突然和迅速。

注意 「疾」不要誤寫成「急」。

例句 病毒如疾風迅雷般的蔓延到全國，令人措手不及。

疾風知勁草 ㄐㄧˊ ㄈㄥ ㄓ ㄐㄧㄣˋ ㄘㄠˇ

解釋 勁，強勁、堅韌。在猛烈的大風中，才知道小草的堅韌性。比喻在嚴峻的考驗中，才能顯示出強者。

注意 「勁」不要誤寫成「進」。

例句 古人說：「疾風知勁草」，唯有能通過考驗的人，才是英雄。

近義 路遙知馬力。

破釜沉舟（ㄆㄛˋ ㄈㄨˇ ㄔㄣˊ ㄓㄡ）

解釋 釜，鍋。把鍋打破，把船鑿沉。表示沒有退路，非打勝仗不可。形容下了最後決心，要不顧一切堅持到底。

典故 秦朝末年，秦國攻打趙國，把鉅鹿城緊緊圍住。項羽率領部隊去救鉅鹿，當部隊渡過漳河，項羽命令把所有的船鑿破，沉到河底，接下來，又把飯鍋都打碎，把岸上的房屋燒光，每人只發三天的糧食，表示寧願戰死也不回來的決心。經過九次激戰，終於殲滅了秦軍，殺死了秦將。項羽從此成了諸侯首領，與劉邦鼎足而立。

注意 「釜」不要誤寫成「斧」。

例句 同學們個個都抱定破釜沉舟的決心，一定要拿下這次班際比賽的冠軍。

近義 背水一戰、義無反顧。

破鏡重圓（ㄆㄛˋ ㄐㄧㄥˋ ㄔㄨㄥˊ ㄩㄢˊ）

解釋 鏡，鏡子、銅鏡。圓，完整，比喻團聚。比喻夫妻失散或決裂後又再團聚。

典故 南朝陳國將要被隋滅亡的時候，陳後主的妹妹樂昌公主和丈夫徐德言眼見大勢已去，預料陳國亡後夫妻將被迫分離，徐德言打破了一面銅鏡，和樂昌公主各收藏一半，作為日後重見時的憑證，並約定第二年的正月十五，各自拿那片破鏡子到京城的市場上販賣，以便互相探聽音訊。陳亡以後，樂昌公主果然被楊素所得，並成為楊的寵妾。到

了約定的日期，徐德言來到京城，果然看見一位老人拿一面破鏡子求售。經過核對後，才知道樂昌公主的下落，於是在破鏡子上題了一首詩：「鏡與人俱去，鏡歸人不歸，無復嫦娥影，空留明月輝。」樂昌公主見到這首詩後，十分悲傷，飯也不吃，水也不喝。楊素知道這件事以後，也為其感動，便召見了徐德言，讓他們夫妻重新團聚，白頭到老。

注意 ①「鏡」不要誤寫成「境」。②「圓」不要誤寫成「園」。

例句 聽到他們夫妻破鏡重圓的消息，親友們都很高興。

笑容可掬（ㄒㄧㄠˋ ㄖㄨㄥˊ ㄎㄜˇ ㄐㄩ）

解釋 掬，用兩手捧起。臉上的笑容多得好像可以用雙手捧取的樣子。形容滿臉笑容。

注意 「掬」不要誤寫成「鞠」。

例句 他不愧為最佳服務員，對待顧客總是笑容可掬，親切和藹。

近義 眉開眼笑、喜形於色。

反義 愁眉苦臉。

笑裡藏刀（ㄒㄧㄠˋ ㄌㄧˇ ㄘㄤˊ ㄉㄠ）

解釋 比喻表面和善，內心卻陰險狠毒。

典故 李義府是個職高權重的朝中大臣。他平時待人表面上溫和謙恭，很有禮貌，說話常常面帶三分笑，內心卻陰險毒辣，專出壞主意害人。有一次，他聽說監獄裡有個女囚犯長得很漂亮，就把管理監獄的官吏畢正義找來，甜言蜜語的拉攏他，叫他免了這個女囚

犯的罪，他自己卻霸占了這個女囚。後來畢正義因為這件事被控告，李義府假裝不知道此事，還威逼畢正義自殺，而告發的官吏王義方也因此丟了官，被發配到外地。當時，人們對李義府的所作所為都非常氣憤，說李義府笑中有刀，也叫「笑中刀」或「笑裡刀」，現在說成「笑裡藏刀」。

例句 他一向對我們不太友善，今天卻這麼客氣，恐怕是笑裡藏刀。

近義 口蜜腹劍。

粉妝玉琢（ㄈㄣˇ ㄓㄨㄤ ㄩˋ ㄓㄨㄛˊ）

解釋 妝，妝扮。琢，雕琢。用白粉裝扮，用白玉雕琢。形容皮膚潔白細嫩。也可以用來形容雪景。

辨析 描寫雪景時，「粉妝玉琢」和「粉妝玉砌」可以通用。但前者主要在寫人；後者只適用於雪景。

例句 寒流來襲，合歡山上也降下了瑞雪，一片粉妝玉琢，彷彿來到了另一個夢幻世界。

近義 粉妝玉砌、粉雕玉琢。

粉墨登場（ㄈㄣˇ ㄇㄛˋ ㄉㄥ ㄔㄤˇ）

解釋 粉、墨，擦臉和畫眉毛用的化妝品。指化妝後登臺演戲。比喻擔任某個工作或角色，在眾人注視下進行。

例句 這位老藝人出身梨園世家，七歲就隨著父親粉墨登場。

素昧平生 ㄙㄨˋ ㄇㄟˋ ㄆㄧㄥˊ ㄕㄥ

解釋 素，向來。昧，不了解。指對某人向來不了解。

注意 「昧」音ㄇㄟˋ，不要唸成ㄨㄟˋ；也不要誤寫成「味」。

例句 我和你素昧平生，你卻如此盡心盡力的幫忙，令我感激萬分。

反義 似曾相識。

紛至沓來 ㄈㄣ ㄓˋ ㄊㄚˋ ㄌㄞˊ

解釋 紛，多、雜亂。沓，重複。形容接連不斷的到來。

辨析 「紛至沓來」和「絡繹不絕」都有連續不斷的意思，有時為了加強語氣，兩者可連用。但「紛至沓來」可泛指一切事物，範圍較「絡繹不絕」廣；「絡繹不絕」專指人、車、馬、船的來來往往，同時含有「繁盛」的意思，「紛至沓來」沒有這個意思。

注意 「沓」不要誤寫成「踏」。

例句 這裡剛開發成新的遊樂區，遊客們紛至沓來，絡繹不絕。

近義 絡繹不絕、接踵而至。

紙上談兵 ㄓˇ ㄕㄤˋ ㄊㄢˊ ㄅㄧㄥ

解釋 比喻空談理論，而不能解決實際問題。也比喻只是空談，不能成為事實。

典故 戰國末期，趙國大將趙奢的兒子趙括，年輕時就讀了不少兵書，即使他父親和他談論用兵之道，也難不倒他。雖然這樣，但趙奢認為，趙括

沒有實際經驗，不能當大將。後來，秦國進攻趙國，趙孝成王中了秦國的反間計，改派趙括代廉頗為大將。趙括的母親聞訊連忙上書勸阻說：「趙括雖熟讀兵書，但不能靈活運用，並非大將之才，不可重用。」但趙孝成王不聽勸阻，讓趙括接替了兵權。趙括來到長平，完全改變了廉頗的計畫，照搬兵書上的條文，結果被秦兵圍困，他自己在突圍時中箭而死，趙軍四十萬也被秦國大將白起坑殺。

例句 要解決這個問題，光紙上談兵是不夠的，得付諸實際行動才行。

紙醉金迷（ㄓˇ ㄗㄨㄟˋ ㄐㄧㄣ ㄇㄧˊ）

解釋 原來是指被一些金光閃閃的東西迷惑住了。後用來形容奢侈浮華的生活。

例句 他自從中了樂透以後，每天過著紙醉金迷的生活，再也不肯認真工作了。

近義 花天酒地、醉生夢死。

反義 食淡衣粗。

耿耿於懷（ㄍㄥˇ ㄍㄥˇ ㄩˊ ㄏㄨㄞˊ）

解釋 耿耿，形容有心事，老是忘不掉。懷，胸懷、心懷。形容對某一件事情總是不能忘掉，心裡覺得不踏實、不寧靜的樣子。現在多形容思想上憤憤不快。

例句 我上次接受了同事的委託，沒能完成任務，至今仍然耿耿於懷。

近義 念念不忘。

反義 置諸腦後。

胸有成竹（ㄒㄩㄥ ㄧㄡˇ ㄔㄥˊ ㄓㄨˊ）

解釋 成竹，現成、完整的竹子。原本指畫竹子之前，必須胸中先有竹子的全貌，這樣畫起來才能得心應手。比喻事前心裡已經有了安排計畫，因而做事有把握。

典故 文與可是宋朝人，擅長寫生，以畫墨竹最為有名。他生平很愛竹子，在自己的住宅前種了很多青竹。他一年四季都很仔細觀察竹子在每個季節、氣候裡的變化和姿態。時間久了，他對竹子便十分熟悉，就是閉上眼睛，也可以把竹葉和枝幹細緻的描繪出來，而且十分逼真，所以人們說他畫竹時已「胸有成竹」。

例句 他回答問題時不慌不忙的，顯現出一副胸有成竹的樣子。

胸無城府（ㄒㄩㄥ ㄨˊ ㄔㄥˊ ㄈㄨˇ）

解釋 城府，城市和官府，比喻心機很深，難以揣測。形容人直爽坦白，光明磊落，不會用計害人。

例句 他為人忠厚老實，胸無城府，我們都喜歡和他做朋友。

近義 光明磊落。

反義 包藏禍心。

胸無點墨（ㄒㄩㄥ ㄨˊ ㄉㄧㄢˇ ㄇㄛˋ）

解釋 墨，文墨，比喻學問。胸中沒有一點墨水。形容人不讀書，沒有學問。

例句 別看他斯斯文文的，其實是裝腔作勢、胸無點墨的人。

近義　不學無術、目不識丁。

反義　博學多聞、滿腹經綸、學富五車（ㄐㄩ）。

能屈能伸

ㄋㄥˊ ㄑㄩ ㄋㄥˊ ㄕㄣ

解釋　屈，彎曲。伸，施展伸直。指人在失意時能暫時忍耐，在得意時能有所作為。

辨析　「能屈能伸」可指動物身體的彎曲伸直，也可形容不論環境好壞都能適應。

注意　①「屈」不要誤寫成「曲」。②「伸」不要誤寫成「申」。

例句　韓信曾經從別人的胯下爬過，後來卻成了率領千軍萬馬的大將，真可說是能屈能伸的大人物。

反義　一蹶不振。

能者多勞

ㄋㄥˊ ㄓㄜˇ ㄉㄨㄛ ㄌㄠˊ

解釋　能者，能力強的人、本領大的人。能力強、本領大的人做的事多，勞累也多。現在多用來稱讚和慰勉能幹的人。

例句　現在公司正缺人手，又一時找不到人，你就能者多勞，幫幫忙吧！

臭味相投

ㄒㄧㄡˋ ㄨㄟˋ ㄒㄧㄤ ㄊㄡˊ

解釋　臭，氣味。相投，互相投合、合得來。比喻人的思想作風相似，互相合得來。

例句　他們都喜愛音樂、足球，是臭味相投的好朋友。

近義　氣味相投、臭味相依。

反義 水火不容。

舐犢情深（ㄕˋ ㄉㄨˊ ㄑㄧㄥˊ ㄕㄣ）

解釋 舐，用舌頭舔東西。犢，小牛。老牛用舌頭舔小牛。比喻父母深愛子女。

注意 「舐」音ㄕˋ，不要唸成ㄉㄧˇ。

例句 為了照顧病重的兒子，他三天三夜不眠不休，真是舐犢情深。

荒誕不經（ㄏㄨㄤ ㄉㄢˋ ㄅㄨˋ ㄐㄧㄥ）

解釋 荒誕，誇大、不真實。不經，不合情理。形容言論或行為非常荒謬，不合情理。

注意 「荒」不要誤寫成「慌」。

例句 許多我們看來荒誕不經的神話，其實都反映了先民的觀念與信仰。

近義 光怪陸離、荒謬絕倫。

反義 天經地義。

荒謬絕倫（ㄏㄨㄤ ㄇㄧㄡˋ ㄐㄩㄝˊ ㄌㄨㄣˊ）

解釋 荒謬，荒唐錯誤，不合情理。絕倫，獨一無二。意思是說荒唐、錯誤到了沒有可以相比的地步。

注意 「謬」音ㄇㄧㄡˋ，不要唸成ㄇㄧㄠˋ；也不要誤寫成「繆」。

例句 人的命運是掌握在自己手裡，不要去相信算命師那些荒謬絕倫的話。

近義 光怪陸離、荒誕不經、荒謬無稽。

反義 天經地義。

草木皆兵（ㄘㄠˇ ㄇㄨˋ ㄐㄧㄝ ㄅㄧㄥ）

解釋 皆，都、全是。把草和樹都當做敵兵。形容人在驚慌時疑神疑鬼。

典故 西元三八三年，前秦國王苻（ㄈㄨˊ）堅率兵百萬進攻東晉。晉武帝命謝石、謝玄、謝琰（ㄧㄢˇ）帶領水陸軍八萬人馬前去抵抗。秦軍比晉軍多了十一倍，雙方實力相差懸殊，晉朝官員都很害怕。但謝玄善於指揮，先派劉牢之率領精兵五千人出戰，連戰皆捷，挫了秦軍銳氣。苻堅和苻融（苻堅之弟）登上壽陽城樓，見晉軍陣容威武，又遙望城西北的八公山，以為山上的草木也是晉軍，心中十分害怕。後來，

兩軍隔著淝水對峙，晉軍將領利用苻融的驕傲自滿，要求秦軍退後，以便晉軍渡水決戰。苻融不知道是計謀，就答應了。結果秦軍一退就阻擋不住，晉軍奮勇進擊，苻融陣亡，秦軍大亂，日夜不停的逃跑，聽到風聲鶴鳴，也以為是晉軍追來了。這就是歷史上以少勝多的有名戰役——淝水之戰。

例句 他在逃亡期間一直躲躲藏藏，草木皆兵，深怕被逮捕。

近義 風聲鶴唳（ㄌㄧˋ）、杯弓蛇影。

草草了事（ㄘㄠˇ ㄘㄠˇ ㄌㄧㄠˇ ㄕˋ）

解釋 草草，草率、馬虎。了，完結、結束。了事，使事情結束。馬馬虎虎的把事情做完就算了。

例句 做事應該認真負責，你這樣草草了事是

做不成大事的。

近義 敷衍了（ㄌㄧㄠˇ）事。

反義 一絲不苟、精益求精。

草菅人命（ㄘㄠˇ ㄐㄧㄢ ㄖㄣˊ ㄇㄧㄥˋ）

解釋 菅，一種多年生的茅草，泛指野草。把殺人看成像割草一樣。形容輕視人命，常用來指統治者任意殘殺人民。

典故 西漢文帝任命賈誼做自己兒子劉揖的太傅（老師）。賈誼認為：太傅不僅要教皇子讀書，更重要的是教他做人。假如像秦朝的趙高教秦二世胡亥那樣，使用嚴刑酷罰，不是砍頭割鼻子，就是抄家滅族，結果胡亥做了皇帝之後，把殺人當作割草一樣。難道胡亥天生就是惡魔嗎？不，是因為趙高沒有教導他走上正道，使他視人命如草芥，成為人人唾棄的暴君。

注意 「菅」音ㄐㄧㄢ，不要唸成ㄍㄨㄢˇ，也不可以寫成「管」。

例句 秦始皇以暴政統治人民，常常濫殺無辜，草菅人命，所以立國不過十餘年就被推翻了。

近義 魚肉鄉民。

反義 愛民如子。

蚍蜉撼樹（ㄆㄧˊ ㄈㄨˊ ㄏㄢˋ ㄕㄨˋ）

解釋 蚍蜉，大螞蟻。撼，搖動。螞蟻想搖動大樹。比喻不自量力。

典故 唐朝傑出的文學家韓愈對李白、杜甫的才華非常推崇。當時一些無知文人對李、杜

的詩文藉故誹謗，韓愈憤憤不平的寫下了一首詩，意思是：李白、杜甫的文章頂天立地，光焰萬丈，沒想到一群無知的人竟然這樣愚蠢，以種種藉口誹謗他們，真是「蚍蜉撼大樹，可笑不自量。」

例句 這些野心份子不斷滋事，想要顛覆政府，無異於蚍蜉撼樹，不自量力。

近義 不自量力、以卵擊石、螳臂當車。

反義 自知之明、量力而行。

軒然大波（ㄒㄩㄢ ㄖㄢˊ ㄉㄚˋ ㄅㄛ）

解釋 軒然，波濤高高湧起的樣子。原來是指很高很大的波浪。後用來比喻很大的糾紛或事端。

例句 誰也沒有料到，一件小事竟會引起這樣一場軒然大波。

近義 驚濤駭浪。

反義 風平浪靜。

逆水行舟（ㄋㄧˋ ㄕㄨㄟˇ ㄒㄧㄥˊ ㄓㄡ）

解釋 逆，和「順」相反。逆著水流行船。比喻不前進就要後退。

例句 學習就像逆水行舟，要不斷的求進步，一旦停下來就可能會退步。

近義 不進則退。

反義 一帆風順、順水推舟。

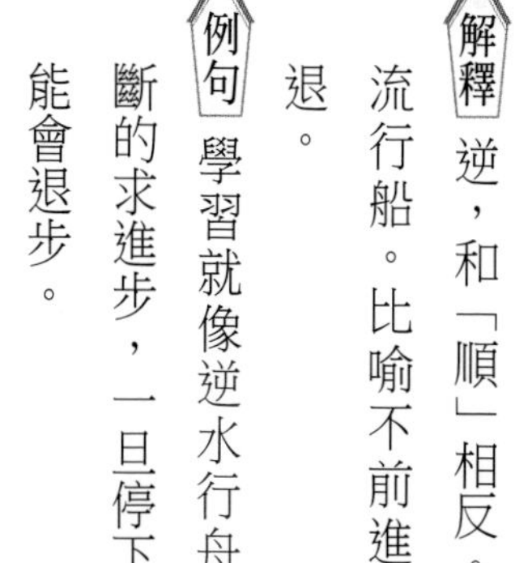

逆來順受（ㄋㄧˋ ㄌㄞˊ ㄕㄨㄣˋ ㄕㄡˋ）

解釋 逆，指外界的壓力、惡劣的環境、無理的待遇等。順，順從。指對待外來的壓迫和

不合理待遇時，採取順從、忍受的態度。

辨析 「逆來順受」和「委屈求全」都有「忍受某種不合理待遇」的意思。但「逆來順受」重在形容不管遇到什麼壓力和不合理的待遇，總是順從、忍受下來，是一種非常消極的處世態度；「委曲求全」則多指為了大局或團體，願意自己受委曲，以求得事情的完成。

例句 她是一個非常有韌性的人，對於所有的打擊都逆來順受。

近義 委曲求全。

反義 以牙還牙、針鋒相對。

迷途知返 ㄇㄧˊ ㄊㄨˊ ㄓ ㄈㄢˇ

解釋 迷途，迷失道路。返，回來。迷失了道路之後，知道再回到正路。比喻犯了錯誤之後，知道改正。

注意 ①「途」不要誤寫成「塗」。②「返」不要誤寫成「反」。

例句 我們不應該歧視迷途知返的失足青年，反而應該鼓勵他們。

近義 浪子回頭、懸崖勒馬。

反義 執迷不悟。

退避三舍 ㄊㄨㄟˋ ㄅㄧˋ ㄙㄢ ㄕㄜˋ

解釋 三舍，古代行軍以三十里為一舍，三舍為九十里。原本是指與敵方作戰時，禮讓對方而退兵九十里，後用來比喻處處退讓，不和對方相爭。

典故 春秋時代，晉國公子重耳逃到楚國避

難，楚成王收留他，並且幫助他。臨分手時，楚成王問重耳：「將來你怎麼報答我？」重耳說：「如果將來我掌握了政權，晉楚兩國發生戰爭的話，我以退避三舍（即九十里的路程）來作報答。」後來，重耳回到晉國做了國君（即晉文公），在晉楚的「城濮之戰」中，果然信守承諾，下令軍隊先撤退九十里。

注意 「舍」音ㄕㄜˋ，不要唸成ㄕㄜˇ。

例句 飛車黨的行為狂妄囂張，任誰見了都要退避三舍。

反義 當仁不讓。

逃之夭夭（ㄊㄠˊ ㄓ ㄧㄠ ㄧㄠ）

解釋 夭夭，草木茂盛美麗的樣子。原本寫作「桃之夭夭」，形容桃花盛開，色彩美麗。後來人們把「桃」改成「逃」，形容人溜走或逃跑。

注意 「夭夭」不要誤寫成「妖妖」。

例句 街上的攤販一見到警察就逃之夭夭。

近義 抱頭鼠竄（ㄘㄨㄢˋ）、溜之大吉。

反義 插翅難飛。

追亡逐北（ㄓㄨㄟ ㄨㄤˊ ㄓㄨˊ ㄅㄟˇ）

解釋 亡，逃亡。北，戰敗。逐北，追逐戰敗的人。形容追殺戰敗逃亡的人。

例句 這場戰役敵軍節節敗退，我們乘勝追亡逐北，把對方打得潰不成軍。

近義 直搗黃龍。

反義 望風而逃、落荒而逃。

追本溯源 ㄓㄨㄟ ㄅㄣˇ ㄙㄨˋ ㄩㄢˊ

解釋 追，追究、追索。本，樹木的根。溯，往上推求。源，水流的源頭。追究樹木的根本，探求水流的源頭。比喻追究事情發生的根源。

注意 ①「溯」音ㄙㄨˋ，不要唸成ㄕㄨㄛˋ；也不要誤寫成「朔」。②「源」不要誤寫成「原」。

例句 這次實驗徹底的失敗，追本溯源是一開始就測量得不準確。

近義 追本窮源、窮源溯流。

酒囊飯袋 ㄐㄧㄡˇ ㄋㄤˊ ㄈㄢˋ ㄉㄞˋ

解釋 囊，口袋。比喻不會做事，只會喝酒、吃飯的人。

典故 唐朝末年有個人叫馬殷，小時候曾當過木工，從軍後跟隨主將出征，逐步升遷，後來做了潭州刺史。朱溫稱帝後，馬殷被封為楚王。可是馬殷是個只知道享受，既不能文又不能武的人，當時人們瞧不起他，就稱他為「酒囊飯袋」。

例句 這個人好吃懶做，根本就是個酒囊飯袋，毫無長處。

針鋒相對 ㄓㄣ ㄈㄥ ㄒㄧㄤ ㄉㄨㄟˋ

解釋 鋒，刀器上的尖銳處。比喻雙方在策略、論點及行動上互相對立，互不相讓。

例句 辯論會中，同學們彼此脣槍舌劍，針鋒相對，互不相讓。

近義 水火不容。

反義 逆來順受。

釜底抽薪（ㄈㄨˇ ㄉㄧˇ ㄔㄡ ㄒㄧㄣ）

解釋 釜，鍋子。薪，柴火。抽掉鍋子底下的柴火。比喻從根本上解決問題。

注意 ①「釜」不要誤寫成「斧」。②「薪」不要誤寫成「新」。

例句 要解決臺北的交通問題，必須想出一個釜底抽薪的方法。

近義 抽薪止沸、斬草除根。

反義 抱薪救火、揚湯止沸。

閃爍其辭（ㄕㄢˇ ㄕㄨㄛˋ ㄑㄧˊ ㄘˊ）

解釋 閃爍，這裡指說話吞吞吐吐的樣子。形容說話有所保留，不肯照實全說。

例句 請你不要閃爍其辭，到底需要什麼就直說吧！

近義 模稜（ㄌㄥˊ）兩可。

反義 開門見山、斬釘截鐵。

除惡務盡（ㄔㄨˊ ㄜˋ ㄨˋ ㄐㄧㄣˋ）

解釋 務，必須、一定。消除壞人壞事必須徹底。

辨析 與此意義相反的是「養虎遺患」，比喻姑息壞人、壞事，結果害了自己。

注意 「惡」音ㄜˋ，不要唸成ㄨˋ。

例句 對付這些流氓一定要除惡務盡，不能讓他們再為非作歹。

近義 斬草除根。

反義 縱虎歸山、養虎遺患。

除舊布新（ㄔㄨˊ ㄐㄧㄡˋ ㄅㄨˋ ㄒㄧㄣ）

解釋 布，安排、開展。除掉舊的，安排新的。

辨析 「除舊布新」和「推陳出新」都有「以新的代替舊的」的意思。但「推陳出新」是指在舊的基礎上再加以改造、革新，創造出新的東西。

注意 「布」不要誤寫成「不」。

例句 每年春節，家家戶戶都會大掃除，除舊布新。

近義 汰（ㄊㄞˋ）舊換新、推陳出新。

反義 因循守舊、陳陳相因。

飢不擇食（ㄐㄧ ㄅㄨˋ ㄗㄜˊ ㄕˊ）

解釋 飢，餓。擇，挑選。肚子非常餓的時候，就不會挑選食物了。比喻非常需要時，來不及選擇。

辨析 「飢不擇食」和「狼吞虎嚥」在意義上有相似的地方。但「飢不擇食」著重在餓到顧不得選擇食物的一種心理狀態，除了形容吃東西外，還可以用來形容對其他方面的急迫需要；而「狼吞虎嚥」則著重在急切的動作。

例句 這個逃犯已經餓了好幾天，現在是飢不擇食，見到東西就吃。

近義 狼吞虎嚥。

反義 挑肥揀瘦。

馬不停蹄（ㄇㄚˇ ㄅㄨˋ ㄊㄧㄥˊ ㄊㄧˊ）

解釋 一刻也不停留地前進。比喻非常忙碌，四處奔波。

例句 大夥眼看天色快黑了，只得馬不停蹄地趕路。

馬失前蹄（ㄇㄚˇ ㄕ ㄑㄧㄢˊ ㄊㄧˊ）

解釋 馬奔跑時前蹄折斷。比喻一時失算。

注意 「蹄」不要誤寫成「啼」。

例句 你太驕傲了，小心馬失前蹄，到時候後悔也來不及。

馬首是瞻（ㄇㄚˇ ㄕㄡˇ ㄕˋ ㄓㄢ）

解釋 是，語助詞，無義。瞻，仰著頭看。古代作戰時，士兵要看著主將馬頭的方向決定進退。比喻聽從領導者的指揮而行動。

注意 「瞻」音ㄓㄢ，不要唸成ㄉㄢˇ；也不要誤寫成「膽」。

例句 他是前任會長，這次的競選活動就以他馬首是瞻，聽從他的指揮吧！

馬革裹屍（ㄇㄚˇ ㄍㄜˊ ㄍㄨㄛˇ ㄕ）

解釋 馬革，馬皮。指用馬皮把屍體包裹起來。比喻軍人英勇的戰死在戰場上。

典故 東漢名將馬援參加了幾次保衛邊疆國土的戰爭，漢光武帝拜他為「伏波將軍」。有一次，「威武將軍」劉尚在貴州一帶打了敗仗，全軍覆沒，那時馬援已經六十二歲了，主動要求去前線，光武帝因他年老，沒有准許。他不服氣，就在金殿上披甲上馬，在馬上昂首挺胸，揮舞兵器演習一番，威武得很。光武帝不禁讚嘆說：「這位老將是多麼勇猛啊！」於是准許馬援帶兵前往。馬援常

常說：「好男兒當為國戰死疆場，用戰馬的皮包裹屍首回來！」後來馬援在貴州一帶作戰，得了重病，但是他仍堅守在前線的土屋裡，不肯離開部隊，終於實現了他戰死疆場，馬革裹屍的壯志。

辨析 「馬革裹屍」和「為國捐軀」都有為國犧牲的意思。但「馬革裹屍」是專指死在沙場上；而「為國捐軀」則不侷限於死在戰場上。

注意 「裹」不要誤寫成「裏」。

例句 老團長經常說：「男子漢應該馬革裹屍，這是軍人無上的光榮。」

近義 血染沙場。

馬齒徒長 ㄇㄚˇ ㄔˇ ㄊㄨˊ ㄓㄤˇ

解釋 馬齒，馬的牙齒會隨馬的年紀增長而增多，所以看馬的牙齒就可以知道馬的年紀，因此先人用馬齒來比喻年紀。徒長，白白的增長。自謙詞，表示自己年齡越來越大，卻沒有什麼成就。

注意 「長」音ㄓㄤˇ，不要唸成ㄔㄤˊ。

例句 這些年來我只是馬齒徒長，工作上一無所成，真是慚愧。

骨鯁在喉 ㄍㄨˇ ㄍㄥˇ ㄗㄞˋ ㄏㄡˊ

解釋 鯁，魚骨頭。骨頭卡在喉嚨裡，不吐出來不舒服。比喻一個人心裡有話，不說出來不痛快。

注意 「鯁」不要誤寫成「梗」。

例句 這個祕密我一直藏在心中，猶如骨鯁在喉，今天非說出來不可。

高不可攀（ㄍㄠ ㄅㄨˋ ㄎㄜˇ ㄆㄢ）

解釋 攀，攀登。高得沒辦法攀登。形容難以達到。

例句 她看來高不可攀，其實，只要了解她的人都知道她十分隨和。

近義 高不可及、望塵莫及。

反義 手到擒來、唾手可得、輕而易舉。

高朋滿座（ㄍㄠ ㄆㄥˊ ㄇㄢˇ ㄗㄨㄛˋ）

解釋 高，高貴、高尚。座，座位。高貴的賓客坐滿了席位，形容賓客眾多。

典故 唐初的文學家王勃，從小聰明過人，以擅長詩文聞名。有一天，他和父親受邀參加盛會，席間，王勃當場寫下「滕王閣序」，在座的賓客都讚不絕口。這篇文章中敘述在宴會上，坐滿了高貴的嘉賓。而自己僅是個小孩子，卻也有機會參加，真是榮幸呀！後來「高朋滿座」就被用來形容賓客眾多。

辨析 「高朋滿座」多指賓客，例如：這家餐廳遠近馳名，天天高朋滿座；「座無虛席」多指觀眾、聽眾多，例如：今天的演唱會座無虛席；「濟濟一堂」則偏重指參加集會的人眾多，或人才集中於某單位，例如：這家科技公司人才濟濟一堂，各有千秋。

注意 「座」不要誤寫成「坐」。

例句 聽說這家餐廳的義大利麵很可口，每天都高朋滿座呢！

近義 座無虛席、濟濟一堂。

反義 門可羅雀、門前冷落。

高枕無憂（ㄍㄠ ㄓㄣˇ ㄨˊ ㄧㄡ）

解釋 枕，枕頭。憂，憂慮。把枕頭墊得高高的，無憂無慮的睡覺。形容無憂無慮，身心都很安全舒適。

辨析 「高枕無憂」強調「無憂」，偏重在認為太平無事，放鬆警惕的心理；「高枕而臥」強調「臥」，偏重在無所顧慮的神態。

例句 大考就快到了，你怎麼還一副高枕無憂的樣子？

近義 高枕而臥、無憂無慮。

反義 危在旦夕、枕戈待旦。

高風亮節 ㄍㄠ ㄈㄥ ㄌㄧㄤˋ ㄐㄧㄝˊ

解釋 高尚的品格和清明的節操。

例句 他在市長任內一直是高風亮節，因此很受市民的愛戴。

反義 厚顏無恥、寡廉鮮（ㄒㄧㄢˇ）恥。

高瞻遠矚 ㄍㄠ ㄓㄢ ㄩㄢˇ ㄓㄨˇ

解釋 瞻，往前或往上看。高瞻，站在高處看。矚，注意的看。指站得高，看得遠。比喻眼光遠大。

注意 「瞻」與「矚」都是「目」部，不要寫錯了。

例句 他做事一向是高瞻遠矚，不會被眼前的利益所迷惑。

反義 目光如豆、鼠目寸光。

鬼使神差 ㄍㄨㄟˇ ㄕˇ ㄕㄣˊ ㄔㄞ

解釋 比喻時機湊巧，冥冥中似乎有鬼神在支使。

注意「差」音ㄔㄞ，不要唸成ㄔㄚ。

例句 他回家時正好看見小孩一個人在玩火，嚇得趕緊把火撲滅，防止了一場火災，真是鬼使神差呀！

鬼斧神工（ㄍㄨㄟˇ ㄈㄨˇ ㄕㄣˊ ㄍㄨㄥ）

解釋 形容建築、雕塑等技藝精巧，好像不是人工所能製作出來的。

例句 黃山上的奇峰怪石，形狀千變萬化，難怪看過的人都嘆為鬼斧神工。

近義 巧奪天工。

鬼鬼祟祟（ㄍㄨㄟˇ ㄍㄨㄟˇ ㄙㄨㄟˋ ㄙㄨㄟˋ）

解釋 祟，鬼怪暗中害人。形容偷偷摸摸，不光明正大的樣子。

辨析「鬼鬼祟祟」偏重指行為，「鬼頭鬼腦」偏重指神態。

注意「祟」音ㄙㄨㄟˋ，不要唸成ㄔㄨㄥˊ；也不可以寫成「崇」。

例句 他們兩個人鬼鬼祟祟的，不知道在說些什麼？

近義 鬼頭鬼腦。

反義 光明正大。

【十一畫】

假公濟私（ㄐㄧㄚˇ ㄍㄨㄥ ㄐㄧˋ ㄙ）

解釋 假，假借。濟，幫助。假借公家的名義

或力量，來謀取個人的利益。

注意 ①「假」音ㄐㄧㄚˇ，不要唸成ㄐㄧㄚˋ。②「濟」不要誤寫成「劑」。

例句 有些貪官汙吏假公濟私，跟一些廠商勾結，謀取暴利。

反義 大公無私、公而忘私。

偃旗息鼓 ㄧㄢˇ ㄑㄧˊ ㄒㄧ ㄍㄨˇ

解釋 偃，放倒。放倒軍旗，停敲戰鼓。本來是指行軍時隱蔽行動，不暴露目標。後來比喻休戰，或事情停止進行，或無聲無息的停止行動。

典故 東漢末年，劉備的大將黃忠和趙雲奉命一同去曹操營寨燒劫糧草。交戰中，曹操見到趙雲驍勇善戰，而曹兵節節敗退，心裡非常氣憤，親自率領大軍追擊。趙雲的部將張翼見曹兵殺來，就請趙雲下令緊閉寨門。趙雲堅決不肯，反而命令大開寨門，放倒旗幟，停止擂鼓，並在寨外戰壕裡埋伏弓箭手，他獨自騎馬持槍，站在營寨的門口。曹操趕到，看見趙雲威風凜凜，急忙下令退兵。趙雲和黃忠隨即領兵在後追殺，終於占領了曹營，奪取了糧草。

注意 「偃」不要誤寫成「掩」。

例句 這場球賽比了三回合，一直不分勝負，最後雙方只好偃旗息鼓，改天再戰。

近義 偃兵息甲、鳴金收兵。

反義 大張旗鼓、重整旗鼓。

偷天換日 ㄊㄡ ㄊㄧㄢ ㄏㄨㄢˋ ㄖˋ

解釋 比喻為了蒙混欺騙，以偷換的手法，暗中改變事物的真相。

辨析 「偷天換日」和「移花接木」都有「用手段欺騙別人」的意思。但「偷天換日」重在改變重大事物的真相；「移花接木」重在變換原來的人或事物。

注意 「換」不要誤寫成「喚」。

例句 他用偷天換日的手法，騙走了老奶奶名下所有的產業和積蓄。

近義 移花接木、偷梁換柱。

偷雞摸狗（ㄊㄡ ㄐㄧ ㄇㄛ ㄍㄡˇ）

解釋 指做一些不正當的勾當。

例句 他每天無所事事，盡做些偷雞摸狗的勾當，鄰居都很討厭他。

反義 光明磊落。

偷雞不著蝕把米（ㄊㄡ ㄐㄧ ㄅㄨˋ ㄓㄠˊ ㄕˊ ㄅㄚˇ ㄇㄧˇ）

解釋 蝕，虧損。比喻便宜沒有占到，自己反而受損失。

注意 「蝕」不要誤寫成「食」。

例句 誰教你愛貪小便宜，現在偷雞不著蝕把米，後悔也來不及了。

動輒得咎（ㄉㄨㄥˋ ㄓㄜˊ ㄉㄜˊ ㄐㄧㄡˋ）

解釋 動輒，動不動就……。咎，過失、罪過。指動不動就受到指責或處分。

注意 ①「輒」音ㄓㄜˊ，不要唸錯了。②「咎」不要誤寫成「究」。

例句 一個專制自以為是的主管，常會讓部屬有動輒得咎

的挫折感。

反義　無往不利。

參差不齊（ㄘㄣ ㄘ ㄅㄨˋ ㄑㄧˊ）

解釋　參差，長短、高低、大小不齊。形容長短、高低、大小不整齊。引申為人的品德、學問、地位、待遇各不相同。

注意　「參差」音ㄘㄣ ㄘ，不要唸成ㄘㄢ ㄔㄚ。

例句　一個班級裡，每個同學的程度難免參差不齊，有好有壞。

近義　良莠（ㄧㄡˇ）不齊。

反義　井井有條、井然有序。

問道於盲（ㄨㄣˋ ㄉㄠˋ ㄩˊ ㄇㄤˊ）

解釋　向盲人問路。比喻向無知的人請教。

注意　「盲」不要誤寫成「忙」。

例句　我學的是歷史，你卻拿物理方面的問題問我，不等於問道於盲嗎？

唯利是圖（ㄨㄟˊ ㄌㄧˋ ㄕˋ ㄊㄨˊ）

解釋　唯，只有、單單。利，利益。是，代名詞，指「利益」。圖，貪圖、追求。只要是利益就貪圖，別的什麼也不顧。

典故　春秋時代，秦、晉兩國在今狐（今山西省臨猗縣）訂了盟約，但是沒有多久，秦國又和狄人、楚國聯合，唆使他們去打晉國。由於秦國背約，晉國乃在公元前五七八年派呂相去和秦國絕交，並指責秦國破壞秦、晉的友好關係。呂相在和秦桓公爭論時，曾引用秦桓公過去說過的話來指責秦國背信棄義。呂相說：「大王從前曾說過，秦國和晉國交往，除了唯利是圖以外，沒有別的目

的。」

注意 ①「唯」不要誤寫成「維」。②「利」不要誤寫成「力」。

例句 這些唯利是圖的生意人，居然為了賺錢而販賣病死豬肉，真是毫無道德。

近義 見錢眼開、利欲薰心。

反義 見利思義、富貴浮雲。

唯命是從 ㄨㄟˊ ㄇㄧㄥˋ ㄕˋ ㄘㄨㄥˊ

解釋 唯，只有、唯獨。命，命令。完全遵從命令，一點都不違抗。

注意 「唯」不要誤寫成「維」。

例句 軍隊中講究的是唯命是從，不允許有我行我素的行為出現。

近義 言聽計從。

反義 我行我素。

唯唯諾諾 ㄨㄟˊ ㄨㄟˊ ㄋㄨㄛˋ ㄋㄨㄛˋ

解釋 唯唯，謙和卑躬的應答。諾諾，連聲應答，順從的樣子。謙卑順從的應答。形容只是順從附和，沒有表示一點不同的意見。多用於形容順從謙卑的個性或行為。

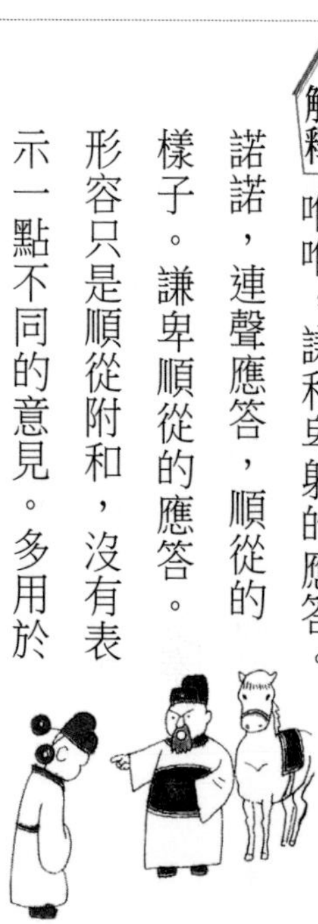

注意 「唯」不要誤寫成「維」。

例句 你和任何人一樣，享有平等自由的權利，用不著卑躬屈膝，唯唯諾諾的。

近義 百依百順。

反義 桀驁不馴。

國色天香 ㄍㄨㄛˊ ㄙㄜˋ ㄊㄧㄢ ㄒㄧㄤ

解釋 原本是用來形容牡丹花的高貴，現在多

用來形容非常美麗、嬌豔的女子。

例句 今年選出的中國小姐，不但是國色天香，還有出眾的才藝。

近義 沉魚落雁、花容月貌、傾國傾城。

寅吃卯糧（ㄧㄣˊ ㄔ ㄇㄠˇ ㄌㄧㄤˊ）

解釋 寅、卯，是我國計年的十二地支，寅在卯前面。在寅年就把卯年的糧食吃掉了。比喻預先挪用以後的費用，經費透支，不夠用了。

注意 ①「寅」音ㄧㄣˊ，不要唸成ㄧㄢˊ。②「卯」不要誤寫成「卵」。

例句 你要把每個月賺的錢作個規劃，才不會有寅吃卯糧，向人借錢的狀況發生。

近義 入不敷出、左支右絀、寅支卯糧。

反義 綽綽（ㄔㄨㄛˋ）有餘、豐衣足食。

寄人籬下（ㄐㄧˋ ㄖㄣˊ ㄌㄧˊ ㄒㄧㄚˋ）

解釋 籬，籬笆。像鳥雀一樣，寄居在人家的籬笆下生活。比喻依靠別人生活。

注意 「籬」不要誤寫成「離」。

例句 經過多年的努力，他終於有了自己的房子，再也不用寄人籬下了。

近義 仰人鼻息。

反義 自力更生、自食其力。

庸人自擾（ㄩㄥ ㄖㄣˊ ㄗˋ ㄖㄠˇ）

解釋 庸人，平庸的人。平庸的人無事生事，自找麻煩。

典故 唐朝蒲州刺史陸象先，有一次在處理案件時，只是責備罪犯幾句，並沒有判刑。他

的錄事（相當於現在的祕書）說：「這樣的罪犯應該判處杖刑。」陸象先說：「我的話難道他會聽不懂嗎？天下本來沒有那麼多的事，只是庸人自擾，結果自尋煩惱，把事情弄得越發複雜，要是一開始處理問題時就保持冷靜，事情就簡單得多了。」

辨析 也可以寫作「天下本無事，庸人自擾之」。

注意 ①「庸人」不要誤寫成「傭人」。②「擾」不要誤寫成「老」。

例句 你一路上都因擔心會墜機而坐立難安，其實是庸人自擾呀！

近義 杞（ㄑㄧˇ）人憂天。

張口結舌（ㄓㄤ ㄎㄡˇ ㄐㄧㄝˊ ㄕㄜˊ）

解釋 結舌，舌頭像打了結，不能活動。張著嘴說不出話來。形容緊張得說不出話來。

例句 他被現場的緊張氣氛驚嚇得張口結舌，說不出話來。

近義 啞口無言、鉗口結舌、瞠（ㄔㄥ）目結舌。

反義 口若懸河、滔滔不絕。

張冠李戴（ㄓㄤ ㄍㄨㄢ ㄌㄧˇ ㄉㄞˋ）

解釋 冠，帽子。把姓張的帽子戴在姓李的頭上。比喻弄錯了對象，或弄錯了事實。

注意 ①「冠」音ㄍㄨㄢ，不要唸成ㄍㄨㄢˋ。②「戴」不要誤寫成「載」。

例句 他上課時很不專心，回答問題常常是張冠李戴，引起哄堂大笑。

強弩之末（ㄑㄧㄤˊ ㄋㄨˇ ㄓ ㄇㄛˋ）

解釋 弩，古代一種力量很強的弓。就算是強弩射出的箭，到最後也沒有力量。比喻原來強大的力量，到最後階段已經衰弱，起不了什麼作用。

典故 西漢時期，匈奴常與漢人發生衝突。有一次，匈奴派人前來求和，漢武帝召集大臣們商議對策。王恢主張興兵，御史大夫韓安國不同意。他說：「匈奴騎兵甚多，行軍作戰的能力較強。我們千里奔襲，縱然像強弓射出的箭，到後來恐怕連很薄的絹也穿不過去。因此還是和親的好。」許多大臣都同意韓安國的意見，後來漢武帝也同意了。

注意 「弩」字下面是「弓」，不要誤寫成「努」。

例句 經過長期征戰，敵軍已是強弩之末，很快就被我軍一舉殲滅了。

反義 勢不可當、雷霆萬鈞。

強詞奪理（ㄑㄧㄤˇ ㄘˊ ㄉㄨㄛˊ ㄌㄧˇ）

解釋 強，勉強。形容無理卻勉強辯解。

注意 「強」是多音字，音ㄑㄧㄤˊ和ㄑㄧㄤˇ，「強壯」的「強」音ㄑㄧㄤˊ，「勉強」的「強」音ㄑㄧㄤˇ。

例句 明明是你錯，為什麼還要強詞奪理呢？

近義 蠻不講理、蠻棋無理。

反義 以理服人、理直氣壯、義正詞嚴。

強將手下無弱兵（ㄑㄧㄤˊ ㄐㄧㄤˋ ㄕㄡˇ ㄒㄧㄚˋ ㄨˊ ㄖㄨㄛˋ ㄅㄧㄥ）

解釋 比喻領導的人如果能力很強，他的手下一定不弱。

例句 強將手下無弱兵，有你這樣的長官，當然會有能幹的手下。

彬彬有禮（ㄅㄧㄣ ㄅㄧㄣ ㄧㄡˇ ㄌㄧˇ）

解釋 彬彬，文雅的樣子。形容文雅而有禮貌。

注意 「彬」不要誤寫成「斌」。

例句 他的舉止斯文，彬彬有禮，沒有時下年輕人的不良習氣。

近義 文質彬彬、溫文儒雅。

反義 傲慢無禮、蠻橫（ㄏㄥˋ）無禮。

得寸進尺（ㄉㄜˊ ㄘㄨㄣˋ ㄐㄧㄣˋ ㄔˇ）

解釋 得到一寸還想前進一尺。比喻貪得無厭。

辨析 「得寸進尺」和「貪得無厭」都有「貪心不滿足」的意思。但「得寸進尺」是比喻性的；「貪得無厭」是直接陳述的。對田地、領土的侵占用「得寸進尺」；對金錢財物的占有，用「貪得無厭」。

注意 「進」不要誤寫成「近」。

例句 他是一個得寸進尺，貪得無厭的人。

近義 得隴望蜀、貪得無厭。

反義 知足不辱、知足常樂。

得天獨厚（ㄉㄜˊ ㄊㄧㄢ ㄉㄨˊ ㄏㄡˋ）

解釋 天，天然、自然。厚，優厚。比喻具有特別優越的條件。泛指所處的環境或所具備的條件特別好。

注意 「厚」不要誤寫成「原」。

例句 他們家擁有一片得天獨厚的良田，年年豐收，生活不虞匱乏。

反義 先天不足。

得心應手（ㄉㄜˊ ㄒㄧㄣ ㄧㄥˋ ㄕㄡˇ）

解釋 得心，指摸索到事物的規律。應，順應、適應。原本指技藝純熟，心裡想怎麼做，手裡就能做得出來。也形容做事非常順手。

辨析 「得心應手」和「揮灑自如」都形容技藝純熟。但「得心應手」泛指一切技藝方面的純熟程度；「揮灑自如」則著重在善於運用筆墨，多用在書畫和寫文章方面。有時為了強調語氣，還可以把這兩句成語串連起來用。

注意 「應」音ㄧㄥˋ，不要唸成ㄧㄥ。

例句 他憑著數十年的老經驗當眾揮毫，顯得得心應手。

近義 運用自如、隨心所欲。

得隴望蜀（ㄉㄜˊ ㄌㄨㄥˇ ㄨㄤˋ ㄕㄨˇ）

解釋 隴，甘肅省的簡稱。蜀，四川省的簡稱。攻下了甘肅後，又想得到四川。比喻貪得無厭，不知足。

注意 ①「隴」音ㄌㄨㄥˇ，不要唸成ㄌㄨㄥˊ；也不要誤寫成「龍」或「壟」。②「望」不要誤寫成「忘」。

例句 他才剛升官，就想成為公司的股東，真是得隴望蜀，貪得無厭。

近義 得寸進尺、貪得無厭。

反義 知足常樂。

從容不迫（ㄘㄨㄥ ㄖㄨㄥˊ ㄅㄨˋ ㄆㄛˋ）

解釋 從容，不慌不忙。不迫，不急促。指態度鎮定，不慌不忙。

辨析 「從容不迫」和「慢條斯理」都有不慌不忙的意思，但「從容不迫」多用於驚險危難的場面，著重於態度上的沉著鎮靜；「慢條斯理」多用於平時說話和做事時形體動作的快慢。

注意 「從」音ㄘㄨㄥ，不要唸成ㄘㄨㄥˊ。

例句 他遭遇危險時，總是從容不迫，不慌不忙，所以都能安然渡過。

近義 不慌不忙、好整以暇、從容自如。

反義 手忙腳亂、手足無措、驚慌失措。

從容就義（ㄘㄨㄥ ㄖㄨㄥˊ ㄐㄧㄡˋ ㄧˋ）

解釋 從容，不慌不忙，非常鎮靜。就義，為正義而死。指非常鎮靜，毫不畏懼的為正義犧牲。

注意 ①「從」音ㄘㄨㄥ，不要唸成ㄘㄨㄥˊ。②「義」不要誤寫成「意」。

例句 這些革命先烈為了國家不惜犧牲小我，從容就義。

近義 視死如歸。

反義 貪生怕死。

從善如流（ㄘㄨㄥˊ ㄕㄢˋ ㄖㄨˊ ㄌㄧㄡˊ）

解釋 從，聽從。善，好的、正確的。如流，像水順流那樣順暢、迅速。形容樂於接受別人正確的意見或觀念。

典故 春秋時代，晉國的中軍元帥欒書（即欒武子）聽從知莊子（荀首）、范文子（士

變）、韓獻子（韓厥）三人的意見，沒有攻打楚國，轉而攻打沈國，果然，大獲全勝。左傳的作者左丘明讚揚欒書說：「從善如流，宜哉！」

例句 希望你能從善如流，接受別人的勸告。

反義 一意孤行、固執己見、剛愎（ㄅㄧˋ）自用。

惜墨如金（ㄒㄧˊ ㄇㄛˋ ㄖㄨˊ ㄐㄧㄣ）

解釋 惜，愛惜、珍惜。原來指繪畫時不輕易落筆。現在多用來指寫字、作畫、寫文章不輕易下筆，力求精練。

注意 「惜」不要誤寫成「借」。

例句 寫文章要做到惜墨如金很不容易，要多觀摩名家的作品。

捲土重來（ㄐㄩㄢˇ ㄊㄨˇ ㄔㄨㄥˊ ㄌㄞˊ）

解釋 比喻受挫折或失敗後重新再來。

例句 雖然這次競選失利，但下次捲土重來，一定會成功的。

近義 東山再起。

反義 一敗塗地。

捷足先登（ㄐㄧㄝˊ ㄗㄨˊ ㄒㄧㄢ ㄉㄥ）

解釋 捷，敏捷、快。足，腳步。行動敏捷的人先達到目的，或先得到所求的東西。

典故 楚漢相爭時，劉邦怕大將韓信叛變，便封他為齊王。當時韓信兵多將廣，手下謀士蒯（ㄎㄨㄞˇ）通勸他趁機背叛劉邦，和楚、漢三分天下，但是韓信顧念劉邦待他不薄，沒有照蒯通的話去做。後來，劉邦靠著韓信滅

了楚霸王項羽。可是，從此以後，劉邦就不信任韓信了，不僅解除了他的兵權，又把他降為「淮陰侯」。韓信不滿，暗中聯絡在鉅鹿（今河北平鄉縣）駐防的陳豨（ㄒㄧ），準備起事。後來陳豨宣布反對劉邦，劉邦親自去討伐，韓信裝病，準備暗中作內應，結果被劉邦的妻子呂后騙進皇宮，當場處死。韓信臨死時後悔沒聽蒯通的話，劉邦知道後，就把蒯通抓來，說他煽動韓信造反，要把他處死。蒯通大叫冤枉，說道：「秦朝失去了統治權，就好比失去一隻鹿，四方都在追逐牠，但只有具才能而又聰明的人才可以捕捉到牠！當時的形勢很亂，誰都想取得像您今天這樣的地位，如果這樣說都有罪，那要處死的人太多了。」劉邦覺得他的話也有道理，便把他放了。

例句 由於他事前做了萬全的準備，所以這個機會便被他捷足先登了。

反義 姍姍來遲、瞠（ㄔㄥ）乎其後。

掩人耳目（ㄧㄢˇ ㄖㄣˊ ㄦˇ ㄇㄨˋ）

解釋 掩，遮掩、蒙住。遮掩別人的耳朵和眼睛。比喻用假象來蒙蔽、欺騙人。

注意 「掩」不要誤寫成「淹」。

例句 警察為了辦案，有時必須偽裝成小販、路人，以掩人耳目。

近義 混淆（ㄧㄠˊ）視聽。

掩耳盜鈴（ㄧㄢˇ ㄦˇ ㄉㄠˋ ㄌㄧㄥˊ）

解釋 掩，捂、蓋。盜，偷。比喻自己欺騙自己。

典故 春秋時代，晉國的智伯滅掉了范氏後，

有人跑到范氏家裡，看見了一口鐘，想要偷走，可是那鐘既大又重，他背不動，於是他打算用錘子把鐘敲碎以後，一塊一塊的背走。當錘子敲鐘時，發出了洪亮的聲音，這個人恐怕別人聽到鐘聲會來把鐘奪走，就把自己的耳朵捂住，以為只要自己聽不到，別人也就聽不到了。

辨析 「掩耳盜鈴」和「自欺欺人」都有「自己欺騙自己」的意思。但「掩耳盜鈴」專門指自己欺騙自己；「自欺欺人」除了這個意思之外，還有「欺騙別人」的意思。

注意 ①「盜」字左上部是「氵」，不要錯寫成「冫」。②「鈴」不要誤寫成「玲」。

例句 你這麼做，根本就是掩耳盜鈴，自欺欺人。

近義 自欺欺人。

掉以輕心（ㄉㄧㄠˋ ㄧˇ ㄑㄧㄥ ㄒㄧㄣ）

解釋 掉，動搖、搖擺。輕，輕視、不注意。原來是形容不經意、輕忽。現在多用來指做事輕率、漫不經心。

注意 「掉」不要誤寫成「吊」或「弔」。

例句 就算是小小的煙蒂，也不能掉以輕心，要知道，星星之火足以燎原。

近義 漫不經心。

反義 一絲不苟。

推己及人（ㄊㄨㄟ ㄐㄧˇ ㄐㄧˊ ㄖㄣˊ）

解釋 推，推測。及，到。用自己的心意去推想別人的心意。指要設身處地為別人著想。

典故 春秋時期，有一年冬天，齊國接連下了三天三夜的大雪。齊景公在欣賞雪景時，對站在身旁的大夫晏嬰說：「今年天氣很怪，下了三天大雪，一點也不覺得冷。」晏嬰看到景公身披皮袍，便說：「我聽說古代的賢君自己吃飽了，還要去想想也許有人還餓著；自己穿暖了，還要去想想也許有人還凍著；自己安逸了，還要去想想也許有人還在勞累著。而您是一國之君，卻不去為別人著想啊！」景公聽了晏嬰的話，覺得很有道理，於是下令拿出一部分衣服和糧食，分給受飢寒的人。

注意 「己」不要誤寫成「已」或「巳」。

例句 你要是能推己及人，設身處地為他想一想，也許就不會這麼生氣了。

近義 設身處地、將心比心。

反義 漠不關心。

推三阻四（ㄊㄨㄟ ㄙㄢ ㄗㄨˇ ㄙˋ）

解釋 一再的找各種藉口推託。

例句 我可不是那種推三阻四的人，只要是我能做的，絕對不會推辭。

反義 毛遂自荐、盡力而為。

推心置腹（ㄊㄨㄟ ㄒㄧㄣ ㄓˋ ㄈㄨˋ）

解釋 置，擱、放。比喻誠懇待人。

典故 西漢末年，劉秀打敗了銅馬軍，卻仍然讓他們留在自己原來的部隊裡，把他們當作自己人，於是大家私下都說：「蕭王（劉秀）推赤心置人腹中。」意思是說，劉秀能

夠以誠待人，完全信任別人。

例句 他不僅是一位好老師，更是個可以推心置腹的好朋友。

近義 肝膽相照、推誠相見。

反義 明爭暗鬥、勾心鬥角、爾虞（ㄩˊ）我詐。

推波助瀾 ㄊㄨㄟ ㄅㄛ ㄓㄨˋ ㄌㄢˊ

解釋 瀾，大波浪。比喻從旁鼓動，幫助製造聲勢，使事態擴大。

注意 「瀾」音ㄌㄢˊ，不要唸成ㄌㄢˋ；也不要誤寫成「爛」。

例句 媽媽已在氣頭上了，你又在一旁推波助瀾，到底存的是什麼心？

近義 火上澆油、煽（ㄕㄢ）風點火。

反義 息事寧人。

推陳出新 ㄊㄨㄟ ㄔㄣˊ ㄔㄨ ㄒㄧㄣ

解釋 推，排除。陳，舊的。排除陳舊的，推出新的。指對舊的東西加以改造，創造出新的東西。

辨析 「推陳出新」和「新陳代謝」、「除舊布新」都有「以新代替舊」的意思。但「新陳代謝」主要指生物排除廢物，吸收養料，新的代替舊的過程；「除舊布新」主要指除去舊的，布置新的；「推陳出新」主要指將舊的東西篩選淘汰後，進一步創造出新的東西。

例句 在現今競爭激烈的市場上，商品必須不斷的推陳出新，才能吸引顧客。

近義 除舊布新。

反義 因循守舊、抱殘守缺、墨守成規。

探囊取物（ㄊㄢˋ ㄋㄤˊ ㄑㄩˇ ㄨˋ）

解釋 囊，口袋。把手伸到口袋裡取東西。比喻事情十分容易辦到。

典故 五代時期，濰州北海（今山東濰坊）有個韓熙載，他和李谷很要好。後唐明宗時，韓熙載投奔當時的吳國，李谷為他送行。當飲酒作別時，韓熙載對李谷說：「如果江南用我做宰相，我將長驅直入取中原。」李谷回答說：「如果中原地區用我做宰相，我奪取江南就像手伸到口袋中取東西一樣容易。」

例句 這點小事對他來說有如探囊取物，大家都不必擔心。

近義 唾手可得、手到擒來、甕（ㄨㄥˋ）中捉鱉（ㄅㄧㄝ）。

反義 海底撈針、水中撈月。

排山倒海（ㄆㄞˊ ㄕㄢ ㄉㄠˇ ㄏㄞˇ）

解釋 排，推開。倒，翻倒。把高山推開，把大海翻過來。形容力量很強，聲勢巨大，不可阻擋。

例句 長江三峽萬馬奔騰，排山倒海的氣勢，給人一種既兇險又壯美的感覺。

近義 雷霆萬鈞、翻江倒海。

捨本逐末（ㄕㄜˇ ㄅㄣˇ ㄓㄨˊ ㄇㄛˋ）

解釋 逐末，注重細微末節。捨棄根本，注重末節。形容一個人不注意重要的問題，只注重那些細微末節、無關緊要的事。

注意 「末」不要誤寫成「未」。

例句 我們做實驗不可只是求快而不注重準確性，這是捨本逐末的做法。

近義 本末倒置。

捨生取義（ㄕㄜˇ ㄕㄥ ㄑㄩˇ ㄧˋ）

解釋 生，生命。義，正當的事。捨棄生命，維持正義。指為了正義真理而犧牲生命。

典故 孟子・告子篇曾提到：「生亦我所欲也，義亦我所欲也，二者不可得兼，捨生取義者也。」意思是說，生命是我想要的，義也是我想要的。當這兩件不能同時兼顧時，寧可犧牲生命來維持正義。

注意 ①「生」也可以寫作「身」。②「義」不要誤寫成「意」。

例句 歷史上許多民族英雄都為了國家人民犧牲生命，這種捨生取義的精神，非常值得我們尊敬。

敝帚自珍（ㄅㄧˋ ㄓㄡˇ ㄗˋ ㄓㄣ）

解釋 敝，破舊的。珍，貴重，愛惜。比喻自己的東西即使不好，也十分珍惜。常用作自謙詞。

注意 「敝」不要誤寫成「蔽」或「弊」。

例句 別說他文章寫得不好，他可是敝帚自珍，不喜歡人家批評的。

近義 敝帚千金。

反義 視如敝屣（ㄒㄧˇ）。

斬草除根（ㄓㄢˇ ㄘㄠˇ ㄔㄨˊ ㄍㄣ）

解釋 斬，砍斷。除，去掉。割草要把草根徹底除掉。比

喻徹底剷除禍根，以免後患。

辨析 「斬草除根」和「趕盡殺絕」都有「徹底消滅」的意思。但「斬草除根」重在形容徹底消滅，徹底根除，使它不再產生；「趕盡殺絕」重在廣度上，形容全面消滅，一點不留。

注意 「根」不要誤寫成「跟」。

例句 我們要常打掃庭院，才能斬草除根，徹底消滅登革熱。

近義 寸草不留、趕盡殺絕。

反義 養虎遺患。

斬釘截鐵（ㄓㄢˇ ㄉㄧㄥ ㄐㄧㄝˊ ㄊㄧㄝˇ）

解釋 斬，砍斷。截，切斷。砍斷釘子切斷鐵，比喻說話做事堅決果斷，毫不猶豫。

注意 「釘」不要誤寫成「丁」。

例句 他斬釘截鐵的說：「我要出國留學！」

近義 直截了當（ㄉㄤˋ）、乾脆俐落。

反義 拖泥帶水、優柔寡斷。

望子成龍（ㄨㄤˋ ㄗˇ ㄔㄥˊ ㄌㄨㄥˊ）

解釋 望，盼望。子，泛指子女。龍，古代傳說中一種能興雲作雨的神奇動物，過去曾把龍作為帝王的象徵，後來引申為高貴、珍異的象徵。希望子女能成為傑出的人物。

例句 爸爸是望子成龍，希望你能考上好學校，將來才能出人頭地呀！

望文生義（ㄨㄤˋ ㄨㄣˊ ㄕㄥ ㄧˋ）

解釋 文，文字，詞句。義，意義。指閱讀文章時不推求確切的含義，只根據字面去作牽強附會的解釋。

注意 「義」不要誤寫成「意」。

例句 老師說望文生義不是正確的讀書方法。

近義 望文生訓。

望而生畏 ㄨㄤˋ ㄦˊ ㄕㄥ ㄨㄟˋ

解釋 望，看。生，產生。畏，害怕。看見了就害怕。

例句 他平常很嚴肅，不苟言笑，讓人望而生畏，不敢接近。

近義 望而卻步。

反義 勇往直前、臨危不懼。

望而卻步 ㄨㄤˋ ㄦˊ ㄑㄩㄝˋ ㄅㄨˋ

解釋 卻步，向後退，不敢前進。看到了某種事物或情況就往後退縮。

辨析 「望而卻步」與「望而生畏」都有「看到了害怕」的意思，但「望而卻步」重在行動，向後退縮；「望而生畏」重在心情，產生懼怕。

例句 上山的路滿地荊棘，讓人望而卻步。

近義 望而生畏。

反義 無所畏懼。

望門投止 ㄨㄤˋ ㄇㄣˊ ㄊㄡˊ ㄓˇ

解釋 止，步履。見有人家就去投宿，求得暫時居住的地方。形容避難或出奔時的急迫情況。

注意 「望」不要誤寫成「忘」。

例句 奶奶回憶當年戰爭逃難時，望門投止是很普遍的事。

反義 自食其力。

望洋興嘆 ㄨㄤˋ ㄧㄤˊ ㄒㄧㄥ ㄊㄢˋ

解釋 興，引起。嘆，感嘆。原來是指看到別人的偉大，才感到自己的渺小。現多用來比喻做事力量不夠，而感到無可奈何。

典故 莊子・秋水裡說：「秋天時，許多江水都匯集到河流裡來。於是，河伯（相傳中的河神）心裡非常高興，以為天底下他最了不起。可是等他順著流水往東走到北海的時候，向東面一看，望見無邊無際的海洋，才感到自己的渺小，仰望著海神，自嘆不如。」

注意 「興」音ㄒㄧㄥ，不要唸成ㄒㄧㄥˋ。

例句 面對世界上科學技術的迅速發展，我們不該只是望洋興嘆，應該奮發圖強，迎頭趕上。

近義 束手無策、無計可施。

望穿秋水 ㄨㄤˋ ㄔㄨㄢ ㄑㄧㄡ ㄕㄨㄟˇ

解釋 秋水，美好清澈的眼睛。比喻非常的盼望。

例句 她每天望穿秋水，盼著出國經商的先生早日歸來。

近義 望眼欲穿。

望風披靡 ㄨㄤˋ ㄈㄥ ㄆㄧ ㄇㄧˇ

解釋 靡，倒下。披靡，草木隨風倒伏。原指強勁的風一吹來，草木就被吹倒。現在常用來比喻力量到達的地方，什麼也阻擋不了，或一切障礙全被掃除。

注意 ①「披」不要誤寫成「被」。②「靡」字下面是「非」，不要誤寫成「糜」。

例句 這些富有傳奇色彩的戰爭故事，正是我軍英勇無畏、望風披靡的寫照。

近義 所向無敵。

反義 潰不成軍。

望梅止渴（ㄨㄤˋ ㄇㄟˊ ㄓˇ ㄎㄜˇ）

解釋 比喻願望無法達成，只好用空想來安慰自己。

典故 東漢末年，曹操征伐張繡。行軍路上，因為斷絕了水源，將士們非常口渴。曹操指著前方騙他們說：「前面有大片的梅樹林，樹上結滿了梅子，酸甜可口，到那裡摘梅子吃，可以解渴。」兵士們聽說有梅子吃，嘴裡直流口水，也就不那麼渴了。

例句 妹妹牙疼尚未痊癒，只好望梅止渴，看著糖果過乾癮。

近義 畫餅充飢。

望眼欲穿（ㄨㄤˋ ㄧㄢˇ ㄩˋ ㄔㄨㄢ）

解釋 把眼睛都要望穿了。形容盼望得十分殷切。

例句 今年除夕，望眼欲穿的孩子終於見到離家多年的父親了。

近義 延頸企踵、望穿秋水。

望塵莫及（ㄨㄤˋ ㄔㄣˊ ㄇㄛˋ ㄐㄧˊ）

解釋 塵，指車馬經過後揚起的塵土。及，趕上。莫及，趕不上。原本是說只能遠遠的望著前面人馬行走時飛揚起來的塵土，怎麼也

追趕不上。現常用來比喻別人進展很快，自己遠遠落後。

典故 東漢時期，趙咨曾任敦煌太守。後來調任東海，途中經過滎陽時，縣令曹皓在大路旁迎接他。但是趙咨為了不驚動地方官吏，沒有停留。等到曹皓追至滎陽城外時，只遠遠看到前面人馬的塵土而追趕不上了。

例句 他的溜冰技術高超，成績打破全國紀錄，和他一起學習的同學也只能望塵莫及。

近義 瞠乎其後。

反義 名列前茅、遙遙領先、獨占鼇頭。

梁上君子（ㄌㄧㄤˊ ㄕㄤˋ ㄐㄩㄣ ㄗˇ）

解釋 竊賊、小偷的代稱。

典故 古時候有個竊賊到一戶人家偷東西，他先躲在屋梁上，想等主人睡著了再下手行竊。誰知主人早就發現了，但是主人沒有大喊捉小偷，而是鎮靜地把子孫們叫到面前，嚴肅地說：「做壞事的人不一定本性就壞，只是沒有養成好習慣，就像是屋梁上的那位君子。」竊賊一聽，慚愧地從屋梁上跳下來，向主人認錯。後來「梁上君子」就成為竊賊的代稱。

注意 「梁」不要誤寫成「粱」。

例句 近來，停車場常發生遭梁上君子光顧的事件。

近義 江洋大盜、鼠竊狗盜。

反義 仁人君子、正人君子。

欲速不達（ㄩˋ ㄙㄨˋ ㄅㄨˋ ㄉㄚˊ）

解釋 形容急於想達成目標，反而會因為慌張而壞事。

例句 媽媽常告誡我們做事要謹慎、沉穩，否則欲速不達，反而會得不償失。

欲蓋彌彰（ㄩˋ ㄍㄞˋ ㄇㄧˊ ㄓㄤ）

解釋 欲，想要。蓋，遮掩。彌，更加。彰，明顯。本來想掩蓋事情真相，結果卻使事情變得更加明顯。

注意 ①「彌」不要誤寫成「瀰」。②「彰」不要誤寫成「章」或「張」。

例句 這些歹徒想盡辦法推卸責任，沒想到欲蓋彌彰，更暴露出他們犯罪的事實。

欲擒故縱（ㄩˋ ㄑㄧㄣˊ ㄍㄨˋ ㄗㄨㄥˋ）

解釋 欲，想要。擒，捉拿。故，故意。縱，放。想要抓住他，故意先放開他，使他放鬆戒備。比喻為了更容易控制對方，故意先放鬆一步。

例句 警方對這個歹徒採取欲擒故縱的方法，不但順利將他逮捕歸案，連同夥也都一網打盡了。

殺一警百（ㄕㄚ ㄧ ㄐㄧㄥˇ ㄅㄞˇ）

解釋 處罰或殺掉一個人，以警戒其他人不要犯同樣的過錯。

辨析 也可以寫作「殺一儆（ㄐㄧㄥˇ）百」。

例句 為維護社會治安，收殺一警百之效，搶劫、叛亂罪通常會從重量刑。

近義 殺雞警猴。

殺身成仁（ㄕㄚ ㄕㄣ ㄔㄥˊ ㄖㄣˊ）

解釋 為了正義、仁德的事而犧牲生命。

注意 「仁」不要誤寫成「人」。

例句 由於黃花岡七十二烈士殺身成仁，今天我們才能過著民主自由的日子。

近義 捨生取義。

反義 貪生怕死。

殺氣騰騰（ㄕㄚ ㄑㄧˋ ㄊㄥˊ ㄊㄥˊ）

解釋 殺氣，凶惡的氣勢。騰騰，氣勢旺盛的樣子。形容殺伐的氣勢很盛。

注意 「騰」是「馬」部，不是「月」部。

例句 發生什麼事了？怎麼對方一臉殺氣騰騰的模樣。

殺彘教子（ㄕㄚ ㄓˋ ㄐㄧㄠˋ ㄗˇ）

解釋 彘，小豬。指父母教導子女時，應該注意要言行一致。

典故 孔子的學生曾子，有一天和妻子外出，小孩子吵著也要跟隨，曾妻開玩笑地說：「乖，待會兒我們回來，就殺豬，煮豬肉給你吃！」小孩子一聽，高興地答應了。後來，曾子返家，立刻準備殺豬，曾妻卻急忙阻止，她說：「殺豬這件事，我是哄小孩子的，你怎麼當真呢？」曾子搖搖頭，不贊成地說：「做父母的應該言行一致，我們既然答應要殺豬，怎麼可以反悔，這樣子以後就不能作為孩子的榜樣了。」曾妻聽了，覺得很有道理，兩人就把豬殺了，煮了一頓豐富的大餐。

例句 你聽過曾參「殺彘教子」的故事嗎？

殺雞取卵（ㄕㄚ ㄐㄧ ㄑㄩˇ ㄌㄨㄢˇ）

解釋　比喻貪圖眼前小利而損害長遠利益。

注意　「卵」不要誤寫成「卯」。

例句　做人做事一定要把眼光放遠，殺雞取卵不但解決不了事情，反而會壞事。

近義　竭澤而魚、飲鴆（ㄓㄣˋ）止渴。

反義　量（ㄌㄧㄤˋ）力而為。

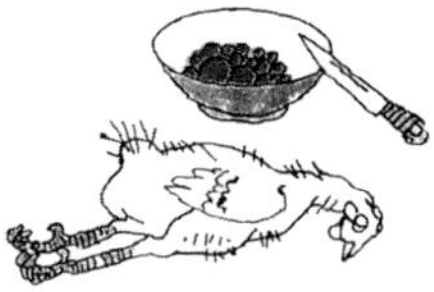

殺雞警猴 ㄕㄚ ㄐㄧ ㄐㄧㄥˇ ㄏㄡˊ

解釋　殺掉雞來嚇唬猴子。比喻嚴懲一人以警戒其他人。

辨析　也可以寫作「殺雞儆（ㄐㄧㄥˇ）猴」。

例句　老師常常處罰帶頭做壞事的人，以收殺雞警猴之效。

近義　殺一警百。

殺雞焉用牛刀 ㄕㄚ ㄐㄧ ㄧㄢ ㄩㄥˋ ㄋㄧㄡˊ ㄉㄠ

解釋　焉，怎麼。牛刀，宰牛用的刀。殺雞何必使用宰牛刀。比喻不必大材小用或小題大作。

注意　「焉」不要誤寫成「馬」。

例句　殺雞焉用牛刀，像這種小事，交給我辦就行了，你只管在家等好消息吧！

清規戒律 ㄑㄧㄥ ㄍㄨㄟ ㄐㄧㄝˋ ㄌㄩˋ

解釋　本指禪宗僧尼或道士應該遵守的戒律。後泛指規範制度。

例句　有些清規戒律早就和社會動脈脫節，一點也不合理。

淋漓盡致 ㄌㄧㄣˊ ㄌㄧˊ ㄐㄧㄣˋ ㄓˋ

解釋 淋漓，形容滲透了水，溼淋淋的往下滴的樣子。比喻盡情、酣暢。盡致，達到極點。形容文章或言論精采透徹，發揮到了極點。

注意 ①「淋漓」都是「水」部，不要寫錯了。②「致」不要誤寫成「至」。

例句 這一場戲，男主角把劇中人的落寞、悲淒，表現得淋漓盡致。

近義 痛快淋漓、酣（ㄏㄢ）暢淋漓。

反義 支支吾吾、吞吞吐吐（ㄊㄨˇ）。

淒風苦雨（ㄑㄧ ㄈㄥ ㄎㄨˇ ㄩˇ）

解釋 淒風，淒厲寒冷的風。苦雨，久下不停而成災的雨。原來是形容又是風又是雨的惡劣天氣。後也用來比喻處境悲慘淒涼。

注意 「淒」是「氵」部，不要誤寫成「凄」或「悽」。

例句 每當想起那一段共同生活的日子，即使是淒風苦雨也覺得溫暖。

近義 苦雨淒風、淒風冷雨。

深入淺出（ㄕㄣ ㄖㄨˋ ㄑㄧㄢˇ ㄔㄨ）

解釋 用淺顯易懂的方式來解釋深刻複雜的內容。

例句 這本書以深入淺出的方式介紹論語，非常適合初學者閱讀。

反義 高深莫測。

深居簡出（ㄕㄣ ㄐㄩ ㄐㄧㄢˇ ㄔㄨ）

解釋 深，原指深山，現借指宅院深處。居，居住。簡，少。出，外出。原指野獸躲藏在山林深處，很少出來。後用來形容人常常待

在家裡，很少外出，不常和別人往來。

注意 「簡」不要誤寫成「儉」。

例句 老將軍近年來身體不好，都深居簡出，不問世事。

近義 足不出戶。

反義 拋頭露面。

深思熟慮 ㄕㄣ ㄙ ㄕㄡˊ ㄌㄩˋ

解釋 深，深入，周詳。思，思索。熟，仔細。慮，考慮。指反覆深入的思考。

注意 「慮」不要誤寫成「盧」。

例句 這件事影響深遠，你最好深思熟慮後再作決定。

近義 深謀遠慮。

反義 輕舉妄動。

深謀遠慮 ㄕㄣ ㄇㄡˊ ㄩㄢˇ ㄌㄩˋ

解釋 謀，打算。計畫周密，考慮得很深遠。

辨析 「深謀遠慮」和「深思熟慮」都有「深入周密考慮」的意思。但「深謀遠慮」除了考慮、思索這一層意思外，還有策畫、計畫這一層意思，偏重在考慮的周密和長遠；「深思熟慮」偏重在考慮得深入、透徹。

注意 「深」不要誤寫成「生」。

例句 這件事關係著千萬人的生命，沒有深謀遠慮是不行的。

近義 深思熟慮。

反義 輕舉妄動、魯莽從事。

烽火連天 ㄈㄥ ㄏㄨㄛˇ ㄌㄧㄢˊ ㄊㄧㄢ

解釋 烽火，古代邊防上用來警告通知的煙火，有敵人來侵犯時，守衛的戰士就點火通知各地，比喻戰火或戰爭。比喻發生戰爭，而且戰況十分激烈。

注意 「烽」不要誤寫成「鋒」或「峰」。

例句 爺爺年輕時，經歷過烽火連天的戰爭歲月。

近義 狼煙四起。

反義 河清海晏、國泰民安。

牽腸掛肚（ㄑㄧㄢ ㄔㄤˊ ㄍㄨㄚˋ ㄉㄨˋ）

解釋 牽，拉。形容思念深切，放不下心。

例句 深夜還在外面逗留的你，可知父母有多麼的牽腸掛肚。

近義 念念不忘。

反義 無牽無掛。

牽強附會（ㄑㄧㄢ ㄑㄧㄤˇ ㄈㄨˋ ㄏㄨㄟˋ）

解釋 牽強，勉強湊在一起。附會，把毫無關係的事物說成有關係。形容把不相關的事物勉強湊合在一起。

例句 寫作時引用例證一定要貼切，不可牽強附會。

近義 穿鑿附會。

牽一髮而動全身（ㄑㄧㄢ ㄧ ㄈㄚˇ ㄦˊ ㄉㄨㄥˋ ㄑㄩㄢˊ ㄕㄣ）

解釋 比喻變動一個極小的部分就會影響全局。

例句 這雖然是個小問題，但千萬不能大意，否則牽一髮而動全身，會影響整個計畫。

現身說法
ㄒㄧㄢˋ ㄕㄣ ㄕㄨㄛ ㄈㄚˇ

解釋 原義是指佛神通廣大，能夠隨對象不同而現出種種身形來講說佛法。現指用親身經歷和體會作為例證來說明道理，或勸導別人。

注意 「身」不要誤寫成「生」。

例句 他為了勸導青少年遠離毒品，不惜現身說法，拿自己的親身經歷來說明。

略勝一籌
ㄌㄩㄝˋ ㄕㄥˋ ㄧˊ ㄔㄡˊ

解釋 略，稍微。勝，勝過、超過。籌，籌碼、計數的一種工具。比較起來，稍微強一些。

注意 「籌」不要誤寫成「壽」。

例句 他對數學下了一番苦功，所以在這次入學考試中，成績比我略勝一籌。

近義 稍勝一籌。

反義 略遜一籌。

異曲同工
ㄧˋ ㄑㄩˇ ㄊㄨㄥˊ ㄍㄨㄥ

解釋 曲，樂曲。工，細致，巧妙。不同的曲調卻同樣的美妙、精巧。比喻事物雖然不同，但一樣出色。也比喻所做的雖然不同，但效果一樣好。

注意 「曲」音ㄑㄩˇ，不要唸成ㄑㄩ；也不要誤寫成「屈」。

例句 這兩部電影以不同方式來表現同一個題材，頗有異曲同工之妙。

眼高手低
ㄧㄢˇ ㄍㄠ ㄕㄡˇ ㄉㄧ

解釋 眼高，眼光高。手低，指做事的能力

低。要求的標準很高，但是工作能力很低。比喻一個人只會任意批評別人，指責別人的錯，自己卻做不好。

例句 處理事情要腳踏實地，千萬不可以眼高手低。

眼中釘，肉中刺 ㄧㄢˇ ㄓㄨㄥ ㄉㄧㄥ，ㄖㄡˋ ㄓㄨㄥ ㄘˋ

解釋 比喻非常厭惡痛恨的人。

注意 「釘」是多音字，音ㄉㄧㄥ和ㄉㄧㄥˋ，「釘子」的「釘」音ㄉㄧㄥ，「釘牆壁」的「釘」音ㄉㄧㄥˋ；「釘」不要誤寫成「訂」。

例句 心眼愈小的人，看誰都是眼中釘，肉中刺，一點也不快樂。

眾口鑠金 ㄓㄨㄥˋ ㄎㄡˇ ㄕㄨㄛˋ ㄐㄧㄣ

解釋 鑠金，以火熔化金屬。大家都說同樣的話，這種力量可以熔化金屬。形容輿論的力量強大，足以混淆是非。

注意 「鑠」不要誤寫成「爍」。

例句 身為一個公眾人物要非常注意自己的一言一行，因為眾口鑠金，輿論的影響力是很大的。

近義 人言可畏、三人成虎。

眾矢之的 ㄓㄨㄥˋ ㄕˇ ㄓ ㄉㄧˋ

解釋 矢，箭。的，箭靶的中心。很多箭所射擊的靶子。比喻眾人攻擊的對象。

辨析 ①「矢」不可寫成「失」。②「的」音ㄉㄧˋ，不要唸成˙ㄉㄜ；也不可以寫成「地」。

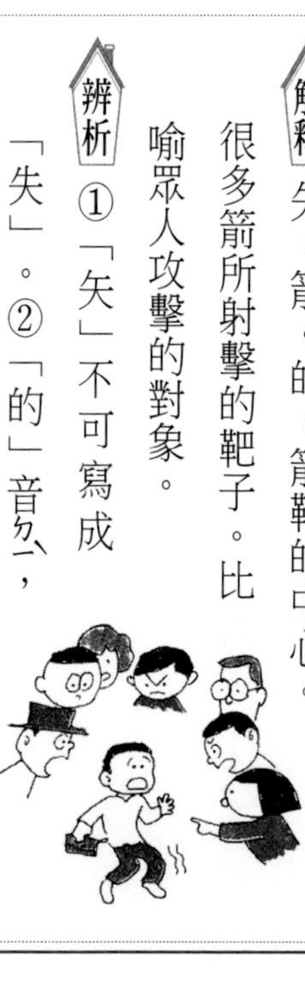

例句 這件事牽涉到許多人的利益，如果處理

不慎，很容易成為眾矢之的。

近義 千夫所指、過街老鼠。

反義 交口稱譽。

眾志成城（ㄓㄨㄥˋ ㄓˋ ㄔㄥˊ ㄔㄥˊ）

解釋 萬眾一心，像城牆一樣不可摧毀。比喻同心協力，團結一致，就能克服困難。

典故 周景王二十三年時，在位的景王收集民間的銅器鑄大鐘。鐘鑄成後，景王對司樂官州鳩說：「你聽，這聲音多麼悅耳動聽。」州鳩回答說：「那聲音如果百姓都喜歡，那該有多好。可是你鑄鐘耗費了大量人力、財力，弄得民窮財盡，怨聲載道。俗話說得好：『眾心成城，眾口鑠金』。大家都擁護的事情，沒有不成功的，它會像城堡一樣堅固；而大家都反對的事情，即使它像金字一樣堅固，也會銷熔的。」

例句 這次運動會，我們全班同心協力，眾志成城，終於獲得團體總冠軍。

近義 萬眾一心。

反義 孤掌難鳴。

眾叛親離（ㄓㄨㄥˋ ㄆㄢˋ ㄑㄧㄣ ㄌㄧˊ）

解釋 眾人反對，親信背離。形容完全陷於孤立。

典故 春秋時代，衛國公子州吁殺死他的哥哥衛桓公奪取了政權。他怕國內人民反對，就拉攏宋國、陳國、蔡國等聯合攻打鄭國，企圖以此轉嫁國內危機，鞏固統治地位。魯隱公聽說這件事後，就問大臣眾仲：「州吁能成功嗎？」眾仲回答說：「州吁這個人依仗武力，生性殘忍。依仗武力就會失去群眾，

對人殘忍就沒有人對他親近，現在他處境孤立，是很難成功的。」果然不出所料，一年後，衛國人就聯合陳國，用計把州吁殺了。

注意 「叛」不要誤寫成「判」。

例句 他平日無惡不作、背信忘義，終於落得眾叛親離的下場。

反義 眾心歸附、眾望所歸。

眾星捧月（ㄓㄨㄥˋ ㄒㄧㄥ ㄆㄥˇ ㄩㄝˋ）

解釋 許多的星星圍繞在月亮周圍。比喻許多人共同擁護一個人。

例句 知名女星來台宣傳，好像眾星捧月似的，受到眾人的喜愛。

近義 眾星拱月。

眾望所歸（ㄓㄨㄥˋ ㄨㄤˋ ㄙㄨㄛˇ ㄍㄨㄟ）

解釋 望，希望、期望。歸，歸向、趨向。眾人所敬仰或期望的。形容一個人深得人心，受到許多人的支持。

例句 他品學兼優，向來深受大家愛戴，這次高票當選班長，真是眾望所歸。

近義 人心所向、眾星捧月。

反義 人神共憤、眾叛親離。

移花接木（ㄧˊ ㄏㄨㄚ ㄐㄧㄝ ㄇㄨˋ）

解釋 指把花木的枝條移接在另一種花木上。也比喻暗地裡使用手段，更換原來的人或事物。

例句 近來有些人利用電腦合成的方法，將明星的相片移花接木，這是違法的行為。

近義 偷天換日。

移風易俗（一ˊ ㄈㄥ 一ˋ ㄙㄨˊ）

解釋 移，改變。風，風俗、風氣。易，變換。改變舊的、不好的風俗習慣。

注意 「易」不要誤寫成「益」。

例句 藉著推廣藝術活動，可以移風易俗，培養社會善良風氣。

移樽就教（一ˊ ㄗㄨㄣ ㄐㄧㄡˋ ㄐㄧㄠˋ）

解釋 樽，酒杯。就，前往。拿著酒杯，移到別人的席上共飲，以便請教他人。比喻遷就別人，向別人請教。

注意 ①「樽」不要誤寫成「尊」。②「教」音ㄐㄧㄠˋ，不要唸成ㄐㄧㄠ。

例句 他雖然具有博士學位，仍常移樽就教，吸收各階層的生活經驗。

笨鳥先飛（ㄅㄣˋ ㄋㄧㄠˇ ㄒㄧㄢ ㄈㄟ）

解釋 ①形容愚笨的人事前不經考慮，冒冒失失的做事。②比喻能力差的人做事，恐怕落後，所以比別人先動手。多用作自謙詞。

注意 「鳥」不要誤寫成「烏」。

例句 我的技巧不如各位純熟，只好笨鳥先飛，趕在你們集訓前，自己先練習了。

粗製濫造（ㄘㄨ ㄓˋ ㄌㄢˋ ㄗㄠˋ）

解釋 濫，過多，不加節制。原指產品粗糙，只追求數量，不講究品質。現也泛指工作草率、不負責任。

注意 ①「製」不要誤寫成「制」。②「濫」不要誤寫成「爛」。

例句 這些產品雖然便宜，但看來都是粗製濫造的劣質品。

反義 精益求精、精雕細琢。

粗枝大葉（ㄘㄨ ㄓ ㄉㄚˋ ㄧㄝˋ）

解釋 原比喻簡略或概括。現多比喻做事粗略草率、不細密。

例句 沒想到像他那麼粗枝大葉的人，也能寫出如此細膩的詩。

近義 馬馬虎虎。

反義 一絲不苟、精益求精。

絃外之音（ㄒㄧㄢˊ ㄨㄞˋ ㄓ ㄧㄣ）

解釋 絃，絃樂器上經摩擦、振動而能發聲的絲線。彈奏樂器時，除了樂器所發出的聲音外，還包含了彈奏者的心意。指隱藏在話中，沒有直接透露的含意。

例句 他的演講內容，常隱藏著許多絃外之音，要聽眾自己去思考領會。

近義 言外之意。

細水長流（ㄒㄧˋ ㄕㄨㄟˇ ㄔㄤˊ ㄌㄧㄡˊ）

解釋 比喻力量雖小，只要能持續不斷也會成功，也比喻節省才能保持不缺乏。

注意 「流」不要誤寫成「留」。

例句 雖然今年豐收，也不能揮霍浪費，細水長流才能使生活不虞匱乏。

終南捷徑（ㄓㄨㄥ ㄋㄢˊ ㄐㄧㄝˊ ㄐㄧㄥˋ）

解釋 終南，終南山，在陝西省西安市西南方。比喻謀取官職或求得名利最便捷的門徑。現在也比喻達到目的的便捷途徑。

典故 古時候有個人叫盧藏，他明明很想作官，卻故意隱居在終南山，希望可以引起皇帝的注意。後來，他果然謀得官位。這件事情被一個叫司馬承禎的人知道了，他也用同樣的方法取得官位。有一天，這兩人碰面了，司馬承禎笑著說：「終南山真是想作官的人的捷徑呀！」從此，「終南捷徑」這句成語就流傳開來。

辨析 「終南捷徑」和「不二法門」的用法容易被混淆。「終南捷徑」強調便利的途徑，而「不二法門」是偏重唯一的方法，例如：注重養生是長壽的不二法門。這裡的「不二法門」就不能改換作「終南捷徑」。

例句 很多人都相信中樂透是成為億萬富翁的終南捷徑，但是我認為努力踏實更重要。

脫胎換骨（ㄊㄨㄛ ㄊㄞ ㄏㄨㄢˋ ㄍㄨˇ）

解釋 原是道教語。現多比喻徹底改變成另一個樣子。

辨析 「脫胎換骨」和「洗心革面」都可以比喻「徹底改造重新做人」。但「脫胎換骨」可以指「罪人」，也可以指思想、觀念上的改變；「洗心革面」一般只指「罪人」的徹底改造，適用範圍比較小。

例句 經過上一回的死裡逃生，他似乎脫胎換骨成了另一個人。

近義 洗心革面。

反義 怙（ㄏㄨˋ）惡不悛（ㄑㄩㄢ）。

脫穎而出（ㄊㄨㄛ ㄧㄥˇ ㄦˊ ㄔㄨ）

解釋 穎，錐子尖端。指錐子的尖端透過布袋顯露出來。比喻人的才能顯露出來。

注意 「穎」字左下方是「禾」，不要誤寫成「潁」。

例句 在眾多參賽者中，他脫穎而出，被評為第一名。

近義 嶄露頭角。

反義 不露鋒芒。

脣亡齒寒（ㄔㄨㄣˊ ㄨㄤˊ ㄔˇ ㄏㄢˊ）

解釋 嘴脣沒有了，牙齒就會感到寒冷。比喻關係密切，利害與共。用來形容兩個鄰國之間的關係。

典故 春秋時代，晉國想併吞南面的虢（ㄍㄨㄛˊ）國，但中間隔著一個虞國。晉獻公採納了大夫荀息的策略，派他帶了名馬和美玉作為禮物，向虞國借一條通路。虞國大夫宮之奇知道荀息的來意，勸虞公（虞國的國君）千萬不要答應晉軍借路的要求，因為虢國是虞國的外圍，兩國緊密相連，如果虢國被晉國滅掉，虞國就保不住了。就好像嘴脣和牙齒互相依附一樣，嘴脣沒有了，牙齒就會失去掩護而受寒的。但是虞公貪財，不僅借路而且出兵協助晉軍。宮之奇只得帶領全家逃亡曹國。而晉軍滅掉虢國後，在回國途中，果然把虞國也滅掉了。

例句 臺澎金馬的關係是脣亡齒寒，共生共存。

近義 休戚與共、脣齒相依。

脣槍舌劍（ㄔㄨㄣˊ ㄑㄧㄤ ㄕㄜˊ ㄐㄧㄢˋ）

解釋 嘴脣像槍，舌頭像劍。形容辯論時言詞激烈，針鋒相對，像槍劍交鋒一樣。

注意 「劍」不要誤寫成「箭」。

例句 辯論會上，同學們個個脣槍舌劍，互不相讓。

近義 針鋒相對。

莫衷一是（ㄇㄛˋ ㄓㄨㄥ ㄧˊ ㄕˋ）

解釋 莫，不。衷，適當。是，正確。指不知哪個正確。形容聽了很多不同意見，不知聽從哪一個好，不能決定哪個是對的。

辨析 在使用「莫衷一是」時，一般都有個前提，因此在前面經常有「眾說紛紜」、「議論紛紛」、「種種說法」、「傳說各異」等詞語。

例句 這個議題討論了好久還是眾說紛紜、莫衷一是，找不到正確有效的解決方法。

近義 各執一說、眾說紛紜。

莫逆之交（ㄇㄛˋ ㄋㄧˋ ㄓ ㄐㄧㄠ）

解釋 莫逆，沒有抵觸，形容彼此情投意合。交，交情、友誼。指情意相投，非常要好的朋友。

例句 他們兩人從小一起長大，是患難與共的莫逆之交。

近義 刎（ㄨㄣˇ）頸之交、管鮑之交。

反義 酒肉朋友、點頭之交。

袖手旁觀（ㄒㄧㄡˋ ㄕㄡˇ ㄆㄤˊ ㄍㄨㄢ）

解釋 袖手，把手縮進袖子。把雙手藏在衣袖裡在一旁觀看。形容置身事外，不加過問。

注意 ①「袖」不要誤寫成「抽」。②「袖」是衣部，總筆畫是十畫或十一畫皆對。

例句 你看到老人跌倒，怎麼袖手旁觀呢？

近義 冷眼旁觀、作壁上觀。

反義 見義勇為、拔刀相助。

責無旁貸 ㄗㄜˊ ㄨˊ ㄆㄤˊ ㄉㄞˋ

解釋 責，責任。貸，推卸。對於自己應盡的責任，絕不推卸給旁人。

注意 「貸」不要誤寫成「貨」。

例句 維護國家社會的安定，人人都應該責無旁貸。

近義 義不容辭、當仁不讓。

反義 推三阻四。

貪小失大 ㄊㄢ ㄒㄧㄠˇ ㄕ ㄉㄚˋ

解釋 因貪圖小利而造成重大損失。

典故 古時齊國的臣子達人帶兵和燕國作戰，他請求齊王先犒賞軍隊，激勵人心。但是齊王不答應。後來兩軍交戰，齊國大敗，達子死於戰場，齊王也逃到外地。大勝的燕軍浩浩蕩蕩地進入齊國都城，人人爭著搶奪齊王的財物。當時的人們都批評齊王是捨不得給人小利，結果反而損失慘重，這都是貪小失大的下場。

注意 「貪」不要誤寫成「貧」。

例句 唉！很多人都曾有過貪小失大的不愉快經驗，但是很少人能夠記取教訓。

近義　因小失大、爭雞失羊。

貪得無厭（ㄊㄢ ㄉㄜˊ ㄨˊ ㄧㄢˋ）

解釋　厭，同「饜」，飽、滿足的意思。指貪心沒有滿足的時候。

例句　其實貪得無厭的人，最後一定會吃虧。

近義　得寸進尺、得隴望蜀。

反義　一介不取、分文不取。

貪贓枉法（ㄊㄢ ㄗㄤ ㄨㄤˇ ㄈㄚˇ）

解釋　貪，貪汙。贓，接受賄賂所得的財物。枉法，故意曲解法律。指貪汙受賄，敗壞律法。

例句　身為公務員，要以服務大眾為目的，不可徇私舞弊，貪贓枉法。

趾高氣揚（ㄓˇ ㄍㄠ ㄑㄧˋ ㄧㄤˊ）

解釋　趾，腳指頭。走路時腳抬得很高，神氣十足。形容驕傲自大、得意忘形的樣子。

典故　春秋時代，楚國的屈瑕（ㄒㄧㄚˊ）帶兵攻打羅國，自以為有把握打勝仗，於是神氣活現起來，走路把腳抬得高高的。大夫鬥伯比去送行，回來的路上對駕車的說：「莫敖（屈瑕的字）必敗，舉趾高，心不固矣。」意思是說，屈瑕這次一定會打敗仗，他走路腳抬得很高，說明他驕傲輕敵，意志也不堅定。果然，楚軍進入羅國後，喪失警惕，毫無防備，遭到羅軍兩面夾攻，被打得一敗塗地，屈瑕只好自殺。

例句　他一副趾高氣揚的樣子，大家都不喜歡和他做朋友。

近義　不可一世、得意忘形、耀武揚威。

反義　灰心喪氣、垂頭喪氣。

連中三元 ㄌㄧㄢˊ ㄓㄨㄥˋ ㄙㄢ ㄩㄢˊ

解釋　三元，古時指解元、會元、狀元，分別是科舉制度下鄉試、會試、殿試的第一名。連中三元指接連在鄉試、會試與殿試中得到第一名。比喻接連獲得勝利。

例句　他聽到自己連中三元，衛冕成功，竟然高興得昏倒了。

通宵達旦 ㄊㄨㄥ ㄒㄧㄠ ㄉㄚˊ ㄉㄢˋ

解釋　通宵，整夜。達旦，到天亮。指一夜到天亮。

例句　為了趕這篇文章，他通宵達旦尋找相關資料。

近義　夜以繼日。

通情達理 ㄊㄨㄥ ㄑㄧㄥˊ ㄉㄚˊ ㄌㄧˇ

解釋　通、達，理解。情，人之常情。理，道理。形容說話、行事合乎情理。

例句　他是一個通情達理的人，對我的做法，他一定能諒解的。

反義　不近人情、不通情理。

逐臭之夫 ㄓㄨˊ ㄔㄡˋ ㄓ ㄈㄨ

解釋　逐臭，追逐臭味。比喻一個人的嗜好非常特殊、古怪。

例句　大家都不喜歡聞燒垃圾的味道，只有他特別偏好，是個名副其實的逐臭之夫。

速戰速決 ㄙㄨˋ ㄓㄢˋ ㄙㄨˋ ㄐㄩㄝˊ

解釋 形容快速發動戰鬥，快速解決戰鬥，取得勝利。也用來形容行事快速完成。

例句 桌球賽一開始，他為了速戰速決，一陣強攻猛打，不到三分鐘就勝了一局。

逍遙法外 ㄒㄧㄠ ㄧㄠˊ ㄈㄚˇ ㄨㄞˋ

解釋 逍遙，悠閒自在，不受拘束的樣子。指犯法沒有受到法律制裁，仍然自由自在。

例句 對那些罪犯一定要繩之以法，絕不能讓他們逍遙法外。

反義 身陷囹圄（ㄌㄧㄥˊ ㄩˇ）、鋃鐺（ㄌㄤˊ ㄉㄤ）入獄。

逢凶化吉 ㄈㄥˊ ㄒㄩㄥ ㄏㄨㄚˋ ㄐㄧˊ

解釋 逢，遇到、遭遇。凶，不幸的。吉，吉利。雖然遭遇到凶險，卻能轉化為吉祥、順利。

辨析 「逢凶化吉」和「絕處逢生」都形容雖然遭遇不幸卻能轉化為吉利。但「逢凶化吉」著重在已遇到凶險而最後能脫險；「絕處逢生」則指在絕望當中出現了希望，或在危險的絕境中得到生路，所指範圍比較廣泛。

注意 「凶」不要誤寫成「兇」。

例句 這一路上危險重重，但願大夥能夠逢凶化吉。

近義 化險為夷、轉危為安。

反義 福過災生、樂極生悲。

逢場作戲

解釋 逢，遇到。場，演出的場地。原指賣藝人遇到合適的地方就拉開場子表演一番。後比喻在某種場合偶爾湊湊熱鬧，並非常常如此。或不把事情當真，只是作假演戲。

例句 他也能喝酒，但不過逢場作戲而已，並沒有上癮。

逢山開路，遇水搭橋

解釋 比喻排除重重的障礙，使事情進行順利。

例句 人生處處是荊棘，但是懂得逢山開路，遇水搭橋的人，才是最後的贏家。

野人獻曝

解釋 野人，指一般住在鄉野的人。曝，晒。鄉下的平凡農夫，把晒太陽這種舒服溫暖的好處告訴國君。比喻平凡人所能貢獻的平凡事物。通常用來謙稱自己的貢獻。

典故 列子・楊朱篇中曾提到，宋國有個貧窮的農夫，只能穿著粗麻衣服度過寒冬，不知道帝王住在豪華的大屋中，穿著溫暖的皮裘。春天時，他在田裡工作，太陽晒得他非常溫暖，他很高興的對他太太說：「晒太陽的溫暖沒有人知道，如果把這個發現告訴國君，一定會有重賞。」

注意 「曝」不要誤寫成「瀑」。

例句 我這點淺見只是野人獻曝，還希望您多多指教。

閉月羞花

解釋 閉，隱藏。使月亮隱藏不出來，使花自慚不如。形容女子長得非常美麗動人。

注意 「閉」不要誤寫成「碧」。

例句 她是學校中公認的校花，有著閉月羞花的美貌。

近義 沉魚落雁、花容月貌、國色天香。

閉門造車 ㄅㄧˋ ㄇㄣˊ ㄗㄠˋ ㄐㄩ

解釋 原義指只要按照同一規格，關起門來造成的車子也能合用。後比喻不管實際狀況，盲目行事。

注意 「車」音ㄐㄩ，不要唸成ㄔㄜ。

例句 想掌握社會上最新的資訊，就必須多觀察了解，閉門造車是行不通的。

陳陳相因 ㄔㄣˊ ㄔㄣˊ ㄒㄧㄤ ㄧㄣ

解釋 陳，舊的。因，沿襲。原指皇家糧倉裡的米穀逐年增加，陳糧上再加陳糧。後多用來比喻依照舊規則做事，沒有創意。

注意 「因」不要誤寫成「音」。

例句 中國人送紅包的習慣陳陳相因，後來竟成了官員貪汙的惡習。

近義 因循守舊、墨守成規、蕭規曹隨。

反義 除舊布新、推陳出新。

陳腔濫調 ㄔㄣˊ ㄑㄧㄤ ㄌㄢˋ ㄉㄧㄠˋ

解釋 陳，陳舊。濫，空泛。指陳舊空泛的話。

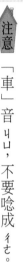

注意「濫」不要誤寫成「爛」。

例句 這篇文章並沒有什麼新觀念，只是些陳腔濫調、老生常談。

近義 老生常談、舊調重彈。

雪中送炭（ㄒㄩㄝˇ ㄓㄨㄥ ㄙㄨㄥˋ ㄊㄢˋ）

解釋 在下雪天給人送炭取暖。比喻在別人急需的時候，給予及時的支持和幫助。

注意「炭」不要誤寫成「碳」。

例句 朋友有困難的時候，我們應該要雪中送炭，伸出援手。

反義 落井下石、雪上加霜。

雪泥鴻爪（ㄒㄩㄝˇ ㄋㄧˊ ㄏㄨㄥˊ ㄓㄠˇ）

解釋 鴻，大雁。鴻雁在雪地上留下爪印，是偶然、無意的。比喻人生際遇的偶然和無常。

典故 宋朝蘇軾所寫的和子由澠池懷舊詩：「人生到處知何似，應似飛鴻踏雪泥，泥上偶然留指爪，鴻飛那復計東西？」意思是說，人生到處飄泊，就像鴻鳥踏過雪地，偶然留在地上的爪印，但鴻鳥接著又飛走，不知去向了。

注意 ①「鴻」不要誤寫成「紅」。②「爪」不要誤寫成「瓜」。

例句 人生的際遇就像雪泥鴻爪，聚散無常，所以我們要好好珍惜今天相聚的緣分。

魚目混珠（ㄩˊ ㄇㄨˋ ㄏㄨㄣˋ ㄓㄨ）

解釋 拿魚眼睛冒充珍珠。比喻以假物冒充真

品。

例句 這些仿冒品在市面上魚目混珠，充當真品，欺騙消費者。

近義 以假亂真、濫竽（ㄩˊ）充數。

反義 貨真價實。

魚貫而入（ㄩˊ ㄍㄨㄢˋ ㄦˊ ㄖㄨˋ）

解釋 貫，穿過。魚貫，用草繩穿過魚鰓，把魚串連起來。形容人群一個接一個地進入某個場合。

例句 展覽館一開門，觀眾便魚貫而入，不一會兒就客滿了。

魚游釜中（ㄩˊ ㄧㄡˊ ㄈㄨˇ ㄓㄨㄥ）

解釋 釜，鍋子。魚游在烹飪的鍋子裡。比喻處境非常危險，不能久居。

注意 ①「游」不要誤寫成「遊」。②「釜」不要誤寫成「斧」。

例句 颱風夜裡，海水倒灌，他們住在那個小屋中，有如魚游釜中，非常的危險。

近義 魚游沸鼎。

鳥盡弓藏（ㄋㄧㄠˇ ㄐㄧㄣˋ ㄍㄨㄥ ㄘㄤˊ）

解釋 鳥被獵捕完了，弓就會被收起來不用了。比喻事情完成後，那些有功勞的人就遭到遺棄或殺害。

注意 ①「鳥」不要誤寫成「烏」。②「盡」不要誤寫成「近」。

例句 他當選學生會長後，就鳥盡弓藏，對我們這些助選員不理不睬的。

近義 兔死狗烹（ㄆㄥ）、過河拆橋。

鳥語花香（ㄋㄧㄠˇ ㄩˇ ㄏㄨㄚ ㄒㄧㄤ）

解釋 鳥語，小鳥鳴叫聲。花香，花朵盛開散發的香氣。形容景色優美。

例句 春神來了，綠油油的大地盡是鳥語花香，多迷人呀！

近義 桃紅柳綠、鶯啼燕語。

鹿死誰手（ㄌㄨˋ ㄙˇ ㄕㄟˊ ㄕㄡˇ）

解釋 鹿，是古代狩獵的目標，後來比喻政權。這句成語是比喻眾人共爭帝位或稀世珍寶，不知道誰是最後的贏家。

例句 別得意！鹿死誰手還不知道呢！

反義 可操左券、勝券在握。

麻木不仁（ㄇㄚˊ ㄇㄨˋ ㄅㄨˋ ㄖㄣˊ）

解釋 麻木，麻痺。不仁，指肢體失去知覺。原指肢體麻痺，失去感覺，現多比喻對外界刺激反應遲鈍，或對周圍事物漠不關心。

注意 「仁」不要誤寫成「人」。

例句 他對周遭事物一向漠不關心，簡直就是麻木不仁。

近義 無動於衷、漠不關心。

麻雀雖小，五臟俱全（ㄇㄚˊ ㄑㄩㄝˋ ㄙㄨㄟ ㄒㄧㄠˇ，ㄨˇ ㄗㄤˋ ㄐㄩˋ ㄑㄩㄢˊ）

解釋 五臟，指心、肝、脾、肺、腎。比喻規模雖小，但一切都齊全完備。

注意 「俱」不要誤寫成「具」。

例句 這家店雖然不大，但麻雀雖小，五臟俱全，該有的一樣也不缺。

【十二畫】

割席絕交 ㄍㄜ ㄒㄧˊ ㄐㄩㄝˊ ㄐㄧㄠ

解釋 古人席地而坐，割席表示不願與對方同坐，有絕交的意思。指朋友間因志趣不合而斷絕往來。

例句 如果你再沉迷於網路遊戲，不求上進，我只好和你割席絕交了。

勞師動眾 ㄌㄠˊ ㄕ ㄉㄨㄥˋ ㄓㄨㄥˋ

解釋 師，軍隊。形容動用了很多人力。

例句 這點小事我們幾個人做就可以了，用不著勞師動眾。

勞燕分飛 ㄌㄠˊ ㄧㄢˋ ㄈㄣ ㄈㄟ

解釋 勞，伯勞鳥。伯勞鳥和燕子各自往不同的方向飛去。比喻分別離散，不易再見。

注意 「燕」不要誤寫成「雁」。

例句 畢業後，大家就要勞燕分飛了，不知何時才能再聚，所以更應該珍惜現在相處的時間。

唾手可得 ㄊㄨㄛˋ ㄕㄡˇ ㄎㄜˇ ㄉㄜˊ

解釋 唾手，吐口水在自己的手掌上，形容非常容易。比喻事情非常容易做到，或容易得到。

注意 「唾」音ㄊㄨㄛˋ，不要唸成ㄔㄨㄟˊ；也不要誤寫成「垂」。

例句 他從小就是體育健將，這次運動會的冠

軍獎盃是唾手可得了。

近義 手到擒來、易如反掌、輕而易舉。

反義 大海撈針、水中撈月、難如登天。

唾面自乾（ㄊㄨㄛˋ ㄇㄧㄢˋ ㄗˋ ㄍㄢ）

解釋 唾，口水。比喻受了侮辱而極度寬容和忍耐。

典故 古時有個人叫婁師德，他的弟弟要去他鄉作官，兩人辭別時，他告訴弟弟，說：「記住！凡事要多忍耐呀！」弟弟回答：「您放心！如果有人把口水吐在我臉上，我就把他擦掉，不會和對方計較。」婁師德搖搖頭，說：「不！不！你應該等口水自然乾，不是自己去擦掉，這才是真正的忍耐。」

注意 「唾」音ㄊㄨㄛˋ，不要唸成ㄔㄨㄟˊ。

例句 他是胸懷大度的人，即使受了屈辱，也是選擇唾面自乾，不會計較。

近義 犯而不校、忍氣吞聲、逆來順受。

反義 以牙還牙、以眼還眼。

喧賓奪主（ㄒㄩㄢ ㄅㄧㄣ ㄉㄨㄛˊ ㄓㄨˇ）

解釋 喧，聲音大而嘈雜。賓，客人。奪，這裡指壓倒，超過。客人的喧鬧聲蓋過主人的聲音。比喻客人占了主人的地位。或外來的、次要的事物占了原來的、主要的事物的位置。

注意 「喧」不要誤寫成「宣」。

例句 這部電影的女配角表現得相當出色，已喧賓奪主，蓋過女主角的光彩。

近義 反客為主。

喪心病狂 ㄙㄤˋ ㄒㄧㄣ ㄅㄧㄥˋ ㄎㄨㄤˊ

解釋 喪，喪失。心，指理智。狂，精神失常。形容喪失理智，就像患了瘋狂的病。也形容喪失人性，非常殘忍可惡。

典故 南宋時期，奸臣秦檜主張降金。有一次，金派使者來臨安，因為沒有合適的地方安置，所以秦檜想讓金使住在祕書省。當時祕書省的范如圭極力反對，他對宰相趙鼎說：「祕書省是機要重地，怎可讓仇敵住在這裡。」金使來後，言論荒謬，行為傲慢，引起不少人的憤恨。范如圭就單獨寫了一封信給秦檜，譴責秦檜見識短淺，喪權辱國。信中寫道：「你秦檜如果不是喪心病狂，怎麼會做出這種可恥，令人唾棄的事情，你必然會遺臭萬年。」

注意 「喪」音ㄙㄤˋ，不要唸成ㄙㄤ。

例句 那個滅門血案的凶手，簡直是喪心病狂，在一夜之間，竟然殺死了六條人命。

近義 喪（ㄙㄤˋ）盡天良。

反義 樂善好施、與人為善。

喪家之犬 ㄙㄤ ㄐㄧㄚ ㄓ ㄑㄩㄢˇ

解釋 原指有喪事人家的狗，因主人忙於喪事而得不到餵養。後指沒有了主人的狗。比喻失去依靠，無處投奔的人。也比喻逃走時慌張驚恐的樣子。

典故 春秋末期，孔子為了宣傳自己的學說，到諸侯各國去遊說，可是處處碰壁。有一次，他帶著弟子來到鄭國，剛進城門，就走

散了，弟子們分頭去找。子貢向一個老百姓打聽，那人說：「我看見東門口站著一個古怪的老頭子，看他狼狽的樣子，好像一條喪家之狗。」子貢趕到東門，果然找到了孔子，就把剛才的話告訴孔子。孔子聽了，笑道：「相貌是小節，沒有什麼，唯有說我像『喪家之狗』才是確切啊！」

注意 「喪」音ㄙㄤˋ，不要唸成ㄙㄤ。

例句 敵軍遭到我軍襲擊，個個驚恐萬分，如喪家之犬，到處亂竄。

喜出望外 ㄒㄧˇ ㄔㄨ ㄨㄤˋ ㄨㄞˋ

解釋 望，意料。遇到出乎意外的喜事而特別高興。

注意 「望」不要誤寫成「忘」。

例句 夫婦倆看到女兒安全回來，不禁喜出望外，早把不愉快的事拋到腦後了。

近義 喜不自勝（ㄕㄥ）、喜從天降。

反義 大失所望、愁眉苦臉。

喜形於色 ㄒㄧˇ ㄒㄧㄥˊ ㄩˊ ㄙㄜˋ

解釋 形，表現、表露。色，臉色、神色。內心的喜悅表現在臉上。

辨析 「喜形於色」和「笑容可掬」都有「臉上流露喜悅」的意思。但「喜形於色」是發自內心而表露於臉上的喜悅；而「笑容可掬」則只著重在形容面部表情。

例句 他獲得這項競賽的冠軍，不覺喜形於色。

近義 眉飛色舞、喜見於色。

反義 愁眉鎖眼。

單刀直入（ㄉㄢ ㄉㄠ ㄓˊ ㄖㄨˋ）

解釋 單刀，短柄長刀。用短柄長刀直接刺進去。原義是看準目標，勇猛向前。後來比喻說話、辦事直截了當，不拐彎抹角。

辨析 「單刀直入」常含有一下子就抓住問題的要害進行議論的意思；「開門見山」則通常指一開始就進入所要談論的主題。

例句 他向來不喜歡別人拐彎抹角的，你不妨單刀直入的發問吧！

近義 開門見山。

喊天天不應，喊地地不靈（ㄏㄢˇ ㄊㄧㄢ ㄊㄧㄢ ㄅㄨˋ ㄧㄥˋ，ㄏㄢˇ ㄉㄧˋ ㄉㄧˋ ㄅㄨˋ ㄌㄧㄥˊ）

解釋 形容有苦無處訴，有冤無處伸。

注意 「應」是多音字，音ㄧㄥ和ㄧㄥˋ，「應該」的「應」音ㄧㄥ，「回應」的「應」音ㄧㄥˋ。

例句 人如果面臨喊天天不應，喊地地不靈的時候，也只能欲哭無淚了。

近義 呼天無路，呼地無門。

富麗堂皇（ㄈㄨˋ ㄌㄧˋ ㄊㄤˊ ㄏㄨㄤˊ）

解釋 富麗，宏偉美麗。堂皇，氣勢盛大。形容建築宏偉，陳設華麗。也比喻文章辭藻華麗。

辨析 「富麗堂皇」偏重氣勢大；「金碧輝煌」偏重色彩豔。「富麗堂皇」可用來形容文辭；「金碧輝煌」則不能。

注意 「皇」不要誤寫成「黃」。

例句 據說秦始皇建造的「阿房宮」非常的富麗堂皇，美輪美奐。

近義 金碧輝煌、美輪美奐。

循序漸進（ㄒㄩㄣˊ ㄒㄩˋ ㄐㄧㄢˋ ㄐㄧㄣˋ）

解釋 循，依照、沿著。序，次序、發展順序。漸，逐漸的、逐步的。進，前進。依照一定的順序逐漸的前進，或順著一定的步驟逐步提高，多用於學習或工作。

注意 「進」不要誤寫成「近」。

例句 學習如果能夠循序漸進，才會有成效。

近義 由淺入深。

反義 揠（ㄧㄚˋ）苗助長。

循循善誘（ㄒㄩㄣˊ ㄒㄩㄣˊ ㄕㄢˋ ㄧㄡˋ）

解釋 循循，有次序的樣子。誘，引導、誘導。形容按照步驟循序引導、教育。

注意 「誘」音ㄧㄡˋ，不要唸成ㄒㄧㄡˋ。

例句 他對學生總是循循善誘，一遍又一遍，不厭其煩的教導。

循規蹈矩（ㄒㄩㄣˊ ㄍㄨㄟ ㄉㄠˇ ㄐㄩˇ）

解釋 循，遵照。規，圓規、畫圓形用的工具。蹈，踩，指實踐。矩，方尺、畫方形用的工具。規矩，比喻一切行動的標準、法則或習慣。形容一個人行為遵守規矩，不違背禮法。

注意 「蹈」不要誤寫成「踏」。

例句 他一向忠於職守，循規蹈矩，所以贏得眾人的信任。

近義 安分守己。

反義 胡作非為、無法無天、肆無忌憚。

惡貫滿盈（ㄜˋ ㄍㄨㄢˋ ㄇㄢˇ ㄧㄥˊ）

解釋 貫，古代貫穿銅錢的繩索。盈，滿。壞事一件件貫穿累積，已經到盈滿的地步了。形容一個人作惡多端，到了該受報應的地步。

注意 ①「惡」音ㄜˋ，不要唸成ㄨˋ。②「貫」不要誤寫成「慣」。③「盈」不要誤寫成「嬴」。

例句 他是個前科累累，惡貫滿盈的流氓，應該早日將他繩之以法。

近義 罪不勝（ㄕㄥ）數、惡貫已盈、罄（ㄑㄧㄥˋ）竹難書。

悲天憫人 ㄅㄟ ㄊㄧㄢ ㄇㄧㄣˇ ㄖㄣˊ

解釋 悲天，指哀嘆時世。憫，哀憐。哀嘆時世的艱辛，憐憫人民的疾苦。

例句 我們應該懷著悲天憫人的襟懷去幫助窮苦的人。

惴惴不安 ㄓㄨㄟˋ ㄓㄨㄟˋ ㄅㄨˋ ㄢ

解釋 惴惴，恐懼憂愁的樣子。形容又害怕又憂愁的樣子。

辨析 「惴惴不安」和「憂心忡忡」都有「憂愁不安」的意思，有時可以通用。但「惴惴不安」重在因擔心受怕而不安；「憂心忡忡」重在「憂愁」，因心事重重而不安。

注意 「惴」音ㄓㄨㄟˋ，不要唸成ㄔㄨㄢˇ；也不要誤寫成「喘」。

例句 最近地震頻繁，使得人人愁眉苦臉，惴惴不安。

近義 心神不寧、忐忑（ㄊㄢˇ ㄊㄜˋ）不安、提心吊膽。

反義 安之若素、處之泰然、鎮定自若。

掌上明珠（ㄓㄤˇ ㄕㄤˋ ㄇㄧㄥˊ ㄓㄨ）

解釋 比喻特別喜愛的人，現在多指被寵愛的女兒。

例句 老夫婦倆視女兒為掌上明珠，養成她嬌貴蠻橫的壞脾氣。

反義 眼中釘，肉中刺。

提心吊膽（ㄊㄧˊ ㄒㄧㄣ ㄉㄧㄠˋ ㄉㄢˇ）

解釋 吊，懸掛。形容非常擔心、害怕。

注意 「吊」不要誤寫成「掉」。

例句 走在這座年久失修的橋上，真是令人提心吊膽。

近義 忐忑（ㄊㄢˇ ㄊㄜˋ）不安。

反義 心安理得、神色自若。

提綱挈領（ㄊㄧˊ ㄍㄤ ㄑㄧㄝˋ ㄌㄧㄥˇ）

解釋 綱，魚網的總繩。挈，提起。領，衣領。綱領，用來比喻事物重要的地方。提起網繩和衣領。比喻抓住關鍵，把問題簡明扼要的提示出來。

注意 ①「綱」不要誤寫成「網」。②「挈」音ㄑㄧㄝˋ，不要唸成ㄓˋ；也不要誤寫成「摯」。

例句 開始上課時，老師先提綱挈領的把課文介紹一遍，然後再詳細講解。

近義 綱舉目張。

揮金如土（ㄏㄨㄟ ㄐㄧㄣ ㄖㄨˊ ㄊㄨˇ）

解釋 花錢像撒泥土一樣，形容非常的奢侈浪費。

辨析 「揮金如土」和「一擲千金」都是形容奢侈浪費，不同的是，「揮金如土」主要是形容對金錢很輕視而隨意花費；「一擲千金」則偏重指一次花很多錢或很大的賭注。

注意 「揮」不要誤寫成「輝」。

例句 他仗著家裡有錢，每天吃喝玩樂，揮金如土，沒多久就把家裡的財產敗光了。

近義 一擲千金、揮霍無度。

反義 一毛不拔、克勤克儉、愛錢如命。

揠苗助長（ㄧㄚˋ ㄇㄧㄠˊ ㄓㄨˋ ㄓㄤˇ）

解釋 比喻不依照事物的發展規律，急於求成，反而把事情弄糟。

典故 古時候，宋國有個人嫌秧苗長得太慢，就把苗一棵棵的拔高，以為這樣一來，苗就可以長得快了。回到家裡，他還誇口說：「今天可把我累壞了，我幫助秧苗長高啦！」他的兒子跑到田裡一看，只見拔起的苗都枯死了。

注意 ①「揠」音ㄧㄚˋ，不要唸成ㄧㄢˇ。②「長」音ㄓㄤˇ，不要唸成ㄔㄤˊ。

例句 對孩子的教育要循序漸進，不可以揠苗助長。

近義 適得其反。

反義 水到渠成、按部就班、循序漸進。

揚眉吐氣（ㄧㄤˊ ㄇㄟˊ ㄊㄨˇ ㄑㄧˋ）

解釋 揚眉，揚起眉，表示高興的樣子。吐氣，吐出了胸中那口氣，能自由的呼吸。形容擺脫困境，顯出高興的心情和神態。

注意 ①「揚眉」不要誤寫成「楊梅」。②

「吐」音ㄊㄨˇ，不要唸成ㄊㄨˋ。③「氣」不要誤寫成「汽」。

例句 經過多次的失敗後，我們的球隊終於贏得比賽，揚眉吐氣了。

近義 意氣風發。

反義 心灰意冷、垂頭喪氣、愁眉不展。

普天同慶 ㄆㄨˇ ㄊㄧㄢ ㄊㄨㄥˊ ㄑㄧㄥˋ

解釋 普天，全天下。指全國或全世界。全天下的人一同慶祝。形容全國或全世界共同慶祝某個重要節日或某項重大活動。

例句 歡欣鼓舞的雙十國慶，到處張燈結彩，普天同慶。

近義 薄海歡騰。

反義 怨聲載道。

晴天霹靂 ㄑㄧㄥˊ ㄊㄧㄢ ㄆㄧ ㄌㄧˋ

解釋 霹靂，強烈的雷聲。比喻突然發生使人震驚的消息。

例句 聽到父親突然病逝的消息，真是晴天霹靂。

反義 喜從天降。

曾參殺人 ㄗㄥ ㄕㄣ ㄕㄚ ㄖㄣˊ

解釋 指曾參的母親懷疑兒子殺人的事。比喻流言很可怕。

典故 春秋時代有個很有名的孝子，叫曾參，是孔子的學生。有一天，某個和他同名同姓的人殺了人，鄰居知道後，急忙跑去對曾母說：「不得了！你兒子殺人了！」曾母說：「不可能！」過了不久，又有鄰人神色匆匆

的跑來說：「曾參殺人了！這是千真萬確的事。」曾母還是不相信。過了一會兒，另一人也跑來說：「糟糕！你兒子真的殺人了！」這下子，曾子的母親不得不相信，同時也愈想愈害怕，不禁嚇得丟下織布的梭子，跳過圍牆逃跑了。其實孝子曾參根本沒有殺人，這只是謠言罷了！但是謠言傳來傳去，聽起來就像是事實，實在很可怕呀！

例句 俗話說：「謠言止於智者」，你怎麼會相信這種曾參殺人的流言呢？

近義 曾母投杼。

朝三暮四（ㄓㄠ ㄙㄢ ㄇㄨˋ ㄙˋ）

解釋 比喻經常變卦反覆無常。

典故 古時候有個養猴子的人，很懂得猴子的心理。有一次，他分橡子給猴子，說：「每天早上給你們三顆，晚上給你們四顆，可以嗎？」猴子一聽早上才給三顆，都很生氣。他馬上改口說：「那麼早上給你們四顆，晚上給你們三顆吧！」猴子一聽早上比原來增加了一顆，都很高興。

注意 ①「朝」音ㄓㄠ，不要唸成ㄔㄠˊ。②「暮」字下面是「日」，不要誤寫成「幕」或「慕」。

例句 我不是朝三暮四的人，既然約定了要合作，就不會改變。

近義 反覆無常、朝（ㄓㄠ）秦暮楚。

反義 始終不渝（ㄩˊ）、始終如一。

朝不保夕（ㄓㄠ ㄅㄨˋ ㄅㄠˇ ㄒㄧ）

解釋 朝，早晨。保，守護。夕，晚上。早晨保不住晚上的事。形容情勢危急，難以預料，說不定什麼時候會發生危險的變化。

注意 ①「朝」音ㄓㄠ，不要唸成ㄔㄠˊ。②「夕」不要誤寫成「歹」。

例句 張爺爺病勢垂危，已經奄奄一息，到了朝不保夕的地步了。

近義 朝（ㄓㄠ）不慮夕、朝（ㄓㄠ）不謀夕。

朝令夕改（ㄓㄠ ㄌㄧㄥˋ ㄒㄧ ㄍㄞˇ）

解釋 朝，早晨。令，命令。夕，晚上。改，改變。早上下的命令，晚上又改變了。比喻法令時常改變，讓人無所適從。

注意 ①「朝」音ㄓㄠ，不要唸成ㄔㄠˊ。②「令」不要誤寫成「今」。

例句 執政者如果朝令夕改，會造成人民無所適從，社會不安。

朝秦暮楚（ㄓㄠ ㄑㄧㄣˊ ㄇㄨˋ ㄔㄨˇ）

解釋 朝，早晨。暮，傍晚、晚上。比喻一個人反覆無常，沒有主見。

典故 戰國時代，秦、楚兩個諸侯國力量最強，為了爭奪霸權，經常打仗，其他諸侯國就根據自己的利害關係，有時助秦，有時幫楚，一般遊說之士如蘇秦、張儀也是這樣。後來人們就用「朝秦暮楚」來比喻人的反覆無常。

注意 ①「朝」音ㄓㄠ，不要唸成ㄔㄠˊ。②「暮」下面是「日」，不要誤寫成「慕」或「幕」。

例句 他不是一個朝秦暮楚的人，所以你可以放心的和他交往。

近義　心猿意馬、朝（ㄓㄠ）三暮四。

反義　始終不渝（ㄩˊ）、始終如一。

期期艾艾（ㄑㄧˊ ㄑㄧˊ ㄞˋ ㄞˋ）

解釋　形容口吃，或有難言之隱的人說話不流利。

注意　「艾」是多音字，音ㄞˋ和ㄧˋ，「艾草」的「艾」音ㄞˋ，「自怨自艾」的「艾」音ㄧˋ。

例句　請有話直接，別期期艾艾的。

近義　結結巴巴。

反義　口若懸河、伶牙利齒。

棋逢敵手（ㄑㄧˊ ㄈㄥˊ ㄉㄧˊ ㄕㄡˇ）

解釋　下棋時遇到了實力相當的對手。比喻雙方本領不相上下，分不出勝負。

例句　這場腕力比賽可說是棋逢敵手，兩人都用盡氣力，揮汗如雨。

近義　不相上下、旗鼓相當。

反義　天差地別。

欺世盜名（ㄑㄧ ㄕˋ ㄉㄠˋ ㄇㄧㄥˊ）

解釋　盜，竊取。名，名譽。欺騙人們，竊取名譽。

注意　「世」不要誤寫成「事」。

例句　這種欺世盜名的人是不能重用的。

近義　沽（ㄍㄨ）名釣譽。

反義　正大光明、光明磊（ㄌㄟˇ）落、高風亮節。

游刃有餘（ㄧㄡˊ ㄖㄣˋ ㄧㄡˇ ㄩˊ）

解釋 刃，刀口、刀鋒。游刃，揮動刀刃，刀在骨縫間活動。有餘，有餘地。比喻工作熟練，有實際經驗，解決問題毫不費事。

典故 莊子的養生主中寫到，有個廚師宰牛的技術很熟練，文惠君看了以後讚嘆的說：「技術竟然能夠高明到這種程度！」這個廚師說：「我為什麼能達到這樣的熟練程度呢？不只是因為我的技術熟練，而是由於掌握了其中的規律。我已經完全摸清楚了牛的骨骼結構，所以我的刀雖然用了十九年，解剖了幾千頭牛，而我的刀刃還像剛磨過的那樣鋒利。因為牛的骨節之間總有一定的空隙，我的刀刃又磨得很薄，用這樣的刀刃來分解有空隙的牛骨節，是寬綽而大有餘地的。」

注意 ①「游」不要誤寫成「遊」。②「刃」不要誤寫成「刀」。

例句 放心吧！以他的能力，要處理這些問題是游刃有餘的。

近義 庖（ㄆㄠˊ）丁解牛、得心應（ㄧㄥˋ）手。

渾水摸魚（ㄏㄨㄣˊ ㄕㄨㄟˇ ㄇㄛ ㄩˊ）

解釋 渾水，不清的水。比喻趁著混亂時，從中得到好處。

例句 他一向喜歡渾水摸魚，所以大家都不喜歡和他同一組打掃。

反義 兢兢業業。

渾渾噩噩（ㄏㄨㄣˊ ㄏㄨㄣˊ ㄜˋ ㄜˋ）

解釋 渾渾，深奧的樣子。噩噩，嚴肅的樣子。原形容書的內容太深奧嚴肅。現多用來表示一個人糊裡糊塗，愚昧無知。

注意「噩噩」不要誤寫成「惡惡」。

例句 暑假期間要多做一些有益身心的活動，不要渾渾噩噩過日子。

近義 冥頑不靈、愚昧無知。

反義 耳聰目明。

焚琴煮鶴（ㄈㄣˊ ㄑㄧㄣˊ ㄓㄨˇ ㄏㄜˋ）

解釋 彈琴、賞鶴，都是很高雅的事，如果把琴劈了當柴燒，把鶴煮來吃，都是殺風景的行為，所以用來比喻不解風雅，糟蹋美好的東西。

例句 你居然把李白詩集撕下來包油條，真是焚琴煮鶴。

焚膏繼晷（ㄈㄣˊ ㄍㄠ ㄐㄧˋ ㄍㄨㄟˇ）

解釋 焚，燒。膏，油脂，也就是燈燭。晷，日光。點著燈燭接替日光來照明。形容夜以繼日地工作或學習。

注意「晷」不要誤寫成「咎」。

例句 你這樣焚膏繼晷地拚命賺錢，是有什麼原因嗎？

近義 不捨晝夜、孜孜不倦。

反義 得過且過、無所用心、飽食終日。

焦頭爛額（ㄐㄧㄠ ㄊㄡˊ ㄌㄢˋ ㄜˊ）

解釋 原來是形容被火燒傷的樣子。後用來比喻事情棘手難辦，非常狼狽窘迫。

典故 古時候，有一戶人家在灶上裝了個直直的煙囪，灶旁堆滿了木柴。有人勸主人把煙囪改建成彎的，搬開灶旁的木柴，以免發生火災。主人不聽，後來果然失火，幸虧鄰居們幫忙，才熄滅了大火。主人擺了酒宴答謝

鄰居，請被燒傷的人坐了上席，卻沒有請先前勸他改造煙囪的那個人。於是有人說：「曲突徙薪無恩澤，焦頭爛額為上客。」意思是，勸你改彎煙囪、搬走木柴的人沒得到酬謝，而只顧感謝因救火被燒得焦頭爛額的人，殷勤地待他們為上賓。

例句 為了準備大大小小的考試，他已經讀得焦頭爛額，好幾天沒睡了。

近義 狼狽不堪。

無人問津（ㄨˊ ㄖㄣˊ ㄨㄣˋ ㄐㄧㄣ）

解釋 津，渡口、搭船的地方。比喻沒有人再來嘗試做某件事或過問某件事了。

注意 「津」不要誤寫成「金」或「斤」。

例句 這家店賣的東西不但貴而且衛生又差，所以生意不好，無人問津。

無孔不入（ㄨˊ ㄎㄨㄥˇ ㄅㄨˋ ㄖㄨˋ）

解釋 孔，小洞。比喻不放過任何一點機會。

例句 細菌是無孔不入的，無論是飲食、空氣中都隨處可見，要小心防範。

近義 無所不至。

反義 天衣無縫（ㄈㄥˋ）、無機可乘。

無出其右（ㄨˊ ㄔㄨ ㄑㄧˊ ㄧㄡˋ）

解釋 右，古代以右為尊，指尊位。指沒有一個人能勝過他們，比他們更好。

例句 他的才藝精湛，已連奪數次大獎，放眼國內恐怕是無出其右。

近義 無與倫比。

無可厚非（ㄨˊ ㄎㄜˇ ㄏㄡˋ ㄈㄟ）

解釋 非，責備。厚非，過分的責備。形容一個人因某些原因而犯了小錯誤，其實是值得諒解的，不必過分苛責。

例句 他才剛來，難免有些不熟悉的地方，犯些小錯也是無可厚非的。

無地自容（ㄨˊ ㄉㄧˋ ㄗˋ ㄖㄨㄥˊ）

解釋 容，容身。沒有地方可以讓自己容身。形容羞愧到了極點。

例句 他上課打瞌睡，被老師當場點名，讓他感到無地自容。

反義 恬（ㄊㄧㄢˊ）不知恥。

無妄之災（ㄨˊ ㄨㄤˋ ㄓ ㄗㄞ）

解釋 「無妄」，也就是「毋望」，意想不到的。形容意外、無故招來的災禍。

典故 古時有個人把牛綁在路上，結果被路過的人牽走了。他找不到牛，就懷疑是同鄉的人偷走了。被冤枉的人感到莫名其妙，覺得這是一場「無妄之災」，倒楣透頂了。從此，「無妄之災」就被用來比喻無緣無故的災害。

注意 「妄」不要誤寫成「忘」。

例句 他在路上突然遭人砸傷，真是無妄之災。

近義 飛來橫禍。

反義 喜從天降。

無的放矢（ㄨˊ ㄉㄧˋ ㄈㄤˋ ㄕˇ）

解釋 的，靶心。矢，箭。沒有目標亂放箭。

比喻說話做事沒有明確目標，或沒有事實根據就惡意攻擊別人。

注意 ①「的」音ㄉㄧˋ，不要唸成˙ㄉㄜ；也不可以寫成「地」。②「矢」不要誤寫成「失」。

例句 批評要有事實根據，不可無的放矢、惡意攻擊。

反義 一針見血。

無病呻吟（ㄨˊ ㄅㄧㄥˋ ㄕㄣ ㄧㄣˊ）

解釋 呻吟，指人因痛苦而發出的聲音。沒有病卻裝出有病的樣子。比喻沒有真實感情而故意做出憂傷、嘆息的樣子。

例句 這篇文章是作者真實感情的抒發，不是裝腔作勢的無病呻吟。

近義 裝腔作勢、矯揉造作。

無傷大雅（ㄨˊ ㄕㄤ ㄉㄚˋ ㄧㄚˇ）

解釋 傷，妨害。大雅，風雅，引申為主要方面。對主要方面或本質沒有什麼傷害。

例句 不要以為說髒話無傷大雅，這是沒有教養的行為。

近義 無傷大體、無關緊要。

無與倫比（ㄨˊ ㄩˇ ㄌㄨㄣˊ ㄅㄧˇ）

解釋 與，跟。倫，類。倫比，類比、匹敵。沒有能夠跟它相比的。形容沒有什麼能比得上的。

例句 我國的刺繡精美、細緻，在世界上是無與倫比的。

近義 無出其右、獨一無二、舉世無雙。

反義 天外有天。

無精打采 ㄨˊ ㄐㄧㄥ ㄉㄚˇ ㄘㄞˇ

解釋 精，精神。采，神采、興致。形容情緒低落，精神不振。

例句 看他一副無精打采的樣子，就知道昨天的比賽一定又輸了。

近義 灰心喪（ㄙㄤˋ）氣、垂頭喪（ㄙㄤˋ）氣、萎靡不振。

反義 神采奕奕、精神抖擻（ㄙㄡˇ）、精神煥發。

無遠弗屆 ㄨˊ ㄩㄢˇ ㄈㄨˊ ㄐㄧㄝˋ

解釋 屆，到達。弗屆，不能到達。沒有什麼地方不能到達。形容人或事的影響力極大，再遠的地方都能夠到達。

注意 「弗」音ㄈㄨˊ，不要唸成ㄈㄛˊ。

例句 傳播媒體的力量真是無遠弗屆，即使千里外的事，我們也能一清二楚。

無懈可擊 ㄨˊ ㄒㄧㄝˋ ㄎㄜˇ ㄐㄧˊ

解釋 懈，引申為破綻、漏洞。擊，攻擊。沒有弱點、漏洞可以讓人攻擊、挑剔。

注意 「擊」不要誤寫成「及」。

例句 這篇文章寫得十分緊湊，架構也很完整，簡直是無懈可擊。

近義 天衣無縫（ㄈㄥˋ）、無隙可乘。

反義 破綻（ㄓㄢˋ）百出、漏洞百出。

煮豆燃萁 ㄓㄨˇ ㄉㄡˋ ㄖㄢˊ ㄑㄧˊ

解釋 燃，燒。萁，豆莖。燒豆莖來煮豆子。比喻兄弟或內部之間互相殘害。

典故 曹丕和曹植都是曹操的兒子。曹植生性聰明，據說十歲時便能作詩，深得曹操寵愛。曹丕對曹植的才能非常妒忌，想找機會除掉他。曹丕稱帝（魏文帝）以後，有一次命令曹植在七步之內作出一首詩，否則就殺掉他。曹植略加思索，吟道：「煮豆燃豆萁，豆在釜中泣。本是同根生，相煎何太急。」後人稱這首詩為「七步詩」。意思是說：「煮豆子用豆萁來燒火，豆子在鍋裡哭泣著，本來是同一個根上長出來的，為什麼互相煎熬得這樣殘酷和急迫。」曹丕聽了之後，也覺得對弟弟太過分了，臉上不禁露出慚愧的神色。

注意 「萁」音ㄑㄧˊ，不要唸成ㄐㄧ；也不可以寫成「其」。

例句 他們兄弟三人為搶奪遺產而大打出手，煮豆燃萁，真是不應該。

近義 兄弟鬩（ㄒㄧˋ）牆、同室操戈。

猶豫不決（ㄧㄡˊ ㄩˋ ㄅㄨˋ ㄐㄩㄝˊ）

解釋 形容遲遲無法拿定主意。

注意 「決」不要誤寫成「絕」。

例句 拜託你快點決定要買哪一個，別再猶豫不決了。

近義 舉棋不定、遲疑不決、優柔寡斷。

反義 當機立斷。

畫地自限（ㄏㄨㄚˋ ㄉㄧˋ ㄗˋ ㄒㄧㄢˋ）

解釋 在地上畫一個範圍，自己限制自己。形容某個人本來可以做得更好，卻把自己限定在某個範圍內，不求上進。

注意 「畫」不要誤寫成「化」。

例句 你才受了一點小挫折，就畫地自限，這樣永遠都不會進步。

畫蛇添足（ㄏㄨㄚˋ ㄕㄜˊ ㄊㄧㄢ ㄗㄨˊ）

解釋 畫好了蛇後，又憑空添上幾隻腳。比喻多此一舉，不但無益，反而害事。

典故 楚國有個人，在祭過祖先以後，賞給辦事人員一壺酒。辦事人員很多，他們商量說：「要是每人嘗一口，一定不過癮，倒不如讓一個人喝個痛快！」於是大家商量了一個辦法：各人在地上畫一條蛇，誰畫得快、畫得像，誰就喝那壺酒。比賽開始後，有個人畫得很快，不一會兒就畫成了。他一看別人都沒有畫好，就一面把酒壺拿了過來，一面笑著說：「我給蛇添上腳吧！」說著，就在畫好了的蛇身上添上腳。這時，另一個人也把蛇畫好了，就把酒壺搶過去說：「蛇本來沒有腳，你又為什麼要為牠畫腳呢？」就大口的喝起酒來。

辨析 「畫蛇添足」和「弄巧成拙」都有「本想賣弄聰明，結果反而做了蠢事」的意思。但「畫蛇添足」著重在事情做過了頭；「弄巧成拙」著重在賣弄自己的聰明。

例句 這段圓滿的大結局，根本是畫蛇添足，破壞了小說原有的意境。

近義 弄巧成拙。

反義 恰如其分（ㄈㄣˋ）。

畫棟雕梁（ㄏㄨㄚˋ ㄉㄨㄥˋ ㄉㄧㄠ ㄌㄧㄤˊ）

解釋 形容建築富麗堂皇。

注意 「雕」不要誤寫成「鵰」。

例句 歐洲處處可見畫棟雕梁的大教堂。

畫餅充飢（ㄏㄨㄚˋ ㄅㄧㄥˇ ㄔㄨㄥ ㄐㄧ）

解釋 充飢，吃東西解除飢餓。畫個餅來解除飢餓。比喻做事不切實際，徒勞無功，或用空想來安慰自己。

典故 三國時代，魏國的第二代君王曹睿有個最親信的大臣名叫盧毓。有一次，曹睿叫盧毓推荐一個適當的人當「中書郎」，並且對他說：「選拔人才不要單憑他的名聲，名聲好比畫在地上的餅，不能吃的！」意思是不要推荐只有虛名而沒有才幹的人。

例句 你這個想法根本是畫餅充飢，勸你還是趁早打消吧！

畫龍點睛（ㄏㄨㄚˋ ㄌㄨㄥˊ ㄉㄧㄢˇ ㄐㄧㄥ）

解釋 畫完龍，再點上眼睛。比喻作文或繪畫時，在關鍵性的地方加上一筆，使內容更加生動有力。

典故 傳說梁代畫家張僧繇（ㄧㄠˊ）在金陵（現在的南京）安樂寺的牆上畫了四條龍，都沒有畫上眼睛。有人問他，為什麼不給龍畫上眼睛。他說：「點上眼睛，龍會飛掉。」聽的人不相信，偏要請他畫上。他就把其中兩條龍的眼睛點上，突然間，雷聲大作，風雨交加，兩條龍震破了牆飛天而去。

注意 「睛」不要誤寫成「晴」。

例句 她臨時加上的這一段表演，果然有畫龍點睛的效果，將晚會帶到最高潮。

反義 畫蛇添足。

畫虎不成反類狗（ㄏㄨㄚˋ ㄏㄨˇ ㄅㄨˋ ㄔㄥˊ ㄈㄢˇ ㄌㄟˋ ㄍㄡˇ）

解釋　類，相似、像。沒有畫虎的本領，卻要畫虎，結果把老虎畫得像狗一樣。比喻一個人不能自立風格，只會模仿別人，反而變得滑稽可笑。

典故　東漢名將馬援曾寫信給他侄子，提到有個俠客杜季良，為人豪放好義，但馬援不希望侄子學他，因為要是學不像，就會變成一個輕薄浪蕩的人，就像本想畫一隻老虎，結果卻畫成了一條狗一樣，差別太大了。

例句　他一心模仿電影中的男主角，沒想到畫虎不成反類狗，弄得自己狼狽不堪。

近義　弄巧成拙、東施效顰（ㄆㄧㄣˊ）。

痛心疾首（ㄊㄨㄥˋ ㄒㄧㄣ ㄐㄧˊ ㄕㄡˇ）

解釋　疾，痛。首，就是頭。痛恨得頭和心都疼了。形容痛恨到了極點。

辨析　「痛心疾首」和「咬牙切齒」都是形容痛恨到了極點。但「痛心疾首」多用在文章中，重在「痛」的心情上；「咬牙切齒」多用在口語中，重在「恨」的神態表情上。

注意　「疾首」不要誤寫成「棘手」。

例句　他回顧這十多年白白浪費的歲月，不禁痛心疾首，心裡充滿了悔恨。

近義　深惡（ㄨˋ）痛絕。

反義　樂不可支。

痛定思痛（ㄊㄨㄥˋ ㄉㄧㄥˋ ㄙ ㄊㄨㄥˋ）

解釋　定，平靜。痛苦的心情平靜之後，反省以前遭受的痛苦而有所警惕。

例句　有了這次慘痛的經驗，我們更應該痛定

思痛，記取教訓。

反義 至死不悟。

登峰造極（ㄉㄥ ㄈㄥ ㄗㄠˋ ㄐㄧˊ）

解釋 登，上、升。峰，山頂。造，到，到達。極，最高點。比喻學問、藝術、技能等造詣已經達到最高的境地。

例句 在近代中國文學史上，胡適先生的成就已達到登峰造極的地步。

近義 出神入化、無與倫比、爐火純青。

反義 每下愈況。

登堂入室（ㄉㄥ ㄊㄤˊ ㄖㄨˋ ㄕˋ）

解釋 登堂，到達廳堂。入室，進入內室。①指進入別人的家中或內室。②比喻學問的造詣很深。

例句 他跟隨大師習藝多年，早已登堂入室，學習到大師的精髓了。

短兵相接（ㄉㄨㄢˇ ㄅㄧㄥ ㄒㄧㄤ ㄐㄧㄝ）

解釋 兵，武器。短兵，指刀劍等短武器。打仗時雙方進行近距離的搏鬥，即肉搏戰。也可比喻面對面爭鬥。

例句 有些隊員技術不錯，但缺乏臨場經驗，當比賽到短兵相接時便有點慌張，球技無法發揮。

近義 針鋒相對。

童顏鶴髮（ㄊㄨㄥˊ ㄧㄢˊ ㄏㄜˋ ㄈㄚˇ）

解釋 童顏，像孩童一般紅潤的臉色。鶴髮，白白的頭髮。臉色像兒童，頭髮像白鶴。形

容老年人氣色好，有精神。

例句　這位童顏鶴髮的老公公，走起山路來，一點也不輸給年輕人。

近義　老當益壯。

反義　未老先衰、老態龍鍾。

等量齊觀（ㄉㄥˇ　ㄌㄧㄤˋ　ㄑㄧˊ　ㄍㄨㄢ）

解釋　等，同等。量，估量、衡量。齊，同樣、一齊。觀，看待。對所有的事物，不問性質，不分輕重，同等看待。

注意　①「量」音ㄌㄧㄤˋ，不要唸成ㄌㄧㄤˊ。②「齊觀」不要誤寫成「奇觀」。

例句　依我看，這兩件事情差別很大，怎麼能等量齊觀呢！

近義　一視同仁、相提並論。

反義　另眼相看、厚此薄彼。

結草銜環（ㄐㄧㄝˊ　ㄘㄠˇ　ㄒㄧㄢˊ　ㄏㄨㄢˊ）

解釋　比喻感恩報德。

典故　這句成語有兩個典故。「結草」一詞的由來，據說是春秋時代，霸主秦桓公派大將杜回攻打晉國，戰況本來對晉國十分不利，但是臨時出現一個老人，他結草絆倒了杜回，使得晉國公子魏顆輕鬆地打了勝仗。晚上，魏顆夢見老人，他說：「你父親過世時，因為你作主讓他的寵妾改嫁，沒有陪葬，我的女兒才逃過一劫，為了報答你的大恩大德，我今天才暗中幫你打敗秦國。」而「銜環」據說是有個叫楊寶的小孩子，他發現一隻黃雀墜落在樹下，全身傷痕累累，甚至爬滿螻蟻。楊寶看了很不忍，就把黃雀帶回家，細心的照顧牠。等黃雀傷痊癒了，再

放牠飛走。晚上，楊寶夢見一個黃衣童子，自稱是西王母的使者，為了感謝楊寶的救命之恩，所以銜來白玉環送給他。後來這兩則詞語被合用成「結草銜環」，用來比喻感恩圖報。

注意 「銜環」也可以寫成「啣環」。

例句 對於你的大恩大德，我是結草銜環，至死不忘。

絕處逢生（ㄐㄩㄝˊ ㄔㄨˋ ㄈㄥˊ ㄕㄥ）

解釋 絕處，死路。形容在走投無路的情況下，又遇到了生路。

例句 就在走投無路的時候，沒想到絕處逢生，遇到一個好心人，幫我解決了所有的困難。

近義 枯木逢春、柳暗花明、起死回生。

反義 山窮水盡、窮途末路。

絲絲入扣（ㄙ ㄙ ㄖㄨˋ ㄎㄡˋ）

解釋 絲，紗線。絲絲，每一根絲。扣，織布機上的機件。織布時，每條經線都有條不紊的從扣齒間通過。比喻做得有條不紊，細緻周到。

辨析 可以用來形容織布、結網，也可以用來形容事物與事物的關係，但更多的是指文章或藝術表演方面。

注意 「扣」不要誤寫成「釦」。

例句 他的文章，說理絲絲入扣，令人信服。

近義 環環相扣。

絡繹不絕（ㄌㄨㄛˋ ㄧˋ ㄅㄨˋ ㄐㄩㄝˊ）

解釋 絡繹，前後相接，連續不斷。絕，斷

絕。形容行人、車馬、船隻等，來來往往，連續不斷。

注意 「絡」、「繹」都是「糸」部，不要寫錯了。

例句 臺北街頭車水馬龍，行人絡繹不絕，好不熱鬧。

近義 川流不息、比（ㄅㄧˋ）肩接踵、紛至沓（ㄊㄚˋ）來。

反義 門可羅雀。

萍水相逢（ㄆㄧㄥˊ ㄕㄨㄟˇ ㄒㄧㄤ ㄈㄥˊ）

解釋 萍，浮萍，隨水漂浮的一種草本植物。比喻不相識的人偶然相遇。

例句 他們兩人萍水相逢，一見如故，成了知心好友。

華而不實（ㄏㄨㄚˊ ㄦˊ ㄅㄨˋ ㄕˊ）

解釋 華，即「花」，開花。實，果實。原指花開得好看，但是不結果實。後多用來比喻外表好看而沒有實質內容。

例句 這篇文章華而不實，空有華麗的詞藻，卻沒有深刻的精神內涵。

近義 有名無實、名不副實、虛有其表。

反義 名副其實。

著手成春（ㄓㄨㄛˊ ㄕㄡˇ ㄔㄥˊ ㄔㄨㄣ）

解釋 著手，開始做某件事。開始做某件事，就像使春天來臨一樣。比喻寫文章時用字遣詞的高妙。現在多用來比喻醫生的醫術高明，手到病除。

注意 「著」音ㄓㄠˊ，不要唸成ㄓㄨˋ或˙ㄓㄜ。

例句 這位醫師著手成春，救活許多罹患重病的人，有如華佗再世。

近義 妙手回春、著手回春。

著作等身 ㄓㄨˋ ㄗㄨㄛˋ ㄉㄥˇ ㄕㄣ

解釋 等身，和身體一樣高。形容寫作的文章或書籍數目非常多，疊起來和人一樣高。

注意 「身」不要誤寫成「生」。

例句 他著作等身，是個令人敬佩的學者。

虛有其表 ㄒㄩ ㄧㄡˇ ㄑㄧˊ ㄅㄧㄠˇ

解釋 虛，空。表，外表，指好看的外貌。空有好看的外表。形容外表好看，實際上卻不中用，或有名無實。

典故 唐玄宗時的蕭嵩身高體壯，一次替玄宗起草一道詔書，玄宗看了很不滿意，把稿子往地下一扔說：「虛有其表耳。」後人把「虛有其表」作為成語。

注意 「表」不要誤寫成「錶」。

例句 這枝鋼筆華麗美觀，卻虛有其表，用不到一個月就壞了。

虛與委蛇 ㄒㄩ ㄩˇ ㄨㄟ ㄧˊ

解釋 虛，假意、不真實的。委蛇，隨和柔順的樣子。假意用隨和的態度應付別人。

注意 「委蛇」音ㄨㄟ ㄧˊ，不要唸成ㄨㄟˇ ㄕㄜˊ。

例句 王老闆是個商場老將，遇到自己不喜歡的人，也能笑著和人虛與委蛇一番。

虛懷若谷 ㄒㄩ ㄏㄨㄞˊ ㄖㄨㄛˋ ㄍㄨˇ

解釋 虛，謙虛。懷，胸懷。若，好像。谷，山谷。胸懷像山谷一樣空虛寬廣，能容納許多事物或道理。形容非常謙虛，能夠容納別人的意見。

注意 「谷」不要誤寫成「古」。

例句 對於別人的批評，我們應該持虛懷若谷的態度。

反義 妄自尊大、夜郎自大、驕傲自滿。

蛟龍得水 ㄐㄧㄠ ㄌㄨㄥˊ ㄉㄜˊ ㄕㄨㄟˇ

解釋 蛟，古代傳說中的無角龍。傳說蛟龍得到水，能興風作浪，飛騰上天。原本是比喻有了發揮才能的條件，後來也比喻英雄人物有施展抱負的機會。

注意 「蛟」不要誤寫成「交」。

例句 他自從被調到業務部後，彷彿蛟龍得水，能大展才能。

近義 如魚得水。

反義 蛟龍失水。

蛛絲馬跡 ㄓㄨ ㄙ ㄇㄚˇ ㄐㄧ

解釋 順著蛛網的細絲可以找到蜘蛛，跟著馬蹄的痕跡可以尋到馬的去向。比喻事情所留下來隱約可循的線索。

例句 他累積了十幾年的辦案經驗，憑著一些蛛絲馬跡，就能偵破重大案件。

反義 灰飛煙滅、無跡可求。

視死如歸（ㄕˋ ㄙˇ ㄖㄨˊ ㄍㄨㄟ）

解釋 歸，回家。形容為了正義事業，不惜犧牲生命。

辨析 「視死如歸」和「置生死於度外」（即「置之度外」）都有「不怕死，把死不當一回事」的意思，有時可以通用。

注意 「視」是示部，總筆畫是十一畫或十二畫皆對。

例句 視死如歸的先烈，值得人們欽佩。

近義 視死如生。

反義 貪生怕死。

評頭論足（ㄆㄧㄥˊ ㄊㄡˊ ㄌㄨㄣˋ ㄗㄨˊ）

解釋 原指舊時一些人無聊的評論婦女的容貌。現泛指對人對事多方挑剔，說長道短。

辨析 「評頭論足」和「說長道短」都有「隨意評論別人的好壞或是非」的意思。但「評頭論足」重在對人對事的多方挑剔；「說長道短」重在喜歡評論別人的好壞或做得對與錯。

例句 我們不可對人任意地評頭論足，這是不禮貌的行為。

近義 說長道短。

買櫝還珠（ㄇㄞˇ ㄉㄨˊ ㄏㄨㄢˊ ㄓㄨ）

解釋 櫝，木匣子。買下了木匣子，退還了珍珠。比喻沒有眼光，取捨不當，揀了次要的，而把主要的拋棄了。

典故 以前，楚國有個珠寶商人到鄭國去販賣珠寶，他把一顆名貴的珍珠，裝在一個用上

等木料做成的雕花盒子裡。這個盒子裝飾得非常精美，引人注目。有個鄭國人出高價買了下來，但他只是看中那個盒子，而把珍珠取出來還給商人，光拿著空盒子走了。

注意 「櫝」不要誤寫成「犢」或「讀」。

例句 讀書如果忽略了精華部分，就好像買櫝還珠，吸收到的終究不是最好的。

近義 本末倒置、捨本逐末。

貽笑大方（ㄧˊ ㄒㄧㄠˋ ㄉㄚˋ ㄈㄤ）

解釋 貽笑，讓人笑話。大方，原指大方之家，即懂得大道理的人，後來泛指見識廣博或有專長的人。形容留下笑柄，讓有見識的內行人笑話。

注意 「貽」不要誤寫成「遺」。

例句 我的作品並不成熟，如果公開發表必然會貽笑大方。

費了九牛二虎之力（ㄈㄟˋ ˙ㄌㄜ ㄐㄧㄡˇ ㄋㄧㄡˊ ㄦˋ ㄏㄨˇ ㄓ ㄌㄧˋ）

解釋 指花了最大的力氣。

注意 「費」不要誤寫成「廢」。

例句 他費了九牛二虎之力，才存夠錢出國。

越俎代庖（ㄩㄝˋ ㄗㄨˇ ㄉㄞˋ ㄆㄠˊ）

解釋 越，跨過。俎，古代祭祀時放牛羊等祭品的器具。庖，廚師。指掌管祭祀的人去做廚師的工作。比喻超越自己職務範圍去做別人的工作，或處理別人管理的事務。

注意 ①「俎」音ㄗㄨˇ，不要唸成ㄘㄨˊ；也不可以寫成「祖」。②「庖」音ㄆㄠˊ，不要唸成ㄅㄠ，也不要寫成「疱」。

例句 你越俎代庖地替上司處理問題，這樣容

易吃力不討好喔！

反義 各司其事、袖手旁觀。

趁火打劫

解釋 趁，利用機會。打劫，搶劫財物。趁人家發生火災時去搶劫。比喻乘人家危急或困難的時候從中獲利。

辨析 ①也作「乘火打劫」。②「趁火打劫」和「渾水摸魚」都是趁機撈好處，但「趁火打劫」在程度上較「渾水摸魚」嚴重，指在別人有危難時去撈好處，在道義上受的譴責更深；「渾水摸魚」多指趁混亂時，或故意製造混亂來撈一把。

例句 小偷在颱風夜裡趁火打劫，竊取財物，令人防不勝防。

近義 乘人之危、落井下石。

反義 雪中送炭。

進退維谷

解釋 維，語助詞，無義。谷，困境。無論前進或後退都是艱難的困境。

注意 ①「維」不要誤寫成「唯」或「惟」。②「谷」不要誤寫成「古」。

例句 他欠下大筆的卡債，現在又被公司開除，目前的處境真是進退維谷。

近義 進退失據。

量入為出

解釋 量，估計、衡量。根據收入的情況來估算開支的多少。

注意 「量」音ㄌㄧㄤˋ，不要唸成ㄌㄧㄤˊ。

例句 每個月的生活開銷要精打細算，量入為出，才不會捉襟見肘。

反義 入不敷出、寅（ㄧㄣˊ）吃卯（ㄇㄠˇ）糧。

開卷有益 ㄎㄞ ㄐㄩㄢˋ ㄧㄡˇ ㄧˋ

解釋 卷，指書。古代的書是寫在絲帛或紙上，貼成一長篇，然後一卷卷的保存。開卷，打開書本，指讀書。打開書就有好處。

典故 宋朝初年，宋太宗（趙光義）命李昉（ㄈㄤˇ）等人編了一部書，共有一千卷。宋太宗在書編成後曾經看過一遍，以後又自我規定每天要看二、三卷，有時太忙來不及看，就趁有空時補看。就這樣，一年內把整部書都看完了。這部書叫做太平御覽，「太平」是指太平興國年間完成的，「御覽」就是皇帝閱覽的意思。當時有人認為，皇帝在處理國家大事之外，每天還要看這麼多書，未免太辛苦了，就勸他少看一些。宋太宗說：「我生性喜歡讀書，很能得到樂趣，開卷有益，怎麼會白白的讀呢！」

注意 「卷」字下面是「㔾」，不要誤寫成「券」。

例句 所謂開卷有益，多讀書對你會有好處的。

開門見山 ㄎㄞ ㄇㄣˊ ㄐㄧㄢˋ ㄕㄢ

解釋 比喻說話或寫文章，一開頭就直截明快

的觸及本題，不拐彎抹角。

辨析 在比喻上，「開門見山」和「直截了當」都是形容說話、寫文章不繞彎子。但「開門見山」一般只用在說話、寫文章不拐彎抹角；「直截了當」除了能形容說話、寫文章不拐彎抹角外，還能形容辦事乾脆，辦法直接。

例句 他開門見山的說明今天的來意，是希望我們能幫他度過難關。

近義 單刀直入、開宗明義。

反義 拐彎抹角。

開門揖盜（ㄎㄞ ㄇㄣˊ ㄧ ㄉㄠˋ）

解釋 揖，拱手行禮。指把大門打開，迎接盜賊進來。比喻引進壞人，招來禍患。

注意 「揖」音ㄧ，不要唸成ㄐㄧˊ；也不要誤寫成「楫」。

例句 古往今來，認賊作父、開門揖盜的人，絕不會有好下場。

近義 引狼入室、養虎遺患。

開源節流（ㄎㄞ ㄩㄢˊ ㄐㄧㄝˊ ㄌㄧㄡˊ）

解釋 開源，開發財源。節流，節省支出。在財政上增加收入，節省支出。

例句 他是個理財高手，非常擅於開源節流，沒幾年的時間，就累積了千萬財富。

開誠布公（ㄎㄞ ㄔㄥˊ ㄅㄨˋ ㄍㄨㄥ）

解釋 開誠，敞開胸懷，表示誠意。指真心誠意的提出公正的見解。形容在發表意見或交換意見時，態度誠懇，坦白無私。

注意 「布」不要誤寫成「佈」。

例句 這件事情，我希望大家開誠布公，沒有保留的來談一談。

近義 坦誠相見。

反義 虛情假意、爾虞（ㄩˊ）我詐。

間不容髮 ㄐㄧㄢˋ ㄅㄨˋ ㄖㄨㄥˊ ㄈㄚˇ

解釋 間，空隙，兩個東西之間的距離。兩個東西之間的空隙小到容不下一根頭髮。比喻事態非常危急。

注意 「間」音ㄐㄧㄢˋ，不要唸成ㄐㄧㄢ。

例句 就在這間不容髮的時刻，他迅速的抱起小孩，躲過了迎面而來的大貨車。

近義 千鈞一髮。

陽奉陰違 ㄧㄤˊ ㄈㄥˋ ㄧㄣ ㄨㄟˊ

解釋 陽，表面上。奉，遵奉、照辦。陰，實際上、暗地裡。違，違背、違反。形容表面上遵從，暗地裡卻違背。

注意 「陽」不要誤寫成「揚」或「楊」。

例句 他對老師、父母的話都抱著陽奉陰違的態度。

近義 口是心非。

反義 表裡如一。

陽春白雪 ㄧㄤˊ ㄔㄨㄣ ㄅㄞˊ ㄒㄩㄝˇ

解釋 指春秋戰國時期，楚國的一種藝術性較高、較難的歌曲。比喻高深、不通俗的文藝作品。

典故 戰國時代，楚襄王責問宋玉道：「先生有不好的行為嗎？為什麼大家對你很不滿意呢？」宋玉回答說：「以前有個人在楚國都

城唱歌，開始唱的是『下里巴人』，能跟他和唱的有數千人；後來他唱『陽春白雪』，能跟他和唱的人就只有幾十人了。這是因為歌曲越高深，會唱的人就越少……因此，那些平凡的人，怎麼能夠了解我的理想和作為呢？」

注意 「春」的下面是「日」，不是「目」。

例句 他的作品一向是深具藝術性、高難度的陽春白雪，從不刻意迎合大眾的口味。

反義 下里巴人。

雅俗共賞（ㄧㄚˇ ㄙㄨˊ ㄍㄨㄥˋ ㄕㄤˇ）

解釋 雅俗，古時候稱文化水準高的人為「雅人」；稱不懂文化的人為「俗人」。共賞，共同欣賞。指文化水準高的人和不懂文化的人都可以欣賞。形容藝術作品能被不同文化程度的人接受。

辨析 原本用來指藝術作品，現在也可以用來指其他事物。

例句 這是一部雅俗共賞的電影，吸引了不同層次的人去觀賞。

反義 陽春白雪。

雄材大略（ㄒㄩㄥˊ ㄘㄞˊ ㄉㄚˋ ㄌㄩㄝˋ）

解釋 略，計謀、謀略。傑出的才能和遠大的謀略。

辨析 「材」也可以寫作「才」。

注意 「略」不要誤寫成「掠」。

例句 他是個雄材大略的人，你怎麼讓他做些基層的工作呢？

集思廣益（ㄐㄧˊ ㄙ ㄍㄨㄤˇ ㄧˋ）

解釋 集，聚集。思，意見。廣，擴大、擴充。益，好處。集合眾人的智慧，取得較好的效果。

例句 大家一起集思廣益，就能想出解決問題的好方法。

近義 群策群力。

反義 一意孤行、固執己見、獨斷獨行。

集腋成裘（ㄐㄧˊ ㄧㄝˋ ㄔㄥˊ ㄑㄧㄡˊ）

解釋 集，聚集。腋，這裡指狐狸腋下的皮毛。裘，毛皮製成的衣服。狐狸腋下的皮毛雖然很少，但是聚集起來就能縫成一件皮衣。比喻積少成多。

注意 ①「腋」音ㄧㄝˋ，不要唸成ㄧˋ。②「裘」不要誤寫成「球」。

例句 她一向勤儉持家，不浪費財物，沒想到集腋成裘，竟然存了不少錢。

近義 聚沙成塔、積少成多。

項莊舞劍，意在沛公（ㄒㄧㄤˋ ㄓㄨㄤ ㄨˇ ㄐㄧㄢˋ，ㄧˋ ㄗㄞˋ ㄆㄟˋ ㄍㄨㄥ）

解釋 項莊，項羽手下的武將。沛公，劉邦。項莊在席間舞劍，企圖刺殺劉邦。比喻說話和行動表面上平靜無事，暗地裡卻針對某個對象，或是想乘機害人。

典故 楚漢相爭時，楚霸王項羽邀約劉邦在鴻門會面。當時，項羽的謀士范增已看出劉邦是和項羽爭天下的人，在宴會上，范增叫項羽的部將項莊以舞劍助興為名，以便乘機刺殺劉邦。劉邦的謀士張良看出范增的用意，急忙把劉邦的部將樊噲（ㄎㄨㄞˋ）找來，對他說：「現在事情很危急，項莊拔劍起舞，其實是想刺殺沛公。」於是讓樊噲和項莊對

舞，解救了劉邦。後來人們用「項莊舞劍，意在沛公」作為成語。

辨析 ①也作「項莊舞劍，其意常在沛公」。②「項莊舞劍，意在沛公」和「醉翁之意不在酒」都有「本意不在此」的意思。但「項莊舞劍，意在沛公」多含有害人、打擊人的意思；「醉翁之意不在酒」，有時雖然是指「別有用心」，但並不是都含有害人的意思。

注意 「劍」不要誤寫成「箭」。

例句 他這一番話，表面看來冠冕堂皇，其實是針對我說的。項莊舞劍，意在沛公嘛！

近義 暗度陳倉、聲東擊西。

順手牽羊 ㄕㄨㄣˋ ㄕㄡˇ ㄑㄧㄢ ㄧㄤˊ

解釋 順手把別人家的羊牽走。比喻乘機獲得，一點也不費力氣。現在多指順手竊取別人的財物。

例句 老師說順手牽羊是犯法的行為，絕對不可以明知故犯。

順水推舟 ㄕㄨㄣˋ ㄕㄨㄟˇ ㄊㄨㄟ ㄓㄡ

解釋 舟，船。順著水流推船。比喻順著事情的趨向來做事。

例句 不要看到別人都說好，你就順水推舟，也點頭說好。

近義 因勢利導。

反義 逆水行舟。

順理成章 ㄕㄨㄣˋ ㄌㄧˇ ㄔㄥˊ ㄓㄤ

解釋 順，順著。理，條理、情理。指寫文章、說話或做事，順著條理，合乎情理，就

能順利的做好。也比喻辦事有條不紊，合理合情。

注意 「章」不要誤寫成「張」。

例句 他當了多年的副總經理，今年總經理退休後，他就順理成章的高升了。

近義 水到渠成、理所當然。

順藤摸瓜（ㄕㄨㄣˋ ㄊㄥˊ ㄇㄛ ㄍㄨㄚ）

解釋 順著瓜藤就可以摸到瓜。比喻沿著線索追查，自然可以獲得結果。

注意 「藤」不要誤寫成「籐」。

例句 你別急，只要我們順藤摸瓜，一定能夠找到線索。

飲水思源（ㄧㄣˇ ㄕㄨㄟˇ ㄙ ㄩㄢˊ）

解釋 喝水時要想到水的源頭。比喻不忘本。

注意 「源」不要誤寫成「原」。

例句 今天我們能有這麼好的環境，應該飲水思源，感謝前人的貢獻。

反義 數典忘祖。

飲鴆止渴（ㄧㄣˇ ㄓㄣˋ ㄓˇ ㄎㄜˇ）

解釋 鴆，鴆酒，一種毒酒。喝毒酒解渴。比喻用有害的方法來解決目前的困難，不顧慮後果的嚴重。

典故 東漢時，霍諝的舅父宋光被告擅自刪改朝廷法令，被關在獄中。霍諝上書給大將軍梁商，替宋光辯解。信中說：「定人的罪，應該要實事求是。宋光一向按規章辦事，是一州之長，即使對法令有疑，也會採取適當的辦法，怎麼會冒著死罪擅自刪改呢？譬如一個人，肚子餓了吃附子（一種有毒的草本

植物）充飢，口渴了喝有毒的鴆酒來解渴，這兩種東西還沒到腸胃裡，就先斷氣死了，這樣的事情，宋光怎麼會去做呢？」

注意 「鴆」音ㄓㄣˋ，不要唸成ㄐㄧㄡ；也不要誤寫成「鳩」。

例句 你為了還債，竟然向高利貸借錢，這種作法無異於飲鴆止渴呀！

近義 殺雞取卵。

黃粱一夢（ㄏㄨㄤˊ ㄌㄧㄤˊ ㄧˊ ㄇㄥˋ）

解釋 黃粱，小米。一鍋小米飯還沒有煮熟，一場好夢卻已經醒了。比喻人生短暫，富貴榮華都只是一場夢而已。

典故 唐人傳奇小說中有一篇枕中記，內容大意是：有個叫盧生的青年，在邯鄲（ㄏㄢˊ ㄉㄢ，在河北省）客店裡遇到道士呂翁。盧生對呂翁連連怨嘆自己命運不好，過著窘困的日子。道士就借給他一個青瓷枕頭，說：「你枕著這個枕頭睡，就能得到榮華富貴。」這時店主人正在煮黃粱飯，離吃飯的時間還早。盧生接過枕頭，不一會兒就睡著了。在夢裡，他做了大官，娶了美貌的妻子，生活十分闊綽，享盡了人間的榮華富貴。等到盧生一覺醒來，店主人鍋裡的黃粱飯還沒有煮熟呢！

注意 「粱」字下面是「米」，不要誤寫成「梁」。

例句 人生在世不過黃粱一夢，何必計較那麼多呢！

近義 南柯一夢。

【十三畫】

債臺高築（ㄓㄞˋ ㄊㄞˊ ㄍㄠ ㄓㄨˊ）

解釋 形容欠的債很多。

典故 戰國時代，周赧王聯合各國出兵伐秦，當時沒有軍費，只好向國內的有錢人借錢，並立下字據。周赧王出兵後，除了楚、燕兩國外，其他諸侯國都沒有派兵來，所以周赧王又把軍隊撤回國，但是借來的錢早已花光了。這時，債主天天拿著借據到宮門外向周赧王討債，吵鬧之聲一直傳到宮內，周赧王便躲在宮中的一座高臺上，不敢下來。後人便把這個高臺子叫作「逃債臺」。

注意 「臺」不要誤寫成「擡」。

例句 他經商失敗，目前是債臺高築，怎麼可能還有錢借你。

近義 負債累累（ㄌㄟˇ）。

傾城傾國（ㄑㄧㄥ ㄔㄥˊ ㄑㄧㄥ ㄍㄨㄛˊ）

解釋 傾，原指傾滅，後指傾慕、傾倒。形容全城和全國的人都會為她傾倒的美豔女子。

典故 漢朝的音樂家李延年曾告訴漢武帝說：北方有個美人，一個人住在遠離塵世的地方，她回眸一看時，讓全城的人都為她傾倒；再回頭，就讓全國的人都為她著迷。漢武帝問世上真有這樣的絕世美女嗎？李延年就把自己的妹妹介紹給他，這就是歷史上著名的美女——李夫人。

例句 她天生就有傾城傾國的容貌，當然很快走紅啦！

近義 沉魚落雁、花容月貌、閉月羞花。

傾筐倒篋（ㄑㄧㄥ ㄎㄨㄤ ㄉㄠˋ ㄑㄧㄝˋ）

解釋 將食物全部搬出來，熱情地招待客人。後比喻盡其所有，一點也不保留。另一種意思是說將物品全數倒出來，仔細地檢查。

注意 「篋」音ㄑㄧㄝˋ，不要唸成ㄒㄧㄚˊ。

例句 半夜裡，你傾筐倒篋的在找什麼呢？

傷天害理（ㄕㄤ ㄊㄧㄢ ㄏㄞˋ ㄌㄧˇ）

解釋 傷、害，損害。天，天道。理，倫理。舊指傷害天理，現在一般指做事狠毒殘忍，毫無人性。

例句 那個犯人做了許多傷天害理的事，最後終於被關入牢裡。

近義 喪（ㄙㄤˋ）盡天良。

反義 樂善好施。

傷風敗俗（ㄕㄤ ㄈㄥ ㄅㄞˋ ㄙㄨˊ）

解釋 傷，損傷。敗，破壞。原指敗壞風俗，後來常用於譴責行為不正當。

例句 他平日知書達禮，怎麼可能會做出這種傷風敗俗的事？

反義 民淳俗厚。

勢不兩立（ㄕˋ ㄅㄨˋ ㄌㄧㄤˇ ㄌㄧˋ）

解釋 勢，情勢。形勢上二者不能同時並立。表示彼此的仇恨非常深，有不能共存在天地之間的趨勢。

注意 「立」不要誤寫成「力」。

例句 他們之間的仇根愈來愈深，已經到了勢不兩立的地步了。

勢如破竹 ㄕˋ ㄖㄨˊ ㄆㄛˋ ㄓㄨˊ

解釋 勢，氣勢、威力。破竹，劈竹子。氣勢好像破竹子一樣，節節裂開。形容作戰節節勝利，毫無阻擋。也形容不可阻擋的氣勢。

典故 公元二八〇年，杜預奉晉武帝司馬炎之命，南下攻打吳國。出兵才十天，就占領了長江下游各城鎮。這時，杜預想趁節節勝利的形勢，一舉滅掉吳國。可是有人說吳國立國已久，一下子恐怕很難打垮，而且又逢雨季，行軍不方便，不如暫停進軍，等到明年春天再集中力量攻打。杜預不以為然，說：「……今兵威已振，譬如破竹，數節之後，迎刃而解。」後來，杜預帶兵繼續前進，很快的滅了吳國。「勢如破竹」就是由杜預這句話來的。

注意 「勢」不要誤寫成「事」。

例句 他察覺出對手的弱點後，便勢如破竹，使比賽呈現一面倒的情勢。

近義 銳不可當。

反義 節節敗退。

勢均力敵 ㄕˋ ㄐㄩㄣ ㄌㄧˋ ㄉㄧˊ

解釋 勢，勢力、力量。均，相等。敵，相當。形容雙方力量相等，很難分出高低。

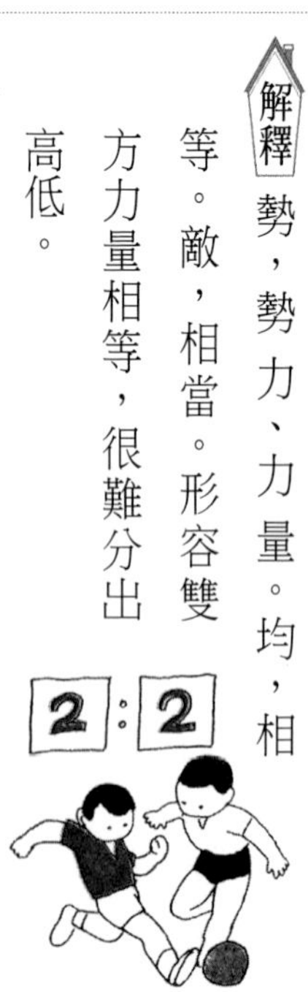

辨析 ①也作「力敵勢均」、「力均勢敵」。②「勢均力敵」和「旗鼓相當」都形容雙方勢力不相上下，往往可以通用。

注意 「均」是「土」部，不要誤寫成「金」部的「鈞」。

例句 今天晚上的比賽，雙方實力勢均力敵，精彩可期。

近義 旗鼓相當。

反義 眾寡不敵。

嗤之以鼻（ㄔ ㄓ ㄧˇ ㄅㄧˊ）

解釋 嗤，譏笑。用鼻子出聲冷笑來譏諷對方。表示輕蔑、瞧不起。

例句 那些作奸犯科的人，大家都對他們嗤之以鼻。

近義 不屑一顧。

反義 刮目相看。

塞翁失馬，焉知非福（ㄙㄞˋ ㄨㄥ ㄕ ㄇㄚˇ，ㄧㄢ ㄓ ㄈㄟ ㄈㄨˊ）

解釋 塞，邊界上險要的地方。翁，老頭子。焉知，哪裡知道。比喻雖然暫時受到損失，但是從長遠觀點看，也許會得到好處。或用來表示禍福無常，很難說得準。

典故 傳說古代有一個住在邊塞上的牧馬人，有一天，他所養的一匹馬跑到胡地去了。當時知道這件事的人都來安慰他，他父親卻說：「這未必不是一件好事？」過了幾個月，這匹走失的馬不但回來了，而且還引來了胡地的一匹駿馬。

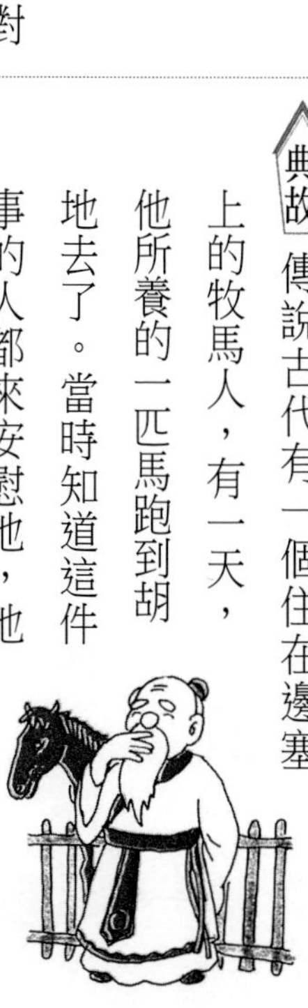

注意 「焉」不要誤寫成「馬」。

例句 他沒考上大學，卻憑著一技在身，闖出事業，可真是塞翁失馬，焉知非福。

近義 因禍得福。

反義 樂極生悲。

愚公移山（ㄩˊ ㄍㄨㄥ ㄧˊ ㄕㄢ）

解釋 比喻做事只要有毅力，再困難的事也能完成。

典故 我國古代有一個著名的寓言：北山有個愚公，將近九十歲了，他家門前有兩座大山擋住了出路，一座叫太行山，一座叫王屋山。愚公下決心率領他的兒子們挖掉這兩座大山。有個叫智叟的老頭子看了笑說：「你們這樣做未免太愚蠢了，就憑幾個人要挖掉這兩座大山是不可能的。」愚公回答說：「我死了以後有我的兒子，兒子死了又有孫子，子子孫孫是沒有窮盡的。這兩座山雖然很高，卻不會再增高，挖一點就會少一點，怎麼會挖不平呢？」於是他每天都不斷的挖山，終於，這件事感動了上帝，就派人幫助他，把兩座山背走了。

例句 面對越是繁瑣、困難的問題，我們越要秉持著愚公移山的精神來完成。

近義 精衛填海。

意興闌珊（ㄧˋ ㄒㄧㄥˋ ㄌㄢˊ ㄕㄢ）

解釋 闌珊，逐漸減退或衰弱。形容一個人懶洋洋的，提不起精神。

注意 ①「興」音ㄒㄧㄥˋ，不要唸成ㄒㄧㄥ。②「闌」不要誤寫成「欄」。③「珊」是「玉」部，不要寫成「姍」。

例句 當初大家興致勃勃的買下整套拼圖，沒想到拼了一個月還沒完成，大家不免意興闌珊。

反義 意猶未盡、興（ㄒㄧㄥˋ）致勃勃。

感恩圖報（ㄍㄢˇ ㄣ ㄊㄨˊ ㄅㄠˋ）

解釋 感激別人對自己的恩德，想辦法回報。

注意 「恩」不要誤寫成「思」。

例句 做人要懂得飲水思源，感恩圖報。

近義 結草銜環。

反義 忘恩負義、恩將仇報、過河拆橋。

惹是生非（ㄖㄜˇ ㄕˋ ㄕㄥ ㄈㄟ）

解釋 惹，招引。是、非，口舌、事端。招惹是非，引起爭端，製造麻煩。

辨析 「惹是生非」和「無中生有」都有「從本來沒有中生出事來」的意思。但「惹是生非」重在招惹是非，多用於引起口角；「無中生有」重在憑空捏造，多用於害人。

注意 「是」不要誤寫成「事」。

例句 都這麼大了還天天惹是生非，你也太不自愛了。

近義 招是惹非。

反義 安分守己、循規蹈矩。

愛屋及烏（ㄞˋ ㄨ ㄐㄧˊ ㄨ）

解釋 及，達到。烏，烏鴉。因為愛那個人，而連帶愛護停留在他屋上的烏鴉。比喻愛一個人，連帶的關心跟他有關係的人或事物。

注意 ①不要把烏鴉的「烏」錯寫成「鳥」。
②「屋」與「烏」不要寫顛倒了。

例句 老師很疼愛姊姊，愛屋及烏，對我也很照顧。

反義 池魚之殃。

想入非非 ㄒㄧㄤˇ ㄖㄨˋ ㄈㄟ ㄈㄟ

解釋 非非，玄幻的境界，是佛教的一種說法。比喻脫離實際的幻想，也就是胡思亂想。

辨析 「想入非非」和「異想天開」都有「想法不能實現，不切實際」的意思，有時可通用。但「想入非非」重在胡思亂想，毫無可取之處；「異想天開」重在形容某種奇特的想法。

例句 我勸你別想入非非了，這種投機取巧的方法是絕對行不通的。

近義 異想天開、痴心妄想。

反義 腳踏實地。

慎終追遠 ㄕㄣˋ ㄓㄨㄥ ㄓㄨㄟ ㄩㄢˇ

解釋 慎，謹慎。終，壽終。辦理喪事必須謹慎敬重，祭祀祖先，雖然時間久遠，仍必須保持誠敬追念。

例句 慎終追遠是傳統美德，提醒我們要重視孝道，不忘本。

搜索枯腸 ㄙㄡ ㄙㄨㄛˇ ㄎㄨ ㄔㄤˊ

解釋 搜索，仔細尋找。枯，水乾了。枯腸，比喻貧乏的思路。形容努力思索。多用來形容寫文章、想問題的樣子。

例句 他搜索枯腸、絞盡腦汁，想寫一首詩送給妻子。

近義 左思右想、絞盡腦汁。

反義 不假思索。

搖尾乞憐（ㄧㄠˊ ㄨㄟˇ ㄑㄧˇ ㄌㄧㄢˊ）

解釋 狗搖著尾巴向主人乞求愛憐。形容卑躬屈膝的向別人逢迎諂媚，希望得到一點好處。

注意 ①「乞」不要誤寫成「起」。②「憐」不要誤寫成「鄰」。

例句 我們雖然窮，但是也不能向別人搖尾乞憐，太沒志氣了。

搭在籃裡便是菜（ㄉㄚ ㄗㄞˋ ㄌㄢˊ ㄌㄧˇ ㄅㄧㄢˋ ㄕˋ ㄘㄞˋ）

解釋 比喻不挑不揀，到手就行。

注意 「籃」不要誤寫成「藍」。

例句 你別嫌東嫌西，搭在籃裡便是菜，能用就好了。

新陳代謝（ㄒㄧㄣ ㄔㄣˊ ㄉㄞˋ ㄒㄧㄝˋ）

解釋 陳，舊的。指物質。代，更換。謝，衰敗。原指生物體不斷的以新鮮物質代替陳舊物質的過程。現在也用來指新事物不斷的產生發展，代替舊的事物。

例句 運動可以使人體的血液循環加快，促進新陳代謝，使人更健康。

近義 吐故納新、推陳出新。

反義 一成不變、因循守舊。

暗度陳倉（ㄢˋ ㄉㄨˋ ㄔㄣˊ ㄘㄤ）

解釋 陳倉，古代地名，在陝西省寶雞縣的東部。比喻暗中行事，多用在男女私通方面。

典故 史記中曾提到，楚漢相爭時，項羽封劉邦為漢中王，劉邦率領眾人進入漢中，並把

棧道燒了，表示沒有背叛之心，但是後來劉邦又用韓信的計謀，暗中出兵陳倉，攻取三秦之地。

辨析 常和「明修棧道」連用，寫成「明修棧道，暗度陳倉」。

注意 ①「度」不要誤寫成「渡」。②「倉」不要誤寫成「蒼」。

例句 他藉著職務的關係，暗度陳倉，偷走公款，這下要坐牢了。

暗無天日（ㄢˋ ㄨˊ ㄊㄧㄢ ㄖˋ）

解釋 原本形容一個地方很黑暗，沒有一點光亮。後來也比喻社會黑暗，沒有正義公理。

辨析 「暗無天日」和「水深火熱」都形容人民受苦受難。但「暗無天日」泛指社會各方面，所指的範圍較廣；「水深火熱」則專指人民的生活。

例句 在秦始皇的暴政統治下，人民過著暗無天日，水深火熱的日子。

近義 昏天黑地。

反義 重見天日、撥雲見日。

暗箭傷人（ㄢˋ ㄐㄧㄢˋ ㄕㄤ ㄖㄣˊ）

解釋 暗箭，從暗處放出來的箭。比喻暗中用手段陷害別人。

典故 春秋時期，鄭莊公準備攻打許國，派潁考叔當主將，公孫子都和瑕（ㄒㄧㄚˊ）叔盈當副將。鄭軍打到許國都城時，潁考叔手舉大旗搶先攻上城頭。公孫子都由於嫉妒潁考叔，偷偷的從後面射了一箭，正中潁考叔的後背，因而連人帶旗滾下城來。戰鬥結束

後，人們懷疑潁考叔是被自己人所射死的，公孫子都因為作賊心虛而精神錯亂，最後自殺了。

辨析 「暗箭傷人」和「含沙射影」都比喻暗中陷害別人。但「暗箭傷人」使用的手段包括語言、行動、文的、武的，在程度上較「含沙射影」為重；「含沙射影」的手段只指語言、文字等方面，此外「含沙射影」還有影射某人某事的意思。

注意 「箭」不要誤寫成「劍」。

例句 你雖然行事光明正大，但是也要妨暗箭傷人呀！

近義 含沙射影。

反義 正大光明。

楚材晉用（ㄔㄨˇ ㄘㄞˊ ㄐㄧㄣˋ ㄩㄥˋ）

解釋 楚國的人才被晉國所重用。比喻人才外流，為他國利用。

典故 春秋時代，左丘明所著的左傳中記載著：「如杞梓皮革，自楚往也，雖楚有材，晉實用之。」杞（ㄑㄧˇ）、梓（ㄗˇ）都是樹木名。整句話的意思是說，像杞、梓這樣上等的木材和皮革，都是從楚國運送來的。雖然楚國有這些原料，卻讓晉國使用。後來「楚材晉用」演變成一則成語。

注意 「晉用」不要誤寫成「進用」或「近用」。

例句 國內許多留學生畢業後都定居國外，造成楚材晉用，是我國的損失。

溫文爾雅（ㄨㄣ ㄨㄣˊ ㄦˇ ㄧㄚˇ）

解釋 爾雅，指人的舉止端正文雅。形容人的

性情溫和，彬彬有禮，舉止文雅端正。

例句 新同學不但功課好，對人也溫文爾雅，深受大家的歡迎。

溫故知新（ㄨㄣ ㄍㄨˋ ㄓ ㄒㄧㄣ）

解釋 溫，溫習、複習。故，舊的，指已學過的。溫習已經學過的知識，可以得到新的理解和體會。

例句 老師每次講課前，總會先複習上一堂課的內容，讓我們能溫故知新，吸收得更多。

滄海一粟（ㄘㄤ ㄏㄞˇ ㄧˊ ㄙㄨˋ）

解釋 大海裡的一粒小米。比喻非常渺小，微不足道。

注意 「粟」不要誤寫成「栗」。

例句 人在天地間，不過是滄海一粟，千萬不要自以為了不起。

近義 九牛一毛。

滄海桑田（ㄘㄤ ㄏㄞˇ ㄙㄤ ㄊㄧㄢˊ）

解釋 滄海，指大海。桑田，指農田。大海變成農田，農田變成大海。比喻世事變化很大。

例句 從前偏僻的小鎮，現在變成高樓林立的都市，真是滄海桑田啊！

近義 白雲蒼狗、桑田滄海。

滄海遺珠（ㄘㄤ ㄏㄞˇ ㄧˊ ㄓㄨ）

解釋 滄海，大海。大海中的珍珠，被採收珍

珠的人所遺棄。比喻人才不被重視，被埋沒了。

例句 公司這次招考新人，來應徵的人非常踴躍，但名額有限，難免有滄海遺珠的遺憾。

煥然一新（ㄏㄨㄢˋ ㄖㄢˊ ㄧ ㄒㄧㄣ）

解釋 煥然，光亮的樣子。經過清潔之後，使人看到新氣象。形容出現嶄新的面貌。

注意 「煥」不要誤寫成「換」。

例句 經過一番大掃除，辦公室看起來窗明几淨，煥然一新。

近義 面目一新、萬象更（ㄍㄥ）新。

瑕不掩瑜（ㄒㄧㄚˊ ㄅㄨˋ ㄧㄢˇ ㄩˊ）

解釋 瑕，玉上的斑點，比喻缺點。瑜，玉上的光彩，比喻美德。玉上的斑點掩蓋不住本身的光彩。比喻一些小缺點並不會影響整體的美。

注意 「瑕」和「瑜」都是「玉」部，不要寫成「暇」或「餘」。

例句 這次運動會雖然有些缺失，但是瑕不掩瑜，大家都很滿意。

當之無愧（ㄉㄤ ㄓ ㄨˊ ㄎㄨㄟˋ）

解釋 承當得起他人的讚美，不必感到羞愧。

注意 「當」是多音字，音ㄉㄤ和ㄉㄤˋ，「當然」的「當」音ㄉㄤ，「典當」的「當」音ㄉㄤˋ。

例句 您在數學方面是專家，稱作「大師」是當之無愧呀！

當仁不讓（ㄉㄤ ㄖㄣˊ ㄅㄨˋ ㄖㄤˋ）

解釋 指遇到應該做的事情，就積極主動去做，不推辭，不退讓。

辨析 「當仁不讓」和「義不容辭」都指遇到應做的事情不推託。但「當仁不讓」是從情理上著眼，對事情敢承擔，積極主動；「義不容辭」是著重於道義上應該這樣做，推託不得。

注意 「仁」不要誤寫成「人」。

例句 他是班上公認的運動健將，代表班上參加比賽，自然是當仁不讓了。

近義 自告奮勇、義不容辭、義無反顧。

反義 袖手旁觀、推三阻四。

當機立斷 ㄉㄤ ㄐㄧ ㄌㄧˋ ㄉㄨㄢˋ

解釋 當，面臨。機，時機。立，立即。斷，決斷。形容事情到了緊要關頭，就毫不猶豫的作出決斷。

辨析 「當機立斷」重在迅速做出決定；「壯士斷腕」重在緊要關頭毅然犧牲局部以顧全整體。

注意 ①「當」音ㄉㄤ，不要唸成ㄉㄤˋ。②「立」不要誤寫成「力」。

例句 這個孩子的病情十分危急，醫生當機立斷，決定馬上開刀。

近義 壯士斷腕。

反義 猶豫不決、舉棋不定。

當頭棒喝 ㄉㄤ ㄊㄡˊ ㄅㄤˋ ㄏㄜˋ

解釋 當頭，迎頭。棒，用棒子打。喝，大聲喊叫。原本是佛教用語。現在則泛指使人覺悟的猛

烈手段，也比喻給人嚴重的警告或打擊。

注意 ①「當」音ㄉㄤ，不要唸成ㄉㄤˋ。②「喝」音ㄏㄜˋ，不要唸成ㄏㄜ。

例句 老師的規勸猶如當頭棒喝，使他猛然覺醒，不再沉迷網咖了。

近義 醍醐（ㄊㄧˊ ㄏㄨˊ）灌頂。

當局者迷，旁觀者清（ㄉㄤ ㄐㄩˊ ㄓㄜˇ ㄇㄧˊ，ㄆㄤˊ ㄍㄨㄢ ㄓㄜˇ ㄑㄧㄥ）

解釋 當局者和旁觀者原指下棋的和看棋的人，後用來比喻當事人和旁觀的人。當事人往往因為對利害得失考慮得太多，看問題反而不清楚；旁觀的人由於冷靜、客觀，卻看得更清楚。

例句 我們處理任何事情，不可忽略別人的意見，要知道當局者迷，旁觀者清呀！

睚眥必報（ㄧㄞˊ ㄗˋ ㄅㄧˋ ㄅㄠˋ）

解釋 睚眥，發怒時瞪著眼睛的樣子，比喻小的仇恨。受人怒目而視，這麼小的仇恨，也懷恨在心，一定要報復。

注意 「睚眥」音ㄧㄞˊ ㄗˋ，不要唸成ㄞˊ ㄗ。

例句 老師常常告誡我們，要寬以待人，不要斤斤計較，睚眥必報。

反義 寬宏大量。

福無雙至，禍不單行（ㄈㄨˊ ㄨˊ ㄕㄨㄤ ㄓˋ，ㄏㄨㄛˋ ㄅㄨˋ ㄉㄢ ㄒㄧㄥˊ）

解釋 幸福的事不會接連到來，倒楣的事卻一樁又一樁。

例句 樂觀的人即使面臨福無雙至，禍不單行的際遇，也一定不會氣餒。

萬人空巷 ㄨㄢˋ ㄖㄣˊ ㄎㄨㄥ ㄒㄧㄤˋ

解釋 萬人，形容人非常多。所有的人都出來看熱鬧，使得里巷中空無一人。形容人數眾多，非常擁擠熱鬧的盛況。

例句 大明星一下飛機，人人都爭先恐後地索取簽名，幾乎造成萬人空巷。

萬劫不復 ㄨㄢˋ ㄐㄧㄝˊ ㄅㄨˋ ㄈㄨˋ

解釋 劫，梵語。佛說世界有成、住、壞、空四期，由生成到毀滅為一劫。萬劫，經歷世界的成住壞空一萬次，比喻非常久遠。喻永遠難以恢復原來的樣子。

注意 「復」不要誤寫成「複」或「覆」。

例句 如果你再繼續為非作歹，一定會陷入萬劫不復的地步。

萬念俱灰 ㄨㄢˋ ㄋㄧㄢˋ ㄐㄩˋ ㄏㄨㄟ

解釋 念，念頭。俱，都。一切念頭、希望都破滅了。形容遭到不幸後極端灰心的心情。

注意 「俱」不要誤寫成「具」。

例句 連續輸了十場比賽，大家都萬念俱灰，再也不抱希望了。

近義 心灰意冷。

反義 樂觀進取。

萬無一失 ㄨㄢˋ ㄨˊ ㄧ ㄕ

解釋 失，差錯、過錯。形容十分有把握，絕對不會出差錯。

注意 「失」不要誤寫成「矢」。

【例句】要達到最終目標，必須先擬定萬無一失的計畫。

萬象更新
ㄨㄢˋ ㄒㄧㄤˋ ㄍㄥ ㄒㄧㄣ

【解釋】萬象，一切景象。更，更換。一切的事物和景象都更換了面貌，顯現出欣欣向榮的新氣象。

【注意】①「象」不要誤寫成「像」或「相」。
②「更」音ㄍㄥ，不要唸成ㄍㄥˋ。

【例句】初春時節，萬象更新，到處顯現欣欣向榮的景象。

【近義】煥然一新。

【反義】一成不變、恆久不變、依然如故。

萬壽無疆
ㄨㄢˋ ㄕㄡˋ ㄨˊ ㄐㄧㄤ

【解釋】疆，界限。無疆，沒有界限。永遠生存，沒有止境。用來祝人長壽的話。

【注意】「疆」不要誤寫成「僵」。

【例句】爺爺今天八十大壽，親友們紛紛前來祝賀爺爺萬壽無疆。

【近義】長生不老、壽比南山。

萬籟俱寂
ㄨㄢˋ ㄌㄞˋ ㄐㄩˋ ㄐㄧˊ

【解釋】萬籟，指自然界的各種聲響。俱，都。寂，寂靜。形容周圍非常安靜。

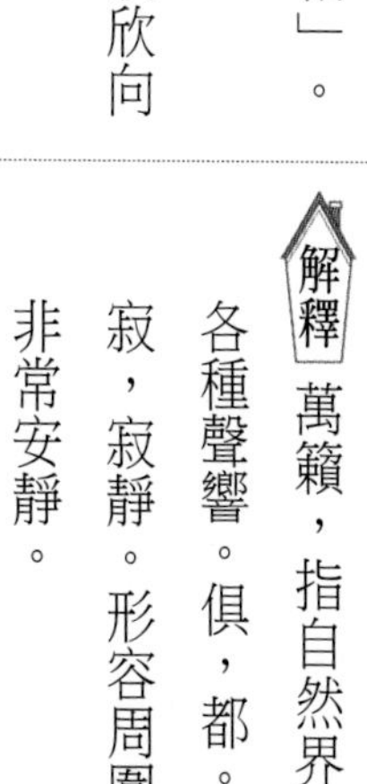

【辨析】「萬籟俱寂」和「鴉雀無聲」都有「非常寂靜，沒有一點聲音」的意思。但「萬籟俱寂」一般用來形容自然環境的「清靜」；而「鴉雀無聲」一般用來形容群眾聚集時的「安靜」。

注意 ①「籟」不要誤寫成「賴」。②「俱」不要誤寫成「具」。

例句 漫步在這條人煙稀少、萬籟俱寂的山間小路上，令人忘卻煩惱與壓力。

近義 鴉雀無聲。

反義 人聲鼎沸。

節外生枝（ㄐㄧㄝˊ ㄨㄞˋ ㄕㄥ ㄓ）

解釋 節，竹子分枝長葉的地方。竹子本來應該在節的地方生枝，若在節外生出杈枝來，表示在不應該有問題的地方出了新問題。

注意 ①「節」不要誤寫成「結」。②「枝」不要誤寫成「支」。

例句 這件事情就到這裡結束吧！別再節外生枝了。

近義 橫生枝節。

節衣縮食（ㄐㄧㄝˊ ㄧ ㄙㄨㄛ ㄕˊ）

解釋 節，節省。縮，縮減。節省衣服和飲食上的花費。

例句 他過了多年節衣縮食的日子，好不容易才買了房子。

近義 省吃儉用。

反義 一擲千金、日食萬錢、揮金如土。

置之度外（ㄓˋ ㄓ ㄉㄨˋ ㄨㄞˋ）

解釋 置，放、擱、擺。度，考慮、計算。把它放在自己考慮範圍之外。即不把它（指生死、利害等）放在心上。

典故 漢光武帝劉秀建立東漢時，只剩下隗囂（ㄨㄟˇ ㄒㄧㄠ）和公孫述這兩股勢力沒有消滅。劉秀覺得目前的兵力、財力都不足，暫時不

願繼續征討，因此當部下談到隗囂和公孫述這兩股勢力時說：「且當置此兩子於度外耳。」（兩子，指隗囂與公孫述。意思是說，暫時不要將這兩人放在心上。）

注意 ①「置」不要誤寫成「制」。②「度」不要誤寫成「渡」。

例句 革命烈士為了國家民族，早已把生死置之度外。

近義 置之不理。

置若罔聞 ㄓˋ ㄖㄨㄛˋ ㄨㄤˇ ㄨㄣˊ

解釋 置，放。若，好像。罔，沒有。聞，聽見。放在一邊，好像沒有聽見似的。可形容對聲音、別人的意見、周圍發生的事情等。

辨析 「置若罔聞」和「置之度外」都有「不理睬、不放在心上」的意思。但「置之度外」偏重於「不考慮」；「置若罔聞」偏重於「不理睬」。「置之度外」適用於對安危、苦樂、生死等問題的考慮；「置若罔聞」適用於對警告、請求、聲明、抗議、勸阻、批評等事的聽聞。

注意 「罔」不要誤寫成「網」或「惘」。

例句 父母和老師的告誡，他都置若罔聞，終於鑄成大錯。

近義 置之不理、置之度外。

罪魁禍首 ㄗㄨㄟˋ ㄎㄨㄟˊ ㄏㄨㄛˋ ㄕㄡˇ

解釋 魁，為首的。指領導作惡犯罪的人。現多指引起某件禍事的主要人物。

注意 「首」不要誤寫成「手」。

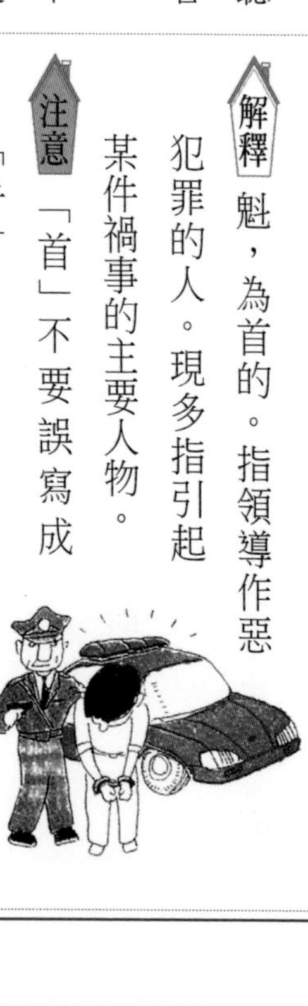

例句 警察終於偵破這件凶殺案，揪出了罪魁禍首。

近義 始作俑（ㄩㄥˇ）者。

群龍無首 ㄑㄩㄣˊ ㄌㄨㄥˊ ㄨˊ ㄕㄡˇ

解釋 形容團體失去領導人，成為雜亂而沒有組織的群眾。

注意 「無首」不要誤寫成「無手」。

例句 自從團長離開後，整個樂團顯得群龍無首，雜亂無章。

義無反顧 ㄧˋ ㄨˊ ㄈㄢˇ ㄍㄨˋ

解釋 義，道義。反顧，回頭看。為了正義奮勇直前，絕不猶豫退縮。

注意 「義」不要誤寫成「意」。

例句 只要是對國家民族有益的事，我們都應該義無反顧的去完成。

近義 義不容辭。

義憤填膺 ㄧˋ ㄈㄣˋ ㄊㄧㄢˊ ㄧㄥ

解釋 義憤，正義的憤怒。填，充滿。膺，胸。正義的憤怒充滿胸中。形容對違反正義的事情所產生的滿腔憤怒。

注意 ①「義」不要誤寫成「意」。②「憤」不要誤寫成「奮」。③「膺」不要誤寫成「鷹」。

例句 他是個耿直的人，對於不合理的事，常氣得義憤填膺，為人打抱不平。

義薄雲天 ㄧˋ ㄅㄛˊ ㄩㄣˊ ㄊㄧㄢ

解釋 薄，接近。雲天，形容很高。義氣高得已經接近天了。形容一個人非常重視道義。

注意 「薄」不要誤寫成「簿」。

例句 關公是一位義薄雲天的英雄。

肆無忌憚 ㄙˋ ㄨˊ ㄐㄧˋ ㄉㄢˋ

解釋 肆，放肆。忌，顧忌、畏懼。憚，害怕。任意胡作非為，毫無顧忌和懼怕。

注意 ①「肆」不要誤寫成「肄」。②「憚」不要誤寫成「彈」。

例句 他們兩人肆無忌憚的在街上打架，引起路人圍觀，指指點點。

近義 為所欲為、胡作非為。

反義 安分守己、循規蹈矩。

腥風血雨 ㄒㄧㄥ ㄈㄥ ㄒㄧㄝˇ ㄩˇ

解釋 腥，魚肉、血水等散發出來的氣味。風中有血肉的腥臭味，血流得像雨一樣多。用來比喻戰爭殺戮的慘狀。

注意 「腥」不要誤寫成「星」。

例句 老奶奶曾經歷過腥風血雨的戰爭，所以特別珍惜現在安定的生活。

反義 河清海晏。

腦滿腸肥 ㄋㄠˇ ㄇㄢˇ ㄔㄤˊ ㄈㄟˊ

解釋 腦滿，指肥頭大耳。腸肥，指肚子大，身體肥胖。形容生活優裕，養得肥頭大耳，胖得十分醜陋的樣子。

注意 「腦」不要誤寫成「惱」。

例句 他近來愈吃愈胖，朋友好意地提醒他，小心別變成腦滿腸肥。

近義 大腹便便（ㄆㄢˊ）。

反義 形銷骨立、面黃肌瘦。

腹有詩書氣自華（ㄈㄨˋ ㄧㄡˇ ㄕ ㄕㄨ ㄑㄧˋ ㄗˋ ㄏㄨㄚˊ）

解釋 詩書，泛指書籍，比喻學問。華，光彩、光澤。指學問淵博的人，自然氣度不凡。

注意 「氣」不要誤寫成「器」。

例句 喜歡讀書的人，自然會給人腹有詩書氣自華的印象。

葉公好龍（ㄕㄜˋ ㄍㄨㄥ ㄏㄠˋ ㄌㄨㄥˊ）

解釋 比喻表面上愛好某事物，但是並非真正的愛好。

典故 古時候有個人叫葉公，以愛龍聞名。天上的龍知道了，就來到他家，誰曉得那葉公竟然嚇得面無血色，大喊救命，狂奔逃走。葉公遇見龍這件事傳開後，人們就以「葉公好龍」來戲謔那些明明沒有很喜歡，卻裝作十分喜愛，口是心非的人。

例句 他表示自己喜歡收藏古壺，其實不過是葉公好龍罷了！

反義 把玩不厭、愛不釋手、樂此不疲。

葉落歸根（ㄧㄝˋ ㄌㄨㄛˋ ㄍㄨㄟ ㄍㄣ）

解釋 比喻一個人在異地作客，年老時才回到故鄉，或死後葬在故鄉。

注意 「根」不要誤寫成「跟」。

例句 雖然他長年居住在國外，但是年老時仍執意葉落歸根，全家又搬回故鄉。

反義 離鄉背井。

落花流水（ㄌㄨㄛˋ ㄏㄨㄚ ㄌㄧㄡˊ ㄕㄨㄟˇ）

解釋 掉落下來的花被流水沖走。原來形容暮春殘敗的景色，現在多用來形容零落、散亂的景象，或是比喻被打得大敗。

例句 他們哪裡是我們的對手，轉眼之間就被我們打得落花流水，潰不成軍了。

近義 一敗塗地、七零八落。

落井下石（ㄌㄨㄛˋ ㄐㄧㄥˇ ㄒㄧㄚˋ ㄕˊ）

解釋 看到別人掉入陷阱，不但不去搭救，反而向裡面扔石頭。比喻趁人家有危難的時候加以打擊、陷害。

例句 朋友有難，正需要你伸出援手，你怎麼可以落井下石呢？

近義 乘人之危、趁火打劫。

反義 雪中送炭。

落落大方（ㄌㄨㄛˋ ㄌㄨㄛˋ ㄉㄚˋ ㄈㄤ）

解釋 落落，舉止瀟灑自然的樣子。形容人的舉止很自然，既不拘束呆板，也不會矯揉造作。

例句 她的舉止落落大方，一看就知道是個大家閨秀。

蜀犬吠日（ㄕㄨˇ ㄑㄩㄢˇ ㄈㄟˋ ㄖˋ）

解釋 蜀，現在的四川省。吠，狗叫。四川盆地是個多霧的地方，一旦太陽出來，狗就驚訝的叫了起來。比喻少見多怪。

注意 「蜀」不要誤寫成「鼠」。

例句　這是今年最流行的服裝，有什麼好大驚小怪的，你真是蜀犬吠日。

近義　越犬吠雪。

裝腔作勢（ㄓㄨㄤ ㄑㄧㄤ ㄗㄨㄛˋ ㄕˋ）

解釋　腔，腔調。勢，姿勢。故意裝出一種腔調，作出一種姿態。形容故意做作。

注意　「作勢」不要誤寫成「做事」。

例句　寫文章要真情流露，裝腔作勢是無法感動讀者的。

近義　裝模作樣、矯揉造作。

反義　天真爛漫。

解衣推食（ㄐㄧㄝˇ ㄧ ㄊㄨㄟ ㄕˊ）

解釋　推，讓。把自己的衣服脫下來給別人穿，把自己的食物讓給別人吃。形容對別人十分的關心、慷慨。

例句　爸爸對人一向抱著解衣推食的態度，是個古道熱腸的好人。

近義　慷慨解囊、樂善好施。

反義　漠不關心。

詰屈聱牙（ㄐㄧㄝˊ ㄑㄩ ㄠˊ ㄧㄚˊ）

解釋　詰，曲折。詰屈，又可以寫作「詰詘」。指文字深奧難懂。聱牙，文詞難讀不順口。形容文章艱澀，難讀難懂。

注意　①「詰」音ㄐㄧㄝˊ，不要唸成ㄐㄧˊ。②「屈」不要誤寫成「曲」。

例句　寫文章最重要的是流暢、明白，如果為了賣弄學問而寫得詰屈聱牙，那就適得其反了。

路不拾遺（ㄌㄨˋ ㄅㄨˋ ㄕˊ ㄧˊ）

解釋　拾，撿、拾取。遺，失物。道路上有失物也沒有人拾取。

例句　路不拾遺，夜不閉戶，是我們的理想。

近義　拾金不昧。

運籌帷幄（ㄩㄣˋ ㄔㄡˊ ㄨㄟˊ ㄨㄛˋ）

解釋　運籌，謀畫。帷幄，古代軍隊的帳幕。在軍隊的帳幕中謀畫。常指在後方決定作戰部署和計畫。後來也泛指籌畫、指揮。

注意　①「籌」不要誤寫成「壽」。②「帷」不要誤寫成「惟」或「維」。③「幄」不要誤寫成「握」。

例句　如果不是他在幕後運籌帷幄，這件事不會進行得如此順利。

反義　一籌莫展。

道貌岸然（ㄉㄠˋ ㄇㄠˋ ㄢˋ ㄖㄢˊ）

解釋　道貌，正經、嚴肅的面貌。岸然，高傲的樣子。形容神態莊重，一本正經。

辨析　「道貌岸然」和「一本正經」都能形容正經、莊重的樣子。但「一本正經」偏重在嚴肅、拘謹，多指表情；「道貌岸然」偏於莊嚴、高傲，多指態度。

注意　①「貌」字右邊是「皃」，不要誤寫成「兒」。②「岸然」不要誤寫成「黯然」。

例句　這個人看上去道貌岸然，實際上卻是個偽君子。

近義　一本正經。

道聽途說（ㄉㄠˋ ㄊㄧㄥ ㄊㄨˊ ㄕㄨㄛ）

解釋 道、途，路。路上聽來的傳說。指沒有根據的傳說。

注意 ①「道」不要誤寫成「到」。②「途」不要誤寫成「塗」。

例句 凡是道聽途說的謠言都不應該任意傳播。

過河拆橋（ㄍㄨㄛˋ ㄏㄜˊ ㄔㄞ ㄑㄧㄠˊ）

解釋 自己過了河，便把橋拆掉。指利用別人達到目的後，就把曾經幫助過自己的人一腳踢開。用來比喻忘恩負義。

辨析 「過河拆橋」和「卸磨殺驢」常用於口語，比較通俗；「鳥盡弓藏」比較文雅、含蓄，多用在文章裡。

注意 「拆」不要誤寫成「折」。

例句 有些人在事業上有成就後，就過河拆橋，不理會曾經共患難的朋友了。

近義 卸磨（ㄇㄛˋ）殺驢、鳥盡弓藏。

反義 感恩圖報。

過眼雲煙（ㄍㄨㄛˋ ㄧㄢˇ ㄩㄣˊ ㄧㄢ）

解釋 過眼，從眼前掠過。雲煙，雲霧和煙氣。煙雲從眼前掠過。原來比喻身外之物可以不加重視，後也用來比喻很快就消失的事物。

辨析 「過眼雲煙」偏重在表示容易消失，多用於一掠而過，容易忽視的事物，不用於人；「曇花一現」則偏重在表示出現一下就消失，多用來形容人。

例句 隨著時間的流逝，童年時代的往事都成為過眼雲煙，在記憶中消失了。

近義 曇（ㄊㄢˊ）花一現。

過五關，斬六將（ㄍㄨㄛˋ ㄨˇ ㄍㄨㄢ，ㄓㄢˇ ㄌㄧㄡˋ ㄐㄧㄤˋ）

解釋 比喻不平凡的經歷。

例句 這位歌壇新人當年是過五關，斬六將，好不容易才獲得冠軍。

隔岸觀火（ㄍㄜˊ ㄢˋ ㄍㄨㄢ ㄏㄨㄛˇ）

解釋 對岸失火，隔河觀望。比喻對別人的危難漠不關心，不加援救，反而站在一旁看熱鬧。也指和自己沒有切身利害關係，所以不去管它。

例句 別人有危難時我們要挺身而出，不可隔岸觀火，幸災樂禍。

近義 冷眼旁觀、作壁上觀、袖手旁觀。

反義 見義勇為、拔刀相助。

隔靴搔癢（ㄍㄜˊ ㄒㄩㄝ ㄙㄠ ㄧㄤˇ）

解釋 在靴子外面搔癢。比喻說話、做事不貼切，沒有抓住關鍵。也比喻做事不切實際，無法解決問題。

例句 評論家必須對所要評論的事物深入觀察研究，否則難免隔靴搔癢。

反義 一針見血、一語中的（ㄉㄧˋ）、鞭辟（ㄅㄧˋ）入裡。

隔行如隔山（ㄍㄜˊ ㄏㄤˊ ㄖㄨˊ ㄍㄜˊ ㄕㄢ）

解釋 形容對本行業以外的事十分生疏。

例句 這年頭各個行業都講究專業，隔行如隔

山的情況會愈來愈明顯。

隔年的黃曆不管用
ㄍㄜˊ ㄋㄧㄢˊ ˙ㄉㄜ ㄏㄨㄤˊ ㄌㄧˋ ㄅㄨˋ ㄍㄨㄢˇ ㄩㄥˋ

解釋 黃曆，黃帝時的曆法，也就是皇曆、曆書。比喻陳舊的方法不管用了。

例句 你每次都用忙碌當作藉口，我都聽煩了，正是隔年的黃曆不管用啦！

雷厲風行
ㄌㄟˊ ㄌㄧˋ ㄈㄥ ㄒㄧㄥˊ

解釋 厲，猛烈。形容聲勢像打雷一樣猛烈，行動像風一樣迅速。也比喻辦事嚴格迅速，行動果斷。

注意 「厲」不要誤寫成「勵」。

例句 在市長雷厲風行的推動下，全面展開了掃黃、掃黑的行動。

近義 大刀闊斧、劍及履（ㄌㄩˇ）及。

反義 拖泥帶水。

雷霆萬鈞
ㄌㄟˊ ㄊㄧㄥˊ ㄨㄢˋ ㄐㄩㄣ

解釋 雷霆，大而響的雷。鈞，古代的重量單位，一鈞約合當時的三十斤。比喻威力非常大，無法阻擋。

辨析 「雷霆萬鈞」和「排山倒海」都形容力量強，聲勢大。但「雷霆萬鈞」是從「力」的方面顯示威勢；「排山倒海」則從「勢」的方面顯示威力。兩者連用就互相呼應，更加顯示聲勢的壯大了。

注意 「鈞」不要誤寫成「均」。

例句 國軍以雷霆萬鈞之勢，打得敵人節節敗退，潰不成軍。

近義 泰山壓卵、排山倒海。

反義 強弩之末。

雷聲大，雨點小

解釋 比喻叫喊得很響亮，聲勢也很驚人，卻沒有實際行動或有效的結果。

例句 你雖然盡責，卻犯了「雷聲大，雨點小」的毛病，難怪都看不出績效。

頑石點頭

解釋 頑石，無知覺的石頭。形容道理講得透徹，使人感化、心服。

辨析 「頑石點頭」這句成語強調使對方心服口服，對象常比講道理的人地位卑下，不適合用在長輩方面，例如：我向媽媽懇求好久，媽媽終於「頑石點頭」，答應讓我買玩具。這樣的用法就大錯特錯了，不如直接把「頑石點頭」刪除，反而通順。

注意 「頑」不要誤寫成「玩」。

例句 他在老師苦口婆心地勸說下，終於頑石點頭，不再逃學了。

鼠目寸光

解釋 形容目光短淺，沒有遠見。

例句 你這樣胸無大志，鼠目寸光，將來是成就不了大事的。

近義 一孔之見、目光如豆。

反義 高瞻遠矚。

【十四畫】

僧多粥少

解釋 本來指人數眾多而吃的東西很少，不夠分配。現在多指職位少而求職的人多。

例句 這次的銀行招考，求職人數眾多，可惜僧多粥少，沒選上的只好期待下次了。

近義 供（ㄍㄨㄥ）不應求、粥少僧多。

反義 供過於求。

兢兢業業 ㄐㄧㄥ ㄐㄧㄥ ㄧㄝˋ ㄧㄝˋ

解釋 兢兢，小心謹慎的樣子。業業，擔心害怕的樣子。形容做事小心謹慎，認真盡力的樣子。

注意 「兢」音ㄐㄧㄥ，不要唸成ㄐㄧㄠˋ；也不要誤寫成「競」。

例句 他做事一向兢兢業業、認真負責，從不敷衍了事。

近義 小心謹慎。

反義 敷衍了（ㄌㄧㄠˇ）事、敷衍塞（ㄙㄜˋ）責。

嘔心瀝血 ㄡˇ ㄒㄧㄣ ㄌㄧˋ ㄒㄧㄝˇ

解釋 嘔心，吐出心來。瀝血，滴血。比喻費盡心血，挖空心思。

典故 唐朝大詩人李賀，自幼聰明，能詩善文，可惜只活了二十七歲。李賀作詩，通常不是先立題目，而是每天早上騎一匹馬，讓書僮背著書囊跟著，遇有心得，立即寫成詩句，放在書囊中，回家以後再整理加工成篇。

李賀的身體向來不好，他母親見他這樣終日奔波，非常擔心，所以經常查看他的書囊，如果裡面詩句太多，便忍不住責備他說：「你這樣下去，總有一天要連心血都嘔出來了。」

注意 「嘔心」不要誤寫成「噁心」。

例句 這本書是作者花費數十年的嘔心瀝血之作，所以我們要好好珍惜。

近義 挖空心思、苦心孤詣（ㄧˋ）、搜索枯腸。

反義 無所用心、敷衍了（ㄌㄧㄠˇ）事、敷衍塞（ㄙㄜˋ）責。

圖文並茂（ㄊㄨˊ ㄨㄣˊ ㄅㄧㄥˋ ㄇㄠˋ）

解釋 圖畫和文章的質感都非常令人讚賞。

例句 這套植物圖鑑資料齊全，圖文並茂呢！

圖窮匕見（ㄊㄨˊ ㄑㄩㄥˊ ㄅㄧˇ ㄒㄧㄢˋ）

解釋 圖，地圖。窮，盡、到頭。匕，匕首、短劍。見，同「現」，顯露。比喻事情發展到最後階段，終於露出了真相或本意。

典故 戰國時代，荊軻奉燕太子丹之命去刺殺秦王，他在地圖中藏著一把鋒利的匕首，在獻圖時，當地圖開展到最後，露出了匕首，荊軻舉起匕首，奮力擲向秦王，卻沒有刺中，荊軻因而當場被殺。

注意 ①「匕」不要誤寫成「七」。②「見」音ㄒㄧㄢˋ，不要唸成ㄐㄧㄢˋ。

例句 他虛情假意一番之後，便圖窮匕見，露出了本來面目。

近義 東窗事發、真相大白、露出馬腳。

圖謀不軌（ㄊㄨˊ ㄇㄡˊ ㄅㄨˋ ㄍㄨㄟˇ）

解釋 圖謀，暗中謀畫。軌，法則。不軌，越出常規，不守法度。指暗中計畫不利他人或國家的事。

例句 我有充分的證據可以說明他有圖謀不軌的嫌疑。

近義 作奸犯科、違法亂紀。

反義 安分守己、奉公守法、循規蹈矩。

壽終正寢（ㄕㄡˋ ㄓㄨㄥ ㄓㄥˋ ㄑㄧㄣˇ）

解釋 壽終，指年紀很大才死去。正寢，舊式住宅的正房。指年老時安然死在家中。

例句 爺爺在上個月壽終正寢，享年八十歲。

近義 終其天年。

寧缺勿濫（ㄋㄧㄥˋ ㄑㄩㄝ ㄨˋ ㄌㄢˋ）

解釋 寧，寧可。勿，不要。濫，過度、過多。寧可缺少、不足，不要降低標準，造成浮濫不當的情況。

注意 「濫」不要誤寫成「爛」。

例句 為了保證出版物的品質，我們選稿的標準是：品質第一，寧缺勿濫。

近義 寧缺毋濫、寧遺毋濫。

反義 貪多務得、濫竽（ㄌㄢˋ ㄩˊ）充數。

寧為玉碎，不為瓦全（ㄋㄧㄥˋ ㄨㄟˊ ㄩˋ ㄙㄨㄟˋ，ㄅㄨˋ ㄨㄟˊ ㄨㄚˇ ㄑㄩㄢˊ）

解釋 為，當作。瓦，瓦器、陶器。寧願作為玉器被打破，也不願作為陶器得以保全。比喻寧願死也不願被屈辱。

例句 當年，有許多青年抱定了寧為玉碎，不

為瓦全的決心，紛紛投身八年抗戰，為國效命。

近義 寧死不屈。

反義 屈身喪（ㄙㄤˋ）志、屈節辱命。

寧（ㄋㄧㄥˊ）為（ㄨㄟˊ）雞（ㄐㄧ）口（ㄎㄡˇ），無（ㄨˊ）為（ㄨㄟˊ）牛（ㄋㄧㄡˊ）後（ㄏㄡˋ）

解釋 寧，寧願。雞口，雞的嘴。牛後，牛屁股。寧願做雞口，因為雞口雖小，卻在前頭；不願做牛屁股，因為牛屁股雖大，卻在後面。比喻寧可在局面小的地方自主，不願在局面大的地方任人支配。

例句 寧為雞口，無為牛後，我寧願待在小公司一展長才，也不願在大公司任人頤指氣使。

近義 雞口牛後。

寧（ㄋㄧㄥˊ）可（ㄎㄜˇ）信（ㄒㄧㄣˋ）其（ㄑㄧˊ）有（ㄧㄡˇ），不（ㄅㄨˋ）可（ㄎㄜˇ）信（ㄒㄧㄣˋ）其（ㄑㄧˊ）無（ㄨˊ）

解釋 指有備無患。

例句 你別固執了，難道你不明白寧可信其有，不可信其無的道理嗎？

寡（ㄍㄨㄚˇ）廉（ㄌㄧㄢˊ）鮮（ㄒㄧㄢˇ）恥（ㄔˇ）

解釋 寡、鮮，少。廉，廉潔、不貪汙。恥，羞愧、羞恥。形容不知廉恥。

注意 「鮮」音ㄒㄧㄢˇ，不要唸成ㄒㄧㄢ。

例句 任何國家，任何地方，都有正直無私的人，但是也不乏寡廉鮮恥的人。

近義 恬（ㄊㄧㄢˊ）不知恥、厚顏無恥。

反義 光明磊（ㄌㄟˇ）落、高風亮節、潔身自好（ㄏㄠˋ）。

寥若晨星（ㄌㄧㄠˊ ㄖㄨㄛˋ ㄔㄣˊ ㄒㄧㄥ）

解釋 寥，稀疏、稀少。若，好像。晨星，早晨的星。像早晨的星星那樣稀少。形容數量很少。

注意 「晨星」不要誤寫成「星辰」。

例句 深夜裡，萬籟俱寂，偶爾有車輛駛過，行人更是寥若晨星。

近義 屈指可數（ㄕㄨˇ）、寥寥無幾。

反義 不計其數（ㄕㄨˇ）、多如牛毛。

實事求是（ㄕˊ ㄕˋ ㄑㄧㄡˊ ㄕˋ）

解釋 實事，實際情況。求，指研究。是，即規律性。比喻不誇大也不縮小，按照實際情況去處理問題。

典故 西漢景帝的第三子劉德被封為河間獻王。劉德喜歡研究學問，曾經閱讀並蒐集很多先秦時代的古書，掌握豐富的資料，認真的從事學術研究和歷史的考證工作。班固寫漢書時，為劉德寫了河間獻王傳，說他的治學態度是：「修學好古，實事求是。」後來，唐朝大學者顏師古把這句話註解為：「務得事實，每求真是也。」意思是說，研究學問一定要掌握充分的事實根據，然後從中找出正確可靠的結論。

注意 「事」與「是」不要寫顛倒了。

例句 科學研究重在實事求是，尋找真理。

察言觀色（ㄔㄚˊ ㄧㄢˊ ㄍㄨㄢ ㄙㄜˋ）

解釋 察、觀，仔細的看。色，臉色。觀察別

人的言語和臉色來推測他的心思。

注意 「察」不要誤寫成「査」。

例句 這個孩子很懂得察言觀色，所以深得長輩的疼愛。

對牛彈琴（ㄉㄨㄟˋ ㄋㄧㄡˊ ㄊㄢˊ ㄑㄧㄣˊ）

解釋 比喻對愚笨的人談論高深的道理，或向外行人說內行話，都是白費口舌。現在也用來諷刺說話做事不看對象。

注意 「彈」音ㄊㄢˊ，不要唸成ㄉㄢˋ。

例句 他對英文一竅不通，你卻用英語和他交談，這不是對牛彈琴嗎？

屢見不鮮（ㄌㄩˇ ㄐㄧㄢˋ ㄅㄨˋ ㄒㄧㄢ）

解釋 鮮，本是新鮮的意思，後引申作新奇。原來寫成「數（ㄕㄨㄛˋ）見不鮮」，是秦代用語，表示常來的客人，時時都可看見，不必特別為他準備鮮美的食物。現在則用來形容事物常常見到，並不稀奇。

注意 「鮮」音ㄒㄧㄢ，不要唸成ㄒㄧㄢˇ。

例句 他離家出走的新聞已經屢見不鮮，我們早就見怪不怪了。

近義 司空見慣、層出不窮。

反義 前所未見。

屢試不爽（ㄌㄩˇ ㄕˋ ㄅㄨˋ ㄕㄨㄤˇ）

解釋 屢，連續、經常的。爽，差錯、失誤。每次試驗都得到與預期相同的結果。

注意 「試」不要誤寫成「事」。

例句 每回愚弄他，他總是會上當，真是屢試不爽。

嶄露頭角（ㄓㄢˇ ㄌㄨˋ ㄊㄡˊ ㄐㄧㄠˇ）

解釋 嶄，突出的樣子。比喻一個人在同輩中顯露出特別的才能和本領。

注意 ①「嶄」不要誤寫成「斬」。②「頭角」不要誤寫成「頭腳」。

例句 在這次的足球比賽中，他終於嶄露頭角了。

近義 脫穎而出、頭角崢嶸。

慢條斯理（ㄇㄢˋ ㄊㄧㄠˊ ㄙ ㄌㄧˇ）

解釋 形容說話或做事慢吞吞的，不慌不忙。

注意 「慢」不要誤寫成「漫」。

例句 看他慢條斯理的樣子，一定是準備妥當了。

近義 不慌不忙、從（ㄘㄨㄥ）容不迫。

反義 慌慌張張。

慢工出細活（ㄇㄢˋ ㄍㄨㄥ ㄔㄨ ㄒㄧˋ ㄏㄨㄛˊ）

解釋 細活，精密細致的工作。比喻精心製作的東西，必須花費較長的時間。

例句 如果每件事情都講究要慢工出細活，那還得了！

慘不忍睹（ㄘㄢˇ ㄅㄨˋ ㄖㄣˇ ㄉㄨˇ）

解釋 形容情況悽慘，令人不忍心看。

注意 「睹」不要誤寫成「賭」。

例句 大地震後，處處屋倒橋毀，令人慘不忍睹。

近義 目不忍睹。

慘絕人寰（ㄘㄢˇ ㄐㄩㄝˊ ㄖㄣˊ ㄏㄨㄢˊ）

解釋 絕，窮盡、到了盡頭。人寰，人世、人間。人世間再沒有比這更慘的事了。形容慘到了極點，是世間少有的。

辨析 「慘絕人寰」和「慘無人道」都形容慘毒殘酷，但在程度上「慘絕人寰」較重，一般用來形容「景象」、「悲痛」等等由於慘毒殘酷手段所造成的後果，不能用來形容人；「慘無人道」可以用來形容人。

注意 ①「絕」不要誤寫成「決」。②「寰」不要誤寫成「環」。

例句 經過一場戰爭，城裡屍橫遍野，處處都是慘絕人寰的景象。

摧枯拉朽（ㄘㄨㄟ ㄎㄨ ㄌㄚ ㄒㄧㄡˇ）

解釋 枯、朽，枯草朽木。形容不必費什麼力氣，就能順利的摧毀敵人或事物。

例句 警方以摧枯拉朽之勢破獲了一個龐大的強盜集團。

近義 勢如破竹。

反義 堅不可摧。

旗開得勝（ㄑㄧˊ ㄎㄞ ㄉㄜˊ ㄕㄥˋ）

解釋 形容戰鬥一開始就取得勝利。也指事物一開始就取得成功。

注意 「旗」不要誤寫成「棋」。

例句 本校的桌球隊一上場就旗開得勝，連連得分。

近義 馬到成功。

反義 潰不成軍。

旗鼓相當（ㄑㄧˊ ㄍㄨˇ ㄒㄧㄤ ㄉㄤ）

解釋 旗、鼓，古代作戰用旗幟和鼓聲指揮軍

隊，所以用軍旗和鼓聲來借指軍隊的聲勢。原指兩軍相對。現比喻對立的雙方勢力相等。

典故 東漢劉秀稱帝後，仍然有一些人擁有重兵，各霸一方。經過五年的征戰，只剩下隗囂和公孫述兩支軍隊，後來，隗囂也歸附了。劉秀待他為上賓，並想利用隗囂的勢力鉗制公孫述。劉秀寫信給隗囂說：如果公孫述到漢中、長安一帶，我「願因將軍兵馬，旗鼓相當。」意思是希望能憑藉隗囂的部隊和公孫述抗衡。

例句 這場足球賽，由於雙方實力差不多，從開場到結束，總是旗鼓相當，不相上下。

近義 棋逢對手、勢均力敵。

反義 大相逕庭、天壤之別、眾寡懸殊。

槍林彈雨（ㄑㄧㄤ ㄌㄧㄣˊ ㄉㄢˋ ㄩˇ）

解釋 形容炮火密集，戰鬥激烈。

注意 「彈」音ㄉㄢˋ，不要唸成ㄊㄢˊ。

例句 在那個槍林彈雨的年代，許多人都遭到妻離子散，家破人亡的痛苦。

近義 炮火連天、腥風血雨。

反義 偃（ㄧㄢˇ）旗息鼓、鳴金收兵。

滾瓜爛熟（ㄍㄨㄣˇ ㄍㄨㄚ ㄌㄢˋ ㄕㄡˊ）

解釋 滾瓜，熟透的西瓜會自動滾動。形容非常的熟悉、熟練。

注意 「瓜」不要誤寫成「爪」。

例句 這一課我已經背得滾瓜爛熟，甚至倒背如流了。

滴水穿石（ㄉㄧ ㄕㄨㄟˇ ㄔㄨㄢ ㄕˊ）

解釋 水不斷的滴下來，就能穿透石頭。比喻力量雖小，但是只要持之以恆，就能克服困難，獲得成功。

典故 張乖崖是宋朝崇陽縣的縣令。有一天，他看見一個管錢庫的人從錢庫出來時，順手拿了一文錢，追問之後，知道他是從錢庫偷出來的，於是責打了一頓，還要判罪。庫吏不服，張乖崖就在判決書上寫道：「一日一錢，千日一千。繩鋸木斷，水滴石穿。」意思是說：一天偷一文錢，一千天就是一千文。繩子雖然很鈍，但時間長了也可以把木頭鋸斷；滴水雖然無力，但時間長了也可以把石頭穿透。

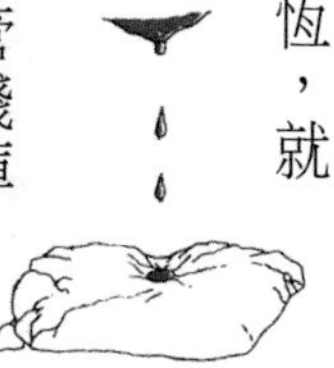

例句 他有今天的財富，也是靠著滴水穿石，一點一滴累積而成的。

近義 鍥（ㄑㄧㄝˋ）而不捨。

反義 半途而廢、前功盡棄。

漏網之魚（ㄌㄡˋ ㄨㄤˇ ㄓ ㄩˊ）

解釋 ①比喻罪犯沒有被逮捕歸案。②比喻應作某事卻僥倖免除的人。

注意 「網」不要誤寫成「綱」。

例句 這個案子雖然已經偵破，但是還有漏網之魚沒有被逮捕歸案。

滿目瘡痍（ㄇㄢˇ ㄇㄨˋ ㄔㄨㄤ ㄧˊ）

解釋 瘡痍，創傷。比喻地方遭受破壞或災害後的景象。指眼睛所看到的都是受到破壞後的慘況。形容受到戰爭

或天災人禍破壞後的景象。

注意 ①「瘡」音ㄔㄨㄤ，不要唸成ㄘㄤ。②「瘡」「痍」都是「疒」部，不要寫錯了。

例句 山區經過一場大地震的侵襲後，滿目瘡痍，一片混亂。

近義 百孔千瘡。

反義 欣欣向榮、萬象更（ㄍㄥ）新。

滿面春風 ㄇㄢˇ ㄇㄧㄢˋ ㄔㄨㄣ ㄈㄥ

解釋 形容人滿臉喜色，很得意的樣子。

例句 他考上了第一志願，難怪滿面春風，得意洋洋。

近義 喜氣洋洋。

反義 愁眉苦臉、愁苦滿面。

滿城風雨 ㄇㄢˇ ㄔㄥˊ ㄈㄥ ㄩˇ

解釋 原來是形容秋天城裡到處颳風下雨的景象。現在指某個消息傳開後，使得人心惶惶，到處議論紛紛。

典故 宋朝有個窮苦的讀書人叫潘大臨，他寫得一手好詩。有一年重陽節，他接到朋友謝天逸寫來的信，問他有沒有新作品，潘大臨回信說：「秋天的景物，件件都可以寫出好的詩句，可惜現實攪亂得你沒心思去寫。昨天我正閉目養神，忽然聽到樹林裡傳來風雨聲，十分美妙，於是起身提筆在牆上寫道：『滿城風雨迎重陽』。哪知剛寫了這麼一句，突然門外來了官吏催繳賦稅，壞了我的詩興，使我無法寫下去。所以只有這一句寄給你。」

辨析 「滿城風雨」和「眾說紛紜」都可形容人們的議論很多。但「滿城風雨」是由於事

件本身的出奇或重要，引起轟動，才造成人們的議論紛紛；「眾說紛紜」僅指某一事件議論得多而雜，不一定是件重大或出奇的事，而且在程度上不及「滿城風雨」嚴重。

例句 這件事情已經鬧得滿城風雨了，我看你還是暫時離開，避避風頭。

近義 眾說紛紜。

滿腹經綸 ㄇㄢˇ ㄈㄨˋ ㄐㄧㄥ ㄌㄨㄣˊ

解釋 經綸，本指整理蠶絲。比喻規畫政治，處理國事。形容一個人才學豐富。通常指對政治方面的才學。

注意 「綸」不要誤寫成「論」。

例句 他自幼飽讀詩書，滿腹經綸，這一題請問他，一定能得到解答。

近義 博學多聞、滿腹珠璣（ㄐㄧ）、學富五車（ㄐㄩ）。

反義 不學無術、不識一丁、胸無點墨。

漸入佳境 ㄐㄧㄢˋ ㄖㄨˋ ㄐㄧㄚ ㄐㄧㄥˋ

解釋 比喻情況逐漸好轉。

典故 這句話出自晉書的顧愷之傳。顧愷之每次吃甘蔗都是從尾巴吃到前端，別人覺得很奇怪，就問他為什麼，他說這樣才能越來越甜，「漸入佳境」。

注意 「佳境」不要誤寫成「家境」。

例句 經過一段時間的集訓，全隊已漸入佳境，慢慢步上軌道了。

近義 倒吃甘蔗。

反義 每下愈況。

漫不經心 ㄇㄢˋ ㄅㄨˋ ㄐㄧㄥ ㄒㄧㄣ

解釋 漫，隨便。經心，用心、注意。指隨隨便便，態度很不認真。

辨析 「漫不經心」和「漠不關心」都有「不注意、不留心」的意思。但「漫不經心」重在「隨便」，相當於「不留心」；「漠不關心」重在「冷淡」，相當於「不關心」。

注意 「漫」不要誤寫成「慢」。

例句 你就是常常漫不經心的，才會出這麼大的錯誤。

近義 心不在焉、粗心大意。

反義 全神貫注、專心一致。

熙來攘往（ㄒㄧ ㄌㄞˊ ㄖㄤˇ ㄨㄤˇ）

解釋 熙，和樂的樣子。攘，紛亂的樣子。形容人群眾多，人來人往，熱鬧擁擠的樣子。

注意 ①「熙」字左上部是「𦣞」，不要誤寫成「臣」。②「攘」不要誤寫成「嚷」。

例句 每個周末，夜市裡總是熙來攘往，熱鬧非凡。

近義 車水馬龍、熙熙攘攘、摩肩接踵。

反義 杳（ㄧㄠˇ）無人跡、闃（ㄑㄩˋ）無一人。

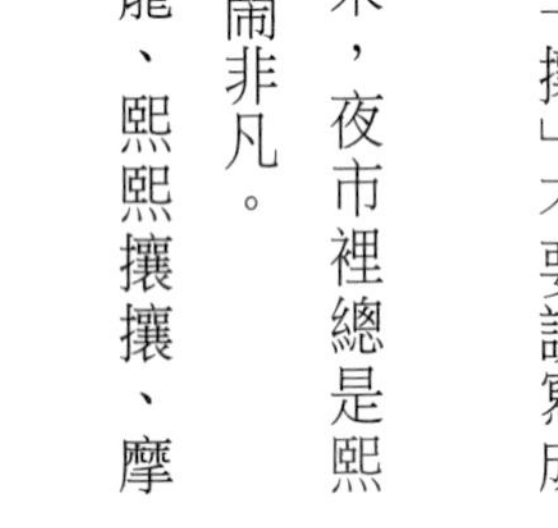

爾虞我詐（ㄦˇ ㄩˊ ㄨㄛˇ ㄓㄚˋ）

解釋 爾，你。虞、詐，欺騙。你欺騙我，我欺騙你。

典故 春秋時代，楚莊王帶兵圍攻宋國國都，攻了九個月都攻不下。楚莊王採納了臣子的計策，一面在陣地上建造房子，讓宋國覺得楚軍要長期圍攻；一面打發該回去種地的七兵回國。但宋國仍舊沒有屈服，後來派了大

夫華元乘黑夜與楚軍主將子反交涉，表明了絕不投降的決心。之後，楚國和宋國訂了和約，和約上寫著：「我無爾詐，爾無我虞。」意思是說：我們絕不欺騙你們，你們也不必防備我們。後來人們就用這兩句話構成「爾虞我詐」這個成語。

注意 「詐」不要誤寫成「炸」。

例句 同行之間經常互相利用，爾虞我詐。

近義 勾心鬥角、明爭暗鬥。

反義 肝膽相照、推心置腹、開誠布公。

獐頭鼠目（ㄓㄤ ㄊㄡˊ ㄕㄨˇ ㄇㄨˋ）

解釋 中國的相術家把頭尖而露骨的稱為獐頭，眼睛圓而小的稱為鼠目，都是奸邪之相。指相貌奸邪，鬼鬼祟祟的小人。

注意 「獐」不要誤寫成「張」。

例句 看他長得獐頭鼠目的，一臉鬼主意，你們合作的事，最好再多加考慮。

反義 眉清目秀。

監守自盜（ㄐㄧㄢ ㄕㄡˇ ㄗˋ ㄉㄠˋ）

解釋 監守，監察看守。指盜取自己負責看管的物品。

注意 「監」不要誤寫成「兼」。

例句 根據我們調查，現場的鎖和保險箱都沒有被破壞，很可能是監守自盜。

碩果僅存（ㄕㄨㄛˋ ㄍㄨㄛˇ ㄐㄧㄣˇ ㄘㄨㄣˊ）

解釋 碩，大。唯一留下來的大果實。比喻唯

一仍然存在的人或物。

典故 易經・剝卦說：「碩果不食。」意思是說天地間的萬物都消滅了，只剩一線生機，就好像樹上所有的東西都被採盡，只剩一個大果實。

例句 小時候的照片全不見了，這是碩果僅存的一張，請你好好保存。

碩學名儒 ㄕㄨㄛˋ ㄒㄩㄝˊ ㄇㄧㄥˊ ㄖㄨˊ

解釋 碩，大。名儒，有名氣的讀書人。形容人學識淵博。

辨析 「碩學名儒」也可以作「碩學通儒」。

注意 「儒」不可以誤寫成「孺」。

例句 他是文學界中的碩學名儒。

竭澤而漁 ㄐㄧㄝˊ ㄗㄜˊ ㄦˊ ㄩˊ

解釋 竭，盡。澤，水澤。竭澤，抽盡湖澤中的水。漁，動詞，捕魚。把湖澤中的水抽光來抓裡面的魚。比喻徹底地榨取，不留一點餘地。

注意 「漁」不要誤寫成「魚」。

例句 你這種花錢的方式，簡直就像竭澤而漁，以後怎麼過日子呢？

近義 焚林而獵、趕盡殺絕。

反義 積穀防饑。

管中窺豹 ㄍㄨㄢˇ ㄓㄨㄥ ㄎㄨㄟ ㄅㄠˋ

解釋 管，竹管。窺，從小孔或縫隙裡偷看。從竹管的小孔來看豹，只能看到豹身上的一塊斑紋。比喻看到的只是一小部分，不是全部。

典故 晉朝的王獻之是大書法家王羲之的兒

子，小時候看到父親的學生在書房裡玩牌，他有時也能夠說出一兩句內行話，學生們笑他說：「這小傢伙就像是管中窺豹，雖然沒有全懂，卻好像也稍稍懂得一些了。」

例句 我對這件事的認識不過是管中窺豹而已，必須再作更深入的了解。

近義 坐井觀天、管窺蠡（ㄌㄧˊ）測。

反義 一覽無餘、見多識廣。

管窺蠡測（ㄍㄨㄢˇ ㄎㄨㄟ ㄌㄧˊ ㄘㄜˋ）

解釋 窺，看。蠡，瓠瓜做的水瓢。用小竹管看廣大的天，用瓠瓜瓢來測量海水有多少。比喻一個人所知道的很少，見識很淺陋。

注意 「測」不要誤寫成「惻」。

例句 他是天文學的權威，卻常謙虛的表示自己是管窺蠡測而已。

近義 以管窺天、以蠡測海、管中窺豹。

管鮑之交（ㄍㄨㄢˇ ㄅㄠˋ ㄓ ㄐㄧㄠ）

解釋 指春秋時代齊國管仲和鮑叔牙深摯的友誼。比喻友情深厚。

注意 「鮑」音ㄅㄠˋ，不要唸成ㄅㄠ；也不可以寫成「包」。

例句 我們之間的友誼，就像管鮑之交般深厚。

近義 羊左之誼。

綽綽有餘（ㄔㄨㄛˋ ㄔㄨㄛˋ ㄧㄡˇ ㄩˊ）

解釋 綽綽，寬裕的樣子。形容人力、時間或財力、物力很寬裕，用不完。

注意 「綽」音ㄔㄨㄛˋ，不要唸成ㄓㄨㄛˊ。

例句 以他的能力來做打字的工作，是綽綽有

餘呀！

反義 入不敷出、寅（ㄧㄣˊ）吃卯（ㄇㄠˇ）糧、捉衿肘見（ㄒㄧㄢˋ）。

網開一面（ㄨㄤˇ ㄎㄞ ㄧˊ ㄇㄧㄢˋ）

解釋 捕鳥獸時，打開一面網，留給牠們一條生路。後用來形容原諒犯錯的人，對人從寬處理。

典故 史記中曾提到，商湯在野外看見打獵的人四面都張開了網，並禱告說：「天下四方的鳥獸都到我的網裡來。」商湯看了很不忍心，就叫那人把網收起三面，只留下一面，叫做「網開三面」，後來演變成「網開一面」。

注意 「網」不要誤寫成「綱」。

例句 請你網開一面，留給他們一條生路，不要趕盡殺絕。

近義 網開三面。

反義 趕盡殺絕。

綠草如茵（ㄌㄩˋ ㄘㄠˇ ㄖㄨˊ ㄧㄣ）

解釋 茵，車上的坐墊。形容綠草濃密柔軟，就好像鋪上坐墊。

注意 「茵」不要誤寫成「因」。

例句 這裡綠草如茵，躺在草地上，真是舒服呀！

綱舉目張（ㄍㄤ ㄐㄩˇ ㄇㄨˋ ㄓㄤ）

解釋 綱，魚網上的總繩，比喻事物最主要的部分。舉，提起。目，魚網上的細孔，比喻事物的細節部分。張，張開。指提起魚網上

的總繩，所有的細孔就張開了。比喻抓住事物的要點，其餘的細節就容易完成。也比喻條理分明。

辨析 「綱舉目張」強調抓住主要環節以帶動其他環節；「提綱挈領」強調抓住要領，簡明扼要。

注意 ①「綱」不要誤寫成「網」。②「目」不要誤寫成「木」。

例句 這篇論文雖然深奧，但是只要抓住重點就可以綱舉目張，了解大意了。

近義 提綱挈（ㄑㄧㄝˋ）領。

維妙維肖（ㄨㄟˊ ㄇㄧㄠˋ ㄨㄟˊ ㄒㄧㄠˋ）

解釋 維，也可寫成「惟」，發語詞，無義。肖，相像。形容藝術技巧好，描寫、模仿得非常逼真。

注意 「肖」不要誤寫成「笑」。

例句 他模倣各種動物的叫聲維妙維肖，讓我們大開眼界。

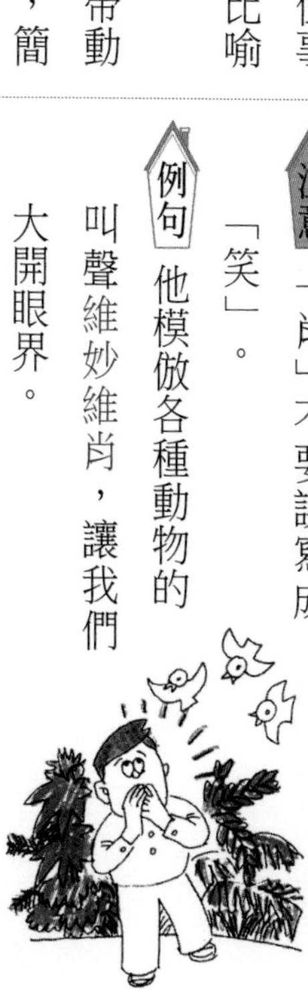

近義 呼之欲出、活靈活現、栩栩（ㄒㄩˇ）如生。

綿裡針，肉裡刺（ㄇㄧㄢˊ ㄌㄧˇ ㄓㄣ，ㄖㄡˋ ㄌㄧˇ ㄘˋ）

解釋 比喻外表和善，內心卻十分狠毒。

注意 「綿」不要誤寫成「棉」。

例句 你得提防點，他可是綿裡針，肉裡刺的人。

近義 口蜜腹劍、面善心惡、笑裡藏刀、佛口蛇心。

反義 表裡如一。

聞雞起舞（ㄨㄣˊ ㄐㄧ ㄑㄧˇ ㄨˇ）

解釋 聞，聽。舞，舞劍。聽到雞叫就起來舞劍。形容人胸懷大志，能及時奮發努力。

典故 東晉時，祖逖為了驅逐北方胡人，光復國土，每天雞鳴就起來舞劍練功，有一天半夜，一隻不按時啼叫的雞突然大叫起來，祖逖驚醒後，就叫醒睡在身旁的劉琨，然後兩人一起到院子舞劍。

例句 他為了考上好學校，每天聞雞起舞，努力不懈的讀書。

聚沙成塔（ㄐㄩˋ ㄕㄚ ㄔㄥˊ ㄊㄚˇ）

解釋 聚，集合、聚集。把細沙聚成寶塔。比喻積少成多。

注意 「沙」不要誤寫成「砂」。

例句 雖然每個人出的錢不多，但聚沙成塔，還是可以籌到不少錢的。

近義 集腋成裘、積少成多、積沙成塔。

與虎謀皮（ㄩˇ ㄏㄨˇ ㄇㄡˊ ㄆㄧˊ）

解釋 謀，商量。和老虎商量，想要牠身上的皮。拿有損對方利益的事來和他商量，不但事情辦不成，甚至自己還會遭到禍害。

例句 他脾氣火爆又熱愛權位，你要他把好不容易得到的會長位子讓出來，簡直就是與虎謀皮嘛！

舞文弄墨（ㄨˇ ㄨㄣˊ ㄋㄨㄥˋ ㄇㄛˋ）

解釋 文、墨，指文筆。故意玩弄文字技巧。

或指以文字歪曲事實。

例句　他一向自視甚高，寫文章總喜歡舞文弄墨，賣弄文字技巧。

蓋棺論定（ㄍㄞˋ ㄍㄨㄢ ㄌㄨㄣˋ ㄉㄧㄥˋ）

解釋　蓋棺，把棺材蓋上，比喻人死了。表示一個人的功過、好壞，必須在死後才能做出結論、評定。

注意　「棺」不要誤寫成「官」。

例句　秦始皇一生的功過已經蓋棺論定，歷史是最好的見證。

蒸蒸日上（ㄓㄥ ㄓㄥ ㄖˋ ㄕㄤˋ）

解釋　蒸蒸，上升、興盛的樣子。一天天的向上發展。形容進步發達，不斷向上。

例句　每次換季大拍賣，百貨業者的業績總是蒸蒸日上。

近義　欣欣向榮。

反義　江河日下、每下愈況。

蜚短流長（ㄈㄟ ㄉㄨㄢˇ ㄌㄧㄡˊ ㄔㄤˊ）

解釋　蜚、流，散布。短、長，指是非、謠言。指添油加醋的說人壞話。

注意　「蜚」不要誤寫成「非」。

例句　儘管外面蜚短流長，他還是坦然面對，絲毫不受影響。

裹足不前（ㄍㄨㄛˇ ㄗㄨˊ ㄅㄨˋ ㄑㄧㄢˊ）

解釋　裹足，包纏住腳。停住不往前走，好像腳被包纏住一樣。後用來形容有所顧慮。

典故 戰國末年，楚國人李斯因勸說秦始皇統一天下，被秦始皇所賞識，因此在秦始皇統一天下後，就被任命為丞相。秦國的宗室建議秦始皇把外來賓客通通趕走，因為李斯是楚國人，所以也要被趕走。當李斯被押到秦國邊疆時，他上書秦始皇，這就是著名的諫逐客書。李斯在文中指出：「泰山不捨棄細小的泥土，才能那麼高大；河海不捨棄涓涓的細流，才能那麼深長；帝王不排斥廣大的人才，才能使自己的事業獲得成功。所以說，地方不分東西南北，人民不分本國外國，都要一視同仁。如今卻使天下有才能的人，裹住雙腳不敢進入秦國。」秦始皇看了以後，立即撤銷了「逐客令」。恢復了李斯的丞相職務。

辨析 「裹足不前」偏重指「有疑慮」而不敢前進；「畏縮不前」偏重指「害怕」而不敢前進；「踟躕不前」偏重指「猶豫」而不敢前進。以上三則成語一般用於「人」。「停滯不前」則偏重指「事物」停頓下來，不再前進，較少用來形容人。

注意 「裹」不要誤寫成「裏」。

例句 他個性軟弱，一遇到困難就叫苦連天，裹足不前，難怪成不了大器。

近義 畏縮不前、停滯不前、踟躕不前。

反義 勇往直前、乘風破浪。

語無倫次（ㄩˇ ㄨˊ ㄌㄨㄣˊ ㄘˋ）

解釋 倫、次，次序的意思。指語言沒有條理，顛倒錯亂。

注意 「倫」不要誤寫成「輪」或「論」。

例句 他第一次上臺，太過緊張，所以說起話

來結結巴巴，語無倫次。

近義 不知所云。

反義 有條不紊（ㄨㄣˇ）。

誨人不倦（ㄏㄨㄟˋ ㄖㄣˊ ㄅㄨˋ ㄐㄩㄢˋ）

解釋 誨，教育勸導。教導別人時很有耐心，不知疲倦。

注意 「誨」音ㄏㄨㄟˋ，不要唸成ㄏㄨㄟˇ，也不要誤寫成「悔」。

例句 他是一位教學認真，誨人不倦的好老師。

近義 諄諄（ㄓㄨㄣ）善誘。

反義 誤人子弟。

貌合神離（ㄇㄠˋ ㄏㄜˊ ㄕㄣˊ ㄌㄧˊ）

解釋 貌，外表。神，內心。指表面上一致，實際上不一樣。也指人與人之間，表面上關係很密切，實際上各有各的打算。

注意 「合」不要誤寫成「和」。

例句 他們合作多年，但一直是貌合神離。

近義 同床異夢。

反義 志同道合、情投意合。

賓至如歸（ㄅㄧㄣ ㄓˋ ㄖㄨˊ ㄍㄨㄟ）

解釋 賓，來賓、客人。至，到。歸，回家。形容招待殷勤、周到，使客人感覺像回到自己家裡一樣。

注意 「至」不要誤寫成「致」。

例句 他是個好客的人，每次到他家拜訪總有

賓至如歸的感覺。

輕車熟路 ㄑㄧㄥ ㄐㄩ ㄕㄡˊ ㄌㄨˋ

解釋 駕著輕快的車子在熟悉的路上走。比喻對事情熟悉，做起來容易。

例句 這項工作對你而言是輕車熟路，一定可以做得很好的。

近義 游刃有餘、駕輕就熟。

輕重倒置 ㄑㄧㄥ ㄓㄨㄥˋ ㄉㄠˋ ㄓˋ

解釋 倒，顛倒。置，放。把輕重、主次的位置顛倒了。

注意 「置」不要誤寫成「至」或「製」。

例句 你把最重要的工作放在最後處理，不是輕重倒置嗎？

近義 捨本逐末、本末倒置。

魂不守舍 ㄏㄨㄣˊ ㄅㄨˋ ㄕㄡˇ ㄕㄜˋ

解釋 舍，住宅，比喻人的身體。靈魂離開了軀體。形容精神不集中。

辨析 「魂不守舍」與「魂不附體」都有「靈魂脫離軀體」的意思。但「魂不守舍」指精神不集中；「魂不附體」則指受到驚嚇，恐懼萬分。

例句 每個同學都專心的聽老師上課，只有他魂不守舍的望著黑板發呆。

近義 失魂落魄。

反義 聚精會神。

魂不附體 ㄏㄨㄣˊ ㄅㄨˋ ㄈㄨˋ ㄊㄧˇ

解釋 魂，古代人認為人有三魂七魄，要是魂魄離開了身體，人就會剩下一個沒有知覺的

空殼子。形容人驚嚇、害怕到了極點。

辨析 「魂不附體」與「魂不守舍」都有「靈魂脫離軀體」的意思。但「魂不守舍」指精神不集中；「魂不附體」指受到驚嚇，恐懼萬分。

例句 黑暗中突然出現一個黑影，嚇得她魂不附體。

近義 魂不守舍、魂飛魄散、膽戰心驚。

反義 神色自若、處之泰然。

鳳毛麟角 ㄈㄥˋ ㄇㄠˊ ㄌㄧㄣˊ ㄐㄧㄠˇ

解釋 鳳，鳳凰。麟，麒麟。這兩種都是傳說中的珍奇動物。鳳凰的毛，麒麟的角。比喻珍貴而罕見的人才或事物。

辨析 「鳳毛麟角」和「屈指可數」都有數量很少的意思，不同的是，「鳳毛麟角」含有珍貴難得的意思，「屈指可數」則沒有。

注意 ①「麟」不要誤寫成「鱗」。②「角」不要誤寫成「腳」。

例句 像這樣出類拔萃的人物，真是鳳毛麟角，難得一見。

近義 吉光片羽。

反義 比比皆是、多如牛毛、俯拾即是。

【十五畫】

價值連城 ㄐㄧㄚˋ ㄓˊ ㄌㄧㄢˊ ㄔㄥˊ

解釋 連城，連成一片的許多城市。形容一件物品非常的珍貴。

典故 戰國時代，趙國得到了和氏璧，秦昭王得到這個消息後，差(ㄔㄞ)人送信給趙王，說願意用十五座城池去換這塊和氏璧。後來人們就用「價值連城」來形容物品的珍貴。

辨析 「價值連城」與「無價之寶」都有「物品十分珍貴」的意思。「價值連城」重在珍貴的程度達到如連成一片的許多城市一樣；「無價之寶」則重在「無法估價」。習慣用法上，「價值連城」往往只能用於具體的珍寶；「無價之寶」則既可以指具體物品，也可以指其他的精神財富。

例句 這幅名畫價值連城，是許多收藏家爭相收購的珍品。

近義 無價之寶。

反義 一文不值。

劍拔弩張（ㄐㄧㄢˋ ㄅㄚˊ ㄋㄨˇ ㄓㄤ）

解釋 弩，一種利用機械射箭的弓。劍已經拔出來，弓也張開了。比喻形勢緊張，一觸即發。

注意 ①「劍」不要誤寫成「箭」。②「弩」字下面是「弓」，不要誤寫成「努」。

例句 在決鬥現場，雙方人員對峙，已經到了劍拔弩張，一觸即發的地步。

近義 一觸即發、箭在弦上。

厲兵秣馬（ㄌㄧˋ ㄅㄧㄥ ㄇㄛˋ ㄇㄚˇ）

解釋 厲，磨。兵，兵器。秣，餵牲口。把兵器磨好，把馬餵飽。形容做好了戰鬥準備。

也指事前做好準備工作。

典故 春秋時代，秦國派了孟明視等人帶領軍隊前去偷襲鄭國。當時，鄭國商人弦高正趕著一群牛要到洛陽去做買賣。他在路上看見秦軍大隊人馬，知道大事不妙，急中生智，就拿出四張熟牛皮，加上十二頭牛，謊稱鄭穆公派他作代表來慰勞秦軍。弦高一面應付秦軍，一面派人通知鄭穆公。穆公得到報告，連忙派人去察看秦國駐軍的動靜，只見他們已準備妥當，「厲兵，秣馬」，只等動手了。穆公就派人叫杞子等秦國將領回國，杞子明白陰謀已經敗露，慌忙逃走。而秦將孟明視等知道鄭國有了準備，不能進行偷襲，也就馬上領兵回國了。

注意 ①「厲」不要誤寫成「勵」。②「秣」字右邊是「末」，不是「未」。

例句 比賽的日子快到了，大家都厲兵秣馬，準備大顯身手。

近義 利兵秣馬、選兵秣馬。

反義 解甲倒戈、解甲歸田。

履險如夷（ㄌㄩˇ ㄒㄧㄢˇ ㄖㄨˊ ㄧˊ）

解釋 履，踏。夷，平。行走在很艱險的道路上，卻如同走在平地般的鎮靜穩定。比喻在經歷危險的地方時，能保持鎮定，安然度過。

注意 「履」不要誤寫成「屨」。

例句 他非常的鎮定、勇敢，即使面臨危險，也能履險如夷，安然渡過。

層出不窮

ㄘㄥˊ ㄔㄨ ㄅㄨˋ ㄑㄩㄥˊ

解釋 層，重複、重疊、接連不斷。層出，重複的出現。窮，盡、完。接二連三的不斷出現。形容事物或言論變化多端。

例句 那個國家治安不好，搶劫的案件層出不窮，你去旅行要多加小心。

近義 雨後春筍、屢見不鮮（ㄒㄧㄢˇ）。

反義 曇（ㄊㄢˊ）花一現。

廢寢忘食

ㄈㄟˋ ㄑㄧㄣˇ ㄨㄤˋ ㄕˊ

解釋 廢，停止。寢，睡覺。形容專心做某件事情，連睡覺也顧不了，吃飯也忘記了。

注意 「寢」字上面是「宀」，不是「穴」。

例句 他為了參加這次比賽，每天都廢寢忘食的練習。

近義 夜以繼日、廢食失寢。

反義 無所用心、無所事事、飽食終日。

德高望重

ㄉㄜˊ ㄍㄠ ㄨㄤˋ ㄓㄨㄥˋ

解釋 德，品德。望，聲望。指道德高尚，而且有很高的聲望。多用來稱頌老年人。

辨析 ①「德高望重」和「年高德劭」都適用於品德高尚的老年人，但前者強調「望重」，後者強調「年高」。

注意 「德」不要誤寫成「得」。

例句 在這個小鎮上，我的爺爺是最德高望重的老人。

近義 年高德劭。

憂心如焚

ㄧㄡ ㄒㄧㄣ ㄖㄨˊ ㄈㄣˊ

解釋 焚，燃燒。憂煩的心情像火燒一樣。形

容非常憂愁焦慮的樣子。

例句 弟弟車禍受傷，昏迷不醒，大家都憂心如焚。

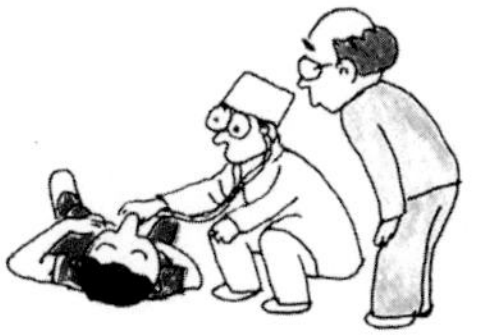

憤世嫉俗 ㄈㄣˋ ㄕˋ ㄐㄧˊ ㄙㄨˊ

解釋 憤，憎恨、不滿。世、俗，指當時的社會狀況。嫉，痛恨、仇恨。指對於不合理的社會現象和習俗表示憤恨憎惡。

注意 ①「憤」不要誤寫成「奮」。②「世」不要誤寫成「事」。③「嫉」不要誤寫成「忌」。

例句 殘酷的現實和不安定的生活，使他變成一個憤世嫉俗的人。

反義 同流合汙、隨波逐流。

憐香惜玉 ㄌㄧㄢˊ ㄒㄧㄤ ㄒㄧˊ ㄩˋ

解釋 香、玉，都比喻女人。形容男人對女人的疼愛、體貼非常周到。

注意 「憐」不要誤寫成「鄰」。

例句 你真是不懂得憐香惜玉，竟讓一個嬌滴滴的弱女子搬這麼重的東西。

摩肩接踵 ㄇㄛˊ ㄐㄧㄢ ㄐㄧㄝ ㄓㄨㄥˇ

解釋 摩，摩擦。肩，肩膀。踵，腳後跟。指肩膀挨著肩膀，腳碰著腳。形容人很多，很擁擠。

注意 ①「摩」字下面是「手」，不要誤寫成「磨」。②「踵」左邊是「足」，不要誤寫成「腫」。

例句 春節前夕，繁華的市中心車水馬龍，行人摩肩接踵，好不熱鬧。

反義 三三兩兩、踽踽（ㄐㄩˇ）獨行。

摩頂放踵（ㄇㄛˊ ㄉㄧㄥˇ ㄈㄤˇ ㄓㄨㄥˇ）

解釋 摩，磨損。放，至。踵，腳後跟。從頭到腳都受了傷。形容一個人不辭艱苦，捨己救世的行為。

注意 ①「摩」字下面是「手」，不要誤寫成「磨」。②「放」音ㄈㄤˇ，不要唸成ㄈㄤˋ。

例句 國父為了創建中華民國，摩頂放踵，不辭勞苦，真是令人敬佩。

摩拳擦掌（ㄇㄛˊ ㄑㄩㄢˊ ㄘㄚ ㄓㄤˇ）

解釋 形容行動前人們積極準備，躍躍欲試的樣子。

辨析 「摩拳擦掌」、「躍躍欲試」、「蠢蠢欲動」這三則成語的用法很容易被混淆。「摩拳擦掌」偏重形容行動前精神振奮的樣子，是讚美的話；「躍躍欲試」偏重形容想動手試一試的急切心理；「蠢蠢欲動」是形容有所企圖或準備出來活動，常用來指歹徒打算作壞事，例如：年貨街人來人往，扒手蠢蠢欲動地想找機會行竊。「蠢蠢欲動」這句成語含有批評的意思，不可以亂用。

注意 「摩」不要誤寫成「磨」。

例句 選手們個個摩拳擦掌，信心十足。

近義 撩衣奮臂、躍躍欲試。

撲朔迷離（ㄆㄨ ㄕㄨㄛˋ ㄇㄧˊ ㄌㄧˊ）

解釋 撲朔，腳步跳躍的樣子。迷離，目光模糊的樣子。原指模糊不清，很難辨別是雄是雌。後用來形容事情錯綜複雜，讓人分辨不清。

典故 古樂府木蘭詩中提到：「雄兔腳撲朔，雌兔眼迷離，兩兔傍地走，安能辨我是雄雌。」意思是說：「雄兔的腳步跳躍，雌兔的眼睛模糊矇矓，兩隻兔靠在一起，如何去辨別是雄是雌？」

辨析 「撲朔迷離」和「眼花撩亂」在意義上有相近之處，都有「不易看清」的意思。但「撲朔迷離」重在指錯綜複雜的事物；「眼花撩亂」重在指一時分辨不清。

注意 「朔」不要誤寫成「溯」。

例句 這件案子撲朔迷離，警方花了大批人力仍然無法破案。

近義 眼花撩亂。

反義 撥雲見日。

撥雲見日 ㄅㄛ ㄩㄣˊ ㄐㄧㄢˋ ㄖˋ

解釋 撥開雲霧重見天日。比喻①原來事態不明，或心中迷惑不清，突然轉為明朗。②處在困難的環境中突然好轉。

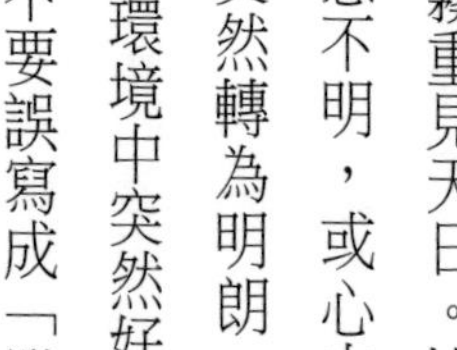

注意 「撥」不要誤寫成「潑」。

例句 那件事解決之後，她的心情就像撥雲見日一般，頓時輕鬆不少。

撥亂反正 ㄅㄛ ㄌㄨㄢˋ ㄈㄢˇ ㄓㄥˋ

解釋 撥，治理。亂，亂世。反，回復。正，正常。指整頓混亂的局面，恢復正常秩序。

注意 「反」不要誤寫成「返」。

例句 一個有抱負的青年，要有撥亂反正，繼往開來的時代使命。

近義 正本清源。

撒手人寰 ㄙㄚ ㄕㄡˇ ㄖㄣˊ ㄏㄨㄢˊ

解釋 撒，放開。人寰，人間。形容人離開人間，去世了。

注意 ①「撒」音ㄙㄚ，不要唸成ㄙㄚˇ。②「寰」不要誤寫成「還」。

例句 他與病魔纏鬥了十年，最後還是撒手人寰了。

近義 撒手塵寰、駕鶴西歸。

敷衍塞責 ㄈㄨ ㄧㄢˇ ㄙㄜˋ ㄗㄜˊ

解釋 敷衍，做事馬虎，不認真。塞責，搪塞責任。形容做事馬虎、隨便，不盡責。

辨析 「敷衍塞責」與「敷衍了事」都有「做事不認真」的意思。但「敷衍塞責」重在搪塞責任；「敷衍了事」重在草草了結。

注意 「塞」音ㄙㄜˋ，不要唸成ㄙㄞ或ㄙㄞˋ。

例句 對於工作，他一向兢兢業業，埋頭苦幹，從不敷衍塞責。

近義 敷衍了（ㄌㄧㄠˇ）事、虛與委蛇（ㄨㄟˊ ㄧˊ）。

反義 一絲不苟。

數典忘祖 ㄕㄨˇ ㄉㄧㄢˇ ㄨㄤˋ ㄗㄨˇ

解釋 數，一條條述說。典，典籍，指古代的禮制、歷史。祖，祖先。追數舊典，卻忘了祖先的遺業和歷史。也就是忘了本。現在也用來比喻對本國的歷史一無所知。

典故 春秋時期，晉國大夫籍談，是晉國司典（掌管典制文書的官）的後代。有一次，籍

談出使周朝，宴席間，周景王問他晉國為什麼沒有貢獻器物。籍談說：「晉國從來沒有受到王室的賞賜，所以沒有貢獻器物。」周景王說：「從晉國的始祖唐叔開始，就不斷受到王室的賜器，而你身為晉國司典的後代，怎麼連這些歷史事實都忘掉了呢？」宴席散後，周景王說：「籍談真是『數典而忘其祖』，把老祖宗都忘掉了。」

注意 「數」音ㄕㄨˇ，不要唸成ㄕㄨˋ。

例句 無論身在何處，都不可以數典忘祖。

暮鼓晨鐘（ㄇㄨˋ ㄍㄨˇ ㄔㄣˊ ㄓㄨㄥ）

解釋 佛寺中用晚上打鼓、早上敲鐘來報時。比喻可以使人覺悟警醒的言語。

注意 ①「暮」不要誤寫成「幕」或「慕」。②「鐘」不要誤寫成「鍾」。

例句 老師的話有如暮鼓晨鐘，讓我及時醒悟，才不致犯下大錯。

暴虎馮河（ㄅㄠˋ ㄏㄨˇ ㄆㄧㄥˊ ㄏㄜˊ）

解釋 暴虎：空手打虎；馮河：徒步過河。比喻有勇無謀，僅憑血氣之勇冒險行事。

注意 「馮河」的「馮」音ㄆㄧㄥˊ，不要唸成ㄈㄥˊ；「馮河」也可以寫成「憑河」。

例句 凡事暴虎馮河的人，常是失敗者。

近義 有勇無謀。

反義 臨事而懼。

暴殄天物（ㄅㄠˋ ㄊㄧㄢˇ ㄊㄧㄢ ㄨˋ）

解釋 殄，消耗、用盡。本義為消滅殘害自然界的生物，現在多指人任意糟蹋、浪費東西。

注意 「殄」音ㄊㄧㄢˇ，不要唸成ㄓㄣ；也不要誤寫成「珍」。

例句 我們要懂得珍惜身邊的東西，不可以暴殄天物。

暴跳如雷（ㄅㄠˋ ㄊㄧㄠˋ ㄖㄨˊ ㄌㄟˊ）

解釋 暴，急躁。暴跳，指生氣時跳腳的樣子。生氣時跳著腳吼叫，好像打雷一樣的猛烈。形容大發脾氣的樣子。

辨析 「暴跳如雷」和「大發雷霆」都形容大發脾氣。但「暴跳如雷」是從動作上來形容；「大發雷霆」則是從聲音上來表現憤怒的情緒。

例句 聽到弟弟逃學的消息，父親氣得暴跳如雷。

近義 大發雷霆。

反義 心平氣和、平心靜氣。

模稜兩可（ㄇㄛˊ ㄌㄥˊ ㄌㄧㄤˇ ㄎㄜˇ）

解釋 模，這裡是「摸」的意思。稜，就是「角」，這裡指桌角。模稜，即「摸稜」，也就是摸桌角。指摸桌角時可左可右。形容對事情的正反兩方面都不否定也不確定，沒有明確的態度或主張。

典故 蘇味道是唐代人，相傳九歲便能寫文章，二十歲就考上進士。他的文章有點名氣，和當時另一個文人李嶠齊名，人稱「蘇李」。他在武則天稱帝時做過宰相，但他做宰相時，處理事情從來不肯表示明確的態度，總是含含糊糊，這樣辦也行，那樣辦也

好。他以為這樣既不得罪人，也不出錯誤；即使錯了，也可以不負責任。他自以為很聰明，哪知反被人們譏笑，給他取了個綽號叫「蘇模稜」，也叫「模稜手」或「模稜子」。

注意 「稜」音ㄌㄥˊ，不要唸成ㄌㄧㄥˊ；也不要誤寫成「陵」。

例句 他做事一向模稜兩可，含含糊糊，讓人無法跟他合作。

近義 含糊其辭。

標新立異（ㄅㄧㄠ ㄒㄧㄣ ㄌㄧˋ ㄧˋ）

解釋 標，揭出、寫明。異，不同的、特別的。原指特創新意，跟別人的看法不同。後多指提出新奇的主張以顯示與眾不同。現多用在自作聰明，故意做出新奇、怪異的舉動或名目，有諷刺、責備的意思。

辨析 「標新立異」和「獨樹一幟」都有「自成一格，與眾不同」的意思。但「標新立異」偏重在顯示特點，有心做出新奇的舉動；「獨樹一幟」則偏重在創造出獨特風格，或另外開創新局面。

注意 「異」不要誤寫成「意」或「義」。

例句 那群穿著奇裝異服的年輕人，刻意擺出標新立異的手勢。

近義 別出心裁、獨出心裁、獨樹一幟。

反義 人云亦云、千篇一律、亦步亦趨。

樂不可支（ㄌㄜˋ ㄅㄨˋ ㄎㄜˇ ㄓ）

解釋 樂，快樂、歡樂。支，支持。快樂到不能支撐的地步。形容快樂到極點。

辨析 「樂不可支」與「欣喜若狂」都有快樂

到極點的意思。但「樂不可支」重在「不能支持」；「欣喜若狂」重在「失去控制」，語意更重。

注意 「支」不要誤寫成「之」。

例句 看他樂不可支的樣子，原來是考了第一名。

近義 欣喜若狂、喜不自勝（ㄕㄥ）、歡天喜地。

反義 哀痛欲絕、痛不欲生。

樂不思蜀 ㄌㄜˋ ㄅㄨˋ ㄙ ㄕㄨˇ

解釋 蜀，現在的四川省。比喻一個人沉迷於安樂，不思振作。

典故 蜀漢的後主劉禪，在蜀漢滅亡後，被俘虜到北方洛陽。有一天，劉禪和司馬文王一起喝酒吃飯，席上故意請四川的藝人來表演，旁邊的人看了都很感傷，只有劉禪仍然感到非常開心。後來司馬文王問劉禪想不想念故鄉四川，劉禪回答說：「此間樂，不思蜀。」意思是：在這裡很快樂，並不想念四川。

注意 「蜀」不要誤寫成「鼠」。

例句 每次出國度假，我們都玩得樂不思蜀，一直到假期結束才依依不捨的回家。

樂極生悲 ㄌㄜˋ ㄐㄧˊ ㄕㄥ ㄅㄟ

解釋 極，盡，達到頂點。快樂到了極點，往往會得意忘形而發生不幸的事情。

例句 我們全家去郊遊烤肉，玩得正高興，沒想到樂極生悲，媽媽被火燙傷了。

反義 否（ㄆㄧˇ）極泰來、苦盡甘來。

歎為觀止（ㄊㄢˋ ㄨㄟˊ ㄍㄨㄢ ㄓˇ）

解釋 觀止，所看到的事物已美好到了極致，沒有比眼前更好的了。用來讚美眼前的事物，美好到了極點。

典故 春秋時代，吳國的季札有一次在魯國觀看歌舞，當他看到舜帝時期的樂舞時，非常讚歎，就說看到這支舞就夠了，別的樂舞都不必看了。後來人們常用這句話來讚歎所見的事物美好到了極點。

辨析 「歎」也可以寫成「嘆」。

例句 天祥、太魯閣一帶的優美景致，總叫遊客歎為觀止，流連忘返。

潛移默化（ㄑㄧㄢˊ ㄧˊ ㄇㄛˋ ㄏㄨㄚˋ）

解釋 潛，暗地裡。移，改變。默，無聲無息。化，變化。形容人的思想、性格受到環境或別人的感染，不知不覺中改變了。

辨析 可以形容人的思想、作風、性格、習慣等的改變，不能形容具體動作或物品的變化。

注意 「默」不要誤寫成「墨」。

例句 由於文學作品的潛移默化，和老師的悉心指導，使她這次的演出博得滿堂彩。

近義 耳濡目染。

熟能生巧（ㄕㄡˊ ㄋㄥˊ ㄕㄥ ㄑㄧㄠˇ）

解釋 熟，熟練。技術熟練了就能夠靈活運用。

典故 北宋的陳堯咨善於射箭，一天，他在射

箭場上表演射箭本領，一箭射出，把一根很細的樹枝射斷了，人們同聲喝采。有個賣油的老頭看了以後，不以為然的說：「這有什麼了不起，只不過是手法熟練罷了。」陳堯咨聽了很生氣，問道：「你這老頭子有什麼本事，竟敢輕視我！」老頭說：「不是我輕視你，只是從我幾十年的賣油生涯中得知，事情做熟了就能掌握竅門。」說著，他便從油擔上取下一個葫蘆，在葫蘆口上放了一個銅錢，然後打了一桶油，高高舉起往葫蘆裡倒，只見倒下去的油像一條線一樣，穿過銅錢的小孔，流進葫蘆裡。油倒完了。他把銅錢拿給大家看，錢孔周圍竟連一點油跡也沒沾上，大家讚嘆不已。老頭笑著對陳堯咨說：「我這也沒有什麼了不起，只不過熟能生巧罷了。」

例句 這件工作看來雖然複雜，但熟能生巧，只要多練習，自然能掌握訣竅。

盤根錯節（ㄆㄢˊ ㄍㄣ ㄘㄨㄛˋ ㄐㄧㄝˊ）

解釋 盤，盤旋。錯，交錯。原指樹根枝節盤曲交錯，不易砍伐。比喻事情複雜，不易處理。也比喻舊勢力根深蒂固，不易消除。

典故 東漢時候，朝歌發生了騷亂，長年累月不得安寧。大將軍鄧騭派虞詡去當朝歌縣令，虞詡的一些老朋友聽到此事，都很替他擔心。虞詡卻說：有志氣的人，辦事情不求容易，不避艱難，這是當臣下的職責。譬如我們砍樹，不遇到堅韌的盤曲樹根和交錯繁雜的枝節，就顯不出斧頭的鋒利。虞詡到了朝歌以後，很快就把朝歌治理好，朝廷見他有將帥之才，就升他為武都太守。

注意 ①「根」不要誤寫成「跟」。②「節」不要誤寫成「結」。

例句 這株盤根錯節的千年老樹，已經成為地方上的一大特色，每年都吸引很多觀光客前來觀賞。

近義 錯綜複雜。

窮兵黷武（ㄑㄩㄥˊ ㄅㄧㄥ ㄉㄨˊ ㄨˇ）

解釋 窮兵，用盡全部兵力。黷武，濫用武力。用盡全部兵力，任意發動戰爭。形容非常好戰。

注意 「黷」不要誤寫成「讀」。

例句 歷史證明，無論大國還是小國，凡是窮兵黷武的，都會引起民怨。

近義 窮兵極武。

反義 偃（ㄧㄢˇ）武修文、解甲釋兵。

窮奢極欲（ㄑㄩㄥˊ ㄕㄜ ㄐㄧˊ ㄩˋ）

解釋 窮、極，盡、極端。奢，奢侈、揮霍浪費。欲，欲望。形容極端的奢侈浪費，荒淫腐化。

注意 「極」不要誤寫成「及」。

例句 這個國家的統治者窮奢極欲，不顧人民利益，揮霍浪費。

近義 驕奢淫佚。

反義 克勤克儉、縮衣節食。

窮愁潦倒（ㄑㄩㄥˊ ㄔㄡˊ ㄌㄠˇ ㄉㄠˇ）

解釋 形容一個人非常貧困，處境狼狽的樣子。

注意 「潦」不要誤寫成「寥」。

例句 他曾是棒球界紅極一時的王牌

投手，現在卻過著窮愁潦倒的生活，真是世事無常啊！

近義 一貧如洗、阮囊羞澀、家徒四壁。

反義 家財萬貫、錦衣玉食。

箭無虛發 ㄐㄧㄢˋ ㄨˊ ㄒㄩ ㄈㄚ

解釋 原本用來形容人善於射箭，每次都能射中，後用來比喻人做事每次都能切中目標，收到效果。

注意 「箭」不要誤寫成「劍」。

例句 他是個神射手，向來箭無虛發，曾拿下無數次射箭比賽的冠軍。

近義 百步穿楊、百發百中。

緣木求魚 ㄩㄢˊ ㄇㄨˋ ㄑㄧㄡˊ ㄩˊ

解釋 緣，攀爬。爬到樹上去捉魚。比喻做事的方向或方法錯誤，一定徒勞無功，達不到目的。

注意 「緣木」不要誤寫成「圓木」。

例句 你整天游手好閒，無所事事，卻妄想成大功、立大業，簡直是緣木求魚。

近義 水中撈月、刻舟求劍。

反義 探囊取物、甕中捉鱉。

緩不濟急 ㄏㄨㄢˇ ㄅㄨˋ ㄐㄧˋ ㄐㄧˊ

解釋 濟，救助。表示情況非常緊迫，雖有救援的辦法，卻趕不及應用。

注意 「濟」不要誤寫成「劑」。

例句 我現在急需要大筆現金周轉，你卻要我投資股票，這不是緩不濟急嗎？

膠漆相投（ㄐㄧㄠ ㄑㄧ ㄒㄧㄤ ㄊㄡˊ）

解釋 比喻兩人友誼深厚，志向和興趣都很投合。

辨析 「膠漆相投」和「如膠似漆」的意思不一樣。「如膠似漆」是指兩人像漆和膠般黏著緊緊的。比喻友情深厚或很親密。例如：他們整天如膠似漆地黏在一起，一分鐘也分不開。

例句 我們都喜歡收集郵票和旅行，是膠漆相投的好朋友。

蓬蓽生輝（ㄆㄥˊ ㄅㄧˋ ㄕㄥ ㄏㄨㄟ）

解釋 蓬蓽，蓬門、蓽戶，也就是蓬草編的門，竹條、樹皮編成的窗戶。形容窮苦人家所住的簡陋房屋。現多用來謙稱自己的住宅。使自己簡陋的房屋增加光彩。多用來感謝別人的拜訪，使自己的家裡增添光彩。

注意 「蓬蓽」都是「艸」部，不要誤寫成「篷篳」。

例句 您能抽空光臨寒舍，真是蓬蓽生輝呀！

近義 蓬蓽生光。

蓬頭垢面（ㄆㄥˊ ㄊㄡˊ ㄍㄡˋ ㄇㄧㄢˋ）

解釋 蓬，蓬草，引申為散亂。垢，汙穢。頭髮很亂，臉上很髒。形容一個人的外表非常髒亂。

注意 不要誤寫成「篷」。

例句 他洗過澡，理了髮後，一改蓬頭垢面的樣子，顯得非常的清爽。

近義 囚首垢面、蓬首垢面。

反義 衣冠（ㄍㄨㄢ）楚楚。

請君入甕（ㄑㄧㄥˇ ㄐㄩㄣ ㄖㄨˋ ㄨㄥˋ）

解釋 甕，一種口小腹大的陶器。比喻用那個人想出的辦法來對付他，也就是自己使自己陷於禍害。

典故 唐朝武則天執政時期，周興和丘神勣私下通謀，武后命令來俊臣調查這件事。有一天，來俊臣和周興二人一起吃飯，來俊臣就問周興說：「囚犯大多不肯認罪，你認為該用什麼方法才能解決此事。」周興說：「這非常容易，你只要拿個大甕，並且在旁用木炭燒烤，再命令囚犯進入甕中，這樣他就什麼都招了。」於是來俊臣便命人拿出大甕，依照周興說的方法，在四周點燃木炭，對周興說：「有人密告你犯了罪，『請兄入此甕』。」周興很害怕，馬上就伏首認罪。

例句 當初處罰遲到的辦法是你想出來的，現在你自己遲到，就請君入甕吧！

調虎離山（ㄉㄧㄠˋ ㄏㄨˇ ㄌㄧˊ ㄕㄢ）

解釋 想辦法使老虎離開原來的山頭。比喻為了便於行事，想法子引誘對方離開原先有利的地方。

注意 「調」不要誤寫成「吊」或「弔」。

例句 國軍採用調虎離山之計，引開敵人的主力，攻下了敵方的首都。

賞心悅目（ㄕㄤˇ ㄒㄧㄣ ㄩㄝˋ ㄇㄨˋ）

解釋 賞心，使心情歡暢。悅目，看了舒服。形容看到美好的景物而心情舒暢。

注意 「悅」不要誤寫成「閱」。

例句 今天風和日麗，一對對的情侶在湖上划船、談心，周圍的景色顯得格外賞心悅目啊！

近義 心曠神怡。

反義 觸目驚心。

賠了夫人又折兵（ㄆㄟˊ ˙ㄌㄜ ㄈㄨ ㄖㄣˊ ㄧㄡˋ ㄓㄜˊ ㄅㄧㄥ）

解釋 折兵，損失兵員。比喻受到雙重的損失。

典故 三國時期，孫權想要從劉備手中奪取荊州，假借要將妹妹許配給劉備，引騙劉備到東吳，再乘機將他扣留作為人質。但劉備依照諸葛亮的對策行事，到東吳後，居然得以成婚，並帶著夫人逃回。周瑜帶兵追趕，又被諸葛亮的伏兵打敗。蜀國兵士嘲笑說：「周郎妙計安天下，賠了夫人又折兵。」

注意 「賠」不要誤寫成「陪」。

例句 他考試作弊，被學校記了大過，回家後又被父母責備，真是賠了夫人又折兵。

近義 偷雞不著（ㄓㄠˊ）蝕把米。

醉生夢死（ㄗㄨㄟˋ ㄕㄥ ㄇㄥˋ ㄙˇ）

解釋 好像喝醉酒和做夢一樣，昏昏沉沉，糊裡糊塗的生活。

例句 他每天都過著醉生夢死的生活，從不肯努力向上。

反義 奮發圖強。

醉翁之意不在酒（ㄗㄨㄟˋ ㄨㄥ ㄓ ㄧˋ ㄅㄨˋ ㄗㄞˋ ㄐㄧㄡˇ）

【解釋】之，的。意，意趣。醉翁的意趣不在於喝酒。比喻本意不在此而在其他的地方，也就是別有用心。

【典故】宋朝文人歐陽修寫的醉翁亭記中說：「醉翁之意不在酒，在乎山水之間也。」意思是說：醉翁（即歐陽修）到此地來，並不是為了喝酒，而是想欣賞、陶醉在山水之間。

【注意】「意」不要誤寫成「義」。

【例句】會到聲色場所玩樂的人，多半是醉翁之意不在酒。

【近義】別有用心。

銳不可當 ㄖㄨㄟˋ ㄅㄨˋ ㄎㄜˇ ㄉㄤ

【解釋】銳，鋒利。當，抵擋。形容來勢勇猛，不可阻擋。

【辨析】①「銳不可當」和「勢如破竹」在意義上有相近之處，但有區別。「銳不可當」重在不可阻擋；「勢如破竹」重在節節勝利，毫無阻礙。

【例句】我隊乘勝進擊，銳不可當，終於贏得勝利。

【近義】勢不可當。

【反義】一觸即潰、強弩之末。

銷聲匿跡 ㄒㄧㄠ ㄕㄥ ㄋㄧˋ ㄐㄧ

【解釋】銷，消失。匿，隱藏。跡，蹤跡。指不出聲，不露面。形容隱藏起來，或不公開露面。

【例句】冬天一到，許多活躍在田間的昆蟲都銷聲匿跡，不見蹤影了。

反義　名揚四海、拋頭露面。

鋒芒畢露 ㄈㄥ ㄇㄤˊ ㄅㄧˋ ㄌㄨˋ

解釋　鋒芒，刀、劍的刃口和尖端，比喻事物的尖利部分，也比喻人顯露出來的銳氣、才幹。畢露，完全顯露。指銳氣和才幹全部顯露出來。多形容人逞能好勝，愛顯露自己的才能。

注意　①「鋒」不要誤寫成「烽」。②「畢」不要誤寫成「必」。

例句　生活的磨練使他凡事謹慎，不再像剛出社會時那樣鋒芒畢露。

近義　頭角崢嶸。

反義　深藏不露、虛懷若谷。

鋌而走險 ㄊㄧㄥˇ ㄦˊ ㄗㄡˇ ㄒㄧㄢˇ

解釋　鋌，快走的樣子。指因無路可走而採取冒險行動。

注意　「鋌」不要誤寫成「挺」。

例句　他因為欠下大筆賭債，所以鋌而走險，犯下了搶劫的案子。

近義　逼上梁山。

震古鑠今 ㄓㄣˋ ㄍㄨˇ ㄕㄨㄛˋ ㄐㄧㄣ

解釋　震，震驚。鑠，原指用火銷鎔金屬，這裡指顯耀的意思。形容人功業的偉大，可以震驚古人，顯耀今世。

注意　①「震」不要誤寫成「振」。②「鑠」音ㄕㄨㄛˋ，不要唸成ㄌㄧˋ。

例句　他從小就立下大志，希望長大後能創下一番震古鑠今的偉大功業。

震耳欲聾 ㄓㄣˋ ㄦˇ ㄩˋ ㄌㄨㄥˊ

解釋 形容聲音響亮，幾乎要把耳朵震聾。

辨析 「震耳欲聾」和「如雷貫耳」的用法容易被混淆，「震耳欲聾」強調聲音大而吵，「如雷貫耳」是說好像響雷般傳入耳朵，比喻人名氣很大。「震耳欲聾」含貶意，不可以用來讚美人，而「如雷貫耳」是讚美詞。

注意 「聾」不要誤寫成「龍」。

例句 一大早，街道上就傳來劈哩啪啦的鞭炮聲，幾乎讓人震耳欲聾。

養虎遺患 ㄧㄤˇ ㄏㄨˇ ㄧˊ ㄏㄨㄢˋ

解釋 遺，留下。患，禍害。比喻姑息或縱容壞人，結果給自己留下禍害。

典故 秦朝末年，劉邦和項羽都起兵反秦，劉邦先攻入秦都咸陽，項羽不服，準備攻打劉邦，當時劉邦兵力較少，乃退到漢中。後來劉邦的勢力逐漸強大，就派人去勸說項羽，願意以鴻溝為界，互不侵犯。談判成功以後，項羽引兵東去，劉邦也打算引兵向西去。這時，劉邦的謀士張良、陳平等勸劉邦說：如今你已得到天下三分之二的土地，而諸侯又都服從你，項羽的部隊現在很疲累，又沒有糧食，正是衰弱的時候，如果不趁這機會消滅他，就好比養了一隻老虎，等牠長大了，自己就很危險了。於是劉邦率軍追擊項羽，又命韓信、彭越等兩面夾攻，結果項羽大敗，在烏江自殺。

例句 你雇用一個品行不好的人，就如同養虎遺患，是很危險的。

反義 斬草除根。

養尊處優（ㄧㄤˇ ㄗㄨㄣ ㄔㄨˇ ㄧㄡ）

解釋 養，指生活。處，處在。優，優裕。處在尊貴的地位，過著優裕的生活。

注意 ①「處」音ㄔㄨˇ，不要唸成ㄔㄨˋ。②「優」不要誤寫成「憂」。

例句 他平常養尊處優慣了，一點也不了解父母親賺錢養家的辛苦。

近義 飽食終日。

反義 含辛茹苦、飽經風霜。

養精蓄銳（ㄧㄤˇ ㄐㄧㄥ ㄒㄩˋ ㄖㄨㄟˋ）

解釋 養，保養、養息。精，精神、精力。蓄，積蓄。銳，力氣。養足精神，積蓄力量。

注意 「蓄」不要誤寫成「畜」。

例句 今天晚上大家早點休息，養精蓄銳，明天才有精神去登山。

近義 休養生息。

反義 勞民傷財、窮兵黷（ㄉㄨˊ）武。

養癰遺患（ㄧㄤˇ ㄩㄥ ㄧˊ ㄏㄨㄢˋ）

解釋 癰，一種毒瘡。患，禍害。指生了毒瘡不去醫治，給自己留下禍害。比喻姑息壞人、壞事，結果給自己留下禍害。

例句 你明明知道車子是誰砸壞的，為何不報警呢？這不是養癰遺患嘛！

反義 斬草除根。

餘音繞梁（ㄩˊ ㄧㄣ ㄖㄠˋ ㄌㄧㄤˊ）

解釋 歌唱餘音彷彿環繞著屋梁打轉，久久不會消散。形容歌聲、樂聲優美動聽，使人回味，留下深刻的印象。

典故 戰國時代，韓國的著名歌手韓娥歌聲非常優美。據說，有一次韓娥唱起了悲歌，附近一里地以內的男女老少都紛紛落淚，三天不吃飯；當韓娥唱起愉快的歌時，這些人又立刻忘掉了悲傷，歡騰雀躍起來。韓娥後來從韓國到東面的齊國去，旅費用完了，便賣唱籌錢，所經之處，一連三天，人們都覺得她的歌聲仍縈繞在屋梁間。

辨析 可和「三日不絕」連用，寫成「餘音繞梁，三日不絕」。

注意 ①「餘音」不要誤寫成「遺音」。②「梁」下面是「木」，不要誤寫成「粱」。

例句 你聽，這琵琶聲有如大珠小珠落玉盤，餘音繞梁，令人難忘。

近義 餘音裊裊（ㄋㄧㄠˇ）。

駕輕就熟（ㄐㄧㄚˋ ㄑㄧㄥ ㄐㄧㄡˋ ㄕㄡˊ）

解釋 駕，駕馬車。輕，指輕便的車。就，到、走上。熟，指熟悉的道路。駕著輕便的馬車走熟悉的道路。比喻對事情很熟悉，做起來很容易。

注意 「駕」不要誤寫成「架」。

例句 他從事這個工作已有數十年的經驗，做起來是駕輕就熟，游刃有餘。

近義 得心應（ㄧㄥˋ）手、熟能生巧。

反義 初出茅廬。

鴉雀無聲（ㄧㄚ ㄑㄩㄝˋ ㄨˊ ㄕㄥ）

解釋 連烏鴉和麻雀都變得安靜了。形容非常寂靜。

辨析 「鴉雀無聲」偏重在表示「人聲」突然消失，或人們都閉口不說話；「萬籟俱寂」則是指「在戶外」沒有任何聲音。

注意 「雀」不要誤寫成「卻」。

例句 老師一進教室，吵鬧的同學頓時鴉雀無聲。

近義 寂靜無聲、萬籟俱寂。

反義 人聲鼎沸、鑼鼓喧天。

墨守成規（ㄇㄛˋ ㄕㄡˇ ㄔㄥˊ ㄍㄨㄟ）

解釋 墨守：戰國時代的墨翟（ㄉㄧˊ）善於守城，後來人們就把牢守、固守稱為「墨守」。現在多用來比喻守舊。成規，既定的規則方法。形容思想陳舊保守，總按老規矩辦事，不求改進。

典故 戰國時代，楚王要攻打宋國，叫公輸班（即魯班）製造了攻城用的雲梯。那時候有個魯國人名叫墨翟，人稱墨子，一向主張人人相愛，不要戰爭。他聽到這個消息，急忙趕到楚國去見楚王，竭力說服他不要攻打宋國，但楚王不答應。墨子說：「既然這樣，咱們就當場試一試吧！」說著就解下衣帶圍作城牆，用木片作武器，讓魯班和他分別代表攻守兩方，進行表演。魯班連攻了九次，都沒有攻下。後來，兩人掉換了攻守位置，墨子進攻九次就攻下了九次。魯班不肯認輸，說：「我有辦法對付你，可是我不說。」墨子說：「我知道你要怎樣對付我，可是我也不說。」楚王聽不懂，就問是什麼意思。墨子說：「他想殺掉我，以為殺了我

就沒人幫宋國守城了，但是，我的三百個徒弟早學了我的方法守在城頭了。」楚王發現不能取勝，只好取消攻打宋國的計畫。

注意 「墨」不要誤寫成「默」。

例句 社會不斷的進步，我們不能一直墨守成規，否則就會被淘汰。

近義 因循守舊、故步自封、陳陳相因。

反義 推陳出新。

【十六畫】

噤若寒蟬（ㄐㄧㄣˋ ㄖㄨㄛˋ ㄏㄢˊ ㄔㄢˊ）

解釋 噤，閉口、不作聲。若，好像。寒蟬，一種比較小的蟬，天氣一冷就不叫了。像冷天的知了（ㄌㄧㄠˇ）那樣一聲不響。比喻不敢說話。

注意 ①「噤」不要誤寫成「禁」。②「蟬」不要誤寫成「嬋」。

例句 看到老師發脾氣，大家都噤若寒蟬，不敢作聲。

反義 口若懸河、侃侃而談、滔滔不絕。

器宇軒昂（ㄑㄧˋ ㄩˇ ㄒㄩㄢ ㄤˊ）

解釋 器宇，指人的風度、儀表。軒昂，氣度不凡的樣子。形容人的胸襟、度量、儀表，樣樣都高超不凡。

注意 ①「器」不要誤寫成「氣」。②「宇」不要誤寫成「羽」。

例句 看他器宇軒昂，談吐不俗，將來一定成就非凡。

近義 器宇不凡、器宇非凡。

反義 無精打采、萎靡不振。

壁壘分明 ㄅㄧˋ ㄌㄟˇ ㄈㄣ ㄇㄧㄥˊ

解釋 壁壘，軍營四周的短牆。形容彼此界限分明，不相混淆。

例句 雙方人馬排開陣勢，壁壘分明，各自為自己支持的球隊加油、打氣。

學以致用 ㄒㄩㄝˊ ㄧˇ ㄓˋ ㄩㄥˋ

解釋 致用，使達到實際應用。學習是為了能達到實際應用。

注意 「致」不要誤寫成「至」。

例句 應該要讓每個學生學以致用，才不致浪費教育資源。

反義 學非所用。

戰戰兢兢 ㄓㄢˋ ㄓㄢˋ ㄐㄧㄥ ㄐㄧㄥ

解釋 戰戰，害怕發抖的樣子。兢兢，小心謹慎的樣子。形容非常害怕、謹慎的樣子。

注意 「兢」音ㄐㄧㄥ，不要唸成ㄐㄧㄥˋ；也不要誤寫成「競」。

例句 他做事一向戰戰兢兢，很少出錯。

近義 膽戰心驚。

反義 膽大妄為。

擇善固執 ㄗㄜˊ ㄕㄢˋ ㄍㄨˋ ㄓˊ

解釋 擇，選擇。固執，堅守不變。選擇正確的道理，不輕易改變。

注意 「固」不要誤寫成「故」。

例句 做人要擇善固執，不要為了名利而輕易妥協。

曇花一現 ㄊㄢˊ ㄏㄨㄚ ㄧˊ ㄒㄧㄢˋ

解釋 曇花，印度梵語「優曇鉢花」的簡稱，開花時間很短。一現，出現一下，很快就消逝。比喻事物一出現很快就消失。

注意 「曇」不要誤寫成「談」。

例句 他自從上次曇花一現的參加同學會後，又好幾年沒看到他了。

近義 驚鴻一瞥。

反義 流芳百世、萬古長青、與世長存。

橫生枝節 ㄏㄥˊ ㄕㄥ ㄓ ㄐㄧㄝˊ

解釋 橫，旁邊。生，孳生。枝節，嫩枝新節，比喻細小或旁出的事情。比喻處理某件事時，憑空生出一些新的情況，或是出現了新的問題，使主要的問題得不到解決。

辨析 「橫生枝節」與「節外生枝」在意思上有相同的地方，有時候可以交替使用。但是這兩個成語的重點不同：「橫生枝節」主要的意思是在「橫生」，指憑空生出新的問題；而「節外生枝」則是在不該有問題的地方又發生了新的問題。

例句 我勸你還是安分守己些，別再橫生枝節，自找麻煩了。

近義 節外生枝。

橫行霸道 ㄏㄥˊ ㄒㄧㄥˊ ㄅㄚˋ ㄉㄠˋ

解釋 橫行，倚仗暴力做壞事。霸道，做事蠻橫不講理。形容人蠻橫不講理，倚仗惡勢力做壞事。

辨析 「橫行霸道」和「作威作福」都有胡作非為，蠻不講理的意思。但「作威作福」還有濫用權勢的意思，只能用來形容人；而「橫行霸道」只有胡作非為不講理的意思，不但可以用來形容人，也可以用來形容團體組織。

注意 「行」不要誤寫成「形」。

例句 那些流氓在村子裡橫行霸道，壞事做盡，村民們都敢怒不敢言。

近義 胡作非為、橫行無忌。

反義 安分守己、奉公守法。

橫眉豎目（ㄏㄥˊ ㄇㄟˊ ㄕㄨˋ ㄇㄨˋ）

解釋 形容生氣或兇惡的樣子。

例句 街上的小流氓一個個橫眉豎目，大家都不敢招惹他們。

近義 金剛怒目、橫眉豎眼。

反義 和（ㄏㄜˊ）顏悅色、慈眉善目。

樹倒猢猻散（ㄕㄨˋ ㄉㄠˇ ㄏㄨˊ ㄙㄨㄣ ㄙㄢˋ）

解釋 猢猻，獼猴的一種，身上有密毛，生活在中國北方山林中。樹倒下了，猢猻就散開了。比喻靠山或做首領的人一垮臺，那些依靠他的人也就一哄而散了。

典故 南宋的曹咏是宰相秦檜（ㄎㄨㄞˋ）的親戚，他善於奉承拍馬屁，靠著秦檜飛黃騰達起來。曹咏的大舅子厲德新卻看不起他，曹咏很生氣。厲德新在家鄉做「里正」（類似村長或鄉長），曹咏就叫地方官處處刁難他，但厲德新始終不屈服。後來秦檜死了，曹咏也被貶官到新州（今廣東新興）。厲德

新便寫了一篇賦，題為樹倒猢猻散，差人送給曹咏，譏諷他依附秦檜，秦檜死了，他也跟著垮臺。

注意 ①「猢猻」不要誤寫成「胡孫」。②「散」音ㄙㄢˋ，不要唸成ㄙㄢˇ。

例句 自從老奶奶去世後，這家族便樹倒猢猻散，各自獨立門戶了。

歷歷在目（ㄌㄧˋ ㄌㄧˋ ㄗㄞˋ ㄇㄨˋ）

解釋 歷歷，分明可數的樣子。表示過去發生的事，仍清楚分明的在眼前出現。

注意 「歷」不要誤寫成「粒」或「曆」。

例句 童年往事歷歷在目，令人難以忘懷。

反義 記憶猶新、歷歷可見。

燈紅酒綠（ㄉㄥ ㄏㄨㄥˊ ㄐㄧㄡˇ ㄌㄩˋ）

解釋 紅的燈光，綠的酒色。形容奢侈靡爛的生活。

例句 你年輕有為，怎麼甘心過這種燈紅酒綠的生活呢？

近義 花天酒地、紙醉金迷。

反義 粗茶淡飯、簞食（ㄉㄢ ㄙˋ）瓢飲。

燃眉之急（ㄖㄢˊ ㄇㄟˊ ㄓ ㄐㄧˊ）

解釋 燃，火燒。火燒眉毛那樣急迫。比喻事情非常緊急。

辨析 「燃眉之急」和「十萬火急」都是「情況非常緊急」的意思。但「燃眉之急」常形容心情、事情或狀態等；「十萬火急」則常形容書信、命令或行動等。

注意 「急」不要誤寫成「疾」。

例句 事情已到了燃眉之急的地步，再不處理就來不及了。

近義 火燒眉毛、刻不容緩、迫在眉睫。

反義 從（ㄘㄨㄥ）容不迫。

獨占鰲頭（ㄉㄨˊ ㄓㄢˋ ㄠˊ ㄊㄡˊ）

解釋 鰲頭，唐宋時期，皇帝殿前階上刻有巨鰲，翰林學士朝見皇帝時，就站在臺階的中央，所以稱翰林院為「上鰲頭」，而狀元所站的位置正對鰲頭，所以狀元及第叫「獨占鰲頭」。現在指考試或競賽得第一名。

注意 「鰲」不要誤寫成「鰲」。

例句 他已蟬連好幾屆的冠軍了，今年又是獨占鰲頭。

反義 名落孫山。

獨樹一幟（ㄉㄨˊ ㄕㄨˋ ㄧ ㄓˋ）

解釋 樹，樹立。幟，旗幟。單獨立起一面旗幟。比喻在風格、辦法、主張上自成一家，或開創出另一個局面。

注意 「幟」音ㄓˋ，不要唸成ㄔˋ；也不要誤寫成「熾」。

例句 雖然經濟不景氣，但是這家店憑著獨樹一幟的風格，仍然創下傲人的業績。

近義 自成一家、獨闢蹊徑。

反義 人云亦云、拾人牙慧。

瞠目結舌（ㄔㄥ ㄇㄨˋ ㄐㄧㄝˊ ㄕㄜˊ）

解釋 瞠，瞪著眼睛。結舌，舌頭像打了結似的，不能活動，指因為驚訝害怕而說不出話來。形容驚訝恐懼的樣子。

辨析 「瞠目結舌」和「張口結舌」都用來形容窘迫或驚呆的樣子。但在形容受驚的程度上，「瞠目結舌」較「張口結舌」來得深刻一些。

注意 「瞠」音ㄔㄥ，不要唸成ㄊㄤˊ；也不要誤寫成「螳」。

例句 第一次看到人生吞蛇膽，大家都瞠目結舌，驚訝得說不出話來。

近義 目瞪口呆、張口結舌。

磨杵成針 ㄇㄛˊ ㄔㄨˇ ㄔㄥˊ ㄓㄣ

解釋 杵，舂米、捶衣用的棒子。把一根鐵棒磨成一根針。形容功夫深，願意付出努力。比喻只要有恆心，再難的事情也能做成。

典故 傳說唐朝著名大詩人李白，小時候讀書不用功。有一次，他又丟下書本到外面去玩，看到一位老婆婆正在石頭上磨一根鐵棒，覺得奇怪，就問老婆婆磨這鐵棒做什麼，老婆婆回答說，要把鐵棒磨成針。李白不由得笑了起來，說：「這不是開玩笑嗎？這麼粗大的鐵棒，要磨成一根針，可不是容易的事啊！」老婆婆嚴肅的說：「小朋友，只要我每天不斷的磨，就會越磨越細，還怕磨不成針嗎？」李白聽了這話，受到啟發，從此就用功學習，刻苦鑽研，想要偷懶的時候，一想起老婆婆講的話，立刻就增加了勇氣和毅力，後來終於成了大詩人。

注意 「磨」不要誤寫成「摩」。

例句 老師用磨杵成針的故事教導我們不要怕艱苦，要努力的學習。

近義　有志竟成、鐵杵成針。

積重難返（ㄐㄧ　ㄓㄨㄥˋ　ㄋㄢˊ　ㄈㄢˇ）

解釋　積，長時期累（ㄌㄟˇ）積下來的。重，程度深。返，返回、改變。指長時間形成的習慣或社會風氣，不易改變。大多指惡習、弊端，發展到難以革除的地步。

注意　「返」不要誤寫成「反」。

例句　他好賭的習性已是積重難返，要他戒賭恐怕很難。

近義　根深蒂固。

反義　痛改前非。

興風作浪（ㄒㄧㄥ　ㄈㄥ　ㄗㄨㄛˋ　ㄌㄤˋ）

解釋　興，掀起。作，製造。颳起大風，掀起波浪。比喻壞人煽動人心，製造事端。

辨析　「興風作浪」和「興妖作怪」都有「製造事端，挑起混亂」的意思。但「興風作浪」偏重在無事生非，煽動人心；「興妖作怪」則偏重在暗中破壞搗亂。

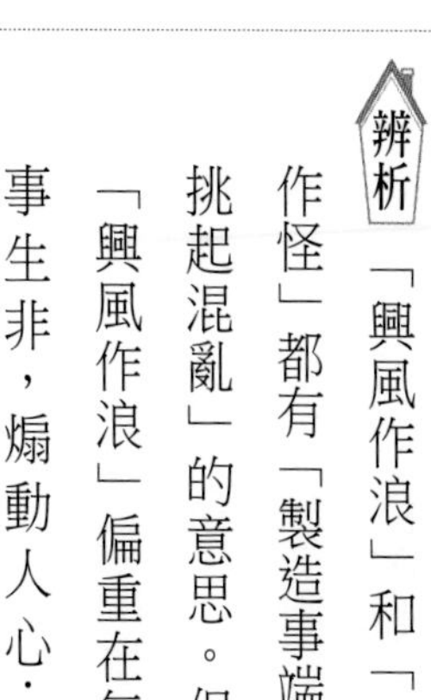

注意　①「興」音ㄒㄧㄥ，不要唸成ㄒㄧㄥˋ。②「作」不要誤寫成「坐」。

例句　每次颱風過後，總有一些投機商人趁機興風作浪，哄抬物價。

近義　掀風鼓浪。

反義　息事寧人。

興味索然（ㄒㄧㄥˋ　ㄨㄟˋ　ㄙㄨㄛˇ　ㄖㄢˊ）

解釋　興味，興趣、趣味。索然，一點興致也沒有的樣子。形容一點興趣也引不起來。

辨析 可用於看書、吃飯、遊覽、談話、聽講等。

注意 「興」音ㄒㄧㄥˋ，不要唸成ㄒㄧㄥ。

例句 姊姊在百貨公司逛了半天，仍然沒有找到喜歡的衣服，只好興味索然的離開。

近義 索然無味。

反義 興致勃勃、興高采烈。

蕭規曹隨 ㄒㄧㄠ ㄍㄨㄟ ㄘㄠˊ ㄙㄨㄟˊ

解釋 蕭，西漢的宰相蕭何。規，規章法令。曹，蕭何之後的宰相曹參。蕭何制定的法令規章，曹參跟著照做。比喻依照成規辦事而不創新。

典故 漢高祖劉邦當了皇帝之後，任命蕭何為丞相。蕭何創立了一套規章制度，他死後，曹參繼任宰相，完全依照以前的規章行事，沒有任何改變，所以東漢的揚雄在他寫的法言這本書中說：「蕭也規，曹也隨。」意思是說：「蕭何訂的法令制度，曹參隨著照做。」後來就演變成「蕭規曹隨」這句成語。

注意 ①「蕭」不要誤寫成「簫」。②「規」不要誤寫成「歸」。

例句 以前的制度，我們還是蕭規曹隨，不要修改太多吧！

近義 因循守舊、陳陳相因。

融會貫通 ㄖㄨㄥˊ ㄏㄨㄟˋ ㄍㄨㄢˋ ㄊㄨㄥ

解釋 指經過多方面的學習，能將知識融合，得到徹底的了解。

注意 ①「融」不要誤寫成「溶」或「熔」。②「貫」字上部是「毌」，不要誤寫成

「母」。

例句 只要把所學的知識融會貫通，就可以輕鬆應付考試了。

反義 一知半解、生吞活剝、囫圇（ㄏㄨˊ ㄌㄨㄣˊ）吞棗。

親痛仇快（ㄑㄧㄣ ㄊㄨㄥˋ ㄔㄡˊ ㄎㄨㄞˋ）

解釋 親，親人。仇，敵人。使親人痛心，使敵人高興。

典故 東漢時期，漁陽太守彭寵不服從幽州牧（官名）朱浮的命令。朱浮向皇帝報告彭寵不孝而且接受賄賂，彭寵聽說後非常生氣，就興兵攻打朱浮。朱浮寫了一封長信責備彭寵，說有意見可以到朝廷上講理，不應該興兵動武，無論做任何事情，都「不要使自己的親友痛心，讓自己的仇敵高興」。

例句 你為什麼要做這種親痛仇快的事情呢？真令人百思不解。

諱疾忌醫（ㄏㄨㄟˋ ㄐㄧˊ ㄐㄧˋ ㄧ）

解釋 諱，忌諱。忌，怕、顧慮。有病卻因害怕醫治而隱瞞病情，不加治療。比喻隱瞞缺失，不受規勸。

辨析 「諱疾忌醫」和「文（ㄨㄣˋ）過飾非」都有「隱瞞過失」的意思。但「諱疾忌醫」的意思比較偏重在「害怕別人的批評，不接受別人的規勸」；而「文過飾非」則重在「找藉口來掩飾自己的錯誤」。

注意 「諱」音ㄏㄨㄟˋ，不要唸成ㄨㄟˊ。

例句 做一名公眾人物，不能諱疾忌醫，害怕別人批評。

近義 文過飾非。

謀事在人，成事在天（ㄇㄡˊ ㄕˋ ㄗㄞˋ ㄖㄣˊ，ㄔㄥˊ ㄕˋ ㄗㄞˋ ㄊㄧㄢ）

解釋 謀事，策劃事務。成事，完成。指人只能爭取把事情辦成功，但是結果如何，就要看天意了。

例句 凡事只要盡力就行了，所謂「謀事在人，成事在天」，你別給自己太大壓力。

遺臭萬年（ㄧˊ ㄔㄡˋ ㄨㄢˋ ㄋㄧㄢˊ）

解釋 遺臭，死後留下惡名。指壞的名聲一直流傳下去，永遠受人唾罵。

注意 「臭」音ㄔㄡˋ，不要唸成ㄒㄧㄡˋ。

例句 這種貪贓枉法，陷害忠良的人，將來一定會遺臭萬年，遭人唾罵。

反義 名垂千古、流芳百世、萬古流芳。

錦上添花（ㄐㄧㄣˇ ㄕㄤˋ ㄊㄧㄢ ㄏㄨㄚ）

解釋 錦，指有彩色花紋的一種絲織品，比喻鮮豔華麗。在織錦上面繡花，比喻美上加美，好上加好。

注意 「添花」不要誤寫成「天花」。

例句 他自從得獎後，已經受到各界的讚美，你就不必再錦上添花了。

反義 雪中送炭、雪上加霜。

錦衣玉食（ㄐㄧㄣˇ ㄧ ㄩˋ ㄕˊ）

解釋 錦衣，華麗的衣服。玉食，精美的食物。穿著華麗的衣服，吃著精美的食物，比喻生活奢華。

【例句】他一向過著錦衣玉食的生活，當然不能體會窮苦人的心酸。

錦囊妙計（ㄐㄧㄣˇ ㄋㄤˊ ㄇㄧㄠˋ ㄐㄧˋ）

【解釋】錦囊，錦製的袋子。指機密而完美的計謀。

【典故】羅貫中所寫的三國演義中曾經提到，有一次劉備渡江到東吳成親，行前諸葛亮交給隨行大將趙子龍三個錦囊，當中各藏著一條妙計，要趙子龍遇到困難就打開錦囊依計行事，果然每次都能解決困難，逢凶化吉，最後終於安全的返回荊州。

【例句】大哥非常機智，每次遇到困難，總能想出錦囊妙計，解決問題。

隨心所欲（ㄙㄨㄟˊ ㄒㄧㄣ ㄙㄨㄛˇ ㄩˋ）

【解釋】隨，聽任。欲，想要。心裡想做什麼就做什麼，想怎麼做就怎麼做。

【例句】一個優秀的記者應該要依據真實的情況報導新聞，不可隨心所欲的編寫。

【近義】為所欲為。

隨波逐流（ㄙㄨㄟˊ ㄅㄛ ㄓㄨˊ ㄌㄧㄡˊ）

【解釋】逐，追隨。隨著波浪起伏，順著水流飄蕩。比喻自己沒有主見，盲目的跟著別人走。

【辨析】「隨波逐流」和「同流合汙」都有「隨著人走」的意思。但「隨波逐流」指隨著一般人走，包括跟著時勢走；「同流合汙」則是隨著壞人走，一起做壞事。

【例句】他是一個很有主見的人，即使處在惡劣的環境下，也不會隨波逐流，輕易放棄自己

的理想。

近義 與世浮沉。

反義 特立獨行、潔身自好（ㄏㄠˋ）。

隨遇而安 ㄙㄨㄟˊ ㄩˋ ㄦˊ ㄢ

解釋 隨，順從。不管碰到什麼環境，都能感到安心滿足。

例句 自從當了爸爸後，哥哥一改過去急躁的個性，對任何事都能隨遇而安了。

近義 既來之，則安之。

反義 見異思遷。

隨機應變 ㄙㄨㄟˊ ㄐㄧ ㄧㄥˋ ㄅㄧㄢˋ

解釋 指能跟著事情的變化而靈活應付，採取必要的措施。

注意 「應」音ㄧㄥˋ，不要唸成ㄧㄥ。

例句 參加辯論比賽，要能夠隨機應變，才能獲得勝利。

近義 見機行事、看風使舵。

反義 生搬硬套、刻舟求劍、照本宣科。

險象環生 ㄒㄧㄢˇ ㄒㄧㄤˋ ㄏㄨㄢˊ ㄕㄥ

解釋 形容危險接二連三的發生。

注意 「象」不要誤寫成「像」或「相」。

例句 我們的車子在狹窄陡峭的山路上爆胎了，車行不穩，真是險象環生。

雕蟲小技 ㄉㄧㄠ ㄔㄨㄥˊ ㄒㄧㄠˇ ㄐㄧˋ

解釋 原本指文字方面的技巧，後用來比喻各種微不足道的技能。

注意 「技」不要誤寫成「枝」。

例句 這種雕蟲小技沒什麼了不起，我才不放在眼裡。

靜若處子，動若脫兔
（ㄐㄧㄥˋ ㄖㄨㄛˋ ㄔㄨˇ ㄗˇ，ㄉㄨㄥˋ ㄖㄨㄛˋ ㄊㄨㄛ ㄊㄨˋ）

解釋 處子，處女，指未出嫁的女子。脫兔，掙脫束縛而逃走的兔子。安靜時像處女那樣平靜穩重，一行動就像脫逃的兔子那樣敏捷快速。

例句 這個團體靜若處子，動若脫兔，不但有紀律，又有活力。

頭角崢嶸
（ㄊㄡˊ ㄐㄧㄠˇ ㄓㄥ ㄖㄨㄥˊ）

解釋 頭角，頭頂左右突出，像角一樣，比喻少年的氣概。崢嶸，本指山勢高峻的樣子，這裡比喻一個人的才能出眾。比喻一個人的才華令人注目。

注意 ①「頭角」不要誤寫成「頭腳」。②「崢嶸」不要誤寫成「爭榮」。

例句 他從小就頭角崢嶸，表現優異，前途一定不可限量。

頭頭是道
（ㄊㄡˊ ㄊㄡˊ ㄕˋ ㄉㄠˋ）

解釋 形容說話或做事有條有理。

例句 老師講得頭頭是道，但是學生都聽進去了嗎？

近義 井井有條、井然有序、有條有理。

反義 語無倫次、雜亂無章、顛三倒四。

頤指氣使
（ㄧˊ ㄓˇ ㄑㄧˋ ㄕˇ）

解釋 頤，下巴。用下巴示意或大聲斥責來指使別人，形容人非常的驕傲無禮。

注意 「頤」字左邊是「𦣞」，不要錯寫成「臣」。

例句 她對人頤指氣使的驕傲態度，令大家十分不滿。

反義 低聲下氣。

餐風露宿 ㄘㄢ ㄈㄥ ㄌㄨˋ ㄙㄨˋ

解釋 餐風，在風裡吃飯。露宿，在野外過夜。形容長途跋涉或野外生活的辛苦。

辨析 「餐風露宿」著眼於食宿艱苦；「櫛風沐雨」著眼於奔波勞苦，風雨侵襲。

注意 「露」音ㄌㄨˋ，不要唸成ㄌㄡˋ。

例句 這次餐風露宿的野外求生訓練，使我們記憶深刻。

近義 風餐露宿、餐風飲露、櫛（ㄐㄧㄝˊ）風沐雨。

黔驢技窮 ㄑㄧㄢˊ ㄌㄩˊ ㄐㄧˋ ㄑㄩㄥˊ

解釋 黔，指現在的貴州省。比喻有限的一點本領已經完全用完了，再也沒有辦法了。

典故 唐朝柳宗元寫的黔之驢文章中曾提到黔這個地方不產驢子，有個人從外地帶來一頭驢，放牧在山中。老虎看見驢子是個龐然大物，以為是神，就遠遠的躲開，不敢觸怒牠。後來老虎一直在旁觀察，並逐漸靠近試探牠，驢子大怒，踢了老虎一腳，老虎才發覺驢子的本事不過如此，就把驢子吃了。

注意 「技」不要誤寫成「枝」。

例句 這下子我真是黔驢技窮了，請大家幫忙想辦法吧！

近義 機關用盡、黔驢之技。

反義 神通廣大。

龍飛鳳舞 ㄌㄨㄥˊ ㄈㄟ ㄈㄥˋ ㄨˇ

解釋 原來是形容氣勢奔放，現在形容書法活潑有勁，或比喻字跡潦草。

例句 這位書法家的草書寫得龍飛鳳舞，筆力遒勁。

近義 龍蛇飛舞。

龍蛇混雜 ㄌㄨㄥˊ ㄕㄜˊ ㄏㄨㄣˋ ㄗㄚˊ

解釋 龍，比喻優秀的人。蛇，比喻低劣的人。比喻各種好壞、賢愚不一的人混處在一起。

例句 這一帶龍蛇混雜，什麼人都有，我們還是趁早離開吧！

龍潭虎穴 ㄌㄨㄥˊ ㄊㄢˊ ㄏㄨˇ ㄒㄩㄝˋ

解釋 指龍虎居住的地方。比喻非常險要，或英雄豪傑聚集的地方。

例句 就算是龍潭虎穴，為了救人，我還是決定闖一闖。

反義 福地洞天。

龍蟠虎踞 ㄌㄨㄥˊ ㄆㄢˊ ㄏㄨˇ ㄐㄩˋ

解釋 蟠，也作「盤」，曲折環繞。龍蟠，像條龍盤繞著。虎踞，虎蹲著。像龍那樣盤曲，像虎那樣蹲坐。形容地勢雄偉險要，也特指南京。

注意 ①「蟠」不要誤寫成「盤」。②「踞」

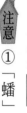

不要誤寫成「據」。

例句 此地只有一條又陡又窄的小路可以通過，說得上是龍蟠虎踞，易守難攻。

近義 虎踞龍蟠。

【十七畫】

優柔寡斷 ㄧㄡ ㄖㄡˊ ㄍㄨㄚˇ ㄉㄨㄢˋ

解釋 優柔，這裡指猶豫不決的樣子。寡，少。斷，決斷。形容一個人做事因循徬徨，猶豫不決，缺乏果斷力。

辨析 「優柔寡斷」和「舉棋不定」、「猶豫不決」都是形容人沒有決斷力，拿不定主意。但「優柔寡斷」多用來形容人的性格；而「舉棋不定」和「猶豫不決」則多指對事情拿不定主意。

注意 「優」不要誤寫成「憂」。

例句 他一向優柔寡斷，結果喪失了許多好機會，真是可惜。

近義 猶豫不決、躊躇（ㄔㄡˊ ㄔㄨˊ）不決。

反義 當機立斷、毅然決然。

勵精圖治 ㄌㄧˋ ㄐㄧㄥ ㄊㄨˊ ㄓˋ

解釋 勵，振作的意思。圖，設法、謀取。指振作精神，想辦法把國家治理得繁榮富強。也指設法做好工作。

注意 「勵」不要誤寫成「立」或「力」。

例句 國家愈是處在困境，我們愈是要勵精圖治，振奮精神。

近義 奮發圖強。

反義 喪（ㄙㄤˋ）權辱國、禍國殃民。

孺（ㄖㄨˊ）子（ㄗˇ）可（ㄎㄜˇ）教（ㄐㄧㄠˋ）

解釋 孺子，小孩子。指富有潛力可以造就的年輕人。

注意 「孺」不要誤寫成「儒」。

例句 老師不過點了他兩句，他就能舉一反三，老師不禁高興的說：「孺子可教也。」

應（ㄧㄥˋ）接（ㄐㄧㄝ）不（ㄅㄨˋ）暇（ㄒㄧㄚˊ）

解釋 不暇，沒有空閒。原來是指風景幽美，景物繁多，來不及觀賞。後用來形容事情很多，一時忙不過來。

注意 ①「應」音ㄧㄥˋ 不要唸成ㄧㄥ。②「暇」不要誤寫成「蝦」。

例句 這個月學校舉辦了各種活動、比賽，真讓我們應接不暇。

反義 應付自如。

應（ㄧㄥˋ）對（ㄉㄨㄟˋ）如（ㄖㄨˊ）流（ㄌㄧㄡˊ）

解釋 應、對，回答。流，流水、流利。應答像流水一樣。形容答話敏捷流利。

典故 晉武帝（司馬炎）時，文學家張華非常博學，對當時許多事情都瞭如指掌。晉武帝經常問他漢朝的宮室制度及一些民情風俗、封建權貴的情況，張華都能非常流利的回答，還能隨手畫成圖解。

注意 「流」不要誤寫成「留」。

例句 弟弟一向非常用功，對於老師口試的題目，他都能夠應對如流。

反義 張口結舌、期期艾艾、無言以對。

擢髮難數（ㄓㄨㄛˊ ㄈㄚˇ ㄋㄢˊ ㄕㄨˇ）

解釋 擢，拔。髮，頭髮。難數，難以數清。拔下頭髮來數，都難以數清。比喻罪行多得像頭髮一樣，數都數不清。

典故 戰國時期，魏國的范睢（ㄐㄩ）跟隨須賈（ㄍㄨˇ）出訪齊國。齊襄王聽說范睢很有才幹，便派人送金錢酒食給范睢。須賈以為范睢把魏國的機密洩露給齊國，回國後就告發范睢，范睢因而化名張祿，逃到秦國做了宰相。後來秦國發兵攻魏，魏國派須賈去求和，才知道化名張祿的就是范睢。須賈連忙脫掉上衣，跪下向范睢請罪。范睢問須賈：「你有多少罪？」須賈惶恐的回答說：「就是拔光我全部頭髮來計算我的罪過也數不清啊！」

注意 「擢」不要誤寫成「濯」。

例句 他只不過是忘記打電話報平安，怎能說是犯下擢髮難數的罪行呢？

近義 罄（ㄑㄧㄥˋ）竹難書。

櫛風沐雨（ㄐㄧㄝˊ ㄈㄥ ㄇㄨˋ ㄩˇ）

解釋 櫛，梳頭髮。沐，洗頭。以風梳髮，用雨洗頭。形容在外奔波，非常勞苦的樣子。

注意 「櫛」不要誤寫成「節」。

例句 爸爸為了維繫一家大小的溫飽，每天在外奔波，櫛風沐雨，真是辛苦。

近義 餐風露宿。

反義 養尊處（ㄔㄨˇ）優。

濫竽充數（ㄌㄢˋ ㄩˊ ㄔㄨㄥ ㄕㄨˋ）

解釋 濫，跟事實不符，這裡是蒙混的意思。竽，古代的樂器，形狀像現在的笙。充數，用不勝任的人或不合格的物品來湊足數額。比喻沒有真實本領的人冒充有本領，或拿不好的東西混在好的裡面充數。有時也用作自謙之辭。

典故 戰國時期，齊國君主齊宣王喜歡聽吹竽，每次都要三百人一齊吹奏。當時有個根本不會吹竽的南郭先生，也混在中間充數。後來齊宣王死了，他的兒子齊湣（ㄇㄧㄣˇ）王也喜歡聽吹竽，但要聽獨奏。南郭先生知道混不下去，只好逃之夭夭了。

注意 ①「濫」不要誤寫成「爛」。②「竽」音ㄩˊ，不要唸成ㄩˋ；也不要誤寫成「芋」。

例句 他根本沒有真才實學，充其量不過是濫竽充數而已。

近義 尸位素餐、魚目混珠。

反義 名副其實、寧缺勿濫。

鴻鵠之志（ㄏㄨㄥˊ ㄏㄨˊ ㄓ ㄓˋ）

解釋 鴻鵠，大鳥。比喻人有像大鳥一舉千里的志向。比喻人的志向遠大。

例句 人從小要培養鴻鵠之志的理想，將來才能做大事。

近義 壯志凌雲、青雲之志、雄心壯志。

瞭如指掌（ㄌㄧㄠˇ ㄖㄨˊ ㄓˇ ㄓㄤˇ）

解釋 瞭，清楚、明白。清楚得就像看自己的手掌一樣。形容對事物的了解非常清楚。

注意 「瞭」不要誤寫成「了」。

例句 他對這一帶的地形瞭如指掌，跟著他走準沒錯。

近義 一清二楚。

瞬息萬變（ㄕㄨㄣˋ ㄒㄧ ㄨㄢˋ ㄅㄧㄢˋ）

解釋 瞬，一眨眼。息，呼吸。瞬息，一眨眼一呼吸之間，比喻時間非常短。萬變，變化很多。形容在極短的時間內，發生很大的變化。

例句 春天的天氣真是瞬息萬變，早上還是晴空萬里，卻突然烏雲密布，下起傾盆大雨。

近義 變化多端。

反義 一成不變。

矯枉過正（ㄐㄧㄠˇ ㄨㄤˇ ㄍㄨㄛˋ ㄓㄥˋ）

解釋 矯，把彎曲的東西變直。枉，不直的東西。把彎曲的東西扭直，結果扭過了頭，又偏向另外一邊。比喻糾正錯誤超過了應有的限度。

注意 ①「矯」不要誤寫成「驕」或「嬌」。
②「枉」不要誤寫成「往」。

例句 你為了怕孩子受傷，不准他參加所有的戶外運動，這是矯枉過正了。

近義 恰如其分（ㄈㄣˋ）、恰到好處。

矯揉造作（ㄐㄧㄠˇ ㄖㄡˊ ㄗㄠˋ ㄗㄨㄛˋ）

解釋 矯，把彎曲的東西弄直。揉，把直的東

西扭彎。比喻蓄意作態，不自然。

注意 ①「揉」不要誤寫成「柔」。②「作」不要誤寫成「坐」。

例句 一個人的行為舉止如果太矯揉造作，反而會令人反感。

近義 裝腔作勢、裝模作樣。

反義 天真爛漫。

縱虎歸山 ㄗㄨㄥˋ ㄏㄨˇ ㄍㄨㄟ ㄕㄢ

解釋 縱，釋放。把老虎放回山上。比喻縱容惡人回到他的地盤，讓他再度做壞事。

例句 你放他走，無異於縱虎歸山，後患無窮呀！

近義 後患無窮、養虎歸山、養虎遺患。

反義 除惡務盡、斬草除根。

繁文縟節 ㄈㄢˊ ㄨㄣˊ ㄖㄨˋ ㄐㄧㄝˊ

解釋 繁、縟，繁雜、瑣碎的意思。文、節，儀式、禮節。①指過分繁瑣的儀式或禮節。②比喻繁瑣多餘的事項。

注意 「縟」不要誤寫成「辱」。

例句 現在的婚禮愈來愈簡單了，不像傳統的婚禮，有許多的繁文縟節。

罄竹難書 ㄑㄧㄥˋ ㄓㄨˊ ㄋㄢˊ ㄕㄨ

解釋 罄，盡。竹，古代寫字的竹簡。用盡所有的竹子也寫不完。形容罪行多得寫不完。

典故 隋煬帝（楊廣）當政時，曾大興土木，迫使數十萬人從事勞役，同時苛捐雜稅，兵役也非常繁重，所以各地農民接連不斷的起義。李密為了號召人民起義，曾列舉了隋煬

帝的十大罪狀，其中說到：用盡南山的竹子做竹簡，也寫不完煬帝的罪行；用盡東海的水，也洗不盡煬帝的罪惡。

注意「罄」不要誤寫成「磬」。

例句 你別動不動就批評別人是罄竹難書，太不厚道了。

近義 擢（ㄓㄨㄛˊ）髮難數。

聲名狼藉（ㄕㄥ ㄇㄧㄥˊ ㄌㄤˊ ㄐㄧˊ）

解釋 狼藉，亂七八糟。狼有一種習性，喜歡睡在草堆上，臨走時，又用腳爪把草堆扒得亂七八糟來消滅痕跡，所以叫狼藉。形容名聲非常壞。

典故 秦朝名將蒙恬和蒙毅兄弟屢建戰功，一向受到秦始皇的信任。秦始皇死後，幼子胡亥（即秦二世）繼位，他聽信丞相李斯和趙高的讒言，命令蒙毅自殺，蒙毅不服，臨死前對使者憤憤的說：「從前秦穆公、秦昭襄王、楚平王、吳王夫差，這四個國君都犯下了殺害良臣的大錯，遭到天下人的批評，『惡聲狼藉』。所以，我勸你們不要任意殺害無辜。」蒙毅死後，接著，蒙恬也被迫服毒自殺了。

注意「藉」音ㄐㄧˊ，不要唸成ㄐㄧㄝˋ；也不要誤寫成「籍」。

例句 人如果不懂得自重自愛，一旦聲名狼藉時，後悔也來不及了。

近義 身敗名裂。

反義 名揚四海、名滿天下。

聲色犬馬（ㄕㄥ ㄙㄜˋ ㄑㄩㄢˇ ㄇㄚˇ）

解釋 聲，指歌舞。色，指女色。犬馬，指

狗、馬這些玩物。一個人沉迷於歌舞、女色、玩物之中，形容生活非常靡爛。

例句 他整天沉迷於聲色犬馬之中，實在令人擔心。

近義 酒池肉林、燈紅酒綠。

聲色俱厲（ㄕㄥ ㄙㄜˋ ㄐㄩˋ ㄌㄧˋ）

解釋 聲、色，聲音和臉色。俱，都。厲，嚴厲。說話時的語氣和臉上的神色都很嚴厲。

注意 「俱」不要誤寫成「具」。

例句 別看他平時和藹可親，一發起脾氣可是聲色俱厲，讓人下不了臺的。

近義 正顏厲色。

反義 和顏悅色。

聲東擊西（ㄕㄥ ㄉㄨㄥ ㄐㄧˊ ㄒㄧ）

解釋 在這邊虛張聲勢，卻集中主力進攻另一邊。指出奇制勝，出乎敵人意料之外的用兵計策。

例句 在這場球賽中，我們採用聲東擊西的計策，終於打敗敵隊，贏得勝利。

聲嘶力竭（ㄕㄥ ㄙ ㄌㄧˋ ㄐㄧㄝˊ）

解釋 嘶，啞。竭，盡。聲音嘶啞，氣力用盡。形容拚命呼喊的樣子。

注意 ①「嘶」不要誤寫成「撕」。②「力」不要誤寫成「立」。

例句 街上的攤販聲嘶力竭的喊著：「跳樓大拍賣！大減價喔！」

近義 力竭聲嘶。

反義 鴉雀無聲。

膾炙人口（ㄎㄨㄞˋ ㄓˋ ㄖㄣˊ ㄎㄡˇ）

解釋 膾，切得很細的肉。炙，烤熟的肉。比喻好的文藝作品受到人們普遍讚揚和傳誦。

注意 ①「膾」音ㄎㄨㄞˋ，不要唸成ㄏㄨㄟˋ；也不要誤寫成「檜」。②「炙」音ㄓˋ，不要唸成ㄐㄧㄡˇ，也不要誤寫成「灸」。

例句 這的確是一篇膾炙人口的文章，怪不得大家爭相傳閱。

臨渴掘井（ㄌㄧㄣˊ ㄎㄜˇ ㄐㄩㄝˊ ㄐㄧㄥˇ）

解釋 臨，到、正當。掘，挖。指感到口渴的時候才去掘井。比喻不早做好準備，事到臨頭才急著想辦法。

典故 春秋時期，魯昭公逃亡到了齊國。齊景公問他：「你正是年輕有為的時候，怎麼會把國君的位置丟掉了。」魯昭公回答說：「我年紀輕，很多人愛護我，但我沒有去親近他們；不少人經常勸誡我，我又沒接受。於是弄得內無人幫助，外無人擁護，身邊都是些善於奉承和說假話的人。就好像秋天的蓬草，表面枝葉似乎很好看，其實根莖都已經枯萎了，秋風一起，自然連根也拔起來了。」齊景公覺得他的話很有道理，就告訴了大夫晏子，並且說：「如果現在讓昭公回魯國去，他應該可以成為一個賢明的國君了吧？」晏子說：「掉到水裡的人，多半是因為事先沒有探明河水的情況；迷路的人也多半是因為事先沒有問清路徑。等到落水以後才去探水，迷路以後才來問路，不是已經晚

了嗎？就好像臨到戰亂時，才急著製造兵器；喉嚨乾得想喝水時，才急著挖井一樣，即使用盡全力也來不及了。」

注意 「渴」不要誤寫成「喝」。

例句 你平時上課不專心，課後又不複習，考試到了才臨渴掘井，成績怎麼會好。

近義 臨陣磨槍。

反義 未雨綢繆（ㄇㄡˊ）、防患未然。

臨陣磨槍（ㄌㄧㄣˊ ㄓㄣˋ ㄇㄛˊ ㄑㄧㄤ）

解釋 到了快要上戰場時，才匆匆的磨槍。比喻事到臨頭才匆促的準備。

注意 「磨」不要誤寫成「摩」。

例句 他平時疏於練習，到了比賽前才臨陣磨槍，所以成績不太理想。

近義 臨渴掘井。

反義 未雨綢繆（ㄇㄡˊ）、有備無患。

臨時抱佛腳（ㄌㄧㄣˊ ㄕˊ ㄅㄠˋ ㄈㄛˊ ㄐㄧㄠˇ）

解釋 比喻平時不好好準備，事到臨頭才想辦法補救。

典故 本義指平時不為善，臨到危難時才在佛祖前求救。據說古時有個番國，很崇尚「抱佛腳」的風氣。有一個犯人在行刑前，急急跑到寺廟裡，抱住佛腳懺悔，結果就被釋放了。後來，人們用「抱佛腳」或「臨時抱佛腳」來形容平時不準備，事到緊急時才慌忙應付的態度。

辨析 「臨時抱佛腳」和「亡羊補牢」的意義完全不同，「亡羊補牢」是比喻犯錯後如果能夠立刻改正，或許還有補救的機會。這句成語強調的是及時補救，例如：你以前雖然

不夠努力，但是現在亡羊補牢還來得及，千萬不要灰心。「亡羊補牢」含有鼓勵的意味，而「臨時抱佛腳」則是帶嘲諷的口氣。

例句 平時不用功的學生，考試前才臨時抱佛腳，這樣成績會好嗎？

舉一反三（ㄐㄩˇ ㄧ ㄈㄢˇ ㄙㄢ）

解釋 舉，提出。反，類推、推論。比喻從懂得的原則，類推而能知道其他。

例句 他生性聰明，只要說明大原則，他就能舉一反三，聯想到其他的方法。

近義 觸類旁通。

舉足輕重（ㄐㄩˇ ㄗㄨˊ ㄑㄧㄥ ㄓㄨㄥˋ）

解釋 舉足，挪動腳步。只要挪動一下腳步就會影響兩邊的平衡。原來是指處在兩方中間有實力的人，只要稍微偏向其中一方，就會對事情產生極大的影響。現在泛指處在重要地位，一舉一動都對全局有重大影響。

例句 父母的言行舉止，對子女有舉足輕重的影響。

近義 一言九鼎。

反義 無足輕重、微不足道。

舉案齊眉（ㄐㄩˇ ㄢˋ ㄑㄧˊ ㄇㄟˊ）

解釋 案，古時候一種有腳的托盤。比喻夫妻之間相敬如賓。

典故 東漢時代有個讀書人叫梁鴻，他很討厭巴結有錢有勢的人，所以也不願意作官。他和妻子孟光搬到鄉下，替人打工賺錢，生活雖然不富裕，兩人卻很恩愛。每天梁鴻做完工作，回到家，孟光都體貼地烹煮好香噴噴

的食物，用托盤端到他面前，而且托盤舉到和眉毛一般高，眼睛不敢看著丈夫，態度十分的恭敬。鄰人看見了，發現梁鴻是個有學問又有品德的人，妻子才會如此敬愛他，從此，大家都對梁鴻另眼看待。後來人們就把梁鴻和孟光的故事濃縮成「舉案齊眉」這句成語，用來比喻夫妻相敬如賓，恩恩愛愛。

例句 這對夫妻相處，一直如舉案齊眉般相敬相愛。

近義 夫唱婦隨、相敬如賓、琴瑟相調。

反義 河東獅吼、蕭郎陌路。

舉棋不定（ㄐㄩˇ ㄑㄧˊ ㄅㄨˋ ㄉㄧㄥˋ）

解釋 拿著棋子不知道要怎麼下才好。比喻猶豫不決，拿不定主意。

注意 「棋」不要誤寫成「旗」。

例句 事情已經很緊急，你不要再舉棋不定了。

近義 三心兩意、猶豫不決、優柔寡斷。

反義 當機立斷。

薪火相傳（ㄒㄧㄣ ㄏㄨㄛˇ ㄒㄧㄤ ㄔㄨㄢˊ）

解釋 薪，木柴。木柴雖然燒完了，它的火種卻能夠繼續燃燒下去。用來比喻老師教導學生，學術的傳授不斷絕，或種族、文化、血統綿延不絕。

注意 ①「薪」不要誤寫成「新」。②「傳」音ㄔㄨㄢˊ，不要唸成ㄓㄨㄢˋ。

例句 老爺爺為了讓捏麵人的技藝能夠薪火相傳，每年都會招收學生，傳授技藝。

近義 薪盡火傳。

螳臂當車（ㄊㄤˊ ㄅㄧˋ ㄉㄤˇ ㄐㄩ）

解釋 螳臂，螳螂的前腿。當，阻擋。比喻用微小的力量阻擋強大的事物。

典故 春秋時代，齊國的國君齊莊公有一次坐著車子出去打獵，忽然見到路旁有一隻小蟲子，伸出兩條臂膀似的前腿，想要阻擋前進中的車輪。莊公問駕車的人：「這是一隻什麼蟲子？」駕車人答：「是一隻螳螂，牠看見車子來了，不知道趕快退避，卻還要來阻擋，真是自不量力。」

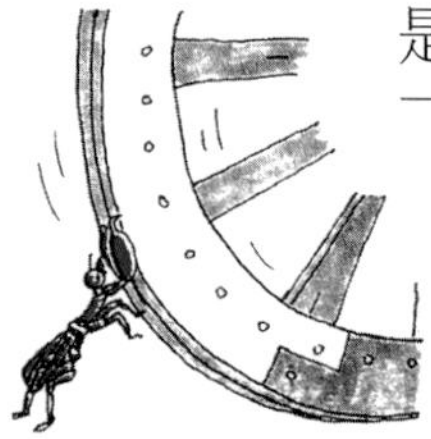

注意 ①「當」音ㄉㄤˇ，不要唸成ㄉㄤ或ㄉㄤˋ。
②「車」音ㄐㄩ，不要唸成ㄔㄜ。

例句 就憑你一個人的力量，想要抵抗這股惡勢力，簡直是螳臂當車，自不量力。

近義 以卵擊石、蚍蜉（ㄆㄧˊ ㄈㄨˊ）撼樹。

反義 量力而行、泰山壓卵。

螳螂捕蟬，黃雀在後（ㄊㄤˊ ㄌㄤˊ ㄅㄨˇ ㄔㄢˊ，ㄏㄨㄤˊ ㄑㄩㄝˋ ㄗㄞˋ ㄏㄡˋ）

解釋 螳螂在捕蟬，卻不知道黃雀在後面等著啄牠。比喻只想算計別人，沒想到另外有人在算計自己。

典故 春秋時代，吳王準備攻打楚國，不聽大臣們的勸告。吳王手下的一個年輕人想出了一個計策：早上，他拿著彈弓，帶著彈丸，到王宮的後園裡徘徊，一連三天，吳王覺得很奇怪，不禁問他，年輕人說：「園裡的樹上有隻蟬，在樹頂高歌鳴唱，自以為很安全，可是牠不知道後面來了一隻螳螂，這隻螳螂正舉起雙臂要捕捉牠。但螳螂也不知道

有一隻黃雀在牠旁邊，正要伸脖子去啄螳螂和蟬。黃雀只想著螳螂和蟬的美味，更不知道我的彈丸正瞄準了牠呢！這三樣東西，都只看眼前的利益，而不顧後面的禍害，我真為牠們感到悲哀！」吳王聽了，頓時領悟，連聲說：「對！對！」於是決定停止出兵。

注意 ①「捕」不要誤寫成「補」。②「蟬」不要誤寫成「嬋」。

例句 他這個人心眼兒壞，常常想算計人家，哪知道這一回竟是螳螂捕蟬，黃雀在後，終於被逮個正著。

豁然貫通（ㄏㄨㄛˋ ㄖㄢˊ ㄍㄨㄢˋ ㄊㄨㄥ）

解釋 豁然，開闊明亮的樣子。比喻突然明白，領悟其中的道理。

注意 「貫」不要誤寫成「慣」。

例句 經過老師的講解，他才豁然貫通，了解其中的道理。

近義 恍然大悟、茅塞（ㄙㄜˋ）頓開。

反義 大惑不解、百思不解。

趨之若鶩（ㄑㄩ ㄓ ㄖㄨㄛˋ ㄨˋ）

解釋 趨，前往。鶩，水鳥名，俗稱「野鴨」。像野鴨子一樣成群跑過去。比喻爭相追逐某項事物的人很多。

注意 「鶩」字下面是「鳥」；不要誤寫成「務」。

例句 前幾年股票暴漲，讓許多人趨之若鶩，都想大撈一筆。

趨炎附勢（ㄑㄩ ㄧㄢˊ ㄈㄨˋ ㄕˋ）

解釋 趨，迎合。炎，熱，比喻有權勢的人。形容奉承依附有權勢的人。

注意 「勢」不要誤寫成「事」。

例句 他做人光明磊落，是非分明，絕不會趨炎附勢。

近義 攀龍附鳳。

反義 安貧樂道。

避重就輕（ㄅㄧˋ ㄓㄨㄥˋ ㄐㄧㄡˋ ㄑㄧㄥ）

解釋 避，迴避、避開。避開比較重要或難處理的部分，只處理比較容易或無關緊要的部分。

例句 關於這件案子，他總是避重就輕，不願多談。

鍥而不捨（ㄑㄧㄝˋ ㄦˊ ㄅㄨˋ ㄕㄜˇ）

解釋 鍥，用刀子刻。捨，停止。不停的用刀子刻。比喻學習和工作堅持不斷。

注意 「鍥」音ㄑㄧㄝˋ，不要唸成ㄑㄧˋ。

例句 幾十年來，他一直鍥而不捨的尋找走失的妹妹。

近義 持之以恆。

反義 一暴（ㄆㄨˋ）十寒、半途而廢。

鞠躬盡瘁（ㄐㄩˊ ㄍㄨㄥ ㄐㄧㄣˋ ㄘㄨㄟˋ）

解釋 瘁，勞苦。不辭勞苦，不懼艱鉅，對國事竭盡心力，毫不懈怠。

典故 三國時代，諸葛亮所寫的後出師表中曾提到：「臣鞠躬盡瘁，死而後已。」意思是說，臣子我必定為國家竭盡心力，一直到死才停止。

注意 「瘁」不要誤寫成「粹」或「萃」。

例句 許多開國元老為了國家奉獻一生，鞠躬盡瘁，真是令人敬佩。

近義 竭盡心力。

反義 敷衍塞（ㄙㄜˋ）責。

點石成金（ㄉㄧㄢˇ ㄕˊ ㄔㄥˊ ㄐㄧㄣ）

解釋 古代的神仙故事中說，仙人用法術可以使石頭變成金子。後多用來比喻寫作和修改詩文時，引用古人的名句，或將原作略加改動，就成為好詩文。

注意 「金」不要誤寫成「斤」。

例句 老師只稍微改動了幾個字，便使這首詩的主題顯得鮮明突出，真可說是點石成金。

近義 點鐵成金。

反義 狗尾續貂。

【十八畫】

擲地有聲（ㄓˊ ㄉㄧˋ ㄧㄡˇ ㄕㄥ）

解釋 形容一篇文章非常有分量、有價值。

典故 這則成語出自晉書・孫綽傳。孫綽曾經寫了一篇天台山賦，拿給范榮期看，並說：「您如果把這篇文章丟到地上，一定會發出像金石般清脆的聲音。」

注意 「擲」不要誤寫成「執」。

例句 他的這番言論真是擲地有聲，所以被各大媒體當成頭條新聞報導。

斷章取義（ㄉㄨㄢˋ ㄓㄤ ㄑㄩˇ ㄧˋ）

解釋 斷，截斷。章，本來是指詩經中詩篇的

某一章，現在泛指一般文章的篇章。原指不顧原義，隨便截取詩經中某一章來表達自己的意思。現在泛指不顧文章或談話的本義，隨便截取其中一段或一句的意思。

典故 春秋時期，各國官員在外交場合，常以念詩經裡的詩句來暗示自己的看法。但只挑選某首詩的某一個章節來念，而不是完整的一首，這叫做「斷章」。他們以某個章節中的一兩句詩，來透露他那時的心情，這叫做「斷章取義」。例如：有一次，晉、魯等國聯合進攻秦國，聯軍到了涇水後，晉國大夫叔向為了渡河問題去請教魯國大夫叔孫豹的意見，叔孫豹念了詩經•匏（ㄆㄠˊ）有苦葉第一章。叔向一聽就知道他主張堅決渡河，於是回去就開始準備船隻了。匏有苦葉共有四章，每章四句，叔孫豹念的這一章裡，意思是說，不管水深水淺，一定要渡過河去。叔孫豹就以此來表示自己堅決主張渡河的態度，至於這首詩全篇的意思，並不單是這一點。

注意 ①「斷」不要誤寫成「段」。②「章」不要誤寫成「張」。③「義」不要誤寫成「意」。

例句 他如此斷章取義的評論別人的文章，是非常不尊重作者的。

近義 斷章截句。

甕中捉鱉（ㄨㄥˋ ㄓㄨㄥ ㄓㄨㄛ ㄅㄧㄝ）

解釋 甕，一種口小腹大的罈子。鱉，也叫甲魚。比喻輕而易舉，或很有把握的事。

注意 「鱉」不要誤寫成「憋」。

例句 警方已經布下了天羅地網，要逮捕他有如甕中捉鱉一樣容易。

近義 手到擒來、輕而易舉、穩操勝券。

反義 大海撈針。

瞻前顧後

解釋 瞻，向前望。顧，回頭望。原來是形容做事謹慎小心，考慮周密。現在多用來形容人做事猶豫不決，顧慮過多。

注意 「瞻」不要誤寫成「膽」。

例句 小弟做事總是瞻前顧後，這樣反而容易錯失機會。

近義 思前想後、舉棋不定。

反義 當機立斷。

翻雲覆雨

解釋 ①比喻人情的反覆無常。②比喻一個人善於玩弄手段。

辨析 「翻雲覆雨」和「朝三暮四」都有「反覆無常」的意思。但「翻雲覆雨」著重指人與人之間的相處是反覆無常、毫無節操的，批評的程度比「朝三暮四」為重；「朝三暮四」多指規章制度經常變更，叫人無所適從，且不限指人與人之間，還可指人對工作和學習的態度。

注意 「覆」不要誤寫成「復」或「複」。

例句 他生性狡猾，有翻雲覆雨的本領，常把人玩弄於股掌之間。

近義 出爾反爾、朝（ㄓㄠ）三暮四、朝（ㄓㄠ）秦暮楚。

反義 始終如一。

舊雨新知（ㄐㄧㄡˋ ㄩˇ ㄒㄧㄣ ㄓ）

解釋 舊雨，舊日的友人，也就是老朋友。新知，新交的朋友。指老朋友和新朋友。

典故 杜甫住在長安時，曾寫了一篇文章——秋述：「當時車馬賓客，舊，雨來，今，雨不來。」意思是說：當時來往的賓客，就算下雨也會來拜訪，現在的賓客卻一下雨就不來了。

例句 這次聚會很難得，舊雨新知共聚一堂，大家可以好好聯絡感情了。

舊調重彈（ㄐㄧㄡˋ ㄉㄧㄠˋ ㄔㄨㄥˊ ㄊㄢˊ）

解釋 舊調，老調子。老調子再彈。比喻把過去的言論、事情，重新提出或重做。

辨析 「舊調重彈」與「老生常談」都有「老一套，沒有新鮮內容」的意思。但「舊調重彈」重在形容過時的或淘汰的東西再拿出來宣揚；「老生常談」則偏重在翻來覆去的總是講相同的內容。

注意 ①「重」音ㄔㄨㄥˊ，不要唸成ㄓㄨㄥˋ。②「彈」音ㄊㄢˊ，不要唸成ㄉㄢˋ。

例句 他每次演講都是舊調重彈，沒有什麼新創見。

近義 老調重彈（ㄊㄢˊ）。

藏頭露尾（ㄘㄤˊ ㄊㄡˊ ㄌㄡˋ ㄨㄟˇ）

解釋 形容說話或辦事躲躲閃閃，不肯說明真相，卻遮掩不住，露出痕跡。

例句 你瞧他藏頭露尾，躲躲閃閃的樣子，一定是做了壞事。

覆水難收（ㄈㄨˋ ㄕㄨㄟˇ ㄋㄢˊ ㄕㄡ）

解釋 覆，傾倒。潑在地上的水，必定無法收回。比喻以前的事情已成定局，無法再挽回了，或夫妻離異就難再復合。

注意 「覆」不要誤寫成「複」或「復」。

例句 賣房子是件大事，一旦達成協議就覆水難收了，你可要考慮清楚。

近義 木已成舟。

覆巢之下無完卵（ㄈㄨˋ ㄔㄠˊ ㄓ ㄒㄧㄚˋ ㄨˊ ㄨㄢˊ ㄌㄨㄢˇ）

解釋 翻倒的鳥巢，裡面的蛋一定都破了，沒有完整的。比喻在大災難中，沒有人能夠倖免，都會遭到禍害。

典故 世說新語・言語篇中有個故事：三國時的孔融，因為反對曹操而被捕，當他被抓時，希望官差能夠放過他的孩子，他的兒子卻說：「父親大人，你難道看過翻覆的鳥巢中，還有完整沒有破碎的鳥蛋嗎？」

注意 「完」不要誤寫成「玩」。

例句 俗語說：「覆巢之下無完卵」，國家如果滅亡了，人民也會失去依靠。

雞毛蒜皮（ㄐㄧ ㄇㄠˊ ㄙㄨㄢˋ ㄆㄧˊ）

解釋 雞的羽毛、蒜頭的外皮。比喻細小沒有用的東西，或無關緊要的瑣碎小事。

例句 這種雞毛蒜皮的小事，你就不要斤斤計較了。

近義 無關緊要。

反義 舉足輕重。

雞犬不留（ㄐㄧ ㄑㄩㄢˇ ㄅㄨˋ ㄌㄧㄡˊ）

解釋 犬，狗。連雞和狗都不放過。形容趕盡殺絕，不留活口。

辨析 「雞犬不留」與「趕盡殺絕」都有全部殺光的意思。但「雞犬不留」著重在形容殺戮慘重；而「趕盡殺絕」除了這層意思之外，還有做事不留餘地的意思。

例句 這真是一場浩劫！村裡的房屋被燒，村民被殺，雞犬不留，幾乎是一片死寂。

近義 趕盡殺絕。

反義 秋毫無犯、雞犬不驚。

雞犬不寧（ㄐㄧ ㄑㄩㄢˇ ㄅㄨˋ ㄋㄧㄥˊ）

解釋 寧，安寧、寧靜。連雞狗都不得安寧。形容騷擾得很厲害，無法得到安寧。

例句 他們夫妻經常吵架，吵得家中雞犬不寧，一片混亂。

近義 人心惶惶、雞飛狗跳。

反義 雞犬不驚。

雞皮鶴髮（ㄐㄧ ㄆㄧˊ ㄏㄜˋ ㄈㄚˇ）

解釋 皮膚像雞皮一樣皺，頭髮像鶴的羽毛一樣白。形容老年人滿頭白髮，滿臉皺紋的外貌。

例句 巷口的老爺爺雖然已經雞皮鶴髮了，但是仍然健步如飛，精神奕奕。

近義 蒼顏皓（ㄏㄠˋ）首。

雞鳴狗盜（ㄐㄧ ㄇㄧㄥˊ ㄍㄡˇ ㄉㄠˋ）

解釋 比喻微不足道的小技能。指那些沒有大才，只會一些旁門左道的人。也是盜竊的通

稱。

典故 史記•孟嘗君列傳中曾經提到：孟嘗君非常好客，家裡養了很多食客。有一次，孟嘗君到秦國，秦昭王準備殺他，他向昭王的寵姬求救，寵姬要求以白狐皮作為報酬。他的食客中有個擅長竊盜的人，裝扮成狗到秦宮偷了白狐皮給寵姬。透過她向秦王求情，孟嘗君才被釋放。後來走到函谷關時，已經是晚上了，城門已經關上，食客中又有個擅長學雞叫的，假裝雞叫，騙守衛的士兵打開城門，讓孟嘗君順利出關。

例句 這些人都是雞鳴狗盜之徒，你千萬不要與他們為伍呀！

雙管齊下（ㄕㄨㄤ ㄍㄨㄢˇ ㄑㄧˊ ㄒㄧㄚˋ）

解釋 管，指毛筆。齊，同時。原指雙手能同時握兩支筆繪畫。後用來比喻為了達到某種目的，同時採用兩種辦法進行。

典故 張璪（ㄗㄠˇ）是唐代的著名畫家，擅長畫山水松石。據說他有一個絕技，當他畫松樹的時候，能用雙手握兩枝筆，同時作畫。其中一枝畫得生氣蓬勃，另一枝則畫得憔悴枯萎，兩棵樹形象不同，但是都很生動逼真。

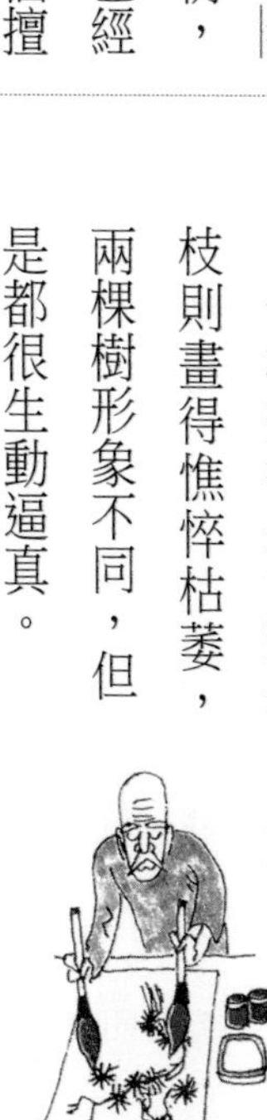

例句 要治療你的病，必須藥物與飲食並重，雙管齊下，才能見效。

近義 左右開弓、並行不悖（ㄅㄟˋ）。

反義 單刀直入。

鞭長莫及（ㄅㄧㄢ ㄔㄤˊ ㄇㄛˋ ㄐㄧˊ）

解釋 鞭，馬鞭子。莫，不。及，趕得上。原

本是指雖然鞭子很長，但總打不到馬肚上。比喻威勢達不到。

注意 「長」音ㄔㄤˊ。不要唸成ㄓㄤˇ。

例句 他現在搬到外面去住，即使父母想管他也鞭長莫及了。

鞭辟入裡（ㄅㄧㄢ ㄅㄧˋ ㄖㄨˋ ㄌㄧˇ）

解釋 鞭辟，鞭策、督促。①指做學問要深入扎實。②形容一個人的文章內容深刻，見解獨到。

注意 「辟」不要誤寫成「避」。

例句 他這篇論文，不但內容鞭辟入裡，而且條理分明。

近義 入木三分。

反義 浮光掠影。

騎虎難下（ㄑㄧˊ ㄏㄨˇ ㄋㄢˊ ㄒㄧㄚˋ）

解釋 比喻做一件事已經開了頭，又想放手，有進退兩難的意思。

典故 晉朝時，蘇峻叛亂，陶侃、溫嶠（ㄐㄧㄠˋ）聯軍討伐，一時不能取勝。陶侃有些消極，溫嶠便對他分析當時的形勢，正像是騎上了猛獸，中途無法下來。到了唐代，因為避諱，改「獸」為「虎」，成了「騎虎難下」。

例句 你事前考慮不周，如今弄到騎虎難下的地步，我們也幫不了你。

近義 欲罷不能、進退兩難、進退維谷。

【十九畫】

盧山真面目

解釋 盧山，我國的名山之一，在江西省九江市的南面。指盧山真正的樣子。比喻事物的真相，或一個人的真面目。

典故 宋代著名文學家蘇軾（東坡）在第一次遊盧山時，曾在西林寺的牆壁上寫了題西林壁的詩：「橫看成嶺側成峰，遠近高低各不同。不識盧山真面目，只緣身在此山中。」這首詩寫出了盧山變化多端的面貌：橫看是綿延起伏的巨嶺，側看是巍然聳立的高峰。遠看，近看，或站高一步看，站低一步看，姿態景色各有不同。人們之所以認不清盧山的真正面目，就是因為自己站在盧山之中，不能夠看到盧山的全貌。

注意 「盧」不要誤寫成「盧」或「蘆」。

例句 這位大畫家平常深居簡出，今天難得露面，大家都爭相目睹他的盧山真面目。

反義 改頭換面。

懲前毖後

解釋 懲，警戒。毖，謹慎。把以前的錯誤作為教訓，使以後的行為謹慎，不致重犯過錯。

注意 「毖」不要誤寫成「庇」。

例句 這次失敗的經驗，可讓我們懲前毖後，不再犯同樣的過失。

近義 前人失腳、前車之鑑。

反義 重蹈覆轍。

攀龍附鳳（ㄆㄢ ㄌㄨㄥˊ ㄈㄨˋ ㄈㄥˋ）

解釋 攀，手抓住有關物體向上爬。龍、鳳，比喻有地位、有權勢的人。附，依附。比喻巴結或投靠有權勢的人，以便升官發財。

注意 「附」不要誤寫成「副」。

例句 他看重的是真才實學和苦幹實幹的精神，最看不起那些攀龍附鳳的小人。

近義 趨炎附勢、攀高結貴。

曠日持久（ㄎㄨㄤˋ ㄖˋ ㄔˊ ㄐㄧㄡˇ）

解釋 曠，荒廢。持，保持、拖延。形容時間拖得很久，所辦的事情卻不見有什麼顯著成效。

典故 戰國時代，燕國攻打趙國，趙王召集大臣們商量對策。宰相趙勝提出割三座城池給齊國，請齊國名將田單統帥趙軍抵抗燕國。大將趙奢不同意，他說：「難道趙國連一個能領兵打仗的人都找不出來嗎？仗還沒打，先失三城，這不是挖肉補瘡嗎？」趙奢又進一步分析道：「第一，如果田單抵不過燕國呢？第二，田單就算有本事，也不見得肯為趙國出力，因為趙國強大起來，對齊國的霸業不利。第三，如果田單把戰事拖上幾年，曠日持久，我國的人力、財力、物力會消耗殆盡，後果不堪設想啊！」但是趙王和趙勝最後並沒有聽取趙奢的意見，仍舊請了田單來當趙國的統帥。結果，不出趙奢所料，打

了一場消耗仗，拖了很長時間，付出很大的代價。

注意 「曠」不要誤寫成「況」。

例句 這件事曠日持久，對雙方都沒有好處，不如快刀斬亂麻，馬上解決。

近義 曠日彌久。

反義 指日可待。

穩如泰山 ㄨㄣˇ ㄖㄨˊ ㄊㄞˋ ㄕㄢ

解釋 穩，妥貼、安定。如，像、如同。泰山，古人以山東省泰安縣的泰山為高山的代表，常用來比喻敬仰的人和重大、有價值的事物。這裡形容事物如同泰山那樣的安穩，不可動搖。也可以形容人在緊急情況下，從容不迫，臨危不亂。

辨析 ①也可以寫成「安如泰山」。②「穩如泰山」和「堅如磐石」都形容事物的牢靠、穩固。但「堅如磐石」著重在「堅固」，大多用來形容建築物；「穩如泰山」著重在形容「安穩」，既可以用來形容高大建築物的堅固，也可以形容人在緊急情況下從容不迫，臨危不懼。

注意 「穩」不要誤寫成「隱」。

例句 面對敵手如此猛烈的攻勢，他仍面不改色，穩如泰山。

近義 安如泰山、安如磐石。

反義 危如累（ㄌㄟˇ）卵、寢食難安。

繪影繪聲 ㄏㄨㄟˋ ㄧㄥˇ ㄏㄨㄟˋ ㄕㄥ

解釋 繪，描繪。形容敘述或描繪事物的情景

非常生動、逼真。

辨析 「繪影繪聲」和「有聲有色」都可以用來形容敘述、描繪十分生動。但「繪影繪聲」大多只是用來形容敘述、描寫的生動逼真，不能用來形容表現得出色；「有聲有色」既可以形容敘述或描繪得十分生動，也可以用來形容表現得很出色。

例句 我們老師每次都把歷史故事說得繪影繪聲，班上同學個個聽得十分專注。

近義 有聲有色、活靈活現。

藕斷絲連（ㄡˇ ㄉㄨㄢˋ ㄙ ㄌㄧㄢˊ）

解釋 藕已經折斷了，絲卻還連著。比喻表面上好像斷了關係，實際上仍有牽連。多指男女之間的情意未斷。

注意 ①「藕」不要誤寫成「耦」。②「連」不要誤寫成「蓮」。

例句 他們雖然已經協議分手，但是仍然藕斷絲連，保持聯絡。

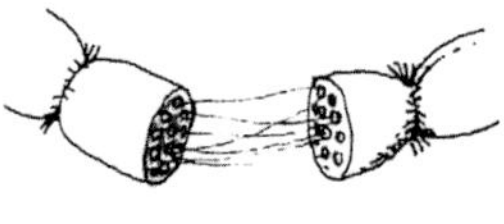

反義 一刀兩斷。

蠅頭微利（ㄧㄥˊ ㄊㄡˊ ㄨㄟˊ ㄌㄧˋ）

解釋 蠅頭，蒼蠅頭，比喻非常微小。像蒼蠅頭般的小利潤。比喻很微小的利潤。

注意 「蠅」不要誤寫成「繩」；也不可以誤寫成「贏」。

例句 爸爸經營小吃攤，只能賺一些蠅頭微利，但是也足夠我們一家溫飽。

反義 一本萬利。

蠅營狗苟（ㄧㄥˊ ㄧㄥˊ ㄍㄡˇ ㄍㄡˇ）

解釋 蠅營，像蒼蠅一樣到處攢動。狗苟，像狗一樣搖尾乞憐。指人像蒼蠅般到處鑽營，像狗般苟且迎合。比喻小人貪心無厭、無恥鑽營、不擇手段的行為。

例句 他為了名利不擇手段，到處蠅營狗苟，真讓人看不起。

近義 如蟻附羶（ㄕㄢ）、寡廉鮮（ㄒㄧㄢˇ）恥。

譁眾取寵（ㄏㄨㄚˊ ㄓㄨㄥˋ ㄑㄩˇ ㄔㄨㄥˇ）

解釋 譁，喧嘩。寵，喜愛。用來形容人故意賣弄才能，以博取大家的誇獎和喜愛。

注意 「譁」不要誤寫成「華」。

例句 他一向愛出風頭，只會譁眾取寵，根本沒有真才實學。

識時務者為俊傑（ㄕˋ ㄕˊ ㄨˋ ㄓㄜˇ ㄨㄟˊ ㄐㄩㄣˋ ㄐㄧㄝˊ）

解釋 時務，當時的社會形勢或時代潮流。俊傑，傑出的人。指能夠看清當時的社會形勢而順應時代潮流的人，才是傑出的聰明人。多用作勸告別人的話。

注意 「時務」不要誤寫成「食物」。

例句 識時務者為俊傑，你應該見機行事，不要固執己見。

鏡花水月（ㄐㄧㄥˋ ㄏㄨㄚ ㄕㄨㄟˇ ㄩㄝˋ）

解釋 鏡中的花、水中的月。比喻虛幻的景象。

例句 他自從進入佛門，便把過去的一切都當成鏡花水月，不再過問了。

鎩羽而歸（ㄕㄚ ㄩˇ ㄦˊ ㄍㄨㄟ）

解釋 鎩，兩面小刀，這裡當作動詞，是傷殘、斷落的意思。鎩羽，羽毛傷殘，不能高飛的意思。比喻失敗而回。

注意 「鎩」不要誤寫成「殺」；也不要誤寫成「鍛」。

例句 這次的籃球比賽，我們因成軍太過匆促，練習不夠充分，因此鎩羽而歸。

難以捉摸（ㄋㄢˊ ㄧˇ ㄓㄨㄛ ㄇㄛ）

解釋 不容易揣測、不容易了解。

例句 姐姐有時很冷漠，有時又很熱情，令人難以捉摸呀！

近義 忽冷忽熱、陰晴不定、喜怒無常。

難兄難弟（ㄋㄢˋ ㄒㄩㄥ ㄋㄢˋ ㄉㄧˋ）

解釋 原來是說兄弟才德都好，難分高下。後來也指兩人同樣惡劣，或同樣處於困難的境地。

辨析 「難兄難弟」的「難」字有ㄋㄢˊ和ㄋㄢˋ兩種讀音，讀音不同，意思也完全不同。讀作ㄋㄢˊ時，是用來讚美對方的兄弟才學和品德都很出眾，難分出高下。讀作ㄋㄢˋ時，是形容共患難或同樣處於困境的人，有嘲笑別人或自嘲的意味。

例句 我們是從小一起吃苦的難兄難弟，感情很好呢！

難言之隱（ㄋㄢˊ ㄧㄢˊ ㄓ ㄧㄣˇ）

解釋 難言，難以說出口、不好說出口。隱，隱情。難以說出口，隱藏在內心的事情或原因。

辨析 「難言之隱」和「有口難言」都有「難以說出口」的意思。但「難言之隱」指心中有隱藏的事，難以說出來，重在「難說出口的內心事」；「有口難言」指由於各種原因不敢說或不便說，重在「難以說出口」。

注意 「隱」不要誤寫成「穩」。

例句 對於參加這次比賽，他似乎有什麼難言之隱，遲遲不肯答應。

離鄉背井 ㄌㄧˊ ㄒㄧㄤ ㄅㄟˋ ㄐㄧㄥˇ

解釋 背，離開。井，指家鄉。離開家鄉到外地去謀生。

例句 他離鄉背井多年，不能享受天倫之樂，心中十分遺憾。

近義 流離失所、顛沛流離。

反義 安居樂業、落葉歸根。

離經叛道 ㄌㄧˊ ㄐㄧㄥ ㄆㄢˋ ㄉㄠˋ

解釋 形容著作或言行違背正道。

注意 「叛」不要誤寫成「判」。

例句 這種離經叛道的言論，最好不要流傳開來，以免混淆視聽。

靡靡之音 ㄇㄧˇ ㄇㄧˇ ㄓ ㄧㄣ

解釋 靡靡，柔弱、萎靡不振，多用來形容音樂。指傷風敗俗、淫佚的音樂。

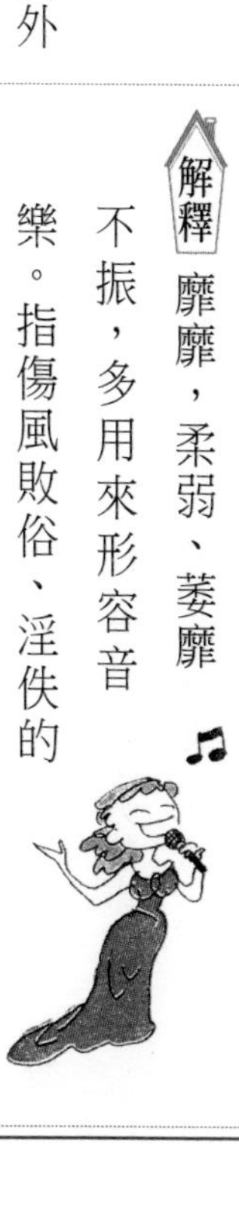

注意 「靡」不要誤寫成「麼」。

【例句】這種靡靡之音聽多了，會使人意志消沉。

【近義】亡國之音、淫詞豔曲、鄭衛之音。

【反義】陽春白雪。

顛沛流離（ㄉㄧㄢ ㄆㄟˋ ㄌㄧㄡˊ ㄌㄧˊ）

【解釋】顛沛，窮困、受挫折。流離，為了謀生或由於災荒戰亂而流浪離散。形容生活困苦，流落他鄉。

【辨析】「顛沛流離」在程度上重於「流離失所」，「顛沛流離」偏重於「顛沛」，指飽嘗苦難；「流離失所」著重於「失所」，指失去安身的地方。

【例句】八年抗戰讓許多人飽嘗顛沛流離之苦。

【近義】流離失所。

【反義】安居樂業、落葉歸根。

鵲巢鳩占（ㄑㄩㄝˋ ㄔㄠˊ ㄐㄧㄡ ㄓㄢˋ）

【解釋】鵲、鳩，都是鳥名。鳩不善於築巢，常常占據鵲的巢。比喻強占別人的東西。

【注意】「鵲」不要誤寫成「雀」。

【例句】他趁著房東出國時竟鵲巢鳩占，把房子出租給別人。

鶉衣百結（ㄔㄨㄣˊ ㄧ ㄅㄞˇ ㄐㄧㄝˊ）

【解釋】鶉，鳥名，羽毛是赤褐色夾雜著暗黃色斑紋，好像衣服上的補丁。鶉衣，比喻破舊的衣服。百結，指衣服上的補釘很多。形容衣服破舊，補釘很多。

【例句】在戰亂地區有許多難民，挨餓受凍，鶉衣百結，非常可憐。

【近義】衣不蔽體、衣衫襤褸（ㄌㄢˊ ㄌㄩˇ）。

反義 衣冠（ㄍㄨㄢ）楚楚。

【二十畫】

嚴陣以待（ㄧㄢˊ ㄓㄣˋ ㄧˇ ㄉㄞˋ）

解釋 嚴，嚴整。嚴陣，把軍隊的陣勢調整得嚴正整齊。以整齊嚴正的陣勢等待敵人。形容已經做好了充分準備，等待著敵人。

辨析 「嚴陣以待」和「枕戈待旦」都有「警惕性高，等待敵人來攻擊」的意思。但「枕戈待旦」指睡覺時仍心存戒備，等待著殺敵；「嚴陣以待」重在做好了充分的準備，以嚴正整齊的陣勢，等待來犯的敵人。

注意 「待」不要誤寫成「代」。

例句 前線的戰士一直嚴陣以待，防止敵人來犯。

近義 壁壘森嚴。

反義 偃（ㄧㄢˇ）旗息鼓。

寶刀未老（ㄅㄠˇ ㄉㄠ ㄨㄟˋ ㄌㄠˇ）

解釋 寶刀雖然年代久遠，卻仍十分銳利。比喻人年紀雖老，卻仍然精力充沛。

例句 老爺爺以八十歲高齡登上玉山，真是寶刀未老，令人敬佩呀！

近義 老當益壯。

懸崖勒馬（ㄒㄩㄢˊ ㄧㄞˊ ㄌㄜˋ ㄇㄚˇ）

解釋 勒馬，收住韁繩，使馬停步。在陡峭的

山崖邊上勒住馬的韁繩。比喻到了極危險的邊緣能夠及時醒悟回頭。

例句　由於老師的愛心和耐心，才使我懸崖勒馬，痛改前非。

近義　回頭是岸、迷途知返。

反義　執迷不悟。

懸梁刺股（ㄒㄩㄢˊ ㄌㄧㄤˊ ㄘˋ ㄍㄨˇ）

解釋　梁，架設在柱上，用來支撐屋頂的大橫木。股，大腿。懸梁，指把頭髮用繩子懸綁在屋梁上。刺股，用錐子刺大腿。比喻人發憤苦讀，努力讀書。

典故　從前有個讀書人，他平時很用功，有時候讀累了，他也不肯休息。這時候，他就把自己的頭髮綁在高高的梁木上，只要一打瞌睡，頭往下掉，頭髮就會被拉扯得很痛，睡意也全消了。另外，他又想出刺大腿的方法。也就是想睡覺時，就拿錐子刺自己的大腿，尖尖的錐子刺在腿上，是非常痛的，再怎麼想睡覺的人，也會清醒。後來人們就用「懸梁刺股」這種激勵自己的嚴厲方法，來形容發憤讀書的人。

注意　「股」不要誤寫成「骨」。

例句　你天天玩樂，考試前一晚才想學懸梁刺股的方法苦讀，這樣會有效果嗎？

懸壺濟世（ㄒㄩㄢˊ ㄏㄨˊ ㄐㄧˋ ㄕˋ）

解釋　指掛牌行醫，救助世人的苦難。

典故　後漢書的費長房傳中有個故事：費長房曾做過市場的管理員，市場中有個賣藥的老翁，他在街頭懸掛了一個壺，等生意做完了就跳入壺中。所以後來的人就把行醫稱為

「懸壺」。

注意 ①「壺」不要誤寫成「鬍」。②「濟」不要誤寫成「劑」。

例句 他從小就立下志願，長大後要做一個懸壺濟世的醫生。

爐火純青（ㄌㄨˊ ㄏㄨㄛˇ ㄔㄨㄣˊ ㄑㄧㄥ）

解釋 純青，爐火的溫度達到最高點的時候，火焰就從紅色轉成青色。舊時道家煉丹，據說煉到爐中發出純青色的火焰時，就算煉成了。比喻學問、技術達到了十分成熟、完美的境界。

例句 她的演技爐火純青，與她在生活上的磨練，以及對自我的要求，有著密切的關係。

近義 出神入化、超凡入聖、登峰造極。

繼往開來（ㄐㄧˋ ㄨㄤˇ ㄎㄞ ㄌㄞˊ）

解釋 繼，繼承。往，過去。開，開闢。來，未來。繼承前人的事業，開闢未來的道路。通常用來表示對國家文化的繼承與開拓。

例句 這項工作雖然艱難，卻有著承先啟後，繼往開來的意義。

近義 承先啟後。

反義 後繼無人、空前絕後。

觸目驚心（ㄔㄨˋ ㄇㄨˋ ㄐㄧㄥ ㄒㄧㄣ）

解釋 看到某種嚴重的情況引起內心的震驚。

例句 車禍現場一片血跡斑斑，令人觸目驚心。

近義 驚心動魄。

觸景生情（ㄔㄨˋ ㄐㄧㄥˇ ㄕㄥ ㄑㄧㄥˊ）

解釋 觸，接觸。情，感情。因為看到眼前的景物有所觸動，引起某種感情。

例句 在外流浪多年，終於回到故鄉，所有景物都令他觸景生情，無限感慨。

近義 觸景傷情。

反義 無動於衷。

觸類旁通（ㄔㄨˋ ㄌㄟˋ ㄆㄤˊ ㄊㄨㄥ）

解釋 觸類，接觸某一方面的事物。旁通，互相貫通。懂得了某一事物的道理後，就能夠推知同類事物的道理。

辨析 「觸類旁通」和「舉一反三」都比喻只要接觸到某一方面的事物，就能類推了解同類的其他事物。但「觸類旁通」著重於「旁通」，指能對同類事物互相融會貫通；「舉一反三」則著重在「反三」，指從懂得的一點，類推而知其他。

例句 他天資聰慧，只要老師簡單說明，就能舉一反三，觸類旁通。

近義 聞一知十、舉一反三。

反義 一竅（ㄑㄧㄠˋ）不通、百思不解。

【二十一畫】

蠢蠢欲動（ㄔㄨㄣˇ ㄔㄨㄣˇ ㄩˋ ㄉㄨㄥˋ）

解釋 蠢蠢，爬蟲蠕動的樣子。指敵人或壞人心懷不軌，將要有所行動。也可指人躍躍欲試的樣子。

辨析 「蠢蠢欲動」和「摩拳擦掌」都有「想動手試一下」的意思。但「蠢蠢欲動」偏重在形容心情和意願，常用來形容做壞事；「摩拳擦掌」則偏重在形容神態和動作，經常和「躍躍欲試」連用。

例句 從種種跡象看來，敵人已經蠢蠢欲動，我們要小心應戰才是。

近義 摩拳擦掌、躍躍（ㄩㄝˋ）欲試。

躊躇不前（ㄔㄡˊ ㄔㄨˊ ㄅㄨˋ ㄑㄧㄢˊ）

解釋 遲疑不決的樣子。指遲疑不決，不敢向前的樣子。

辨析 和「躊躇」意思相同的還有「踟躕」、「躑躅」、「躊躕」，都作「徘徊、遲疑」的意思。

例句 為了自己的前途，你應該放手一搏，不該再躊躇不前了。

躊躇滿志（ㄔㄡˊ ㄔㄨˊ ㄇㄢˇ ㄓˋ）

解釋 躊躇，得意的樣子。滿，滿足。志，心意。形容人志得意滿的樣子。

例句 才打贏第一場比賽，他就躊躇滿志，自以為了不起。

近義 自鳴得意、志得意滿。

反義 心灰意冷、垂頭喪（ㄙㄤˋ）氣。

躍然紙上（ㄩㄝˋ ㄖㄢˊ ㄓˇ ㄕㄤˋ）

解釋 躍然，活躍的顯現。活躍的顯現在紙

上。形容描寫、刻畫得非常逼真、生動。

辨析 「躍然紙上」和「活蹦亂跳」都有生動的意思，但是用法完全不一樣。「活蹦亂跳」強調的是生氣有朝氣的樣子，並沒有逼真的意思，例如：瞧他活蹦亂跳的樣子，怎麼可能生病了。

注意 ①「躍」不要誤寫成「耀」。②「紙」右邊是「氏」，不要錯寫成「氐」。

例句 這本小說的人物描寫非常生動，彷彿已躍然紙上。

近義 呼之欲出、活靈活現、栩栩（ㄒㄩˇ）如生。

轟轟烈烈（ㄏㄨㄥ ㄏㄨㄥ ㄌㄧㄝˋ ㄌㄧㄝˋ）

解釋 形容聲勢盛大，能夠震撼人心。

注意 「烈」不要誤寫成「列」。

例句 我將來要做一番轟轟烈烈的大事業。

近義 大張旗鼓。

反義 冷冷清清、渾渾噩噩、偃旗息鼓。

鐵石心腸（ㄊㄧㄝˇ ㄕˊ ㄒㄧㄣ ㄔㄤˊ）

解釋 比喻意志堅定，像鐵石般堅硬，不會動搖。後也常用來責備別人不懂人情世故，心地不夠善良，含貶義。

辨析 ①也可以寫成「鐵打心腸」、「鐵心石腸」、「鐵腸石心」。②「鐵石心腸」和「冷酷無情」的意思不太一樣。「鐵石心腸」強調的是人意志堅定，或責備人不夠熱誠，心地不夠善良；而「冷酷無情」是指為人尖酸刻薄、沒有情感，語意比較重，例如：你們別和他多費唇舌了！他是那種冷酷無情的人，再多說也沒有用。

注意 「腸」不要誤寫成「場」。

例句 父母對你的苦心，難道你真的一點都不感動嗎？除非你是鐵石心腸呀！

近義 木人石心。

反義 女兒意態。

鐵面無私 ㄊㄧㄝˇ ㄇㄧㄢˋ ㄨˊ ㄙ

解釋 鐵面，剛直、不講情面的態度。形容一個人嚴正無私，不怕權勢，不講情面。

辨析 「鐵面無私」和「鐵青」的意思完全不同。「鐵青」是指青黑色，後用來形容人憤怒或生病時的臉色，例如：老師氣得一臉鐵青，好可怕；他大病一場後，臉色顯得有些鐵青，看起來很虛弱。

例句 老師一向鐵面無私，從不偏袒任何一位同學。

近義 大公無私。

反義 徇私舞弊。

顧影自憐 ㄍㄨˋ ㄧㄥˇ ㄗˋ ㄌㄧㄢˊ

解釋 顧，轉過頭看。影，影子。憐，憐惜。原來是說處境不好，剩下自己一個人，只好對著影子，自己憐惜自己。形容孤獨失意的情形。現在多用來形容自我欣賞、自我憐惜的意思。

辨析 「顧影自憐」偏重在「自我憐惜」，形容孤獨失意的情態；「孤芳自賞」偏重在「自我欣賞」，多形容清高孤傲的心態。

注意 「顧」不要誤寫成「故」。

例句 眼見年華漸漸老去，她不禁對著鏡子顧影自憐起來。

近義 孤芳自賞。

鶯聲燕語（ㄧㄥ ㄕㄥ ㄧㄢˋ ㄩˇ）

解釋 黃鶯和燕子的聲音都很悅耳動聽。①形容各種的鳥叫聲。②比喻女子的聲音非常悅耳動聽。

注意 「燕」不要誤寫成「雁」。

例句 廣播電台的女播音員，都必須有一副鶯聲燕語的好嗓子。

鶴立雞群（ㄏㄜˋ ㄌㄧˋ ㄐㄧ ㄑㄩㄣˊ）

解釋 像鶴站在雞群中一樣。比喻一個人的儀表或才能在人群中顯得很突出。有時也有自命清高的意思。

典故 西晉惠帝時，有一個侍中（官名）嵇延祖，生得身材高大，儀表堂堂。有一次他隨同惠帝出征，有人看到他英勇作戰的情景，就對王戎說：「嵇延祖真像一隻野鶴立在雞群中，顯得特別突出。」

注意 「立」不要誤寫成「力」。

例句 年輕人不要以為自己天資聰明，就覺得鶴立雞群，高人一等，要知道人外有人，天外有天。

近義 出類拔萃、超群絕倫。

反義 相形見絀（ㄔㄨˋ）、濫竽（ㄌㄢˋ ㄩˊ）充數。

【二十二畫】

囊空如洗（ㄋㄤˊ ㄎㄨㄥ ㄖㄨˊ ㄒㄧˇ）

解釋 囊，口袋。口袋裡什麼也沒有，就像被水洗過

的一樣。形容身無分文。

辨析 「囊空如洗」和「一貧如洗」意義相近，有時可以通用。但「囊空如洗」指身上沒有一分錢，一般不包括家裡；「一貧如洗」則泛指窮得像被水洗過一樣，除了個人，也可指家庭。

注意 「囊」不要誤寫成「襄」。

例句 我反正過慣了囊空如洗的生活，再苦也不怕！

近義 一貧如洗、家徒四壁、家貧如洗。

反義 金玉滿堂、腰纏萬貫。

囊螢映雪（ㄋㄤˊ ㄧㄥˊ ㄧㄥˋ ㄒㄩㄝˇ）

解釋 囊螢，指在囊袋中放入螢火蟲，借著螢火的照明來讀書。映雪，指利用雪光照明讀書。形容在困苦的環境中，依然可以勤奮讀書。

典故 晉朝有個人叫車胤，非常好學，夜晚讀書時，因為沒錢買油燈，聰明的他就去捉幾十隻螢火蟲，裝入小布袋中，螢火蟲的光一閃一閃的，就可以用來照明讀書。另外，也有個叫孫康的窮書生，他最大的煩惱就是沒錢買油燈。有一天下著大雪的夜裡，孫康凍得從夢中驚醒，這時，他發現白茫茫的雪映射出的微光還挺亮的，他心想，我可以利用這微光看書呀！於是，孫康高興地翻身下床，拿出書本，藉著白雪映出的光用功讀書，就這樣苦讀好幾年，孫康成了有名的學者，也做了大官。他們兩人好學的故事傳開後，「囊螢映雪」這句成語就用來比喻人刻苦讀書。

注意 「映」不要誤寫成「印」。

例句　古人囊螢映雪的精神，值得人們學習。

疊床架屋（ㄉㄧㄝˊ ㄔㄨㄤˊ ㄐㄧㄚˋ ㄨ）

解釋　疊，一層加上一層。床上疊床，屋上架屋。比喻重複累贅。

辨析　「疊床架屋」偏重於重複、不精簡；「畫蛇添足」則偏重於多此一舉，有害而無益。

例句　老師經常告訴我們，不管說話或寫文章都應該簡明扼要，切忌疊床架屋，反而不得要領。

近義　畫蛇添足。

反義　簡明扼要。

聽天由命（ㄊㄧㄥ ㄊㄧㄢ ㄧㄡˊ ㄇㄧㄥˋ）

解釋　聽，聽憑。由，順從。聽憑天意和命運的安排。指聽任自然發展，不去努力挽回。

注意　「聽」音ㄊㄧㄥˋ，不要唸成ㄊㄧㄥ。

例句　到了這個地步，再作努力也無濟於事，只有聽天由命了。

近義　聽（ㄊㄧㄥˋ）其自然。

反義　人定勝天、成事在人、事在人為。

鑑往知來（ㄐㄧㄢˋ ㄨㄤˇ ㄓ ㄌㄞˊ）

解釋　鑑，觀察。觀察過去可以推知未來。

注意　「鑑」不要誤寫成「見」。

例句　學習歷史可以鑑往知來，讓我們避免犯相同的錯誤。

驕兵必敗（ㄐㄧㄠ ㄅㄧㄥ ㄅㄧˋ ㄅㄞˋ）

解釋　驕兵，恃強輕敵的軍隊。認為自己強大而輕敵的軍隊必定要打敗仗。

注意 「驕」不要誤寫成「嬌」。

例句 我們雖然連續三年奪下冠軍，但是仍然不可以輕敵，因為驕兵必敗呀！

反義 哀兵必敗。

驕奢淫佚（ㄐㄧㄠ ㄕㄜ ㄧㄣˊ ㄧˋ）

解釋 驕，驕橫。奢，奢侈。淫，放蕩。佚，安佚。原指上述四種惡習。後形容放縱奢侈，荒淫無度的靡爛生活。

典故 春秋時代，衛國國君衛莊公非常溺愛兒子州吁（ㄒㄩ），當時有個大夫石碏（ㄑㄩㄝˋ）曾經勸告莊公要好好管教子弟，他說：「我聽說，愛護孩子要用正確的方法來教育他，不能把他們引到邪路上去。驕、奢、淫、佚慣了就要壞事，一個人走上邪路，都是從這四個字開始的。」衛莊公不聽石碏的勸告，仍然溺愛州吁。莊公死後，州吁殺了異母哥哥衛桓公，奪取了國君的位置，後來被石碏用計請陳國人把他殺了。

注意 ①「驕」不要誤寫成「嬌」。②「佚」不要誤寫成「迭」。

例句 如果人人都過著驕奢淫佚的生活，社會就會缺少前進的動力。

近義 揮霍無度、窮奢極欲。

反義 克勤克儉、勤儉樸素。

【二十三畫】

變化多端（ㄅㄧㄢˋ ㄏㄨㄚˋ ㄉㄨㄛ ㄉㄨㄢ）

解釋 變化多，很難事先預測。

例句 中國結的編法有團錦、雙聯、平結、鈕扣、盤長等，真是變化多端呀！

近義 千變萬化、瞬息萬變、變化無常、變幻莫測。

反義 一成不變、千篇一律。

變本加厲（ㄅㄧㄢˋ ㄅㄣˇ ㄐㄧㄚ ㄌㄧˋ）

解釋 本，指事物原來的樣子。加，更加。厲，厲害、猛烈。形容情況變得比本來更加嚴重。

注意 「厲」不要誤寫成「勵」或「利」。

例句 他自從逃課被父親責罵過後，更變本加厲，常常蹺家。

近義 日甚一日、雪上加霜。

反義 每下愈況。

變生肘腋（ㄅㄧㄢˋ ㄕㄥ ㄓㄡˇ ㄧㄝˋ）

解釋 肘，手臂中段可彎曲的地方。腋，肩膀和手臂連接的地方。肘、腋這兩個部位非常接近，比喻變化發生在非常近的地方。

例句 這次的選舉，他原本很有把握當選，沒想到變生肘腋，竟然因為家人牽扯入貪汙案件而落選了。

近義 禍起蕭牆。

驚弓之鳥（ㄐㄧㄥ ㄍㄨㄥ ㄓ ㄋㄧㄠˇ）

解釋 曾被弓箭驚嚇的鳥，很難再安定下來。比喻受過驚嚇，遇到一點情況就特別害怕的人。

典故 更羸（ㄌㄟˊ）是魏國有名的射手，他射箭一向百發百中。有一天，他和魏王一起散步，看見幾隻鳥兒從天空飛過，更羸說：「我只要拉響了弦，不發箭，就可以叫鳥跌下來。」魏王有些不相信，問道：「射箭的技術可以這麼高超嗎？」更羸說：「可以。」過了一會兒，有隻雁從東方飛過來，更羸就拉滿弓，猛力扣動弓弦，弦聲直沖天空，那隻雁就應聲落下來。魏王又驚又喜，說：「真奇怪，空弓虛箭，怎麼也能射下鳥呢？」更羸說：「這隻雁，是受過傷的，我見牠飛得比較慢，叫聲也很悲慘，知道牠的創傷還沒有好，加上驚魂未定，所以牠一聽弓弦響，就嚇得用力高飛，一用力，傷口破裂，就掉下來了。」

例句 他受了很多的打擊，現在就像驚弓之鳥，不能再聽到任何壞消息了。

近義 傷弓之鳥。

反義 初生之犢。

驚天動地（ㄐㄧㄥ ㄊㄧㄢ ㄉㄨㄥˋ ㄉㄧˋ）

解釋 形容聲勢非常的盛大。

例句 街上遊行的隊伍鑼鼓喧天，聲勢大到可以驚天動地。

近義 震天撼地。

驚心動魄（ㄐㄧㄥ ㄒㄧㄣ ㄉㄨㄥˋ ㄆㄛˋ）

解釋 原是形容作品的文字運用得好，使人感受極深，震動極大。後來也形容事情非常驚險、緊張。

注意 「驚」不要誤寫成「警」。

例句 這部電影的戰爭場面非常驚心動魄，上

演以來場場客滿，觀眾大排長龍買票。

近義 震撼人心、膽戰心驚、觸目驚心。

驚世駭俗（ㄐㄧㄥ ㄕˋ ㄏㄞˋ ㄙㄨˊ）

解釋 駭，害怕、驚異。形容一個人的言論、行為與眾不同，使人感到特別的驚奇訝異。

注意 ①「世」不要誤寫成「事」。②「駭」不要誤寫成「害」。

例句 市面上有許多書都以驚世駭俗的論調來吸引讀者。

驚惶失措（ㄐㄧㄥ ㄏㄨㄤˊ ㄕ ㄘㄨㄛˋ）

解釋 驚惶，驚慌。失措，舉動失去常態。形容驚慌、害怕得不知如何是好。

注意 「措」不要誤寫成「錯」。

例句 小偷見到警察，驚惶失措的想要逃走。

近義 手足無措。

反義 若無其事、泰然自若、處（ㄔㄨˇ）之泰然。

驚濤駭浪（ㄐㄧㄥ ㄊㄠ ㄏㄞˋ ㄌㄤˋ）

解釋 濤，大波浪。駭，害怕、吃驚。使人驚怕的大波浪。常用來比喻險惡的環境或遭遇。

例句 只要我們團結，就算遇到驚濤駭浪，也一定能夠平安無事。

近義 狂風暴雨。

反義 水波不興、風平浪靜。

驚鴻一瞥（ㄐㄧㄥ ㄏㄨㄥˊ ㄧˋ ㄆㄧㄝ）

解釋 鴻，水鳥名。瞥，匆匆看一眼。像驚飛而起的鴻鳥，只匆匆看到一眼就不見了。比喻某人某物只短暫出現一下就不見了。

例句 那位國際巨星來台宣傳，雖然只是驚鴻一瞥，卻留給影迷深刻的印象。

體無完膚（ㄊㄧˇ ㄨˊ ㄨㄢˊ ㄈㄨ）

解釋 完，完好。膚，皮膚。全身沒有一塊完好的皮膚。形容全身都是傷痕。現在也用來比喻一個人的論點被批評得一無是處。

注意 「完」不要誤寫成「玩」。

例句 他提出的企畫案被老闆批評得體無完膚，一無是處。

近義 遍體鱗傷。

反義 安然無恙。

鱗次櫛比（ㄌㄧㄣˊ ㄘˋ ㄐㄧㄝˊ ㄅㄧˋ）

解釋 鱗，魚鱗。次，順序。鱗次，像魚鱗一樣密密的排列著。櫛，梳子的總稱。比，排列、挨著。形容房屋等建築物像魚鱗和梳子齒那樣密密麻麻，整整齊齊的排列著。

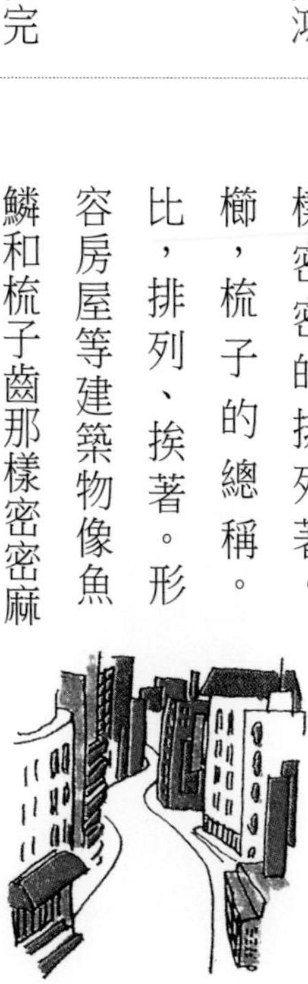

注意 「櫛」不要誤寫成「節」。

例句 這條街道整齊清潔，高樓鱗次櫛比，非常熱鬧。

鷸蚌相爭，漁翁得利（ㄩˋ ㄅㄤˋ ㄒㄧㄤ ㄓㄥ，ㄩˊ ㄨㄥ ㄉㄜˊ ㄌㄧˋ）

解釋 鷸，一種長嘴的水鳥。鷸和蚌互相爭鬥，老漁翁正好把牠們一起捉住。比喻雙方

爭執不下，結果兩敗俱傷，讓第三者得利。

典故 戰國時期，燕、趙兩國經常發生戰爭，使得民不聊生。有一次，趙國又準備攻打燕國，有一個叫蘇代的人去見趙惠王說：

「這次我到這裡來的路上，經過易水的時候，看見一隻河蚌正張開蚌殼在岸邊晒太陽。這時，一隻鷸飛來，伸嘴去啄河蚌的肉，蚌立刻把兩片殼合上，鉗住了鷸的嘴。雙方相持不下，鷸便對蚌說：『今天不下雨，明天不下雨，你就要成為死蚌。』蚌也對鷸說：『今天嘴脫不出來，明天也脫不出來，你就會成為死鷸。』兩個互不相讓。這時，恰巧有個漁夫走來，就順手把鷸和蚌活捉去了。現在趙國又將攻打燕國了，兩國如此長久打下去，雙方百姓都受到損害，這正像相持不休的鷸和蚌一樣，恐怕秦國就會像漁翁那樣趁機把燕、趙兩國滅掉了。」趙惠王聽了，覺得很有道理，便取消了攻打燕國的計畫。

例句 這兩家公司為了爭取客戶，鬧得不可開交，沒想到卻讓第三家撿了現成的便宜，真是鷸蚌相爭，漁翁得利。

近義 坐收漁利。

【二十四畫】

蠶食鯨吞（ㄘㄢˊ ㄕˊ ㄐㄧㄥ ㄊㄨㄣ）

解釋 像蠶吃桑葉，一口一口慢慢吃；像鯨吃

東西，一口就吞光了。比喻運用各種手段去侵占別人的土地或財物。

例句 滿清末年，中國因為積弱不振，成為其他強國蠶食鯨吞的對象。

【二十八畫】

鸚鵡學舌（ㄧㄥ ㄨˇ ㄒㄩㄝˊ ㄕㄜˊ）

解釋 鸚鵡，一種能學人說話的鳥。比喻一個人不能獨立思考，沒有自己的創見，只能學著別人的腔調說話。

辨析 「鸚鵡學舌」和「舌粲蓮花」意義不同；「舌粲蓮花」用來形容人口才好，是讚美的話，而「鸚鵡學舌」有諷刺的意味。

例句 他說的那些話全是鸚鵡學舌，套用別人的意見，完全沒有自己的想法。

近義 人云亦云、拾人牙慧。

附錄

◆附錄一：常用成語正誤用簡明對照表

共收錄八百四十則常用成語，以相互對照的方式，讓學生了解正確成語的用字和辨析容易混淆的寫法，以提升應用成語的能力。例如：一「鱗」半爪，不可以寫成一「麟」半爪。「麟」字是指麒麟時才用；一「箭」雙鵰，不可以寫成一「劍」雙鵰。「劍」字是指寶劍時才用；寸草春「暉」，不可以寫成寸草春「輝」。「輝」字是指光輝時才用。

◆附錄二：趣味成語猜謎一覽表

共收錄五百四十六則趣味成語猜謎，以猜謎的方式，引領學生進一步地了解成語

和靈活應用成語。例如：獨眼龍相親，請猜一則成語。答案：一眼看中。因為獨眼龍只有一隻眼睛可以看東西，當然是「一眼」就看中啦；另外，頭髮裡找粉刺，請猜一則成語。答案：吹毛求疵。想想，哪有粉刺長在頭髮裡面，硬要在頭髮裡東挑西揀的人，就是「吹毛求疵」。還有，南來北往，請猜一則成語。答案：不是東西。既有南又有北，就是缺東和西，所以謎底很容易就猜出為「不是東西」嘍！

◆附錄三：常用成語接龍一覽表

共收錄一百六十八則常用成語，以連環套的方式，玩接龍遊戲。例如：匹夫之勇，後面可以接：勇往直前→前仆後繼→繼往開來；三顧茅廬，後面可以接：廬山面目→目瞪口呆→呆若木雞；老生常談，後面可以接：談笑風生→生龍活虎→虎頭蛇尾。玩成語接龍不僅可以訓練邏輯思考能力，還能夠擴大對成語的認識面呢！

附錄一：常用成語正誤用簡明對照表

成語舉例	成語誤寫	成語舉例	成語誤寫	成語舉例	成語誤寫
1畫					
一了「百」了	一了「白」了	一刀兩「斷」	一刀兩「段」	一寸「丹」心	一寸「擔」心
一反「常」態	一反「長」態	一孔之「見」	一孔之「現」	一目「了」然	一目「瞭」然
一見「鍾」情	一見「鐘」情	一「身」是膽	一「生」是膽	一呼百「諾」	一呼百「喏」
一拍「即」合	一拍「既」合	一「板」一眼	一「版」一眼	一狐之「腋」	一狐之「掖」
一氣「呵」成	一氣「喝」成	一「脈」相承	一「眽」相承	一「貧」如洗	一「貪」如洗
一無「長」物	一無「常」物	一筆「勾」消	一筆「句」消	一絲一「毫」	一絲一「豪」
一絲不「掛」	一絲不「褂」	一視同「仁」	一視同「人」	一「概」而論	一「慨」而論
一「網」打盡	一「綱」打盡	一語中「的」	一語中「地」	一誤「再」誤	一誤「在」誤
一「鳴」驚人	一「嗚」驚人	一盤散「沙」	一盤散「砂」	一「箭」雙鵰	一「劍」雙鵰
一樹百「穫」	一樹百「獲」	一「瀉」千里	一「洩」千里	一蹶不「振」	一蹶不「震」
		2畫			
一「鱗」半爪	一「麟」半爪	七「拼」八湊	七「拚」八湊	七「零」八落	七「凌」八落
七擒七「縱」	七擒七「蹤」	七竅生「煙」	七竅生「菸」	九死一「生」	九死一「身」
九「霄」雲外	九「宵」雲外	人才「輩」出	人才「倍」出	人心不「古」	人心不「谷」
人心所「向」	人心所「嚮」	人浮於「事」	人浮於「世」	人情「世」故	人情「事」故

成語舉例	成語誤寫
人「微」言輕	人「危」言輕
入「幕」之賓	入「暮」之賓
十拿九「穩」	十拿九「隱」
三令五「申」	三令五「伸」
三「陽」開泰	三「揚」開泰
亡命之「徒」	亡命之「徙」
千「鈞」一髮	千「均」一髮
千「嬌」百媚	千「驕」百媚
口「若」懸河	口「苦」懸河
口「蜜」腹劍	口「密」腹劍
大吹大「擂」	大吹大「雷」
大「庭」廣眾	大「廷」廣眾
大聲疾「呼」	大聲疾「乎」
孑然一「身」	孑然一「生」

成語舉例	成語誤寫
人聲「鼎」沸	人聲「頂」沸
八面「玲」瓏	八面「鈴」瓏
十萬火「急」	十萬火「疾」
三長兩「短」	三長兩「矮」
三顧茅「廬」	三顧茅「蘆」
千古「絕」唱	千古「決」唱
千萬買「鄰」	千萬買「憐」
千「錘」百煉	千「捶」百煉
口碑載「道」	口碑載「到」
口說無「憑」	口說無「平」
大「快」朵頤	大「塊」朵頤
大張「旗」鼓	大張「期」鼓
大「謬」不然	大「繆」不然
寸草不「留」	寸草不「流」

成語舉例	成語誤寫
入不「敷」出	入不「付」出
力爭上「游」	力爭上「遊」
3畫	
三元及「第」	三元及「地」
三「思」而行	三「恩」而行
亡羊「補」牢	亡羊「捕」牢
千里「迢迢」	千里「昭昭」
千「載」一時	千「戴」一時
千「巖」萬壑	千「嚴」萬壑
口「誅」筆伐	口「珠」筆伐
土豪劣「紳」	土豪劣「伸」
大「放」厥詞	大「方」厥詞
大勢所「趨」	大勢所「驅」
子虛「烏」有	子虛「鳥」有
寸草春「暉」	寸草春「輝」

成語舉例	成語誤寫
寸陰尺「璧」	寸陰尺「壁」
「尸」位素餐	「屎」位素餐
4畫	
不卑不「亢」	不卑不「抗」
不可理「喻」	不可理「諭」
不求「聞」達	不求「問」達
不念舊「惡」	不念舊「厄」
不省人「事」	不省人「世」
不修邊「幅」	不修邊「福」
不「脛」而走	不「徑」而走
不勝其「煩」	不勝其「繁」
不稂不「莠」	不稂不「秀」
不義之「財」	不義之「才」
不稼不「穡」	不稼不「牆」
不謀而「合」	不謀而「和」
小家「碧」玉	小家「壁」玉
山雞舞「鏡」	山雞舞「境」
不可「名」狀	不可「明」狀
不甘「示」弱	不甘「勢」弱
不言而「喻」	不言而「諭」
不知所「云」	不知所「雲」
不衫不「履」	不衫不「屨」
不屑一「顧」	不屑一「故」
不逞之「徒」	不逞之「途」
不勝「枚」舉	不勝「每」舉
不「絕」如縷	不「決」如縷
不落「窠」臼	不落「巢」臼
不「蔓」不枝	不「曼」不枝
不「辨」菽麥	不「辦」菽麥
小題大「作」	小題大「做」
「干」雲蔽日	「乾」雲蔽日
不可思「議」	不可思「義」
不折不「扣」	不折不「叩」
不屈不「撓」	不屈不「饒」
不知所「措」	不知所「錯」
不「忮」不求	不「技」不求
不偏不「倚」	不偏不「依」
不勞而「獲」	不勞而「穫」
不寒而「慄」	不寒而「立」
不愧不「怍」	不愧不「作」
不違農「時」	不違農「事」
不學無「術」	不學無「數」
不遺餘「力」	不遺餘「利」

成語舉例	成語誤寫	成語舉例	成語誤寫	成語舉例	成語誤寫
中流「砥」柱	中流「抵」柱	五體投「地」	五體投「的」	六尺之「孤」	六尺之「狐」
分「庭」抗禮	分「廷」抗禮	切磋琢「磨」	切磋琢「摩」	反璞歸「真」	反璞歸「珍」
反「覆」無常	反「複」無常	天之「驕」子	天之「嬌」子	天作之「合」	天作之「和」
天花亂「墜」	天花亂「墮」	天崩地「坼」	天崩地「拆」	天理昭「彰」	天理昭「章」
天經地「義」	天經地「意」	天「羅」地網	天「蘿」地網	天「壤」之別	天「讓」之別
少安毋「躁」	少安毋「燥」	「弔」民伐罪	「吊」民伐罪	引人入「勝」	引人入「盛」
引經「據」典	引經「劇」典	心力交「瘁」	心力交「卒」	心心相「印」	心心相「映」
心花「怒」放	心花「恕」放	心「急」如焚	心「疾」如焚	心悅「誠」服	心悅「成」服
心勞日「拙」	心勞日「絀」	心「猿」意馬	心「原」意馬	心腹之「患」	心腹之「犯」
心懷「叵」測	心懷「匹」測	心曠神「怡」	心曠神「宜」	心驚膽「戰」	心驚膽「仗」
手不釋「卷」	手不釋「券」	手舞足「蹈」	手舞足「到」	支吾其「詞」	支吾其「辭」
文不對「題」	文不對「提」	「文」風不動	「紋」風不動	文過「飾」非	文過「是」非
日「積」月累	日「績」月累	日「薄」西山	日「簿」西山	比肩繼「踵」	比肩繼「腫」
水乳交「融」	水乳交「溶」	水「性」楊花	水「姓」楊花	水「漲」船高	水「脹」船高

成語舉例	成語誤寫
片言「隻」字	片言「枝」字
以力服「人」	以力服「仁」
他山攻「錯」	他山攻「措」
出「爾」反「爾」	出「耳」反「耳」
半途而「廢」	半途而「費」
司空見「慣」	司空見「貫」
左支右「絀」	左支右「拙」
平易「近」人	平易「進」人
打草「驚」蛇	打草「警」蛇
正「襟」危坐	正「經」危坐
瓜熟「蒂」落	瓜熟「帝」落
甘「拜」下風	甘「敗」下風
白駒過「隙」	白駒過「際」
目光如「炬」	目光如「巨」
犬馬之「勞」	犬馬之「老」
以己「度」人	以己「渡」人
令人髮「指」	令人髮「直」
功成名「遂」	功成名「逐」
可操左「券」	可操左「卷」
囚首「垢」面	囚首「逅」面
平白無「故」	平白無「固」
平起平「坐」	平起平「座」
未雨綢「繆」	未雨綢「謬」
犯而不「校」	犯而不「笑」
瓦「釜」雷鳴	瓦「斧」雷鳴
生不逢「辰」	生不逢「晨」
目不交「睫」	目不交「捷」
6 畫	
光風「霽」月	光風「齊」月
5 畫	
以一「警」百	以一「驚」百
以身「殉」職	以身「詢」職
充耳不「聞」	充耳不「問」
功虧一「簣」	功虧一「潰」
古道「熱」腸	古道「熟」腸
巧奪天「工」	巧奪天「功」
平步「青」雲	平步「輕」雲
「必」恭「必」敬	「畢」恭「畢」敬
正本清「源」	正本清「原」
瓜「剖」豆分	瓜「破」豆分
甘之如「飴」	甘之如「怡」
白雲「蒼」狗	白雲「倉」狗
目不「暇」給	目不「遐」給
先發「制」人	先發「製」人

成語舉例	成語誤寫
先意「承」旨	先意「成」旨
全軍覆「沒」	全軍覆「沫」
危如「累」卵	危如「纍」卵
同病相「憐」	同病相「鄰」
各行其「是」	各行其「事」
名不「副」實	名不「幅」實
名聞「遐」邇	名聞「暇」邇
因利「乘」便	因利「成」便
因「噎」廢食	因「咽」廢食
地利人「和」	地利人「合」
「妄」自菲薄	「忘」自菲薄
好景不「常」	好景不「長」
如火如「荼」	如火如「茶」
如喪考「妣」	如喪考「仳」

成語舉例	成語誤寫
先「睹」為快	先「賭」為快
再接再「厲」	再接再「勵」
同仇敵「愾」	同仇敵「慨」
吐故「納」新	吐故「訥」新
向「隅」而泣	向「偶」而泣
名列前「茅」	名列前「矛」
名「韁」利鎖	名「僵」利鎖
因「循」守舊	因「尋」守舊
回天乏「術」	回天乏「數」
夙夜「匪」懈	夙夜「非」懈
好事多「磨」	好事多「摩」
好逸惡「勞」	好逸惡「老」
如出一「轍」	如出一「徹」
如湯「沃」雪	如湯「臥」雪

成語舉例	成語誤寫
先「禮」後兵	先「理」後兵
「刎」頸之交	「吻」頸之交
同舟共「濟」	同舟共「劑」
各自為「政」	各自為「正」
向「壁」虛構	向「璧」虛構
名垂後「世」	名垂後「事」
吃裡「扒」外	吃裡「爬」外
因「勢」利導	因「事」利導
回光「返」照	回光「反」照
多愁「善」感	多愁「擅」感
好高「騖」遠	好高「鶩」遠
好整「以」暇	好整「已」暇
如法「炮」製	如法「泡」製
如雷「貫」耳	如雷「慣」耳

成語舉例	成語誤寫
如影隨「形」	如影隨「型」
如「獲」至寶	如「穫」至寶
字「斟」句酌	字「堪」句酌
年高德「劭」	年高德「紹」
曲「突」徙薪	曲「凸」徙薪
有志「竟」成	有志「盡」成
有備無「患」	有備無「犯」
死灰「復」燃	死灰「複」燃
「牝」雞司晨	「牡」雞司晨
百發百「中」	百發百「重」
老生長「談」	老生長「譚」
耳熟能「詳」	耳熟能「祥」
自出機「杼」	自出機「抒」
自「圓」其說	自「園」其說

成語舉例	成語誤寫
如數「家」珍	如數「佳」珍
如願以「償」	如願以「嘗」
守株「待」兔	守株「逮」兔
戎馬「倥」傯	戎馬「空」傯
曲意「逢」迎	曲意「奉」迎
有「恃」無恐	有「待」無恐
死心「蹋」地	死心「塌」地
汗流「浹」背	汗流「夾」背
百折不「撓」	百折不「饒」
百「煉」成鋼	百「練」成鋼
老奸巨「猾」	老奸巨「滑」
耳「濡」目染	耳「儒」目染
自強不「息」	自強不「熄」
「至」理名言	「致」理名言

成語舉例	成語誤寫
如膠「似」漆	如膠「是」漆
字字珠「璣」	字字珠「幾」
安步「當」車	安步「擋」車
扣盤「捫」燭	扣盤「門」燭
有口皆「碑」	有口皆「牌」
有條不「紊」	有條不「紋」
死有餘「辜」	死有餘「幸」
牝牡「驪」黃	牝牡「麗」黃
百步穿「楊」	百步穿「陽」
羊「質」虎皮	羊「值」虎皮
老驥「伏」櫪	老驥「服」櫪
耳鬢「廝」磨	耳鬢「斯」磨
自「掘」墳墓	自「崛」墳墓
色厲內「荏」	色厲內「任」

成語舉例	成語誤寫
血口「噴」人	血口「賁」人
行遠自「邇」	行遠自「爾」
作「奸」犯科	作「賤」犯科
作繭自「縛」	作繭自「伏」
兵連禍「結」	兵連禍「節」
別風「淮」雨	別風「准」雨
利欲「薰」心	利欲「熏」心
呆「若」木雞	呆「偌」木雞
含「垢」忍辱	含「逅」忍辱
困獸「猶」鬥	困獸「尤」鬥
壯志未「酬」	壯志未「愁」
形「銷」骨立	形「消」骨立
「投」鼠忌器	「偷」鼠忌器
李代桃「僵」	李代桃「疆」

成語舉例	成語誤寫
血氣方「剛」	血氣方「鋼」
衣「錦」還鄉	衣「綿」還鄉
作法自「斃」	作法自「弊」
克紹「箕」裘	克紹「其」裘
冷「嘲」熱諷	冷「潮」熱諷
別樹一「幟」	別樹一「識」
刪「繁」就簡	刪「煩」就簡
吹毛求「疵」	吹毛求「痴」
含英「咀」華	含英「阻」華
「囤」積居奇	「屯」積居奇
「岌岌」可危	「急急」可危
志同道「合」	志同道「和」
抓耳撓「腮」	抓耳撓「鰓」
步步為「營」	步步為「贏」

成語舉例	成語誤寫
行雲「流」水	行雲「留」水
7畫	
伶牙「俐」齒	伶牙「利」齒
作壁上「觀」	作壁上「關」
兵不「厭」詐	兵不「饜」詐
別出「心」裁	別出「新」裁
別鶴孤「鸞」	別鶴孤「孿」
「否」極泰來	「丕」極泰來
吮癰舐「痔」	吮癰舐「痣」
含「飴」弄孫	含「怡」弄孫
坐地分「贓」	坐地分「髒」
形影相「弔」	形影相「吊」
投筆從「戎」	投筆從「容」
更「僕」難數	更「樸」難數
步履為「艱」	步履為「難」

成語舉例	成語誤寫
每下愈「況」	每下愈「曠」
「沒」齒不忘	「末」齒不忘
良「莠」不齊	良「秀」不齊
言不由「衷」	言不由「中」
身敗名「裂」	身敗名「烈」
8畫	
「並」日而食	「併」日而食
事半「功」倍	事半「工」倍
依草「附」木	依草「付」木
兩小無「猜」	兩小無「拆」
刻骨「銘」心	刻骨「明」心
刮目相「待」	刮目相「代」
呼風「喚」雨	呼風「煥」雨
和壁「隋」珠	和壁「隨」珠
奄奄一「息」	奄奄一「熄」

成語舉例	成語誤寫
沁人心「脾」	沁人心「牌」
沆「瀣」一氣	沆「泄」一氣
芒刺在「背」	芒刺在「被」
言猶在「耳」	言猶在「爾」
防不勝「防」	防不勝「妨」
並行不「悖」	並行不「背」
事必「躬」親	事必「恭」親
依樣葫「蘆」	依樣葫「盧」
兩「袖」清風	兩「柚」清風
刺刺不「休」	刺刺不「羞」
味如嚼「蠟」	味如嚼「臘」
和衷共「濟」	和衷共「齊」
「固」若金湯	「故」若金湯
「姍姍」來遲	「刪刪」來遲

成語舉例	成語誤寫
沉魚落「雁」	沉魚落「燕」
男盜女「娼」	男盜女「倡」
見風轉「舵」	見風轉「船」
言簡意「賅」	言簡意「該」
防患未「然」	防患未「燃」
並駕齊「驅」	並駕齊「趨」
「依依」不捨	「一一」不捨
「侃侃」而談	「砍砍」而談
「刻」不容緩	「克」不容緩
刺「股」懸梁	刺「骨」懸梁
「咄咄」怪事	「拙拙」怪事
和盤「托」出	和盤「拖」出
「坦」腹東床	「躺」腹東床
始終不「渝」	始終不「踰」

成語舉例	成語誤寫
孤「注」一擲	孤「柱」一擲
居心「叵」測	居心「頗」測
念「茲」在「茲」	念「滋」在「滋」
招「搖」過市	招「遙」過市
拔本塞「源」	拔本塞「元」
「抵」掌而談	「執」掌而談
放「蕩」不羈	放「盪」不羈
明目張「膽」	明目張「贍」
明眸「皓」齒	明眸「浩」齒
東「鱗」西爪	東「麟」西爪
泥塑木「雕」	泥塑木「鵰」
沽名釣「譽」	沽名釣「魚」
「炙」手可熱	「灸」手可熱
狗「急」跳牆	狗「擠」跳牆
孤若伶「仃」	孤若伶「丁」
延頸企「踵」	延頸企「腫」
所向「披」靡	所向「批」靡
披星「戴」月	披星「帶」月
拋頭「露」面	拋頭「漏」面
抱頭鼠「竄」	抱頭鼠「鑽」
明火執「仗」	明火執「杖」
明知故「犯」	明知故「患」
明「察」秋毫	明「查」秋毫
「杳」如黃鶴	「香」如黃鶴
河清海「晏」	河清海「宴」
波瀾「壯」闊	波瀾「狀」闊
物極必「反」	物極必「返」
「狐」群狗黨	「孤」群狗黨
「宜」室「宜」家	「怡」室「怡」家
弦歌不「輟」	弦歌不「綴」
拒諫「飾」非	拒諫「是」非
披荊斬「棘」	披荊斬「刺」
拍案叫「絕」	拍案叫「決」
「拖」泥帶水	「託」泥帶水
明正典「刑」	明正典「型」
明哲保「身」	明哲保「生」
東施效「顰」	東施效「頻」
杯盤狼「藉」	杯盤狼「籍」
河清難「俟」	河清難「伺」
油腔「滑」調	油腔「猾」調
狗尾續「貂」	狗尾續「昭」
直言不「諱」	直言不「緯」

成語舉例	成語誤寫	成語舉例	成語誤寫	成語舉例	成語誤寫
直「截」了當	直「接」了當	「秉」燭夜遊	「稟」燭夜遊	空口無「憑」	空口無「平」
肺「腑」之言	肺「府」之言	舍本「逐」末	舍本「遂」末	花團錦「簇」	花團錦「族」
「芸芸」眾生	「云云」眾生	虎視「眈眈」	虎視「耽耽」	迎「刃」而解	迎「刀」而解
近在「咫」尺	近在「只」尺	近在眉「睫」	近在眉「捷」	近鄉情「怯」	近鄉情「卻」
金玉滿「堂」	金玉滿「棠」	金「碧」輝煌	金「璧」輝煌	金蟬脫「殼」	金蟬脫「穀」
「附」庸風雅	「付」庸風雅	雨後春「筍」	雨後春「荀」	雨過天「青」	雨過天「輕」
青天霹「靂」	青天霹「厲」	青出於「藍」	青出於「籃」	青「蠅」弔客	青「繩」弔客
9畫					
信手「拈」來	信手「黏」來	信誓「旦旦」	信誓「亘亘」	「侯」門似海	「候」門似海
俗不可「耐」	俗不可「奈」	削足適「履」	削足適「屨」	前功盡「棄」	前功盡「泣」
前車之「鑑」	前車之「見」	前倨後「恭」	前倨後「功」	南風不「競」	南風不「兢」
南鷂北「鷹」	南鷂北「鸓」	「卻」之不恭	「怯」之不恭	厚顏無「恥」	厚顏無「齒」
咬文「嚼」字	咬文「咀」字	哀鴻「遍」野	哀鴻「偏」野	奼紫「嫣」紅	奼紫「焉」紅
威武不「屈」	威武不「曲」	室如懸「磬」	室如懸「慶」	「待」人接物	「代」人接物
後顧之「憂」	後顧之「優」	怒不可「遏」	怒不可「惡」	怒髮「衝」冠	怒髮「沖」冠

成語舉例	成語誤寫	成語舉例	成語誤寫	成語舉例	成語誤寫
急功「近」利	急功「進」利	急管「繁」弦	急管「煩」弦	「怨」天尤人	「怒」天尤人
「按」兵不動	「暗」兵不動	按「部」就班	按「步」就班	「拭」目以待	「試」目以待
指揮若「定」	指揮若「訂」	拾金不「昧」	拾金不「味」	挑「撥」離間	挑「潑」離間
「故」步自封	「固」步自封	故態復「萌」	故態復「明」	春「蚓」秋蛇	春「引」秋蛇
昭然若「揭」	昭然若「歇」	星羅「棋」布	星羅「其」布	柔「茹」剛吐	柔「如」剛吐
柳暗花「明」	柳暗花「名」	殃及池「魚」	殃及池「漁」	「洋洋」大觀	「揚揚」大觀
流言「蜚」語	流言「飛」語	「流」芳百世	「留」芳百世	流金「鑠」石	流金「礫」石
留「連」忘返	留「漣」忘返	洞見癥「結」	洞見癥「節」	洗垢求「瘢」	洗垢求「般」
洶湧「澎」湃	洶湧「彭」湃	為虎作「倀」	為虎作「娼」	為富不「仁」	為富不「人」
玲瓏「剔」透	玲瓏「惕」透	甚「囂」塵上	甚「蕭」塵上	畏「首」畏尾	畏「手」畏尾
相輔相「成」	相輔相「承」	相形見「絀」	相形見「拙」	相得益「彰」	相得益「章」
相提「並」論	相提「併」論	相敬如「賓」	相敬如「冰」	穿鑿「附」會	穿鑿「付」會
「突」如其來	「凸」如其來	「紈」袴子弟	「玩」袴子弟	美「輪」美奐	美「侖」美奐
「耐」人尋味	「奈」人尋味	背「井」離鄉	背「阱」離鄉	背水一「戰」	背水一「仗」

成語舉例	成語誤寫
背道而「馳」	背道而「遲」
負隅頑「抗」	負隅頑「伉」
重整「旗」鼓	重整「棋」鼓
面目可「憎」	面目可「僧」
面黃「肌」瘦	面黃「饑」瘦
風流倜「儻」	風流倜「黨」
風馳電「掣」	風馳電「製」
風聲鶴「唳」	風聲鶴「淚」
飛黃「騰」達	飛黃「謄」達
「食」指大動	「十」指大動
10畫	
乘車「戴」笠	乘車「帶」笠
俯「仰」之間	俯「抑」之間
「俯」首貼耳	「伏」首貼耳
兼程並「進」	兼程並「近」

成語舉例	成語誤寫
苦心孤「詣」	苦心孤「旨」
赴湯「蹈」火	赴湯「倒」火
「重」蹈覆轍	「從」蹈覆轍
面紅耳「赤」	面紅耳「刺」
革故「鼎」新	革故「頂」新
風起雲「湧」	風起雲「踴」
風塵「僕僕」	風塵「樸樸」
風「靡」一時	風「麋」一時
飛「蛾」撲火	飛「鵝」撲火
食指「浩」繁	食指「耗」繁
乘「堅」策肥	乘「監」策肥
俯仰「由」人	俯仰「尤」人
「倚」老賣老	「依」老賣老
剜肉「補」瘡	剜肉「捕」瘡

成語舉例	成語誤寫
苟延殘「喘」	苟延殘「踹」
重作「馮」婦	重作「憑」婦
降格以「求」	降格以「裘」
面面相「覷」	面面相「虛」
風雨如「晦」	風雨如「誨」
風雲「際」會	風雲「濟」會
風燭「殘」年	風燭「慘」年
飛揚「跋」扈	飛揚「拔」扈
食前方「丈」	食前方「仗」
香消玉「殞」	香消玉「損」
乘龍快「婿」	乘龍快「去」
俯拾「即」是	俯拾「既」是
倒持「泰」阿	倒持「太」阿
剛「愎」自用	剛「復」自用

成語舉例	成語誤寫
「匪」夷所思	「非」夷所思
「悖」入「悖」出	「背」入「背」出
振「聾」發聵	振「龍」發聵
時乖命「蹇」	時乖命「寒」
桑間「濮」上	桑間「僕」上
殷「鑒」不遠	殷「劍」不遠
氣「象」萬千	氣「相」萬千
「涓」滴歸公	「捐」滴歸公
浩然之「氣」	浩然之「器」
珠「圓」玉潤	珠「園」玉潤
病入膏「肓」	病入膏「盲」
笑「逐」顏開	笑「遂」顏開
胸無「宿」物	胸無「素」物
舐「犢」情深	舐「牘」情深
成語舉例	**成語誤寫**
宵衣「旰」食	宵衣「乾」食
拳拳服「膺」	拳拳服「鷹」
旁敲「側」擊	旁敲「惻」擊
根深「蒂」固	根深「帝」固
桀驁不「馴」	桀驁不「訓」
氣息「奄奄」	氣息「淹淹」
海屋添「籌」	海屋添「愁」
浮光「掠」影	浮光「略」影
「烏」煙瘴氣	「鳥」煙瘴氣
珠聯「璧」合	珠聯「壁」合
真知灼「見」	真知灼「現」
粉「飾」太平	粉「是」太平
能者多「勞」	能者多「老」
荒「謬」絕倫	荒「繆」絕倫
成語舉例	**成語誤寫**
悔不當「初」	悔不當「出」
「振振」有辭	「正正」有辭
時不我「與」	時不我「予」
「栩栩」如生	「許許」如生
「殊」途同歸	「輸」途同歸
氣貫長「虹」	氣貫長「紅」
海市「蜃」樓	海市「脣」樓
浩浩「蕩蕩」	浩浩「盪盪」
「班」門弄斧	「搬」門弄斧
「疾」言厲色	「急」言厲色
破「鏡」重圓	破「境」重圓
紛至「沓」來	紛至「踏」來
胼手「胝」足	胼手「抵」足
草「菅」人命	草「管」人命

成語舉例	成語誤寫
「豺」狼當道	「材」狼當道
追本「溯」源	追本「訴」源
針「鋒」相對	針「峰」相對
除舊「布」新	除舊「部」新
高朋滿「座」	高朋滿「坐」
寅吃「卯」糧	寅吃「卵」糧
強「弩」之末	強「努」之末
從長「計」議	從長「記」議
捲土「重」來	捲土「從」來
「推」心置腹	「堆」心置腹
敝「帚」千金	敝「掃」千金
晨昏定「省」	晨昏定「醒」
「梧」鼠技窮	「吾」鼠技窮
欲蓋「彌」彰	欲蓋「瀰」彰

成語舉例	成語誤寫
躬逢其「盛」	躬逢其「剩」
酒酣耳「熱」	酒酣耳「熟」
「釜」底抽薪	「斧」底抽薪
飢不「擇」食	飢不「折」食
鬼鬼「祟祟」	鬼鬼「崇崇」
張口「結」舌	張口「節」舌
強詞奪「理」	強詞奪「禮」
從「善」如流	從「擅」如流
掩耳盜「鈴」	掩耳盜「玲」
推本溯「源」	推本溯「原」
斬草除「根」	斬草除「跟」
望門投「止」	望門投「址」
棄如「敝」屣	棄如「蔽」屣
殺身成「仁」	殺身成「人」

成語舉例	成語誤寫
逃之「夭夭」	逃之「天天」
酒囊飯「袋」	酒囊飯「帶」
閃「爍」其辭	閃「礫」其辭
馬「首」是瞻	馬「手」是瞻
11畫	
動「輒」得咎	動「轍」得咎
張皇失「措」	張皇失「錯」
得魚忘「筌」	得魚忘「全」
情有可「原」	情有可「緣」
「掉」以輕心	「吊」以輕心
排山「倒」海	排山「到」海
斬釘「截」鐵	斬釘「接」鐵
望塵莫「及」	望塵莫「極」
條分「縷」析	條分「履」析
殺雞「警」猴	殺雞「驚」猴

成語舉例	成語誤寫
淡「妝」濃抹	淡「裝」濃抹
「涸」轍鮒魚	「河」轍鮒魚
「烽」火連天	「峰」火連天
異口同「聲」	異口同「生」
眾目「睽睽」	眾目「癸癸」
眾怒難「犯」	眾怒難「患」
細大不「捐」	細大不「涓」
脫「穎」而出	脫「頃」而出
「荼」毒生靈	「茶」毒生靈
貪贓「枉」法	貪臟「王」法
連篇累「牘」	連篇累「讀」
魚「沉」雁杳	魚「沈」雁杳
割席「絕」交	割席「決」交
「喧」賓奪主	「暄」賓奪主

成語舉例	成語誤寫
淺嘗「輒」止	淺嘗「則」止
淪飢「浹」髓	淪飢「夾」髓
「率」獸食人	「帥」獸食人
異「想」天開	異「鄉」天開
眾志成「城」	眾志成「誠」
眼花「撩」亂	眼花「瞭」亂
細針「密」縷	細針「蜜」縷
荳「蔻」年華	荳「寇」年華
「袖」手旁觀	「抽」手旁觀
「趾」高氣揚	「指」高氣揚
「逢」人說項	「憑」人說項
魚游「釜」中	魚游「斧」中
勞「燕」分飛	勞「雁」分飛
喜怒無「常」	喜怒無「長」

成語舉例	成語誤寫
淋漓盡「致」	淋漓盡「至」
深思熟「慮」	深思熟「濾」
略勝一「籌」	略勝一「疇」
「盛」氣凌人	「勝」氣凌人
眾「叛」親離	眾「判」親離
移「樽」就教	移「尊」就教
終南捷「徑」	終南捷「逕」
莫「名」其妙	莫「明」其妙
「貪」小失大	「貧」小失大
通「宵」達旦	通「消」達旦
「頂」天立地	「鼎」天立地
12 畫	
「傍」人門戶	「旁」人門戶
博聞強「志」	博聞強「誌」
「唾」手可得	「垂」手可得

成語舉例	成語誤寫	成語舉例	成語誤寫	成語舉例	成語誤寫
循規蹈「矩」	循規蹈「距」	惱羞成「怒」	惱羞成「恕」	「惺惺」作態	「猩猩」作態
「惶」恐不安	「皇」恐不安	插科打「諢」	插科打「混」	提綱「挈」領	提綱「契」領
「森」羅萬象	「深」羅萬象	「椎」心泣血	「錐」心泣血	殘杯冷「炙」	殘杯冷「灸」
渾渾「噩噩」	渾渾「厄厄」	焦頭爛「額」	焦頭爛「耳」	無「妄」之災	無「忘」之災
無「事」生非	無「是」生非	無所「適」從	無所「事」從	無「的」放矢	無「地」放矢
無精打「采」	無精打「彩」	無「稽」之談	無「譏」之談	無「獨」有偶	無「毒」有偶
煮豆燃「萁」	煮豆燃「其」	發「憤」忘食	發「奮」忘食	登峰造「極」	登峰造「及」
稍「縱」即逝	稍「蹤」即逝	結草銜「環」	結草銜「鐶」	絕口不「提」	絕口不「題」
絡「繹」不絕	絡「譯」不絕	肅然「起」敬	肅然「啟」敬	虛無縹「緲」	虛無縹「渺」
虛與「委」蛇	虛與「偎」蛇	街談巷「議」	街談巷「義」	視若無「睹」	視若無「賭」
進退「維」谷	進退「唯」谷	開門「揖」盜	開門「依」盜	開源節「流」	開源節「留」
閒雲「孤」鶴	閒雲「狐」鶴	雅俗「共」賞	雅俗「供」賞	集思廣「益」	集思廣「義」
集「腋」成裘	集「掖」成裘	「項」背相望	「向」背相望	黃「粱」一夢	黃「梁」一夢
「傾」家蕩產	「頃」家蕩產	「勢」不兩立	「是」不兩立	勢「均」立敵	勢「鈞」立敵

成語舉例	成語誤寫
愛「屋」及「烏」	愛「烏」及「屋」
搖搖欲「墜」	搖搖欲「墮」
暗「箭」傷人	暗「劍」傷人
滄海一「粟」	滄海一「栗」
當「務」之急	當「物」之急
萬念「俱」灰	萬念「具」灰
節哀順「變」	節哀順「便」
群龍無「首」	群龍無「手」
「腥」風血雨	「惺」風血雨
「誠」惶「誠」恐	「成」惶「成」恐
遇人不「淑」	遇人不「熟」
鉗口「結」舌	鉗口「節」舌
墓木「已」拱	墓木「以」拱
「嶄」露頭角	「斬」露頭角

成語舉例	成語誤寫
惹「是」生非	惹「事」生非
新陳代「謝」	新陳代「洩」
楚材「晉」用	楚材「進」用
「煢煢」孑立	「瑩瑩」孑立
「睚」眥必報	「涯」眥必報
萬箭「攢」心	萬箭「鑽」心
綆短「汲」深	綆短「及」深
肆無忌「憚」	肆無忌「彈」
「觥」籌交錯	「光」籌交錯
「綵」衣娛親	「彩」衣娛親
過目成「誦」	過目成「頌」
14 畫	
「嘉」言懿行	「佳」言懿行
寧缺毋「濫」	寧缺毋「爛」
「弊」絕風清	「敝」絕風清

成語舉例	成語誤寫
「搔」首弄姿	「騷」首弄姿
暗度陳「倉」	暗度陳「蒼」
毀家「紓」難	毀家「抒」難
瑕不掩「瑜」	瑕不掩「逾」
萬「劫」不復	萬「節」不復
「稗」官野史	「拜」官野史
義無「反」顧	義無「煩」顧
腰「纏」萬貫	腰「財」萬貫
詰屈「聱」牙	詰屈「敖」牙
運籌「帷」幄	運籌「維」幄
鉤心鬥「角」	鉤心鬥「腳」
「嘖」有煩言	「責」有煩言
寥若「晨」星	寥若「辰」星
慘絕人「寰」	慘絕人「還」

成語舉例	成語誤寫
「截」長補短	「接」長補短
滿目「瘡」痍	滿目「愴」痍
「漫」不經心	「慢」不經心
維妙維「肖」	維妙維「俏」
「誨」人不倦	「悔」人不倦
「遙遙」無期	「搖搖」無期
鳳毛「麟」角	鳳毛「鱗」角
「戮」力同心	「戳」力同心
樂不可「支」	樂不可「止」
「緣」木求魚	「原」木求魚
蓽路藍「縷」	蓽路藍「屢」
「震」天動地	「振」天動地
「鴉」雀無聲	「鴨」雀無聲
擇善「固」執	擇善「故」執

成語舉例	成語誤寫
截「趾」適屨	截「指」適屨
滿腹經「綸」	滿腹經「論」
熙來「攘」往	熙來「壤」往
「蒲」柳之姿	「浦」柳之姿
貌「合」神離	貌「和」神離
銅「筋」鐵骨	銅「斤」鐵骨
15畫	
厲兵「秣」馬	厲兵「抹」馬
「撥」雲見日	「剝」雲見日
盤根錯「節」	盤根錯「結」
「蔚」然成風	「尉」然成風
「銷」聲匿跡	「消」聲匿跡
養精「蓄」銳	養精「畜」銳
16畫	
「噤」若寒蟬	「禁」若寒蟬
「歷歷」在目	「粒粒」在目

成語舉例	成語誤寫
「槁」木死灰	「稿」木死灰
漸入「佳」境	漸入「加」境
竭澤而「漁」	竭澤而「魚」
語焉不「詳」	語焉不「祥」
輕重「緩」急	輕重「暖」急
魂不「附」體	魂不「付」體
憂心「忡忡」	憂心「沖沖」
暴「殄」天物	暴「珍」天物
窮鄉「僻」壤	窮鄉「避」壤
「蓬」門蓽戶	「篷」門蓽戶
「鋌」而走險	「挺」而走險
駕輕「就」熟	駕輕「舊」熟
學以「致」用	學以「至」用
獨占「鰲」頭	獨占「熬」頭

筆畫	成語舉例	成語誤寫
	獨樹一「幟」	獨樹一「支」
	「瞠」乎其後	「撐」乎其後
	「醍醐」灌頂	「提壺」灌頂
	「黔」驢技窮	「錢」驢技窮
	「櫛」風沐雨	「節」風沐雨
	營私舞「弊」	營私舞「斃」
	矯「揉」造作	矯「柔」造作
	膾「炙」人口	膾「灸」人口
18 畫	斷章取「義」	斷章取「意」
	雙瞳「翦」水	雙瞳「剪」水
	嚴懲不「貸」	嚴懲不「貨」
	「辯」才無礙	「辨」才無礙
23 畫	驚鴻一「瞥」	驚鴻一「撇」
	獨闢「蹊」徑	獨闢「溪」徑
	「融」會貫通	「溶」會貫通
	錦心「繡」口	錦心「鏽」口
17 畫	「勵」精圖治	「力」精圖治
	「濟濟」一堂	「擠擠」一堂
	「瞭」如指掌	「了」如指掌
	「糟」糠之妻	「蹧」糠之妻
	鍾靈「毓」秀	鍾靈「育」秀
	禮「尚」往來	禮「上」往來
19 畫	「韜」光養晦	「滔」光養晦
	「觸」目驚心	「怵」目驚心
22 畫	疊床「架」屋	疊床「加」屋
	「麟」肝鳳髓	「鱗」肝鳳髓
	「璞」玉渾金	「樸」玉渾金
	諱疾「忌」醫	諱疾「記」醫
	「駭」人聽聞	「害」人聽聞
	「擘」肌分理	「臂」肌分理
	濫「竽」充數	濫「芋」充數
	「瞬」息萬變	「舜」息萬變
	繁文「縟」節	繁文「辱」節
	鞠躬盡「瘁」	鞠躬盡「卒」
	「簞」食壺漿	「單」食壺漿
20 畫	嚴「刑」峻法	嚴「形」峻法
21 畫	纏綿悱「惻」	纏綿悱「側」
	「驕」兵必敗	「嬌」兵必敗
24 畫	鸞「翔」鳳集	鸞「祥」鳳集

附錄二：趣味成語猜謎一覽表

猜謎	答案	猜謎	答案	猜謎	答案
ㄅ					
八仙聚會	又說又笑	八仙吹喇叭	神氣十足	八月十五的月亮	光明正大
八十學手藝	老來發憤	八個油瓶七個蓋	缺一不可	八個麻雀抬轎	擔當不起
八哥的嘴巴	隨人說話	八哥啄柿子	揀軟的欺	八畝地裡一棵穀	單根獨苗
拔草引蛇	自討麻煩	霸王別姬	無可奈何	玻璃耗子玻璃貓	一毛不拔
玻璃板上塗蠟	又光又滑	菠菜煮豆腐	清清白白	剝開皮肉種紅豆	入骨相思
脖頸上磨刀	危險到頂	跛子唱戲文	下不了臺	白骨精演說	妖言惑眾
白娘子喝雄黃酒	頭昏腦脹	白天捉鬼	沒影的事	白天點燈	多此一舉
白紙寫黑字	黑白分明	白瓷壺好看	有口無心	白骨精給唐僧送飯	假心假意
白骨精遇上孫悟空	原形畢露	白頸烏鴉	開口是禍	白臉蛋打粉	可有可無
白臉奸臣出場	一副惡相	白糖拌苦瓜	苦中有甜	白糖嘴巴刀子心	口蜜腹劍
白衣秀士當寨主	容不得人	百年大樹	根深蒂固	百靈鳥唱歌	自得其樂
敗將收殘兵	重整齊鼓	背石頭上山	勞而無功	背起棺材跳水	安心尋死
包公辦案	鐵面無私	包子吃到豆沙邊	嘗到甜頭	寶劍插在鞘裡	鋒芒不露
飽帶乾糧晴帶傘	有備無患	板上敲釘子	穩紮穩打	半天雲裡跑馬	露了馬腳

猜謎	答案	猜謎	答案	猜謎	答案
半斤對八兩	不相上下	棒槌當針	粗細不分	鼻尖上著火	迫在眉睫
病好打醫生	恩將仇報	ㄆ 螃蟹過河	七手八腳	袍子改汗衫	綽綽有餘
跑出去的馬	步步有印	披蓑衣救火	惹禍上身	屁股上抹香水	不值一文
ㄇ 麻雀嫁女	唧唧喳喳	馬路新聞	道聽塗說	螞蟻搬家	密密麻麻
魔術師的本領	弄虛作假	買乾魚放生	不知死活	沒骨子的傘	支撐不住
沒有根的浮萍	無依無靠	媒婆的嘴	能說會道	滿天飛烏鴉	一片漆黑
盲人趕廟會	瞎湊熱鬧	孟母三遷	望子成龍	迷途望見北斗星	絕處逢生
母雞帶小雞	寸步不離	木匠的折尺	能屈能伸	木偶做戲	受人牽連
ㄈ 肥皂泡	不攻自破	飛機上講演	高談闊論	飛毛腿賽跑	快上加快
飛蛾撲蜘蛛	自投羅網	放虎歸山	後患無窮	風吹楊柳	左右搖擺
風箏斷線	扶搖直上	扶著醉漢過破橋	上晃下搖	ㄉ 打赤腳上街	腳踏實地
打開棺材喊捉賊	冤枉死人	打蛇隨棍上	因勢乘便	打響雷，不下雨	虛驚一場
大道邊上貼布告	路人皆知	大肚子踩鋼絲	鋌而走險	大老爺坐堂	吆五喝六
大炮打麻雀	大材小用	大石沉海	一落千丈	得隴望蜀	貪心不足

猜謎	答案
鬥贏的公雞	神氣十足
豆芽炒韭菜	亂七八糟
肚臍長筍子	胸有成竹
ㄊ	
投桃報李	禮尚往來
頭上掛燈籠	唯我高明
貪婪鬼赴宴	貪吃貪喝
鐵將軍把門	家中無人
天黑找不到路	日暮途窮
土地爺打算盤	神機妙算
退潮的海灘	水落石出
南山上的松柏	四季長青
奴才見主子	百依百順
癩痢頭打傘	無法無天
雷公動怒	不同凡響

猜謎	答案
稻草人救火	同歸於盡
登上泰山想升天	好高騖遠
斷了線的珠子	七零八落
頭頂上長眼睛	目空一切
討媳婦嫁女兒	一進一出
唐僧取經	千辛萬苦
挑著雞蛋走冰路	小心翼翼
聽見貓叫身子抖	膽小如鼠
脫韁的野馬	拉不回頭
ㄋ	
南來北往	不是東西
逆水行舟	力爭上游
ㄌ	
拉鬍子過河	謙虛過渡
癩痢頭上的蝨子	無處藏身
雷公劈螞蟻	以大欺小

猜謎	答案
道士唸經	照本宣科
獨眼龍相親	一眼看中
冬天賣扇子	無心過問
頭髮裡找粉刺	吹毛求疵
透過窗縫看落日	一線希望
螳臂擋車	自不量力
跳上岸的大蝦	慌了手腳
亭子裡談心	講風涼話
脫褲子放屁	多此一舉
南郭先生吹竽	濫竽充數
年輕人扛大梁	後生可畏
拉胡琴打噴嚏	弦外之音
癩哈蟆敲大鼓	自吹自擂
老和尚誦經	念念有詞

猜謎	答案	猜謎	答案	猜謎	答案
老虎吃天	摸不著邊	老虎餓了逮耗子	饑不擇食	老虎爪子蠍子心	又狠又毒
老虎嘴上拔毛	好大的膽	老鼠扒洞	自找門路	老鼠逗貓	沒事找事
老太婆的嘴	嘮嘮叨叨	老太婆啃窩頭	細嚼慢嚥	老太太吃黃連	苦口婆心
老太太上臺階	一步步來	老藤纏樹	繞來繞去	老頭子聯歡	非同兒戲
老王賣瓜	自賣自誇	老鴉唱山歌	不堪入耳	簍裡的蟹	傷不了人
籃裡揀花	越揀越花	懶鳥不搭窩	得過且過	爛肉餵蒼蠅	投其所好
爛眼兒趕蒼蠅	忙不過來	狼窩裡的羊	九死一生	狸貓換太子	以假冒真
理髮師教徒弟	從頭學起	鯉魚跳龍門	身價百倍	鯉魚下油鍋	死不瞑目
立春響雷	一鳴驚人	劉備借荊州	有借無還	劉備摔阿斗	收買人心
劉備遇孔明	如魚得水	劉姥姥進大觀園	眼花撩亂	六月的雲	捉摸不定
六月裡的荷花	眾人共賞	蓮花並蒂開	正好一對	廉頗背荊條	負荊請罪
臉醜怪鏡歪	強詞奪理	臉上寫字	表面文章	林黛玉的身子	弱不禁風
林黛玉的性子	多愁善感	林黛玉葬花	自嘆命薄	臨陣磨槍	不快也光
兩個醉漢睡覺	東倒西歪	兩口子回門	成雙成對	兩條腿的板凳	站不住腳

猜謎	答案
洛陽的牡丹	人人喜歡
輪船出海	暢通無阻
龍王爺作法	呼風喚雨
ㄍ	
隔岸觀火	幸災樂禍
高樓平地起	日新月異
狗打石頭人咬狗	豈有此理
狗坐轎子	不識抬舉
古曲演奏	老調重彈
過了河的卒子	橫衝直撞
關公門前耍大刀	班門弄斧
公雞下蛋	無奇不有
口袋裡裝錐子	鋒芒畢露
枯藤纏大樹	生死不離
孔明巧設空城計	化險為夷

猜謎	答案
駱駝打滾	翻不了身
龍王發脾氣	翻江倒海
聾子戴耳機	聽而不聞
隔著黃河	鞭長莫及
高山滾石頭	永不回頭
狗啃骨頭	津津有味
乾打雷不下雨	虛張聲勢
鍋裡切西瓜	滴水不漏
關公鬥李逵	大刀闊斧
關上門做皇帝	自尊自大
蝌蚪變青蛙	面目全非
口含蜂蜜	甜言蜜語
快刀斬亂麻	一刀兩斷
ㄏ	
和尚吃葷	知法犯法

猜謎	答案
落網的魚兒	脫不了身
龍王爺的幫手	蝦兵蟹將
旅客上車	各就各位
給了九寸想十寸	得寸進尺
高山上的雪蓮	一塵不染
狗攆耗子	多管閒事
跟和尚借梳子	強人所難
過河洗腳	一舉兩得
關公赴宴	單刀直入
廣東人唱京戲	南腔北調
開了閘的活水	一瀉千里
砍刀遇斧頭	各不相讓
空中倒馬桶	臭氣薰天
哈巴狗見主人	搖尾乞憐

猜謎	答案	猜謎	答案	猜謎	答案
和尚打傘	無法無天	和尚的木魚	合不攏嘴	荷葉上的露珠	滾來滾去
海底撈月	白忙一場	海上泛舟	漫無邊際	耗子啃書	咬文嚼字
耗子看糧倉	監守自盜	耗子遇見貓	六神無主	猴子爬樹	拿手好戲
韓信用兵	多多益善	航空公司開張	有機可乘	狐狸跟著老虎走	狐假虎威
花綢上繡牡丹	錦上添花	花崗岩腦袋	頑固不化	華佗行醫	妙手回春
畫筆敲鼓	有聲有色	畫虎不成反類犬	弄巧成拙	畫蛇添足	多此一舉
火車進隧道	長驅直入	火車上演戲	載歌載舞	皇帝出宮	前呼後擁
皇帝的別名	孤家寡人	黃連扮苦瓜	苦上加苦	黃連樹下彈琴	苦中取樂
黃鼠狼給雞拜年	沒安好心	黃鼠狼借雞	有借無還	紅娘挨打	成全好事
雞蛋碰石頭	粉身碎骨	雞毛蒜皮	微不足道	借一角還十分	分文不差
腳板上釘釘	寸步難行	腳踩兩隻船	三心二意	腳長雞眼臀生瘡	坐立不安
九曲橋散步	拐彎抹角	酒肉朋友的交情	吃吃喝喝	見了蚊子就拔劍	大驚小怪
箭在弦上	一觸即發	江邊插楊柳	落地生根	江湖佬賣假藥	招搖撞騙
姜太公在此	百無禁忌	驚弓之鳥	心有餘悸	井裡吹喇叭	低聲下氣

猜謎	答案
舉重比賽	斤斤計較
氣死周瑜去弔孝	虛情假意
秋後的青蛙	銷聲匿跡
千人大合唱	異口同聲
強盜照鏡子	賊頭賊腦
氫氣球上天	不翼而飛
窮債戶過年	躲躲閃閃
戲子沒卸妝	油頭粉面
瞎子摸象	自以為是
小鬼看見鐘馗像	望而生畏
袖裡藏刀	鋒芒不露
ㄓ	
紙糊的老虎	外強中乾
張果老倒騎驢	背道而馳
丈母娘遇親家母	婆婆媽媽

猜謎	答案
ㄑ	
騎馬上山	步步登高
蚯蚓打哈欠	土裡土氣
千里通電話	遙相呼應
千條江河歸大海	大勢所趨
牆頭上的鴿子	東張西望
晴天帶雨傘	多此一舉
ㄒ	
西施禿頭	美中不足
瞎子戴眼鏡	裝模作樣
蠍子螫蜈蚣	以毒攻毒
小偷進牧場	順手牽羊
新媳婦上花轎	忸忸怩怩
指著禿子罵和尚	借題發揮
張三帽子給李四	張冠李戴
正月十五煮元宵	紛紛落水

猜謎	答案
騎馬逛公園	走馬觀花
蚯蚓爬石板	無地自容
千年鐵樹開了花	枯木逢春
潛水艇下水	深入淺出
青蛙遇田雞	難兄難弟
窮人賣女兒	迫不得已
西瓜皮擦屁股	不乾不淨
瞎子叫好	隨聲附和
小鬼拜見張天師	自投羅網
秀才背書	出口成章
許仙碰著白娘子	天降良緣
蚱蜢碰上雞	在劫難逃
張生遇見崔鶯鶯	一見鍾情
諸葛亮當軍師	足智多謀

猜謎	答案	猜謎	答案	猜謎	答案
諸葛亮借東風	將計就計	豬八戒的嘴	貪吃貪喝	捉蝨子上頭	自尋煩惱
ㄔ 吃了靈芝草	長生不老	吃麻油唱曲子	油腔滑調	吃稀飯泡米湯	親上加親
折東牆補西牆	顧此失彼	超載的火車	任重道遠	朝廷的太監	後繼無人
陳世美當駙馬	喜新厭舊	城隍講故事	鬼話連篇	楚霸王困垓下	四面楚歌
穿新鞋走老路	因循守舊	ㄕ 十步九回頭	難捨難分	十二月說夢話	夜長夢多
十個銅錢四人分	三三兩兩	十年寒窗中狀元	先苦後甜	十五個吊桶打水	七上八下
十五個聾子問路	七喊八叫	十五個人當家	七嘴八舌	十五塊布縫衣服	七拼八湊
十一個手指	節外生枝	石沉大海	一落千丈	石匠賣豆腐	軟硬兼施
石獅子得病	不可救藥	石頭上種蔥	白費功夫	屎蚵蜋戴墨鏡	昏天黑地
葉公好龍	口是心非	射箭沒靶子	無的放矢	燒香趕走和尚	喧賓奪主
燒香遇到活菩薩	求之不得	手長衣袖短	高攀不上	手拿謎語猜不出	執迷不悟
壽星佬賣媽媽	老來發昏	壽星佬彈琵琶	老生常談	山坡上燒火	就地取柴
山泉出澗	細水長流	山上的松樹	飽經風霜	山頭上對歌	一唱一和
神槍手打靶	百發百中	上房拆梯子	不留後路	生薑脫不了辣氣	本性難改

猜謎	答案	猜謎	答案	猜謎	答案
熟透的桑葚	紅得發紫	屬耗子的	偷吃偷喝	屬濟公的	瘋瘋癲癲
屬烏龜的	縮頭縮腦	樹梢吹喇叭	趾高氣揚	刷子沒有毛	有板有眼
水到屋邊帆到瓦	水漲船高	水牛踩漿	拖泥帶水	水牛打架	勾心鬥角
水推龍王走	自顧不暇	水銀瀉地	無孔不入	睡覺不枕枕頭	空頭空腦
睡夢打更	一無所知	霜打的嫩苗	奄奄一息	**ㄖ** 熱鍋裡爆蝦米	連蹦帶跳
熱鍋上的螞蟻	走投無路	肉爛了在鍋裡	不分彼此	**ㄗ** 雜貨鋪子	無所不有
雜耍班子走江湖	逢場作戲	宰相肚裡能撐船	寬宏大量	灶旁的風箱	煽風點火
灶王爺的橫批	一家之主	灶王爺上天	有啥說啥	卒子過河	難以回頭
左撇子使筷子	彆彆扭扭	坐南宮守北殿	不分東西	做夢見閻王	死去活來
嘴巴生刺	出口傷人	嘴上沒毛	辦事不牢	醉漢騎驢	搖頭晃腦
醉翁之意不在酒	另有所圖	**ㄘ** 才子配佳人	十全十美	此地無銀三百兩	不打自招
慈禧太后聽政	獨斷專行	財神爺叫門	好事臨門	菜園裡的壟溝	四通八達
操場上捉迷藏	無處藏身	曹操敗走華容道	兵荒馬亂	曹劌論戰	一鼓作氣
草船借箭	滿載而歸	參天的大樹	高不可攀	蒼蠅碰上蜘蛛網	脫不了身

猜謎	答案	猜謎	答案	猜謎	答案
崔鶯鶯送郎	依依不捨	脆瓜打驢	去了一半	從河南到湖南	難上加難
ㄙ 司馬誇諸葛	甘拜下風	司馬遇文君	一見鍾情	絲瓜筋打老婆	裝腔作勢
死人抓雞蛋	死不放手	四大金剛掃地	有勞大駕	塞翁失馬	因禍得福
三本經書掉了兩本	一本正經	三分麵加七分水	十分糊塗	三伏天發抖	不寒而慄
三伏天颳西北風	莫名奇妙	三腳板凳	一推便倒	三九天穿裙子	美麗動人
三九天開桃花	稀奇古怪	三月裡搧扇子	滿面春風	三月栽薯四月挖	急不可待
算盤子進位	以一當十	孫大聖赴蟠桃宴	偷吃偷喝	孫大聖管蟠桃園	監守自盜
孫二娘開店	謀財害命	孫猴子七十二變	神通廣大	孫猴子守桃園	自食其果
孫猴子坐天下	毛手毛腳	孫武訓宮女	紀律嚴明	孫悟空到了花果山	稱心如意
松樹料子做柴燒	大材小用	送親家接媳婦	兩頭不誤	ㄚ 阿二吹笙	濫竽充數
ㄜ 峨眉山的猴	精靈得很	鵝卵石掉進刺蓬	無牽無掛	額頭上抹肥皂	滑頭滑腦
額頭上生瘡	掩蓋不住	惡狼裝羊	居心不良	餓狗爭食	自相殘殺
鱷魚上岸	來者不善	ㄞ 矮子踩高蹺	取長補短	挨了巴掌賠不是	奴顏媚骨
矮子裡拔將軍	小才大用	矮子爬樓梯	步步升高	矮子騎大馬	上下兩難

猜謎	答案	猜謎	答案	猜謎	答案
ㄡ 漚爛的花生	沒有好人	ㄢ 案板上的魚	挨刀的貨	岸上看人溺水	見死不救
按著葫蘆浮起瓢	顧此失彼	ㄦ 兒童過年	又吃又喝	兒子成親父做壽	好事成雙
兒子打老子	情理難容	二八月的天氣	忽冷忽熱	二八月的莊稼	青黃不接
二餅碰八萬	斜不對眼	六刀錢開當鋪	周轉不開	二胡琴	扯扯談談
一 一把糖一把沙	好壞不分	一把芝麻撒上天	星星點點	一輩子當會計	長期打算
一本經書讀到老	食古不化	一堆腦瓜骨	沒臉沒皮	一個巴掌拍不響	孤掌難鳴
一個方凳坐兩人	親密無間	一個色子擲七點	出乎意料	一個世紀才盤點	百年大計
一根頭髮繫磨盤	千鈞一髮	一鍋粥打翻在地	收不了場	一團亂麻	千頭萬緒
一窩老鼠不嫌臊	氣味相投	依了媳婦得罪娘	難得兩全	丫頭做媒	自身難保
鴨子開會	無稽之談	鴨子吞田螺	全不知味	鴨子走路	左右搖擺
牙長手短	好吃懶做	衙門裡的狗	仗勢欺人	啞巴吃黃連	有苦難言
啞巴吃餃子	心中有數	啞巴吃蠍子	痛不可言	啞巴對話	指手劃腳
啞巴觀燈	妙不可言	啞巴看見娘	無話可說	啞巴上公堂	有口難辯
野馬上籠頭	服服貼貼	野馬脫韁	橫衝直撞	頁旁加火字	一看就煩

猜謎	答案	猜謎	答案	猜謎	答案
夜叉懷胎	肚裡有鬼	夜壺擺在床底下	見不得人	夜裡的雨雪	下落不明
咬生薑喝口醋	嘗盡辛酸	有棗無棗三桿子	亂打一通	又抓糍粑又抓麵	脫不了手
煙囪裡爬老鼠	直來直去	煙霧裡賞花	模糊不清	閹豬割耳朵	兩頭受罪
閻羅王的布告	鬼話連篇	閻羅王點生死薄	一筆勾銷	閻羅王好見	小鬼難纏
閻羅王脫帽	鬼頭鬼腦	閻羅王下請帖	末日來臨	眼睛瞪著孔方兄	見錢眼開
眼睛生在腦門上	眼界太高	雁過拔根毛	財迷心竅	燕窩掉地	家破人亡
燕子下江南	不辭辛苦	陰溝裡的蚯蚓	成不了龍	陰間秀才	陰陽怪氣
羊群裡的象	龐然大物	楊二郎的兵器	兩面三刀	楊家將上陣	全家出動
楊五郎削髮	半路出家	楊志賣刀	忍痛割愛	鸚鵡學舌	人云亦云
鸚鵡遇見百靈鳥	說說唱唱	硬要麻雀生鵝蛋	蠻不講理	乂 烏龜變鱔魚	解甲歸田
烏龜的腦袋	伸伸縮縮	烏龜想騎鳳凰背	白日做夢	烏鴉笑豬黑	彼此彼此
巫婆跳神	故弄玄虛	無花的薔薇	渾身是刺	無蜜的蜂窩	空空洞洞
無頭蒼蠅	亂闖亂碰	無弦的琵琶	一絲不掛	吳三桂引清兵	吃裡扒外
五個指頭兩邊矮	三長二短	五更天烤火	棄暗投明	五句話分兩次講	三言兩語

猜謎	答案	猜謎	答案	猜謎	答案
捂著腦袋趕耗子	抱頭鼠竄	午後看太陽	每下愈況	武大郎的扁擔	不長不短
武大郎娶妻	凶多吉少	武松打虎	藝高膽大	娃娃當家	小人得志
娃娃的臉	一日三變	窩裡的蛇	不知長短	我解纜繩你推船	順水人情
我心似你心	心心相印	歪戴帽子斜穿襖	不成體統	歪頭看戲怪臺斜	無理取鬧
歪嘴吹風	風氣不正	歪嘴照鏡子	當面出醜	彎腰拾稻草	輕而易舉
碗底的豆子	歷歷在目	萬歲爺賣包子	御駕親征	王寶釧等薛平貴	忠貞不渝
王府的管家	欺上瞞下	王麻子的刀剪	名不虛傳	王麻子種牛痘	悔之莫及
王母娘娘開蟠桃會	聚精會神	王羲之的字帖	別具一格	王羲之看鵝	專心致志
王羲之寫字	入木三分	王瞎子看告示	裝模作樣	王字加一點	做得了主
甕中之鱉	無處可逃	甕中捉鱉	十拿九穩	凵 魚卷裝魚	有進無出
魚跳出來吃貓	咄咄怪事	魚鷹下洞庭	大有作為	愚公之居	開門見山
雨過送傘	虛情假意	雨後的彩虹	五光十色	月亮底下看影子	夜郎自大
月下老人繡鴛鴦	穿針引線	岳王爺出陣	馬到成功	鴛鴦戲水	成雙成對
園藝師的手藝	移花接木	遠路人蹚水	不知深淺	用放大鏡看書	顯而易見

附錄三：常用成語接龍一覽表

成語	接龍	成語	接龍
一日千里	↓里談巷議↓議論紛紛↓紛至沓來	一日三秋	↓秋風過耳↓耳目一新↓新陳代謝
一手遮天	↓天長地久↓久而久之↓之乎者也	一毛不拔	↓拔山蓋世↓世外桃源↓源遠流長
一字千金	↓金童玉女↓女媧補天↓天地造化	一敗塗地	↓地大物博↓博大精深↓深藏不露
一鼓作氣	↓氣吞山河↓河魚之患↓患得患失	一鳴驚人	↓人贓俱獲↓獲益良多↓多愁善感
一網打盡	↓盡善盡美↓美若天仙↓仙風道骨	一塵不染	↓染風易俗↓俗諺俚語↓語重心長
一暴十寒	↓寒風刺骨↓骨軟筋麻↓麻姑獻壽	一箭雙雕	↓雕蟲小技↓技藝超群↓群策群力
一諾千金	↓金光閃閃↓閃爍其詞↓詞不達意	一竅不通	↓通情達理↓理直氣壯↓壯志凌雲
九牛一毛	↓毛舉縷析↓析骸易子↓子虛烏有	人微言輕	↓輕口薄舌↓舌粲蓮花↓花容月貌
入木三分	↓分文不取↓取長補短↓短小精悍	入境隨俗	↓俗不可耐↓耐人尋味↓味勝易牙
三令五申	↓申旦達夕↓夕陽西下↓下不了台	三顧茅廬	↓廬山面目↓目瞪口呆↓呆若木雞
上下其手	↓手不釋卷↓卷帙浩繁↓繁文末節	上行下效	↓效顰學步↓步步蓮花↓花枝招展
下筆成章	↓章決句斷↓斷髮文身↓身外之物	亡羊補牢	↓牢不可破↓破門而入↓入室升堂
口若懸河	↓河清海晏↓晏御揚揚↓揚眉吐氣	口蜜腹劍	↓劍拔弩張↓張皇失措↓措手不及
大義滅親	↓親痛仇快↓快人快語↓語焉不詳	山窮水盡	↓盡忠職守↓守望相助↓助長聲勢

成語	接龍
不可救藥	↓藥到病除↓除舊佈新↓新仇舊恨
不寒而慄	↓慄慄危懼↓懼刀避劍↓劍舌槍脣
中流砥柱	↓柱石之臣↓臣心如水↓水到渠成
匹夫之勇	↓勇往直前↓前仆後繼↓繼往開來
心腹之患	↓患難之交↓交情匪淺↓淺斟低唱
水深火熱	↓熱熱鬧鬧↓鬧中取靜↓靜觀其變
水滴石穿	↓穿金戴銀↓銀鉤鐵畫↓畫蛇添足
出奇制勝	↓勝券在握↓握手言歡↓歡天喜地
功成身退	↓退前縮後↓後來居上↓上上下下
四面楚歌	↓歌舞昇平↓平沙落雁↓雁去魚來
巧取豪奪	↓奪門而出↓出類拔群↓群居穴處
打草驚蛇	↓蛇心佛口↓口是心非↓非同小可
瓜田李下	↓下逐客令↓令人髮指↓指日可待
任勞任怨	↓怨天尤人↓人聲鼎沸↓沸沸揚揚

成語	接龍
不恥下問	↓問心無愧↓愧不敢當↓當務之急
不識時務	↓務實去華↓華燈初上↓上上下下
井底之蛙	↓蛙鼓蟲吟↓吟風詠月↓月白風清
天衣無縫	↓縫縫補補↓補缺拾遺↓遺恨千古
日暮途遠	↓遠走高飛↓飛蛾撲火↓火傘高張
水落石出	↓出乎意料↓料事如神↓神智不清
世外桃源	↓源遠流長↓長篇大論↓論功行賞
出神入化	↓化暗為明↓明目張膽↓膽戰心驚
司空見慣	↓慣養嬌生↓生生不息↓息事寧人
外強中乾	↓乾淨俐落↓落寞寡歡↓歡聲雷動
平步青雲	↓雲消霧散↓散散落落↓落落大方
未雨綢繆	↓繆種流傳↓傳宗接代↓代人捉刀
生死關頭	↓頭頭是道↓道聽塗說↓說說唱唱
先發制人	↓人困馬乏↓乏人問津↓津津樂道

成語	接龍
危如累卵	↓卵翼之恩↓恩將仇報↓報國盡忠
名落孫山	↓山搖地動↓動心忍性↓性情中人
如火如荼	↓荼毒生靈↓靈丹妙藥↓藥到回春
如魚得水	↓水秀山明↓明查暗訪↓訪古尋幽
安步當車	↓車水馬龍↓龍馬精神↓神通廣大
曲高和寡	↓寡不敵眾↓眾星捧月↓月下老人
有備無患	↓患難與共↓共襄盛舉↓舉手之勞
汗流浹背	↓背道而馳↓馳名遠近↓近在咫尺
羽毛未豐	↓豐功偉業↓業精於勤↓勤政愛民
老蚌生珠	↓珠圍翠繞↓繞梁三日↓日積月累
老當益壯	↓壯志凌雲↓雲霓之望↓望塵莫及
自給自足	↓足智多謀↓謀臣如雨↓雨過天晴
作壁上觀	↓觀察入微↓微不足道↓道山學海
呆若木雞	↓雞鳴狗吠↓吠聲吠影↓影影綽綽

成語	接龍
名不虛傳	↓傳家之寶↓寶山空回↓回生起死
多多益善	↓善男信女↓女中丈夫↓夫唱婦隨
如坐針氈	↓氈上拖毛↓毛手毛腳↓腳踏實地
守株待兔	↓兔死狐悲↓悲歡離合↓合情合理
曲突徙薪	↓薪火相傳↓傳譽古今↓今非昔比
口碑載道	↓道學先生↓生吞活剝↓剝皮抽筋
死灰復燃	↓燃萁煮豆↓豆蔻年華↓華而不實
江郎才盡	↓盡心盡力↓力不從心↓心服口服
老生常談	↓談笑風生↓生龍活虎↓虎頭蛇尾
老馬識途	↓途窮日暮↓暮氣沉沉↓沉魚落雁
自食其果	↓果熟自落↓落地生根↓根深柢固
自慚形穢	↓穢語汙言↓言聽計從↓從長計議
呆頭呆腦	↓腦滿腸肥↓肥頭大耳↓耳提面命
含沙射影	↓影隻形單↓單刀直入↓入幕之賓

成語	接龍
含苞待放	→放馬後炮→炮聲隆隆→隆恩曠典
形單影隻	→隻言片語→語笑喧譁→譁眾取寵
投鼠忌器	→器宇不凡→凡夫俗子→子子孫孫
沉默寡言	→言不由中→中西合璧→璧合珠聯
言過其實	→實至名歸→歸心似箭→箭在弦上
走馬看花	→花天酒地→地盡其利→利慾薰心
車水馬龍	→龍飛鳳舞→舞榭歌臺→臺閣生風
兔死狗烹	→烹龍炮鳳→鳳凰于飛→飛龍在天
刻舟求劍	→劍樹刀山→山陰道上→上下其手
咄咄怪事	→事在人為→為非作歹→歹徒橫行
奇貨可居	→居安思危→危言聳聽→聽而不聞
幸災樂禍	→禍起蕭牆→牆風壁耳→耳鬢交接
拋磚引玉	→玉石俱焚→焚琴煮鶴→鶴立雞群
抱薪救火	→火樹銀花→花甲之年→年事已高

成語	接龍
形跡敗露	→露膽披肝→肝膽相照→照螢映雪
投機取巧	→巧奪天工→工力悉敵→敵眾我寡
杞人憂天	→天狗食月→月落烏啼→啼笑皆非
沆瀣一氣	→氣定神閒→閒話家常→常勝將軍
言聽計從	→從俗就簡→簡明扼要→要言不煩
身無長物	→物是人非→非親非故→故技重施
事半功倍	→倍道兼進→進酒作樂→樂善好施
兩敗俱傷	→傷天害理→理不勝辭→辭不達意
刮目相看	→看人行事→事過境遷→遷善改過
夜郎自大	→大腹便便→便宜行事→事緩則圓
孤注一擲	→擲地有聲→聲嘶力竭→竭澤而漁
披星戴月	→月落星沉→沉默是金→金榜題名
抱頭鼠竄	→竄進竄出→出爾反爾→爾虞我詐
易如反掌	→掌上明珠→珠胎暗結→結草啣環

成語	接龍
東施效顰	↓顰眉蹙額↓額手稱頌↓頌聲遍野
枕戈待旦	↓旦旦信誓↓誓不兩立↓立身揚名
欣欣向榮	↓榮宗耀祖↓祖舜宗堯↓堯天舜日
物極必反	↓反反覆覆↓覆水難收↓收放自如
狗尾續貂	↓貂裘換酒↓酒足飯飽↓飽食終日
盲人瞎馬	↓馬仰人翻↓翻臉無情↓情意綿綿
臥薪嘗膽	↓膽大包天↓天誅地滅↓滅國弒君
虎頭蛇尾	↓尾生之信↓信手拈來↓來者不拒
近悅遠來	↓來龍去脈↓脈絡貫通↓通時達變
邯鄲學步	↓步步為營↓營私舞弊↓弊帚自珍
門可羅雀	↓雀屏中選↓選賢與能↓能言善辯
青出於藍	↓藍田種玉↓玉樹臨風↓風雨交加
信口雌黃	↓黃道吉日↓日有所思↓思惹情牽
前車之鑑	↓鑑往知來↓來頭不小↓小頭銳面

成語	接龍
東窗事發	↓發揚光大↓大旱雲霓↓霓裳羽衣
杯弓蛇影	↓影形不離↓離鸞別鳳↓鳳去樓空
歧路亡羊	↓羊入虎口↓口無遮攔↓攔前斷後
狗血淋頭	↓頭昏目眩↓眩目震耳↓耳聰目明
狐假虎威	↓威震天下↓下井投石↓石投大海
空穴來風	↓風雨對床↓床頭金盡↓盡付東流
虎口餘生	↓生搬硬套↓套畫押字↓字正腔圓
迎刃而解	↓解甲歸田↓田連阡陌↓陌路相逢
返老還童	↓童叟無欺↓欺善怕惡↓惡有惡報
門當戶對	↓對症下藥↓藥石罔效↓效果不彰
門庭若市	↓市井小民↓民殷國富↓富而不仁
青梅竹馬	↓馬到成功↓功不可沒↓沒沒無聞
削足適履	↓履仁蹈義↓義薄雲天↓天壤之別
前倨後恭	↓恭恭敬敬↓敬業樂群↓群策群力

成語	接龍
南柯一夢	↓夢寐以求↓求助無門↓門戶之見
哀鴻遍野	↓野心勃勃↓勃然大怒↓怒火中燒
怨聲載道	↓道遠日暮↓暮鼓晨鐘↓鐘鳴鼎食
指鹿為馬	↓馬上封侯↓侯門如海↓海內無雙
殃及池魚	↓魚肉鄉民↓民不聊生↓生死有命
為人師表	↓表裡如一↓一毛不拔↓拔刀相助
畏畏縮縮	↓縮衣節食↓食言而肥↓肥馬輕裘
背水一戰	↓戰功彪炳↓炳燭夜遊↓遊刃有餘
風燭殘年	↓年深日久↓久仰大名↓名垂青史
乘勝追擊	↓擊鼓申冤↓冤家路窄↓窄門窄戶
剜肉醫瘡	↓瘡痍滿目↓目眥盡裂↓裂裳裹膝
家喻戶曉	↓曉行夜宿↓宿世冤家↓家常便飯
破釜沉舟	↓舟車勞頓↓頓足捶胸↓胸無點墨
紙上談兵	↓兵荒馬亂↓亂七八糟↓糟糠之妻

成語	接龍
南轅北轍	↓轍亂旗靡↓靡靡之音↓音容宛在
急如星火	↓火燒屁股↓股掌之上↓上求下告
按圖索驥	↓驥服鹽車↓車載斗量↓量身訂做
拾人牙慧	↓慧眼獨具↓具體而微↓微服私行
洛陽紙貴	↓貴妃醉酒↓酒池肉林↓林林總總
狡兔三窟	↓窟窿眼兒↓兒女情長↓長此以往
約法三章	↓章句之徒↓徒勞無功↓功成名就
負荊請罪	↓罪魁禍首↓首屈一指↓指指點點
乘風破浪	↓浪得虛名↓名花有主↓主憂臣辱
倒行逆施	↓施而不費↓費心費力↓力不從心
家徒四壁	↓壁壘分明↓明明白白↓白頭偕老
狼吞虎嚥	↓嚥苦吞甘↓甘拜下風↓風光明媚
破碎支離	↓離情依依↓依山傍水↓水漲船高
紙醉金迷	↓迷途知返↓返璞歸真↓真相大白

注音索引

注音索引

ㄅ

ㄆ

ㄇ

ㄈ

ㄉ

ㄊ

ㄋ

ㄌ

ㄍ

ㄐ

ㄑ

ㄓ

ㄔ

ㄕ

ㄖ

ㄙ

ㄜ

ㄞ

ㄡ

ㄢ

ㄨ

ㄩ

分類索引

分類索引

食衣住行類

倫常關係類

言詞影響類

待人接物類

舉止儀容類

才識聰愚類

品行人格類

勤勞懶散類

自然景觀類

萬物百態類

情思愛戀類

成長死亡類

祝賀哀悼類

人生際遇類

心緒感覺類

政治仕途類

戰爭國防類

小學生成語辭典

本書部分內容由上海少年兒童出版社提供並授權出版

審訂者 周何
總經理 楊士清
總編輯 楊秀麗
副總編輯 黃文瓊
封面設計 封怡彤
封面繪圖 王宇世

出版者 五南圖書出版股份有限公司
發行人 楊榮川
・地址 106台北市大安區和平東路二段三三九號四樓
・電話 ○二－二七○五五○六六（代表號）
・傳真 ○二－二七○六六一○○
・郵政劃撥 ○一○六八九五三
・網址 https://www.wunan.com.tw
・電子信箱 wunan@wunan.com.tw

顧問 林勝安律師
版刷 中華民國八十五年六月初版一刷
中華民國九十七年七月二版一刷
中華民國一一一年一月二版十八刷
中華民國一一三年二月三版一刷

定價 四五○元

國家圖書館出版品預行編目資料

小學生成語辭典 / 周何審訂. -- 三版.
-- -- 臺北市：五南圖書出版股份有限公司，2024.02
面；　公分

ISBN　978-626-366-876-8（平裝附光碟）

1.CST: 漢語詞典　2.CST: 成語

802.35　　112021169

五南讀書